(एक नारी की अन्तर्व्यथा)

बसंत बस अंत

शब्द-चित्रात्मक उपन्यास

प्रेमचन्द शर्मा 'स्वतंत्र'

अंजुमन प्रकाशन

Title : Basant - bas ant
Author : Premchand Sharma 'swatantra'

Published By-
Anjuman Prakashan
942, Mutthiganj, Prayagraj, 211003
www.anjumanpublication.com
anjumanprakashan@gmail.com

Printed and bound in India.
Paperback, First published by Anjuman Prakashan in 2023
ISBN : 978-93-88556-84-2

Cover & Typeset by Anjuman Prakashan

समर्पण

हम हो गए उन्हीं के,
जो न हो सके हमारे।

(माघ सुदी- पंचमी, विक्रमी संवत- 2075 दिन-रविवार, दिनांक- 10 अक्टूबर, सन् 2019)

लेखनी कथ्य

मनुष्य जन्मतः सम्वेदनशील प्राणी है। प्राकृतिक रूप से चिन्तनशील जीव है। जैसे-जैसे उसकी आयु बढ़ती है, वैसे-वैसे ही उसके चिन्तन-मनन-सम्वेदनाएँ नित्य नए रूप और आकार धारण करते चले जाते हैं। उसकी बदलती आयु के साथ-साथ, उसके आचार-विचारों व व्यवहारों में भी उसके चतुर्दिक व्याप्त परिवेश के अनुरूप नित नूतन परिवर्तन आते रहते हैं। उसमें पहले परिपक्वता पनपती है और फिर धीरे-धीरे प्रौढ़ता आने लगती है। यही वैचारिक और सम्वेदनात्मक प्रौढ़ता, जब अनुभवों के बीहड़ से गुज़रती है तो फिर मनुष्य में विवेक जगने लगता है। तार्किक और अतार्किक में सम्यक भेद कर सकने की क्षमता व सामर्थ्य पा जाने के कारण, वह समुचित और विवेकसम्मत निर्णय ले सकने की स्थिति में जा पहुँचता है। लेकिन, जन्म से ही प्रारम्भ हुई इस सतत् प्रक्रिया में, जीवन का एक चौथाई अंश और कभी-कभी एक तिहाई अंश भी अनभोगा ही बीत जाता है।

इसके उपरान्त 'जिए जाने वाला जीवन' आशाओं, अपेक्षाओं, कामनाओं, लालसाओं की वीथियों से विचरता हुआ त्याग, संघर्ष, मान-मनौव्वल सम्वेदनात्मक मानसिक व्यथाओं, संधियों-समझौतों के पड़ावों से गुज़रने लगता है। तब तक, मनुष्य उस वय-सन्धि पर पहुँच जाता है, जहाँ उसे मन मसोस कर यथास्थिति स्वीकार कर लेनी होती है। पारिवारिक व सामाजिक मान-मर्यादा और प्रतिष्ठा को बचाए/बनाये रखने के लिए, परिस्थितियों से, संघर्षों के साथ साथ असामान्य व असहज सन्धियाँ भी कर लेनी पड़ती हैं। मानसिक वेदनाओं व हार्दिक पीड़ाओं के सलीब को जीवन पर्यन्त अपने कंधे पर ढोना पड़ता है और भीतर ही भीतर घुट-घुट कर रोना और नित्य प्रति मरते रहना पड़ता है। एकाकी क्षणों में, अतीत के तापों-संतापों को स्मरण करते हुए, अपनी त्रुटियों, भूलों, चूकों एवं अकृत्यों/दुष्कृत्यों के अपराध-बोध और उससे उपजे पश्चाताप की भारी गठरी उठाए, गहन स्मृतियों के तपते मरुस्थल में भटकना पड़ता है।

इस उपन्यास में, एक ऐसी ही परित्यक्त महिला का चित्रण है, जिसने अपने अल्हड़ मदमाते यौवन के इठलाते बासंतिक स्वप्नों से जीवन प्रारम्भ किया। परन्तु अंत में, तप्त और दग्ध कर देने वाले आंतरिक और बाह्य तापों-संतापों के तपते ग्रीष्म के थपेड़ों को सहा। वर्षाकालीन घनघोर मेघ गर्जन और तड़ित की चमक व तड़क भरी अंधियारी के एकाकीपन में 'शैया के अधूरेपन' के दंश को झेला। शरद ऋतु के भयानक शीत के बीच रात्रि को बिछौने पर, पति की काल्पनिक

उपस्थिति का आभास पालते हुए न जाने कितने वर्ष बिताए? अपनी आशाओं, उत्साह, उल्लास, अपेक्षाओं व मनोकामनाओं के तरुवरों पर पसरता नित और अनंत पतझड़ देखा। पत्रहीन पौधों और वृक्षों में 'बसंत' आते ही नई कोपलें भी फूटती देखीं। उनको पल्लवित-पुष्पित होते भी देखा। आम्र मंजरी फलती देखीं। हरित लतिकाएँ विकसित होतीं और पुष्पों को खिलते देखा। तितली और भौरों को उन पर मंडराते और उनका रस-चूषण करते देखा। पर इस विरहन की जीवन बगिया में कभी भी 'लौटकर बसंत नहीं बगरयौ।' न कोयल कूकी, न भ्रमर ही गूँजे। इसके जीवन में तो शाश्वत पतझड़ ही रहा, या रहीं परिस्थिति जन्य अनंत तड़पनें।

यह 'व्यथा-कथा', अकेली इसी नारी की नहीं है बल्कि उन असंख्य महिलाओं की भी है जिन्हें सामाजिक विसंगतियों, कुरीतियों, कुप्रथाओं, भौतिकतावादी दृष्टिकोण, आधुनिकता की अंधी दौड़, यौनिक-उच्छृंखलता व बढ़ते लोभ-लालच और लालसा की कुत्सित स्थितियों ने, विवाह की प्रथम रात्रि से लेकर विवाह के एक-एक, दो-दो दशकों तक भी सम्बन्ध (विवाह) विच्छेद/परित्याग की बलि चढ़ा दिया है। यह स्थिति आज, एक सामान्य नारी के लिये, सामाजिक मरण और व्यक्तित्व हत्या के जघन्य व निंदनीय अक्षम्य अपराध से भी कम नहीं है।

इसके परिमार्जन के लिए आवश्यक है कि पति-पत्नी, किसी भी विवाद या अप्रिय स्थिति को पनपने ही न दें। पहले ही दिन उसका समुचित समाधान निकाल लें। उसे निजी प्रतिष्ठा का प्रश्न न बनाएँ। सुलह-सफ़ाई व समझौते में तत्परता व सहजता दिखाएँ। पुराने प्रकरण इस बीच न उठाएँ। गढ़े मुर्दे न उखाड़ें। निःसंकोच होकर किसी विश्वासी, निष्पक्ष, प्रभावी व विवेकशील व्यक्ति को मध्यस्थ अवश्य बनाएँ। समस्या-निराकरण के पश्चात्, उससे जन्मे परामर्शों व आदर्श निर्णयों को तुरन्त ही, निःसंकोच स्वीकारें, मानें व अपनाएँ। अकारण की उपेक्षावृति व तानाकशी से बचें। एक-दूसरे को समान रूप से बराबर मानते हुए और 'सनातन धर्म' में प्रचलित 'सप्तपदी' के अंतर्गत, सात जन्मों का साथ निबाहने की परम्परा/सिद्धान्त को ही पूर्णतः सम्मान व मान्यता देते हुए एक दूसरे को देय उदार मान-सम्मान भी दें। दोनों ही पक्षों के माता-पिता व अन्य सम्बन्धी भी स्नेहसिक्त, उतावलेपन के अन्तर्गत अनावश्यक व अनपेक्षित हस्तक्षेप से बचें और विवेक सम्मत दूरी बनाते हुए समुचित निगरानी बनाए रखें।

-लेखक

अनुक्रम

प्रथम खण्ड
एक

बसंत वही। मैं वही। अनुभूतियाँ वही। पर, इस बार तो उन अनुभूतियों में एक नवीन और अनूठे आनन्द का मादक रस, बस-पच रहा था। पता नहीं क्यों, मन असीम गगन के विस्तार में कुलांचें भरने के लिए आकुल-व्याकुल हो रहा था? सब कुछ आँचल में समेट लेने की बलवती इच्छाएँ, हिलोरें मार रहीं थीं। मन मयूर, पंख सरसराते हुए नाचने को आतुर था। प्रकृति को स्वयं ही में समो लेने के लिए मन लालायित था। मकान की छत से, चारों ओर पसरी दिखती खेतों की हरियाली, बाग़-बग़ीचों से सरसराती-महकाती पुष्पों और फलों की मिश्रित गंध, मनमोहक मादकता बखेर रही थी। साथ ही पीतवर्णी सरसों की गंध और छटा भी अनूठी लग रहीं थीं।

"लल्ली", सुनते ही भाव जगत में उड़ता मन, वास्तविकता के धरातल पर उतर आया। मैंने स्वयं को बटोरा/ संयत किया। गले में झूल आए दुपट्टे को सिर पर सँवारा और बोली, "हाँ नानी!"

"देख तेरे पिता जी आए हैं", नीचे से नानी कह रही थी।

पिता जी के आने की सुन, मेरे हर्ष का पारावार न रहा। तुरन्त ही, हिरनी की भाँति कुलाचें भरती हुई, एक ही बार में दो-दो, तीन-तीन सीढ़ियाँ फलाँगती हुई कुछ ही पलों में, मैं नीचे पहुँच गई। देखा, बानों की खाट पर दरी-चादर बिछी हुई थी। तकिए का सहारा लिए पिता जी बैठे थे। खाट के सामने बिछे पीढ़े पर, माथे तक सिर ढंके बैठी नानी, पिता जी से धीरे-धीरे बातें कर रही थी। एक ओर खम्भे की ओट में, नीचे नाक तक घूँघट किए मेरी मामी खड़ी थी। उसके हाथ में शक्कर से बने शरबत का लोटा था। वह पिता जी के हाथ में शरबत से अधभरे गिलास के ख़ाली हो जाने की राह देख रही थी। पिता जी ने नक्काशीदार पीतल के गिलास का शरबत समाप्त कर गिलास धरती पर रख दिया। नानी गिलास उठाकर मामी से उसमें और शरबत डालने को कहे कि उससे पहले ही पिता जी ने हाथ से गिलास ढककर, और शरबत के लिए अनिच्छा दर्शाई। परन्तु नानी, कहाँ मानने वाली थी? उधर मामी भी, नानी का पूरा सहयोग कर रही थी। उस "हाँ"-"ना" और 'नानुकर' की खींचातानी में गिलास शरबत से दोबारा भर गया और पिता जी को गिलास ख़ाली करना ही पड़ा। साथ ही, एक गिलास शरबत मैंने भी पिया।

जहाँ, मुझे पिता जी के आने की अत्यधिक प्रसन्नता थी, वहीं मन में कुछ

शंका, जिज्ञासा और प्रश्न भी कुलबुला रहे थे। रुग्णावस्था के कारण विद्यालय से विगत पन्द्रह दिन पहले ही ली गईं लम्बी छुट्टियाँ, नानी के घर में अभी अभी तो प्रारम्भ हुई थीं और मैं यहाँ इस मास के अंत तक रहने की बात अपनी माँ से कर के भी आई थी तो फिर, पिता जी इतने शीघ्र ही क्यों आ गए? तभी नानी ने मेरे मन की शंका का समाधान करते हुए कहा- लल्ली! जा। अपने कपड़े-लत्ते समेट और झोले में डाल ले। कल सुबह की पहली बस से ही तुझे अपने पिता जी के साथ घर जाना है।

मैं आश्चर्य से उस नानी को ही देख रही थी कि जो नानी, हर बार मुझे लिवाने आने वाले को बैरंग लौटा देती थी वो ही नानी, आज अपने ही मुँह से मुझे जाने के लिए कह रही है? मैंने पलट कर मामी को देखा तो मामी के झीने घूँघट में से उनके होटों पर एक बड़ी सी मुस्कान तैरती दिखाई दी। लगा कि जैसे कहीं कुछ पक रहा है लेकिन कोई भी कुछ बता ही नहीं पा रहा था। सब कुछ रहस्यमयी चादर में लिपटा हुआ सा लग रहा था।

***

अगले दिन, सुबह की बस से प्रारम्भ हुई यात्रा, दोपहर को रेलवे स्टेशन पर समाप्त हुई। जहाँ से इक्के (छतरीदार घोड़ागाड़ी) में बैठ, हम एक घंटे के बाद अपने छोटे से क़स्बे-स्थित घर पहुँच गए। इक्के से कूद, पिता जी को पीछे छोड़ती हुई मैं गली से अपने घर की दहलीज़ की सीढ़ियाँ फलाँगती हुई चौक में जा पहुँची। वहाँ देखा, तो सब कुछ बदला-बदला सा, साफ़-सुथरा सा और सजा-सँवरा सा लग रहा था। बीच चौक में, चारपाइयों पर दरी-चादर और तकिए बिछे हुए थे। साथ ही, दो तीन मूँढ़े एक लम्बी सी लकड़ी की बैंच के सामने रखे थे। यह तामझाम देख तो मैं और भी चकरा गई।

मैंने ज़ोर से पुकारा "माँ।"

तभी धम-धम कर सीढ़ियाँ उतरकर आई मेरी छोटी बहन ओमा ने हँसते हुए मुझे अपनी बाहों में जकड़ लिया और खिलखिलाते हुए चारों ओर चक्कर लगाने लगी। उसके इस अभूतपूर्व व्यवहार ने तो मुझे और भी अधिक अचम्भित कर दिया। मैं बार-बार उससे पूछती ही रही कि आख़िर हुआ क्या है? पर वो? उत्तर तो क्या देती? न तो उसके चक्कर रुक रहे थे और न ही उसकी हँसी थमने का नाम ले रही थी।

"ओमा! इस थकी-हारी छोरी को बैठने देगी, साँस भी लेने देगी या यूँ ही चक्करों से इसका पेट भरेगी? जा कुछ गुड़-पानी ले आ। एक दो बीजने (हाथ-पंखे) भी ले आ", चौक में प्रवेश करते पिता जी की डपट भरी आवाज़ आई। एक हाथ में गुड़ की तीन चार डली युक्त काँसे की थाली और पीतल की छोटी बालटी में पानी

दूसरे हाथ में थामे, सीढ़ियाँ उतरती हुई माँ आई। उसके भी ओठों पर मुस्कान और मुखमण्डल पर एक अनोखी सी चमक जगमगा रही थी। ओमा और माँ दोनों ने ही नए वस्त्र धारण कर रखे थे। लगता था कि घर में कोई विशेष उत्सव है जिससे मैं अभी तक भी अनजान हूँ। इस पहेली को और उलझता देख, मेरी जिज्ञासा अब खीझ में बदलने लगी थी। थाली में से गुड़ लेकर मैंने दाँतों से डली काटी और पानी का घूँट ले लिया। पिता जी भी गुड़-पानी ले रहे थे। अब तक मेरा धैर्य चुक गया था। तत्कालीन सामाजिक और पारिवारिक परम्परागत अनुशासन के कारण, ऊँचे स्वर में चीखना-चिल्लाना तो छोड़िए, हम मध्यम स्वर में ही नहीं, बल्कि सामान्य स्वर में भी माता-पिता से संवाद करते, प्रश्न करते सकुचाते थे। मूँढे पर बैठे-बैठे मैंने जिज्ञासापूर्ण कनखियों से माँ की ओर देखा। वो माँ भी कैसी माँ, जो अपने कोख जायों के हाव-भावों को न पहचान पाए; उनके मनोभावों को भी न पढ़ पाए।

माँ ने मुझे अपनी ओर तकते देख, विहसित आँखों से कहा, "लल्ली! पड़ोसी गाँव के पंडित जी के दिल्लीवासी सम्बन्धी, अपने लड़के के लिए तुझे देखने के लिए आ रहे हैं"।

"अभी पाँच-छः दिन पहले, तेरे पिता जी की पंडित जी से साप्ताहिक पैंठ में भेंट हो गई थी। तेरे पिता जी ने उनसे तेरे योग्य कोई वर बताने को कहा तो छूटते ही उन्होंने तेरे पिता जी को, उनके ठौर-ठिकाने का पता दे दिया। अगले दिन ही सवेरे नौ बजे की रेल से तेरे पिता जी दिल्ली जा पहुँचे। वहाँ से पहले/तेरे ताऊ जी के घर गए। उन्हें साथ लेकर लड़के वालों के घर पहुँचे। लड़का और उसका घर-परिवार, तेरे ताऊ जी को बहुत अच्छे लगे। उन्होंने तेरे पिता जी से कहा- "दीनानाथ! मुझे लड़का और उसका परिवार बहुत ही अच्छे और संस्कारवान लगे। अगर, यहाँ बात बनती है तो यह अवसर हाथ से मत जाने देना"।

तेरे पिता जी दिल्ली से लौटकर अगले ही दिन पंडित जी से मिले और अपनी सहमति जताते हुए, उनसे तुझे दिखाने की बात की। पंडित जी का लड़का ऋषभ सरकारी कर्मचारी है। प्रतिदिन गाँव से दिल्ली आता-जाता रहता है। पंडित जी ने अपने लड़के से चर्चा कर, दिल्ली वालों से दिन और समय निश्चित कर बतलाने को कहा। दिल्ली वालों ने आज का दिन और संध्या के चार बजे का समय तय किया था जिससे कि देर शाम की रेलगाड़ी से वे वापस अपने घर भी पहुँच सकें। इसीलिए, इस बार तुझे नानी के घर से इतनी जल्दी बुलाना पड़ा। बार-बार तुझे रोकने की हठ करने वाली तेरी नानी-मामी ने भी इतनी सहजता से तुझे इस बार बिना किसी विलम्ब के, इसीलिए भेज भी दिया होगा।

* * *

विस्तार में जाने की आवश्यकता नहीं। वही हुआ, जैसा कि ऐसे अवसरों पर

प्रायः होता है। गाँव वाले पंडित जी और उनकी धर्मपत्नी तथा दिल्ली से लड़के के माता-पिता व लड़के की बहिनें सही समय पर आ पहुँचे। जलपान के बाद लड़के के पिता जी, गाँव वाले पंडित जी और मेरे पिता जी वहीं चौक में बैठ बतियाने लगे। मेरी माँ और हमारी एक पड़ोसन, जिन्हें मैं ताई जी कहती थी, लड़के की माँ और दोनों बहनें तथा मैं और मेरी छोटी बहन, हम सभी ऊपर कमरे में चले गए।

पारस्परिक परिचय के बाद लड़के की बहनें मेरे पास आकर बैठ गईं। आपसी बातचीत प्रारम्भ हुई। उन्होंने मेरी शिक्षा, रुचि-अभिरुचि तथा पसन्द-नापसन्द से जुड़े अनेक प्रश्न किए, जिनके बड़ी सहजता परन्तु चपलता से मेरी छोटी बहन ओमा ने ही उत्तर दे दिए क्योंकि मैं तो लज्जा और संकोचवश कुछ बोल ही नहीं पा रही थी। मैं तो बस, दरी के धागों से ही खेल रही थी। उधर मेरी माँ ने लड़के के घर-परिवार, लड़के की शिक्षा, नौकरी, शौक आदि के बारे में पूछताछ की। कुछ आपसी पारिवारिक परम्पराओं, रीति-रिवाजों पर द्विपक्षीय बातचीत हुई। तभी, नीचे से पिता जी ने पुकारा, "ओमा"!

ओमा ने वहीं से उत्तर दिया, "जी पिता जी"! और वह उठकर नीचे चली गई।

कुछ ही क्षणों में दौड़ती-हाँफती, सीढ़ियाँ चढ़कर ओमा ऊपर आई और माँ को एक ओर ले जाकर धीरे से बोली, "पिता जी कह रहे हैं कि दिल्ली की गाड़ी का समय हो जाएगा इसलिए फटाफट इनके लिए खाने-पीने का प्रबन्ध करो"।

माँ बोली, "खाना सब तैयार है। बस, गर्म-गर्म पूरियाँ ही तो उतारनी हैं। जा, अपने पिता जी से जाकर कह दे कि उन्हें बरामदे में ही खाना खाने के लिए बैठा दें"।

ओमा नीचे दौड़ी और पिता जी को संदेश पहुँचा दिया।

कुल मिलाकर पुरुष और महिला अतिथियों ने बारी-बारी से एक घंटे में ही भोजन ग्रहण कर लिया। पुरुष और महिला वर्ग पुनः अपने-अपने पूर्ववत स्थानों पर पधार गए। जो कुछ कहना-सुनना अभी तक शेष रह गया था उस पर चर्चा पुनः प्रारम्भ हो गई। उधर हमारे मनों में उत्सुकता कुलबुलाने लगी। जैसे कि परीक्षा-परिणाम जानने से पूर्व, छात्र अधीर हो उठता है, वही स्थिति हमारी भी हो गई थी। प्रश्न भरी दृष्टि से हम, एक-दूसरे के नेत्रों में उत्तर खोज रहे थे। लेकिन, ठीक वही स्थिति हमें, सामने वालों के नेत्रों में भी देखने को मिल रही थी। आख़िर, माँ से रहा ही नहीं गया। उसने लड़के की माँ और बहनों की ओर जिज्ञासा पूर्ण दृष्टि से देखा। माँ कुछ कह पाती, इसके पहले ही लड़के की बड़ी बहन बोलीं, "मौसी जी! हम घर जाकर आपस में पहले बातचीत करलें। भइया से भी चर्चा करलें, उसके बाद अतिशीघ्र ही हम आपको सूचित करते हैं"। यह सुनकर तो मेरे मन की धुकधुकी

और भी अधिक बढ़ गई। मेरी स्थिति ऐसी हो गई जैसे कि परीक्षा-परिणाम आने पर छात्र को पता लगे कि उसकी कम्पार्टमेंट आई है और अब उसे अंतिम परिणाम की लम्बी बाट जोहनी ही होगी।

थोड़ी देर के बाद, लड़के के पिता जी ने पंडित जी से कहा, "अच्छा, पंडित जी! अब चलने की अनुमति दिलवाइए। यदि भगवान ने चाहा और दोनों बच्चों के सम्बन्ध का संयोग बनता है तो शीघ्र ही हम पुनः मिलते हैं। मैंने अपने बेटे की जन्मकुंडली आपके पास छोड़ दी है और आपकी बिटिया की जन्मकुंडली ले ली है। यदि कुंडलियाँ मेल खाती हैं तो फिर इन्हीं चैत्र-नवरात्रों में सगाई और गोद भराई की रीति सम्पन्न कर लेते हैं"।

इसके बाद, पिता जी उन्हें बस में बिठाने के लिए बस अड्डे तक गए। उसी बस से पंडित जी भी सपत्नीक अपने गाँव को चले गए और पिता जी घर लौट आए।

कुछ देर वहीं आँगन में बैठकर हम सबने अपने-अपने उद्गार प्रकट किए। सम्भावनाओं व अन्यथावस्था पर भी खुली चर्चा की गई। परन्तु मैं, मूक श्रोता बनी केवल सुनती ही रही। अन्त में पिता जी बोले, "चलो! अब भोजन करते हैं। पेट में चूहे कूद रहे हैं। लल्ली ने भी सुबह से कुछ नहीं खाया है। चलते समय नानी-मामी ने जो कुछ भी खिलाया-पिलाया होगा, उसके अलावा कुछ भी नहीं खाया इसने। शाम होने को आ रही है। चलो भाई। जल्दी करो। भूख के मारे दम निकला जा रहा है।"

परिवार के सभी सदस्य खाना खाने बैठ गए। मैं माँ के साथ रसोईघर में उसका हाथ बँटाने चली गई। ओमा ने थालियाँ परोस दीं और पानी भरकर लोटे-गिलास रख दिए। सभी की थालियों में पूरियाँ रखकर मैं चौके में आई तो माँ बोली, "लल्ली! चल तू भी सबके साथ बैठकर खाना खाले। पता नहीं, अब कब तक का हमारा-तेरा साथ है? ब्याह के बाद, ऐसा अवसर अब, कब-कब हाथ आएगा?" माँ का एक-एक शब्द मेरे मन को गहरे तक छू रहा था। तद्जनित भाव, अनकहे और अछूते स्वप्न जाल मेरे मन में बुनते चले जा रहे थे। एक अनोखे से स्वप्निल संसार में विचर रही थी मैं कि तभी दहलीज से 'माँ' शब्द पुकारे जाने का स्वर मेरे कानों में पड़ा। मैं चौंकी। नीचे दौड़ी। दहलीज़ के पट खोले। सामने मेरा छोटा भाई पद्मकान्त खड़ा था। अब चौंकने की उसकी बारी थी। वह बोला, "अरे, जिज्जी! तू यहाँ कैसे? नानी के घर से कब लौटी? भाई के बिना तेरा जी नहीं लगा क्या? या नानी-मामी ने भगा दिया?"

मैंने हाथ पकड़कर उसे घर में खींच लिया और किवाड़ों की अन्दर से साँकल लगा दी। वह घर में अन्दर जा तो रहा था परन्तु बार-बार पलट कर मुझे ही देखे जा रहा था, पूरे आश्चर्य के साथ। जब वह दालान में पहुँचा तो इस समय सबको

खाना खाते देख वह अचरज में पड़ गया। अचरज का एक और भी कारण था कि घर अप्रत्याशित रूप से सुसज्जित था और घर में पकवान की गंध भी सुबास फैला रही थी।

आख़िर, उससे रहा ही नहीं गया। अपने नेत्रों में तैरती जिज्ञासा को शब्द देते हुए पद्मकान्त ने पूछा, "यह सब क्या है जिज्जी? आज कोई आया था क्या? या कोई त्योहार है?"

उसके प्रश्नों को लगाम देने के लिए पिता जी ने, "ओमा! देख भइया आया है। इसके हाथ-मुँह धुलाकर खाना खिला", कहकर पद्मकान्त को अपने साथ ही बैठने का संकेत किया। पद्मकान्त बैठ तो गया लेकिन अपने अनुत्तरित प्रश्न के उत्तर की प्रतीक्षा करने में लगा रहा।

"पद्मकान्त! तेरी जिज्जी को देखने के लिए आज दिल्ली से एक लड़के वाले आए थे।" इतना सुनते ही पद्मकान्त के चेहरे पर एक अपूर्व चमक आ गई। उसका मुखमण्डल खिल उठा। अब उसका मन मुझ से बतियाने के लिए लालायित हो चला। पिता जी ने उसके मनोभावों को भाँपकर उससे कहा, "पहले शान्ति के साथ भोजन कर ले फिर जिज्जी से जी भरकर ख़ूब बतिया लेना। इतनी देर में वह भी खाना खा लेगी।"

भोजनोपरान्त वे सभी उस मंगलमय आनन्द-स्थिति में पहुँच गए जिससे कि वे अभी तक वंचित थे।

* * *

दो-चार दिन बाद, पिता जी पैंठ करने गए। सदा की भाँति घरेलू सामान और शाक-सब्ज़ी लेकर वे शाम को घर लौटे। सामान बरामदे के फ़र्श पर रख, चौके के कोने में मोरी के निकट रखी पानी से भरी बाल्टी में पड़े लोटे से पानी निकालकर कुल्ला किया। मुँह, हाथ-पाँव धोए और अँगोछे से पोंछकर खाट पर बैठ गए। इतनी देर में पद्मकान्त तश्तरी में गुड़ और लोटे में पानी लेकर आ गया। उसने पिता जी को गुड़-पानी दिया ही था कि माँ सीढ़ियों से नीचे उतर आई। माँ ने ओमा को आवाज़ लगाकर बरामदे में रखा सामान ऊपर ले जाने को कहा। बरामदे से पीढ़ा उठाया और पिता जी के सामने उसे बिछाकर बैठ गई। पिता जी ने गुड़-पानी निबटाकर बर्तन पद्मकान्त को थमा दिए। माँ चुप बैठी हुई पिता जी के बोलने की आस जोह रही थी।

"पद्मकान्त! यहाँ आ। खटोला बिछालै और बैठ जा।"

पद्मकान्त भी बैठ गया। पिता जी ने आवाज़ लगाई, "ओमा! नीचे आ जा और लल्ली को भी साथ ले आ।"

पलक झपकते ही हम दोनों बहनें पिता जी के सामने जा बैठीं।

पिता जी बोले, "आज पैंठ में पंडित जी मिले थे। बता रहे थे कि दिल्ली वालों को हमारी लल्ली पसन्द आ गई है और वे चाहते हैं कि अभी अमावस्या के बाद ही कभी भी लड़का रोक दें। दोनों की कुंडलियाँ भी मेल खा गई हैं। बस लड़का आंशिक मांगलिक है जबकि हमारी लल्ली मांगलिक दोष से मुक्त है। लड़के के मंगल दोष निवारण के निमित्त की जाने वाली एक पूजा से सब ठीक हो जाएगा। लड़के को अभी रोकना इसलिए भी आवश्यक है कि फिर होलाष्टक लग जाएँगे, जिनमें कोई भी शुभ कार्य नहीं करते है। ये सारी बातें, लड़के के पिता जी ने, पंडित जी के लड़के को बताई थीं और कहा था कि अपने पिता जी से कह देना कि यह संदेसा कन्या पक्ष तक शीघ्र ही पहुँचा दें जिससे उनकी भी प्रतिक्रिया हमें समय रहते ही मिल जाए और उनकी स्वीकृति मिलने की अवस्था में हम भी आगे बढ़ने की कुछ तैयारी कर सकें।"

वार्तालाप में आनन्द तो मुझे भी आ रहा था। लेकिन, महिला सुलभ लाज और संकोच के कारण वहाँ रुकना एक-एक पल के लिए मुझे भारी लगने लगा था। मैं बिना कुछ बोले माँ का हाथ चुपके और धीरे से दबाकर ऊपर चली गई। बाद में चर्चा कितनी लम्बी चली और क्या-क्या विचार-विमर्श हुआ, मुझे कुछ पता नहीं। हाँ, निर्णय की भनक मेरे कानों में अवश्य पड़ गई थी कि सम्बन्ध इसी महीने पक्का हो जाएगा अर्थात दिल्ली जाकर लड़का रोकना निश्चित हो गया है। यह सुनकर तो मेरा मन बल्लियों उछलने लगा। परन्तु, एक सुखद सी बेचैनी का भी आभास सा होने लगा था। अपने अन्दर ही अन्दर मैं एक अज्ञात सा वैचारिक परिवर्तन भी अनुभव कर रही थी। मुझे लगने लगा था कि 'अनोखा सा कुछ' मरे साथ जुड़ गया है जो पल-प्रतिपल का मेरा संगी बनने की ओर निरन्तर अग्रसर हो चला है।

***

निश्चित मास की निर्धारित तिथि (दिनांक) के नियत समय पर ओमा और पद्मकान्त सहित पिता जी अन्य संगी-साथी लेकर दिल्ली जा पहुँचे। "दोनों पक्षों की ओर से यथोचित रीति-परम्परा के अनुसार, हर्षोल्लास के साथ कार्यक्रम बड़े ही सहज और सरल वातावरण में सम्पन्न हुआ। भेंट-उपहार के लेन-देन के पश्चात भोजनादि से निवृत हो, कन्या पक्ष हर्षोल्लास के साथ पूर्ण संतुष्टावस्था में वर पक्ष के निवास से विदा होकर अपने घर के लिए निकल पड़ा। वर पक्ष के कुछ गणमान्य और वरिष्ठ जन, सप्रेम और आदर सहित हमें रेलवे स्टेशन पर रेल में बैठाने आए। रेल के स्टेशन छोड़ देने के बाद ही वे सभी प्लेटफ़ॉर्म से बाहर निकले"। ऐसा, घर लौटने पर हुए पारिवारिक वार्तालाप में पिता जी ने बताया।

पिता जी ने लड़के का एक श्याम-श्वेत फ़ोटो माँ को थमा दिया। फ़ोटो देखकर

जहाँ माँ के दोनों नयनों पर एक अलग ही आभा छा गई वहीं आंतरिक प्रसन्नता माँ के दोनों नयनों की कोरों से अश्रु बिन्दु के रूप में भी छलक आई। यद्यपि हमने बारी-बारी से उस फ़ोटो को कई बार देखा था परन्तु मन भरता ही नहीं था।... अंखियाँ हो रही थीं प्रतिपल दरसन की प्यासी। सबकी उपस्थिति में तो, साक्षात उस फ़ोटो को मैं चाह कर भी नहीं देख पाई परन्तु एक हाथ से दूसरे हाथ में जाते समय तो हल्की-हल्की सी उसकी झलक मेरी दृष्टि में भी पड़ जाती थी।

पारिवारिक बैठक के समापन के बाद ओमा ने फ़ोटो मेरे हाथ में थमा दी। घर के सभी सदस्य खा-पीकर जब सोने चले गए तो मैं अपने कमरे में उस फ़ोटो के साथ एकान्तवास भोगने लगी, स्वप्न संसार में ही भविष्य के भावी चित्र उकेरने लगी। इस प्रक्रिया में, कब नींद ने अपने आँचल में मुझे कसके समेट लिया, मुझे पता ही नहीं लगा।

***

दो

इधर, समय पंख लगाकर उड़ने लगा तो उधर मेरे मन-मस्तिष्क भी स्वनिर्मित कल्पना-जगत में रमने लगे। अपने विद्यालय की होनहार छात्रा के रूप में प्रसिद्ध रही धन्यमति का पढ़ाई-लिखाई से मन, अब कुछ-कुछ उचाट सा होने लगा था। कक्षा में उपस्थिति की नियमितता भी घटने लगी थी और जिस दिन मैं कक्षा में उपस्थित रहती भी थी तो तन तो मेरा कक्षा में होता था पर मन कहीं अन्यत्र ही विचरण कर रहा होता था। पढ़ाई में एकाग्रता का भी अभाव होने लगा था। शिक्षिकाओं के संकेत मात्र पर ही उत्तर देने वाली धन्यमति को तो अब कई बार उनकी पुकार भी नहीं सुनती थी।

इस परिवर्तन का आभास जहाँ मेरी संगी-साथिनों को हो रहा था वहीं मेरी शिक्षिकाएँ भी कुछ-कुछ ऐसा ही अनुभव करने लग गई थीं। आख़िर, एक दिन मेरी हिन्दी शिक्षिका ने मुझसे शिक्षिका-कक्ष में मिलने को कह ही दिया। ख़ाली समय में, मैं उनसे मिलने जा पहुँची। यदि, मैं उन्हें बहुत चाहती थी, तो मैं भी उनकी आँखों का तारा थी। गुरु-शिष्य परम्परा के साथ-साथ हम दोनों में 'साख्य भाव' भी बना हुआ था। इसीलिए, हम दोनों एक दूसरे से बहुत घुले-मिले और अंतरंग भी थे। वे छात्राओं का गृहकार्य जाँच रहीं थीं। मुझे देखकर, उन्होंने कॉपी और पैन बन्द कर एक ओर रख दिए। एक कोने की ओर संकेत कर उन्होंने मुझसे लकड़ी का स्टूल लाकर उस पर बैठने को कहा। इस समय मुझे उनके द्वारा वहाँ बुलाए जाने का कारण सूझ ही नहीं रहा था। फिर भी, मैं उस स्टूल पर बैठ ही गई। हम दोनों, आमने-सामने बैठे अवश्य थे परन्तु दोनों ही मौन थे।

"और धन्या! कैसी हो?" शिक्षिका जी ने पूछा। 'धन्यमति' मेरा वास्तविक और विद्यालय-रिकॉर्ड में अंकित नाम था। सभी शिक्षिकाएँ तो मुझे 'धन्यमति' के ही नाम से सम्बोधित करती थीं परन्तु, अकेली हिन्दी शिक्षिका ही मुझे 'धन्या' कहकर बुलातीं थीं।

"मैं ठीक हूँ बहन जी!" मैंने सिर झुकाए-झुकाए ही उत्तर दिया।

बहन जी बोलीं, "ठीक कहाँ हो धन्या? यदि, ठीक होतीं तो मैं तुम्हें क्यों बुलाती यहाँ?"

"नहीं, नहीं, मैं बिल्कुल ठीक हूँ," थोड़ी असहजता के साथ मैंने कहा।

"देखो धन्या! मैं तुम्हें पिछले कई वर्षों से जानती हूँ," वे बोलती रहीं, "मैं तुम्हारी केवल हिन्दी शिक्षिका ही नहीं बल्कि कक्षा अध्यापिका भी हूँ। पूरे विद्यालय

में छात्राओं के प्रवेश-निष्क्रमण सम्बन्धी समस्त कार्य निपटाने का दायित्व भी मेरा ही है। इसलिए एक-एक छात्रा की कुंडली (जानकारी) मेरे पास होती है।"

अब सिर उठाकर प्रश्नात्मक दृष्टि से मैंने उनकी ओर देखा तो वे बोलती-बोलती रुक गईं। कुछ क्षणों के मौन के साथ उन्होंने मुझे निहारा और मेरी ओर से कोई भी प्रतिक्रिया न पाकर पुनः बोलना प्रारम्भ कर दिया, "तो मैं कह रही थी कि तुम्हारी कक्षा की सभी छात्राओं से तुम्हारी आयु लगभग पाँच-छः वर्ष अधिक है। परन्तु, छरहरे शरीर के चलते, तुम उन सभी से बड़ी नहीं लगतीं।"

मैं समझ ही नहीं पा रही थी कि वे, यह सब मुझे क्यों बता रहीं थीं? क्या यही सब कुछ बताने के लिए उन्होंने मुझे यहाँ बुलाया है?

सम्भवतः मेरे चेहरे पर आए भावों को उन्होंने भाँप लिया था, "धन्या! तुम्हारे मन में जो प्रश्न उठा है, उसका मैं अभी निराकरण करती हूँ," कहते हुए उन्होंने मेज़ पर रखे गिलास से दो-चार घूँट पानी पीया और बोलीं, "यह मैं तुम्हें इसलिए बता रही हूँ कि इस बात को केवल मैं, हमारी प्रधानाध्यापिका और तुम्हारे माता-पिता ही जानते हैं। हो सकता है कि तुम्हें भी इसकी जानकारी न हो। इसका अर्थ यह हुआ कि कक्षा में तुम सबसे अधिक आयु की लड़की हो, सबसे बड़ी हो।

अभी कुछ समय पहले तक तुम्हारी पढ़ाई-लिखाई का स्तर बहुत अच्छा था। अभी मैं देख रही हूँ कि न केवल तुम्हारी शिक्षा का स्तर गिरा है बल्कि पढ़ाई से तुम्हारा मन भी उचाट रहने लगा है। अपने आप में खोई-खोई सी रहती हो। कई बार, कक्षा में क्या पढ़ाया जा रहा है या कौन सा प्रश्न पूछा गया है, इसका भी तुम्हें भान नहीं होता? कहकर वे चुप होकर मुझे देखने लगीं। लगता था कि वे मुझसे ही कुछ जानना चाहती थीं।

इस बार सकपकाने की मेरी बारी थी। मैं कुछ असहज हो, अपने हाथों की उँगुलियों को एक दूसरे में फँसाने-निकालने लगी थी। मेरी श्वासगति भी कुछ असामान्य हो चली थी। मुझे लगा, जैसे कि मेरी कोई चोरी पकड़ी गई हो। मेरे शरीर में एक अज्ञात सी कंपकंपी होने लगी थी। मुझे लग रहा था जैसे कि मेरे चेहरे पर एक रंग आ रहा था और एक रंग जा रहा था। बहन जी की अनुभवी और पैनी दृष्टि मुझे अन्दर तक बेध रही थी। उनसे मेरे भीतर का उहापोह भी छुपा नहीं रह पा रहा था। मेरी मानसिक स्थिति भाँपकर उन्होंने मुझे अपने पास बुलाया और अपनी अलमारी की चाभी मेरी ओर बढ़ाते हुए बोलीं, "धन्या! जाओ। अलमारी के ऊपर के खाने से गिलास निकाल लो और कोने में तिपाही पर जो घड़ा रखा है उसमें से पानी भर लाओ।"

बड़ी ही तत्परता से मैं उठी। अलमारी खोल, गिलास लेकर पानी से भर लिया और वापस बहनजी की ओर बढ़ा दिया। बहन जी ने हाथ के संकेत से गिलास मेज़

पर रखने और मुझे स्टूल पर बैठने के लिए कहा। मेरे बैठ जाने पर उन्होंने मुझसे पानी पीने के लिए कहा। मैंने पानी पिया तो मेरे गले और कलेजे में एक ठण्डक सी पड़ गई। लगा- जैसे कि जान में जान आ गई हो।

बहन जी अपनी कुर्सी से उठीं। मेरे पास आकर खड़ी हो गईं। बड़े ही धीरे से उन्होंने मेरा सिर सहलाया। दोनों कंधे बड़ी ही ममता के साथ थपथपाए और अपनत्व भाव से मेरी ठोड़ी पकड़ मेरा सिर ऊपर को उठाया। मैंने जब उनकी ओर देखा तो उनके मुख पर हल्की सी एक स्नेहिल मुस्कान थिरक रही थी। आँखों में एक मन्द सी चमक थी। उनके इस व्यवहार से मेरी उहापोह कुछ शान्त हुई। मेरा डमगाया साहस पुनः लौटने लगा। बहन जी का मातृत्व भरा यह अपनत्व, मुझे भीतर तक छू गया। मेरी आँखें छलछला आईं। बहनजी ने उठाकर मुझे गले से लगाया। पीठ थपथपाई। कंधे पर स्पर्श कर मुझे बैठने का संकेत किया और स्वयं भी पुनः अपनी कुर्सी पर बैठ गईं।

उन्होंने सस्नेह मुझसे पूछा, "धन्या! घर में सब ठीक-ठाक तो है न? घर में कोई कलह-क्लेश या अशान्ति तो नहीं?"

मैंने धीरे से सिर हिलाकर नकार दिया।

"गली-मुहल्ले में कोई छेड़छाड़ या यहाँ विद्यालय में कोई समस्या?"

मैंने फिर से "न" में सिर हिला दिया।

वे बोलीं, "फिर क्या बात है? थोड़े से ही दिनों में तुम्हारे अन्दर यह नकारात्मक परिवर्तन क्यों?" मुझे सब कुछ स्पष्ट रूप से बताओ कि तुम्हारे भीतर चल क्या रहा है? जब तक तुम बताओगी नहीं, तो समस्या का समाधान कैसे निकल पाएगा? तुम मुझे अपनी सहेली मान सकती हो। सब कुछ खुलकर बता दो।"

उनके इस स्नेहिल आग्रह ने, मेरे अन्दर एक नए साहस का संचार आख़िर कर ही दिया। शनैः शनैः मैं सहज हो रही थी। मेरे मन में एक नया आत्मविश्वास अंततः अंगड़ाई लेकर खड़ा हो ही गया।

"बहन जी! मैं जानती और मानती हूँ कि यहाँ विद्यालय में प्रारम्भ से ही आपका मेरे प्रति विशेष स्नेह और लगाव है तो आपको भी यह भली भाँति विदित ही होगा कि मैं भी आपको ही अपना सर्वस्व मानती हूँ और स्वयं को, आपके सर्वाधिक निकट पाती हूँ। मेरा आदर्श आप हैं, मेरी आराध्या आप हैं," कहते-कहते मैं एकदम सहज हो चुकी थी। अपनी भावनाओं और वाणी को संयत तथा सामान्य करते हुए मैं पुनः बोली, "बहन जी! मेरे घर में शान्तिपूर्ण वातावरण है। गली-मुहल्ले वालों के साथ भी बड़े ही मेल-जोल वाले मधुर सम्बन्ध हैं। किसी के भी द्वारा किसी प्रकार की छेड़खानी का तो प्रश्न ही नहीं उठता क्योंकि हमारे यहाँ सामाजिक सम्बन्ध, परिवारों की ही भाँति आदर्श रूप में बाबा-दादी, ताऊ-ताई,

चाचा-चाची, भइया-भाभी की मधुर भावनाओं से बुने होते हैं। यहाँ विद्यालय में आपकी स्नेहिल छत्र-छाया के नीचे, किसका साहस है भला जो हमारा अनिष्ट करने का ही नहीं बल्कि कहने की भी सोच सके।"

बहन जी भी अब तक थोड़ी सहज हो चुकी थीं। मुस्कुराते हुए बोलीं, "तो फिर समस्या क्या है मेरी गुड़िया रानी?"

"असल में बात कुछ ऐसी विशेष थी कि मैं आप से 'वह' साझा करना तो चाहती थी परन्तु साहस ही नहीं जुटा पा रही थी," मैं धीरे से बोली।

"ऐं! अरे! ऐसा क्या?" बहन जी ने विस्मयपूर्वक पूछा।

"जी", मैंने सिर झुकाते हुए धीरे से कहा।

थोड़ा झल्लाते हुए वे बोलीं, "क्या 'जी'...'जी'... लगा रखी है? अब मुँह से कुछ फूटो तो सही।"

"वो, ऐसा है कि अभी होलाष्टक से पहले ही..." कहते-कहते ही मेरी जिह्वा फिर से अटक गई।

आगे के शब्द सुनने के लिए इधर बहन जी के नेत्रों से झाँकती उत्सुकता प्रतीक्षारत थी, उधर मेरी वाणी पर मौन कुंडली मार कर बैठा हुआ था।

कुछ क्षण तक तो बहन जी मेरे मौन को झेलती रहीं। परन्तु जब विलम्ब बढ़ता ही गया तो वे कुछ ऊँचे स्वर में बोली, "अब क्या हुआ धन्या? कहाँ खो गई भई।"

मैंने धीरे से अपना सिर ऊपर किया। उनके मुख को निहारा और फिर अपनी दृष्टि झुकाकर अपने हाथों की उँगुलियों के अग्रभाग पर टिकाते हुए बड़े ही मन्द्र स्वर में बोली, "मेरा वाग्दान (रोकना) हो गया है बहन जी!"

अब, अवाक होने की बारी बहन जी की थी। उनका मुखमण्डल शान्त था परन्तु नेत्रों में अनेक भाव आ-जा रहे थे। वे मेरी ओर टकटकी लगाए देखती रह गईं।

कुछ देर बाद उन्होंने अपना मौन तोड़ा। उसी स्थिति में उन्होंने पूछा, "कब?"

"इन्हीं होलाष्टक लगने से पूर्व," मैंने धीरे से कहा।

"हुँ...ऊँ...ऊँ...! पर, तुमने मुझे तो नहीं बताया," उनके स्वर में ताने का पुट झलक रहा था।

मैं चुप्पी साध गई।

"अच्छा, यह बताओ कि इस सम्बन्ध से, तुम्हें कोई आपत्ति तो नहीं है न? तुम्हारी इसमें सहमति है? तुम पर कोई दबाव या कुछ और बात तो नहीं? तुम प्रसन्न तो हो न?"

मैंने सिर झुकाए-झुकाए सहमति में सिर हिला दिया। कुछ पलों तक वहाँ सन्नाटा पसरा रहा।

उस सन्नाटे को बेधते हुए उन्होंने अनेक प्रश्न बड़ी ही सहजता से पूछे, "अब आगे के क्या कार्यक्रम हैं? सगाई कब है? और विवाह? लगता है कि इस प्रकार से तो विवाह भी शीघ्र ही अर्थात आने वाली गर्मियों तक हो ही जाएगा। लड़का कहाँ का है? कितना पढ़ा-लिखा है? क्या करता है? घर-बार कैसा है? परिवार बड़ा है या छोटा? खेती-बाड़ी करते हैं वे लोग, या कोई दुकानदारी, व्यापार आदि करते हैं? या फिर किसी छोटी-मोटी अथवा सरकारी नौकरी में हैं सभी लोग?" बहन जी ने तो प्रश्नों की एकदम झड़ी ही लगा दी थी, किसी परीक्षा-प्रश्नपत्र की भाँति।

किस-किस प्रश्न का और क्या-क्या उत्तर दूँ- मैं कुछ समझ ही नहीं पा रही थी। बिना उत्तर दिए छुटकारा भी नहीं था। अतः बड़े ही प्रयत्नों से, मानसिक रूप से मैंने स्वयं को तैयार किया। एक-दो गहरी लम्बी-लम्बी साँसें लीं। सामने रखे गिलास से पानी पीया और बोली, "बहन जी! अभी, इन्हीं नवरात्रों में सगाई किए जाने का कार्यक्रम है। विवाह सम्भवतः इन्हीं ग्रीष्मावकाश में हो जाएगा। वे (लड़का) दिल्ली में रहते हैं। मध्यम आकार का परिवार है। उन्होंने हायर सैकेंडरी की है। गाँव में खेत, बँटाई पर दे रखे हैं। बाप-बेटा किसी बड़ी निजी कंपनी में नौकरी करते हैं। पिता जी को सवा सौ रुपए मिलते हैं और इनको भी एक सौ दस रुपया महीने के मिल जाते हैं। प्रतिवर्ष वेतन में दस रुपए की बढोतरी भी हो जाती है। बोल-चाल, रहन-सहन और आचार-विचार में बड़े ही सीधे-सादे और संस्कारवान हैं।" इसके अतिरिक्त भी जो कुछ मेरे कानों में अब तक पड़ा था वह सब मैंने ससंकोच (परन्तु भीतर से प्रफुल्लित मन से) उन्हें बता दिया।

***

रुक कर मैंने कनखियों से बहन जी की ओर देखा। उनके चेहरे पर मुझे सहजता और संतोष के भाव दिखाई दिए। वहाँ पर पहले जैसा तनाव और असहजता अब नहीं बचे थे। मेरे मन से भी एक बोझ सा उतर गया था। मैं भी स्वयं को अब बड़ा हल्का सा अनुभव कर रही थी। गिलास में पानी के जो दो-चार घूँट बचे थे, वे भी हलक में उंडेल कर मैंने अपना और बहन जी का गिलास उठाया। बाहर टंकी के पानी से धोया और वापस लाकर बहन जी वाली शिक्षिका-कक्ष की अलमारी में रख दिया। अलमारी को ताला लगाकर चाभी मैंने बहन जी को दे दी।

बहन जी अपनी कुर्सी से उठीं। उन्होंने मुझे गले से लगाया। सिर पर हाथ फेरा। मेरा माथा चूमा। सजल नेत्रों और और रुँधी वाणी से मुझसे कहा, "ठीक है धन्या। तुम अभी अपनी कक्षा में चलो। मुझे भी पढ़ाने के लिए किसी अन्य कक्षा में जाना है। अभी तो बातचीत प्रारम्भ ही हुई है। फिर मिलेंगे। साथ बैठेंगे।

बतियाएँगे," यह कहते हुए उन्होंने अपनी कुर्सी छोड़, अपने मुँह और सिर पर हाथ फेरा। अपना रजिस्टर और पुस्तकें लेकर वे शिक्षिका-कक्ष से बाहर चली गईं। मैंने भी स्टूल उठाकर यथास्थान रख दिया और शिक्षिका-कक्ष की बाहर से कुन्डी लगाकर अपनी कक्षा की ओर प्रस्थान किया।

थोड़ी ही देर में, विद्यालय की घंटी की घनघनाहट गूँज उठी जो कि विद्यालय में छुट्टी हो जाने की सूचना थी। अभी तक विद्यालय में व्याप्त शान्ति भंग हो चली थी। छात्राओं के कक्षा छोड़ते समय के कोलाहल ने विद्यालय का अनुशासित वातावरण ही बदल कर रख दिया। अकेली-दुकेली या तीन-चार के झुंडों में छात्राएँ विद्यालय के मुख्य द्वार से हँसती-विहसती और किलकारियाँ मारती निकल रहीं थीं। उधर अध्यापिकाएँ भी शिक्षिका कक्ष से अपना-अपना सामान समेटकर, एक-एक कर अपनी उपस्थिति, विद्यालय पंजिका में लगाकर अपनी संगी-साथिनों के साथ विद्यालय से बाहर जाने लगीं। विद्यालय नियमों के अनुसार मैं और दूसरी 'कक्षा नायिकाएँ' भी विद्यालय शिक्षिकाओं के पीछे-पीछे, मुख्य द्वार से निकलकर अपने-अपने घर की ओर चली गईं।

* * *

मैं घर पहुँची। शारीरिक रूप से, और दिनों की अपेक्षा, मैं स्वयं को बहुत ही अधिक थका-थका सा पा रही थी। परन्तु, मानसिक रूप से बड़ा ही सहज और शान्त अनुभव कर रही थी। पुस्तक आदि मैंने अलमारी में रख दीं। माँ ने पानी भरा गिलास और एक कटोरी में गुड़ की डलियाँ लाकर एक तिपाही पर रख दीं। मैंने कपड़े बदले और खाट पर बैठी माँ के पास जा बैठी। उसके कंधे पर सिर टिकाकर आँखें बन्द कर लीं। माँ ने बड़े ही स्नेह से मेरे बालों में उँगुलियाँ फेरनी प्रारम्भ कर दीं और बोलीं, "क्या बात है लल्ली? आज तेरा चेहरा उतरा-उतरा सा क्यों है?"

"कुछ नहीं माँ! बस यूँ ही।"

"न...न... कुछ तो है," माँ ने पूछा।

"नहीं कोई बात नहीं," मैंने आँखें बन्द रखे-रखे कहा।

"लल्ली! कोई तो बात है, "मेरा सिर अपने कंधे से हटाते हुए माँ बोली," चल! पानी पी ले। प्यास लग रही होगी।" माँ ने तिपाही से उठाकर गुड़ वाली कटोरी मेरी ओर बढ़ाई और पानी भरा गिलास मेरे हाथ में थमा दिया।

गुड़ और पानी निबटाकर मैं खाट से उठी। गिलास और कटोरी राख से माँज, धोकर बर्तनों के टोकरे में रख दिए। पलटकर मैंने माँ के मुख को देखा। चिन्ता और असमंजस की रेखाएँ उसके चेहरे पर भी साफ़ झलक रही थीं।

न जाने उसके मन में क्या आया। मुझसे बोली, "आज लल्ली कुछ थकी-थकी सी लग रही है। जा! कमर सीधी कर ले।"

मेरी मनचाही, अनजाने में ही पूरी हो रही थी। मुझे अच्छा लगा। यद्यपि, मैं भी कुछ ऐसा ही चाहती थी परन्तु माँ से कहने में संकोच हो रहा था। शब्द साथ ही नहीं दे पा रहे थे तो, क्या हुआ? मन की तरंगों ने तो मेरा संदेश माँ के मन में तरंगित कर ही दिया था।

मैं जैसे ही ऊपर जाने के लिए सीढ़ियाँ चढने को हुई तो माँ के बोल कानों में पड़े, "लल्ली! थोड़ा जल्दी आ जाना। खाना ठण्डा हो जाएगा। अभी ओमा ने भी नहीं खाया है। थोड़ी देर में तेरे पिता जी ओर पद्मकान्त भी आने वाले हैं। वे दोनों भी तेरे जाने के तुरन्त बाद ही निकल गए थे। तेरी सगाई के लिए कुछ लेने-लिवाने के लिए शहर गए हैं। अब, सब कुछ तो यहाँ मिलता नहीं क्योंकि यह छोटा क़स्बा जो ठहरा।"

"ठीक है माँ। उनके आते ही पुकार लेना," कहती हुई मैं सीढ़ियाँ चढ़ गई। कमरे में जाते ही खाट में धम्म से गिर गई। बहुत आँखें मूँदी। सोचा- नींद आ जाए। पर, नींद का दूर-दूर तक भी अता-पता नहीं था। सही भी है, जिसकी जितनी प्रतीक्षा करो उसके आने में उतना ही विलम्ब होता है। और दिन तो, आँखें घंटे-आधे घंटे में ही लग जाती थीं परन्तु आज तो लगता है कि नींद भी कहीं कोसों दूर जा कर बस गई है जो लौटने का नाम ही नहीं ले रही है। गड्ड-मड्ड होते विचारों के रेले थमने का नाम ही नहीं ले रहे थे। इसी उहापोह में समय कब पंख लगा कर उड़ गया, पता ही नहीं लगा।

"लल्ली," शब्द ने मेरी तंद्रा भंग कर दी। तुरन्त ही मैं पूर्ण चेतनावस्था में लौट आई।

"हाँ माँ!" प्रत्युत्तर में मैंने कहा और नीचे चली गई।

***

नीचे जाकर देखा तो बरामदे में सभी अपने-अपने आसनों पर बैठे हुए थे और सभी के सामने चौकियों पर भोजन की थालियाँ रखी थीं। मैं भी हाथ-पैर धोकर खाना खाने के लिए अपने आसन पर जा बैठी। पिता जी और पद्मकान्त को सामने देखकर मेरे मन में जिज्ञासा हुई कि मैं उनसे पूछूँ कि क्या-क्या बाज़ारी करके ले आए हैं? जैसे ही मैंने पूछना चाहा, "पिता जी ! आज क्या-क्या ख़रीद लाए?..." मैं अभी अपना प्रश्न पूरा भी नहीं कर पाई थी कि पिता जी ने होठों पर उँगुली रखते हुए चुप रहने का संकेत किया और बोले, "भोजन करते समय बोलते नहीं हैं। यह अभद्रता है और सामाजिक शिष्टाचार के विरुद्ध भी।"

तत्क्षण, हम सभी ने मौन धारण कर लिया और शान्तचित्त होकर भोजन किया। भोजनोपरान्त सभी ने पुनः कुल्ला किया हाथ साफ़ किए। अपने-अपने आसन और चौकियाँ सहेज कर पाकशाला के एक कोने में रख दिए। फिर, वहीं

बरामदे में बैठकर आज की ख़रीदारी पर विस्तृत चर्चा हुई। इसके अतिरिक्त यह भी ख़ुलासा हुआ कि अभी ख़रीदने के लिए और क्या-क्या शेष रह गया था। क्या-क्या और रीति-नीतियाँ, अभी भी निभानी शेष रह गई हैं क्योंकि नवरात्रि भी सिर पर आ रही हैं और समय भी कोई अधिक नहीं बचा है। बस, समय तो पंख लगाकर यूँ ही उड़ जाएगा। पता भी नहीं चलेगा।

"चिन्ता करने जैसी कोई बात नहीं है। दो-तीन दिन से मैं इसी उधेड़-बुन में था। सब कुछ अच्छी प्रकार से सोच-समझकर और अड़ौस-पड़ोस के बड़े-बूढ़ों तथा समझदार लोगों से बातचीत कर सामान की सूची बना ली थी। उसी सूची के आधार पर हमने आज ख़रीदारी की है। अब तो बस, सामान सजाना-बाँधना ही बाक़ी है। उधर गाँव वाले पंडित जी से बात करके दिल्ली वालों से भी सारा कार्यक्रम पक्का करना है कि कौन सा दिन शुभ रहेगा? समय क्या रहेगा और सगाई किस जगह होगी? समझे कुछ," पिता जी बोले, "चलो! अब थोड़ा सा विश्राम कर लिया जाए" कहकर पिता जी बैठक में चले गए। हम सब भी तितर-बितर होकर अपने-अपने काम-धन्धे लग गए।

* * *

कहा जाता है कि किसी भी बात के लिए एक बार 'समय निश्चित' कर दीजिए। आप चाहे फिर कुछ करें या न करें वह 'निश्चित समय', निर्धारित पल-क्षणों में क्रीत दास की भाँति स्वयं ही आपके सामने हाथ बाँधे आ खड़ा होगा। और, हुआ भी यही कि चौथे नवराते हमारे पक्ष के लोग समूची तैयारी के साथ सवेरे-सवेरे दिल्ली के लिए प्रस्थान कर गए। उस दिन मैंने भी छुट्टी मार ली। मन में एक अनोखा सा द्वन्द्व चल रहा था। हृदय की धड़कन असामान्य रूप से असहज थी। घर के अन्य सभी सदस्य प्रसन्न थे लेकिन मेरी मनःस्थिति बिल्कुल ही अलग थी। खाने के समय भी सबने बड़े चाव से खाना खाया। परन्तु मेरे गले में कौर नीचे ही नहीं उतर रहे थे। राम-राम करते-करते, आख़िर दिन भी ढलने लगा। अब आँख और कान, गली में से आने वाली परिचित पदचापों की प्रतीक्षा में केन्द्रित हो गए। हार-थक कर सूर्य भी अस्ताचल में छिप गया। गली में बिजली के खम्भों पर लटके लट्टू (बल्ब) टिमटिमाने लगे थे। आकाश में पंछी अपने-अपने घर वापिसी में उड़े चले जा रहे थे।

* * *

प्रतीक्षा की घड़ियाँ लम्बी हो चलीं थीं, समाप्त होने का नाम ही नहीं ले रही थीं। मन में कुछ अजीब-अजीब सा होने लगा था। सोचा, एक बार दहलीज़ की साँकल खोलकर देख लूँ। फिर, मन में विचार आया कि उससे क्या होना-जाना है? पहले भी तो, दो-तीन बार गली में झाँक ही चुकी थी मैं, परन्तु हाथ क्या लगा? कुछ भी तो नहीं। मैं इसी उहापोह में ही खोई थी कि तभी दहलीज़ के द्वार की साँकल

खड़क उठी। साँकल की आवाज़ सुन, मेरा मन बल्लियों उछलने लगा। द्वार खोलने के लिए मैं लपकी। लेकिन मुझसे पहले ही जाकर ओमा ने साँकल खोल दी। बाहर देखा तो पड़ोस वाली चाची खड़ी थीं। मैं बुझे मन से वापस मुड़कर आँगन में चली गई। सिर का पल्लू ठीक करते हुए चाची पूछ रही थीं, "ओमा! तेरे पिता जी नहीं लौटे दिल्ली से अभी तक?"

'ना' में सिर हिलाते हुए ओमा बोली, "नहीं चाची! हम भी बाट जोह रहे हैं अब तक। हो सकता है कि रेल देर से आ रही हो। या यह भी हो सकता है कि स्टेशन से यहाँ के लिए समय से कोई सवारी ही न मिली हो।"

***

इतनी देर में पद्मकान्त की आवाज़ मेरे कानों में गूँजी, "राम राम चाची"!

चाची ने पलटकर देखा और मुस्कुराते हुए बोली, "राम राम भइया। जीते रहो। सुखी रहो। खुश रहो पद्मकान्त!"

फिर ओमा की ओर देखते हुए बोली, "ओमा! मैं चलती हूँ। तेरे चाचा भी घर पहुँचने वाले ही होंगे। मैं भी बस यही पता करने आई थी कि अभी सब लोग दिल्ली से लौटे हैं या नहीं? मैं सोच रही थी कि कहीं तेरे चाचा बतियाते-बतियाते तुम्हारे घर तो नहीं पहुँच गए?"

पद्मकान्त के दहलीज़ तक पहुँचने से पहले ही मैं वहाँ पहुँच चुकी थी। चाची जैसे दहलीज़ की पौड़ी से उतरीं कि पद्मकान्त उस पौड़ी पर चढ़ गया। मुझे देखते ही बोला, "जिज्जी! राम-राम।" "राम-राम ओमा जिज्जी," ओमा को भी देखते ही बोला।

मैंने गली में झाँककर देखा, पिता जी अभी दस-बारह घर दूर थे। दोनों हाथों में झोले लटकाए वे धीरे-धीरे आ रहे थे।

अपने दोनों हाथों के झोले मुझे और ओमा को थमाते हुए पद्मकान्त बोला, जिज्जीओ! तुम ये पकड़ो। मैं पिता जी का हाथ बँटा दूँ, झोले ले आऊँ।"

वह वापस दौड़ा। पिता जी से झोले लिए और सीधा बरामदे में जाकर उसने झोले वहीं रख दिए जहाँ हमने पद्मकान्त से लिए हुए झोले रखे थे। उधर माँ, गुड़-पानी के प्रबन्ध में जुटी हुई थी।

पिता जी आए। आँगन में बिछी खाट पर बैठ गए। पद्मकान्त सामने बिछे खटोले पर बैठ गया और माँ पीढे पर बैठी थी। हम दोनों बहनें, बरामदे के खंभों से टेक लगाकर इस आशा के साथ खड़ी थीं कि पता नहीं पिता जी कब अपने श्रीमुख से दिल्ली में हुए सगाई-कार्यक्रम की आँखों देखी कहानी बखान करेंगे।

अब पिता जी ने उक्त सम्भावना को धता बताकर लोटे-बाल्टी के पास जा

कर मुँह, हाथ और पैर धोए। गमछे से पोंछा। पुनः खाट पर बैठकर गुड़-पानी से अपनी तृप्ति की और फिर पूर्ण रूप से विश्रामावस्था में विराजते हुए बोले, "हाँ भई! अब बोलो, क्या सुनाएँ?"

***

पिता जी की मुखमुद्रा और मनःस्थिति भाँपकर हमें लगा कि आज वे पूरी मौज में है। उन्होंने माँ की ओर देखते हुए कहा, "अरे! सुनती हो? वो जो नीले वाला झोला है, उसमें लड्डू और मिठाई के डिब्बे रखे हैं। उनमें से एक मिठाई का डिब्बा, और जितनी इसकी कक्षा में छात्राएँ एवं विद्यालय में शिक्षिकाएँ तथा अन्य कर्मी हैं उन सबकी संख्या लल्ली से पूछकर उतने ही लड्डू लल्ली के हाथों विद्यालय में भेज देना। पड़ोस में जिनसे निकट के सम्बन्ध हैं, उनको दो-दो लड्डू और एक-एक मुट्ठी बताशे और जिनसे केवल दूर की ही राम-राम है उनके यहाँ दो-दो बड़े बताशे और एक-एक मुट्ठी छोटे बताशे भेज देना।"

"माँ! पहले मैं कक्षा-अध्यापिका से बात करूँगी। यदि, उन्होंने 'हाँ' कह दी, तो ही मैं मिठाई ले जाऊँगी और 'नहीं' कह दी, तो मैं नहीं ले जाऊँगी साफ़ सी बात है," मैंने माँ का हाथ पकड़ते हुए धीरे से कहा।

"ठीक है," माँ बोली और मेरे पकड़े हुए हाथ को थोड़ा और दबाते हुए पिता जी से कहने लगी, "यह मिठाई, लड्डू और बताशों का राग तो छोड़ो। ये सब लुगाइयों के झमेले हैं कि किसको देना है, कितना देना है और देना भी है या नहीं भी देना। तुम तो दिल्ली के बारे में बातें करो जिन्हें सुनने के लिए कान भी तरस गए। सुबह से न ढंग से खाया गया, न पिया गया। प्राण भी कंठ में अटके पड़े थे।"

***

पिता जी हल्के से मुस्कराए और बोले, "भोले बाबा के आशीर्वाद से सब ठीक, ठीक ही नहीं बल्कि, बहुत ही अच्छा हो गया। दिल्ली वाले और इस अवसर पर उपस्थित सभी लोग-लुगाई बड़े संतुष्ट और प्रसन्न थे। जो हमने दिया उसकी सबने जी भरकर बड़ाई की। समधी जी और समधन जी की प्रसन्नता की तो कोई सीमा ही नहीं थी क्योंकि उनके घर में तो उनके अपने विवाह के बाद यह पहिला ही विवाह है। उन लोगों ने भी हमारी अच्छी आवभगत की। ऐसी आवभगत तो हमने यहाँ अपने क़स्बे में भी आजतक नहीं देखी। शरबत क्या, शिकन्जी क्या, लस्सी क्या, ठण्डाई क्या? पीते-पीते सबके पेट फटने को हो गए। सगाई के बाद वाले खाने में, अनेक प्रकार के स्वादिष्ट व्यंजन थे। कार्यक्रम समापन के बाद भेंट- मिलनी करके, हम वहाँ से विदा हुए। परिजन और गली मुहल्ले के लोग बाहर ताँगे स्टैण्ड तक छोड़ने आए। समधी जी ने तीन-चार लोगों को हमें रेलगाड़ी में बिठाने स्टेशन भेजा। गाड़ी चलने तक वे सभी, प्लेटफ़ॉर्म पर ही खड़े रहे।"

***

उसके बाद, वापिसी में पंडित जी और उनके लड़के को हमने उनके गाँव जाने वाली सड़क पर उतार दिया। बस से उतर कर हम घर आ गए और तुम्हारे चाचा जी को तुम्हारे द्वार पर खड़ी चाची को सौंप दिया।... आज की कथा को यहीं विश्राम दिया जाता है। बस। इतना ही बहुत है या कोई और प्रश्न घुमड़ रहा है तुम्हारे मन में," पिता जी ने अपनी वाणी को विराम दिया और एक-एक कर हमारे चेहरे तकने लगे, हमारी ओर से किसी अपेक्षित जिज्ञासा-प्रतिक्रिया की प्रतीक्षा में।

हम क्या बोलते? अब कोई प्रश्न हमारे पास था ही नहीं। क्योंकि, पिता जी ने आज प्रातः से लेकर अब तक का सारा विवरण तो सविस्तार वर्णन कर ही दिया था।

"क्या खाओगे," माँ ने पूछा।

"कुछ भी खिला दो।" पिता जी बोले।

"कुछ भी क्या? खुलकर बोलो," माँ ने स्वर थोड़ा सा तीखा करते हुए कहा।

"अरे भई! जो कुछ खिला दोगी, वही खा लेंगे। सवेरे घर से कलेवा करके चला था। रास्ते में ही मैंने, तुम्हारे दिए आलू के पराँठे अचार के साथ खा लिए थे। उसके बाद तो फिर हम सभी सगाई कार्यक्रम में ही लग गए। यद्यपि, लल्ली के ससुराल वाले तो बहुत पीछे पड़े थे कि मैं कुछ खालूँ, कुछ खालूँ, परन्तु बेटी की ससुराल में कैसे खा लेता मैं? इसलिए, अब भूख तो लगेगी ही न," पिता जी ने माँ को उत्तर देते हुए कहा।

"ठीक है। ओमा! एक काम कर। जब तक खाना बने, दिल्ली ले जाने के लिए लाई गई मिठाई में से ही कुछ अपने पिता जी और पद्मकान्त के सामने परोस दे और...," इससे पहले कि माँ अपना वाक्य पूरा कर पाती, "मेरे लिए कुछ मत देना। माँ! मैं खाना भी नहीं खाऊँगा। आज जिज्जी की ससुराल वालों ने तो मेरा पेट नाक तक भर दिया। ढंग से साँस भी नहीं ली जा रही। पता नहीं कि आज रात को नींद भी आ पाएगी या नहीं," पद्मकान्त ने पेट पर हाथ फेरते हुए कहा।

"अच्छा!" कहकर माँ ने चूल्हा सुलगाया। थोड़ी ही देर में पिता जी ने खाना खा लिया।

"तुम में से, जिस-जिसने भी भोजन करना है; हाथ धोकर तुरन्त आ जाओ," माँ ने हमारी ओर देखते हुए कहा। अवर्णनीय मनःस्थिति के कारण मेरा मन खाना खाने के लिए नहीं कर रहा था। ओमा का मन टटोलने के लिए, मैंने उसकी ओर देखा तो पाया कि वह पहले से ही मुझे निहार रही थी। नेत्र टकराते ही उसके अधरों पर मुस्कान खेलने लगी।

आँखों ही आँखों में मैंने खाना खाने के बारे में ओमा से पूछा। उसने 'हाँ' में

गर्दन हिला दी। ओमा का साथ देने के लिए मैं भी उसी के साथ बैठ गई। जितनी देर में सभी के लिए खाना बना, हम दोनों ने भोजन कर लिया। भोजन से उठकर मैंने हाथ धोए और माँ के लिए थाली में भोजन परोस दिया। उधर, ओमा ने चूल्हा ठण्डा कर, चौका बर्तन निपटा दिए। अन्त में माँ के जूठे बर्तन साफ़ कर मैं और ओमा, सोने के लिए ऊपर छत वाले कमरे में चले गए। पद्मकान्त अपने कमरे में तब तक सो चुका था।

पिता जी चारपाई पर लेट गए। माँ भी वहीं पीढ़ा बिछाकर बैठ गई और पिता जी के ऊपर बीजना झलने लगी। नीचे से बातें करने की आवाज़ें आ रही थीं। इधर मैं और ओमा भी अपनी-अपनी चारपाइयों पर लेट गए और बहुत देर तक बतियाते रहे। फिर अचानक ही मुझे ध्यान आया कि कल सुबह तो पढ़ने भी जाना है। मैंने ओमा से कहा, "चल, सो जा, कल पढ़ने जाना है इसलिए जल्दी उठना पड़ेगा।"

ओमा उठकर अपनी चारपाई पर बैठ गई। मेरे ऊपर झुकते हुए दोनों हाथों की उँगुलियों से मेरे दोनों गाल खींचते हुए बोली, "जिज्जी! बौरा गई है क्या? तुझे पता नहीं कि कल रविवार की छुट्टी है," मैंने बन्द आँखे खोल लीं। देखा, तो पाया कि ओमा मुस्कुरा रही थी। अब मेरी आँखों से तो नींद उड़ ही गई थी उधर अब ओमा भी मेरी चारपाई पर आ कर जम गई। मैं भी उठकर दीवार से टेक लगाकर बैठ गई। हमने फिर बातें प्रारम्भ कर दीं। कुछ इधर की, कुछ उधर की। होने वाली ससुराल की, तो कुछ उनके परिवार की। विवाह की, विवाहोपरान्त जीवन की। गपियाते-गपियाते पता नहीं कितना समय बीत गया। हमें पता ही नहीं लगा।

"अरी छोरियो! सोईं नहीं क्या अभी? आधी रात भी बीत चली है। कब सोओगी? कब उठोगी?" कहती-कहती माँ भी आकर वहाँ ख़ाली पड़ी ओमा की चारपाई पर बैठ गई। अब हम तीनों की पंचायत जम गई। माँ ने इस सम्बन्ध के बारे में मेरे विचार जानने प्रारम्भ कर दिए कि मैं इस सम्बन्ध से प्रसन्न तो हूँ, संतुष्ट तो हूँ। मन में कुछ अन्यथा तो नहीं चल रहा है? मैंने 'संतुष्टिभाव' में सिर हिला दिया। माँ ने आश्वस्त होने की गहरी लम्बी साँस ली। कुछ क्षणों के बाद हमें सोने के लिए कहकर, किवाड़ बन्द कर माँ नीचे सोने चली गई।

***

सोमवार वाले दिन, कक्षा में सभी लड़कियों का ध्यान मेरी ओर ही था। कक्षाध्यापिका ने भी मुझे बड़े ध्यान से देखा। धीरे से मुस्कुराईं और छात्राओं की उपस्थिति ली। कक्षा से बाहर निकलकर उन्होंने अपने पास बुलाया और ख़ाली घंटे में शिक्षिका कक्ष में मिलने को कहा।

सभी विषयों की शिक्षिकाएँ आती रहीं और अपने-अपने विषय पढ़ाकर जाती रहीं परन्तु मुझे देखकर मुस्कुराना उनमें से कोई भी नहीं भूली। मुझे भी, उस

दिन बड़ा ही असामान्य सा लग रहा था। उस दिन गणित की शिक्षिका अवकाश पर थीं। उनका घंटा ख़ाली था। छात्राओं को कुछ प्रश्न हल करने के लिए कहकर, एक छात्रा को मैंने कक्षा का ध्यान रखने को कहा और मैं शिक्षिका-कक्ष में चली गई।

कक्षाध्यापिका से प्रवेश-अनुमति लेकर मैं उनके पास पहुचँ गई। उन्होंने संकेत से तिपाई लाकर अपने निकट बैठने को कहा क्योंकि वे छात्राओं का गृह-कार्य जाँच रही थीं। कुछ देर में काम निपटाकर उन्होंने कॉपी और पैन मेज़ पर रख दिए। मेरी ओर देखकर मुस्कुराते हुए बोलीं, "और धन्या! शुभ समाचार सुनाओ। सब ठीक हो गया?"

अब चकित होने की मेरी बारी थी। मैंने पूछा, "कौन सा शुभ समाचार बहन जी!"

"अरे वही, तुम्हारी सगाई वाला।"

"लेकिन, आपको कैसे पता लगा?"

"वो शनिवार को तुम अनुपस्थित थीं न, तो मुझे यही आभास हो रहा था कि तुम सम्भवतः सगाई के कारण ही नहीं आ पाई हो। लेकिन, अब तुम्हें जो मैंने देखा है तो मेरा अनुमान विश्वास में ही बदल गया। तुम्हें लग रहा होगा कि सारी छात्राएँ और शिक्षिकाएँ तुम्हें इस अनोखे ढंग से क्यों देख रही हैं? असल में आज, तुम्हारा हल्का सा सजा-सँवरा चेहरा, तुम्हारी सारी चुगली कर रहा है। चलो, कोई बात नहीं। बधाई तुम्हें। शुभकामनाएँ। तुम्हारा जीवन मंगलमय हो," कहते हुए उन्होंने मेरा माथा चूमा और मेरे सिर पर हाथ फेरा।

मैंने जब उनसे मिठाई की बात की तो वे बोलीं, "थोड़ा रुको! प्रधानाध्यापिका जी से पूछ लूँ, फिर बताती हूँ।"

***

अगले दिन कक्षाध्यापिका ने मुझसे कहा, "प्रधानाध्यापिका जी से मिल लेना। उन्होंने बुलाया है।"

समय पाकर मैं उनसे मिली। उन्होंने बड़ा स्नेह प्रदर्शित किया। मुझसे सारा विवरण जाना। उन्होंने शुभकामनाओं और बधाई के साथ-साथ मुझे आशीर्वाद भी दिया। मेरे सफल भावी दाम्पत्य जीवन के लिए मंगलकामनाएँ भी दीं। मैं लज्जा और संकोच से धरती में गढ़ी जा रही थी। वे मुझसे बोलीं, "तुम्हारी बहन जी कह रहीं थीं कि तुम हम, सब का मुँह मीठा कराना चाहती हो?"

मैंने सिर झुकाए हुए धीरे से कहा, "जी"।

वे बोलीं, "ठीक है। अच्छा है। पर यह ठीक रहेगा क्या? अच्छा, रुको!" उन्होंने मेज़ पर रखी घंटी बजाई।

तुरन्त ही एक चपरासी आया और बोला, "हाँ जी"।

"वो, मोहिनी जी को बुलाना।"

"जी, अभी लाया बुलाकर," कहकर वह तुरन्त ही चला गया।

थोड़ी ही देर में मेरी हिन्दी अध्यापिका जी आ गईं। बोलीं, "जी बहन जी! बुलाया आपने।"

कुर्सी पर बैठने का संकेत करते हुए वे बोलीं, "हाँ, मैंने बुलाया था आपको। यह वही छात्रा है न, जिसके विषय में बताया था आपने। जिसकी अभी-अभी सगाई हुई थी। यह चाहती है कि यहाँ सभी का मुँह मीठा कराया जाए। आप क्या कहती हैं?"

"नहीं, मेरा क्या कहना है? आप जैसा उचित समझें। बस, कोई अनुशासन की समस्या न बन जाए।"

"इसमें अनुशासन की क्या समस्या होगी? यह महीना समाप्त होने वाला है। अगले महीने परीक्षाएँ प्रारम्भ हैं। मिठाई अभी टालते हैं तो तब तक ख़राब हो जाएँगी। बाद में बाज़ार से लानी पड़ेंगी। इसलिए, अच्छा है कि अभी मँगवा ली जाए। यदि आप सहमत हों तो इससे कह दीजिएगा कि कल ले आएगी। ठीक है न," वे बोलीं।

* * *

मैंने, पद्मकान्त के साथ अगले दिन मिठाई ले जाकर शिक्षिका-कक्ष में रख दी। तब तक कोई भी शिक्षिका नहीं आई थी। पद्मकान्त को मैंने वापस घर भेज दिया यह कहकर कि वह दोपहर को विद्यालय आ जाएगा।

विद्यालय में पहली घंटी बजी, जो विद्यालय खुलने की सूचना थी। दूसरी घंटी बजी, प्रार्थना के लिए विद्यालय प्रांगण में ईशवंदना के लिए पंक्तिबद्ध खड़ा होने का बुलावा था। सभी अपनी-अपनी कक्षाओं से निकलकर प्रार्थना-स्थल की ओर लपकीं। जो छात्राएँ, प्रवेश द्वार के इधर-उधर या विद्यालय में अन्यत्र कहीं भी, थीं वे अपनी-अपनी कक्षाओं में न जाकर सीधी प्रार्थना-स्थल पर ही पहुँच रही थीं। शारीरिक शिक्षा-शिक्षिका ने सीटी बजाई तो सभी भाग-भाग कर पंक्तिबद्ध होने लगीं। सभी कक्षा अध्यापिकाएँ, अपनी-अपनी कक्षा पंक्तियों के सामने खड़ीं थीं। पंक्तियों के पीछे की ओर कक्षा नायिकाएँ खड़ी हो गईं। प्रधानाध्यापिका सहित अन्य शिक्षिकाएँ आगे की ओर खड़ी थीं और उनके आगे प्रार्थना कराने वाली चार छात्राएँ खड़ी थीं।

विद्यालय की दूसरी घंटी बजी। छात्राओं ने प्रार्थना गायन, समवेत स्वर में प्रारम्भ कर दिया..."तुम्हीं हो माता-पिता तुम्हीं हो, तुम्हीं हो बन्धु सखा तुम्हीं हो...।"

प्रार्थना के बाद नित्यप्रति की भाँति 'गायत्री मंत्र' का पाठ हुआ। तत्पश्चात 'शान्ति पाठ' के बाद "नैतिक शिक्षा" पर एक छात्रा ने शिक्षाप्रद बातें बताईं और अन्त में राष्ट्रगान के साथ प्रार्थना सम्पन्न हुई। एक-एक करके सभी छात्राएँ पंक्तिबद्ध होकर अपने-अपने कक्षा-कक्षों में चली गईं। 'शून्य घंटे' में कक्षाओं में छात्राओं की उपस्थिति लेने का कार्य समाप्त हुआ और पहले शिक्षण घंटे की संकेतक, विद्यालय की घंटी से नियमित अध्ययन कार्यक्रम प्रारम्भ हो गया।

अभी पहला घंटा समाप्ति पर ही था कि विद्यालय का चपरासी आया और वहाँ अध्यापनरत शिक्षिका से बोला, "बहन जी! धन्यमति से कहिए कि मोहिनी बहन जी उसे बुला रही हैं।"

"ठीक है" शिक्षिका जी ने कहा। "धन्यमति। जाओ।"

अपनी पुस्तक आदि समेटकर बस्ते में रखीं और मैं कक्षा से बाहर चली गई।

मैं बरामदे से होकर शिक्षिका-कक्ष की ओर जा ही रही थी कि पहला घंटा समाप्त होने की घंटी बज गई। सामने वाले कक्ष से, मोहिनी बहन जी बाहर निकलीं। हम दोनों ने एक-दूसरे को देखा। बहन जी मुस्कुराईं और हम शिक्षिका-कक्ष की ओर चल दिए। शिक्षिका-कक्ष में प्रवेश करते ही उन्होंने एक कोने में रखे झोलों की ओर संकेत करते हुए पूछा "धन्या! यह सामान तुम्हारा है?"

"जी बहन जी!"

"खोलो सारा सामान," बहन जी ने निर्देश दिया।

मैंने झोले उठाकर मेज़ पर रखे। झोलों में से मिठाई के डिब्बे बाहर निकालकर मेज़ पर रख दिए। एक डिब्बा उठाकर मैंने बहन जी को दे दिया, "बहन जी! यह केवल आपके और केवल आपके लिए ही है।" माँ ने कहा था कि यह मैं आपको ही दूँ। पिता जी भी यही कह रहे थे। इस दूसरे डिब्बे में सभी शिक्षिकाओं के लिए मिठाई है और शेष हमारी कक्षा की छात्राओं के लिए है।"

बहन जी ने अपने लिए लाया डिब्बा लेने में बहुत आनाकानी की। लेकिन, जब मैंने उनसे बहुत अनुनय-विनय की तो डिब्बा उन्होंने रख ही लिया और मुझसे बोलीं, "चलो! यह डिब्बा उठाओ। सभी शिक्षिकाओं में वितरण करने से पहले बड़ी बहन जी से ही इसका श्री गणेश करते हैं।" छात्राओं वाला डिब्बा उठाकर मैंने बहन जी की अलमारी में रख दिया।

हम दोनों प्रधानाध्यापिका कक्ष के सामने जा पहुँचे। मैं बाहर खड़ी हो गई और बहन जी कक्ष के भीतर चली गईं। वे तुरन्त ही वापस पलटीं और बोलीं, "अरे! तुम वहाँ रुक क्यों गईं? अन्दर आओ," सुनकर, मैं अन्दर चली गई। मैंने डिब्बा मोहिनी बहन जी को थमा दिया और बहन जी ने वह डिब्बा लेकर बड़ी

बहन जी के आगे बढ़ा दिया। प्रधानाध्यापिका जी ने हम दोनों की ओर देखा और मुस्कुराईं। डिब्बा हाथ में लेकर उन्होंने उसे खोला। उसमें से मिठाई का एक टुकड़ा अपने हाथों से उन्होंने मेरे मुँह में डाला। बहन जी ने भी उसमें से एक टुकड़ा उठाकर मेरे मुँह में डाला और अन्त में एक टुकड़ा लेकर उन्होंने स्वयं खाया और फिर डिब्बा बन्द कर अपनी मेज़ के एक कोने में रखते हुए बोलीं, "चपरासी के हाथों सभी कक्षाओं में अध्यापनरत शिक्षिकाओं को भेजना शोभनीय नहीं लगेगा। इसलिए यह ठीक रहेगा कि छुट्टी के समय जब वे अपनी उपस्थिति लगाने आएँगी तो वे यहीं मुँह मीठा कर लेंगी। धन्यमति! तुम्हें शुभकामनाएँ, बधाई और शुभाशीष। तुम्हारा दाम्पत्य जीवन सफल हो और भविष्य उज्ज्वल हो।"

भीतर से आन्दोलित परन्तु बाहर से अति संयत होकर, विनम्र शब्दों से मैंने प्रधानाध्यापिका को दोनों हाथ जोड़ते हुए धन्यवाद किया और नमस्ते करके कक्ष से बाहर निकल आई। कक्षा की छात्राओं के लिए शिक्षिका जी की अलमारी में रखी मिष्ठान की थैली निकाली। इतनी ही देर में, मोहिनी जी भी प्रधानाध्यापिका कार्यालय से वापस लौट आईं।

अचानक मेरे मन में एक विचार कौंधा। मैंने मोहिनी बहन जी से निवेदन किया, "बहन जी! आज आप मेरी एक अंतिम सहायता और कर दीजिए। अपने हाथों से कक्षा की छात्राओं का मुँह मीठा और करा दीजिए।" बहन जी ने मुस्कुराकर अपनी सहमति दे दी और, मिठाई के साथ कक्षा में चलने को कहा।

मैंने मिठाई का डिब्बा उठाया और अपनी कक्षा में जा पहुँची। साथ ही हमारी अध्यापिका महोदया भी मेरे पीछे-पीछे कक्षा में आ गईं। उन्हें देखकर सारी छात्राएँ उनके अभिवादन में खड़ी हो गईं। सभी को हाथ के संकेत से बैठने को कहकर वे कक्षा के बीच अपनी मेज़ के साथ लगकर खड़ी हो गईं।

"बच्चो! आज मैं आपको एक शुभ समाचार सुनाने जा रही हूँ। आपकी एक सहपाठी और आपकी कक्षा नायिका धन्यमति की सगाई हो चुकी है। वार्षिक परीक्षाओं के पश्चात इसी वर्ष इसका विवाह होना भी निश्चित हो चुका है। जहाँ हमें इस समाचार से बड़ी ही प्रसन्नता हो रही है वहीं हमारे मन में एक टीस भी उठ रही है कि हम एक प्रतिभाशाली और सर्वप्रिय छात्रा के साथ से सदा-सदा के लिए वंचित हो जाएँगे। उसका अभाव सदा ही हमें खटकता रहेगा," वे बालीं।

"इस मंगलकार्य के उपलक्ष में, धन्यमति अपनी प्रसन्नता हम सभी के साथ साझा करना चाहती है। इसलिए प्रतीक रूप में वह अपनी सहपाठियों का मुँह मीठा कराना चाहती है। आप सभी से अपेक्षा है कि आप एक-एक कर यहाँ आती रहें और मिठाई का एक-एक टुकड़ा लेकर अपने-अपने स्थान पर बैठती रहें," उन्होंने अपनी वाणी को विराम दिया।

सभी छात्राएँ अपनी-अपनी बारी से एक-एक करके आती रहीं और मिष्ठान ले-लेकर जाती रहीं। जब सभी ने अपना-अपना स्थान ग्रहण कर लिया तो कक्षा अध्यापिका ने कहा, "अब हम धन्यमति के अभिनन्दन में करतल ध्वनि करेंगे तथा उसके भावी जीवन के लिए मंगलकामना भी करेंगे," और फिर सभी की तालियाँ बज उठीं।

छुट्टी के समय पद्मकान्त विद्यालय आ पहुँचा। वहाँ से हम दोनों बहन-भाई कुछ ही देर में घर पहुँच गए। विद्यालय में हुए उक्त कार्यकलाप से मैं, अर्थात 'धन्या' आज बहुत ही अभिभूत थी। मेरे पैर, आज धरती पर नहीं पड़ रहे थे। अभूतपूर्व और अप्रत्याशित विद्यालयी व्यवहार से मैं चकित थी और बड़ी प्रसन्न भी थी। मेरा मन-मयूर पूर्ण उल्लास और उत्साह के साथ नृत्य कर रहा था। मेरे मन में उठीं आनन्द की लहरें मुझे भीतर तक भिगो गई थीं। मैं इन क्षणों में डूब-तैर रही थी। इन पलों को मैं किसी से बाँटना चाहती थी। पर, माँ और ओमा तो कहीं पड़ोस में हो रहे कीर्तन में गई हुईं थीं। विचारों से जूझते-जूझते आख़िर मैं चारपाई में कब समा गई मुझे पता ही नहीं लगा।

***

तीन

मुझे अपने बालों में, किसी कोमल स्पर्श का आभास हुआ। मैं कुछ-कुछ चैतन्य हो रही थी। मेरी इस जागृत हो रही चेतनता ने, मुझे कोमल स्पर्श के आभास को पहचानने में तनिक भी विलम्ब नहीं होने दिया। पूर्व परिचित यह सुखद कोमल स्पर्श, किसी और का नहीं था बल्कि मेरी माँ का ही था। मैंने धीरे से आँखें खोलीं और किंचित मुस्कुराहट के साथ आँखें उठाकर माँ के चेहरे पर देखा। उसका चेहरा और आँखें, दोनों ही मुस्कुरा रहे थे। मैंने अपने चेहरे को थोड़ा उठाया और अपना शरीर हल्के से ऊपर को सरकाकर अपना सिर माँ की गोद में रख दिया। माँ का हाथ थामे-थामे मैंने नेत्र बन्द कर लिए। मुझे एक स्वर्गिक आनन्द की गहन अनुभूति हो रही थी जिससे मैं एक पल को भी विरत नहीं होना चाहती थी। उधर मेरी केशराशि में फिरती माँ की उँगुलियों का स्पर्श, इस गहन अनुभूति को और भी अधिक गहराता चला जा रहा था।

"लल्ली", मेरे कानों में माँ का मधुर स्वर गूँजा।

"हूँ", अलसाए से स्वर में मेरे कण्ठ से आवाज़ निकली।

"ठीक तो है", माँ ने स्नेहसिक्त स्वर में पूछा।

"हाँ", मैंने संक्षिप्त उत्तर दिया।

"उठ बैठ! देख गोधूलि का समय हो चला है। थोड़ी देर में सूरज महाराज भी अस्ताचल में चले जाएँगे। भोजन बनाने का भी समय हो चला है। क्या खाएगी? क्या बनाऊँ?" कहते-कहते मेरे सिर को चारपाई पर टिकाकर माँ चारपाई से उठकर खड़ी हो गई और किवाड़ खोलती हुई बाहर छत पर आ गई। मैं भी उठी। चारपाई में बैठे-बैठे एक तगड़ी सी अंगड़ाई ली और तुरन्त चारपाई से उतर कर छत पर आ गई। तब तक माँ सीढ़ियाँ उतर कर नीचे जा चुकी थी और ओमा से बतियाने के उसके अस्पष्ट शब्द सुनाई दे रहे थे। मैं भी अपने इस शयनकक्ष को ठीक करके नीचे पहुँच गई।

नीचे आकर हम तीनों, अर्थात् माँ, मैं और ओमा ने भोजन पकाने की तैयारी करनी प्रारम्भ कर दी। दिन का प्रकाश मन्द हो चला था, झुटपुटा पैर पसारने लगा था।

माँ बोली, "ओमा! इससे पहले कि अँधेरा छा जाए, कुछ दीया-बाती का प्रबन्ध कर ले।" तभी पिता जी भी आ गए और अपनी खाट पर बैठ गए।

"अच्छा माँ!" कहकर ओमा उठी। तभी पद्मकान्त दनदनाता हुआ घर में घुसा। बोला, "क्या, माँ! अभी अँधेरा क्यों है? लाओ, दियासलाई दो। मैं करता हूँ अँधेरा दूर अभी।"

"भइया पहले एक काम कर। लालटेनों और लैम्पों की बत्तियाँ काटकर ठीक कर ले। शीशे, राख से साफ़ कर ले और कनस्तर से बोतल में मिट्टी का तेल (कैरोसिन) निकालकर सभी लैंपों तथा लालटेनों में भर दे और सुन! दहलीज़ में जो डिबिया रखी है उसके भी तेल-बाती देख लेना।"

"ठीक है माँ! अभी लो," कहकर पद्मकान्त ने सारी लालटेनें, लैम्प और डिबिया इकट्ठा कर लीं। कैंची से काटकर सारी बत्तियाँ ठीक कीं। सभी में, मिट्टी का तेल भरा और चिमनियों (शीशों) को राख-कपड़े से रगड़कर एकदम से चमका दिया। एक-एक करके, सभी लालटेनों, लैंपों और डिबिया की बत्तियों को बार (उजाल) दिया और फिर उन्हें यथा स्थान रख दिया। डिबिया को दीवट पर रख दिया। अब सारा घर प्रकाशमान हो गया था।

इतनी देर में हम तीनों ने भोजन बना लिया था। बारी-बारी से सभी ने भोजन खाया। हमने बर्तन, चूल्हे और चौके का सारा काम निपटा लिया। सबने गुड़ के साथ दूध पीया और सभी सोने के लिए अपनी-अपनी चारपाइयों की ओर चले गए। बाक़ी का काम निपटाकर मैं और माँ भी अपने-अपने कमरों में चली गईं।

***

समय पंख लगाकर ऐसे ही उड़ता चला जा रहा था। कब दिन निकला, कब दोपहर हुई और कब साँझ ढल गई, पता ही नहीं लग रहा था। घंटे, दिनों में दिन सप्ताहों में और सप्ताह महीनों में कैसे बदलते हैं यह मुझे उस दिन भान हुआ जिस दिन पिता जी ने अकस्मात ही घर पर बातों-बातों में मेरे विवाह के मुहुर्त के विषय में चर्चा छेड़ दी।

पिता जी बोले, "लल्ली की माँ! वाग्दान (रोकना) और शगुन (सगाई) तो भोले शंकर की कृपा से ठीक-ठीक निपट गए। असली कारज तो अब आया है सिर पर, लल्ली के विवाह का। कुछ ही दिनों में लल्ली की परीक्षाएँ भी समाप्त हो जाएँगी। आगे-पीछे ही पद्मकान्त और ओमा भी परीक्षाओं से निपट जाएँगे। आठ-दस दिनों में, तीनों ही विद्यालय-भार से मुक्त हो जाएँगे। फिर समय ही समय होगा इनके पास, निश्चिन्त होकर विवाह की तैयारियों में हाथ बँटाने का," एकाएक पिता जी मौन साध गए।

थोड़ी देर बाद बोले, "तो, मैं यह सोच रहा था कि एक-दो दिन के बाद मैं गाँव वाले पंडित जी के पास हो आता हूँ। उनसे कहता हूँ कि वे दिल्ली वालों से लल्ली

के विवाह का मुहुर्त निकलवाने के बारे में बात कर लें। उधर हम भी कोई शुभमुहुर्त सुझवा लेते हैं। फिर, एक दिन दिल्ली वालों के साथ बैठकर कोई ऐसा दिन-मुहुर्त निर्धारित कर लेते हैं जो दोनों ही पक्षों के लिए सुविधाजनक हो और दोनों को ही स्वीकार्य भी हो।"

"हाँ, हाँ"! तब तक तो पंडित जी और हमारे भी खेती-बाड़ी से जुड़े 'सम्बन्धी' तथा सभी अन्य लोग खेती-बाड़ी से सम्बन्धित अपने-अपने सभी काम निपटा चुके होंगे," माँ ने पिता जी की बात को आगे बढ़ाते हुए कहा।

"सही बात! ये ही सारी बातें करके निश्चिंत होने के लिए ही तो मैं एक बार सविस्तार बातचीत करने की दृष्टि से अपने पंडित जी से मिलने उनके गाँव जा रहा हूँ। अब मैं सोचता हूँ कि इधर पंडित जी से कुछ आवश्यक चर्चा, लेन-देन और रीति-रिवाजों के विषय में भी हो जाएगी", पिता जी ने अपनी वाणी को विराम दिया।

* * *

अगले दिन मुँह अँधेरे ही पिता जी, पंडित जी के गाँव निकल गए। पंडित जी का गाँव हमारे क़स्बे से लगभग पाँच-छह कोस (13-15 कि.मी.) था यहाँ जाने के लिए कोई पक्की पहुँच-सड़क नहीं थी। रेलवे स्टेशन जाते समय, सड़क से उनके गाँव जाने के लिए एक कच्चे रास्ते के मुहाने पर बस यात्रियों को उतारने-चढ़ाने के स्थल से भी गाँव की दूरी लगभग डेढ़-दो कोस थी। क़स्बे से स्टेशन के लिए पहली बस साढ़े छह बजे निकलती थी क्योंकि दिल्ली में कार्यरत दैनिक यात्रियों को साढ़े सात बजे की रेल पकड़नी होती थी। इसलिए चलने से पहले ही बस भर जाती थी। पिता जी भी इसीलिए जल्दी ही बस में जाकर निकासद्वार के निकट वाली कंडक्टर की सीट पर बैठ गए जिससे कि उतरते समय आसानी से उतर सकें और खड़े होकर, भीड़ की धक्का-मुक्की वाली यात्रा से मुक्त रह सकें।

* * *

पिता जी ने लौटकर बताया कि वे बस से उतर कर लगभग एक घंटे में गाँव पहुँच गए थे। पंडित जी के घेर (घर का वह अतिरिक्त सहनिवास जहाँ पशुधन, कृषि/कृषि यंत्र और उससे सम्बन्धित अन्य सामग्री उपलब्ध एवं संचित रहती है) में उन्होंने देखा कि खाट पर बैठे पंडित जी हुक्का गुड़गुड़ा रहे थे। दो तीन खाटों पर बैठे दूसरे लोग भी बतियाते जा रहे थे तथा अपनी-अपनी बारी से हुक्का गुड़गुड़ा रहे थे।

"पंडित जी! राम-राम", कहता हुआ मैं घेर में घुसा। पंडित जी सहित सभी ने हुक्के से ध्यान हटाकर मेरी ओर देखा और प्रत्युत्तर में बोले, "राम, राम जी", और सब अपनी-अपनी जगह खड़े हो गए। मैंने एक बार पुनः "राम राम," कहकर हाथ जोड़ दिए। पंडित जी भी खड़े हो चुके थे।

"और! आज तो तड़के-तड़के ही धावा बोल दिया। सब कुशल-मंगल तो है न? आओ बैठो।"

"अरे श्यामू! जा, अपनी माँ से कहना कि शहर वाले पंडित जी आए हैं।" दूध लेकर आजा, पंडित जी अपने छोटे बेटे से बोले।

सभी खड़े लोग, चलने की मुद्रा में आ गए थे। उनमें से एक बोला, "अच्छा चाचा! चलें हम भी, जरा खेत-क्यार की ओर निकलें। तुम अपने मेहमान को सम्भालो। शाम को मिलते हैं चौपाल में", कहकर वे चले गए।

हम दोनों आमने-सामने चारपाइयों पर बैठ गए। पंडित जी ने हुक्के की नह मेरी ओर घुमा दी। बड़े ही असमंजस में हुक्के की नह मैंने मुट्ठी में थाम तो ली, पर यह निर्णय नहीं कर पा रहा था कि घूँट मारूँ या नहीं। अभी मैंने अनिच्छा से घूँट खींचने के लिए नह को अपने मुँह के पास किया ही था कि इतनी देर में श्यामू दूध और दो गिलास लेकर आ गया।

उसे देखते ही पंडित जी मुझसे बोले, "एक काम करो। हुक्का छोड़ो। वैसे भी यह ठण्डा हो गया है," चिलम के भीतरी भाग को हाथ से छूते हुए बोले, "अंगार राख हो गए हैं। चिलम भी बुझ गई है। चलो दूध पीते हैं।"

हुक्के की समस्या से छुटकारा दिलवाने के लिए, हुक्के को कभी भी हाथ नहीं लगाने वाले, मैंने मन ही मन, भगवान को लाख-लाख धन्यवाद दिया। श्यामू से दूध का गिलास मैंने ले लिया। पंडित जी से दूध लेने को कहा तो उन्होंने यह कहते हुए कि अभी थोड़ी देर पहले ही उन्होंने छाछ और दलिया पेट भरके खाया है। पेट में अब थोड़ी सी भी जगह नहीं बच पाई है। वे अब मुझसे ही दूध पीने का आग्रह करने लगे "पिओ, पिओ नहीं तो दूध भी ठण्डा हो जाएगा।"

उनके आग्रह को मैं टाल न सका। मैंने दूध का घूँट भरा। इस पहले ही घूँट में, एक अनोखा सा स्वाद आया। हमारे क़स्बे में दूध देने वाला नहीं आता दूध देने। हम स्वयं ही जाते हैं और अपने सामने ही दूध निकलवाकर लाते हैं इसलिए पानी के मिलाने की सम्भावना तो बिल्कुल हो ही नहीं सकती तो फिर भी स्वाद में इतना अन्तर क्यों? धीरे-धीरे मैंने दूध का गिलास ख़ाली किया और पास ही खड़े श्यामू को पकड़ा दिया। श्यामू गया नहीं बल्कि उसने मेरे गिलास में दोबारा से दूध उड़ेल दिया और गिलास मेरी ओर बढ़ा दिया। अनजाने में ही, ध्यान बँटने की मुझसे ही चूक हो गई थी अतः कुछ कह भी तो नहीं सकता था। मरता क्या न करता? आख़िर वह दूध भी मैंने अनिच्छा से निबटा ही दिया। लेकिन, इस बार गिलास मैंने न तो श्यामू को दिया और ही नीचे धरती पर टिकाया। अपने हाथ में ही थामे रहा।

"अरे श्यामू! देख क्या रहा है? और दूध डाल दे गिलास में," पंडित जी बोले।

इस बार गिलास मैंने दूसरे हाथ से ढांप दिया और न में गर्दन हिलाते हुए कहा, "न भइया न। बस और नहीं। पेट भर गया।"

"पेट कैसे भर गया? बस दूध से ही भर गया पेट? अभी तो खाना भी बनेगा। खाना खाकर ही जाना हो पाएगा अब तो," पंडित जी साग्रह बोले।

मैंने दोनों हाथ जोड़े। बड़े ही रिरियाते हुए मैं बोला, "नहीं पंडित जी! अब कुछ दया भी करो इस दरिद्र ब्राह्मण पर। इतना खाकर तो पेट ही फट जाएगा। सुबह घर से कलेवा भी तो करके निकला था। पेट फट गया तो फिर लल्ली का ब्याह कौन करेगा?"

"जब तुम्हें पता था कि पंडित जी से मिलने जा रहा हूँ तो फिर कलेउ करने की क्या तुक थी? हम भूखे मर रहे हैं क्या? क्या यहाँ आपको दाल-दलिया भी नहीं मिल पाता? हम इतने गए बीते हैं क्या, कि आए-गए को रोटी के दो टूक भी नहीं खिला सकें," आत्मीय आवेश के साथ वे बोले।

उनका यह निश्छल व्यवहार मुझे भीतर गहराई तक छू गया। उनके इस अपनत्व से मैं अभिभूत हो गया। भावनाओं के चक्रव्यूह में घिर गया। इस चक्रव्यूह से स्वयं को बाहर निकालने की दृष्टि से मैंने उनसे मिसरी घुले स्वर में कहा, "नहीं, नहीं पंडित जी! ऐसा कुछ नहीं है। आपका हमारे ऊपर पूरा-पूरा आशीर्वाद है, स्नेह है और अधिकार है। इसी कारण तो जब हमारा मन करता है या काम अटकता है तो मुँह उठाए सीधे आपके पास ही चले आते हैं। अगली बार जब आऊँगा तो आपके साथ ही भोजन करूँगा- मैं आपको यह वचन देता हूँ।

"चलो, ठीक है। पर, यह बताओ कि आज इतने सवेरे-सवरे ही कैसे?"

"पंडित जी! लल्ली की परीक्षाएँ चल रही हैं। कुछ ही दिनों में समाप्त भी हो जाएँगी। अब उसके ब्याह के बारे में भी तो कुछ सोचो। क्या करना है, कैसे करना है? कहाँ-कहाँ और क्या-क्या लेन-देन करना है? ब्याह भी सुझवाना है। फिर उसी के अनुसार हलवाई भी बैठाना है, हलवाई का बताया सामान भी मँगवाना पड़ेगा। हंडों-गैसों का भी प्रबन्ध करना होगा। निमंत्रण पत्र छपवाने पड़ेंगे-चिट्ठियाँ भी भेजनी होंगी। बाजे वालों और घोड़ी वाले को साई भी देनी होगी। और यह तभी सम्भव हो सकता है जबकि विवाह-तिथि-शोधन हो जाए। इस सबके लिए तो दिल्ली वालों से भी बातें करनी होंगी। बताइए क्या करना है? उनको यहाँ बुलाना है या फिर बातचीत करने के लिए हमें दिल्ली जाना ही होगा? अगर हमें दिल्ली जाना होगा तो उसके लिए भी तो उनसे दिन और समय पक्का करना पड़ेगा," मैं एक ही साँस में सब बोल गया।

पंडित जी मौन साध गए। लगा, जैसे किसी गहरे सोच में डूब गए हों। मैं उनके

चेहरे पर टकटकी जमाए देख रहा था। कुछ ही क्षणों के बाद उन्होंने मौन तोड़ते हुए कहा, "ऐसा करते हैं कि शाम को ऋषभ जब दिल्ली से वापस आएगा तो मैं उससे कहूँगा कि वह दिल्ली वालों से पूछकर बताएगा कि विवाह सम्बन्धी कार्यक्रम तय करने के लिए हम लोग कब और कहाँ मिलने वाले हैं? कल-परसों वह पूछताछ करके बता देगा तो उसी हिसाब से हम भी अपना कार्यक्रम तय कर लेंगे। चिन्ता करने जैसी कोई बात नहीं। भगवान भोलेनाथ सब ठीक करेंगे। देखना, कितनी धूमधाम से होता है हमारी लल्ली का ब्याह। दिल्ली वाले भी देखते रह जाएँगे इस विवाह को।"

उपरोक्त बातों से मुझे बड़ी सांत्वना मिली। लगा कि मन का बोझ हलका हो गया। चलने का उपक्रम करते हुए मैंने पंडित जी से विदा लेने के लिए अनुमति चाही।

"अब तो तुम्हें आए हुए भी बहुत देर हो गई है। खाना बनवा देता हूँ। खाना खाकर ही जाना अब तो," पंडित जी बोले।

मैंने पंडित जी से कहा, "नहीं पंडित जी! अब कुछ नहीं लेना। मैं चलूँगा अब।"

इतनी ही देर में श्यामू आ गया। उसने एक हाथ में हाँडी पकड़ी हुई थी जिसमें छाछ थी। दूसरे हाथ में गिलास और गुड़ पकड़े हुए था। आते ही बोला, "बापू! माँ ने यह छाछ और गुड़ भेजा है। वह कह रही थी कि रोटियाँ बन रही हैं। आ कै, रोटी खालेगा तेरा बापू और मेहमान को भी साथ ले आएगा। मैंने जब माँ को बताया कि उन्होंने तो और दूध पीने से भी मना कर दिया था तो माँ ने कही है कि अगर वे रोटी खाने के लिए मना करें तो उन्हें गुड़ के साथ छाछ पिला देना। इससे, अधिक दूध पी लेने से बनने वाले अफ़ारे से भी छुटकारा मिलेगा और घर वापस लौटते समय मिलने वाली धूप की गर्मी भी नहीं सताएगी।"

"अब मैंने बिना ना-नुकर के छाछ-गुड़ ले लिया और पंडित जी से राम-राम करके गाँव से निकल आया। पिता जी ने उक्त बातें हम सभी से साझा कीं।"

***

हम तीनों की परीक्षाएँ समाप्त हो चुकी थीं। परीक्षाओं का भूत हमारे सिर से उतर चुका था। हम स्वयं को बड़ा हलका-फुलका पा रहे थे। लग रहा था कि जैसे हम हवा में उड़ रहे हों। माँ और पिता जी, दोनों ही हमें ध्यान से और अचरज से देख रहे थे। जब उन्हें बहुत देर हो गई हमें ताकते-ताकते, तो माँ से रहा न गया और बोलीं, "अरे बालको! क्या हो गया है तुम्हें? क्यों पगला रहे हो? सब कुछ ठीक-ठाक तो है न?"

"हाँ माँ! सब कुछ ठीक है," किंचित मुस्कान के साथ ओमा ने ढेर सारे प्रश्नों के

उत्तरों को बस थोड़े से ही शब्दों में समेट दिया। उत्तर देते समय धीमी सी मुस्कुराहट के साथ वह हम दोनों के चेहरे देखने लगी।

माँ-पिता जी के सामने पड़ने से पहले ही, हम तीनों आज सायं के लिए विशेष कार्यक्रम बना चुके थे। यह कार्यक्रम किसी और के बारे में नहीं था, बस खाने-पीने के सम्बन्ध में ही था। आज सायं के अल्पाहार के विषय में हम पहले ही निश्चित् कर चुके थे कि आज का अल्पाहार घर में नहीं बनेगा बल्कि बाज़ार से ही आएगा। हम, अपने माँ-पिता जी से डरते नहीं थे बल्कि उनका सम्मान करते थे। उनकी इच्छा हमारे लिए सर्वोपरि थी। उनके आदेश और इच्छा की अवमानना तथा अवहेलना हमारे द्वारा हो सकने की तो कोई स्वप्न में भी सोच ही नहीं सकता था। कारण? कारण यह कि हमारे परिवार में एक अलग ही मानसतंत्र विकसित हो चुका था। बिना किसी से कुछ कहे-सुने ही, हम सभी पारिवारिक सदस्य एक दूसरे की इच्छा-आवश्यकता को स्वतः ही समझ जाते थे और पूरी कर देते थे।

आज का जो प्रश्न था, वह था कि आज बिल्ली के गले में घंटी कौन बाँधेगा क्योंकि माँ और पिता जी दोनों ही बाहर के खाद्य पदार्थ खाने के कतई भी पक्ष में नहीं थे। उन्हें लगता था कि खाद्य पदार्थों के विक्रेता साफ़-सफ़ाई का ध्यान नहीं रखते, खाद्य-पदार्थों को बनाने में भी घटिया प्रकार की सामग्री का उपयोग करते हैं और तैयार खाद्य पदार्थ खुले अर्थात् बिना ढके रखते हैं या गन्दे कपड़ों से ढके रहते हैं। बस, पूरे क़स्बे में एक-दो दुकानें ही ऐसी थीं जो माँ और पिता जी की स्वीकृति की कसौटी पर खरी उतरती थीं और यही कारण था कि जब भी यदा-कदा कोई खाद्य-सामग्री घर में आनी होती थी तो वह उन्हीं विशेष दुकानों से ही लाई जाती थी। हम तीनों ने संकेतों से यह तय किया कि हम आज सायं के अल्पाहार में गर्मागर्म समोसे और जलेबियाँ ही लेंगे। यह बात, मैं ही अपनी माँ और पिता जी से कहूँ क्योंकि दोनों बहन-भाई का यह मानना था कि जिज्जी इस घर में अब कुछ ही दिन की मेहमान है अतः इस बार जिज्जी की ही इच्छा को माना जाना चाहिए।

बिना किसी विलम्ब के मैंने, हम तीनों बहन-भाई की इच्छा अपनी माँ और पिता जी के सामने रख दी। माँ और पिता जी, यह अप्रत्याशित इच्छा सुनकर पहले तो चौंके, फिर बाद में पिता जी तो खुलकर हँस पड़े और माँ मुँह पर धोती का आँचल रखकर धीरे-धीरे हँसने लगी।

पिता जी मुस्कुराते हुए बोले, "धत तेरे की! खोदा पहाड़, निकली चुहिया और वह भी मरी हुई। हम तो सोच रहे थे कि न जाने कौन सी खिचड़ी पक रही है तीनों में? तो यह बात है। हुँ....ऊँ...ऊँ...। और बताओ, और क्या-क्या मँगवाना है? फिर मत कहना कि यह नहीं आया, वह नहीं आया और यह रह गया या फिर वह रह गया।"

"ठीक है, जो आप ठीक समझें," हम तीनों के मुँह से अचानक ही एक साथ निकल गया।

इस अचानक वाग्संजोग पर चकित होकर इधर हम तीनों एक दूसरे का मुँह देख रहे थे कि उधर माँ और पिता जी भी इस संयोग का पूरा आनन्द उठाते हुए हँस रहे थे।

"अच्छा, तो मैं अभी आया। चल भई पद्मकान्त! एक-दो झोले ले-ले और चल मेरे साथ," पिता जी बोले।

झोले लेकर पद्मकान्त, पिता जी के साथ बाज़ार चला गया और हम तीनों माँ बेटियाँ घर के छोटे-मोटे काम निपटाने लगीं। सवेरे जो कपड़े धोए गए थे वे अलगनियों पर टंगे हुए थे। मैं और ओमा चादर व धोती जैसे कपड़ों की, उतारने के समय ही तह बनाती जा रही थी। कमीज़-पाजामों, कुर्ते-धोतियों, बनियानों-जाँघियों और दूसरे छोटे-बड़े कपड़े उतारकर हमने आँगन में बिछी हुई खाट पर डाल दिए जिससे कि बाद में उनकी सलवटें निकाल कर अच्छे ढंग से तह बनाई जा सके। हमने तह लगाए गए बड़े कपड़े उठाकर दीवार में बनी अलमारी में रख दिए और शेष बचे कपड़े भी तह बनाने प्रारम्भ कर दिए।

***

माँ बोली, "छोरियो! थोड़ा जल्दी-जल्दी हाथ चलाओ। तुम्हारे पिता जी और भइया आने वाले होंगे। बहुत देर हो गई है दोनों को गए हुए।"

हाथ का काम निपटाकर हमने अभी कमर सीधी भी नहीं की थी कि इतनी ही देर में दोनों हाथों में झोले थामे हुए पद्मकान्त घर में घुस आया। आँगन में घुसते ही वह बोला, "लो माँ! पकड़ो अपने झोले।"

"बड़ी देर लगा दी बाज़ार में। दुकान में भीड़ थी क्या?" माँ ने पूछा।

"नहीं माँ! भीड़ इतनी भी नहीं थी। लेकिन, बाज़ार में गाँव वाले पंडित जी के बड़े लड़के ऋषभ भी मिल गए थे। वे भी हमारे घर ही आ रहे थे। पिता जी ने मुझसे कहा- तू झोले लेकर घर चल। मैं और ऋषभ आ रहे हैं," पद्मकान्त ने कहा।

माँ चौंकी, "क्या? गाँव वाले पंडित जी का लड़का आ...आ..... भी आ रहा है? हमें तो पहले से कुछ पता ही नहीं लगा।" अच्छा हुआ कि फैला हुआ घर हमने अभी-अभी समेटा था। फिर भी, माँ ने सरसरी दृष्टि से घर के कोने-कोने को देखा। सब कुछ ठीक-ठाक पा कर माँ ने संतुष्टि की साँस ली। माथे का पल्ला ठीक किया और पीढे से खड़े होकर अपनी धोती ठीक की।

इतनी ही देर में बाहर से पिता जी की आवाज़ आई, "पद्मकान्त!"

"जी पिता जी!" कहता हुआ पद्मकान्त बाहर की ओर लपका। जितनी देर में

वह दहलीज़ तक पहुँचा, पिता जी और ऋषभ दहलीज़ के बाहर की पौढ़ी पर चढ रहे थे। तीनों ने घर में प्रवेश किया, तब तक ओमा ने आँगन में खाटें बिछाकर उन पर दरी चादर और तकिए लगा दिए थे।

पिता जी और ऋषभ चारपाइयों पर आमने-सामने बैठ गए। माँ और ओमा बताशों का शरबत बनाने लगीं।

"भइया! गाँव से आ रहे हो या किसी अन्य जगह से," पिता जी ने जिज्ञासावश पूछा।

ऋषभ ने कहा, "मैं सीधा दिल्ली से ही चला आ रहा हूँ। आज शनिवार की आधी छुट्टी थी। मैंने सोचा कि अच्छा तो यही होगा कि मैं आज आपसे यहीं आपके घर पर ही मिल लूँ क्योंकि एक बार गाँव में जाने के बाद फिर तो घर से निकलने का मन ही नहीं करता। इसीलिए स्टेशन से बस पकड़कर मैं सीधा यहीं चला आया।"

शरबत भरकर दो मुरादाबादी गिलास माँ ने ओमा को पकड़ाए और बोली "ले, ओमा! दे आ बाहर बैठे दोनों को" ओमा चली गई तो माँ ने पद्मकान्त से कहा "ले भैया! तू भी ले ले," और एक गिलास पद्मकान्त के हाथ में थमा दिया।

ओमा शरबत देकर बरामदे में आई और माँ के द्वारा बड़े लोटे में भरे गए शरबत को लेकर आँगन में बैठे पिता जी और ऋषभ के पास जा खड़ी हुई। लगता था कि ऋषभ को बहुत ज़ोर से प्यास लगी थी क्योंकि उन्होंने एक ही साँस में पूरा गिलास ख़ाली कर दिया था। ओमा का ध्यान गिलास पर ही अटका हुआ था। उसने भी गिलास दोबारा से तुरन्त ही भर दिया। उधर पिता जी का गिलास भी ख़ाली हो चुका था। ओमा पिता जी के गिलास में शरबत डालने वाली थी कि पिता जी ने गिलास को हथेली से ढककर एक ओर कर लिया और बोले, "अरे भई! अब शरबत से ही पेट भरोगे क्या?"

ऋषभ की ओर मुस्कुराते हुए कहने लगे, "देख! दूसरा गिलास शरबत भी ये कितनी जल्दी गटक गए। लगता है कि ये दिल्ली से ही पानी पीकर चले होंगे। बीच में पड़ने वाले स्टेशनों पर पानी पीने का इन्हें अवसर ही नहीं मिला होगा और हमारे स्टेशन पर तो पानी पीने का प्रश्न उठ ही नहीं सकता क्योंकि रेल के रुकते ही हर कोई, रेल-फाटक के पास खड़ी हुई बस में बैठने के लिए ख़ाली सीट की चाह में दौड़ पड़ता है। फिर, आगे बस को यहाँ तक आने में भी घंटा-सवा घंटा लग जाता है। बीच में एक छोटा सा क़स्बा पड़ता है जिसके बीचों-बीच सड़क है। बस, वहीं पर पाँच-सात मिनिट के लिए बस रुकती है क्योंकि उतरने वाली सवारी यहाँ अधिक होती हैं क़स्बे की होने के कारण। और, चढ़ने वाली सवारी भी थोड़ा अधिक होती है क्योंकि सड़क के दोनों किनारों के इधर-उधर बसे समीप-दूर के गाँवों के निवासी और छुटपुट दुकानदारी करने वाले लोग यहाँ से अपने-अपने गंतव्य की ओर जाते

हैं। बस के चालक, क्लीनर और कंडक्टर भी यहाँ बीड़ी-माचिस लेने और बीड़ी फूँकने के लिए ही बस से नीचे उतरते हैं। तो, यहाँ पर भी पानी पीने हेतु उतरने का सीधा सा अर्थ होता था अपनी बैठने की जगह से हाथ धोना, जिसके लिए कोई भी समझदार व्यक्ति आसानी से उठने को तैयार नहीं होता। इसलिए ऋषभ भी बीच में कहीं नहीं उतरे होंगे। मन मारकर इन्हें भी अपनी सीट से चिपक कर बैठना ही पड़ा होगा। उधर, क़स्बे तक आते-आते भी ऋषभ का कंठ बुरी तरह से सूख गया होगा। इसीलिए, अब ऋषभ 'मीठे वाले पानी' पर ही टूट पड़े हैं। इसी रौ में बहकर, उन्होंने शरबत से ही पेट भरने की ठान ली है।" वह तो भला हो पिता जी का कि उन्होंने ओमा को कहकर केवल तीसरे गिलास में भी ऋषभ के लिए ही शरबत डालने को कह दिया था।

"अरी ओमा! ये शरबत के बर्तन ले जा। अभी-अभी बाज़ार से जो सामान लाए हैं खाने के लिए उसे ले आ। नहीं, तो सब कुछ ठण्डा हो जाएगा और उस ठण्डे सामान में खाने का स्वाद भी नहीं आएगा," पिता जी ने माँ को सुनाते हुए कहा।

माँ ने तुरन्त ही झोलों में से बाँस (ख़ाकी) काग़ज़ के थैले निकाले। पत्ते दौने निकाले और जलेबियाँ तथा समोसे उन पत्तों में रख दिए, "ले पद्मकान्त! परोस दे ऋषभ और अपने पिता जी के सामने। तू भी मूंढा खींच कर बैठ जा वहीं और अपने लिए भी दौना वहीं तिपाही पर रख ले। छोरियो! तुम दोनों भी अपने-अपने लिए समोसे और जलेबियाँ लेकर यहीं बैठ जाओ बरामदे में ही," माँ ने मेरी और ओमा की ओर देखते हुए कहा।

माँ की बात अभी पूरी हुई ही थी कि ओमा बोली, "माँ! एक काम कर। जिज्जी के लिए परोस दे। मैं बाहर का ध्यान रखती हूँ। उधर परोसने के लिए भी तो कोई चाहिए न। जिज्जी को खिलादे इतने। तू और मैं बाद में खालेंगे ठहर कर।"

"नहीं माँ! धीरज रख। इतनी जल्दी भी क्या पड़ी है? पहले इन सबको निपट लेने दे खा-पीकर। फिर, हम तीनों ही एक साथ निपट लेंगे," मैंने कहा।

"अरे, सुनती हो!" पिता जी बोले, "एक काम और करो। हँडिया में से दूध और दे दो। गर्मागर्म दूध के साथ जलेबियों का स्वाद ही कुछ और हो जाता है।"

माँ ने मुस्कुराकर मेरी ओर देखा। मैं उठी। राहे (धरती में, सुलगते उपलों की आग पर हाँडी के दूध को औटाने के लिए पर खोदा गया गड्ढ़ा) में से दूध निकाल कर पतीली में गर्म किया। तीन गिलासों में और एक लोटे में भरकर ओमा को दे दिया। ओमा ने अँगोछे से पकड़कर वे गिलास और लोटा तिपाही पर रख दिए और शरबत के जूठे बर्तन बरामदे के कोने में बर्तन माँजने-धोने के लिए बनी मोरी के पास रख दिए।

थोड़ी ही देर में बाहर बैठे सभी ने खाना-पीना निपटा लिया। पद्मकान्त ने लोटे में पानी लेकर हाथ धुलवाए। कुल्ला करवाया और फिर अँगोछे से हाथ पोंछवाए। पिता जी यद्यपि स्वयं बीड़ी-सिगरेट नहीं पीते थे। परन्तु, आने-जाने वालों के लिए रखते अवश्य थे। पिता जी ने ऋषभ से भी जब धूम्रपान के लिए पूछा तो उन्होंने मना कर दिया।

पिता जी ने ऋषभ से उनके घर-परिवार की कुशल-क्षेम पूछी। उनकी नौकरी-चाकरी के सम्बन्ध में कुछ औपचारिक और संक्षिप्त प्रश्न किए। वार्तालाप के बीच दिल्ली वालों का प्रसंग भी आ गया तो पिता जी ने अपनी बातचीत की धारा उधर ही मोड़ दी और उनकी कुशल-मंगल जानने के बाद पूछा, "अभी कब मिलना-जुलना हुआ उनसे?"

"अभी कल ही तो मिला था मैं उनसे। आप सभी की कुशलता के विषय में वे जानना चाहते थे," ऋषभ ने कहा। फिर बोले, "पूछ रहे थे कि विवाह आदि के विषय में क्या कार्यक्रम बन रहा है? कब का कार्यक्रम बना रहे हैं?" तो मैंने आपके बारे में कहा कि उनके मन में भी यही सब कुछ, दिन-रात चलता ही रहता है। इसी सम्बन्ध में वे बापू से मिलने गाँव भी आए थे। तो, बापू ने भी कह दिया था, ठीक है मैं ऋषभ से कहूँगा कि वह उनसे मिल ले और आपके विचार उन तक पहुँचा दे।"

दिल्ली वालों ने फिर उत्तर देते हुए मुझसे कहा कि इधर-उधर के संवादों के आदान-प्रदान में समय गँवाने की कोई तुक नहीं बनती। इसलिए अच्छा यही होगा कि आपके बापू, हम और लड़की वाले एक ही स्थान पर मिल बैठकर बातचीत कर लेते हैं। सब कुछ वहीं निश्चित करके दोनों पक्ष अपने अपने 'काम-धन्धे लगें।" इसके साथ उन्होंने यह भी कहा, "तो ठीक है, न लड़के के घर और न लड़की के घर। सबसे अच्छा है कि गाँव में ही कल मिल लेते हैं। किसी के भी ऊपर, किसी का भी, किसी प्रकार का कोई भी दबाव नहीं होगा। यदि, कहीं कुछ ऐसा भी हो जाए कि वैचारिक भिन्नता बन जाए तो तुम्हारे बापू, बिचौलिया होने के कारण उस स्थिति को सम्भाल भी सकते हैं, और कोई समुचित समाधान भी सुझा सकते हैं जिस पर चलकर दोनों ही पक्ष अपने-अपने कार्य सुगमता से कर सकें।"

"तो, अब यह बताओ कि कुल मिलाकर क्या तय पाया है और हमें इस बारे में क्या करना है," पिता जी ने बड़े ही स्पष्ट ढंग से ऋषभ के सामने अपनी बात कही।

ऋषभ ने भी स्थिति स्पष्ट करते हुए कहा, "आप अपने मन से सारी शंकाएँ व आशंकाएँ निकाल दीजिए। आपने तो बस, इतना ही करना है कि कल दोपहर तक आप गाँव आ जाइए। दिल्ली से लड़के वाले भी आपके बड़े भइया जी के साथ गाँव पहुँच जाएँगे। आपके बड़े भइया को यहाँ आने के लिए बापू ने ही कहलवाया था। मैंने उन्हें भी निमंत्रण दे दिया था और उसे, उन्होंने स्वीकार कर लिया था। अब,

यह आपके सोचने का विषय है कि आपने वहाँ किन-किन बातों या मुद्दों को चर्चा का केन्द्र बनाना है। अच्छा होगा कि घर के सभी छोटे-बड़े, एक साथ बैठकर सभी संभावित बातों पर आपस में चर्चा कर लें। जिससे कि कल होने वाली बातचीत के समय सुविधा बनी रहे।"

"हाँ, यही ठीक रहेगा। यद्यपि, हमारी पहली बैठक में ही इस सबके सम्बन्ध में बहुत ही विस्तार से चर्चा हो गई थी और सब कुछ लगभग अंतिम रूप से तय हो ही गया था लेकिन, फिर भी अच्छा लगेगा कि इसी बहाने से हम सभी एक बार फिर से मिल बैठेंगे। तो बताइए, कल फिर कितने बजे पहुँचा जाए," मुस्कुराते हुए पिता जी ने ऋषभ से प्रश्न किया।

प्रत्युत्तर में ऋषभ ने भी मुस्कान बखेरी और बोले, "यह भी कोई पूछने की बात है। अरे साहब! आपका अपना ही घर है। जैसी आपको सुविधा हो, उसी के अनुसार कार्यक्रम बना लीजिए। लेकिन, प्रयत्न कीजिए कि दोपहर तक आप वहाँ अवश्य ही पहुँच जाऐं क्योंकि तब तक दिल्ली से वे लोग भी गाँव में पहुँच ही जाएँगे। इससे और अधिक विलम्ब मत कीजिएगा क्योंकि आपसी बातचीत में भी समय लग जाएगा। जलपान और दोपहर का भोजन ग्रहण करने में भी समय लगेगा। सायंकाल दिल्ली जाने वाली अंतिम रेलगाड़ी पकड़ने के लिए स्टेशन पहुँचने के लिए भी कम से कम घंटा-सवा घंटा तो लगेगा ही। वहाँ पहुँचकर दिल्ली के लिए जाने वाली रेल का टिकिट लेने के लिए खिड़की पर धक्का मुक्की करने के लिए भी पर्याप्त समय चाहिए। इन सभी बातों पर गम्भीरता और सावधानी के साथ विचार करके, गाँव उचित समय से पूर्व ही पहुँच जाइए।"

पिता जी ने हुँकारा भरकर अपनी सहमति दर्शाते हुए कहा, "ठीक है। मैं प्रयत्न करूँगा कि जिस समय पर पिछली बार मैं गाँव पहुँच गया था उसी समय पर इस बार भी पहुँच जाऊँ। इतनी देर पंडित जी के साथ बैठकर बातें कर लूँगा। कुछ इधर की, कुछ उधर की" ये कहकर पिता जी चुप्पी लगा गए।

"अच्छा जी! मैं भी अब निकलूँगा। नहीं तो यह बस निकल जाएगी," ऋषभ ने खड़े होते हुए कहा।

"मैंने कहा, खाना खाकर ही चले जाते," पिता जी ने भी उठते हुए आग्रह किया।

"अब नहीं! अगली बार सही," कहते-कहते ऋषभ घर से बाहर चले गए। पीछे-पीछे पिता जी भी निकल गए, उन्हें बस में बैठाने के लिए, उनके संग बस अड्डे तक जाने के लिए।

***

अगले दिन हम सभी अलख सुबह उठ गए। चूल्हा सुलगाकर पराँठे सेंक दिए और गर्म दूध के साथ पिता जी और पद्मकान्त के सामने परोस दिए। थोड़ी ही देर में खा पीकर उन दोनों ने कुल्ला किया और हाथ धोए। जूतियाँ पहनकर बस अड्डे की ओर चले गए। हम तीनों माँ-बेटियों ने उन दोनों के आँखों से ओझल हो जाने के बाद घर की कुन्डी अन्दर से बन्द की और आँगन में बिछी खाट पर ओमा व मैं बैठ गई तथा माँ वहीं पीढा लेकर बैठ गई।

हम तीनों कितनी देर तक बतियाती रहीं, इसका पता ही नहीं लगा। आँगन में आसमान से उतरे सूर्य-प्रकाश के एक छोटे से टुकड़े ने हमारा ध्यान भंग कर दिया। माँ बोली, "चलो लल्ली! ओमा! कलेवा कर लो। उसके बाद घर की साफ़-सफ़ाई और रख-रखाव भी करना है। कपड़े-लत्ते धोने हैं। जितनी देर में हम घर के काम-काज से निपटेंगे, तब तक दोपहरी ढल चुकी होगी और यह भी हो सकता है कि तब तक तुम्हारे पिता जी और भइया भी गाँव से वापस आ जाएँ। हम सभी फिर इकट्ठे बैठ जाएँगे और आदि से अन्त तक वहाँ हुई चर्चा का श्रवण-आनन्द भी लेंगे।" इसके बाद हम तीनों ने कलेवा ठिकाने लगाया।

कलेवा करके तुरत-फुरत ही, हम तीनों खड़ी हो गईं और जिसे जो काम दिखाई दिया उसे निपटाने में वह जुट गई। कुछ ही देर में तीनों ने लग-लिपटकर घर के सभी काम सँगवा लिए और एक बार फिर, सुस्ताने के लिए बैठ गईं। थोड़ा-थोड़ा विश्राम करने के बाद हमने कपड़े धोने का मोर्चा सम्भाल लिया। लगभग डेढ़-दो घंटों में, यह मोर्चा भी हमने जीत ही लिया। माँ धो-धोकर कपड़े ओमा को देती जा रही थी। ओमा उन्हें निचोड़-निचोड़ कर मुझे दे रही थी। मैं उन गीले कपड़ों की सिलवटें निकालकर अलगनी पर सुखाने के लिए डाल रही थी। माँ उठी। उसने साबुन साबुनदानी में रखा। कपड़े कूटने वाली थपकी और साबुनदानी मोरी के ऊपर बने आले में रख दीं। झाड़ू से पानी नाली में बहा दिया। हम तीनों ने, बर्मे (हैण्डपम्प) के पानी से हाथ थोए। अँगोछे से हाथ साफ़ किए और वह अँगोछा भी सूखने के लिए अलगनी पर ही लटका दिया।

इतनी देर में मैंने घड़े से पानी निकालकर तिपाही पर रख दिया। भीतर बर्तनों की अलमारी से तीन गिलास निकाल कर पानी से भर दिए। अब फिर से तीनों ने पानी पीया और बैठकर लम्बी-लम्बी साँसे लीं। फिर से बतियाना प्रारम्भ कर दिया।

* * *

यात्रा करते-करते सूर्य को थकान सी होने लगी तो उसने भी अपने घर वापिसी का मन बना लिया। चल पड़ा सूर्य पश्चिम स्थित अपने पड़ाव की ओर। तो फिर, आँगन में धूप ही बिचारी अकेली क्या करती? वह भी, दुम दबाकर चुचपाप उसके पीछे पीछे खिसकने लगी। आँगन में पसरा प्रकाश भी मध्यम हो चला था।

ऊपर आसमान की ओर देखकर माँ बोली, "धूप ठण्डी हो चली है। चलो! छोरियो! अलगनी से कपड़े समेट लो नहीं तो ठण्डे हो जाएँगे। और जल्दी से तह बनाकर उलमारी में रख दो। ओमा। जितनी देर में जिज्जी कपड़ों का काम निपटाए इतनी देर में तू आँगन में खाटें बिछादे। कुछ ही देर में तेरे पिता जी और भाई भी आने वाले होंगे। बाल्टी में बरमे से ताज़ा-ताज़ा पानी निकाल ले। कुछ देर बरमे का पानी नीचे ही गिरने देना। हाथ लगाके देख लेना। जब पानी ताज़ा निकलने लगे तब भरने के लिए बाल्टी, नीचे लगा देना।"

ओमा ने एक चारपाई बिछाई। जब दूसरी चारपाई बिछा ही रही थी तो उसे रोककर, माँ बोली, "ओमा! मुझे लगता है कि चारपाइयाँ ढीली हो गई हैं। एक-एक करके दोनों चारपाइयों की अदवान कस दे। देख, कितनी ढीली पड़ गई हैं ये खाट?"

"ठीक है माँ", कहकर ओमा ने दोनों चारपाइयों की एक-एक करके अदवानें कसनी प्रारम्भ कर दीं। मैंने धुले हुए कपड़ों की सलवटें निकालकर तह बनाईं और अलमारी में सही ओर सुथरे ढंग से सहेज कर रख दिया। उधर माँ भी बरामदे में बने रसोई-कोने को सँवारने और व्यवस्थित करने में जुट गईं। थोड़ी ही देर में अपने-अपने हाथ का काम निपटाकर हम तीनों ख़ाली हो गईं और वहीं बरामदे में बैठकर इस बात पर चर्चा करने बैठ गईं कि आज, ब्यालू (सायं के भोजन) में क्या बनेगा? लेकिन, तभी माँ ने बीच में टोक दिया और बोली, "सायं को क्या बनेगा, क्या नहीं?" इस पर अभी तो बातें करने से कोई लाभ नहीं। क्योंकि, तुम्हारे पिता जी और भइया तो अभी घर पर हैं नहीं जो उनकी भी इच्छा जान ली जाए कि भोजन में क्या पकेगा?"

फिर यह निश्चित किया गया कि पिता जी ओर पद्मकान्त के आने तक प्रतीक्षा की जाए। अभी केवल आटा ही गूँध लिया जाए जिससे कि उनके आने पर चूल्हे के एक ओर दाल या सब्ज़ी चढ़ा दी जाए और दूसरी ओर तुरन्त ही तवा चढ़ाकर रोटियाँ सेंक कर गर्मागर्म परोस दी जाएँ। हमारी ओर से तैयारियाँ पूर्ण थीं। बस, पिता जी और पद्मकान्त के पहुँचने की ही प्रतीक्षा थी। वैसे हमारा मन यह भी कह रहा था कि बस, अब-तब वे किसी भी क्षण आ सकते हैं।

और हुआ भी यही कि दहलीज़ के बाहर वाले प्रवेश द्वार की साँकल खड़कने लगी। "देखा! कितनी लम्बी आयु है दोनों की। अभी इन्हीं की तो बातें चल रही थीं और ये तुरन्त ही आ धमके।" माँ की साँसों में विश्रांति लहराती सी आभासित हो रही थी। माँ अपना पल्लू सम्भालते हुए उठ खड़ी हुई और उसके साथ-साथ ही मैं भी खड़ी हो गई। लेकिन, ओमा कब उठी? कब जाकर साँकल खोल दी और कब उन्हें लेकर अन्दर आ गई? कुछ पता ही नहीं लगा।

आते ही पिता जी और पद्मकान्त ने आँगन के निश्चित कोने में अपनी-अपनी जूतियाँ उतार दीं। वहाँ से लौटकर वे दोनों पहले से ही बिछी खाटों पर बैठ गए। कुछ देर बैठकर उन्होंने अपनी-अपनी कमर सीधी की। फिर पिता जी उठे। खूँटी से अँगोछा उतार कर उन्होंने कंधे पर डाला और बर्मे पर पहुँचकर बर्मा चलाने के लिए उसका हत्था पकड़ने लगे।

"छोड़ो पिता जी! आप मुँह-हाथ धो लो। बर्मा मैं चलाता हूँ," कहकर पद्मकान्त ने अपने पिता जी के हाथ से बरमे का हत्था ले लिया और बरमे से पानी निकालने लगा। पिता जी बर्मे का हत्था छोड़कर बर्मे के सामने आ गए। वहाँ पहले उन्होंने हाथ धोए। कुल्ला किया। मुँह धोया और कंधे पर रखे अँगोछे को उतारकर मुँह-हाथ पोंछने लगे और पद्मकान्त से बोले, "आ जा पद्म! अब तू भी मुँह-हाथ धो ले। मैं पानी निकालता हूँ।"

"रहने दीजिए पिता जी! आप चलकर बैठिए चारपाई पर। बाल्टी में पानी निकालकर मैं स्वयं ही लोटे से हाथ-मुँह और पैर आदि धोलूँगा," कहकर पद्मकान्त ने बर्मे का हत्था पकड़ने के लिए आगे बढ़े पिता जी के हाथ को बड़े ही सम्मान और विनम्र भाव से पीछे हटा दिया। पिता जी अँगोछे से अपना मुँह-हाथ पौंछते हुए चारपाई पर आकर बैठ गए। हाथ-मुँह पौंछकर उन्होंने अपना अँगोछा चारपाई पर सिरहाने ही रख दिया। इतनी देर में पद्मकान्त भी हाथ-मुँह पौंछता हुआ वहाँ आ गया और पास ही बिछी चारपाई पर बैठ गया।

पहले से ही लोटे और गिलास में ढंककर रखा हुआ पानी लेकर मैं पिता जी और छोटे भाई के पास पहुँची। दोनों को पानी पिलाकर बर्तन, मैंने बर्तन साफ़ करने वाली जगह पर राख से माँजे और फिर उन्हें धोने के बाद सूखे कपड़े से रगड़कर सुखाया। वहाँ से बर्तन वापस ले जाकर अलमारी में सजा दिए।

"यह बताओ पहले, कि भोजन अभी करोगे या दिल्ली वालों से हुई बातचीत बताकर। वैसे हमको तो अभी भूख है नहीं क्योंकि हमने दोपहर को ही खाना खाया था," माँ ने पिता जी से पूछा।

"भूख तो हमें भी नहीं है माँ! गाँव में हमारी बहुत ही तगड़ी आवभगत हुई। पहले तो जाते ही दो-दो बेला (फूल/काँसा धातु से बनी खड़े किनारे की तश्तरी जैसा बर्तन) छाछ गुड़ के साथ पीने को मिली। माँ! गुड़ भी एकदम ताज़ा और स्वादिष्ट था। रात ही जो गुड़ कोल्हू से बनकर आया था, माँ वह दानेदार था। उसे खाकर तो ऐसा लग रहा था जैसे कि हम करारे (एक तरह की खाँड) से बनी बर्फ़ी खा रहे हैं।"

"मुझे वह गुड़ बहुत ही अधिक पसन्द आया तो मैंने पिता जी से कहा, "ऐसा गुड़ तो हमारे यहाँ मिलता ही नहीं है। क्यों न हम घर के लिए भी गुड़ यहीं से ले लें?" पंडित जी के कानों में हमारी बात पड़ गई। उन्होंने अपने छोटे लड़के श्यामू

को मेरे साथ कोल्हू तक भेज दिया और कहा, "ताऊ से कहना कि ये हमारे मेहमान हैं कोई अच्छी सी और ताज़ी सी, बिना मसाले के गुड़ की दो भेलियाँ दे दे। वैसे तो पैसे वह माँगेगा नहीं। लेकिन, अगर माँगे भी तो कह देना कि बापू अपने आप बात कर लेंगे।"

"फिर, हम दोनों गाँव के बाड़े में चल रहे कोल्हू पर पहुँच गए। एक ओर ईख (गन्नों) का ढेर लगा हुआ था। उसके आगे कोल्हू में ईख पेरी जा रही थी। कोल्हू की परिक्रमा करते बैलों के गलों में बँधी घन्टियों की मधुर घनघनाहट कानों को बहुत ही प्रिय लग रही थी।"

दूसरी ओर, भट्टी पर चढे कड़ाह में गन्ने के रस की सुंगधित चाशनी खदबदा रही थी तो उसी भट्टी के पास ही गन्ने के रस से भरी गोलें (बहुत बड़ा मटका)' रखी हुई थीं। झौंकिया भट्टी में सूखी खोई झोंक रहा था। वहीं पास में एक छोटी सी झोंपड़ी बनी हुई थी जिसमें मिट्टी का एक बड़ा सा चाक रखा हुआ था। इस चाक में राब भरी हुई थी जिसे एक किसान बड़े से पलटे से उलट-पुलट करता जा रहा था। इस झोंपड़ी में रस, चाशनी, राब और एक कोने में रखे तैयार गुड़ और शक्कर की भीनी-भीनी मिश्रित गंध आ रही थी। मंत्रमुग्ध सा मैं, अपने जीवन के इस अनोखे से अनुभव से दो चार हो रहा था। इतनी देर में राब गाढी हो गई और पलटा चलाने में भी कठिनाई हो रही थी। अतः एक टोकरी ली गई और उसमें कपड़ा बिछाकर गाढे हुए गुड़ को डालकर पहले तो तराज़ू पर रखे पाँच सेर के बाट वाले पलड़े के सामने वाले पलड़े में रख दिया। फिर तौलते समय कम-अधिक हुए गुड़ की मात्रा सही कर उसका भेला बना दिया। जब तक चाक के सारे गुड़ के भेले नहीं बन गए, तब तक यही क्रम निरन्तर चलता रहा।"

"सन-सन... सन-सन की ध्वनि ने मेरा ध्यान बाँट दिया तो मैंने देखा कि कड़ाह की चाशनी चाक में डोई से निकालने के बाद, ख़ाली कड़ाह में जब गोल से रस उंड़ेला गया तो गर्म-गर्म कड़ाह में ठण्डे रस के गिरने के कारण जो प्रतिक्रिया हुई, उससे उत्पन्न ध्वनि थी यह। मैंने देखा- झोंपड़ी से लपका श्यामू कड़ाह की ओर। उसने ईंधन में से लम्बी-पतली डंडी निकाली और कड़ाह में घुमाते हुए उस पर चाशनी लिपटाई। जब बहुत सारी चाशनी लिपट गई तो उसने वह डंडी गोल में से कड़ाह में पलटे जा रहे रस की धार के नीचे कर दी। कुछ देर में वह लकड़ी ठण्डी हो गई। चाशनी ठण्डी होकर अकड़ गई और इसने गुटके का रूप धारण कर लिया, जिसे दाँतों के बीच चबाने में बड़ा आनन्द आया।"

"जिज्जी और ओमा! चखाने के लिए उस गुटके के कुछ टुकड़े मैं तुम्हारे लिए भी लाया हूँ जिससे कि तुम यह न कह सको कि मैं, ऐसे ही हवा हवाई हाँक रहा हूँ।"

...तो फिर श्यामू बोला- भाई! गुड़ की भेलियाँ लेकर हम जल्दी ही घर पहुँचें,

नहीं तो देर हो जाएगी। दिल्ली वालों के भी आने का समय हो गया है। हो सकता है कि वे आ भी गए हों?

उसने वहाँ उपस्थित गुड़ बनाने वाले से कहा, "ताऊ! पिता जी ने दो भेली गुड़ मँगाया है। उन्होंने कहा है- एकदम ताज़ा देना। एक काम करो कि अभी-अभी जो भेलियाँ बनाई हैं उन्हीं में से दो भेली दे दो न।"

ताऊ जी ने किंचित विलम्ब किए बिना ही काग़ज़ों में लपेटकर भेलियाँ पकड़ा दीं। ताऊ जी ने पैसे की कोई बात नहीं की और फिर अपने काम में लग गए। श्यामू ने कुछ क्षण ताऊ जी की ओर देखा और फिर आँखों से उन्होंने मुझे चलने का संकेत किया। हम घर की ओर निकल पड़े।

तभी ताऊ जी ने पीछे से पुकारा, "ओ श्यामू! तेरे साथ ये लाला कौन है? इससे तो तूने मिलवाया ही नहीं।"

श्यामू ने उत्तर दिया, "ताऊ! ये हमारे बहुत ही निकट के परिचित हैं और पास वाले क़स्बे में रहते हैं। आज किसी विशेष प्रयोजन से अपने पिता जी के साथ आए हैं। इनके ताऊ जी भी एक और सज्जन के साथ दिल्ली से पिता जी से मिलने आ रहे हैं। हो सकता है कि वे घर पहुँच भी गए हों। कहीं देर न हो जाए, इसलिए अब हम चलते हैं।"

"अरे! ठहर जा, चले जाना। मैं कौन सा तुम्हें बाँधकर बैठा रहा हूँ। ये लाला कौन रोज़-रोज़ आ रहा है। जब तुम कोल्हू तक आ ही गए और ताज़ा-ताज़ा गुड़ भी चखा है तो इस लाला को गन्ने का ताज़ा रस भी तो चखा दो।" यह कहकर उन्होंने वहाँ एक लड़के को पुकारा ओर उससे कहा, "अरे! इन दोनों को रस पिला। इन्हें भी पता लगे न, कि क़स्बे और शहर में बिकने वाले रस में तथा गाँव के कोल्हू से पिले हुए गन्ने के ताज़े रस के स्वाद में कितना अन्तर होता है? क्या अन्तर होता है?"

"हम दोनों वापस लौटे। गन्ने का रस पिया और वापस घर की ओर चल दिए। लेकिन, एक बात कहूँ जिज्जी! गन्ने के रस का स्वाद वास्तव में ही अवर्णनीय था जो गाँव-स्थित कोल्हू के अतिरिक्त कहीं और नहीं मिल सकता," कहकर वह चुप हो गया।

माँ टुकुर-टुकुर पद्मकान्त को देखे जा रही थी। जब वह चुप हो गया तो माँ बोली, "ऐं, रे छोरा! आज तैने कव्वे का जूठा खा लिया है क्या? जबसे आया है तब से चबर-चबर, चबर-चबर लगा रखी है। ये तो बता कि कोल्हू से तू पंडित जी के घर गया भी या नहीं? या चींटे की तरह गुड़ की भेलियों से ही चिपका रहा? गुड़ की भेली ख़रीदने भेजा था या दिल्ली वालों से धन्या के विवाह के बारे में बात करने के लिए," माँ के स्वर में झुंझलाहट थी।

पद्मकान्त उठा और माँ के पास जाकर गलबँहियाँ डालते हुए बोला, "क्यों? रिसिया गई है क्या माँ? देख माँ! तुझे पता है न, कि जब ननिहाल में हम कुछ सामान लेने सरबन की दुकान में जाते थे तो वह सामान देने के बाद गुड़ के सेब या खाने की कोई अन्य चीज़ हमारी हथेली पर रखते हुए कह देते थे- ये लै लाला! तेरौ 'लुभाव'। सामान हम घर पर ला कर दे देते थे और लुभाव हम बीच में ही चट कर जाते थे क्योंकि लुभाव के लिए तो अपनी जेब से हमें कुछ देना ही नहीं पड़ता था। तो ऐसे ही हम गुड़ भी लुभाव में ही लाए हैं। पिता जी के बहुत कहने के बाद भी पंडित जी ने गुड़ के पैसे नहीं लिए। हाँ, इतना ज़रूर है कि इस मामले में लुभाव हमें पहले ही मिल गया और जो कुछ हम लेने (विचार विमर्श करने) गए थे वह सब भी बाद में लेकर ही हम आए हैं। ख़ुश, अब तो ख़ुश" कहकर वह अपनी माँ के गले से झूल गया।

माँ के चेहरे की झुंझलाहट को हटाकर एक झीनी सी मुस्कान, माँ के चेहरे पर आ बिराजी। माँ ने हौले से उसे हटाते हुए कहा, "पद्मकान्त! अब तो लगता है कि तू बड़ा हो गया है। बड़ी-बड़ी बातें करने लगा है। ऐं भइया! कहाँ से सीख कर आता है यह सब?"

हँसते हुए पद्मकान्त, माँ के पास से उठा और जाकर दोबारा से चारपाई पर बैठ गया। माँ पिता जी से पूछने लगी, "क्या बात हुई वहाँ? जेठ जी भी आए थे क्या?"

पिता जी ने कहना प्रारम्भ किया, "हाँ, भइया भी आए थे। हम, गाँव उनसे पहले ही पहुँच गए थे। दिल्ली वाले जितनी देर में गाँव पहुँचते, उससे पहले ही मैंने पंडित जी से संभावित कार्यक्रमों, रीति-परम्पराओं व लेन-देन के बारे में अपनी स्थिति स्पष्ट कर दी थी। पंडित जी बोले- चिन्ता की कोई बात नहीं है। वैसे तो मैंने आपकी ये ही सारी बातें उनके सामने "जस की तस" रख दी हैं पर, फिर भी, आपने कुछ और कहना-सुनना हो तो बोलो।" मैंने कहा, "हमने सब आप पर ही छोड़ दिया है। स्याह करो या सफ़ेद। आप जानें और आपका काम जाने। हमें तो आप जैसा आदेश करेंगे, आँख मूँदकर वैसा ही कर देंगे। हाँ, हमारे रीति-रिवाज के अतिरिक्त भी उनका अपना यदि कोई और रीति-रिवाज़ होता हो, तो धीरे से हमें बता देना। अपनी क्षमतानुसार हम उसे भी पूर्ण करने का प्रयास करेंगे। हम उन्हें किसी भी स्तर पर असंतुष्ट और अप्रसन्न नहीं होने देंगे।"

पिता जी ने आगे बताया कि दोपहर के भोजन के पश्चात जब हम बैठक में जाकर बैठे, तो गाँव वाले पंडित जी ने दिल्ली वालों से बातचीत करते समय उन्हीं सभी बातों का ख़ुलासा कर दिया, जो उनके और मेरे बीच हुई थीं। एक दो घटोतरी-बढ़ोतरी और आंशिक संशोधन के सुझाव के साथ, सभी बातों पर आपसी

सहमति बन गई। भइया और पंडित जी के बीच अलग से कुछ खुसर-पुसर हुई और फिर वे दोनों मुस्कुराने लगे। दोनों ने हाथ मिलाए और सिर झुकाकर एक साथ जुड़े हाथ माथों से लगा लिए। सीधे होकर फिर उन्होंने एक दूसरे को गले से लगा लिया। आलिंगनमुक्त होते समय भी उनके चेहरों पर मुस्कान बनी हुई थी।

फिर भाई साहब बोले, "अच्छा पंडित जी! अनुमति दीजिए। देर हो गई तो रेल निकल जाएगी।" यह सुनकर दिल्ली वाले भी उठ खड़े हुए और चलने को तैयार हो गए।

बतियाते हुए हम सब लोग गाँव से निकलकर मुख्य सड़क की टक्कर पर, बस रुकने के स्थान पर जा खड़े हुए। थोड़ी देर में ही स्टेशन जाने वाली बस आ गई। भइया और दिल्ली वाले उस बस में चढ़ गए। अभी स्टेशन जाती हुई बस की आकृति छोटी होती चली जा रही थी कि उसी दिशा से हमारी ओर बढ़ती आकृति, बस में बदल गई। धीमी होते-होते बस हमारे सामने आकर रुक गई। उसमें से एक वृद्धा, एक बालक और पोटली पकड़े एक अधेड़ नीचे उतरे। पंडित जी को देखते ही वह बोला, "चाचा! राम-राम। और कहाँ चले? क़स्बे जा रहे हो क्या?" पंडित जी बोले- ना भइया! मैं कहीं नहीं जा रहा। इन्हें बस में बैठाने आया था। चल, मैं भी वापस गाँव ही चल रहा हूँ। कहते हुए पंडित जी गाँव चले गए और हम, बस में बैठकर यहाँ चले आए।

"तो कुछ ख़ुलासा नहीं हुआ," माँ ने अधीरता से पूछा।

धैर्य बँधाने वाले स्वर में बोले, "सब ख़ुलासा ही ख़ुलासा है। अब कुछ भी दुराव नहीं, कोई छुपाव नहीं है। सब कुछ वही है, वैसा ही, जैसा कि पहले की बातों में पाया था। और, इस बार तो बातचीत के बीच भइया भी बैठे थे। वे तो इतने संतुष्ट और प्रसन्न थे कि चलते समय पंडित जी के हाथ अपने हाथों में लेकर भावुक हो गए और तुरन्त ही अपने सीने से लगा लिया। एक दूसरे की पीठ थपथपाते रहे।"

"विवाह के मुहुर्त की कोई बात चली?" माँ ने प्रश्न किया।

पिता जी ने उत्तर देते हुए कहा, "अरे, भई! क्या बच्चों की सी बातें कर रही हो भाग्यवान? ब्याह-शादी की बात चलें और मुर्हुत की बात न छिड़े, यह कैसे हो सकता है भला? बात जो निकल कर सामने आई, तो उन्होंने यह कहा कि हम भी यह कार्य, वैसे भी यथासम्भव शीघ्र ही निपटाना चाहते हैं। क्योंकि हमारी छोटी बहन के घर में भी विवाह है। तो फिर उन्हें भी तो इस विवाह की तैयारी के लिए समय चाहिए न। वैसे दिल्ली वालों ने यह भी संकेत दिया था कि यदि जल्दी का कोई मुहुर्त नहीं भी सूझता तो हम आने वाली 'अक्षय तृतीया' को ही यह कार्य संपन्न कर लेंगे। चिन्ता की कोई बात ही नहीं है।"

अब माँ को थोड़ी सी सान्त्वना मिली। उसने गहरी लम्बी साँस ली। थोड़ा रुककर बोली, "अच्छा! अब तो यह बताओ कि अब क्या खाओगे? क्या बनाऊँ? क्योंकि अभी थोड़ी देर में घना अँधेरा छा जाएगा। सूर्य को ढले भी समय हो गया है। अभी दिया-बाती भी करना है। गाँव में भोजन किए भी तो कई घंटे हो गए हैं तुम्हें। अब तो वह भी पच गया होगा। माना, कि भूख अभी खुलकर नहीं लगी होगी। और, अब से लेकर सवेरे तक कम से कम बारह-चौदह घंटे का समय पड़ा हुआ है। यदि, अभी भी थोड़ा-बहुत पेट में नहीं डाला तो भूख के मारे अंतड़ियाँ कीर्तन करना प्रारम्भ कर देंगी।"

पद्मकान्त ने तो बाल सुलभ हठ के चलते, हाथ खड़े करते हुए यह घोषणा कर दी कि वह कुछ भी नहीं खाएगा। जबकि, कुछ क्षणों की चुप्पी के बाद पिता जी ने संकेतों में ही यह जता दिया कि यद्यपि वे खाने के लिए बहुत अधिक इच्छुक नहीं हैं तथापि, कुछ हल्का-फुल्का खाने को मिल जाए तो उन्हें थोड़ा-बहुत ले लेने में भी कोई आपत्ति नहीं होगी।

तीनों माँ-बेटियों ने अपने संक्षिप्त विचार-विमर्श के बीच यह निष्कर्ष निकाला कि इस समय नित्य प्रति की भाँति ही खाना पका लिया जाए। हाँ, रोटी के स्थान पर (देसी घी) में अजवायन के पराँठे सेंक लिए जाएँ। अभी, सवेरे बने रायते के साथ परोस दिए जाएँ। यदि, अभी निपट जाते हैं तो बहुत अच्छा और यदि नहीं निपटने में आते हैं तो रोटी रखने के नतने (सूती कपड़े) में लपेटकर शेष बचे पराठों को बोइए में रख देंगे और उस बोइए को छत से लटके छींके में रख देंगे जिससे कि वे चींटों-चींटियों और चूहे-बिल्ली से सुरक्षित रह सकें तथा ताज़ा हवा लगती रहने के कारण बासी भी न हो सकें, ख़राब न हो जाएँ।

ओमा और पद्मकान्त ने प्रतिदिन की भाँति लालटेन, लैम्प, डिबियाएँ और दिए साफ़ कर, तेल डालकर, बार दिए और उन्हें यथा स्थान टाँग दिया, लगा दिया और रख दिया। अभी थोड़ी देर पहले झुटपुटे में लिपटा घर, उजास से भर गया था। उधर माँ और मैं, दोनों ही खाना पकाने के जुगाड़ में भिड़ गए। मैं आटा गूँधने लगी और माँ चूल्हा सुलगाने के लिए लकड़ियाँ और उपले लाने के लिए आँगन और दहलीज़ के कोने में बने कुठियार की ओर चली गई। कुठियार के द्वार की साँकल खोलते हुए माँ ने पद्मकान्त को पुकारा, "अरे पद्मकान्त भइया! ज़रा डिबिया या लालटेन लाइयो। मुझे ईंधन निकालना है।"

पद्मकान्त बलती हुई डिबिया लेकर कुठियार पहुँच गया। माँ कुठियार के अन्दर से लकड़ियाँ-उपले निकालने लगीं। "ओमा! ज़रा हाथ बटाइयो। ये उपले पकड़ ले। मैं लकड़ियाँ निकालती हूँ।" ओमा भी उछलती हुई वहाँ पहुँची और माँ के हाथों से उपले ले लिए। वह मुड़ गई चूल्हे की ओर। वहाँ जाकर उसने उपले रख

दिए और वापस मुड़ गई माँ के हाथों से लकड़ी लेने के लिए। जितने देर में वह वहाँ पहुँची तो माँ लकड़ियाँ सम्भालती हुई कुठियार से बाहर निकल रही थी। उसने माँ के हाथों से लकड़ियाँ लेने को हाथ बढ़ाए तो माँ बोली, "तू रहने दे। लकड़ियाँ मैं ले जाती हूँ। तू कुठियार की साँकल लगा दे। वह चली गई रसोई घर की ओर तो ओमा ने कुठियार की साँकल लगा दी। साँकल लगाकर ओमा, और डिबिया थामे पद्मकान्त दोनों वापस हो लिए। ओमा वहाँ से माँ के पास चली आई।

कुछ ही देर में चूल्हा सुलगने लगा। लकड़ियों से आग उपलों ने पकड़ ली। माँ ने चूल्हे पर तवा रख दिया और मैंने गुंधे हुए आटे के साथ पलोथन डालकर परात माँ के सामने रख दी और साथ ही देसी घी की हाँडी भी माँ के पास रख दी। इतनी देर में ओमा ने रायते वाली हँडिया वहाँ रख दी और रायता परोसने के लिए बड़े-बड़े कटोरों में रायता भर दिया। हमने रायता और पराँठा थाली में लगाकर पहले पिता जी को और फिर पद्मकान्त को दे दिया। जो दोनों खाना खाने को मना कर रहे थे, उन्होंने आज और दिन से भी अधिक खाना खाया। थाली कटोरे मोरी पर रखके उन्होंने कुल्ला आदि किया और अपनी-अपनी चारपाइयों पर जा बैठे। माँ मुस्कुराकर कभी उन्हें देखती तो कभी हमें।"

भोजन पका कर हमने भी भोजन खा लिया। चूल्हा-चौका-बर्तन आदि निपटाकर पीढ़े लकर माँ और ओमा पिता जी के पास जा बैठीं, बतियाने लगीं और मैं भी वहीं बरामदे में बैठ गई।

* * *

दो-तीन दिन के बाद पिता जी ने बाहर से घर आकर माँ से कहा, "अरे सुनती हो!" पंडित जी का संदेशा आया है कि लल्ली का ब्याह 'अक्षय तीज' का सूझा है। अब हमें उसी के अनुसार जल्दी-जल्दी तैयारी करनी होगी। हमें पंडित जी से मिलकर पीली चिट्ठी लिखवानी होगी। फिर लड़के वालों के यहाँ भिजवानी भी होगी। उसीसे पता लगेगा कि कितने तेल-बान लड़की के हैं और कितने लड़के के हैं? लगन-पाती भी भेजनी होगी। एक काम करते हैं- "वो जो मंदिर वाले पंडित (शास्त्री) जी हैं उन्हें यहाँ घर पर ही बुला लेते हैं। सारी बातें यहीं तसल्ली से हो जाएँगी।"

"अरे पद्मकान्त! मंदिर से शास्त्री जी को बुलाकर ले आ। उनसे कहना कि अपना पंचांग आदि भी साथ ले आएँ क्योंकि लग्न पत्रिका और पीली चिट्ठी के बारे में चर्चा करनी है। जा लाला! जल्दी कर। साँझ को मंदिर खुलने का भी समय हो जाएगा। उन्हें फिर वापस लौटकर मंदिर भी तो खोलना होगा न," पिता जी ने कहा।

"अच्छा पिता जी," कहकर पद्मकान्त मंदिर की ओर चला गया।

इधर हमने घर को व्यवस्थित कर दिया। चौक में बिछी चारपाइयों की दरियाँ और चादर झाड़कर पुनः बिछा दीं। बर्मे से ताज़ा पानी निकालकर रख दिया। रात को पड़ोसियों के घर से लड्डू आए थे। वे भी निकालकर वहीं रख दिए और शास्त्री जी की प्रतीक्षा करने लगे।

थोड़ी ही देर में पद्मकान्त, शास्त्री जी के साथ आ गया। पिता जी अपने स्थान से खड़े हो गए। दोनों हाथ जोड़ते हुए, "राम-राम शास्त्री जी! आइए पधारिए," कहकर उन्होंने शास्त्री जी का अभिवादन किया और उनसे झोला लेकर चारपाई पर सिरहाने, तकिए के साथ रख दिया। शास्त्री जी के पधारने के बाद उन्होंने भी अपना स्थान ग्रहण कर लिया। पद्मकान्त ने जल और मिष्टान्न उन्हें भेंट किए। शास्त्री जी ने पहले लड्डू खाया और आधा गिलास पानी पिया और बोले, "हाँ, पंडित जी! कैसे स्मरण किया?"

"शास्त्री जी! आपको बुलाने के मन्तव्य का संकेत तो पद्मकान्त ने आपको दे ही दिया होगा। हमारे घर में भगवद कृपा से मंगलकार्य होना सुनिश्चित हुआ है। हमारी बड़ी बिटिया का विवाह 'अक्षय तीज' का सूझा है। पीली चिट्ठी/लग्न पत्रिका लिखवानी है। फिर भिजवानी भी है। अब यह सब कैसे होगा? मेरी तो कुछ समझ में ही नहीं आ रहा है। इसीलिए हाथ-पैर भी फूल रहे हैं।"

"भगवान पर भरोसा कीजिए। भोले बाबा सब ठीक करेंगे," शास्त्री जी ने पिता जी को सान्त्वना देते हुए कहा। अपने झोले में से पंचांग निकालते हुए उन्होंने पिता जी से पूछा, "लाली की कुंडली या टेबा तो होगा ही आपके पास। जरा दिखाइए तो?"

पिता जी ने पद्मकान्त की ओर देखा। पद्मकान्त वहाँ से बरामदे में बैठी माँ के पास गया और माँ के सामने शास्त्री जी का प्रश्न दोहरा दिया। प्रश्न सुनकर माँ उठी और दालान के भीतर वाले कमरे की कुन्डी खोली और पद्मकान्त से बोली, "लाला! लालटेन ले आ ज़रा। सन्दूक़ में से जिज्जी का टेबा (जन्मपत्री का लघुतम स्वरूप) ढूँढना है।" पद्मकान्त लालटेन ले आया। माँ ने एक सन्दूक़ खंगाला। उसमें नहीं मिला। उसने दूसरे सन्दूक़ में उथल-पुथल मचा दी लेकिन टेबा वहाँ भी नहीं मिला। फिर मुझे कुछ ध्यान आया। मैं चुपचाप उठी और कमरे में गई। एक बार मैंने कमरे में चारों ओर निहारा। दरवाज़ों के ऊपर एक आला था। उस आले में दो-तीन धर्म ग्रंथ रखे हुए थे। मैंने एक तिपाही दरवाज़े के बीच में सरका ली और इस पर चढ़कर खड़ी हो गई। मैंने पद्मकान्त से लालटेन थोड़ा तेज़ करने और सिर तक ऊपर उठाने को कहा। ऊपर आले में रखे एक धर्मग्रन्थ के आवरण को मैंने देखा, पढ़ा और खोलकर उसमें से एक हस्तलिखित काग़ज़ निकाला और माँ को पकड़ा दिया। माँ ने उसे खोलकर देखा और फिर वही काग़ज़ लेकर वह बाहर निकल गई और पिता

जी को थमा दिया। पिता जी ने वह काग़ज़ खोलकर देखा, वह टेबा ही था, और लल्ली का ही था। उन्होंने वह टेबा शास्त्री जी को पकड़ा दिया।

शास्त्री जी ने टेबा खोला। उसे, ऊपर से नीचे तक एक दो बार देखा। उँगुलियों पर एक-दो बार गणना की और फिर अपना पंचांग निकाला। उसमें से एक दो बार गणना करके उन्होंने वह टेबा अपने पंचांग में रख लिया और पंचांग झोले में रख लिया। तिपाही पर रखे गिलास से पानी पिया। एक लड्डू उठाया। मुँह में रखा और खाने के बाद दो घूँट पानी और पीकर उन्होंने अपना झोला उठा लिया। चलते-चलते वे बोले, "कल दोपहर को मंदिर बन्द होने के बाद तुम मंदिर में आ जाना। वहीं मैं लग्नपत्रिका लिख दूँगा। किसी के भी हाथों से लड़के वालों को भेज देना ठीक है। फिर कल मिलते हैं," कहकर वे चले गए।

***

चार

अगले दिन नियत समय पर पिता जी मंदिर जा पहुँचे। एक घंटे में लग्न पत्रिका लिख दी गई। हमारी आशा के विपरीत मंदिर से पिता जी शीघ्र ही घर वापस भी आ गए।

"सुनो! मैं पंडित जी के गाँव जा रहा हूँ। लग्न पत्रिका और पीली चिट्ठी कल ऋषभ दिल्ली पहुँचा दे, इसलिए ये, आज वहाँ दे के आनी होंगी। इनके साथ एक सेर बर्फ़ी और दो सेर लड्डू और ले जाता हूँ। लग्न पत्रिका और पीली चिट्ठी में मैंने 5-5 रुपए शगुन के नाम के रख दिए हैं। मैं निकलता हूँ" कहकर पिता जी निकल गए पंडित जी के गाँव जाने के लिए।

साँझ ढलते ही हम अभी दिया-बाती कर ही रहे थे कि 'ओमा', पुकारते हुए घर में पिता जी ने प्रवेश किया। मैंने डिब्बी, दिया, लैम्प और लालटेन बारने का काम पद्मकान्त को सौंप दिया और लोटे में पानी लेकर मैं पिता जी के पास पहुँच गई।

"अरे बेटा! तू क्यों आ गई पानी लेकर? ओमा ले आती या पद्मकान्त ले आता। अब, तुझसे काम कराकर हम अपनी आदत ख़राब नहीं करना चाहते। तू तो लल्ली अपने घर चली जाएगी। फिर हमारी देख-भाल कौन करेगा? बिना कुछ कहे-सुने हमारी इच्छाओं और माँगों का ध्यान-सम्मान करने वाली जब इस आँगन को सूना कर जाएगी तो क्या बीतेगी इस घर पर, तू क्या जाने," कहते हुए पिता जी भावुक हो गए।

पिता जी की उफ़नती हुई इस भावुकता ने मुझे भी अपने लपेटे में ले लिया। मैं भी उसी आवेग में बहने लगी थी। लगता था कि मेरा स्वयं पर से ही नियंत्रण चुकने लगा था। सहज संकोच के कारण कभी भी पिता जी के सामने सीधे-सीधे से न जाने वाली और उनसे आँखें मिलाने का साहस न जुटा सकने वाली धन्या अर्थात मैं पता नहीं किन भावनाओं के वशीभूत हो उनके पास जा पहुँची। स्वतः ही, मेरा हाथ यंत्रवत उनके कंधे पर रखा गया।

मन की अर्धचेतनावस्था में डूबते-उतरते पिता जी को, यह अनपेक्षित स्पर्श एकदम वास्तविक जगत में ले आया। बड़ी सी हड़बड़ाहट में एक बार तो पिता जी ने अपने कंधे पर रखे हुए हाथ को बड़े ही आश्चर्य से देखा और फिर अपने कंधे से उस हाथ को हटाते हुए अपने हाथ में ले लिया और उसी हाथ को थामे-थामे अपने निकट बैठने का मौन संकेत दे दिया।

पिता-पुत्री दैहिक रूप से एक साथ अवश्य बैठे थे। परन्तु दोनों के अन्दर व्याप्त अन्तर्द्वन्द्व की दशा और दिशा भिन्न-भिन्न स्तर पर भिन्न-भिन्न गति से व्याप्त थीं। दोनों के बीच एक गहरा मौन पसरा हुआ था। दोनों के मन की आँखें एक अनबूझे भविष्य में झाँकने के लिए कल्पना की सीढ़ियों का सहारा ले रही थीं।

"हाँ जी! क्या हुआ? पंडित जी ने कुछ कहा-सुना क्या?" माँ ने पिता जी से पूछा।

"नहीं!" ऐसी कोई विशेष बात तो नहीं हुई। हाँ, पंडित जी, हमारे द्वारा विवाह से सम्बन्धित की जा रही तैयारियों के विषय में जानकारी ले रहे थे और यह सुनिश्चित कर लेना चाहते थे कि सब कुछ संतोषजनक ढंग से और निर्धारित तिथि तक आवश्यक रूप से सम्पन्न हो जाएगा न। आगे उन्होंने हलवाई, रौशनी के लिए गैसे के हंडों, सजावट के लिए झंडियों, दूल्हे की चढ़त के लिए घोड़ी और अंग्रेज़ी बाजे के हो चुके प्रबन्ध की नवीनतम जानकारी पाने में भी रुचि दिखाई। जब मैंने उनसे कहा कि सब कुछ ठीक ठाक हो गया है तो उन्होंने चैन की साँस ली और उनके चेहरे पर शान्ति व संतोष की झलक दिखाई देने लगी," सविस्तार उत्तर दिया पिता जी ने।

"चलिए! पहले भोजन पा लीजिए। आज का भोजन, लल्ली और ओमा ही पका रही हैं। मैंने तो लल्ली को मना भी किया था भोजन पकाने के लिए। पर, लल्ली ने कहा कि माँ कुछ और दिनों की ही तो बात है। जब तक तुझे छोड़कर चली न जाऊँ, तब तक तो कुछ कर लेने दे! उसके बाद तो तूने और ओमा ने ही करना है इस घर का सब कुछ। तो, मैंने भी सोचा कि चलो कुछ और दिनों की तो बात है, कर लेने दो इसको भी अपने मन की इच्छा पूरी, यहाँ इस घर में। इसके बाद तो इसको अपने घर में ही जाकर करना है सब कुछ। और, यहाँ भी यह सब कुछ केवल इस को तब तक ही तो करना है, जब तक कि इसके सीधे हाथ में कँगना न बँध जाए और तेल-बान की रीति प्रारम्भ न हो जाए। उसके बाद तो इसका घर से निकलना ही बन्द हो जाएगा। इसके साथ-साथ अन्य परम्पराओं के पालन और अन्य सगे-सम्बन्धियों तथा अड़ोसी-पड़ोसियों के साथ बातचीत करने के कारण, इसके पास समय ही कौन सा बचेगा जो यह घर के काम-काज में मेरा हाथ बटाएगी। इसीलिए मैंने सोचा कि इस सीमित समय में जो यह करना चाहती है, इसे कर लेने दो," माँ ने एक लम्बा-चौड़ा भाषण झाड़ दिया।

पिता जी चारपाई से नीचे उतर कर बर्मे की ओर गए। वहाँ उन्होंने बर्मे से पानी निकालकर मुँह, हाथ और पाँव धोए। कंधे पर रखे अँगोछे को उतारकर उससे मुँह आदि पोंछे और गीले अँगोछे को सूखने के लिए आँगन में बंधी अलगनी पर डाल दिया। यहाँ से वे दालान में चूल्हे के सामने रखे पटरे पर जा बैठे और भोजन की थाली आदि रखने के लिए बिछी लकड़ी की चौकी अपने सामने सरका ली। माँ

ने भोजन की थाली चौकी पर रख दी, साथ ही पानी भरा गिलास भी थाली के साथ ही रख दिया। इतनी देर में पद्मकान्त भी अपने पटरे और चौकी के साथ, पिता जी के पास ही आकर बैठ गया। माँ ने उसके लिए भी थाली लगा दी। पिता-पुत्र ने सामने रखी भोजन की थाली को एक बार देखा, हाथ जोड़े, आँखें बन्द कीं और गायत्री मंत्र का जाप किया। उसके पश्चात् उन दोनों ने पुनः हाथ जोड़ते हुए भोजन ग्रहण करना प्रारम्भ कर दिया। पन्द्रह-बीस मिनटों में ही भोजन ग्रहण करने का कार्य संपन्न हो गया। पिता जी और पद्मकान्त ने अपने-अपने जूठे बर्तन उठाकर इसी दालान के एक कोने में रख दिए। बाहर आकर दोनों ने कुल्ला किया। हाथ-मुँह धोकर अँगोछे से पोंछे और अँगोछा सूखने के लिए अलगनी पर डाल दिया। वे पुनः अपनी-अपनी चारपाई पर जा बिराजे।

"छोरियो! जल्दी-जल्दी भोजन कर लो तुम सब जनीं और फिर चूल्हे-चौके-बरतनों के काम से निपट कर सोने की तैयारी करो। कल सुबह जल्दी उठकर अपने नित्यकर्मों से निवृत होकर सगे-सम्बन्धियों और नातेदारों को आंमत्रित करने के लिए चिट्ठियाँ भी लिखनी हैं और कल डाकखाने में पहुँचानी भी हैं। उससे भी पहले, सबसे पहली चिट्ठी लिखकर भगवान जी को आमंत्रित करने के लिए भगवान जी के मंदिर में पहुँचानी होगी। उसके बाद ही फिर दूसरे कार्यों से निपटेंगे," पिता जी ने अगले दिन का कार्यक्रम घोषित कर दिया।

पिता जी और पद्मकान्त के दालान से बाहर निकल जाने के बाद मैंने, माँ और ओमा दोनों से ही खाना खा लेने के लिए कहा, "माँ! हम तीनों के लिए खाना बन चुका है। तुम दोनों खाना खा पी कर निपट लो, तब तक मैं रसोई को समेट लेती हूँ। बाद में, केवल खाने के जूठे बर्तन ही बाक़ी रह जाएँगे, उन्हें मैं खाना खाने के बाद ही माँज लूँगी।"

इस पर माँ बोली, "न लल्ली! हम तीनों मिलकर काम समेट लेते हैं। उसके बाद इकट्ठे खाना खा लेंगे।" इसके बाद हमने काम निपटाया। खाना खाया। बर्तन माँजे, धोए, सुखाए और अलमारी में रख दिए। दिया-बाती बढ़ाए और सोने के लिए चले गए।

***

चिड़ियों के कलरव और कौंवों के काँव-काँव की कर्कश ध्वनि के मिश्रित स्वर ने माँ की निद्रा भंग कर दी। माँ ने खिड़की का पल्ला बाहर की ओर ठेलकर देखा। आसमान में हल्की नील-श्याम आभा एक अनूठा सा ही रंग बिखेर रही थी। कहीं दूर, इक्के-दुक्के छोटे-छोटे सितारे, अभी भी धीरे-धीरे टिमटिमाकर, अपने अस्तित्वमय होने का संदेश दे रहे थे। माँ के चारपाई से नीचे उतरने से हुई उनके पैरों के नूपुरों की मधुर झन्कार ने, मेरी भी नींद को बाधित कर दिया। सीढ़ियों

की साँकल खुलने की ध्वनि ने बता दिया कि नित्यकर्म से निवृत होने के लिए माँ दहलीज़ में बने शौचालय गई हुई है। मुझे अनुमान था कि वह पन्द्रह-बीस मिनिट में वापस आएगी हमें जगाने के लिए। मैं आसमान में बहुत दूर, भोर के रंगों की बदलती हुई छटा को, सम्मोहितावस्था में निहार रही थी। तभी माँ के आने की पदचाप मेरे कानों में पड़ी और मैंने चारपाई छोड़कर नीचे ज़मीन पर पैर रख दिया।

माँ ने मुझे देखा तो बोली, "अरे! लल्ली उठ गई? क्या बात है? नींद नहीं आई क्या रात को?"

"नहीं, ऐसी कोई बात नहीं माँ! मैं तो चैन से सोई थी पूरी रात, गहरी नींद में।" मैंने कहा।

"चल लल्ली! तू जा और निबट जल्दी से। मैं ओमा को जगाती हूँ। तुझे ध्यान है न? कल तेरे पिता जी ने आज सुबह का सारा कार्यक्रम निर्धारित कर दिया था। उसके अनुसार ही काम करना है आज," माँ ने मुझे स्मरण कराया।

मैंने अपना बिस्तर उठाया। चादर उठाकर तह की। खेस झाड़ा, उसे तह किया। माँ का बिस्तर उठाकर उसकी तह की। दोनों बिस्तर कमरे के कोने में रखे, लकड़ी के बड़े सन्दूक़ के अन्दर रख दिए। अपनी और माँ की चारपाई मैंने उठाई और दीवार के साथ सीधी खड़ी कर दीं। उसके बाद, मैं नीचे जाने के लिए सीढ़ियों की ओर बढ़ गई।

सीढ़ियाँ उतरते-उतरते मेरे कानों में शब्द पड़े, "ओमा! उठ जा बेटा! देख! सूरज निकल आया है। तेरी जिज्जी गई है निबटने के लिए। आज के दिन बहुत से काम निपटाने हैं। मैं जा रही हूँ नहाने के लिए। तेरे पिता जी तो निवृत होकर और नहाकर दूध लेने भी चले गए कभी के। चल उठ! दूध लेकर लौटने वाले तेरे पिता जी के लिए, दहलीज़ का दरवाज़ा खोलने के लिए कोई भी नहीं है। पद्मकान्त तो अभी भी सो ही रहा है।" ये शब्द माँ के थे।

माँ चली गई नहाने के लिए। ओमा भी उठकर अपना बिस्तर समेट चुकी थी। उसने बिस्तर लकड़ी के सन्दूक़ में रख दिया और चारपाई खड़ी कर दी। छत पर झाड़ू रखी थी। उसने, उससे कमरा बुहार दिया और कूड़ा उठाकर नीचे रखे कूड़े के डिब्बे में डाल दिया। इतनी देर में दहलीज़ की साँकल खड़की। ओमा ने झाड़ू वहीं कूड़े के डिब्बे के पास खड़ी कर दी और जाकर दहलीज़ की साँकल खोल दी। सामने पिता जी खड़े थे दूध की बाल्टी लिए हुए। उनके दूसरे हाथ में बाँस पेपर के थैले में कुछ सामान भरा हुआ था। पिता जी ने वह लिफ़ाफ़ा ओमा को पकड़ा दिया। दोनों ने घर में प्रवेश किया। पीछे ओमा थी। अन्दर की साँकल भी उसी ने बन्द की। अभी ओमा ने अन्दर जाने के लिए पैर उठाया ही था कि पिता जी की आवाज़ आई, "ओमा!"

"जी पिता जी!" ओमा ने उत्तर दिया।

दहलीज़ से चौक में उतरने के लिए पिता जी खड़े हुए थे। ओमा को निकट आया देख पिता जी बोले, "ओमा! यह क्या है?"

"कहाँ पिता जी?"

"यह झाड़ू किसने खड़ी की है यहाँ?"

"मैंने।" ओमा बोली।

"ओमा! झाड़ू के बारे में जान लो कि एक तो झाड़ू कभी भी खड़ी नहीं रखते। दूसरे, झाड़ू को कभी भी दरवाज़े के साथ खड़ी/पड़ी नहीं रखते। तीसरी बात, झाड़ू को कभी भी दिखाई दी जाने वाली स्थिति में न रखकर सदैव छिपाकर ही रखना चाहिए। चौथी बात, झाड़ू को कभी भी ठोकर नहीं मारनी चाहिए। पैर नहीं लगने देना चाहिए। भूल-चूक वश यदि कभी किसी ऐसी स्थिति का सामना हो ही जाए, तो क्षमा याचना करके उसे दृष्टि से ओझल, पड़ी अवस्था में रख देना चाहिए। चल! इस झाड़ू को उठा और दृष्टि से दूर कहीं भी लेटी अवस्था में रख दे।" एक वास्तुशास्त्री की भाषा में पिता जी ने अपनी जानकारी ओमा के साथ साझा कर ली।

"जी, पिता जी"। कहकर ओमा ने हाथ का सामान ले जाकर चूल्हे के पास रख दिया और वापस आकर झाड़ू उठाई और यह झाड़ू उसने ईंधन वाले कोठार में ले जाकर एक दीवार के साथ लिटाकर रख दी और कोठार की साँकल लगा दी।

पिता जी आँगन में चारपाई बिछाकर बैठ गए। माँ नहा-धोकर बाहर निकल आई थी। मैं अभी-अभी निवृत होकर आई थी। ओमा आई और बर्मे से पानी निकालती हुई बोली," चल जिज्जी! हाथ धो ले।"

मैं बर्मे के पास पहुँची। एक मिट्टी के तौले में से राख ली और उससे रगड़ कर हाथ धोए। यह क्रम मैंने तीन बार दोहराया, फिर कोहनी तक हाथ धोए। अच्छी तरह पैर साफ़ किए। मुँह धोया और फिर अपने दुपट्टे से पोंछ कर हाथ पैर सुखाए।

"अरे पद्मकान्त! अभी उठा नहीं क्या भइया?" पिता जी ने ज़ोर से चिल्लाकर पुकारा।

"आया पिता जी", कहता हुआ पद्मकान्त सीढ़ी उतरकर पिता जी के सामने आ खड़ा हुआ। "राम राम पिता जी! राम राम माँ! राम राम जिज्जी!" उसने हमारी परम्पराका अनुसरण करते हुए सभी का यथायोग्य अभिवादन किया।

"राम राम! क्या हुआ लाट साहब? मैंने रात जल्दी उठने को कहा था न? ध्यान नहीं रहा या मन नहीं था उठने का? अगर यही जल्दी है, तो देर किसे कहते हैं भई?" पिता जी ने किंचित व्यंग्यात्मक स्वर में डाँट का पुट डालते हुए पद्मकान्त से कहा।

"बस अभी तैयार हुआ, कुछ ही देर में। अभी आता हूँ पिता जी!" कहकर पद्मकान्त वहाँ से चला गया।

पिता जी ने कहा "ओमा! अपनी माँ का हाथ बँटाओ। मैं आज के कलेऊ के लिए खाने का सामान बाज़ार से ले आया था जिससे कि इसे बनाने में लगने वाला समय बच सके और हम उसका सदुपयोग कर सकें। तुम खाने का सामान ख़ाकी लिफ़ाफ़े से निकाल कर बर्तनों में सजा दो। लल्ली दही की मीठी लस्सी बनाकर गिलासों में डाल देगी। और तुम! लल्ली की माँ! मैंने कल जो पोस्टकार्ड, लिफ़ाफ़े और अन्तर्देशीय डाकखाने से लाकर दिए थे वो और होल्डर दवात निकाल कर ले आओ। एक तश्तरी में हल्दी और अक्षत भी ले आना। परन्तु एक लुटिया में, पानी लेकर आना मत भूलना। यह लो! पद्मकान्त भी आ गया। आओ भई पद्मकान्त! तुम एक काम करो। अपने और अपनी बहिनों के बस्तों से भी होल्डर निकाल लाना। ले आओ भाई! खाने-पीने का सामान भी ले आओ ओमा!"

थोड़ी देर में हम सभी दालान में बिछी चटाई पर बैठकर कलेवे का आनन्द ले रहे थे। बेड़मी और आलू की सब्ज़ी, अभी भी गर्म थीं। खाने में बड़ा आनन्द आ रहा था। माँ ने दूसरे दोनों में से हलुआ निकाला और परोस दिया। उसे खाकर आनन्द में और भी अधिक वृद्धि हो गई। और, सोने में सुहागा तो तब हुआ जब कलेवे के बाद लस्सी के गिलास भी आ गए। मलाईदार लस्सी पीने के बाद तो जो आनन्द आया, वह वर्णनातीत था।

***

खाने-पीने से निपटने के बाद हम सभी ने बर्मे पर जाकर कुल्ला किया। हाथ-मुँह धोए और बैठ गए। मैंने और ओमा ने बर्तन समेटकर मोरी पर रख दिए। चटाई समेट कर रखी और बुहारी से दालान बुहार दिया। पद्मकान्त ने दरी बिछा दी और उस पर चादरें बिछा दीं। चादरों पर चौकियाँ और पटरे रख दिए गए। माँ ने पोस्टकार्ड, अन्तर्देशीय पत्र, लिफ़ाफ़े और कुछ ख़ाली सफ़ेद काग़ज़ पद्मकान्त को पकड़ा दिए जो उसने चौकी पर रख दिए और वह माँ से बोला, "माँ! वो स्याही की दवात और होल्डर तो रह ही गए। साथ ही वह स्याहीचूस (सोख़्ता/ब्लॉटिंग पेपर) भी पकड़ा देना।"

माँ ने होल्डर और स्याही चूस पद्मकान्त को थमा दिए जो उसने चौकी पर रख दिए। हम सभी, चौकियों के चारों ओर बैठ गए। गत्ते हमारी गोदियों में रखे हुए थे। सबसे पहले पिता जी ने अक्षत और हल्दी वाली तश्तरी उठाई। कुछ हल्दी और अक्षत एक ही स्थान पर रखकर चुल्लू में पानी लिया और उसमें से कुछ बूँदों से 'अक्षत-हल्दी' को भिगो दिया। उस अक्षत-हल्दी मिश्रण से उन्होंने एक ख़ाली सफ़ेद कागज़ के मध्य में स्वास्तिक बनाया। ऊँ और श्री दाएँ-बाएँ अंकित किए।

उपयुक्त स्थान पर 'ॐ श्री गणेशाय नमः' लिखा। इसके पृष्ठ भाग पर मेरे नाम के साथ ही भावी वर का नाम लिख दिया। विवाह-कार्यक्रम, दिन-दिनांक, विवाह के स्थल आदि का उल्लेख करते हुए 'गणपति सिद्ध विनायक' को विवाह में आमंत्रित किया गया था कि वे इस अवसर पर पधार कर 'वर वधू' को अपना आशीर्वाद प्रदान करने की कृपा करें। बिना टिकिट वाले लिफ़ाफ़े में, इस 'निमंत्रण पत्र' को और साथ ही ढ़ाई रुपया रखकर बन्द कर दिया। लिफ़ाफ़े के ऊपर भी मांगलिक चिन्ह और प्रतीक हल्दी से अंकित कर दिए गए। प्राप्तकर्त्ता के नाम पर गौरीपुत्र गणेश जी का नाम व मंदिर का पता लिखा और प्रेषक के स्थान पर अपना नाम तथा घर का पता लिख दिया।

उसके बाद हम सभी ने एक काग़ज़ पर अपने घर-कुनबे के, सगे-सम्बन्धियों के घनिष्ठों मित्रों और परिचितों के नाम-पतों की एक सूची तैयार कर ली। वह सूची पिता जी ने चार भागों में फाड़कर एक भाग अपने पास रख लिया, बाक़ी तीन भाग हम तीनों बहन-भाई को दे दिए। इसी प्रकार से सभी ख़ाली काग़ज़, पोस्टकार्ड, अंतर्देशीय और लिफ़ाफ़े भी वितरित कर दिए। पिता जी ने सबको एक-एक काग़ज़ लेने को कहा। पिता जी एक काग़ज़ पर जो कुछ स्वयं लिख रहे थे, वही बोल-बोलकर हमें भी लिखवा रहे थे। जब वे लिख-लिखवा चुके तो उन्होंने सभी सूचियों में बोलकर चिह्नवा दिया कि किस-किस को पोस्टकार्ड जाएँगे और किसको अन्तर्देशीय या लिफ़ाफ़े जाएँगे। पिता जी ने कहा, "मेरे आने तक तुमको यह काम पूरा कर लेना है। विवाह की सूचना और आमंत्रण लिखने के बाद, पते भी हाथ के हाथ लिख देना। यद्यपि, पोस्टकार्डों, अन्तर्देशियों और लिफ़ाफ़ों पर डाक टिकिट तो पहले से ही लगे हुए हैं तथापि, मैं अतिरिक्त टिकिट भी ले आया हूँ जो इन पर चिपकाने हैं जिससे कि वे शीघ्रातिशीघ्र अपने गन्तव्य पर पहुँच सकें। भगवान जी का कार्ड मंदिर में उनको अर्पित कर, मैं अभी वापस आ रहा हूँ। मुझे ये सारे पत्र, आज ही डाकखाने पहुँचाने हैं जिससे कि ये आज ही डाकखाने से मुहर लगकर और छंटाई होकर, बड़े डाकखाने के लिए निकल सकें।"

अभी हम अपने हाथ का काम निपटा ही चुके थे कि पिता जी भी आ गए। बिना कोई क्षण गँवाए उन्होंने वे सारे पत्र इकट्ठे करके झोले में डाले और उलटे पैर ही वे डाकखाने के लिए निकल गए। इस बार पद्मकान्त भी उनके साथ चला गया। पत्रों वाला झोला उसने पिता जी के हाथ से ले लिया।

उन दोनों के जाने के बाद हम तीनों ने थोड़ी चैन की साँस ली। पैर फैलाकर और दीवार से टेक लगाकर हम बैठ गईं। कुछ देर तक, हम तीनों के बीच में मौन पसरा रहा। अचानक ही माँ ने मेरी बाँह पकड़ी और अपनी ओर खींच लिया। मैंने माँ का साथ दिया और उसके पास खिसक गई। माँ ने मेरा सिर पकड़कर, अपनी

गोद में रख लिया और अपनी उँगुलियाँ मेरे बालों में फेरने लगीं।

मुझे बड़ा ही अच्छा लग रहा था। एक स्वर्गिक आनन्द की अनुभूति हो रही थी। आँखें बन्द किए-किए मैं समृति कानन में उन क्षणों की खोज में इधर-उधर भटक रही थी, जबकि पिछली बार मैं माँ की गोद में कभी ऐसे ही लेटी होऊँगी और माँ की उँगुलियों के सहज स्पर्श की सुखद अनुभूति का आभास हुआ होगा। यह सोचते-सोचते, मैं भावावेग में बह गई। मेरे नेत्र अश्रुपूरित हो गए। न जाने किस पल में कुछ अश्रुबिन्दु छलक कर नेत्रों की कोर से बाहर निकल गए। मुझसे पहले माँ को पता लग गया था क्योंकि मेरी आँखों से निकले गर्म अश्रुजल ने माँ की जाँघ को स्पर्श कर, इसकी चुगली माँ से कर दी थी। माँ ने मेरे सिर से उँगुलियाँ निकालकर मेरी आँखों से आँसू पोंछने के लिए आँखों की कोर पर रख दीं। मैंने माँ की उँगुलियों को अपने हाथ में लेकर, अधमुंदी आँखों से माँ को देखा। वह अपलक मेरे ही चेहरे को निहार रही थी।

अपनी ओर मुझे तकते देख माँ ने मुझसे पूछा, "क्या हुआ लल्ली?"

"कुछ नहीं माँ"

"फिर भी?"

"कुछ भी तो नहीं।"

"कुछ भी नहीं, तो तेरी आँखों में आँसू क्यों," माँ ने मेरे माथे पर हाथ फेरते हुए पूछा।

माथे पर माँ के हाथ की सहलाहट ने मेरे मन की भावनाओं में एक ज्वार सा ला दिया था। मन कर रहा था कि मैं खुलकर रोऊँ। लेकिन, ऐसा कर भी नहीं पा रही थी परन्तु मैं अपने भावावेग पर भी तो नियंत्रण नहीं रख पा रही थी। इसलिए, अब संयम का बाँध भी टूट गया और निःशब्द अश्रुधार बह निकली। मैं उठकर बैठ गई और माँ के गले से लिपट कर, सिसकियाँ भर-भर कर रोने लगी। माँ के नेत्र भी सजल हो उठे। उधर ओमा! वह बड़ी ही चकितावस्था में थी। यह सब देखकर, वह भी द्रवित हो उठी। उसके नेत्रों में भी आर्द्रता अपना घर बनाने लगी। वह बोझिल सा वातावरण, एकदम पनीला-पनीला हो चला था। लगता था कि बिन मौसम के कोई अप्रत्याशित बदरिया आकर अपनी फुहारों से, वातावरण को आप्लावित कर गई है। हम तीनों की अलग-अलग मानसिकता थी इस समय। हम अलग-अलग भावनाओं की लहरों में डूब-उबर रही थी, लेकिन जलराशि एक ही थी। इतना सब कुछ होने के उपरान्त भी, शब्दावलियाँ मौन की चादर तानकर कुंभकर्णी निद्रा में लीन थीं।

माँ ने बड़े ही धीरे से, मेरे सिर को अपने कंधे से अलग किया। अपनी धोती

के पल्ले से मेरी दोनों आँखों को पोंछा। मेरे गालों को सहलाया और मेरे दोनों हाथ अपने हाथों में लेकर गोद में रखते हुए बोली, "ओमा! जिज्जी के लिए पानी ले आ।" ओमा उठी और पीतल की छोटी बालटी में पानी और गिलास ले आई। हमने पानी तो पी लिया, लेकिन बनी हुईं थीं हम तीनों, अभी भी निःशब्द ही।

***

दहलीज़ की साँकल खड़की। ओमा ने जाकर साँकल खोली और पिता जी व पद्मकान्त अन्दर आकर आँगन में खाट बिछाकर बैठ गए। ओमा ने उनको भी पानी दे दिया पीने के लिए। पानी का एक लम्बा घूँट ले कर पिता जी बोले, "क्या बात है भई? वातावरण कुछ बोझिल सा, गम्भीर सा लग रहा रहा है। तुम्हारे तीनों के चेहरे भी बुझे-बुझे और उतरे-उतरे से लग रहे हैं। कोई बात हो गई है क्या? उदासी-उदासी सी छा रही है चारों ओर। सब कुशल मंगल तो है न?"

माँ पीढ़ा लेकर पिता जी के पास बैठ गई। हमने भी आँख बचाकर अपने-अपने चेहरे साफ़ कर लिए और आँगन में पैर लटकाकर पिता जी की ओर मुँह करते हुए दालान में बैठ गईं।

"देखो भाई! विवाह से जुड़ी छोटी-मोटी वे सभी तैयारियाँ जो हमें पता थीं या जानकारी में आई हैं, पूरी कर ली गई हैं। बाक़ी, समय-समय पर जो भी कमी या आवश्यकताएँ इस बीच अनुभव होंगी, उनको भी तभी हल कर लिया जाएगा। हाँ, बस एक ही चिन्ता है, जिसका हल मुझे अभी भी नहीं मिल पा रहा है। हमारे यहाँ परम्परा है कि घर की जो विवाहित लड़कियाँ होती हैं, चाहे वे बुआ हों, बहनें अथवा बेटियाँ, उनको ऐसे ही, सामान्य रूप से चिट्ठी-पत्रियाँ भेजकर आमंत्रित नहीं किया जाता। बल्कि उनको लिवा लाने के लिए स्वयं को, भाई को या बेटे को व्यक्तिगत रूप से उनकी ससुराल जाना पड़ता है। अब हमारे सम्बन्ध में तो यह समस्या थोड़ी हल्की ही है, क्योंकि किसी बिटिया को लाने का तो अभी प्रश्न ही नहीं उठता। कारण? कारण यह है कि इस घर की बड़ी लड़की के तो स्वयं के ही विवाह का अवसर है। मेरे फूफाओं और बुआ जी का स्वर्गवास हुए दशकों बीत गए हैं। अतः मुझे व्यक्तिशः उनके निवास पर भी जाने की कोई बाध्यता नहीं है। इसीलिए उनके पुत्र-पुत्रियों को मैंने पत्र से ही आमंत्रित कर दिया है। हाँ, ओमा की बुआ जी और फूफा जी को इस विवाह में बुलाने के लिए किसी न किसी को तो निजी रूप से वहाँ जाना ही पड़ेगा। अब, मैं तो वहाँ जाने से रहा। क्योंकि यदि, मैं वहाँ चला गया तो यहाँ के काम-काज को कौन देखेगा? तो, अब तुम्हीं बताओ कि उनको लिवा लाने के लिए क्या किया जाए या किसको भेजा जाए?" पिता जी ने अपनी चिन्ता प्रकट करते हुए जानना चाहा।

"इसमें चिन्ता की कोई बात नहीं है। ऐसा करते हैं कि पद्मकान्त को भेज

देते हैं और उसके साथ के लिए, पड़ोस में रहने वाले चमन को भेज देते हैं," माँ ने उपाय सुझाया।

"चमन? कौन चमन?" पिता जी ने जिज्ञासा की।

"ये लो! चमन को भी ना जानो! अरे! वो ही पटवारी जी का बड़ा छोरा चमन। अब, ये मत कह देना कि कौन पटवारी जी," माँ कुछ व्यंग्यात्मक स्वर में बोलीं।

"अरे! ऐसा कुछ नहीं है। मैं तो यह जानना चाहता था कि वो सामने वाले बजाजे की दुकानवालों का लड़का भी तो चमन ही है। तो मैं सोच रहा था कि इस बजाजे वाले चमन की तो बात नहीं कर रही थीं कहीं तुम," पिता जी ने उत्तर दिया।

माँ ने स्पष्टीकरण किया, "इन बजाजे वालों के साथ तो बस राम-राम, श्याम-श्याम से अधिक हमारे सम्बन्ध हैं ही नहीं। इसीलिए तो लल्ली की सगाई के लिए इनको साथ न ले जाकर तुम दिल्ली, पटवारी जी को ही ले गए थे।"

"ठीक है, ठीक है! तो मैं आज साँझ को ही पटवारी जी से बात कर लेता हूँ।" कल तड़के ही तड़के, ये दोनों लड़के चले जाएँगे और तुम्हारी ननद को लेकर साँझ तक वापस भी आ जाएँगे," पिता जी ने मत व्यक्त किया।

"और, उन्होंने यदि कल बीबी जी न भेजीं तो?" माँ ने शंका प्रकट की।

"कोई बात नहीं।" कल नहीं भेजीं तो परसों सुबह चली आएँगी। परसों सुबह नहीं आई तो ये बच्चे जल्दी से जल्दी भेजने की कहकर, वापस लौट आएँगे। इस बारे में पहले से ही लिखी हुई एक चिट्ठी, बच्चे अपने फूफा जी को दे देंगे, "पिता जी ने इस समस्या का हल भी सुझा दिया।

माँ बोली "चलो! इस चिन्ता से भी छुटकारा मिला। बाहर का तो अब कोई और काम बाक़ी नहीं रहा। अब तो बस, सारे काम घर के ही रह गए हैं। तेल-बान होने हैं। अड़ोस-पड़ोस में बुलावा देना है। गीत गवेंगे। उसके लिए बताशे लाने होंगे। बीच-बीच में अदलते-बदलते, गेहूँ और मक्का की बाकली भी तैयार करनी होगी। उसके साथ शक्कर भी चाहिए होगी। तो, जब बाज़ार निकलो तो यह सारी चीजें दो-दो सेर लेते आना। शास्त्री जी के पास जाकर तेल-बान और फेरों से सम्बन्धित सामग्री भी लिखवाकर ख़रीद लाना।"

"हाँ, लड़कियो! बस, या कुछ और शेष रह गया है, लाने के लिए," माँ ने पूछा।

मुझे माँ पर आश्चर्य मिश्रित हँसी आ रही थी, यह सोचकर कि इतनी समझदार महिला, इतनी बड़ी बातें कैसे भूल रही है? संकेत से ओमा को मैंने निकट आने के लिए कहा। उसने वहीं बैठे-बैठे अपना सिर टेढ़ाकर, अपना कान मेरे मुख से सटा

दिया और कुछ सुनने की प्रतीक्षा करने लगी। प्रतिक्रिया स्वरूप, जो कुछ मुझे सूझा मैंने उसके कान में फूँक दिया। उसने मुस्कुरा कर मेरी ओर देखा और फिर माँ की ओर देखने लगी।

अपनी ओर तकते देख, माँ ने ओमा से पूछा, "क्या बात है ओमा? कुछ कहना है क्या?"

ओमा बोली, "हाँ माँ। मैं कहना चाह रही थी कि तू 'कुछ' भूल रही है। और... 'कुछ' नहीं 'बहुत बड़ी बात' भूल रही है।"

"क्या?"

"भात न्यौतने की बात तो किसी ने भी और किसी भी स्तर पर उठाई ही नहीं।"

"हाँ! अरे! इस ओर तो ध्यान गया ही नहीं किसी का भी," माँ बोली।

बीच में ही टोकती ओमा बोली, "'इस ओर ही नहीं।' एक 'अन्य ओर' की भी सुध नहीं ली किसी ने भी।"

"वो कौन सी?" माँ ने पूछा

ओमा ने पूछा, "चाक पूजने का भी तो भूल गई न?"

"धत् तेरे की। यद्यपि, चाक पूजने का कार्यक्रम तो कभी भी सम्पन्न किया जा सकता है परन्तु, चिन्ता की बात यह है कि इतनी महत्त्व की बातें, मेरे मन-मस्तिष्क से निकल कैसे गईं? चलो, अच्छा हुआ कि सब कुछ समय रहते ही ध्यान आ गया। यद्यपि, ऐसा तो नहीं होता कि ये रीतियाँ रह ही जातीं क्योंकि मामा-मामी भी तो बड़ी उत्सुकता से बाट जोह रहे होंगे अपनी भाँजी के विवाह के भात की भेली की। देख रहे होंगे कि भातईन (मामा-मामी) के लिए बुलावा आ ही रहा होगा। ओमा! एक काम कर। तू पटवारिन चाची को बुला ला। एक बार उनसे भी खुलकर चर्चा कर लें जिससे कुछ छूट न जाए, कुछ रह न जाए। कल सवेरे-सवेरे यहाँ से तेरे मामा के घर निकल जाते हैं भात न्यौतने के लिए। साँझ ढरे तक वापस आ जाएँगे।"

"पद्मकान्त! तू लाला जी की दुकान से गुड़ की एक भेली ले आ। तेरे पिता जी बाज़ार से कुछ मिठाई और फल ले आते हैं। क्योंकि जब हम लोग कल सुबह-सुबह तेरे मामा के घर के लिए निकलेंगे तो उस समय बाज़ार बन्द होने के कारण कुछ भी नहीं मिल पाएगा। जितनी देर में ओमा, पटवारिन को लेकर आए, मैं इतनी देर में तेरे ममेरे बहने-भाई के लिए दो-एक जोड़े कपड़े ढूँढ़ लेती हूँ। कल सुबह-सुबह ही, पहली बस से निकलना है हमें। इसलिए, सारे काम जल्दी-जल्दी निपटाने हैं," कहती हुई माँ दालान के भीतर वाले कमरे में चली गई।

बलती हुई लालटेन माँ ने खूँटी पर टाँग दी। लकड़ी के सन्दूक़ में इधर-उधर, ऊपर-नीचे खखोड़ कर उसने कपड़े ढूँढ़ ही निकाले। कपड़ों और लालटेन के

साथ माँ बाहर आ गई। उतनी देर में ओमा और पटवारिन भी आ गई। माँ और पटवारिन को बतियाते अभी पाँच-दस मिनिट ही हुए होंगे कि आगे-पीछे पद्मकान्त और पिता जी भी आ गए। माँ ने पटवारिन से प्रत्येक अपेक्षित पहलू पर विस्तृत विमर्श कर, अगले दिन उनको अपने साथ पीहर ले जाने के लिए मना लिया और भात के रूप में ले जाने वाला सामान भी दिखा दिया। पटवारिन पूरी तरह संतुष्ट थी और अगले दिन समय से पूर्व पहुँच जाने का आश्वासन देकर वे वापस अपने घर चली गईं।

उनके जाने के बाद हमने अल्पाहार के रूप में कुछ नमकीन लिया। साथ ही मीठी-मीठी लस्सी भी सभी के सामने प्रस्तुत कर दी गई। यह लस्सी सबको बड़ी अच्छी लगी। एक अभूतपूर्व स्वाद की अनुभूति हो रही थी। सभी बार बार होठों को चाट रहे थे। आख़िर पिता जी की जिज्ञासा अपना बाँध तोड़ कर बाहर आ ही गई। वे बोले, "वाह! भई वाह! क्या स्वाद है? एकदम सरस। क्या बात है? जीवन में पहली बार एक विशेष प्रकार के और अनूठे स्वाद का आनन्द आ रहा है इस लस्सी में। क्या जादू घोला है? अभूतपूर्व! अद्भुत। क्या डाला है इस लस्सी में? कुछ हमें भी बता दो न भई! पता लग जाए तो हमारी रसास्वादन-अनुभूति भी कई गुणा और बढ़ जाएगी। क्यों, मैं सही कह रहा हूँ न बच्चो?" हमारी ओर देखते हुए पिता जी ने मुस्कुराते हुए कहा।

हमने भी मुस्कुराते हुए पिता जी के सुर में सुर मिला दिया और तीनों ने सहमति में सिर हिला दिए।

अब मुस्कुराने की बारी माँ की थी, "अरे, ऐसा इसमें कुछ भी नहीं है। बहुत ही सीधी सी बात है। मैंने लस्सी बनाते समय दही के साथ बर्फ़ी भी बिलो दी थी इसमें बस," माँ ने कहा।

"वास्तव में ही तुम्हारे कारण, स्वादों के हमारे अनुभवों में एक नया अनुभव और जुड़ गया। बहुत अच्छा लगा। आशा है कि भविष्य में भी ऐसे और भी नए-नए अनुभव हमें होते ही रहेंगे। चलिए, यह तो रही स्वाद की बात। पर, अब यह बताओ कि आगे के लिए तुम्हारे क्या कार्यक्रम हैं लल्ली के विवाह के बारे में," पिता जी ने पूछा।

"माँ ने उत्तर दिया, "अब, कार्यक्रम के बारे-बारे में बारबार क्या बतियाना? सीधी सी बात है कि पद्मकान्त अपनी बुआ को लिवाने के लिए चमन के साथ जाएगा तथा मैं और पटवारिन भात न्यौतने के लिए अपने भइया के घर जाएँगे। बस सीधी सी बात। अब, और क्या बाक़ी रह गया इसमें सोचने-विचारने के लिए?"

"रह गया है न, सोचने-विचारने के लिए। इसीलिए, तो मैंने तुम्हें टोका है। तुमने दोनों कार्यक्रमों को पूरा करने के लिए जो निर्णय लिए हैं, वे बिल्कुल ठीक हैं

और मानने योग्य हैं। परन्तु, तुमने जो दोनों जगह जाने का दिन और समय निश्चित किया है, क्या वह सही है? तर्कसंगत है? तुमने क्या इस पर भी ध्यान किया है कि दोनों अलग-अलग जगहों पर कार्यक्रम एक ही दिन में कैसे सम्भव हो सकते है? पद्मकान्त भी घर पर नहीं होगा तो इस अवस्था में, मेरा तुम्हारे साथ जाना और विवाह के कारज वाले घर में लड़कियों को पूरे दिन भर के लिए अकेले छोड़ना भी तो तर्कसंगत नहीं है।" पिता जी ने माँ को समझाया।

यह सुन कर तो, माँ गहरे सोच में डूब गई। उससे कुछ बोलते ही नहीं बन पा रहा था। कुछ क्षणों की चुप्पी के बाद वह बोली, "हाँ, यह बात तो मेरे ध्यान में आई ही नहीं। असल में विवाह की तैयारियों के मानसिक दबाव के कारण यह इतनी बड़ी चूक हो गई जिसने हमें इस दुविधा में उलझाकर रख दिया। अब तुम्हीं बताओ कि इस उलझन से बाहर कैसे निकला जाए?"

पिता जी ने समस्या से उबारने के लिए एक उपाय सुझाते हुए कहा, "देखो! घबराने जैसी कोई बात नहीं है। इसको इतनी गम्भीरता से लेने की भी कोई आवश्यकता नहीं है। बड़ी सीधी सी बात है। जो दो कार्यक्रम एक ही दिन के लिए निर्धारित हो गए हैं, उन्हें उनकी प्राथमिकता, अनिवार्यता और सुविधा के अनुसार आगे-पीछे कर लेते हैं। बस, हो गई समस्या हल।" बात समाप्त होते ही पिता जी ने मुस्कुरा कर माँ को देखा।

पिता जी को एकटक देख रही माँ ने तब एक लम्बी और गहरी साँस ली और बोली, "अरे हाँ, यह ठीक रहेगा। मैं तो बिना बात के ही चिन्ता में घुली जा रही थी। ऐसा करते हैं कि प्रत्येक स्थिति में कल ही लौट आने की शर्त पर चमन और पद्मकान्त को उनकी बुआ को लिवा लाने के लिए भेज देते हैं। भात न्यौतने तो हम परसों भी चले जाएँगे। इसकी पूरी सूचना, मैं अभी-अभी ओमा के द्वारा पटवारिन को भेज देती हूँ कि भात न्यौतने का कार्यक्रम कल के स्थान पर परसों का रहेगा। कल पद्मकान्त और चमन अपनी बुआ को लिवाने जा रहे हैं, जो हर स्थिति में कल ही यहाँ वापस लौट आएँगे। इस बात पर विस्तृत स्पष्टीकरण और चर्चा के लिए वे कल दोपहर को घर आ जाएँगी। ओमा! जा। अभी-अभी जा और अपनी चाची को बता देना कि कल हम कहीं नहीं जा रहे हैं। हम कल के बदले परसों जाएँगे और कल वे दोपहर को घर पर आ जाएँगी। हाँ, चमन को कल वे, सवेरे-सवेरे ही भेज दें जिससे कि वे कल जल्दी से जल्दी अपनी बुआ के घर पहुँच जाएँ और फिर पर्याप्त समय रहते ही, वे उन्हें लिवाकर, कल ही वापस घर लौट भी सकें।"

"ठीक है माँ! मैं जा रही हूँ। अभी आती हूँ लौट कर," कह कर ओमा चली गई।

पिता जी ने आवाज़ दी, "ओमा! ओ ओमा!" फिर उन्हें अपनी भूल का

आभास हुआ। वे बोले, "धत् तेरे की! ओमा अभी-अभी मेरी आँखों के सामने ही तो पटवारी जी के घर गई है और मैं उसे ही बुला रहा हूँ।"

"अरे भई! कोई तो पानी पिला दो। प्यास लगी है बड़ी ज़ोर से। लल्ली! कुछ खाने को भी ले आना। मन कर रहा है कुछ खाने को।" पिता जी ने कहा।

"लल्ली देख! छींके पर बोइए में लड्डू और मठरी रखे होंगे। वो दे दे, पानी देने से पहले। दिन ढलने लगा है। चलो! ब्यालू तैयार करते हैं। अपने पिता जी से और पद्मकान्त से पूछ कि क्या खाएँगे? क्या बनाया जाए," माँ ने लल्ली से कहा।

"अरे भई! कुछ भी बना लो। जो बनाओगी, वही खालेंगे। हमें कोई भी अन्तर नहीं पड़ता। पूछना है, तो अपने बच्चों से पूछो कि वे क्या खाएँगे? उन्हें क्या अच्छा लगेगा, खाने में," पिता जी बोले।

इतनी देर में ओमा भी आ गई। आँगन में पैर रखते ही बोली, "माँ! मैं बताऊँ? अब देखो न। जिज्जी का विवाह सिर पर है। अब आने-जाने वाले आएँगे तो उनके लिए भी पूरी-पराँठे तो बनेंगे ही। इसलिए आज कुछ हल्का-फुल्का ही बना लो। मेरे विचार से तो अरहर की दाल या साबुत मसूर और आलू डालकर चावल बना लो। ध्यान रखना, खिचड़ी नहीं, बिन पानी की खिचड़ी।" इस पर सभी ने समवेत स्वर से अपनी सहमति जता दी। यही सहमति, परिणति में परिवर्तित होने जा रही थी।

***

पहले से ही सुनिश्चित कार्यक्रम के अनुसार, पद्मकान्त और चमन पहली बस पकड़ने के लिए बस अड्डे पर, बस चलने के समय से लगभग आधा घण्टा पहले ही पहुँच गए। बस में लगभग पन्द्रह-बीस यात्री पहले से ही बैठे हुए थे। ये बस में अगले दरवाज़े से चढ़े और उस दरवाज़े से लगी अगली सीट पर बैठ गए। इन्हें वहाँ बैठे अभी पाँच-दस मिनिट ही हुए होंगे कि बस तेज़ी से भरने लगी और यहाँ तक कि कुछ ही क्षणों में, सीटों के बीच में चलने के लिए बनी जगह भी, इतनी खचाखच भर गई कि आगे-पीछे निकलना तो दूर सीधे खड़े होने में भी यात्रियों को असुविधा होने लगी थी। थोड़ी ही देर में बस अपने गन्तव्य की ओर चल पड़ी। यात्रा के बीच अपने निर्धारित स्थलों पर यात्रियों को उतारती-चढ़ाती बस, रेलवे स्टेशन पर जा पहुँची और वे दोनों बस से उतर कर रेलवे स्टेशन की टिकिट खिड़की पर जा पहुँचे, जो सदा की भाँति अभी भी बन्द थी, अपने सामने खड़े प्रतीक्षारत यात्रियों की लम्बी लाइन को मुँह चिढ़ाती हुई। चमन ने बराबर के जंगले से, इस स्थिति से पूर्णतः अनभिज्ञ व लापरवाह अवस्था में, कुर्सी में धँसे हुए रेल कर्मियों को देखा जो हास-परिहास और बतियाने में मस्त थे।

थोड़ी ही देर में 'चेतावनी घंटा' घनघना उठा जो रेलगाड़ी के आने की सूचना थी। रेलवे स्टेशन पर हलचल मच गई। खिड़की खुल गई। टिकिट प्रतीक्षार्थी सक्रिय हो गए। कुछ ही पलों में खिड़की पर लगी लम्बी लाइन टूट गई, छितरा गई और चारों ओर हो-हल्ला व धक्कामुक्की का साम्राज्य छा गया। चमन उस अव्यवस्थित भीड़ से निकलकर प्लेटफ़ॉर्म की ओर बने दरवाज़ों से, स्टेशन मास्टर के कमरे में चला गया और अनुनय-विनय कर रेलवे की दो टिकिटें लेकर पद्मकान्त के पास आ पहुँचा।

दोनों प्लेटफ़ॉर्म पर आ गए। उन्होंने प्लेटफ़ॉर्म के दूसरे छोर की ओर देखा। दूर आसमान पर काले धुएँ के उड़ते छोटे-बड़े छल्ले स्टेशन की ओर आते दिखाई दिए। कुछ ही क्षणों में उसी दिशा में एक छोटा सा बिन्दु उभरा जो विस्तारित होते-होते अंततः एक भीमकाय वाष्पचलित रेल इंजन के रूप में प्रकट हो गया जो आठ-दस डिब्बों को खींचता हुआ प्लेटफ़ॉर्म पर आ खड़ा हुआ। हमें बिठाए हुए वह, रेलगाड़ी पाँच-सात मिनिट बाद ही छुक-छुक करती हुई पुनः आगे बढ़ गई।

कुछ घंटो बाद, चमन और पद्मकान्त अपनी बुआ के पास बैठे थे। अभिवादन और आशीर्वचन के आदान-प्रदान के पश्चात पद्मकान्त ने मिष्ठान व फलों के थैले के साथ-साथ निमन्त्रण पत्र भी बुआ जी के हाथों में सौंप दिए। बातों-बातों में बुआ जी ने बताया कि फूफा जी कहीं बाहर गए हैं और अगले दिन शाम तक ही लौट पाएँगे। इसलिए, वे भी परसों ही पहुँच पाएँगे।

प्रत्युत्तर में पद्मकान्त ने तैयारियों की जानकारी दी और अपनी उल्टे पैर वापिसी की बाध्यता बताई। बुआ जी ने तुरन्त ही भोजन कराकर उन्हें वापिसी की अनुमति दे दी।

पद्मकान्त ने चमन को उसके घर छोड़ते हुए कहा, "चाची! इतनी भागदौड़ की। लेकिन, मिला क्या? कुछ भी तो नहीं। लौट के बुद्धू घर को आए। फूफा जी कहीं गए हुए थे और आएँगे भी कल शाम तक ही। देखो न! सारी भागदौड़ मिट्टी में मिल गई। काश! बड़े-बड़े शहरों की तरह हमारे पास भी टेलीफ़ोन की सुविधा होती तो कितना अच्छा होता। अच्छा चाची! मैं चलता हूँ। राम! राम!"

पद्मकान्त ने अपनी दहलीज़ की साँकल खड़काई। ओमा ने अन्दर से साँकल खोली और पद्मकान्त को देखते ही प्रसन्नता से चिल्ला उठी "माँ! ओ माँ! देख, पद्मकान्त आ गया, बुआ भी आ गईं।" दहलीज़ से बाहर आकर उसने गली में बाएँ-दाएँ झाँका। वहाँ किसी को न पाकर बोली, "बुआ कहाँ है? बुआ आई नहीं क्या? क्या हुआ?"

"चल! अन्दर चल! अन्दर बैठकर बात करते हैं," कहते हुए वह दहलीज़ लाँघकर आँगन में बिछी चारपाई पर बैठ गया। पीछे से, ओमा भी साँकल लगाकर

घर के अन्दर आ गई। उसने पद्मकान्त को गुड़ और पानी दिया तथा उसे ताकने लगी। इतनी देर में, माँ भी आ गई।

"पद्मकान्त! आ गया भइया? तेरी बुआ कहाँ हैं? वे नहीं आई क्या? क्या हुआ?" माँ ने पद्मकान्त के सिर पर हाथ फेरते हुए पूछा।

पद्मकान्त ने माँ का हाथ पकड़कर अपने सिरहाने की ओर बैठाते हुए बताना प्रारम्भ कर दिया, माँ! जब हम यहाँ से बस अड्डे पहुँचे तो...", इतनी देर में दहलीज़ की साँकल खड़की। माँ उठी। उसने अपनी धोती ठीक की। आँचल सँभाला और धोती से सिर ढँका। इतनी देर में पद्मकान्त ने साँकल खोल दी। सामने पिता जी खड़े थे।

"अरे पद्मकान्त! आ गया? कब आया? तेरी बुआ अकेली आई है या कोई और भी साथ आया है उसके साथ," पूछते हुए उन्होंने दहलीज़ पार की। वे आँगन में आए और वहाँ किसी को भी न पाकर उन्होंने चारों ओर दृष्टि घुमाई और चारपाई पर बैठ गए। उन्होंने पूछा, "कहाँ है तेरी बुआ? आई नहीं क्या?"

पद्मकान्त, पिता जी के साथ बैठ गया। मैं, माँ और ओमा दालान में बैठ गईं। पद्मकान्त ने सवेरे से लेकर अपने लौटने तक का सारा यात्रा वृतान्त पूरे विस्तार से कह सुनाया। उसने आगे कहा, "मुझे इस बात का बड़ा दुख हुआ कि मुझे फूफा जी घर पर नहीं मिले। यदि मिल गए होते तो पता लग जाता कि वे दोनों कब आ रहे हैं। यदि फूफा जी के पास समय नहीं होता तो बुआ जी को ही हमारे साथ भेज देते। अब देखो, सुबह से भागते-भागते यह समय आ गया, लेकिन लक्ष्य की प्राप्ति नहीं हो पाई।"

"कोई बात नहीं।" पिता जी ने सांत्वना दी, "कल परसों आ जाएगी।"

इसके बाद हम तीनों ने मिलकर रात्रिभोज तैयार किया और पिता जी तथा पद्मकान्त के सामने परोस दिया। उनको खाना खिलाने के बाद हमने भी भोजन ग्रहण कर लिया। सभी के द्वारा भोजन कर लेने के बाद हम एक बार पुनः इकट्ठे बैठ गए बतियाने के लिए, जिससे कि दूध पीने और खाना खाने के बीच के वांछित अन्तर के लिए पर्याप्त समय मिल सके। अपेक्षित समय आने पर हमने दूध पीया और फिर जुट गए सोने की तैयारी में।

* * *

प्रकृति का स्थापित नियम है कि प्रातः जितने बजे उठने का विचार हमारे मन में दृढ़निश्चय के साथ जम जाए, बिना किसी अन्य के जगाए हम स्वयं ही ठीक उसी समय पर जग जाते हैं अर्थात रात्रि के संकल्पित समय पर हमारी नींद स्वतः ही टूट जाती है, आँखें खुल जाती हैं। अब, वह अलग बात है कि हम करवट बदलकर

पुनः सो जाएँ या अपने मन को पाँच मिनिट बाद अथवा दस मिनिट के बाद उठने का झाँसा देकर फिर से नींद की गोद में समा जाएँ। इसी सिद्धान्त के अनुरूप अगले दिन हम पौ फटने से पहले ही जग गए। बिना किसी विलम्ब या आलस्य के हमने अपनी शैया त्याग, बिस्तर समेट दिए और चारपाइयाँ खड़ी कर दी थीं। इतने भोर में उठकर प्रकृति के साथ साहचर्य स्थापित करने का यह बड़ा ही अनूठा और आह्लादकारी पहला अनुभव था मेरे जीवन का। एक-एक करके, सभी अपनी-अपनी शैय्या त्याग कर दैनिक चर्या से निवृत होने में लग गए। वैसे एक कहावत और भी है कि लगा हुमाया पीर (पीहर) का, हंडा छोड़ा खीर का। अर्थात महिला को यदि पीहर जाने का छोटे से छोटा अवसर भी मिल जाए तो वह बड़े से बड़े सुख का परित्याग करने में एक क्षण की भी देरी नहीं लगाएगी, हिचकेगी नहीं।

इस कहावत को चरितार्थ करते हुए पहले की भाँति आज भी हम सबको पछाड़कर माँ ही अग्रणी बन चुकी थी। माँ को तैयार होकर ननिहाल ले जाने वाला सामान सहेजकर रखना था। वह तो उसी में लगी रही। इधर मैंने रास्ते में ले जाने के लिए पराँठे और आम के अचार की फाँकें एक नतने (कपड़े) में अच्छी तरह से लपेट कर झोले में टिका दिए।

एक काँसे की थाली में पराँठे और बेले में दही भरकर मैंने माँ के सामने रख दिया इस आग्रह के साथ कि वह अभी कुछ हल्का-फुल्का खाले जिससे कि रास्ते में पानी पीने का आधार तो बन ही जाए। पद्मकान्त भी तभी आ गया। उसके लिए भी हल्का खाना और दही दे दिया। इसी बीच पटवारिन भी आ गईं। उनसे नाश्ते के लिए कहा तो उन्होंने हाथ जोड़ते हुए कहा, "मैं अभी-अभी नाश्ता करके आई हूँ। आप करो! भगवान आपको बहुत दे।"

पिता जी बोले, "पद्मकान्त! भइया, थोड़ा जल्दी जल्दी निकलो घर से। नहीं तो बस में जगह भी नहीं मिलेगी बैठने को। खड़े होकर जाना पड़ेगा स्टेशन तक। फिर आगे का भी पता नहीं, बैठने को जगह मिले या न मिले रेल में भी।"

"चलो, चलो! तैयार हैं हम। पद्मकान्त! अपनी चाची का झोला उठा ले," कहकर माँ दालान से निकलकर आँगन में आ खड़ी हुई। पटवारिन भी दहलीज की ओर बढ़ चलीं। पद्मकान्त ने उनका भी झोला ले लिया। मुझे और ओमा को छोड़, बाक़ी सब घर से बाहर निकल गए। हम दोनों दहलीज़ की पौढ़ी पर ही खड़ी रह गईं।

माँ पलटकर बोली, "छोरियो! ध्यान रखना। समय से खा-पी लेना और अपने पिता जी को भी खिला देना। घर अकेला मत छोड़ना भूलकर भी। किसी को भी जल्दी से घर में मत आने देना और ज़्यादा देर बातें मत करना। हम शाम तक घर आ जाएँगी और यदि, आज नहीं आ पाईं तो कल दोपहर तक तो हर हाल में आ

ही जाएँगी। बस ध्यान रखना।" कह कर वे चली गईं। उनके ओझल होने तक हम उन्हें देखती रहीं। बाद में साँकल बन्द करके हम भी घर के आँगन में बिछी चारपाई पर आकर बैठ गईं।

* * *

बहुत दिनों के बाद आज मैं और ओमा, दोनों ही घर में अकेली थीं। हम बहनें तो थीं ही, साथ ही बहुत अच्छी सखियाँ भी थीं। हमारी स्थिति दो शरीर, एक आत्मा जैसी थी। हम दोनों के बीच गोपनीय कुछ भी नहीं था। तेरा-मेरा कुछ भी नहीं था बल्कि हम दोनों के बीच, एक ऐसा सुदृढ़ और आत्मीय बंधन था जिसमें सभी कुछ अविभाज्य था। जो कुछ तेरा, वो मेरा और जो कुछ मेरा, वो तेरा वाला भाव, हम दोनों में समान रूप से व्याप्त था।

"जिज्जी! अब तो कुछ दिनों के बाद तू पराई हो जाएगी। मिलना तो दूर, एक दूसरे को देख पाना भी कठिन ही नहीं, असम्भव हो जाएगा। क्या तेरा लगाव और स्नेह तब भी ऐसा ही बना रहेगा, जैसा अब है? कहीं ऐसा न हो कि जीजा जी के प्रेम-बंधन में पड़कर तू हमारे बाँटे का प्रेम भी उन्हीं के पास बंधक रख दे," ओमा ने रुआँसे स्वर में मुझसे पूछा।

मैंने ओमा को खींचकर अपने गले से लगा लिया। उसकी पीठ सहलाते हुए मैंने उससे कहा, "तू पागल हो गई है क्या? ऐसा कभी सम्भव हो सकता है क्या? मेरी तू बहन या सहेली ही नहीं है बल्कि मेरी अपनी पोषिता अर्थात लड़की की तरह भी है। मैं तुझे प्रेम ही नहीं, अपने बच्चे की तरह स्नेह भी करती हूँ। तो, मेरे भूलने का तो प्रश्न ही नहीं उठता। हाँ, तू मुझे भूल जाए, यह सम्भव हो सकता है। कारण? कारण है कि मैं तेरे लिए एक बड़ी बहन और पक्की सहेली हूँ। परन्तु, तू मेरे लिए बहन, सहेली और लड़की भी है।"

"पद्मकान्त!" बाहर से आवाज़ आई। पता चल गया कि बाहर पिता जी पुकार रहे थे।

ओमा गई। दहलीज़ का दरवाज़ा खोला। पिता जी अन्दर आए और आकर बैठ गए। हम दोनों भी वहीं बैठकर उनके मुँह की ओर ताकने लगीं। हमें प्रतीक्षा थी पिता जी के बोलने की। इसलिए हम भी बिल्कुल चुप थीं।

मैं उठी। बरामदे में गई। अभी-अभी जो माँ के जाने से पहले पराँठे सेंके थे उनमें से पराँठे बोइया में से निकालकर काँसे की थाली में परोस दिए और फूल के बेले में दही भरकर ऊपर से शक्कर डाल दी। थाली और बेला चौकी पर रखकर उस चौकी के सामने मैंने पटरा बिछा दिया और पिता जी से बोली, "आ जाओ पिता जी! नाश्ता कर लो।"

पिता जी बोले, "अरे लल्ली! केवल मेरे लिए ही क्यों परोसा है तैंने। अपने और ओमा के लिए भी थाली लगा लै। हम तीनों बाप-बेटी एक साथ ही खाएँगे। ऐसा अवसर न जाने कब हाथ आए? ओमा! ओ ओमा! तू भी आजा।"

ओमा भी उठ खड़ी हुई। वह भी बरामदे में आ गई। "जिज्जी! तू भी अपने लिए चौकी और पटरा बिछाले। मैं खाना परोसती हूँ।"

मैंने ओमा के लिए और अपने लिए चौकी और पटरे बिछा दिए। मैंने अपने पटरे पर बैठने से पहले, तीनों चौकियों पर पानी भरे गिलास और एक लोटे में अलग से पानी भरकर रख दिया। इतनी देर में ओमा ने खाने की चौकियों पर भोजन परोसी हुई थाली और दही-शक्कर वाले बेले भी रख दिए।

हम तीनों नाश्ता करने के लिए अपने-अपने स्थान पर बैठ गए। पिता जी और हम दोनों ने थालियों से गौ-ग्रास निकालकर एक ओर रख, उन्हें जल के छींटे दिए। दोनों हाथ जोड़कर मंत्र बोले। तत्पश्चात हम तीनों ने पूर्ण प्रसन्नता और शान्ति के साथ, भगवान को समर्पित वह भोजन, प्रसाद मानकर ग्रहण किया। भोजन की समाप्ति के पश्चात उठने से पूर्व हाथ जोड़कर पुनः नमन और धन्यवाद किया। फिर बाद में बर्तन समेट कर कुल्ला और हस्त प्रच्छालन किया।

* * *

अगले दिन दोपहर को माँ और पटवारिन 'भात न्यौतकर' वापस अपने घर लौट आईं। पानी पीकर और थोड़ा सुस्ताकर पटवारिन भी अपने घर चली गईं। अब घर के भीतर केवल परिवार के लोग ही रह गए थे।

हल्का सा नाश्ता-पानी करके सभी यथायोग्य स्थान पर बैठ गए। आज माँ, सभी का ध्यान केन्द्र बनी हुई थी। बहुत देर तक अनपेक्षित मौन छाया रहा। अभी भी, सभी माँ को ही ताक रहे थे कि वह अब बोले, तब बोले। आख़िर मौन जनित शान्ति भंग हो ही गई और माँ के उद्गार फूटने लगे।

माँ ने घर से चलकर ननिहाल तक पहुँचने और वहाँ से चलकर अपने घर वापिसी तक का सारा वृतान्त, सविस्तार कह सुनाया। साथ ही उसने यह भी बताया कि नानी के गाँव पहुँचते ही उन्हें पड़ोस के घर में ठहराया गया था। वहीं उनकी बहुत अच्छे ढंग से आव भगत की गई। खाने-पीने का प्रबन्ध किया गया। शाम को नानी के घर से, नारी-कंठों से गीत गूँजने की आवाज़ सुनाई देने लगी। यह सुनकर माँ और पटवारिन ने अपने साथ लाया सामान निकालकर नानी के घर से आई टोकरियों और छाजों में सजा दिया। थोड़ी देर में गीत गाती कुछ महिलाओं की टोली माँ के ठहरने के स्थान पर आ गई।

उसी महिला मण्डली में से कुछ ने, ले जाए गए सामान से सजे हुए टोकरे और

छाज उठा लिए और गीत गाती हुई नानी के घर की ओर वापस चल दीं। साथ में माँ और पटवारिन भी उन्हीं के साथ गीत गाती हुईं चल दीं। रास्ते भर के दोनों ओर के घरों के द्वारों-चबूतरों पर खड़ी हुईं आबाल-वृद्धा नारी कौतूहल से देख रही थीं। वहीं वधुएँ दाएँ हाथ की तर्जनी और मध्यमा उँगुलियों से अपने घूँघट में देखने की राह बना कर माँ और पटवारिन को ताक रही थीं। इस प्रकार इस मंगल यात्रा का नानी के द्वारे जाकर समापन हुआ। वहीं द्वारे पर मंगलगीत गाती कुछ अन्य महिलाओं के साथ प्रज्ज्वलित दीप और मिष्ठान वाला थाल लिए नानी और मामी भी खड़ी थीं। माँ की और पटवारिन जी की आरती उतारी गई। मीठे से उनका मुँह जुठवाया गया। माँ ने भी प्रतिक्रिया स्वरूप प्रचलित परम्पराओं का पालन करते हुए गुड़ का भेला, अन्य मिठाइयाँ, छोटे-बड़ों के वस्त्र और नगदी नानी को दे दिया। नानी ने वह सामान मामी को थमा दिया और माँ तथा पटवारिन जी को हाथ पकड़कर घर में प्रवेश करा लिया।

घनी रात तक, माँ-बेटी बतियाती रहीं। फिर तड़के ही उठकर और दैनिक कार्यों व स्नानादि से निवृत होकर उन्होंने भोजनादि किया और उसके बाद आने का निमंत्रण उन्हें स्मरण करा कर अपने घर के लिए वापस चल पड़ीं। इस प्रकार, इस यात्रा का सुखद अन्त सुनकर हम सभी ने चैन की गहरी और लम्बी साँसें लीं।

* * *

समूचा परिवार अपने-अपने दायित्व निर्वाह के लिए उठ खड़ा हुआ। जिसको जो कार्य सौंपा गया था, वह उसे पूरा करने में लग गया था। जो कार्य अपूर्ण-अधूरे रह गए थे, उन्हें भी निपटाया जाने लगा। बीच-बीच में अकस्मात ही जो छोटे-मोटे पूरक कार्य निकल आते थे उन्हें भी उनके अपने-अपने परिणाम तक पहुँचाया जाने लगा। अन्ततः अगले दिन संध्या में जब सभी अल्पाहार के लिए जुटे तो सभी ने बारी-बारी से अपने-अपने कार्य की समापन स्थिति का भी सविस्तार वर्णन कर दिया।

वह सब सुनने के पश्चात्, पिता जी ने भी निष्कर्ष स्वरूप स्थिति स्पष्ट करते हुए बताया, “लगता है कि अब, सब कुछ निपट गया है। कुछ भी करने को शेष नहीं रह गया। अब, रह गए सारे काम, महिलाओं से ही सम्बन्धित हैं।” लल्ली को तेल-हल्दी चढाना, कंगना बाँधना, माँढ़ा गढ़वाना और चाक पूजने के साथ-साथ अवसरानुसार गीत आदि का प्रबन्ध देखना। जब भातई आ जाएँ तो उनसे भी भात उसी प्रकार से लेना, जैसे उन्होंने भात न्यौतने के समय तुम लोगों से भात लिया था। उनके स्वागत-सत्कार में कोई कमी न रह जाए। बाक़ी, चिन्ता जैसी कोई बात नहीं है। कोई बात समझ में न आए या रीति-परम्परा के सम्बन्ध में कोई दुविधा हो, तो अपनी ननद से और भाभी से बात कर लेना। वैसे तुम्हारी सहेली पटवारिन

भी तो है। मिल जुल कर सारा काम निपट ही जाएगा और समस्या भी चुटकियों में ही हल हो जाएगी क्योंकि इन सभी के पास, अपने-अपने अनुभवों के पिटारे तो होंगे ही। वैसे तो घर का और विवाह का सारा सामान, आ ही चुका है फिर भी कोई और कोर-कसर बाक़ी रह गई हो तो वह भी अभी बता दो। हम ला देते हैं। बाद में, विवाह सम्बन्धी भाग-दौड़ इतनी बढ़ जाएगी कि हम दोनों पिता-पुत्र को बाज़ार जाने का समय बिल्कुल भी नहीं मिल पाएगा।"

***

पाँच

दो दिन बाद से, सगे सम्बन्धियों का आवागमन प्रारम्भ हो गया। पहले बुआ जी आईं, उनके आने के बाद भातिन अर्थात मामी भी आ गईं। मामी को परम्परानुसार घर न आने देने के स्थान पर पटवारिन चाची के घर पर ही टिका दिया गया। भात लेने का कार्यक्रम सायंकाल में होने के कारण पड़ोस में सभी महिलाओं को न्यौता दे दिया गया।

सूरज ढलते-ढलते ढोलकी की थाप पर महिलाओं के संगीत के स्वर गूँज उठे। घर में चहल-पहल प्रारम्भ हो गई। पहले तो यह संगीत लहरी हमारे घर से चलती हुई पटवारिन के घर पर जाकर थम गई और फिर कुछ देर बाद पटवारिन के घर से वापस लौटकर वह संगीत लहरी पुनः गली में हमारे घर के मुख्य द्वार पर ही वापस आकर ठिठक गई।

मुख्यद्वार पर मामी की आरती उतारी गई। मुँह जुठारा गया। इस अवसर के लिए प्रचलित गीतों के साए में भात ले लिया गया। अवसरानुसार जो भेंट-उपहार आदि का आदान-प्रदान किया जाता है वह भी सम्पन्न हो गया। गीतों की समाप्ति के बाद सभी उपस्थित महिलाओं में बाकली-शक्कर-बताशे बाँटे गए। उनके प्रस्थान के बाद, घर में आगंतुकों के लिए पकवान बनाए गए। भोजनोपरान्त माँ, बुआ और मामी बतियाने बैठ गईं। उनकी वार्ता आधी रात तक चलती ही रही। हम तीनों बहन-भाई ने मिलकर घर का काम-काज निपटाया, खाना खाया और सभी के लिए सोने की व्यवस्था कर दी।

पिता जी किसी काम के लिए बाहर गए हुए थे। वे भी आ गए। आते ही उन्होंने बर्मे पर हाथ-पैर-मुँहादि धोए। इतनी देर में हमने उनके लिए भी भोजन परोस कर उनकी चौकी पर रख दिया और बैठने के लिए पटरा बिछा दिया। पिता जी ने भोजन करना प्रारम्भ तो कर दिया था परन्तु आज वे कुछ असहज और असामान्य से लग रहे थे। उनके चेहरे पर चिन्ता-भाव स्पष्टतः आते-जाते दिखाई पड़ रहे थे। मुझे उनके चेहरे पर छाई गम्भीरता के मूल का कारण, कुछ सूझ ही नहीं रहा था कि उनसे कैसे पूछूँ कि उनके मन में क्या चल रहा है? मैं बिना एक क्षण का विलम्ब किए माँ के पास पहुँच गई और जो मैंने देखा और अनुभव किया था वह सब मैंने सविस्तार वर्णन कर दिया। सब कुछ सुनते ही माँ तुरन्त ही उठ गई और जा पहुँची पिता जी के पास। पटरा बिछाया और बैठकर लगी बतियाने।

* * *

अगले दिन, जो काम शेष रह गए थे, वे भी सिरे चढ़ने लगे। अड़ोस-पड़ोस की महिलाओं को बुलावा दिया गया कि चाक पूजने के लिए जाना है। थोड़ी ही देर में एक-एक करके वे सभी इकट्ठी हो गईं और फिर वहीं से सभी गीत गाती हुईं कुम्हार-बस्ती में चाक पूजने के लिए चल पड़ीं। वहाँ, पहुँचकर उन्होंने रीति परम्पराओं के अनुसार चाक का पूजन किया, चढ़ावा चढ़ाया, प्रसाद ग्रहण किया और फिर वही, पहले की ही भाँति गीत गाती हुईं वे घर की ओर वापस मुड़ गईं। घर के बाहर सड़क पर भी खड़े होकर उन्होंने दो-तीन गीत गा ही लिए और फिर बताशे आदि लेकर अपने-अपने घरों की ओर प्रस्थान किया।

"लो भइया! तुम्हारे सारे काम निपट गए," पिता जी से बुआ बोलीं।

पिता जी बोले, "हाँ, बहना! बस एक काम बाक़ी रह गया। वह तुम्हारी ओर से ही होगा। अभी माँढा भी तो गढ़ेगा। जीजा जी को कह देना कि थोड़े सावधान होकर जाएँगे माँढा गाढ़ने के लिए, क्योंकि हल्दी का थापा और बेलन उनके स्वागत के लिए प्रतीक्षा में होंगे।"

"कोई बात नहीं भइया। जो होगा सब देखा जाएगा," मुस्कुराते हुए बुआ बोली।

संध्या का समय था। फेरे पड़ने का जो स्थान था वहीं माँढा गाढा जाना था। फूफा जी को पहले ही वह स्थान दिखा दिया गया था। फूफा जी के कानों में किसी महिला के शब्द पड़े, "अरी! कोई मेहमान को बुलाकर लाओ। उन्होंने माँढ़ा गाढना है। सराइयाँ भी तैयार हैं। जब आ जाएँ तो मुझे बता देना। इतने, मैं हल्दी और मेंहदी तैयार कर लूँ थापे के लिए। उन्हें भी तो पता लगे कि यहाँ की लुगाइयों के हाथों में कितना दम है?" यह कहकर वह महिला बाहर की ओर चली गई।

लगता है फूफा जी इसी ताक में थे। वे तुरन्त ही वहाँ पहुँचे जहाँ से वे महिला अभी-अभी निकली थीं। उन्होंने वहाँ रखे बाँस और सराइयाँ उठाए। फेरे वाले स्थल की ओर लपके। आनन-फानन में बाँस मिट्टी से भरे कनस्तर में गाढ़ा। उस पर सराइयाँ बाँधी और तुरत-फुरत ही वहाँ से उलटे पैर नौ-दो ग्यारह हो गए। जब सम्बन्धित नारियों को पता लगा तो उन्होंने घर ही सिर पर उठा लिया और गालियाँ गानी प्रारम्भ कर दीं।

***

अगले दिन, बारात के आगमन पर स्वागत करने की तैयारियाँ प्रारम्भ हो गईं। लाल-नीले-हरे-पीले रंगों के कागजों की तिकोनियों को सुतली से बाँधकर पूरे मार्ग के दोनों ओर बाँध दिया गया। कदली और आम्रपत्रों से तोरण बनाए गए। हलवाइयों के लिए भट्टियों, तख्तों, कूंडों-परातों, छोटे-बड़े बरतनों, सागरों और खाना खाने के लिए बिछावन-पट्टियों, पत्तलों, कुल्हड़ों और सकोरों, गैस के

हंडों (पेट्रोमेक्स), जनवासे के लिए खाटों, बिस्तरों व दरियों आदि की व्यवस्था भी कर दी गई। घुड़चढ़ी के लिए घोड़ी, ढ़ाप-ढपली, अंग्रेज़ी (बैण्ड) बाजों का भी प्रबन्ध किया गया। बारातियों की सुविधा के लिए एक-एक नाई, मोची, धोबी और पनवाड़ी का निःशुल्क प्रबन्ध किया गया। घी-तेल, आटा-मैदा, साग-सब्ज़ियाँ, चीनी-बूरा तथा सभी मिर्च-मसालों आदि का प्रबन्ध तो पहले ही करके हलवाई को सौंप दिए गए थे। इस प्रकार सभी तैयारियाँ पूर्ण करके पिता जी निश्चिन्त सा अनुभव कर रहे थे।

***

निश्चित दिन, दोपहर को बस से बारात आ पहुँची। क़स्बे से बाहर एक बाग़ था जिसमें कुएँ पर डोल और बाल्टियाँ रख दी गईं। सारे बाराती वहाँ पहुँच कर नहाने-धोने और अन्य कार्यों में व्यस्त हो गए। तभी कुछ व्यक्ति वहाँ खाद्य सामग्री टोकरों में रखकर और बाल्टियों में शरबत-ठण्डाई लेकर पहुँच गए। सभी ने पूरी संतुष्टि और आनन्द के साथ वहाँ भोजन किया। भोजन समाप्ति के पश्चात, भोजन लाने वालों में से एक वयोवृद्ध ने वर पक्ष के सामने करबद्ध अनुरोध किया कि हम कन्या पक्ष की ओर से आप सभी से प्रार्थना करते हैं कि आज संध्या वेला में क़स्बे में पूर्व निर्धारितानुसार स्थल पर पधार कर हमें कृतार्थ करें और आज की इस बाग़ रोटी में यदि कोई त्रुटि, चूक अथवा भूल हुई हो तो कृपया उदारता दर्शाते हुए उसे क्षमा करें और सायं हमारे यहाँ विवाह स्थल पर पधार कर उस स्थान की शोभा बढाएँ। अब, हमें आप अनुमति दें धन्यवाद। राम, राम। जय भोले।

कुछ देर और विश्राम करने के पश्चात सभी बाराती तैयार होकर निश्चित स्थल पर पहुँचने के लिए क़स्बे की ओर चल दिए। निर्धारित जनवासा थोड़ी सी ही दूरी पर था। वहाँ पहुँचकर सभी ने अपना-अपना स्थान ग्रहण किया। सायं के समय पकौड़ी-जलेबी का नाश्ता दिया गया और फिर सभी बाराती विश्राम करने लगे। कुछ एक बाराती क़स्बा घूमने निकल पड़े। संध्या ढल गई। अँधेरा छा गया। दिया-बाती का समय हो गया था इसलिए जनवासे में प्रकाश व्यवस्था करने के लिए गैस-हंडों का प्रबन्ध कर दिया गया।

***

पंडित जी ने पिता जी से कहा, "मुहूर्त हो रहा है लड़के वालों को बता दें कि वे चढत के लिए तैयार हो जाएँ और हाँ, आप लोग चढ़त से पहले खेत की परम्परा पूरी करने के लिए दो-चार जनों को इस काम पर लगा दो। लग्न-पत्रिका भी खेत में ही दे देना।"

"शास्त्री जी! लग्नपत्रिका तो हमने पहले ही भेज दी थी," पिता जी ने बीच में टोका।

"तो फिर ठीक है। खेत का काम पूरा करके चढ़त निपट जाए तो फिर बारात के लिए खाने का प्रबन्ध कराओ क्योंकि फेरे जल्दी पड़ेंगे। यदि यहीं से देरी प्रारम्भ हो गई तो आगे के सारे कार्यक्रम भी विलम्ब से ही निपटेंगे," शास्त्री जी ने पिता जी को चेताया।

पिता जी ने हामी में सिर हिला दिया और फिर सारे कार्य शास्त्री जी के परामर्श अनुसार होने लगे। थोड़ी देर में पता लगा कि वरपक्ष की ओर से बरी पूरी का सामान आया है। अलग-अलग थालों, टोकरियों और तश्तरियों में रंगीन काग़ज़ बिछाकर उनमें वधू के (मेरे) लिए वस्त्र, आभूषण, मिठाइयाँ, मेरे श्रृंगार आदि का सामान सजाकर भेजा गया था। हमारे यहाँ उपस्थित सभी ने उनको देखा और सराहना की। हमारी ओर से वर पक्ष के सभी बर्तनों में कुछ न कुछ डालकर वापस भेज दिया गया।

पता लगा कि चढत (घुड़चढी) के बाद बारात जीमने चली गई थी। पंगत में बैठकर सभी ने पत्तलों, सकोरों और कुल्हड़ों में परोसे गए स्वादिष्ट पूरी-कचौड़ी, आलू-सीताफल की सब्ज़ी, लड्डूओं और रायते का भरपूर आनन्द लिया। इस दावत के बाद सभी के हाथ धुलाए गए। दावत स्थल के बाहर पान-बीड़ी और सिगरेट का भी प्रबन्ध था।

खा-पीकर बारात जनमासे की ओर लौट गई। तभी शास्त्री जी ने विवाह वेदी पर फेरों के कार्यक्रम से सम्बन्धित तैयारियाँ प्रारम्भ कर दीं। दस-पन्द्रह मिनिट में तैयारियाँ पूर्ण कर उन्होंने वर को पुकारा। वर से सम्बन्धित औपचारिकताएँ पूर्ण कर मुझे पुकारा। पूजा-हवन के बाद फेरों और कन्यादान की रीतियों और सात वचनों का कार्यक्रम पूरा हुआ। वहाँ से उठने के बाद परिवार के देवी-देवताओं की पूजा की गई। अब हम दोनों विधिवत 'पति-पत्नी' बन चुके थे। मेरे कल्पना जगत में अन्य अनेक नए सम्बन्ध जन्म लेने लगे थे और सम्बन्धित सम्बोधन उनका पीछा करने लगे थे।

***

उस दिन परम्परानुसार, अनिवार्य लंघन के कारण मेरी अंतड़ियाँ कुलबुला रहीं थीं। फेरों के समय से ही भूख के कारण मेरा मन, काल्पनिक भोजन के स्वाद ले रहा था। मैं उस पल की प्रतीक्षा में थी जबकि काल्पनिक भोजन का स्वाद, व्यावहारिक स्वाद में बदल जाए। घूँघट में लिपटे मुँह को घुटनों में दबाए मैं बैठी थी कि तभी कानों में आवाज़ आई, "चलो भई! दोनों भोजन कर लो।"

हम दोनों ने भोजन किया। बड़ी तृप्ति मिली। पेट की अंतड़ियों की कुलबुलाहट शनैः शनैः शान्त होने लगी। साथ ही शरीर में आलस्य भी घर करने लगा था। तभी माँ की आवाज़ कानों में आई, "बेटा! यह खाँड कटोरा है। किसको दिलाना है? वे,

यदि यहीं कहीं है तो बुला लो। यदि वे यहाँ नहीं है तो उन्हें सूचना भेजकर बुला लो।"

"माँ जी! चिन्ता मत कीजिए। यह कटोरा सही हाथों में पहुँच जाएगा। आप इसको यहीं रहने दीजिए। और, बताइए। अब आगे और क्या करना है?" उन्होंने (अभी-अभी बने मेरे पति ने) मेरी माँ से पूछा।

"कुछ नहीं। तुम दोनों थोड़ी देर अपनी-अपनी कमर सीधी कर लो। सवेरे पलकाचार (तिलक) होगा। दैनिक कार्य से निवृत्त होकर तुम्हें फिर से बैठना होगा," माँ बोलीं।

***

वर महोदय अपने साथियों के साथ जनवासे चले गए और मैं तुरन्त ही अपने वस्त्र बदलकर विश्राम करने के लिए चली गई। बिस्तर में जाने के बाद मुझे एक अलग सी अनुभूति हो रही थी। मेरा अतीत, एक चलचित्र की भाँति मेरे नेत्रों के सामने तैरने लगा। अतीत में विचरण करते-करते कब मेरी पलकें मुँद गई, मुझे पता ही नहीं लगा और मैं निद्रा देवी की गोद में समा गई। चौबीस घंटों से भी अधिक जगे होने के कारण आज की निद्रा भी एक ऐसी विशेष प्रगाढ़ता लिए थी जिसका अनुभव आज तक मुझे कभी भी नहीं हुआ था।

सोते-सोते नींद में ही मुझे ऐसा लग रहा था जैसे कि दूर से ही कोई मुझे पुकार रहा हो। फिर लगने लगा जैसे कि बड़ी ज़ोर से भूकम्प आ गया हो और मैं बुरी तरह हिलडुल रही हूँ। आँखें खुलीं तो पाया कि माँ मुझे जगाने के लिए बुरी तरह झकझोर रही थी। मैं हड़बड़ा कर उठी और सकपकाकर माँ की ओर देखते हुए बोली, "हाँ माँ! क्या हुआ?" आज तक माँ ने ऐसे झिंझोड़कर कभी भी नहीं जगाया था।

मुस्कुराते हुए माँ बोली, "आज की सी गाढ़ी नींद, अब तुम्हें कभी भी नहीं मिल पाएगी मेरी लाडो! आज की गाढ़ी नींद का तुम्हारा अनुभव, तुम्हारे जीवन का यह अंतिम अनुभव होगा। अब तो तुम्हें एक ही आवाज़ में उठने का अभ्यास भी डालना होगा और अभ्यास की भी बात नहीं बल्कि एक दिन ऐसा भी आएगा कि तुम बिना जगाए भी जागना चालू कर दोगी, और स्वयं ही नहीं जागोगी बल्कि घर के अन्य सदस्यों को भी नियत समय पर जगाने लगोगी। चलो, उठो। नहा धोकर तैयार हो जाओ। अभी, तिलक का कार्यक्रम भी होना है। गली-मुहल्ले से भी आना-जाना प्रारम्भ हो जाएगा और तुम्हारे पति देव भी आने वाले ही होंगे।" कहते-कहते माँ के अधरों पर एक हल्की सी मुस्कान खेल गई। लाज के मारे मेरा मुखमण्डल भी लाल हो गया। नेत्र झुक गए।

कुछ समय के बाद जब मैं तैयार होकर बाहर आई तो देखा कि गली-मोहल्ले की कुछ महिलाएँ घर में बैठी बतिया रही थीं। अन्यों के आने का क्रम भी प्रारम्भ

हो गया। माँ और कुछ पड़ौसनों ने मिलकर पलकाचार कार्यक्रम के प्रबन्धन में हाथ बँटाया। थोड़ी ही देर में पलंग के ऊपर मैं और वर महोदय आमने-सामने मुँह करके बैठ गए।

इस अवसर पर महिलाओं ने मंगलगीत गाने प्रारम्भ कर दिए। इसके बाद एक-एक करके महिलाएँ आती रहीं। चल रहे मांगलिक गीतों को गुनगुनाते हुए महिलाएँ आगे आतीं रहीं और अपनी-अपनी बारी पर रोली-चावल का माथे पर टीका लगाती रहीं और जो भी भेंट देनी होती थी, वह देकर पैर छूतीं थीं। वहाँ रखी खीलें उन पर वार कर दूसरी महिला के लिए जगह छोड़ देती थीं परन्तु उससे पहले वे रखी हुई मिठाइयों से उनका मुँह भी मीठा कराना नहीं भूलती थीं। इस प्रकार यह कार्यक्रम थोड़ा लम्बा चला क्योंकि अड़ौस-पड़ौस की महिलाएँ भी बीच-बीच में आती रहती थीं। हमारे सभी अतिथि, और सम्बन्धी भी इस अवसर पर पुण्य अर्जित करने में किसी से भी पीछे नहीं रहना चाहते थे।

कुछ देर बाद टीका करने का यह कार्यक्रम समाप्त हो गया। धीरे-धीरे भीड़ छँटने लगी और कुछ समयोपरान्त जब सभी चले गए तो पटवारिन माँ से बोली, "ये बालक भूखे होंगे। जमाई और उनके यार दोस्तों के साथ-साथ लल्ली के लिए भी 'कुँवर कलेऊ' का प्रबन्ध कर दे।"

पलकाचार अर्थात टीके से निपटने के बाद मैं भीतर वाली कोठरी में जाकर पीढ़े पर बैठ गई। मेरे लिए वहीं भोजन की व्यवस्था कर दी गई। उन्हें और उनके संगी साथियों को वहीं बरामदे में बैठाकर कुँवर कलेऊ जिमा दिया गया। इतनी देर में, चौक/आँगन से भी पलंग, टीके की थाली और अन्य सामान यथास्थान रखकर वहाँ सफ़ाई कर दी गई और तख़्त, मूँढे और चारपाई आदि बिछा दिए गए जिससे कि आने-जाने वाले आराम से कुछ देर बैठकर सुस्ता सकें।

कुँवर कलेऊ करके वे वापस जनवासे चले गए। मैं भी वस्त्र बदलकर ओमा और एक दो समवयस्क सहेलियों के साथ कलेऊ जीमने बैठ गई। माँ बड़े यत्न और स्नेह के साथ अपने ही हाथों से परोसकर खिला रही थी। आज के इस स्मरणीय क्षण और अविस्मरणीय आनन्द को मन में संजोए मैं भोजन कर रही थी। कब पेट भर गया, पता ही नहीं चला। मेरी डकार की आवाज़ सुन, मेरी सभी सखियाँ खिलखिला पड़ीं। मुँह में जाते ग्रास को बीच में रोककर उन्हें मैंने प्रश्नवाचक दृष्टि से देखा।

मेरा मन्तव्य ताड़कर उनमें से एक सखी बोल उठी, "बस, अब डकार-वकार लेना बन्द कर दे मेरी लाडो! एक तो सार्वजनिक रूप से डकार लेने, छींकने, जम्हाई लेने और अधोवायु त्यागने से बचना चाहिए। यदि वश न चल पा रहा हो तो किसी न किसी बहाने उस स्थान से उठकर एकान्त में चले जाना चाहिए क्योंकि यह सामाजिक शिष्टाचार के अनुकूल नहीं है। वैसे यह मत मान लेना कि यह वर्जना

मात्र महिला वर्ग के लिए ही है बल्कि पुरुष वर्ग पर भी समान रूप से लागू होती है और विशेष रूप से तब जबकि उस समाज में महिलाएँ भी उपस्थित हों।"

यह प्रवचन सुनकर वातावरण कुछ गम्भीर हो गया। थोड़ी देर के लिए मौन छा गया। इस गम्भीरता को भंग करने के लिए एक सखी ने हल्का-फुलका सा विनोद उछाल दिया जिसके सुनते ही एक ऐसा ज़ोरदार समवेत ठहाका फूट पड़ा जिसे नियंत्रित कर पाना हमारे वश में ही नहीं था।

बारात ने भी सुबह का नाश्ता किया। दोपहर को दावत खाई। उसके बाद, कुछ युवक घूमने निकल गए तो कुछ ताश खेलने में मस्त हो गए। वृद्धों में से कुछ सो रहे थे तो कुछ हुक्का गुड़गुड़ाते हुए न जाने कौन-कौन सी और कब-कब की कहानियाँ सुनते-सुनाते अपने अतीत की स्मृतियाँ हरी कर रहे थे। इस सबके चलते दोपहर कब साँझ में बदल गई, पता ही नहीं चल पाया। इसका आभास तो तब हुआ जब बारात के लिए शाम को नाश्ते की चर्चा गर्म हो गई।

* * *

विदाई की वेला सिर पर थी। मुझसे सम्बन्धित सभी रीतियों-परम्पराओं को समुचित ढंग से पूर्ण करने की सोच ने सभी की नींद उड़ा रखी थी। जब-तब गाए जाने वाले गीतों ने, घर का वातावरण सुरीला बना दिया था। मेरे मन की भी विचित्र स्थिति थी। मैं उस अबूझ और अपूर्व मनःस्थिति में थी जिसका अनुमान लगाना मेरे लिए भी दूर की कौड़ी हो रहा था।

रात के समय बारात खाना खा रही थी। उधर ढोलक की थाप पर महिलाएँ बारातियों को सम्बोधित कर मीठी-मीठी गालियाँ गा रही थीं। देखिए न, जिन गालियों को सुन सामान्य समय में कोई भी अपना आपा खो बैठता है। आवेशित होकर गाली-गलौच और हाथापाई पर उतर आता है, यह समय की बलिहारी है कि उन्हीं गालियों को महिला संगीत के माध्यम से सुनकर आज बाराती रस विभोर हो रहे थे और आनन्दित हो रहे थे। भोजन करते समय भी उनके चेहरे की मुस्कान उनके कानों तक फैल रही थी। कोई एकाध मनचला भड़ास निकालने के लिए ऊँचे स्वर में प्रत्युत्तर में कुछ कह भी देता, तो उसका किसी पर भी कोई प्रभाव नहीं होता था क्योंकि नक्कारखाने में तूती की आवाज़ कहाँ सुनाई पड़ती है?

दावत समाप्त होने के बाद बारात तो जनवासे चली गई परन्तु महिला-मण्डली का गीत कार्यक्रम निरन्तर चलता रहा। आधी रात तक गीत चले। बाद में महिलाओं को बताशे और मिठाई बाँटी गई। सभी को भोजन भी कराया गया। स्वयं वहाँ खा कर घर के अन्य सदस्यों के लिए वे परोसे (पके हुए खाद्य पदार्थ) भी ले गईं।

सभी महिलाएँ अपने-अपने घर चली गईं। सभी सम्बन्धी महिलाओं और हमने एक साथ भोजन किया तथा सोने के लिए चली गईं। जिसके जहाँ सींग समाए वह वहीं पर पसर गई और लेटते ही खर्राटे भरने शुरू कर दिए क्योंकि अधूरी नींद और थकान के कारण वे सभी बेसुध हो गईं थीं।

***

अगले दिन सारा घर सवेरे-सवेरे ही जग गया। सब दैनिक कार्यों से निवृत्त हुए। घर की दैनिक पूजा पाठ के बाद सभी ने कलेवा किया और अपने-अपने काम-धन्धे लग गए। माँ, मामी और बुआ मेरे साथ ससुराल भेजे जाने वाला सामान बाँधने में लगी हुई थीं। उधर ताऊ जी की देखरेख में मामा जी और पिता जी दहेज के सामान को बाँध रहे थे। फूफा जी उस सारे सामान की सूची बना रहे थे। उधर बारात के लिए नाश्ते-पानी का भी प्रबन्ध जनवासे में ही कर दिया गया था।

अंततः सारा सामान एक स्थान पर इकट्ठा कर दिया गया। दोपहर के समय बारात को भोजन करने के लिए आमंत्रित किया गया। सभी को पट्टियों पर बैठाकर पत्तल, दोने, सकोरे और कुल्हड़ उनके सामने रख दिए गए। पत्तलों पर चावल परोस दिए गए। बारातियों ने चावल इकट्ठा कर उनके बीच गड्ढे बनाए जिसमें एक परोसने वाले ने दाल डाल दी। दूसरा आया, उसने मिश्रित दाल-चावल के गढ़े में सागर से घी उंड़ेल दिया। सबने जी भरकर खाया। साथ वाले सकोरे में दही डालकर ऊपर से बूरा भर दिया। उसे भी बारातियों ने चटख़ारे ले लेकर खाया। सभी के मुख पर विशेष संतुष्टि के भाव झलक रहे थे। खा-पीकर सभी उठने ही वाले थे कि ताऊ जी ने हाथ जोड़कर सबसे वहीं बैठे रहने का अनुरोध किया। वे बोले, "अभी मिलनी होनी है यहीं पर।"

उधर से बच्चे आए। उन्होंने पत्तल-सकोरे आदि उठाकर बाहर डाल दिए। रड़के से जूठन बुहार दी। ताऊ जी, मामा जी और फूफा जी पंगत के बीच आ गए। मामा जी के हाथ में रुपए पैसों वाला थैला था। ताऊ जी उसमें से पैसे निकालकर फूफा जी को पकड़ाते और फूफा जी उसे सामने बैठे बाराती को थमा देते। बड़ों को एक-एक रुपया और छोटों को अठन्नी-अठन्नी दी गई।

'मानों' को दो-दो रुपए और बड़ मानों तथा समधी आदि को पाँच-पाँच रुपए तब दिए गए जब जनमासे में उन्हें यह सूचित करने गए थे कि अपना दान-दहेज़ का सामान अपने हाथों में सम्भाल लें।

***

जब जनमासे में विदाई दी जा रही थी तो ताऊ जी, पिता जी का हाथ पकड़कर गाँव वाले पंडित जी और उनके बेटों ऋषभ और श्यामू के पास ले जाकर बोले, "इन्हें भी मिलाई दे।"

पिता जी ने प्रश्न किया, "क्यों?"

"तू इन्हें जानता है," ताऊ जी ने पूछा।

"हाँ", पिता जी ने उत्तर दिया। "ये तो हमारे पंडित जी हैं। यहीं पास गाँव के ही तो रहने वाले हैं। ये तो बीसियों साल से हमारे परिचित हैं। इन्होंने ही तो लल्ली का सम्बन्ध कराया है। इन्हें कैसे भूल सकते हैं हम भला?"

ताऊ जी बोले, "बस इतना ही जानता है या इसके अतिरिक्त कुछ और भी जानता है इनके बारे में।"

"क्यों? इतना ही जानता हूँ तो यह कम है क्या?"

"हाँ, इतना जानना ही पर्याप्त नहीं है तेरे लिए। इससे भी अधिक और भी बहुत कुछ अभी तो शेष है, तुझे इनके बारे में जानने के लिए" ताऊ जी बोले।

पिता जी ने उत्सुकता से ताऊ जी की ओर देखा, तो वे बोले, "तो सुन। ये पंडित जी ही नहीं हैं...।"

"पंडित जी नहीं है तो फिर किस जाति से है?" पिता जी ने बीच में ही ताऊ जी की बात काटते हुए प्रश्न किया।

"अरे! बोलने से पहले, मुझे अपनी बात तो पूरी कर लेने देता। मेरा वह अभिप्राय नहीं है जो तू समझ रहा है," ताऊ जी खिन्न स्वर में बोले, "पहले ध्यान से मेरी पूरी बात सुनले, बीच में टोकना नहीं है। कुछ समझ में नहीं आए या कोई शंका को तो मेरे चुप हो जाने के बाद ही पूछ लेना।"

सहमति में सिर हिलाते हुए पिता जी बोले, "ठीक है।"

ताऊ जी बोले, "तो सुन! निस्संदेह ये पंडित जी तो हैं ही। जाति से ब्राह्मण भी हैं। विगत बीसियों वर्षों से परिचय के आधार पर इन्हें पंडितजी मानने का तेरा विश्वास भी सही है।...लेकिन, इससे आगे की शेष जानकारी से वंचित हो। पूर्णतः अनभिज्ञ हो। और इसी जानकारी को पूर्णता की ओर ले जाने के लिए मैं तुम्हें इस तथ्य से अवगत करा दूँ कि ये केवल पंडित जी ही नहीं है बल्कि तुम्हारे सम्बन्धी भी है और बहुत ही निकट के सम्बन्धी है। तुम्हें यह पता है? नहीं, न! अब पूछो, कैसे?"

"कैसे?" पिता जी ने जिज्ञासा प्रकट की।

"ये पंडित जी हमारी लल्ली के ननिया ससुर हैं अर्थात तुम्हारे दामाद के नाना जी हैं। इनके दोनों पुत्र ऋषभ और श्यामू तुम्हारे दामाद के मामा जी हैं अर्थात हमारी लल्ली के ममिया ससुर हैं। पंडित जी की लड़की और ऋषभ व श्यामू की बहन तुम्हारे दामाद की माँ हैं अर्थात इन पंडित जी की लड़की, हमारी लल्ली की सास है और पंडित जी के दामाद, हमारी लल्ली के ससुर हैं। इस नाते पंडित जी और इनका परिवार हमारे लिए समधी पक्ष से हुआ न? अब समझ आया तुझे यह

समधियाने का गणित?" ताऊ जी ने पिता जी की जिज्ञासा शान्त की।

पिता जी इस आकस्मिक रहस्योद्घाटन से आश्चर्यचकित रह गए। वे बोले, "लेकिन भइया! आपने पहले तो कभी इसके बारे में कोई बात की ही नहीं।"

ताऊ जी बोले, " स्वयं मुझको ही पता नहीं था। मुझे भी तभी पता लगा था जब कार्यक्रम बनाने और आगे की बातें करने के लिए हम सभी पंडित जी के गाँव में इकट्ठे हुए थे। चलते समय मेरे और पंडित जी के बीच अलग से कुछ बात हुई थी वह तो तुम्हें ध्यान है न? साथ ही, यह भी तुम्हें ध्यान होगा कि चलने से पहले हम दोनों एक दूसरे के गले भी मिले थे। गले मिलने के पीछे केवल यही कारण था कि इन्होंने अपने और दिल्ली वालों के बीच के सम्बन्धों का ख़ुलासा किया था। साथ ही इन्होंने मुझसे यह भी वचन लिया था कि इन सम्बन्धों का ख़ुलासा विवाह हो जाने तक मैं तुम्हारे साथ साझा न करूँ। नहीं तो, विवाह के बारे में कोई भी विमर्श करने से तुम उनसे कतराओगे और औपचारिकता निभाने लगोगे। अब आई न बात समझ में?" इस सारे प्रकरण को सारे बाराती बड़े ही ध्यान से सुन रहे थे।

"हाँ भइया। अब सब कुछ साफ़ हो गया। चलो, मिलनी तो हो जाएगी परन्तु वर के नाना-नानी और मामा-मामी व अन्य सदस्यों के कपड़े-लत्तों की व्यवस्था अब कैसे होएगी" पिता जी ने चिन्ता जताते हुए कहा।

ताऊ जी ने हल्की सी मुस्कान के साथ कहा, "चल! पहले इन सबकी यथायोग्य मिलनी तो करा। शेष समस्या का भी हल, निकल ही जाएगा।"

फूफा जी के हाथों पंडित जी और उनके दोनों सुपुत्रों की यथा योग्य मिलनी करा दी गई। तभी, बारात में आए एक वृद्ध महोदय बोले, "भइया! मोय लगै कि एक बात तो सब भूलि गए। क्योंकि बारात की विदा कौ टैम भी हैई चलौ है। बारात के आबे-जाबे के भाड़े-किराए की बात तौ सुलटी नाँय। और सुलटती तौ तब ना, जब काई नै कछु चर्चा चलाई होती। हम तौ इत्ती देर सौं जाई बात की बाट जोह रहे हते कि बिल्ली के गले में घंटी कौन बाँधि है?"

तभी पंडित जी....! अरे...रे...रे... पंडित जी नहीं, अब तो मैं उन्हें नाना जी कह सकती हूँ क्योंकि मेरे 'उनके' नाना जी, मेरे भी तो नाना ही लगे न। तो नाना जी ने इस सम्बन्ध में पंच फ़ैसला सुनाया कि दोनों ओर का रेल और बस भाड़ा वर एवं कन्या पक्ष आधा-आध वहन करेंगे। घोड़ी और बाजे का व्यय दोनों पक्ष अपनी-अपनी ओर का वहन करेंगे। इसमें किसी को कोई आपत्ति तो नहीं है न?

झट से, दिल्ली वालों ने कहा, "हाँ! मुझे आपत्ति है।"

सभी बारातियों में सुगबुगाहट होने लगी। कुछ को लग रहा था कि ये बस का भाड़ा नहीं देना चाहते। कुछ का यह मानना था कि हो सकता है कि बस-भाड़े में तो

साझेदारी रहने दें परन्तु, घोड़ी और बाजे पर हुए व्यय को न देना चाहते हों। सभी अपने-अपने अनुमानों के साथ दिल्ली वालों को सुनने के लिए कान लगाए बैठे थे।

"देखिए साहब! न तो मैं रेल भाड़े में आधे-आधे की साझेदारी करूँगा और न बस के भाड़े में ही। आख़िर तो, मैं भी लड़के वाला हूँ न, तो यह अनुचित और अनैतिक प्रस्ताव कैसे स्वीकार कर लूँ?" दिल्ली वाले कह रहे थे और सभी बाराती आशंकित होकर उनका मुँह ताक रहे थे कि अब वे क्या कहेंगे?

दिल्ली वालों ने अपना कथन जारी रखा, "देखिए! मेरा भी अपना कुछ मान है। सामाजिक मर्यादा है। मैंने, यदि यह प्रस्ताव स्वीकार कर लिया तो समाज क्या कहेगा? मैं चार लोगों को क्या मुँह दिखाऊँगा? मैं, एक से लेकर लाख तक, यह प्रस्ताव स्वीकार नहीं कर सकता।"

नाना जी बोले, "स्पष्ट कहिए। क्या कहना चाहते हैं आप?"

"देखिए! मैं जो कुछ कहना चाहता हूँ दो टूक कहना चाहता हूँ। ये मेरे अंतिम शब्द हैं जिनमें परिवर्तन की सम्भावना क़तई भी नहीं है। कृपा करके मुझ पर ऐसा दबाव मत बनाइए कि मैं अपने निर्णय से पीछे हट जाऊँ या फिर उसमें कुछ संशोधन कर लूँ," दिल्ली वालों ने दृढ शब्दों में कहा।

जनवासे की चौपाल पर मौन का साम्राज्य पसरा हुआ था। प्रत्येक उपस्थित की दृष्टि, दिल्ली वालों के चेहरे पर चिपकी हुई थी। कुछ अनपेक्षित घटने की आशंका हवा में तैर रही थी। उधर ताऊ जी, फूफा जी, पिता जी और मामा जी के मनों में भी एक अज्ञात सा द्वन्द्व चल रहा था। वे सभी एक अज्ञात आशंका से जूझ रहे थे।

दिल्ली वाले, सभी के समक्ष हाथ जोड़कर बोले, "मेरा यह अंतिम निश्चय और निर्णय है कि रेल, बस भाड़े या घोड़ी व बाजे की मद में हुई व्यय राशि के नाम पर एक भी धेला मुझे नहीं लेना है। जो व्यय हो गया, वह हो गया। यह व्यय करके मैंने किसी पर कोई एहसान नहीं किया है। मेरे आत्मज, कलेजे के टुकड़े का विवाह है जिसकी मुझे अपार प्रसन्नता है। अपनी इस प्रसन्नता को मैं किसी भी मूल्य पर कम नहीं करना चाहता और भागीदारी करके किसी के भी साथ बाँटना नहीं चाहता।"

चौपाल पर बैठे सभी उपस्थितों के चेहरों पर कुछ अकस्मात उपजे विस्मय के भाव झलक रहे थे। उनको सूझ ही नहीं रहा था कि जो कुछ उन्होंने सुना, वह सही भी था क्या? बड़ा ही अनपेक्षित सा लग रहा था उन सबको यह प्रकरण।

तभी पिता जी बोल उठे, "मैं आपके शब्दों और भावनाओं का पूर्ण सम्मान करते हुए अपने भाव प्रकट करना चाहता हूँ कि यह अवसर मेरी पुत्री के शुभ विवाह का है जिसमें भगवान को साक्षी मानते हुए मैंने अपनी कन्या का दान किया

है। दान करने वाला व्यक्ति, दान लेने का अधिकारी हो सकता है क्या कभी? समधी जी द्वारा व्यय निमित्त छोड़ी गई अर्थात दान की गई राशि को, स्वीकार कर लेना ही तर्क संगत होगा क्या? नैतिक होगा अथवा न्याय संगत होगा क्या मेरे लिए? इसलिए, मेरा दो टूट निर्णय है कि रेल-बस भाड़े और घोड़ी-बाजे के पूरे व्यय में मुझे एक भी पाई की किसी भी प्रकार की भागीदारी छूट, कटौती या राहत स्वीकार्य नहीं है। समूचा व्यय भार, मैं अकेले ही वहन करूँगा, यही मेरी प्रतिबद्धता है। इसीलिए मेरे समधी जी अर्थात दिल्ली वालों को यह व्यय भार वहन करने से रोका जाए और व्यय भार को वहन करने लिए मुझे अवसर प्रदान किया जाए।"

अब चौपाल का वातावरण फुसफुसाहट से भर गया था। रेल-बस भाड़े और घोड़ी व बाजे के व्यय के वहन को लेकर एक अनोखी स्थिति बन गई थी। यह नया अनुभव, सभी के लिए एक अपूर्व असमंजस बन गया था।

उपस्थित सभी लोग वर्षों से बरातें करते आ रहे थे। अधिकांश बारातों में, आज के अनुभव के विपरीत ही देखने को मिलता था। कहीं लड़के वाले रेल-बस के समूचे भाड़े की वसूली पर अड़ जाते थे तो कहीं लड़की वाले भुगतान न करने की हठ कर बैठते थे। कहीं-कहीं दोनों पक्ष, अपनी-अपनी हठ पर इतना अड़ जाते थे कि उन्हें हठ से वापस लाना ही कठिन हो जाता था। कहीं कहीं यह वाक्युद्ध अपनी चरम स्थिति भी लाँघ जाता था। स्थिति इतनी उग्र हो जाती थी और भय लगने लगता था कि कहीं हाथापाई न हो जाए। कभी, बारात बिना दुल्हन के ही लौटा ले जानी पड़ जाए। दोनों ही पक्षों को बड़ी मान मनौव्वल के बाद ही राह पर लाया जाता था। पर, यहाँ तो स्थिति बिल्कुल ही उलट थी। एक पक्ष दूसरे पक्ष से वसूली करने की हठ करने के स्थान पर स्वयं ही भार वहन करने पर अड़ा हुआ था। स्थिति 'भूतो न भविष्यति' की बन चुकी थी।

इस स्थिति से निकल पाने में नाना जी भी स्वयं को असमर्थ पा रहे थे। वैसे, यह प्रीतियुद्ध नाना जी को बड़ा ही सुखद और रुचिकर लग रहा था। परन्तु, समय भी बड़ा ही सीमित था और विदाई की सारी तैयारियाँ भी पूर्ण हो चुकी थीं। महिलाओं की गीत लहरियाँ कानों में पड़ रही थीं। वर भी, अपने ससुराल की सारी रीतियाँ निभाकर बाहर निकल आया था। अब समय आ गया था कि बाराती भी अपना बोरिया विस्तर समेटकर जनवासा छोड़ दें। ऐसी परिस्थिति भाँपकर नाना जी ने घोषणा की, "चूँकि, अब दोनों ही पक्ष मेरे सम्बन्धी हैं। मेरे अपने हैं। साथ के साथ मैं बिचौलिया भी हूँ तो दोनों पक्षों के अनुकरणीय उच्च सिद्धान्तों, आदर्शों और संस्कारों का हृदय से सम्मान और प्रशंसा करते हुए मैं वचन देता हूँ कि समयाभाव के कारण आज अनिर्णीत रह चुके इस प्रकरण को, वैवाहिक रीतियों और परम्पराओं के औपचारिक निपटान के बाद कभी भी सुविधा और समय के अनुसार निर्दिष्ट

स्थान पर बैठकर सुलझा लेंगे। चलिए! अब, अपना-अपना सामान समेट कर बस अड्डे पर खड़ी वैद्य राकेश शर्मा की नीली बस में जा बैठें और लड़की-लड़के के आने की प्रतीक्षा करें। हम भी विदा हो चुके लड़की-लड़के को लेकर थोड़ी ही देर में बस अड्डे पहुँच रहे हैं।"

अभी तक हतप्रभ बैठे सभी बाराती अपने-अपने झोले डंडे उठाकर बस अड्डे की ओर निकल गए और नाना जी सहित फूफा जी, ताऊ जी, मामा जी और पिता जी घर की ओर चल दिए जहाँ मेरी विदाई का कार्यक्रम चल रहा था। उधर वर भी परम्परानुसार भट्ठी को लात मार आए थे और विदाई की राम-राम करने में लगे हुए थे।

चलते-चलते पिता जी ने ताऊ जी से कहा, "भइया! वो गाँव वाले पंडित जी की सपरिवार मिलनी तो हो गई लेकिन पंडित जी और उनके परिवार के लिए कपड़े लत्ते तो लिए ही नहीं।"

मुस्कुराते हुए ताऊ जी ने बताया कि गाँव में हुई हम सबकी पिछली बैठक में, जब इस सम्बन्ध की बात प्रकाश में आई थी कि दिल्ली वाले इन गाँव वालों के जमाई हैं तो एक दिन मैंने दिल्ली स्थित नई सड़क से महिला और पुरुषों के वस्त्र ले लिए थे। उनमें रुमाल, कलावा और अन्य शुभ काम की चीज़ें रखकर उन्हें हमने डिब्बों में बन्द कर दिया था। यहाँ आते समय तुम्हारी भाभी के सन्दूक़ में रखकर उन्हें हम ले आए थे। आते ही वे सभी डिब्बे हमने, ओमा को सौंप दिए थे। उन पर चिपकियाँ भी लगा दी थीं कि कौन से कपड़े किसके लिए थे। सभी कपड़े हमने दिल्ली वालों के साथ जा रहे दहेज़ के सामान में भी रखवा दिए थे। इसलिए कपड़ों की चिन्ता छोड़ दें। यह सुन पिता जी चिन्ता रहित हो गए थे।

तभी, घर के पास पहुँचने से पहले ही ख़ाकी वर्दी धारी और जंगल टोप लगाए दो व्यक्तियों ने उन सभी को रोक लिया। हाथ में रजिस्टर पकड़े हुए व्यक्ति ने पिता जी का नाम लेकर पूछा कि वे कौन से हैं? ताऊ जी ने पिता जी की ओर संकेत कर दिया। तो हाथ में पुलिसिया रूल पकड़े व्यक्ति ने कहा कि तुम्हारे विरुद्ध संगीन अपराध की रिपोर्ट है। तुम्हें खोजते हुए हम जनवासे पहुँचे थे परन्तु तुम वहाँ नहीं मिल पाए। फिर वहाँ किसी से पूछकर ही हम यहाँ पहुँचे हैं।

जनवासे का नाम सुनते ही नाना जी उनसे बोले, "अरे! ये तो बहुरूपिए हैं!" नाना जी ने उन दोनों को एक-एक रुपया दिलवा दिया और वे सलाम ठोक कर वहाँ से चले गए।

जब नाना जी अपने अन्य साथियों के साथ घर से कुछ दूरी पर थे तब गली-मुहल्ले की महिलाएँ गीत गाते-गाते विदाई के कार्यक्रम को आगे बढा रहीं थीं।

“छोरियो! जल्दी-जल्दी विदा करो लल्ली को। वहाँ बस स्टैंड पर सारे बाराती बस में बैठे प्रतीक्षा कर रहे हैं। यहाँ से बस यदि देर से चलेगी तो आगे रेल भी नहीं मिलेगी और फिर लल्ली सहित पूरी बारात को सारी रात स्टेशन पर ही भूखे-प्यासे बितानी पड़ेगी। जिस व्यक्ति को सभी की टिकिट लेने के लिए सुबह से स्टेशन भेजा हुआ है वह बेचारा भी भूखा-प्यासा बैठा हुआ होगा। जल्दी करो,” पिता जी ने कहा।

यह सुनते ही महिलाओं ने जल्दी-जल्दी काम निपटाना प्रारम्भ कर दिया। विदाई के अंतिम चरण में, महिलाओं ने मेरे गले लगकर रोना प्रारम्भ कर दिया। समय-अभाव के कारण सभी परम्पराओं को काँट-छाँट कर शीघ्र ही निपटा दिया गया और हम लोग बस अड्डे पहुँच गए। हमारे बस में सवार होने से पहले मैं फूफा जी, मामा जी और पिता जी के गले लगकर ख़ूब रोई! मैं, पद्मकान्त और उसके जीजा जी बस चालक के पीछे वाली सीट पर बैठ गए। हमारे बैठते ही बस चल पड़ी। थोड़ी देर बाद बस रुकी। नाना जी और उनका परिवार अपने गाँव जाने के लिए बीच में ही उतर गए। वहाँ से चली-चली बस, जाकर सीधे स्टेशन पर ही रुकी। वहाँ से चलकर हम स्टेशन के प्लेटफ़ॉर्म पर जा बैठे।

***

आधे घंटे बाद रेलगाड़ी आ गई। तुरन्त ही रेल में चढ़ने-उतरने वालों की धक्कम-धक्का शुरू हो गई। मुझे महिलाओं वाले डिब्बे में बैठा दिया गया। छोटे-बड़े स्टेशनों पर रुकती-चलती रेल, कई घंटों की यात्रा पूरी कर आख़िर दिल्ली पहुँच ही गई। रेलगाड़ी बस यहीं तक की ही थी। इसलिए सवारियाँ धीरे-धीरे उतर रही थीं। बारात के सभी सदस्य, पद्मकान्त और मेरे ससुर आदि प्लेटफ़ॉर्म पर एक जगह इकट्ठे हो गए। ससुर साहब ने सारे रेल टिकिट जेब से निकालकर हाथ में ले लिए। शेष सदस्यों ने अपने-अपने हाथों में झोले, सन्दूक़ और बिस्तरबन्द उठा लिए। एक दो गठरियाँ, डल्ले और बोइए भी थे जिन्हें कंधों और सिरों पर लाद लिया गया। वहाँ से टिकिट कलैक्टर को सारे टिकिट सौंपकर हम लोग स्टेशन के बाहर वाले भाग में जा बैठे। मेरे ससुर जी दस मिनिट बाद वापस आकर कहने लगे, “चलो भाई! अपना-अपना सामान लेकर बाहर खड़े ताँगों में बैठ जाओ।”

***

छः

आधे घंटे की ताँगा यात्रा के बाद हम उस कॉलोनी में पहुँच गए जिसमें मेरी ससुराल थी। यह कॉलोनी उसी कंपनी की थी जिसमें मेरे ससुर और उनके बेटे नौकरी करते थे। सभी बाराती अपना-अपना सामान उठाकर कॉलोनी के अन्दर चले गए। मेरे ससुर जी ने सभी ताँगे वालों का भाड़ा चुकाया। मैं, पद्मकान्त और उसके जीजा जी अभी भी ताँगे में ही बैठै थे। उन्होंने उस ताँगे का भी भाड़ा चुकाया। ताँगेवाला बख़्शिश माँगने लगा। उन्होंने उसे दो रुपए दिए तो प्रसन्न होते हुए उसने लेकर अपने माथे से लगा लिए।

इतनी देर में कॉलोनी के अन्दर से गीतों की आवाज़ें आने लगीं जो धीरे-धीरे निकट आती जा रही थीं। थोड़ी देर में महिलाएँ कॉलोनी के बाहर आकर खड़ी हो गईं। उनके हाथों में आरती का थाल और लोटे में जल भरा हुआ था। वे अभी भी गीत गा रही थीं। वहाँ से मेरी तीनों ननदें, अपनी दो-तीन सखियों के साथ ताँगे के पास आ गईं। हाथ पकड़कर उन्होंने मुझे नीचे उतारा और वहाँ ले गईं जहाँ महिला मण्डली गीत गा रही थी। वहाँ मेरी आरती उतारी गई। मुँह जुठारा गया। लोटे में भरा जल सिराया गया। गीत गाते-गाते हम कॉलोनी में प्रवेश कर गए। थोड़ी सी दूर पर, एक घर के सामने महिलाओं का झुण्ड गीत गा रहा था। वहाँ पर, घर के मुख्य द्वार पर हल्दी के थापे लगवाए गए और अन्य रीतियों का निर्वाह कराने के बाद ही घर में मेरा प्रवेश करवाया गया।

***

अगले दिन सुबह ही मुँह दिखाई कराई गई। मुँह देखने वाली मेरी नाक तक के घूँघट को उठाकर मुँह देखतीं, प्रशंसा करतीं 'मुँह दिखाई-राशि' मेरे आँचल में डालतीं। यह क्रम अनेकानेक बार दोहराया गया। यहाँ तक कि मुँह दिखाई के समय ऊपर सरक जाते घूँघट को ठीक करने के लिए उसे नीचे सरकाते-सरकाते मेरे हाथ थकने लगे। नया अनुभव होने के कारण, प्रारम्भ में एक दो बार तो अच्छा लगा परन्तु बाद में ऊब और थकान सी होने लगी। एक नया अनुभव मुझे और भी हुआ कि प्रत्येक महिला के एड़ी से लेकर घुटनों तक और घुटनों से वापस एड़ी तक मुझे कई बार पैर दबाने पड़ते थे जबकि पुरुषों के मात्र चरण ही स्पर्श करने होते थे। यह क्रम बहुत देर तक चलता रहा।

कुछ देर के बाद, गीत गाती हुईं महिलाएँ हम पति-पत्नी को मंदिर ले गईं जहाँ परम्परानुसार पूजा-अर्चना के पश्चात मंदिर प्रांगण में ही संटी खिलवाने के लिए पेड़

की एक-एक पतली टहनी हम दोनों के हाथों में पकड़ा दी गई कि हम एक-दूसरे को मारें। परन्तु, न तो उनका ही हाथ उठ पा रहा था और न मेरा ही। हम दोनों को ही बार-बार उकसाया जा रहा था सन्टी खेलने के लिए परन्तु हमसे नहीं हो पा रहा था। अपने विवाह से पहले भी, यह दृश्य वैसे तो मैंने कई बार देखा था और भरपूर आनन्द भी लिया था परन्तु उस दिन, मुझसे कुछ भी सम्भव नहीं हो पा रहा था। मेरी इस विवशता को देख, उनकी कुछ भाभियों ने मेरा संटी वाला हाथ पकड़कर स्वयं ही उन्हें मारना प्रारम्भ कर दिया। कुछ ने उनके पक्ष में, वही व्यवहार मेरे साथ भी करना प्रारम्भ कर दिया। इस बीच उन महिलाओं की चुलबुलाहट और उन्मुक्त खिलखिलाहट, बस देखते ही बनती थी।

कुछ समय तक चले इस कार्यक्रम के बाद हम दोनों को घेरे हुए वे सभी, गीत गातीं हुईं वापस घर की ओर चल दीं।

घर पहुँचकर सभी महिलाएँ, सम्बन्धित काम निपटाने में लग गईं। मेरी सास और ननदों ने मुझे भोजन करवाया। और सास ने मेरी ननदों से कहा, "तुम एक काम करो कि अपनी भाभी को अन्दर ले जाकर थोड़ा विश्राम कर लेने दो। बेचारी थकी-हारी होगी। थोड़ी देर कमर सीधी कर लेगी। ध्यान रखना, साँझ को कँगना खुलने और कँगना खेलने का भी कार्यक्रम है। अड़ोस-पड़ोस में भी न्यौता दे देना। सभी समय से आ जाएँगी क्योंकि गीत भी तो गवेंगे।"

यह कहकर वे अपने काम में जुट गईं और हम भी आराम करने के लिए सबसे भीतर वाले कमरे में चले गए। कमरे के भीतर जाकर जैसे ही मैं लेटी, मेरी आँखें मुँद गईं और मैं? नींद में बेसुध हो गई।

"भाभी! भाभी! भाभी! भाभी," के शब्द मेरे कानों में पड़ रहे थे परन्तु मुझे कुछ सूझ ही नहीं रहा था कि कौन है? कहाँ है? किसे बुला रहा है? चेतन तो मैं तब हुई जब मुझे हिलाया-डुलाया गया, झिंझोड़ा गया। मेरी आँखें खुलीं तो मुझे समझ ही नहीं आया कि मैं कौन हूँ? कहाँ हूँ? कौन जगा रहा है और क्यों जगाया जा रहा है?

"चलो भाभी! मुँह-हाथ धो लो। पड़ोसनें इकट्ठा हो रही हैं। अभी कँगना खेला जाएगा। भइया भी बाहर तैयार बैठे हैं," शब्द कान में पड़ने के बाद मेरी नींद उड़न छू हो गई। मेरी सुधि लौट आई। मेरे मस्तिष्क ने काम करना प्रारम्भ कर दिया और सारी वस्तुस्थिति, मेरे सामने दिन के उजाले की भाँति स्पष्ट हो गई कि मैं नवविवाहिता हूँ और इस समय मैं अपने पितृालय में न होकर अपने श्वसुरालय में हूँ।

मैंने अपने वस्त्र और केश सँवारे। कमरे से बाहर निकलकर मुँह धोया।

ठीक-ठाक होकर मैं घूँघट निकालकर, अपनी ननद के साथ वहाँ जाकर बैठ गई जहाँ कँगना खेला जाना था।

पहले तो मुझसे कहा गया कि मैं अपने पति के दाहिने हाथ में बँधा कँगना खोलूँ। उनके हाथ का कँगना खोलने में मुझे बड़ी कठिनाई हुई क्योंकि उनका समूचा कँगना गाँठों से पटा पड़ा था और गाँठें भी हल्दी भर दिए जाने के कारण बहुत ही अधिक कस गई थीं, दृढ़ हो गई थीं। मैंने गाँठ खोलने का प्रयत्न किया लेकिन बात नहीं बनी। और भी अधिक चेष्टा की, परन्तु सफल नहीं हो पाई। वहाँ उपस्थित महिलाओं ने मेरी कठिनाई समझकर, मंदिर में संटी खेलने के समय की गई सहायता-घटना को यहाँ भी दोहराते हुए अन्ततः कँगना खुलवा ही दिया।

अब मेरे बाएँ हाथ में बँधा कँगना खोलने की उनकी बारी थी। वे जब कँगना खोलने लगे तो उन्हें भी कँगने को छूने से पहले ही चेता दिया गया था कि कँगना एक हाथ से ही खोला जाएगा। दूसरा हाथ लगाने की अनुमति नहीं होगी। उनके लिए तो यह स्थिति और भी अधिक गम्भीर बन गई थी। एक सामान्य सी गाँठ ही खोलने के लिए जब दोनों हाथों की आवश्यकता अनिवार्य हो जाती है तो कँगना जैसी गाँठ जिसमें हल्दी भी ठूँस-ठूँसकर भरी गई हो, एक हाथ से कैसे खुल सकती है भला? उन्होंने भरसक प्रयत्न किया परन्तु थोड़ी सी भी सफलता उनके हाथ नहीं लगी। अब, उनके मुखमण्डल पर स्थित स्मिति भी विदा लेने लग रही थी। उसका स्थान शनैः शनैः निराशा लेती जा रही थी। यद्यपि, उनकी यह स्थिति मैं घूँघट से ही देख पा रही थी परन्तु उनकी यह दशा मुझसे देखी नहीं जा रही थी। मन में उनके प्रति सहानुभूति सी उभरने लगी थी परन्तु एक अपरिचित, औपचारिक और असहज वातावरण में, उनके पक्ष में कुछ भी कर पाने में, मैं स्वयं को असमर्थ भी तो पा रही थी अतः मन मसोसकर बैठ जाने के अतिरिक्त मेरे पास कोई चारा ही शेष नहीं बचा था।

बहुत प्रयत्न करने के उपरांत भी जब वे सफल नहीं हो पाए तो अन्ततः सारे विरोधों को ताक पर रखते हुए, उन्होंने न केवल दोनों हाथों का उपयोग करना प्रारम्भ कर दिया बल्कि नाखूनों का भी उपयोग करना प्रारम्भ कर दिया। कुछ ही क्षणों के अथक प्रयासों के बाद अन्ततः वे मेरा कँगना खोलने में सफल हो ही गए। इससे उन्हें अंश मात्र भी प्रसन्नता मिली या नहीं मैं नहीं जानती पर हाँ, मुझे आत्मसुख की प्राप्ति अवश्य ही हुई। अब, मेरे मन से भी एक बोझ सा उतर गया था और मैं स्वयं को बड़ा ही सहज और हल्का अनुभव कर रही थी।

* * *

कुछ समयोपरान्त इसी परम्परा का दूसरा चरण भी प्रारम्भ हो गया। मेरे और उनके दोनों के हाथों से खोले गए कँगने और उनके साथ ही चाँदी का एक सिक्का,

अच्छी प्रकार से इकट्ठा करके ऊँचे किनारे की परात में दूध मिला पानी भरकर, उसमें डाल दिया गया। हम दोनों पति-पत्नी को आमने-सामने बिठा दिया गया। चारों ओर महिलाएँ और बच्चे बैठे थे। बड़ी आयु की एक महिला बोलीं, "देखो बच्चो! यह एक ऐसा महत्त्वपूर्ण और अविस्मरणीय अवसर होता है जो प्रत्येक पारंपरिक विवाहित व्यक्ति के प्रारम्भिक जीवन में एक बार अवश्य ही आता है। ऐसी पारंपरिक मान्यता है कि इस अवसर को जो भी पक्ष जीतता है वही पूरे जीवन भर गृहस्थ सम्बन्धी सभी निर्णय लेने और संचालन करने में प्रभावी और निर्णायक भूमिका निभाता है। वही घर का वास्तविक मुखिया होता है।

लेकिन, मेरा मानना है कि यह मान्यता आधारहीन और भ्रामक है। पति और पत्नी दोनों ही गृहस्थी के समान, आधार-स्तम्भ होते हैं जिनमें से यदि, एक भी शक्तिहीन या दुर्बल हुआ तो वह गृहस्थी डगमगा जाती है। इसलिए यह मानकर चलना चाहिए कि पति-पत्नी का स्तर गृहस्थी में एक समान ही हो सकता है। अभी-अभी भाँवरें पड़ीं थीं तुम दोनों की, ध्यान है न। उन सप्तपदी के समय, पंडित जी ने दोनों से सात वचन निबाहने को कहा था। उन वचनों में दोनों की स्थिति और मान्यता समान है। पति-पत्नी में से किसी एक को भी विशेष अधिकार प्राप्त नहीं है। दोनों के लिए ही समभाव और सहयोग अपनाने का सैद्धांतिक परामर्श है। जहाँ-जहाँ और जब-जब इस परामर्श का उल्लंघन होने लग जाता है तब-तब ही, और वहीं से ही गृहस्थी की गाड़ी, पटरी से उतरने लग जाती है। कभी-कभी तो गृहस्थी रूपी भवन भरभरा कर ही गिर पड़ता है। अब, तुम यह भी प्रश्न कर सकते हो कि फिर इन परम्पराओं का औचित्य क्या है? तो इसका उत्तर सीधा सा यही है कि इनसे जय-पराजय को, समान रूप से, अपनाने की खेल भावना जगती है। दृष्टिकोण में सकारात्मकता का जन्म होता है। आपसी स्वीकार्यता, सहयोग और सहकारिता के भाव किसी के भी व्यक्तित्व का अनिवार्य अंश बनते चले जाते हैं। इसी प्रकार से सफल और सुदृढ़ गृहस्थ जीवन के भव्य प्रासाद की आधारशिला रखी जाती है। समझे कुछ? चलो, अब प्रारम्भ करते हैं आज का 'खेला'। तैयार हो न?"

सब, कँगनों की थाली के चारों ओर जुड़ गईं। अभी जो महिला समझा रही थीं, उन्होंने ही जल-दुग्ध के मिश्रण से भरी थाली में अपने हाथों से जल-दुग्ध मिश्रण को अच्छी तरह हिलाकर हम-दोनों को उसमें से कँगना ढूँढ़ निकालने के लिए कहा।

हम दोनों के ही हाथ कँगना ढूँढ़ निकालने की चेष्टा में इधर-उधर उस परात में तीव्र गति से चलायमान थे। इस प्रक्रिया में जब हमारी उँगुलियाँ आपस में टकराते हुए स्पर्श कर जातीं तो हृदय-स्पन्दन की गति बढ़ जाती थी और मन में कुछ-कुछ होने लगता था। तभी कँगना और चाँदी का रुपया उनके हाथ लग गया। एक

विजयी मुस्कान के साथ उन्होंने अपने हाथ में आए कँगना और रुपए वाली बन्द मुट्ठी जल-दुग्ध मिश्रण से बाहर निकालकर खोल दी। मैंने भी परात में से अपना हाथ बाहर निकाल लिया।

उन महिला ने हमको चेताते हुए पुनः कँगना और चाँदी का रुपया पानी में छोड़ दिया। इन्होंने बड़ी ही शीघ्रता से जल-दुग्ध युक्त परात में हाथ डाल दिए। लेकिन तब तक कँगना और रुपया पानी में जाने से पूर्व अधर में होने के कारण मेरे ही हाथों में आ गए। वास्तव में उन महिला ने कँगना और रुपया उस 'समय-प्रबन्धन' के साथ परात में छोड़े थे कि वे सीधे ही मेरी खुली हथेलियों में आ समाए। इस बार, उनके अधरों से मुस्कान ग़ायब होकर मेरे अधरों पर छिटक गई थी। वे कभी उन महिला की ओर ताकते तो कभी मेरे उस मुख की ओर, जो घूँघट में होने के कारण उनके लिए अदृश्य था।

तृतीय और अंतिम प्रयास में कँगना और रुपया उन महिला की कृपादृष्टि व समलिंगी सहानुभूति (पक्षपात) के कारण मेरे ही हाथों में आ गए थे। इस प्रकार मेरी इस विजय के साथ ही इस कार्यक्रम की भी परिणति हुई।

***

अगले दिन, महिला मण्डली के गीतों के बीच चाक-पूजन की रीति भी संपन्न हो गई। यह लगभग उसी प्रकार से सम्पन्न हुई जैसे कि विवाह से पूर्व, मेरे पीहर में हुई थी।

वहाँ से घर लौटने के पश्चात, सभी महिलाओं को बतासे और नमकपारे बाँटे गए। कुछ ही देर में, आपस में बतियाती वे सभी महिलाएँ एक-एक, दो-दो करके अपने-अपने घरों को चली गईं और हम, घर की सभी सदस्याएँ भी, अपने घर के भीतर चली गईं।

परिवार और सम्बन्धी वर्ग से जुड़े तथा अड़ोस-पड़ोस के पुरुष बाहर चबूतरे पर बिछी खाटों और मूंढों पर बैठ गए। सभी के लिए बीड़ी-सिगरेट और माचिस थाली में रखकर उनके बीच रख दी गईं। पड़ोसी पुरुष अपना हुक्का गुड़गुड़ा रहे थे। बीड़ी- सिगरेट और हुक्के के तम्बाकू की मिश्रित गंध भरी हवा, घर के भीतरी वातावरण को भी प्रभावित कर रही थी। मेरे लिए इस गंध का चूँकि यह नया अनुभव था जो कि मेरी नासिका को रास नहीं आ रहा था इसलिए मैं बड़ी ही असहज हो चली थी। मेरे चेहरे पर बदल रहे भावों को मेरी ननद ने भाँप लिया।

"क्या हुआ भाभी," बड़े ही चिंतित स्वर में उन्होंने मुझसे पूछा।

मैं कुछ नहीं बोली और सिर का पल्ला ठीक करते हुए नीचे देखने लगी।

ननद ने दोबारा से पूछा, "भाभी! क्या हुआ?"

सिर झुकाए-झुकाए मैं धीरे से बोली, "वो तम्बाकू की गंध।"

ननद ने सिर सीधा किया। बाहर की ओर मुँह करके दो-चार लम्बी-लम्बी साँसे लीं और फिर मेरी ओर देखते हुए बोलीं, "हाँ, है तो। पर, तुम्हें यह गंध इतनी क्यों चढ़ रही है। तुम्हारे पिता जी या कोई अन्य सम्बन्धी, बीड़ी-सिगरेट-हुक्का आदि नहीं पीते क्या?"

"नहीं, बस मेरी नानी ही गुड़गुड़ी गुड़गुड़ाती है क्योंकि उसके पेट में अफ़ारा बनता है। गुड़गुड़ी के लिए भी मेरी नानी की सास ने ही उसे ज़ोर देकर कहा था। मेरी नानी ने तो मना भी की थी। पर उसकी सास ने उसकी एक भी नहीं चलने दी और प्रारम्भ में तो अपने हाथों से ही गुड़गुड़ी सुलगा कर कई बार मेरी नानी को दी थी," मैंने उत्तर देते हुए ननद के साथ अपनी जानकारी साझा की।

"चलो, फिर अन्दर चलते हैं," कहते हुए वे उठ खड़ी हुईं और भीतरी किवाड़ खोलकर अन्दर चली गईं। मैं भी उठी और उनके पीछे-पीछे भीतर वाले कमरे में चली गई। यहाँ पर गंध का प्रभाव, न के बराबर था। इसलिए गंध के प्रति मेरी असहजता लगभग शून्य हो गई थी और अब मेरी मनोदशा भी स्वाभाविक हो गई थी।

ननद ने अनायास ही मुझसे पूछा, "भाभी! इतना दिन चढ़ गया। अब तो भूख भी लग आई होगी तुम्हें? कुछ लाऊँ खाने को?"

मेरी दुखती रग को छू दिया था उन्होंने। बड़ी देर से पेट में चूहे उछल-कूद मचा रहे थे और मन-मस्तिष्क में आभासी खाद्य-पदार्थ नृत्य कर रहे थे। यह प्रस्ताव सुनते ही मेरा मन बल्लियों उछलने लगा लेकिन अपरिचित परिस्थितियों और वातावरण ने मेरे पैरों में संकोच की बेड़ियाँ डाल दीं इसलिए चाहते हुए भी, मैं सीधी सी 'हाँ' भी नहीं बोल सकी।

ननद की उत्सुक दृष्टि मेरे चेहरे पर अटकी हुई थी। मेरे चेहरे पर चढते-उतरते भावों को वे पढ़ रही थीं। अचानक वे उठीं और कमरे के बाहर चली गईं। कुछ ही क्षणों के पश्चात वे वापस लौटीं। उनके एक हाथ में मिठाई और नमकीन से भरी तश्तरी थी और दूसरे हाथ में पानी से भरा गिलास था। उन्होंने वहीं रखी एक चौकी सरका कर उस पर तश्तरी और गिलास रख दिए। तश्तरी और गिलास की ओर संकेत करते हुए वे बोलीं, "लो भाभी! मुँह जुठार लो।"

मेरा मन तश्तरी की ओर लपका। हाथ भी मन का साथ देने के लिए लालायित हो चले परन्तु बड़ी ही कठिनता से मैं मन और हाथों को रोक पाई।

ननद मेरे इस उहापोह को भाँप रही थीं। उन्होंने एक बार मुझसे पुनः आग्रह किया परन्तु मैं हाथों पर कसे नियंत्रण को चाह कर भी ढील नहीं दे पा रही थी।

यह सब देखकर ननद ने तश्तरी में से बर्फ़ी का एक टुकड़ा उठाकर बलात मेरे मुँह में ठूँस दिया। इस अप्रत्याशित व्यवहार से तो मैं अचंभित सी रह गई। स्थिति यह बन गई थी कि बर्फी का टुकड़ा न निगला जा रहा था और न उगला ही जा रहा था। असमंजस की यह स्थिति अभी चुक भी नहीं पाई थी कि ननद की ओर से स्नेहसिक्त निर्देश हुआ, "भाभी! मुँह वाला ग्रास शीघ्र निपटाओ। अभी पूरी तश्तरी ख़ाली करनी है तुम्हें।"

मैंने मुँह का ग्रास अभी निगला ही था कि उन्होंने मेरे मुँह में एक लड्डू और ठूँस दिया। "सुनो भाभी! मैं अभी आती हूँ। इतनी देर में सब कुछ निपटा देना," कहकर वे उठीं। कमरे से बाहर निकलीं और दरवाज़ा भेड़ दिया।

उनके जाते ही मन विद्रोही हो गया। अभी तक के आत्मानुशासन के सारे बाँध टूटने लगे। इच्छा हुई कि समूची तश्तरी पलभर में ही ख़ाली कर दी जाए। परन्तु तभी स्मरण हो आया कि इस समय मैं अपने घर (पीहर) में नहीं बल्कि पराए घर (ससुराल) में हूँ जहाँ आत्मानुशासन और आत्मनियंत्रण ही अब, समय की माँग है। आख़िर, सामाजिक शिष्टाचार का भी तो कुछ अपना महत्त्व और मूल्य होता है। परिस्थिति और समय के अनुसार उनका निर्वहन भी अनिवार्य व अपेक्षित है। अतः मैंने तश्तरी में से मिठाई के दो-एक बड़े टुकड़े एवं कुछ नमकीन खाकर पानी का गिलास ख़ाली कर दिया। अब क्षुधा शान्त हो चुकी थी। मुझे अब लगा कि ननद मुझे एकान्त में सम्भवतः जानबूझ कर इसीलिए छोड़कर गई थीं।

थोड़ी ही देर में ननद वापस लौटीं और तश्तरी की ओर देखकर बोली, "अरे! भाभी यह क्या? तश्तरी में तो मिठाई अभी बची हुई है। निपटाई क्यों नहीं?"

"नहीं, ले लिया मैंने जितना लेना था। अब इच्छा नहीं है।" मैंने संकोच से कहा। "आपने भी तो कुछ भी नहीं लिया। आप भी कुछ ले लीजिए न," कहकर मिठाई की तश्तरी मैंने उनकी ओर बढ़ाई। उन्होंने मिठाई का एक टुकड़ा ले लिया और तश्तरी एक ओर उठाकर रख दी। मिठाई खाते-खाते वे बोलीं, "भाभी! आपके पीहर में खाना कौन पकाता था?"

"हम घर की सभी महिलाएँ अर्थात माँ, छोटी बहन ओमा और मैं भी," सकुचाते हुए मैंने कहा।

"आपको खाने में क्या-क्या अच्छा लगता है?"

"सभी कुछ।"

"फिर भी, कुछ विशेष।"

"विशेष कुछ नहीं बल्कि सब कुछ।"

ननद बोलीं, "तो ठीक है तैयार हो जाइए आज।"

"किस बात के लिए?" मैंने जिज्ञासा की।

"आज सायं को आपकी, पाक कौशल अर्थात खाना पकाने की परीक्षा है," ननद ने सूचना दी। "अभी भी बता दीजिए कि सबसे अच्छा क्या पका लेती हो?" हम वही बनवाने की माँग अम्माँ-बाबू जी से कर देंगे तो इससे आपको किसी भी प्रकार की असुविधा नहीं होगी और किसी के भी मीन-मेख निकालने पर आपको बुरा भी नहीं लगेगा," ननद ने अपनी बात समाप्त की।

उनकी यह अपरोक्ष चुनौती सीधे मेरे स्वाभिमान को ठेस पहुँचा गई। आहत होने के उपरान्त भी मैंने उनसे विनम्र भाव से कहा, "जीजी! जो भी आप सब का मनपसन्द हो मुझे बता दीजिए। प्रयत्न करूँगी कि भोजन किसी भी प्रकार से परिवार के किसी भी सदस्य के लिए असंतुष्टि का कारण न बने।" उन्हें भी ठकुरसुहाती के सागर में गोते खाने की आनन्दानुभूति हो सके इसलिए अपनी वाणी में मिसरी घोलते हुए मैंने ब्रह्मास्त्र छोड़ा, "और फिर मुझे यह भी ज्ञात है कि मेरा शुभ और भला चाहने वाली मेरी प्यारी जीजी भी तो मेरे साथ हैं ही, तो फिर मुझे भय किस बात का? मागदर्शन और सहयोग आपका मिल ही जाएगा तो फिर मुझे चिन्ता किस बात की," मेरे इन शब्दों ने ननद को चने के झाड़ पर चढ़ा दिया। वे फूल कर कुप्पा हो गईं। उनके भीतर की प्रसन्नता उनके चेहरे पर स्पष्ट लक्षित हो रही थी। उनके इस भाव का, मैं भी मन ही मन में आनन्द ले रही थी।

वे बोलीं, "ठीक है भाभी। अब आप विश्राम करें। मैं मिलती हूँ आपसे शाम को पूरे कार्यक्रम के साथ," वे किवाड़ भेड़कर चली गईं।

***

एक घंटे बाद किवाड़ों की साँकल खड़की। लेटी हुई मैं, तुरन्त उठकर बैठ गई। मैंने घूँघट कर लिया और कपड़े भी ठीक कर लिए। मैंने देखा एक थाली में खाना और गिलास में पानी लिए सासू माँ खड़ीं थीं। मैंने खड़े होकर उनके हाथों से भोजन-पानी ले लिया। वे वापस जाने के लिए मुड़ीं फिर बोलीं, "बहू! खाना खालो। इसके बाद शाम के खाने के सम्बन्ध में तुमसे बातें करनी हैं क्योंकि परम्परानुसार आज तुम्हें 'चौके चढाना' है अर्थात आज तुम्हें खाने के लिए कुछ बनाना होगा," यह कहकर वे बाहर चली गईं।

मैंने खाना खाया ही था कि ननद आ गईं। मेरे खाने के बर्तन वे बाहर ले गईं। इसके बाद सासू माँ और ननद दोनों साथ-साथ अन्दर आईं। उन्हें देखकर मैं खड़ी हो गई। सासू माँ ने मेरा हाथ पकड़कर अपने पास ही बिठा लिया। सामने की ओर ननद बैठ गईं। उनके चेहरे पर दोपहर को उपजी चमक अभी भी झिलमिला रही थी। सासू माँ ने चर्चा प्रारम्भ कर दी। शाम के खाने के बारे में सारी बातें विस्तार से हुईं। बीच-बीच में ननद कभी टोक देतीं तो कभी परामर्श देतीं। अपनी सहमति

देतीं अथवा असहमति जतातीं। अन्त में व्यंजन-सूची का अंतिम निर्धारण हो ही गया। साथ ही यह भी निश्चय हो गया कि मुझे क्या-क्या पकाना-बनाना है और मेरी ननद वे सभी आवश्यक सामग्री उपलब्ध कराएँगी, जो खाना पकाने के लिए अपेक्षित होंगी।

***

शाम को परम्परानुसार मुझे 'चौके चढ़ाया' गया। मैंने अपनी दक्षता और क्षमतानुसार खाना बनाया। सभी को भोजन परोसा गया। सबने बड़ी रुचि और स्वाद के साथ भोजन का रसास्वादन किया। भोजनोपरान्त सभी की प्रतिक्रिया में संतुष्टि और प्रसन्नता का प्रकटन हो रहा था। अब मुखर प्रशंसा के स्वर भी चहुँ ओर से प्रस्फुटित होने लगे थे। साथ ही 'पाक-कला' में पारंगत और दक्ष बनाने के लिए मेरी माँ की भी भूरि-भूरि प्रशंसा की जा रही थी। स्थापित रीति के अनुसार, सभी ने आशीर्वाद स्वरूप कुछ न कुछ धनराशि मुझे भेंट की।

भोजनोपरान्त आगंतुक और अतिथिगण धीरे-धीरे विदा हो गए। सभी के जाने के बाद सारे घरवाले इकट्ठे होकर बैठ गए और सुस्ताने लगे, बतियाने लगे।

कुछ देर बाद ससुर जी बोले, "अरे भाई! हमने कोई पाप किया है क्या? किसी की भैंस खोली है? इधर पेट में चूहे कबड्डी खेल रहे हैं, उधर हमें कोई घास डालने को भी तैयार नहीं है। सुना है कि आज तुम्हारे घर में बड़ी शानदार दावत हुई है। बड़ी दूर-दूर तक चर्चे हैं। लोगों ने तारीफ़ों के बड़े पुल बाँध रखे हैं कि बड़ी ज़ोरदार दावत थी और खाना भी बड़ा ही लज़ीज़ था। वो लज़ीज़ खाना ख़त्म हो गया है या उसमें से कुछ बचा है अभी? अगर बच गया हो तो उसमें से दो-चार निवाले इस फ़क़ीर की झोली में भी डाल दो भई! अपनी तो जान ही निकली जा रही है भूख के मारे। अगर कुछ नहीं है तो भी बता दो, हम सिर्फ़ पानी पी के ही सो जाएँगे। आज की रात फ़ाक़े में ही सही।"

सारे घरवालों का हँस-हँसकर बुरा हाल था ससुर साहब की नौटंकी देखकर। तभी बड़ी ननद की आवाज़ आई, "बाबू जी! बन्द कीजिए, ये नौटंकी। हममें से किसी ने भी खाना नहीं खाया है अभी तक, केवल आपके ही कारण। जब से आगंतुकों ने खाना-पीना समाप्त किया है आप लगे रहे हैं उन्हें विदा करने के लिए बार-बार उनके साथ जा-जा कर! अब बताइए जब घर में आप ही नहीं टिके तो घर का कोई भी सदस्य आपकी अनुपस्थिति में भोजन कैसे खा लेता? आप अन्दर आइए और भोजन ग्रहण कीजिए।"

स्वसुर जी हँसते हुए पूछने लगे, "कहो! कैसा लगा मेरा अभिनय? आप सब तो जानते ही हैं बचपन से मुझे नाटकों में काम करना अच्छा लगता था। जब मैं और बड़ा हो गया तो विद्यालय में नाट्य मण्डली बना डाली। विद्यालय के नाटकों,

अन्तर्क्षेत्रीय विद्यालय नाट्य प्रतियोगिताओं आदि में अनेक पदक, पुरस्कार और शील्ड आदि जीतीं। चलो! अब भोजन करते हैं।" यह कहकर उन्होंने और सभी ने, भोजन खाना प्रारम्भ कर दिया।

सुस्वादु भोजन से तृप्त होकर सभी ने मेरी और मेरी पाक-कला की भूरी-भूरी प्रशंसा की। नगदी, भेंट और उपहारों से मेरी झोली भर दी। इसके बाद हम चौका आदि निपटा कर सोने चले गए। विवाह से जुड़ी सभी रीतियों, परम्पराओं का इस प्रकार आज समापन हो गया था।

***

सात

विवाहोत्सव समाप्त हो चुका था। सभी सम्बन्धी, अतिथिगण व अन्य बाहरी निमंत्रितजन विदा हो कर अपने-अपने निवास स्थान के लिए पधार चुके थे। घर का विशिष्ट वातावरण अब सामान्य हो गया था। घर के सभी सदस्य अपने-अपने दैनंदिन कार्यों में व्यस्त हो चले थे।

ननद ने मुझे बताया, "भाभी! बाबू जी और भइया की छुट्टी का आज अंतिम दिन है। इसके बाद कल से उनका काम पर जाना शुरू हो जाएगा। उसके लिए, कल से हमें थोड़ा और जल्दी जगना होगा क्योंकि बाबू जी और भइया सुबह ठीक साढ़े आठ बजे ही घर से निकल जाते हैं अपने-अपने काम पर। खाने के टिफ़िन में थोड़ी सी भी देर सहन कर सकने की आदत नहीं है दोनों में से किसी की भी। कारण यह है कि उनके हाज़िरी-कार्ड पर, मशीन से समय अंकित होता है। नौ बजे के बाद, दस मिनिट से ऊपर हो जाने पर आधे दिन के पैसे कट जाते हैं और साढ़े नौ बजते ही उस दिन की अनुपस्थिति हो जाती है। उस पूरे दिन का वेतन काट लिया जाता है। इस बात का ध्यान रखना होगा। आई बात समझ में?"

मैंने हाँ में सिर हिला दिया।

प्रातः के नाश्ते-पानी के बाद, सभी के पहनने के गन्दे कपड़े धोने का कार्यक्रम बना। मैंने भी उसमें हाथ बँटाना चाहा परन्तु मेरी सासू माँ ने कपड़े और साबुन मेरे हाथ से छीन लिए और मुझे घर के अन्दर की साज-सफ़ाई में ननद की सहायता करने का निर्देश दिया तथा स्वयं दूसरी ननद के साथ कपड़े धोने में लग गईं।

उधर हमने विवाह-उत्सव के कारण समूचे घर में हुई उथल-पुथल और अव्यवस्था को ठीक करना प्रारम्भ कर दिया। इस कार्य में हमें लगभग डेढ़-दो घंटे का समय लग गया था। इसी समय सासू माँ और ननद रानी का भी कपड़े धोने का अभियान समाप्त हो गया। उन्होंने मिलकर कपड़े निचोड़े। उनकी बहुत अच्छे ढंग से सिलवटें निकाली और सुखाने के लिए अलगनियों पर डाल दिए। उन्होंने लोटा-बाल्टी, कपड़े कूटने वाली थपकी, नील-टिनोपाल आदि उनके निधारित स्थानों पर रख दिए। हाथ-मुँह-पैर धो-पौंछकर घर के बरामदे में बैठ सुस्ताने लगीं।

* * *

दोपहर को सासू माँ ने छोटी ननद से कहा, "आज खाना बनाने में बहुत देर हो गई है। कल से तो खाना सवेरे ही बनना है और उससे पहले चाय भी बननी है।

इसलिए अंगीठी भी पहले की ही भाँति सवेरे छः बजे सुलगाई जानी है। चल! अब तू अंगीठी सुलगाले।"

इस बातचीत की आवाज़ मेरे कानों से टकरा रही थी। इसमें 'चाय बनने' और 'अंगीठी सुलगाने' वाले शब्द मेरे लिए अपरिचित थे। बिल्कुल नए थे। मैं सोच में पड़ गई कि ये क्या होते हैं? मैंने दिमाग़ के बहुत घोड़े दौड़ाए पर मेरे भेजे में कुछ भी नहीं आ रहा था। तभी मेरी ननद की आवाज़ आई, "भाभी! ये लो आटे का कनस्तर। कनस्तर में ही आटा छानने की छलनी भी है। यह बाल्टी में पानी है और यह है लोटा। आठ-दस जनों के खाने के लिए आटा गूँध लो। इतनी देर में, मैं अंगीठी सुलगा लेती हूँ।" इतना कहकर वह जाने के लिए अभी मुड़ी ही थीं कि मैंने उनका हाथ पकड़ लिया। पलटकर उन्होंने मेरी ओर प्रश्नवाचक दृष्टि से देखा। मुस्कुराकर मैंने एक पटरा सरकाया और उनसे बैठने का आग्रह किया। वे तुरन्त बैठ गईं और बोलीं, "हाँ भाभी!" बोलो क्या हुआ?

"यह अंगीठी सुलगाना क्या होता है," मैंने पूछा।

"ओहो, तो यह बात है। तुम्हें नहीं पता कि अंगीठी कैसे सुलगती है?"

मैंने धीरे से कहा, "नहीं"।

"क्या तुम्हारे पीहर में, अंगीठी पर खाना नहीं बनता? ओहो, मैं तो भूल ही गई थी। तुम्हारे वहाँ तो चूल्हा ही जलता है। कोई बात नहीं भाभी! मैं आपको बताऊँगी ही नहीं बल्कि सिखा भी दूँगी कि यह सब कैसे होता है? अभी तो समय नहीं है, न तो मेरे पास और न तुम्हारे ही पास। अभी तुम केवल आटा गूँधो और मैं अंगीठी सुलगाती हूँ। इस सम्बन्ध में फिर कभी ख़ाली समय में बात करती हूँ," कहकर वे बाहर चली गईं और मैं आटा गूँधने लगी। कुछ देर बाद मैंने आटा गूँध लिया। इसे गीले कपड़े से ढाँपकर परात दीवार की ओर सरका दी। कनस्तर उठाकर यथा स्थान रख दिया। पानी की बाल्टी और लोटा उठाकर उनकी अपनी-अपनी जगह पर रख दिए। बाल्टी में से पानी लेकर हाथ धोए। तौलिए से हाथ पोंछकर तौलिया सुखाने के लिए अलगनी पर डाल दिया। घर के अन्दर, भीतर वाले कमरे में जाकर बैठ गई।

कुछ ही देर बाद खाना बन गया। पहले बाबू जी ने फिर उन्होंने, मेरे देवर तथा मेरे छोटे भाई पद्मकान्त ने भोजन ग्रहण किया। उसके बाद मेरी दोनों ननदों और सासू माँ के लिए मैंने भोजन की थालियाँ लगा दीं और उनसे भोजन ग्रहण करने के लिए अनुरोध किया। वे आकर बैठ गईं। भोजन ग्रहण करना प्रारम्भ करने से पूर्व उन्होंने अचानक मेरी ओर देखा और बोलीं, "अरे! बहू! तुम्हारी अपनी थाली कहाँ है?"

"पहले आप भोजन कर लें माँ जी! उसके बाद मैं भी खाना खालूँगी," मैंने धीरे से कहा।

मेरी ओर देखकर सासू माँ बोलीं, "क्यूँ? तुम बाद में क्यूँ खाओगी? तुम अकेली ही क्यूँ खाओगी? हम सब, एक साथ मिलकर खाएँगे। और हाँ, एक बात का ध्यान रखना। इस घर में हमारे पदनाम भले ही कुछ भी क्यों न हों? हम सबकी स्थिति और मान-सम्मान एक जैसे, समान स्तर के ही होंगे। न कोई छोटा और न कोई बड़ा। सबके कर्त्तव्य और दायित्व एक जैसे ही होंगे। एक बात और कि मैंने जो बातें कही हैं वे इस घर के लिए कोई नई नहीं हैं। वे हमारे घर की प्रारम्भ से ही स्थापित परम्पराएँ रही हैं जिनका हम सब सहर्ष और ईमानदारी से स्वधर्म समझकर पालन करते हैं। 'अतिथि देवो भव:' इस परिवार के संस्कार हैं और घर की कोई भी बात भले ही छोटी हो या बड़ी हो, अपनी हो या पराई हो, कभी भी घर से बाहर नहीं जाती। अपने किसी भी निकटतम अथवा दूरस्थ से भी साझा नहीं की जातीं। बहू! ये सारी बातें तुम्हारे साथ मैंने इस परिवार की परम्पराएँ और संस्कृति साझा करने के लिए ही की हैं, न कि उपदेश झाड़ने के लिए। चलो! अब जल्दी से अपनी थाली लगाकर ले आओ।"

बिना किसी ना-नुकर के, सासू माँ का आदेश मानते हुए मैंने अपनी थाली लगा ली। खाने का अतिरिक्त सामान, मैंने सासू माँ के पास ही रख दिया जिससे कि किसी की भी थाली में कुछ भी समाप्त हो जाने की स्थिति में, खाने की थाली छोड़कर उठे बिना ही वांछित सामान, खाने वाले की थाली में सहजता से परोसा जा सके। खाना खाते समय बोलना और खाने के बीच में ही उठकर खड़े हो जाना अन्न का अनादर करना माना जाता है। जिससे अन्नपूर्णा देवी/भगवान भी रुष्ट हो जाते हैं।

सासू माँ के द्वारा भोजन ग्रहण करने का श्री गणेश करने के उपरान्त शेष हम तीनों ने भी भोजन जींवना प्रारम्भ कर दिया। भोजन करने के पश्चात हम सबने बर्तन आदि निपटा लिए और उसके बाद आराम करने के लिए चले गए।

***

तीन बजे छोटी ननद ने मुझसे कहा, "चलो भाभी! आज अंगीठी सुलगाने का मंत्र सीखने के लिए चलते हैं।"

मैं उठी और छोटी ननद के साथ अंगीठी सुलगाने के लिए घर से बाहर निकली। घर के बाहर निकलने से पहले मैंने अपनी साड़ी ठीक की और सिर पर ढके पल्ले को थोड़ा सा आगे सरका कर माथे को ढँक लिया। छोटी ननद घर में से उस अंगीठी को निकाल कर ले आईं जिस पर पिछली बार मैंने भोजन बनाया था। उसके बाद वे टिन का डिब्बा ले आईं जिसमें पीली मिट्टी का घोल और उस घोल में पुराने कपड़े का एक टुकड़ा पड़ा हुआ था। उसके बाद वे एक कनस्तर लाईं जिसमें लकड़ी की छोटी-छोटी गिट्टियाँ, खपच्चियाँ, लकड़ी और पत्थर के छोटे-बड़े कोयले

तथा कैरी (कोयलों के बारीक चूरे) और पीली मिट्टी से बने लड्डू तथा मिट्टी के तेल की एक बोतल रखी हुई थीं।

मेरी ननद ने पहले अंगीठी साफ़ की। कपड़े के टुकड़े को पीली मिट्टी के घोल में भिगोकर अंगीठी को पोत दिया। उसके बाद अंगीठी की जाली पर तेल से भीगीं लकड़ी की छोटी-छोटी खपच्चियाँ और गिट्टियाँ रखकर दो-चार लकड़ी के छोटे-छोटे कोयले रख दिए। उसके ऊपर पत्थर के दो-चार कोयले रखने के बाद कैरी के लड्डू ऊपर तक भर दिए। अंगीठी के निचले भाग में बने मोखे में, कागजों के कुछ गोले बनाकर उनमें दियासलाई से आग लगा दी। क़ागज़ों की उठी लपटों ने कुछ ही पलों में जाली पर मिट्टी के तेल में भीगी खपच्चियों तथा गिट्टियों को पकड़ लिया। थोड़ी ही देर में लकड़ी के कोयले और उसके बाद पत्थर के कोयले व कैरी के लड्डू सुलग उठे। कुछ ही मिनिटों के बाद अंगीठी तैयार हो गई। ननद ने अंगीठी के दोनों ओर लगी लकड़ी की मूठों से पकड़कर अँगीठी उठा ली तथा खाना बनाने के स्थान पर ले जाकर रख दी। मैं भी उनके पीछे-पीछे घर के अन्दर चली गई।

"देखो भाभी! तुम्हारा 'अंगीठी सुलगाने' वाला पाठ तो पूरा हुआ। चलो! अब तुम्हारा चाय वाला पाठ भी प्रारम्भ करते हैं। एक कप प्रति व्यक्ति के हिसाब से पानी खौलाते हैं। अदरक और इलायची कूटकर बीच में मिला देते हैं। फिर चायपत्ती कुछ मिनिट उसमें उबालने के बाद उसमें क्रमशः चीनी व दूध डालकर उसे औंटाते हैं। उबाल आने के बाद चाय को उतार लेते हैं और फिर ढँककर कुछ देर के लिए रख देते हैं। फिर, छलनी से छानकर कपों में भर लेते हैं। तुम्हारा चाय बनाने का प्रशिक्षण भी पूरा हुआ अर्थात दोनों पाठ पूरे हुए। अब तो, दोनों कामों में तुम्हें कोई समस्या नहीं होगी न?"

मैंने सहमति में सिर हिलाकर कहा, "हाँ जीजी! कल से दोनों काम अब मैं स्वयं ही करूँगी। बस, दो-एक दिन आपकी ही देख-रेख में काम करने का अवसर मुझे चाहिए। आप तो मेरी सहायता करेंगी ही?"

"हाँ भाभी! ठीक है। चलो अब यह चाय सबको दे दो। साथ ही खाने के लिए मिठाई और नमकीन भी रख देना।"

मैंने ननद के कहे अनुसार किया और फिर सासू माँ और ननदों के साथ बैठकर मैंने भी चाय पी। आज मैं जीवन में पहली बार चाय पी रही थी। इसका स्वाद मुझे बड़ा ही अजीब सा लगा। लेकिन, स्वाद इतना भी बुरा नहीं था कि भविष्य में चाय न पीने का प्रण ही कर लिया जाए। चाय पीते-पीते ननद बोलीं, "सुनो भाभी! अभी थोड़ी ही देर में खाना बनना प्रारम्भ हो जाएगा क्योंकि हम सभी सूर्यास्त से पहले ही खाना खा लेते हैं। हमने एक नियम बना रखा है कि रात में जल्दी सोना है और सुबह भी जल्दी ही उठ जाना है। कहावत भी है न कि जो 'सोए जल्दी

और अलख सुबह जागे, जीवन की हर दौड़ में रहे सबसे आगे।' अब हमारी अम्माँ को ही देख लो। रात को नौ-दस बजे तक सो जाती हैं और सुबह चार, साढ़े चार बजे तक अपना बिस्तर छोड़ देती हैं।"

ननद के बताए अनुसार खाना बना। हम सबने परिवार की परम्परानुसार खाना खाया। उसके बाद बर्तन आदि माँज कर रख दिए। अंगीठी साफ़ करके पोत दी। कल के लिए अंगीठी, लकड़ी-कोयले और कैरी के लड्डुओं से तैयार कर दी जिससे कि सवेरे-सवेरे का समय व्यर्थ न हो जाए। काम भी जल्दी-जल्दी निपट जाए और पिता-पुत्र, दोनों में से किसी को भी काम पर जाने के लिए बिल्कुल भी विलम्ब न होने पाए। काम से निपटकर मैं भीतर वाले कमरे में चली गई और दीवार से टेक लगाकर बैठ सुस्ताने लगी।

बैठे-बैठे कब झपकी लग गई, मुझे पता ही नहीं चला। बैठे-बैठे मैं कितनी देर सोई, मुझे यह पता भी नहीं लगा। तंद्रा भंग हुई मेरी, ननद के हल्के से स्पर्श से, "क्या भाभी ! सो रही हो?"

मैं सकपका गई और बोली, "नहीं, नहीं, बस यूँ ही ज़रा आँखें लग गई थीं बैठे-बैठे पता नहीं कैसे आँखें लग गईं," कहते कहते ऐसा लगने लगा जैसे कि कोई चोरी पकड़ी गई हो। मैंने स्वयं को सम्भाला। एक-दो लम्बी साँसें लीं और साड़ी ठीक करते हुए मैं खड़ी होकर ननद के पास जा पहुँची। हम दोनों ने सभी के बिस्तर लगा दिए। पुरुषों की चारपाइयाँ, बाहर चबूतरे और गली में थीं। महिलाएँ, बरामदे और बाहर वाले कमरे में थीं।

"सुनो भाभी ! बाहर जगह की कमी के कारण आज से भइया भीतर वाले कमरे में ही सोएँगे। मैं और जीजी, अम्माँ के पास बरामदे में सोएँगे। चलो, जल्दी सोते हैं क्योंकि उठना भी तो जल्दी ही है न," ननद ने कहा और सभी को दूध देने लगीं। इस काम में, मैंने भी उनका हाथ बँटाया। जैसा-जैसा वे कहती गईं, वैसा-वैसा मैं करती गई। थोड़ी ही देर में सबने अपने-अपने गिलास ख़ाली कर दिए। ननद दूध के बर्तन माँजने के लिए ले गईं। मैं भी उनके साथ गई। उनके मना करने के उपरान्त भी बर्तन माँजने में मैंने उनका साथ दिया। बर्तन साफ़ करने और उन्हें यथा स्थान रखकर मैं और मेरी ननद सोने चले गए।

***

आठ

अपने कमरे में जाकर मैंने वस्त्र बदले। अपनी केश राशि खोलकर मुक्त कर दी। अपने बिस्तर की चादर झाड़कर दोबारा से बिछाई। तकिए ठीक करके मैं चारपाई पर बैठ गई। अभी बैठे हुए मुझे दस-पन्द्रह मिनिट ही हुए होंगे कि दरवाज़े के पास कमरे की ओर आती हुई पदचाप मुझे सुनाई दी। कंधे पर पड़े धोती के पल्ले को तुरन्त ही मैंने सिर पर ले लिया। अभी मैं ढंग से सिर ढँक भी नहीं पाई थी कि एक पैर कमरे के अन्दर रखा जाता मैंने देखा। पूरी शक्ति बटोर कर झटके से मैं चारपाई से नीचे उतर गई। तभी मैंने उन्हें कमरे में प्रविष्ट होते हुए देखा। उनकी ओर का घूँघट करके मैं सिर झुकाकर खड़ी हो गई। एक पल के लिए वे ठिठक गए। उन्होंने मुझे ध्यान से ताका। अगले पल अपना कुरता उतार कर उन्होंने सामने वाली दीवार पर लकड़ी की खूँटी पर टाँग दिया और पलट कर अपनी चारपाई पर जा बैठे। मैं अभी भी अपने स्थान पर खड़ी थी। उन्होंने चारपाई के सिरहाने के निकट रखी तिपाही के ऊपर जल रही लैम्प की बत्ती को ऊपर करके प्रकाश को थोड़ा तेज़ कर दिया। अब कमरे की प्रत्येक वस्तु, स्पष्टतः दृश्यमान हो रही थी। मैं उन्हें और उनकी प्रत्येक गतिविधि को कनखियों से, बड़े ही ध्यान से देख रही थी।

"खड़ी क्यों हो? बैठो," वे बोले।

पर, मैं कुछ नहीं बोली। अपने स्थान पर ही, निश्चल खड़ी उन्हें ही देखती रही। अब मुझे अगले पलों की प्रतीक्षा थी कि क्या घटने वाला है?

उन्होंने एक बार मुझे पुनः देखा। फिर धीरे से अपना वाक्य दोहराया, "क्या हुआ? बैठतीं क्यों नहीं? बैठ जाओ," इस बार उनकी आवाज़ में एक अनुरोध झलक रहा था।

बिना कुछ कहे-सुने मैं वहाँ से धीरे से हिली और अपनी तथा उनकी, दोनों की चारपाइयों के बीच जा खड़ी हुई। अभी मैं अपनी चारपाई पर बैठने के उपक्रम में उधर मुड़ी ही थी कि उन्होंने मेरा हाथ पकड़कर अपनी ही चारपाई पर बैठा लिया। मैं बैठ तो गई परन्तु लजाते हुए। उनसे थोड़ा और स्पष्ट अन्तर बनाकर, सिकुड़कर मैं बैठ गई। मेरी दृष्टि, मेरी गोद में रखे हुए मेरे मेंहदी भरे हाथों पर ही टिकी हुई थी।

कुछ देर तक हम दोनों चुप बैठे रहे। न वे बोले, न मैं बोली। दोनों के बीच मौन पसरा रहा। आख़िरकार उन्होंने ही मौन भंग किया, "और, कैसा लग रहा है यहाँ आकर? मन तो लग गया न? ख़ुश तो हो?"

मैं निःशब्द रही। केवल स्वीकृति में गर्दन हिलाकर 'हाँ' कर दी।

वे बोले, “यह घूँघट किससे कर रखा है? कोई बाहर का थोड़े ही बैठा है यहाँ पर। बस, मैं और तुम दो जने ही तो हैं इस कमरे में। हटाओ यह घूँघट। हम भी तो देखें, हमारी जीवनसंगिनी का मुखमण्डल कैसा है,” यह कहकर उन्होंने दोनों हाथों से मेरा घूँघट उलट दिया। प्रतिक्रियास्वरूप मैंने अपना घूँघट पुनः नीचे कर लिया। लेकिन, उन्होंने घूँघट पुनः उठा दिया जिसे मैंने फिर से नीचे कर लिया। घूँघट के इस ऊपर-नीचे की बारम्बारता के बाद अन्ततः यह सहमति बनी कि न तो सिर बिल्कुल ही उघाड़कर रखा जाएगा और न ही नाक के नीचे तक का ही घूँघट होगा। घूँघट केवल माथे को ही ढँकेगा! वह भी, केवल माँग तक ही जैसे कि किसी मकान की छत के बाहर निकले किसी छज्जे की स्थिति होती है। इस छीना-झपटी में कितनी बार हम दोनों के हाथ आपस में टकराए, इसका भान ही नहीं रहा। आभास तो तब हुआ, जब मैंने अपने दोनों हाथ उनके हाथों में पाए।

अब तक मैं कुछ थोड़ी सी सहज हो चली थी। मेरी ओर देखते हुए वे बोले, “वाह! वाह! सुन्दर, सुन्दर, अति सुन्दर! जैसी रूपसी पत्नी पाने के स्वप्न मैंने अब तक संजोए थे, भगवान ने वे सब सच कर दिखाए। मैं भगवान का आभारी हूँ। उनका धन्यवाद करता हूँ। अरे! पैर नीचे लटकाए हुए क्यों बैठी हो? पैर ऊपर कर लो और आराम से बैठो।”

मैं पैर ऊपर करने का मन बना ही चुकी थी कि अचानक मुझे ध्यान आया कि ‘कुछ ऐसा’ करना तो मैं भूल ही गई थी जो करना मेरा प्रथम कर्त्तव्य बनता था। मैं तुरन्त ही उठी और प्रथम बार उन्हें प्रणाम निवेदित करने के लिए उनके चरण-स्पर्श कर लिए। मेरे पतिदेव भी अनपेक्षित रूप से अनायास ही, इस चरण-स्पर्श से सकपका गए। वे भी तुरन्त चारपाई छोड़ उठ खड़े हुए और कंधे से पकड़कर मुझे उठाकर खड़ा कर दिया। इतना ही नहीं, भावावेग में उन्होंने तुरन्त ही मुझे अपने वक्ष से लगा लिया। उनके इस अनपेक्षित कृत्य से तो मैं हक्की-बक्की ही रह गई। परन्तु, शीघ्र ही मैं सहज भी हो गई यह सोचकर कि गले लगाने वाले व्यक्ति कोई अन्य नहीं हैं बल्कि मेरे अपने पति ही तो हैं। हाँ, इतना अवश्य था कि यह पहला अवसर था जबकि मैं किसी पुरुष के गले लगी थी। वे बोले, “यह क्या करती हो? तुम्हारा स्थान मेरे पैरों में नहीं है बल्कि यहाँ है, मेरे हृदय में। तुम तो मेरी हृदयेश्वरी हो।” उनके ये शब्द मेरे कानों में शहद घोल रहे थे। मेरे लिए, यह नया अनुभव बड़ा ही सुखदाई और आनन्ददायक लग रहा था। कुछ देर बाद, हम दोनों की देहें, अलग-अलग हो गईं। मैं ऊपर चारपाई पर चली गई। वे भी बैठ गए। उन्होंने पाजामे की जेब से एक मखमली डिब्बी निकालकर मेरे हाथों में थमा दी।

डिब्बी पकड़े-पकड़े मेरे प्रश्न भरे नेत्र, उनकी ओर उठे, जो मेरी इस जिज्ञासा का समाधान माँग रहे थे कि उस डिब्बी में क्या है?

उन्होंने मेरी इस जिज्ञासा को भाँप लिया। मुस्कुराते हुए उन्होंने डिब्बी मेरे हाथ से ले ली। डिब्बी खोली और उसमें से एक बड़ी सुन्दर, महिला कलाई घड़ी निकालकर मेरी हथेली पर रख दी। दृष्टि झुकाए-झुकाए मैंने देखा कि यह सुनहरी एच.एम.टी कलाई घड़ी थी, जो बड़ी ही चित्ताकर्षक लग रही थी। उन्होंने घड़ी एक बार फिर से अपने हाथों में ली और रेडियम डायल की चमचमाती वह घड़ी, मेरी कलाई में बाँध दी। उन्होंने लैम्प का प्रकाश मन्दा कर दिया जिससे अँधेरे में रेडियमयुक्त डायल के ऊपर लिखे अंक और भी अधिक स्पष्ट रूप से चमक रहे थे। जीवन में पहली बार, घड़ी युक्त अपनी कलाई देखकर मेरा मन मुदित हो गया था।

अब, वे बिस्तर पर बैठ गए। धीरे-धीरे, मेरी भी झिझक खुलने लगी। कुछ सहजता के साथ औपचारिक-अनौपचारिक वार्ता आगे बढ़ने लगी। लेकिन, साथ ही उनके हाथों ने भी, मेरे शरीर के साथ अपनी भाषा बोलनी प्रारम्भ कर दी थी। इस अपरिचित, नए अनुभव ने मुझे एक बार तो पुनः असहज कर दिया। लेकिन, तभी मुझे अपने पीहर में मेरी विवाहिता सखियों और भाभियों की इस विषय से जुड़ी बड़ी ही विस्तृत वार्ता श्रृंखला स्मरण हो आई। जिसमें, उन्होंने इसे, वैवाहिक जीवन की वह प्राकृतिक, स्वाभाविक व अनिवार्य आवश्यकता निरूपित किया था जो कि दाम्पत्य जीवन सुख की प्रारम्भिक आधारशिला होती है। इसी स्मृति के आधार पर, मैंने भी स्वयं को सम्भावित परिस्थितियों के हाथों सौंप दिया और आने वाली परिस्थितियों से समझौता करने का मन बना ही लिया।

दैहिक कामकेलि करते-करते जब काम संसर्ग की चरम विधि में प्रवेश करने का समय आया तो एक अबूझ मानसिकता के अंतर्गत अनायास ही मैंने, दैहिक संगम के प्रति अपनी असहमति प्रकट करने के लिए शारीरिक अस्वस्थता (मासिक अपवित्रता) का बहाना बना दिया। इसे, उन्होंने बिना किसी शंका, प्रश्न या संदेह के बड़ी ही सहजता और उदारता के साथ स्वीकार कर लिया, जिस पर मुझे बड़ा ही आश्चर्य हुआ। क्योंकि, मैंने तो सुना था कि प्रथम रात्रि को दैहिक सुख भोगने के लिए पुरुष, न केवल लालायित रहता है बल्कि पत्नी की अनिच्छा की उपेक्षा और अनादर करते हुए भी बलात्, पशुवत् शारीरिक सम्बन्ध बना ही लेता है। और कई बार तो ऐसे पाशविक अनाचार पर भी उतर आता है जिसका सौभाग्य से मुझे बिल्कुल भी सामना नहीं करना पड़ रहा था। यह देखकर मैं स्वयं को बड़ी ही भाग्यशाली मान रही थी कि मुझे इतना अच्छा और समझदार पति मिला है। शारीरिक सम्बन्धों को आस्थगित करने की स्थिति में, सोने के अतिरिक्त कोई अन्य विकल्प बचा ही नहीं था। अतः कुछ देर और बतियाते रहने के बाद अन्ततः आलिंगनबद्ध होकर हम दोनों सो गए। मैं लड़की से नारी बनते-बनते रह गई।

***

अचानक ही, सोते-सोते मुझे बिस्तर गीला लगा। मेरी नींद टूटी तो मैंने पाया कि मेरा पेटीकोट और धोती दोनों ही गीले हो गए थे। सम्भवतः नवीन बदलाव, परिस्थितिजन्य भय, मानसिक दबाव और अज्ञात आशंकाओं के कारण मूत्र विसर्जन हो गया था। उनकी भी नींद टूट गई क्योंकि उन्हें भी गीला लग रहा था। वस्तुस्थिति भाँपकर उन्होंने मुझे अपने बिस्तर पर जाने के लिए कहा और छोटी ननद को आवाज़ दी। उनके आने पर पानी की माँग की। जैसे ही वे पानी देने लगीं, उन्होंने जानबूझ कर गिलास बिस्तर पर छोड़ दिया और बोले, "ओहो! पानी गिर गया। बिस्तर गीला हो गया।"

वे बोलीं, "कोई बात नहीं। और लाती हूँ," कहकर वे और पानी लेकर आईं और अपने भाई को दे दिया।

उनके द्वारा त्वरित बुद्धि से इस प्रकरण को दूसरा मोड़ देकर मुझे अपमानित होने से बचाने के कारण, मेरे मन-मस्तिष्क में उनके लिए मान-सम्मान और गहरे प्रेम की अनुभूति ने अपना विशेष स्थान बना लिया था।

ननद ने कहा, "भाभी! सवेरे के पाँच बज गए हैं। बाबू जी और भइया को आज अपने काम पर भी जाना है। उनके लिए तैयारी भी करनी है। आप भी निपट लो, तैयार हो जाओ।"

मैं भी कुछ ही देर में तैयार हो गई। उसके बाद अंगीठी जलाने, चाय बनाने, खाना तैयार करने, बाबू जी और उनके काम पर जाने के लिए टिफ़िन लगाने, कपड़े धोने के और अन्य कामों को निपटाने में मैंने, सासू माँ और ननदों को पूरा-पूरा सहयोग किया। परन्तु, रात्रि और सवेरे की दोनों घटनाओं ने मेरे मन-मस्तिष्क में हलचल मचाई हुई थी। न तो यहाँ पर मेरा कोई ऐसा घनिष्ठ था जिससे मैं इन घटनाओं के विषय में चर्चा कर सकती थी और न ही दोनों विषय ऐसे थे जिन पर किसी से बात भी की जा सके। मुझे जो बात सबसे अधिक कचोट रही थी, वह थी बिस्तर गीला होने की। इस पर तो मैं, अपनी किसी सखी-सहेली से भी चर्चा नहीं कर सकती थी। अंतिम विकल्प के रूप में मुझे ओमा और माँ का ही स्मरण हो आया। लेकिन, यहाँ तो वे दोनों भी नहीं थीं। अब शान्त हो बैठने के अतिरिक्त कोई अन्य चारा भी तो नहीं बचा था मेरे पास। लेकिन, इस सबके बीच 'पतिदेव' के उक्त दोनों ही उत्कृष्ट कृत्य मेरे मन-मस्तिष्क पर छाए हुए थे जिससे, उनके प्रति मेरी सकारात्मकता बढ़ती ही जा रही थी।

***

अब यहाँ पर, घर-गृहस्थी की दिनचर्या सामान्य हो चली थी। कभी-कभार किसी सम्बन्धी या मित्र के घर, हमारा 'रोटी (खाने)' का निमंत्रण होता था। अधिकांश निमंत्रण डाक के माध्यम से मिलते थे। पत्र वाहक सुबह, दोपहर

और शाम को पत्र लाते थे। एक दिन डाक से मिलने वाले पत्रों में, पिता जी का अन्तर्देशीय-पत्र भी मिला। मेरी सासू माँ ने वह पत्र मेरे पास भेज दिया। मैंने पत्र के पीछे लिखा पता देखा तो प्रेषक के स्थान पर पिता जी का नाम लिखा हुआ था। पत्र हाथ में आते ही मेरे नेत्र सजल हो गए। पत्र खोलते समय, मेरी हृदयगति बढ़ गई। पिता जी ने पत्र में संबोधन के साथ-साथ राम-राम जी लिखकर 'अत्र कुशलम तत्रास्तु' भी लिखा था। सार रूप में कहूँ तो पिता जी ने उस पत्र में मेरी पीहर के लिए ससुराल से विदाई का दिन, तिथि और समय, शास्त्री जी से निश्चित करवाकर लिखा हुआ था। यह देखकर मेरी रुलाई फूट निकली। मैंने जैसे-तैसे उसे रोका। ननद के हाथों वह पत्र मैंने सासू माँ के पास भेज दिया। सासू-माँ ने पत्र पढ़कर, छोटी ननद को देते हुए कहा, "यह चिट्ठी अपने बाबू जी को दे देना ओर कह देना," समधी जी ने अपनी बेटी की विदाई के लिए आपको आग्रह पत्र लिख भेजा है। बहू को भी विदाई के समय कुछ सामान के साथ भेजने का प्रबन्ध करना है और हाँ, बहू के छोटे बहन-भाई के लिए भी जोड़े (कपड़े) लेने हैं।"

पिता जी का पत्र, मेरे लिए आनन्दानुभूति के पल बटोर कर ले आया था। लेकिन इन पलों के बीच वे पल भी घुसपैठ कर रहे थे, जिन्होंने मुझे अपने पतिदेव के साथ व्यतीत किए गए समय के प्रत्येक क्षण का एक-एक नया अनुभव और अनुभूति प्रदान किए थे। वास्तविकता तो यह थी कि मेरा मन, पंख लगाकर उड़ना और तुरन्त ही अपने पीहर में माँ-पिता जी के गले लग जाना चाहता था परन्तु पतिदेव के प्रति उपजा नया-नया लगाव, अनुराग और प्रेम भी वहाँ से न जाने देने के लिए, पैरों में बेड़ियाँ डालने लगे थे। मैं, किंकर्त्तव्यविमूढ़ावस्था में फँसी हुई थी। लेकिन, पूर्व स्थापित-रीति अनुसार मेरा पीहर जाना यदि, सुनिश्चित था। तो, पतिदेव को छोड़ना मेरी बाध्यता थी, विवशता थी क्योंकि कोई अन्य विकल्प भी तो नहीं बचा था मेरे पास। अतएव परिस्थितियों के साथ मरे मन से मैंने समझौता कर लिया और मैं, मानसिक रूप से स्वयं को पीहर जाने के लिए तैयार करने लगी।

***

नौ

निश्चित, दिन सवेरे-सवेरे पिता जी आ गए। संयोगवश उस दिन इनका और बाबू जी का भी अवकाश था। घर के बाहर चबूतरे पर ही चारपाइयाँ बिछा दी गईं। उन पर दरी और चादर भी बिछा दी गईं। बाबू जी, ये (अर्थात मेरे पतिदेव) और पद्मकान्त बाहर बैठे थे तभी पिता जी ने फल-मिठाइयों के झोले और कुछ सामान की पोटली की ओर संकेत करते हुए पद्मकान्त से कहा, "पद्मकान्त! भइया यह सामान अन्दर अपनी मौसी जी को दे आ।"

पद्मकान्त सामान उठाने के लिए उठ खड़ा हुआ तो साथ में ये भी पद्मकान्त का हाथ बँटाने के लिए आगे बढ़े परन्तु तुरन्त ही पिता जी अपने स्थान से उठ खड़े हुए और इनका हाथ पकड़कर पुनः चारपाई पर बैठाते हुए बोले, "न, न, मेहमान! तुम बैठो। पद्मकान्त ही पहुँचा देगा," यह कहकर पिता जी इन्हें चारपाई पर बैठाकर स्वयं भी बैठ गए।

"पंडित जी! हुक्का तो मैं पीता नहीं। अगर आप पीते हों तो पड़ोस में से प्रबन्ध करवा दूँ। बीड़ी-सिगरेट भी मैं नहीं पीता। हाँ, आए-गयों के लिए मैंने मँगवाकर ज़रूर रखी हुई हैं। बोलो! क्या मँगवाऊँ, बीड़ी या सिगरेट," बाबू जी ने अभी बात पूरी भी नहीं की थी कि ये बीच में से उठकर, कब 22 और 27 की बीड़ी के बंडल और चार मीनार व पनामा की सिगरेटों के पैकेट व ताश की माचिस की डिब्बी एक तश्तरी में रखकर ले आए और कब इन्होंने पिता जी के सिराहने रख दीं, किसी को पता भी नहीं लगा।

हाथ जोड़ते हुए मुस्कुराकर पिता जी बोले, "पंडित जी! मैं तो, इस झमेले से कोसों दूर हूँ। आपकी ही तरह का धूम्रपान सम्बन्धी कार्यक्रम, मैंने भी घर पर तैयार तो कर रखा है परन्तु पीता मैं भी नहीं हूँ।"

बाबू जी मेरे देवर से बोले, "लाला! अपनी अम्माँ से कहकर चाय बनवाले या फिर नींबू की शिकन्जी बनवाले। नहीं तो एक काम कर, पहले नींबू की शिकन्जी बनवाले। बाद में चाय बनवा लेना।"

पिता जी, बाबू जी का हाथ पकड़कर बोले, "न पंडित जी! ऐसा अन्याय मत कीजिए मेरे साथ। किए गए संकल्प के अनुसार, मैं बेटी के घर-परिवार का एक भी बूँद पेय-पदार्थ और एक भी कण खाद्यान्न का ले नहीं पाऊँगा।"

बाबू जी हँसकर बोले, "कोई बात नहीं। आप एक काम कीजिए। चाय-पानी भी लीजिए और भोजन भी कीजिए। बाद में खाने-पीने के नाम की दक्षिणा दे

दीजिए। हिसाब-किताब बराबर। न हमारा कोई गुण-एहसान। न आपका संकल्प भंग।"

अब पिता जी की बारी थी हँसने की। वे बोले, "वाह साहब! वाह! नाक सीधे से न पकड़ी। हाथ घुमाकर पकड़ ली। क्या अचूक उपाय खोज निकाला है आपने।"

इस पर दोनों ही बहुत देर तक खुलकर हँसते रहे।...

* * *

यकायक, हँसते हुए बाबू जी रूक गए और बोले, "अरे! मुझे एक बात याद आ गई। अभी कल ही, घरवाली बता रहीं थीं कि आपके क़स्बे का और आपके ही मुहल्ले का एक परिवार भी, हमारे घर से आठ-दस घर छोड़कर यहीं नीम के नीचे वाले मकान में रहता है। अभी, विवाह के समय गीत-गवने के बीच उनकी पत्नी ने पूछ ही लिया था कि भाभी जी! आपकी बहू कहाँ की है? जब उन्हें आपके कस्बे का नाम बताया गया तो वे बोलीं- अरे! हम भी तो वहीं के हैं। जब, उनके पूछने पर आपके मुहल्ले का नाम और मकान की स्थिति बताई गई तो वे बोलीं- लो! आपका समधियाना तो हमारे घर में ही निकल आया है। हो सकता है कि हमारे परिवार भी एक दूसरे से परिचित हों। शाम को जब ये आएँगे तो उनसे मैं पूछँगी। आज से, यह लड़की हमारे लिए बहू नहीं बल्कि बेटी है। लेकिन आपको तो मैं भाभीजी ही कहूँगी क्योंकि पिछले कई एक वर्षों से, जबसे मैं यहाँ पर ब्याह के आई हूँ, आपको भाभी जी ही कहती आई हूँ और 'भाभीजी' शब्द तब से ही मेरी ज़बान पर भी चढ़ा हुआ है।"

फिर बाबू जी ने मेरे देवर से कहा, "लल्लू पाण्डेय! पद्मकान्त को साथ ले जा और नीम के नीचे जो रामकिशन चाचा रहते हैं उन्हें साथ लिवा लाना। उनसे कहना कि बाबू जी ने खड़े-खड़े बुलाया है। जा! जल्दी जा और उल्टे पाँव लौटकर आ।"

थोड़ी ही देर में रामकिशन आ गए। बोले, "राम राम जी! और कैसे हो भाई साहब? सब ठीक-ठाक तो है न?"

"आओ रामकिशन भाई! राम राम! बैठो। और घर में सब ठीक है? लो सुट्टा मारो," कहकर बाबू जी ने बीड़ी-सिगरेट वाली तश्तरी उनकी ओर बढ़ा दी।

रामकिशन जी ने बाबू जी के हाथ से तश्तरी लेकर पहले पिता जी के सामने की और उनसे 'कुछ भी' लेने का आग्रह किया। पिता जी ने हाथ जोड़कर मनाही में अपनी गर्दन हिलादी और बड़े धीरे से तश्तरी एक ओर सरका दी। रामकिशन जी ने बीड़ी-सिगरेट वाली तश्तरी वहीं रख दी जहाँ से बाबू जी ने उठाकर रामकिशन के सामने प्रस्तुत की थी। फिर, दोनों हाथ जोड़ते हुए रामकिशन जी बोले, "भाई साहब! जब लल्लू पाण्डेय घर गया था, मैं तब पड़ोसी के साथ हुक्का पी रहा था।

और, वैसे भी आपके सामने धूम्रपान करने का दुस्साहस कैसे कर सकता हूँ मैं भला? आपको तो मैं अपने बड़े भाई की तरह मानता हूँ, आपका सम्मान करता हूँ।"

"रामकिशन! मैं भी तुम्हारी भावनाओं का सम्मान करता हूँ।" पिता जी ने कहा।

मैंने सोचा, आज तुम्हें अचम्भित ही कर दूँ। अच्छा, पहले यह बताओ, अभी एक-दो दिन में तुम्हारी घरवाली ने कुछ पूछा, कुछ बताया तुम्हें?"

"नहीं।"

"चलो! फिर यह बताओ कि दिल्ली में तुम्हारा आगमन कब हुआ था?"

***

दस

"यही कोई 1945 में, अपनी बुआ के पास पाँचवीं कक्षा में पढ़ने चला आया था मैं दिल्ली। मेरी पढ़ाई ठीक से नहीं हो पा रही थी क्योंकि स्वास्थ्य ठीक न रहने के कारण मेरी माँ मुझ पर पूरा ध्यान नहीं रख पा रही थीं। इस कारण पढ़ाई में पड़ते व्यवधान को ध्यान में रखते हुए एक दिन बुआ, मेरी माँ से बोली, "अनारो! जब तक तू ठीक होकर चारपाई नहीं छोड़ देती तब तक के लिए रामू को मैं दिल्ली ले जा रही हूँ। वहाँ बिना किसी विघ्न-बाधा के यह पढ़ लिखकर अपना भविष्य बना लेगा। अपनी एक छोटी और एक बड़ी बहन के साथ इसका मन भी लग जाएगा। राखी और टीके के लिए तरसती मेरी दोनों बेटियों को भी साथ खेलने और बतियाने के लिए एक भाई मिल जाएगा," मेरी बुआ का मेरे प्रति स्नेह भी अगाध था जो, उनके मरते दम तक बना रहा। अपने जीते जी उन्होंने सुयोग्य वर ढूँढ़, उन दोनों बहनों के हाथ पीले कर दिए थे।

इधर मैं हाईस्कूल की परीक्षा उत्तीर्ण कर गया था। मैंने टाइप सीखना शुरू कर दिया। एक दिन, अचानक ही बुआ जी परलोक सिधार गईं। फूफा जी इस घटना से बुरी तरह टूट गए। बुआ जी की दोनों पुत्रियों की ससुराल निकट के ही मुहल्ले में थीं। उनकी ससुराल वाले, बड़े ही सज्जन, दयालु और सहयोग करने वाले व्यक्ति थे। बुआ जी की लड़कियाँ बारी बारी से आतीं और सुबह-शाम घर का काम निपटा जातीं। घर के काम में उनका, छोटा-मोटा हाथ बँटाते-बँटाते मुझे भी बहुत कुछ प्रशिक्षण मिल गया था। कभी-कभार यदि वे नहीं भी आ पातीं थीं तो घर का सारा काम-काज, पूरी दक्षता के साथ मैं ही निपटा लेता था।" यह सब बताते हुए रामकिशन जी अत्यधिक गम्भीर हो गए।

कुछ क्षणों के लिए वे मौन हो गए। ऐसा लगा कि जैसे वे स्मृति कानन में भटक गए हों। "इसी बीच अच्छे अंकों के साथ मैंने टाइप टैस्ट भी उत्तीर्ण कर लिया। रोज़गार कार्यालय में अपना नाम लिखवा दिया। परिणाम स्वरूप, कुछ दिनों के बाद मुझे नौकरी हेतु साक्षात्कार के लिए बुलावे आने लगे। कई जगह नौकरी की। कभी मालिकों से मेरी नहीं बनी क्योंकि नौकरी के अतिरिक्त वे मुझसे बेगार भी करवाना चाहते थे जो मेरे स्वभाव से मेल नहीं खाता था। कभी मालिकों की मुझसे नहीं पटी क्योंकि कार्य निपुणता और कर्तव्य निष्ठा के तो वे प्रशंसक थे। परन्तु, स्पष्टवादिता और बात-बेबात, हाँ में हाँ न मिला पाने की मेरी चारित्रिक विशेषता को वे पचा नहीं पाते थे।

अन्ततः, एक लम्बी अवधि के बाद, मुझे इस प्रतिष्ठान में नौकरी का अवसर

मिल गया जिसमें अभी भी मैं कार्यरत हूँ। बुआ जी के पास रहने के बाद से माता-पिता के पास जाकर रहने का कम ही अवसर मिल पाता था। बुआ-फूफा जी और बुआज़ात बहनों का स्नेह बंधन ही मुझे स्वयं को भी उनसे थोड़ी सी देर के लिए अलग होने पर कचोटता था, असहज कर देता था। ग्रीष्म-अवकाश, शरद अवकाश या दशहरे के अवकाश में दो-चार दिन के लिए जाता था। परन्तु, तुरन्त ही मन उचाट हो जाने पर मैं दिल्ली भाग आता था। वैसे, पत्रों के माध्यम से कुशलता का नियमित आदान-प्रदान तो होता ही रहता था। महीने, दो-चार महीने में पिता जी, फ़सली सामान कभी गन्ने, गन्ने का रस, गुड़-शक्कर, मक्के-बाजरे का आटा, सरसों, मेथी और बथुए के साथ दिल्ली चक्कर लगा लेते थे। माँ शारीरिक रोग जनित दुर्बलता के कारण, लम्बी यात्रा कर नहीं पाती थीं। मेरे ध्यान में तो ऐसा आता है कि माँ, दोनों बहनों के विवाहों में तो भातिन की भूमिका निबाहने या किसी चिकित्सीय परामर्श के कारण दिल्ली के अस्पतालों में जाँच और चिकित्सा कराने ही आ पाई थीं क्योंकि ये यात्राएँ भी विवशतावश ही की गई थीं। परन्तु, सामान्यतः यात्राएँ तो वे कर ही नहीं पाती थीं।"

बाबू जी, पिता जी, ये, लल्लू पाण्डेय और पद्मकान्त सभी चित्रलिखित से उन्हें सुनने में मग्न थे। रामकिशन जी ने अपनी राम कहानी आगे बढ़ाई "एक बार मैं माँ को देखने घर पहुँचा। किसी कारण तीन अवकाश इकट्ठे मिले थे। सोचा था कि भागमभाग की जीवन यात्रा में इस बार, कुछ समय मैं माँ के साथ भी बिता लूँगा। पर विधि को तो कुछ और ही खेल दिखाना था। अगले ही दिन दोपहर को 'तार (टेलीग्राम)' से संदेश मिला कि फूफा जी गोलोकवासी हो गए हैं। इस अवसर पर क्या-क्या और कैसे करना है, सम्बन्धी निर्देश घर से लेकर मैं तुरन्त ही, दिल्ली चला आया। दिल्ली में दोनों बहनों और उनके परिवार वालों के निर्देशन व सक्रिय सहयोग से दाह-संस्कार से लेकर, फूल चुनने, उनका विसर्जन करने, दसवाँ, पिण्डदान और तेरहवीं तक के सभी संस्कार मेरे द्वारा विधिवत निपटा दिए गए। 'पगड़ी की रीति' भी परम्परागत ढंग से निपटाई गई। मेरे पगड़ी बँध जाने के बाद, सभी सगे-सम्बन्धियों और पूरे समाज के बीच संकल्प लेते हुए मैंने दृढ़ता के साथ कह दिया कि पगड़ी के दायित्व का पूर्ण निष्ठा के साथ पालन तो मैं ही करूँगा परन्तु समाज से भी मेरी एक विनती है जो स्वीकारी जानी चाहिए कि बुआ-फूफा जी की समस्त चल-अचल संपत्ति मेरी बहनों के नाम कर दी जाए। मेरे हस्ताक्षर और अंगूठे के चिन्ह जहाँ भी, जब भी चाहिएँ मैं उनको करने के लिए चौबीसों घंटे तैयार हूँ," कहकर रामकिशन जी ने अपने नेत्रों की कोरों में छलक आए अश्रुबिंदुओं को अपने अँगोछे के कोने में समेट लिया और वे चुप्पी लगा गए।

***

वातावरण पर उदासी छा गई थी। सभी गम्भीरता की चादर में लिपटे हुए

थे। उस उदासी की बदरी को छाँटने के लिए बाबू जी, रामकिशन के कंधे पर हाथ रखते हुए बोले, "अरे लल्लू पाण्डेय! रामकिशन को पानी पिला। रामकिशन! हर बात का कोई निश्चित समय होता है भाई। नहीं तो, इतने साल हो गए हमें साथ रहते-रहते, कई-कई घंटे बतियाए भी हैं, हमने तुमने आपस में बैठते-व्यवहार करते हुए परन्तु, तुम्हारे जीवन की इन ढ़ँकी परतों से आज तक हम अनजाने ही बने रहे। वो तो भला हो इन पंडित जी का, जिनसे मिलने को मैंने तुम्हें बुलाया था, जिनसे तुम्हारा मैं परिचय कराना चाहता था। उल्टे उन्होंने ही, हमसे तुम्हारा परिचय करा दिया।"

"तो, अब और आगे सुनो रामकिशन।" ये जो हमारे समधी हैं न, तुम्हारे अपने ही क़स्बे के हैं। इतना ही नहीं, ये तुम्हारे ही मुहल्ले के भी हैं। अब, चूँकि तुम बचपन से ही अपने घर से दूर, यहाँ दिल्ली में ही रहे हो तो एक-दूसरे को जानने-पहचानने का तो प्रश्न ही नहीं उठता। हाँ, तुम अपने मुहल्ले, मकान की अवस्थिति, पिता जी का नाम आदि का उल्लेख करो तो ये भी हो सकता है कि सम्भवतः ये ही तुम्हें पहचान लें।"

पिता जी बोले, "भाई रामकिशन! क़स्बे की मुख्य सड़क हमारी ही है जो डाकखाने से बस अड्डे को जोड़ती है। बस अड्डे से जब डाकखाने की ओर जाते हैं तो हमारे घर से पहले वाली गली में पटवारी जी रहते हैं। हमारे घर के सामने बजाजे की दुकान है और दाहिनी ओर नाई की दुकान है।"

इतना सुनते ही रामकिशन बोल पड़े, "अच्छा, अच्छा समझ गया। जहाँ पटवारी जी का घर है उसके साथ ही जग्गी तम्बाकू वाले की भी दुकान है। उसी के साथ जो गली है उसमें जाएँ तो बिल्कुल टक्कर पर ही एक हवेली है। वो हवेली हमारी ही है।"

"अहा! तो, तुम वैद्य नित्यानन्द के लड़के हो क्या," पिता जी ने जिज्ञासावश प्रश्न किया।

रामकिशन जी के चेहरे से अवसाद के बादल छँट गए और सहज हो कर वे बोल पड़े, "आप उन्हें जानते हैं क्या?"

"हाँ, भई हाँ। प्रायः मिलना-जुलना होता ही रहता है उनसे तो। वे तो बताते ही रहते थे कि उनका लड़का दिल्ली में अपनी बुआ के पास रहता है। वहीं पढ़ता है। फिर उन्होंने यह भी बताया था कि पढ़ाई करने के बाद टाइप सीखकर उसकी अच्छी जगह नौकरी लग गई है। फिर तुम्हारी पदोन्नति हो गई, यह भी बताया था उन्होंने। हर भेंट पर तुमसे जुड़ा कोई न कोई समाचार वे देते ही रहते हैं। तुम्हारी चर्चा प्रायः होती ही रहती है। वे तुम्हें बहुत चाहते हैं। तुम्हें स्नेह भी बहुत करते हैं," पिता जी बोले।

बीच में ही बाबू जी बोल पड़े, "रामकिशन! तुम्हारे घर के नाते से ये तुम्हारे चाचा लगते हैं या ताऊ, भाई भी लग सकते हैं। लड़की वाले होने के कारण ये हमारे घर का तो खाना-पीना लेते नहीं। बहुत समझाया, पर मानते ही नहीं हैं। अब, एक काम करो तुम अपने घर पर, कुछ नाश्ते पानी का प्रबन्ध करो इनके लिए। भई! तुम्हारे तो घर-परिवार के ही हैं ये तो। तुम्हारे घर का खाने-पीने में तो कोई आपत्ति भी नहीं होगी इन्हें। एक लोटा पानी मँगवालो सबसे पहले, क्योंकि जबसे ये दिल्ली आए हैं, इन्होंने एक बूँद पानी भी नहीं पिया है।"

यह सुनते ही बड़ी अनुनय-विनयकर, बाबू जी और पिता जी को रामकिशन अपने घर ही ले गए।

***

इधर, मेरे पीहर जाने की तैयारी मेरी सासू माँ और दोनों ननदों ने मिलकर कर दी। मैंने भी अवसरानुकूल वस्त्राभूषण धारण कर लिए। यद्यपि मेरा मन तो नहीं कर रहा था परन्तु सासू माँ ने मुझे खाना खिला ही दिया। मेरा सन्दूक़, झोला और पोटली तैयार थीं। बस, इसी बात की प्रतीक्षा थी कि कब पिता जी आएँ और कब मेरी विदाई सम्पन्न हो?

मैं अभी सोच ही रही थी पिता जी के बारे में कि वे कितनी देर में आएँगे। अगर देर हो गई तो कहीं रेल ही न निकल जाए। इतनी देर में बाहर से देवर की आवाज़ सुनाई दी, "अम्माँ! बाबू जी और मौसा जी आ गए। साथ में रामकिशन जी और उनकी घरवाली भी आई हैं।" यह सुनकर मेरी साँस में साँस आ गई। विदाई के भावी क्षणों की सोचकर मेरे हृदय में एक अबूझ सी लहर तरंगित हो रही थी।

पिता जी ने विदाई की अंतिम रीति का निर्वाह करते हुए बाहर-भीतर सभी को यथा योग्य मिलनी के रुपए दिए। इसी बीच रामकिशन जी की घरवाली अन्दर आईं। उन्होंने पहले सासू माँ के पाँव दबाए और उनके हाथ में दो रुपए थमा दिए। सासू माँ कभी उन्हें देखतीं तो कभी हाथ में पकड़े हुए दो रूपए के नोट को। इसी बीच रामकिशन जी की घरवाली मेरे पास भी आईं। उन्हें देख मैं, उनके पैर दबाने के लिए नीचे झुकी, पर वे पीछे हट गईं। यह देखकर मैं सीधी खड़ी हो गई और आश्चर्य से उन्हें देखने लगी। लेकिन, उसी समय वे झुककर मेरे पैर दबाने लगीं। यह देखकर मेरी बुद्धि चकरा गई। जितनी देर में मुझे कुछ समझ में आता तब तक वे सीधी खड़ी हो चुकी थीं। उन्होंने मुझे गले से लगाया और दो रुपए मेरी भी हथेली पर रख दिए। सासू माँ बड़ी ही अचम्भित सी होकर यह सब देख रहीं थीं। उनकी समझ में ही नहीं आ रहा था कि यह सब क्या गोरखधन्धा चल रहा है? इधर मेरी भी समझ में कुछ नहीं आ रहा था। सासू माँ ने उनकी ओर देखकर आश्चर्य से पूछा,

"बहू! यह क्या चक्कर है? मुझे अपनी तो, चलो कुछ देर के लिए समझ आ भी गई, पर तुमने दुल्हन के पैर क्यों छुए और उसे पैसे क्यों दिए?"

"अरे भाभी जी! आप भूल गईं क्या? अभी कल-परसों ही तो मेरी आपसे बातचीत हुई थी। या तो आपने ध्यान से मेरी बात सुनी नहीं या फिर आप भूल गई हैं। मैंने आपको, 'आपकी दुल्हन' के साथ उसके पीहर से जुड़े अपने सम्बन्ध के बारे में बताया था कि अब वह मेरी ननद है। तो बताइए! मैं ननद से पैर कैसे दबवा लेती और ननद की सास भी तो मेरी मान हुईं न। इसी सम्बन्ध के चलते मैंने आप दोनों के पैर दबाकर भेंट दी है," वह मुस्कुराते हुए बोली।

"अरे भई! जल्दी करो। लल्लू पाण्डेय ताँगा ले आया है जो बाहर खड़ा है। देर हो गई तो गाड़ी निकल जाएगी," बाहर से बाबू जी की आवाज़ आई और तभी हमारा देवर और पद्मकान्त अन्दर चले आए और बोले, "अम्माँ! लाओ सामान। क्या-क्या ले जाना है?"

"भइया! एक तो यह सन्दूक़ है और दो बड़े-बड़े झोले तथा एक पोटली भी है। पर, अकेले तुझसे यह सारा सामान नहीं उठने का," सासू माँ बोलीं।

तभी पद्मकान्त बोला, "मौसी जी! ये ही अकेले क्यों उठाएँगे सामान? मैं भी तो हूँ न इनके साथ में।"

दोनों ने सामान उठा लिया और बाहर निकल गए। मैंने सासू माँ के पैर दबाए। बड़ी ननद के पैर दबाकर जब छोटी के दबाने लगी तो उन्होंने पैरों तक हाथ पहुँचने से पहले ही मेरे कंधे पकड़कर अपने गले से लगा लिया और बोलीं, "भाभी! सम्बन्ध से तुम मेरी भाभी हो। परन्तु, तुम मुझे अपनी मित्र ही समझो। दुख और सुख में, मैं तुम्हारे साथ ही खड़ी मिलूँगी। चलो! अब चलो। जल्दी करो। पिता जी ने मुहल्ला सिर पर उठा रखा है।"

तभी अचानक, माँ का दिया हुआ उपदेश मुझे ध्यान आ गया। मैंने सासू माँ के पुनः पैर दबाए। उनके पैर दबाने के बाद मैंने अपना बटुआ खोला और उनके सम्मान में एक राशि उन्हें भेंट की। दोनों ननदों को भी समुचित भेंट राशि अर्पित की। इस पर, पलटकर सासू माँ ने प्रश्नसूचक दृष्टि से मेरी ओर देखा।

मैंने उनके भावों को समझते हुए बड़े ही विनम्र शब्दों में उन्हें बताया, "मेरी माँ ने निर्देश दिया था कि आपके और ननदों के चरण स्पर्श करने के बाद उन्हें सम्मान राशि प्रदान की जाए क्योंकि हमारे यहाँ कि यही प्रचलित परम्परा है।"

सुनकर सासू माँ ने हाथ में पकड़ी राशि माथे से लगाई। हल्के से मुस्कुराईं। मेरे सिर पर हाथ रख आशीर्वाद दिया, "सदा सुहागिन रहो। दूधों नहाओ, पूतों फलो।"

यह आशीर्वाद सुनकर मेरे चेहरे पर लालिमा दौड़ गई। लाज के मारे मैं दोहरी

हुई जा रही थी। घर से बाहर जाने के लिए मेरे पैर, मेरा साथ देने के लिए तैयार ही नहीं हो पा रहे थे। तभी मेरी छोटी ननद ने मेरा हाथ पकड़ा और हम दोनों घर से बाहर आ गए, जहाँ सभी जाने के लिए तैयार खड़े थे।

बाबू जी बोले, "लल्लू पाण्डेय और पद्मकान्त! तुम दोनों सामान ले जाकर ताँगे में रख दो और तुम्हारे भइया इन्हें स्टेशन पर गाड़ी में बैठाकर आएँगे।"

"बाबू जी! मैं भी जाऊँ भइया के साथ स्टेशन, भाभी को गाड़ी में चढ़ाने के लिए? वहाँ से वापिसी में भइया को साथ भी मिल जाएगा," लल्लू पाण्डेय ने बाबू जी से रेलवे स्टेशन जाने की अनुमति चाही।

बाबू जी बोले, "नहीं, तुम स्टेशन नहीं जाओगे। भइया अकेले ही चले जाएँगे। वे कोई बच्चे थोड़े ही हैं जो उन्हें किसी का हाथ पकड़कर आना-जाना होगा। तुम इन्हें केवल ताँगे में ही बिठाकर, वापस आ जाओगे। यहाँ कुछ आवश्यक काम अटके हैं, जो मुझे और तुम्हें इकट्ठे मिलकर करने हैं। चलो, निकलो जल्दी से। नहीं तो देर हो जाएगी और इनकी रेल भी निकल जाएगी।"

मेरे भाई और देवर सामान लेकर चले गए। उनके पीछे पिता जी, बाबू जी, ये और रामकिशन बातें करते-करते जा रहे थे। थोड़ी दूरी बनाकर अम्माँ जी, मेरी ननदें, मैं और रामकिशन जी की घरवाली जा रहीं थीं। रामकिशन जी की घरवाली के हाथ में जल से भरा लोटा था।

हमारे ताँगे तक पहुँचने से पहले ही सामान ताँगे के अन्दर रखा जा चुका था। पिता जी और बाबू जी ने विदाई लेते समय, हाथ जोड़कर एक दूसरे को राम-राम कहा, परस्पर अभिवादन किया। पिता जी और ये दोनों ताँगे में आगे की ओर बैठे थे। पद्मकान्त पीछे बैठा था। मैंने एक बार फिर से अपनी सासू माँ के चरण स्पर्श किए। ननद के पैर छूए। छोटी ननद और रामकिशन जी की घरवाली से गले मिली। मैंने रामकिशन जी की घरवाली के हाथ में पकड़े लोटे में सिक्का डाला। इससे पहले वे लोटे का आधा पानी ताँगे के दोनों पहियों पर सिरा (डाल) चुकीं थीं। मैं भी ताँगे के पिछली ओर पद्मकान्त के साथ जाकर बैठ गई।

इनसे बाबू जी ने कहा, "भइया! इन्हें जरा सावधानी से बैठाना। अच्छा होगा कि बहू को खिड़की की ओर बैठा देना। कहीं ऐसा न हो कि उसे यात्रा में कै-उल्टी हो जाए। तो ऐसे में झोले में से निकालकर संतरे की या खट्टी-मीठी गोली दे देना। तुम प्लेटफ़ॉर्म टिकिट ज़रूर ले लेना। वैसे भी, वहाँ खिड़की पर अधिक भीड़ भी नहीं होती। अच्छा पंडित जी राम राम! चल भाई। ताँगे वाले। जरा ठीक से और जल्दी चलाना।"

रामकिशन जी ने भी राम राम की और घर की ओर सभी वापस चले गए।

***

स्टेशन पर पहुँचकर इन्होंने प्लेटफ़ॉर्म टिकिट लिया और हम चारों उस घोषित प्लेटफ़ॉर्म पर पहुँच गए जिस पर रेलगाड़ी के डिब्बे तो खड़े हुए थे परन्तु 'वाष्प-इंजन' पानी लेने गया हुआ था। इन्होंने और पद्मकान्त ने सन्दूक़ और झोले व पोटली ऊपर सोने वाली सीट पर रख दी थीं।

तभी प्लेटफ़ॉर्म से पिता जी ने आवाज़ लगाकर पद्मकान्त को नीचे बुला लिया। रेलगाड़ी में बस ये और मैं ही रह गए थे। खिड़की से बाहर झाँकते हुए ये बोले, "अरे! पिता जी और पद्मकान्त कहाँ चले गए?"

यह सुनकर मैंने भी खिड़की से बाहर प्लेटफ़ॉर्म पर इधर-उधर देखा। दोनों में से कोई भी दिखाई नहीं दिया। एक बार मैंने इनकी ओर देखा और घूँघट ऊपर की ओर सरकाकर माथे तक कर लिया। इन्होंने भी मेरी ओर देखा। मन में गुदगुदी सी हुई और मैंने दृष्टि नीचे झुका ली। ये बोले, "सुनो! रेल चलने में थोड़ी सी ही देर शेष रह गई है। कुछ कहो, कुछ सुनो। घर पर तो कुछ बात हो नहीं पाईं। यहाँ पिता जी ने एक अच्छा अवसर दिया है कि कुछ कह-सुन लें! पर, तुम तो मौन साध कर बैठ गई हो।"

मेरे मन में तो बहुत कुछ चल रहा था कहने-सुनने के लिए। पर, क्या करती उस लाज का, जो मुझे कुछ कहने ही नहीं दे रही थी। अन्ततः इन्होंने ही मौन तोड़ा, "घर पहुँचते ही सकुशल पहुँचने का पत्र लिख भेजना। पहली भेंट के बीच अगर कुछ उलटा-सीधा हो गया हो, या कह-सुन दिया हो तो मन से मत लगाना।"

मैं मन ही मन हँस रही थी कि ये जो दो-चार क्षण सौभाग्य से अपनी बात कहने-सुनने को मिले हैं उन्हें ये छोटी-मोटी बातों में ही क्यों नष्ट कर रहे हैं। अन्ततः बड़ा ही साहस जुटाकर मैं उनसे बोली, "जिस 'प्रथम रात्रि' को, पूर्ण आह्लाद और आनन्द के साथ मनाने का स्वप्न हर युवा और युवती अपनी किशोरोवस्था से ही देखना प्रारम्भ करते हैं उसकी परिणति में अपनी असहमति का रोड़ा अटकाने का मुझे हृदय की गहराइयों से अत्यन्त खेद है। इसे अन्यथा न लेना। हो सके तो क्षमा भी कर देना," कहते-कहते मेरा मन भर आया। नेत्रों की कोरें सजल हो उठीं। इतने में ही, रेल छूटने की घोषणा सुनकर वे भी मन मारकर नीचे उतर आए।

उन्होंने नेत्र पोंछने के लिए मुझे अपना रुमाल दे दिया। मैंने अश्रुबिन्दु पोंछकर, रुमाल वापस कर दिया। इतनी ही देर में, रेल के डिब्बों को धक्का लगा। इंजन जोड़ दिया गया था। पिता जी और पद्मकान्त सहित सभी सवारियाँ चढ गईं रेल में। गार्ड ने हरी झंडी दिखाते हुए सीटी बजा दी। उधर सीटी बजाते हुए रेल भी चल निकली' छुक...छुक...छुक...छुक और वे भी हाथ हिलाते, जाती हुई गाड़ी को तब तक निहारते रहे जबतक कि रेल उनकी आँखों से ओझल नहीं हो गई।

***

ग्यारह

प्लेटफ़ॉर्म से गाड़ी के निकलते ही मैंने साड़ी का पल्ला ठीक कर सिर आधा ढँक लिया और पिता जी की ओर देखते हुए राम-राम की। इसके बाद पिता जी से बातचीत करते-करते कब हमारा गंतव्य स्टेशन आ गया, पता ही नहीं लगा।

स्टेशन पर उतरते ही हमने बस पकड़ी और लगभग एक घंटे में अपने क़स्बे में पहुँच गए। बस से उतरते ही तो, मानो मुझे पंख लग गए थे। मैं कुछ ही पलों में, अपने घर के आँगन में, माँ और ओमा के गले में झूल रही थी।

मेरे पीहर आने की सूचना कुछ ही देर में जंगल की आग की भाँति मेरे चिर-परिचितों में भी फैल गई थी।

***

अगली सुबह-सुबह मेरी एक सहेली आ धमकी। आते ही वह बड़े उत्साह और उल्लास के साथ मुझसे गले मिली। बड़ी देर तक वह इधर-उधर की बातें करती रही। ससुराल के बारे में ढेर सारे प्रश्न किए उसने। इतनी देर में ओमा कुछ मिठाई और नमकीन रखकर गई ही थी कि पड़ोस से एक और भाभी भी आ गईं। वे भी बातों का आनन्द लेने लग गईं। एक डेढ़ घंटे में, वे पुनः आने की कहकर चली गईं।

उनके जाते ही माँ बोली, "लल्ली! तू जल्दी से नहाना-धोना करले और कलेऊ कर ले। तेरे आने की बात अड़ोस-पड़ोस में सबको पता लग गई है। रोटी-पानी से निपट कर तेरा हाल-चाल पता करने के लिए, तुझसे मिलने को वे सब अवश्य आएँगी। नई ब्याहली के से कपड़े पहन लीजो। नाक-कान, गले और हाथ आदि के ज़ेवर भी पहन लेना। कम से कम उन्हें भी तो कुँवारी और ब्याही धन्या में कुछ अन्तर देखने को मिले। उन्हें भी तो पता लगे कि धन्या खाते-पीते घर में गई है। किसी ऐसे-वैसे घर में नहीं ब्याही है हमने, हमारी लाड़ो।"

"अच्छा माँ!" कहकर मैं वहाँ से उठी और नहाने के बाद पहनने वाले कपड़े निकालने के लिए मैंने अपना सन्दूक़ खोल लिया। इतनी ही देर में न जाने कहाँ से ओमा आ गई और सन्दूक़ के निकट बैठकर लगी मेरे पहनने के लिए वस्त्रों का चयन करने। कुछ ढूँढ़-ढाँढ़ करने पर भी उसे उसके मनचाहे वस्त्र नहीं मिल पा रहे थे। जो मुझे अच्छे लग रहे थे, वे उसकी समझ में नहीं आ रहे थे और जो वह छाँट रही थी वे मैं नहीं पहनना चाहती थी क्योंकि वे बहुत भारी, चमकीले और मँहगे थे।

जब बहुत देर हो गई तो माँ की आवाज़ आई, "अरे, क्या हुआ छोरियो? किस उधेड़बुन में पड़ गई हो तुम दोनों की दोनों? इतनी देर में एक जोड़ी कपड़े भी नहीं निकाल पाई हो तुम अब तक? चलो हटो और निकलो तुम बाहर। मैं निकालती हूँ कपड़े।"

***

हम दोनों कोठरी से बाहर निकल आईं और माँ अन्दर चली गईं। थोड़ी ही देर में मेरे लिए एक जोड़ी कपड़े निकालकर माँ बाहर ले आईं, "लल्ली! अब तू बड़ी हो गई है। अपने काम स्वयं करना सीख। तेरी ससुराल नहीं जाऊँगी मैं तेरे साथ, तेरे काम करने या तेरी सहायता करने के लिए। अपने निर्णय अब तुझे स्वयं ही लेने होंगे। हाँ! अपने निर्णय लागू करने से पहले अपने ससुराल वालों को अनिवार्य रूप से सूचित अवश्य करना, उनका मन जानना, उनकी सहमति लेना और उन्हें अपने विश्वास में लेना, तुम्हारे अपने लिए ही अच्छा होगा। हितकारी होगा। उनकी दृष्टि में तुम्हारा महत्व बढ़ेगा। मान-सम्मान होगा और घर-परिवार में जो भी निर्णय होंगे, उनमें तुम्हारी भी भूमिका महत्त्वपूर्ण और निर्णायक होगी। परन्तु, ध्यान रहे कि ये निर्णय तुम्हारे अपने निजी स्वार्थ और अहं के रक्षक और पोषक नहीं होंगे। यदि, ऐसा हुआ तो तुम्हारे पारिवारिक इकाई की शान्ति, एकता और अस्तित्व खतरे में पड़ सकते हैं। हो सकता है कि तुम्हारा अपना वैवाहिक जीवन ही दाँव पर लग जाए। परिवार को संगठित रखना और उसे साथ लेकर चलना ही एक अच्छी गृहिणी का गृहस्थ धर्म है, भले ही उसके लिए उसे अपने हितों और स्वार्थों की बलि क्यों न देनी पड़ जाए। प्रसन्नता तजनी पड़ जाए। आज जब प्रसंगवश इतनी सारी सीखें मेरे मुख से यकायक ही निकल पड़ी हैं तो एक अंतिम बात तुमसे और कहना चाहती हूँ धन्या! समाज में सज्जन और दुर्जन सभी प्रकार के लोग होते हैं। इनकी अपनी-अपनी निजी प्रकृति और प्रवृत्ति होती है। सज्जन व्यक्ति जहाँ सद्गुणों से ओतप्रोत होते हैं, वहीं दुर्जन व्यक्ति अवगुणों की खान होते हैं," कहते-कहते वह मुझे देखने लगी।

फिर वह, अपनी बातें जारी रखते हुए आगे बोली, "सज्जन व्यक्ति सदा ही दूसरों के सुख में सुखी और दुख में दुखी रहते हैं। वे कभी भी किसी का बुरा करने की बात तो छोड़ो, बुरा कभी स्वप्न में भी, सोचते ही नहीं हैं। दूसरों की सहायता-सहयोग के लिए दिन-रात एक पैर पर खड़े रहते हैं। वे न किसी की निन्दा में और न किसी की चुगली में ही सम्मिलित होते हैं। जहाँ किसी की निंदा-चुगली हो रही हो, वहाँ से वे कोसों दूर रहते हैं। ऐसी जगह पर पैर भी नहीं रखते। वे इस धरा पर देवता स्वरूप होते हैं। जहाँ वे निवास करते हैं, स्वर्ग भी वहीं होता है। ऐसे लोग बड़े ही सौभाग्य से मिल पाते हैं। इनको पूर्ण मान-सम्मान से और सप्रेम अपने मन-मस्तिष्क में बसाकर रखना चाहिए।"

उसकी मुखमुद्रा बता रही थी कि सम्भवतः वह जो सीख मुझे देना चाहती थी वह अभी भी अधूरी थी, पूरी नहीं हुई थी। इसीलिए वह आगे बोली, "दूसरी प्रकार के वे लोग होते हैं जिन्हें दुर्जनों की श्रेणी में रखा जाता है। ये सदा ही दुखी रहते हैं, कभी अपने दुखों से, तो कभी दूसरों के सुखों से। दूसरों की सुख-समृद्धि और शान्ति दिखते ही इनके सीनों पर साँप लोटने लगते हैं। ये किसी की भी सफलता प्राप्ति की राह में रोड़े अटकाने में दक्ष होते हैं, बाज़ नहीं आते। किसी को भी मिली सफलता को, अनुचित और भ्रष्ट साधनों से प्राप्त सफलता, ठहराने में भी सिद्धहस्त होते हैं। कहते हैं कि जल को फाड़ने का भी असम्भव और विशेष कौशल इनके ही पास होता है। मन भेद कराने, गहराने की कला के ये विशेषज्ञ होते हैं। झूँठ गढ़ने और उसे फैलाने का इनका अपना एक विशिष्ट तंत्र होता है। अपने झूँठ पर अड़ने और उसे सही सिद्ध करने के लिए लड़ना, ये ख़ूब जानते हैं। पुरुषों की अपेक्षा महिलाएँ इस कला में अधिक निपुण होती हैं। सास-बहू, ननद-भौजी और भाई-भाइयों में मनमुटाव और कलह-कलेश कराने तथा परिवारों में दरार डालकर बँटवारे करवाने व पति-पत्नी में तलाक करवाने तक का श्रेय भी, इन्हीं महिलाओं को अधिक जाता है। इस श्रेणी के महिला-पुरुषों का यदि एक शब्द में नामकरण किया जाए तो निर्विवाद रूप से वह शब्द होगा 'विघ्न संतोषी'। तो ऐसा लोगों का जहाँ निवास होगा, वहीं नकरवास होगा। इनके साथ रहने से अच्छा तो यह है कि कोई भी समझदार व्यक्ति इस श्रेणी की संगत से रहित किसी भी निर्जन जंगल में ही एकान्तवास कर ले।"

अपने इस लम्बे-चौड़े वक्तव्य के पड़ सकने वाले प्रभाव को आँकने के लिए माँ ने बारी-बारी से ओमा और मेरी ओर देखा। हम दोनों के चेहरे पर पसरी गम्भीरता को उसने भाँपा और कहने लगी, "देख लल्ली! अब तूने गृहस्थ जीवन में प्रवेश कर लिया है। जहाँ, मुँह से अधिक आँखों और कानों को खोले रखना पड़ता है। व्यक्तियों और परिस्थितियों को भाँपने, जाँचने और परखने के बाद स्वविवेक से ही त्वरित निर्णय लेकर इनका तत्काल क्रियान्वयन करना बहुत ही आवश्यक हो जाता है। मुझे आशा है कि मेरी इन बातों को ओमा भी बहुत ध्यान से सुन रही होगी। उसे भी ये बातें पल्ले पड़ रही होंगी और इन्हें वह गाँठ में भी बाँध रही होगी क्योंकि देर-सवेर उसे भी तो गृहस्थी में प्रवेश करना ही है।

मैंने तुझे ये सारी बातें केवल इस कारण से कहीं हैं कि तुझे नहाने के बाद पहनने के लिए एक जोड़ी कपड़े निकालने के लिए कहा था परन्तु, बहुत देर तक तो तू निर्णय ही न ले सकी थी। और, कुछ बातें इसलिए भी कहीं लल्ली! कि अब तुझसे मिलने वाली भी आएँगी। वे तरह-तरह की बातें पूछेंगी-कहेंगी। उन्हें ध्यान से सुनना, तार्किक बुद्धि से परखना और तब उत्तर देना। जिन बातों का उत्तर देना

ठीक न लग रहा हो, तो मौन साध जाना या मुस्कुरा कर टाल देना बस। चल, जल्दी से तैयार हो जा अब।"

***

माँ के हाथ से कपड़े लेकर मैं नहाने स्नानघर में चली गई। माँ और ओमा अपना-अपना काम निपटाने चली गईं।

"और कितनी देर लगाएगी लल्ली? कलेऊ तैयार हो गया है। अभी तुझे बाहर निकल कर तैयार भी तो होना है। फिर कलेऊ भी करेगी। जल्दी कर। लुगाईयाँ भी आने वाली होंगी," माँ की आवाज़ आई।

माँ की बात पूरी होते होते ही मैं स्नानघर से बाहर निकल आई। मैंने धोए हुए कपड़े सूखने के लिए अलगनी पर डाल दिए। स्नानघर से साबुन, थपकी, लोटा-बालटी और नहाने की चौकी निकालकर यथा स्थान रख दिए और ऊपर वाले कमरे में चली गई।

तभी पीछे-पीछे ओमा भी चली आई और बोली, "ला जिज्जी! अपने हाथों से मैं करूँ आज तेरा सिंगार। आने वाली भी भला क्या याद करेंगी कि आज लल्ली भी कैसी किसी परी जैसी लग रही है?" यह कह कर उसने मुझे अपनी इच्छा और पसन्द के अनुसार सजाना प्रारम्भ कर दिया। मैं भी ओमा के हाथों से पहली बार सजने के अवसर का भरपूर आनन्द उठा रही थी। उधर ओमा भी मुझे सजाने में पूरी तरह से तल्लीन थी। उसकी तल्लीनता में से झलकता आनन्द, दीवार में बने आले में रखे दर्पण में स्पष्ट झलक रहा था। केश सँवारने, चेहरे पर क्रीम-पाउडर, होठों पर लाली लगाने और आँखों में कजरा आँजने के बाद मेरे पीछे खड़ी ओमा ने कंधे पकड़कर मुझे अपनी ओर घुमाया। उसके बाद वह बड़े ध्यान से पहले तो मुझे देखती रही। फिर, उसने मेरा साड़ी का पल्ला मेरे सिर पर रखकर आगे माथे तक सरका दिया। माथे पर टेढ़े हुए टीके को सीधा किया और नथनी ठीक की। मैं भी उसके इस पागलपन में, एक अनोखा आनन्द पा रही थी। उसने एक बार फिर से अपने दोनों हाथों को मेरे कंधों पर रख दिया और मेरे चेहरे को निहारने लगी। धीरे-धीरे उसके चेहरे की दमक बढ़ने लगी। नेत्रों में प्रेम भाव झिलमिलाने लगे और अधरों पर मुस्कान थिरकने लगी। मैं उसके मुखमण्डल पर आते जाते और प्रतिपल रंग बदलते मोहक भावों को देखे जा रही थी कि अचानक अपने दोनों हाथों में मेरा चेहरा पकड़कर उसने एक-एक करके मेरे दोनों गालों पर अनगिनत चुम्बन जड़ दिए। मैं इस घटना से अवाक् और हतप्रभ होकर रह गई। लेकिन, तभी मुझे अपने आलिंगन में उसने कस कर जकड़ लिया। प्रतिक्रिया स्वरूप, धीरे-धीरे मेरी बाहें भी अनायास उसके चारों ओर जकड़ती चलीं गईं। इस पारस्परिक आलिंगन ने, सुहागरात और उसके बाद की सभी रातों को 'उनके' द्वारा अपनी बलिष्ठ भुजाओं

में जकड़े जाने की सुखद स्मृतियों को पुनः हरा-भरा कर दिया। मेरे नेत्र स्वतः ही मुंदते चले गए। ओमा के स्थान पर उनके द्वारा आलिंगन किए जाने का स्वप्निल आभास मुझमें न जाने क्यों जग गया और मैंने भी ओमा के चारों ओर के अपने उस आभासी आलिंगन को और भी अधिक कस दिया। उसके बाद तो न जाने उस तुरीय अवस्था में हम दोनों यूँ ही आँखें बन्द करके कितनी देर तक आनन्दित होती रहीं? हमें पता ही न चला। खोई रहीं एक-दूजे में। अनन्त में।

***

"अरी लल्ली! ओ ओमा! अभी कितनी देर और लगेगी तुम्हें नीचे आने में। यहाँ कलेऊ तैयार हो कर ठण्डा भी हो गया है। तुम्हारे पिता जी और भइया भी बाट जोह रहे हैं इतनी देर से तुम दोनों की।" माँ की यह चिल्लाती आकस्मिक आवाज़ हमें आनन्दानुभूति के स्वप्निल संसार से तुरन्त ही बाहर ले आई। बड़ी ही अनिच्छा से हम दोनों एक दूसरे के आह्लादकारी आलिंगन से मुक्त हुईं। एक दूसरे को देखा। परन्तु, लज्जावश हम दोनों ही सीधे, एक दूसरे की आँखों में नहीं देख पा रही थीं। तुरन्त ही, दृष्टि नीचे झुकाए-झुकाए हमने अपने-अपने केश और वस्त्र सँवारे। कमरे के कपाट-साँकल बन्द करके मैं और ओमा नीचे आकर, कलेऊ करने को तैयार बैठे पिता जी और भइया के पास रखे पटरों पर जा बैठीं।

हमने पास रखी, खाना खाने के लिए चौकियाँ अपने-अपने सामने सरका लीं। ओमा उठी और उसने माँ की सहायता से थालियाँ सजाकर सभी के सामने चौकियों पर रख दीं। मेरी चौकी पिता जी और पद्मकान्त की चौकियों के बीच में थी और ओमा पिता जी के दूसरी ओर बैठी थी। हम सभी ने भोजन करने से पूर्व अपनी बाल्यावस्था से स्थापित परम्परानुसार गायत्री मंत्र बोले और तत्पश्चात कलेवा करना प्रारम्भ कर दिया। मैं देख रही थी कि भोजन करते-करते पिता जी कई बार कनखियों से मेरी ओर 'तक' लेते थे और उनके चेहरे पर तरह-तरह के भाव भी तैरने-उतरने लगते थे। लगता था कि उनके मन में कहीं न कहीं, कुछ-कुछ उमड़-घुमड़ सा रहा था। थोड़ी ही देर में हमारा कलेऊ समाप्त हो गया। भइया और पिता जी उठे उन्होंने बाहर बाल्टी के पास रखे पानी से कुल्ला किया। हाथ धो पौंछकर चौक में पड़ी खाट पर अपना आसन जमा लिया। इधर मैं बर्तन समेटने और माँजने में ओमा का हाथ बँटाने ओमा के पास पहुँची ही थी कि पिता जी बोले, "लल्ली! रहने दे। ओमा कर लेगी।"

तभी अम्माँ बोल पड़ी, "रहने दो। लल्ली भी ओमा का हाथ बँटा देगी तो क्या हो जाएगा? अब तो घर गृहस्थी में सारे काम इसको ही निपटाने होंगे। अभी तो घर में एक छोटी ननद है जो घर के काम-काज में इसकी सहायता-सहयोग कर देगी। उसके ब्याह के बाद तो अकेले सब कुछ इसे ही करना है।"

"नहीं माँ! अभी दो-चार दिन इसे आराम ही करने दे। अभी तो मैं कर लूँगी। हारी-थकी है। जब थकान उतर जाएगी तो अपने-आप करने लग जाएगी," ओमा बोली। जितनी देर हमें रसोई का काम निपटाने में लगी, उतनी देर माँ, पिता जी और पद्मकान्त आपस में बतियाते रहे। माँ ही थी कि जिसने उन दोनों पर प्रश्नों की झड़ी लगा रखी थी। पद्मकान्त से प्रश्नों के माध्यम से, मेरे दिल्ली पहुँचने से लेकर विदा होने तक की और मेरे साथ ससुराल के सभी सदस्यों के व्यवहार के सम्बन्ध में हर वांछित जानकारी जुटाने का प्रयास कर रही थी माँ।

* * *

इतनी देर में बाहर के दरवाज़े की साँकल खड़की। माँ दहलीज़ की ओर देखते हुए बोली, "ओमा! देख। लगता है कि लल्ली से मिलने वाली आई हैं। जा दरवाज़ा खोल। और, तुम दोनों एक काम और करो। ऊपर वाले कमरे में दरी-चादर बिछा लेना और सबको वहीं बैठा लेना। खाने-पीने का सामान ऊपर ही पहुँच जाएगा।"

ओमा दरवाज़ा खोलने चली गई और मैं सीढ़ियाँ चढ़कर ऊपर वाले कमरे में चली गई। वहाँ मैं दरवाज़े की ओर मुँह करके बैठ गई। नीचे से कुछ नारी कंठों से 'राम-राम' करने की आवाज़ें आ रही थीं जो अभिवादन स्वरूप तो थी ही माँ और पिता जी के प्रति वंदन स्वरूप भी थी।

पाँच-दस मिनिट के पश्चात नीचे से आवाज़ आई, "चाची! धन्या कहाँ है? यहाँ तो दिखाई नहीं पड़ रही। कहीं गई है क्या?"

"नहीं तो।"

"फिर कहाँ है?"

माँ बोली, "कहीं भी तो नहीं गई। यहीं है घर में। कहाँ जाएगी भला? अभी अभी, कल ही तो आई है अपनी ससुराल से। इतनी जल्दी कोई नई नवेली दुल्हन घर से बाहर निकलती है क्या?"

"नहीं", नीचे से किसी की आवाज़ आई।

"ठीक है, तुम सभी मिल लो उससे। कितनी देर से बैठी है वह, तुम्हारी बाट जोह रही है। जाओ, ऊपर है वह अपने कमरे में। तुम चलो। पानी लेकर आ रही हूँ मैं," कहकर माँ ने सबको मेरे पास ऊपर कमरे में भेज दिया।

* * *

मेरे अड़ोस-पड़ोस से चार-पाँच आगंतुक सीढ़ियाँ चढ़ आईं। उनकी पदचाप सुनकर मैं अपने स्थान से खड़ी हो गई। अभी उनको लिवाने जाने के लिए मैंने अपने पैर आगे बढ़ाए ही थे कि वे दरवाज़े पर आकर खड़ी हो गईं। मैं वहीं ठिठक गई और अपनी-अपनी चप्पलें उतार कर वे सभी, कमरे में आ गईं। उनके चेहरे

प्रसन्नता से खिल उठे। उधर मैं भी प्रसन्नता से सराबोर हो गई थी। हम सभी एक दूसरे के गले लग रही थीं, एक बार नहीं कई-कई बार। मैंने हाथ पकड़कर सभी को अपने आस-पास बिठा लिया। वे सभी अपलक मुझे ही देखे जा रहीं थीं और मैं भी उनको देख रही थी।

उधर ओमा कभी उन्हें देख रही थी और कभी मुझे। उसे समझ ही नहीं पड़ रहा था कि कमरे में इतनी उपस्थिति होने के उपरांत भी पूर्ण शान्ति क्यों बनी हुई है? कुछ देर बाद पड़ोस की महिला से ओमा ही बोल पड़ी, "क्या बात है भाभी! चुप क्यों हो? क्या मुँह में दही जमा रखी है सभी ने? कोई कुछ बोल-बतला क्यों नहीं रहा है? बोलो भई! कुछ तो बोलो।"

"अरे! का बोलें? कैसे बोलें? धन्या ने तो हम सबकी बोलती ही बन्द कर दई। विवाह सौं पैहलै कित्ती बार नाँय देखौ इनैं? प्रतिदिन तौ देखती हतीं। लेकिन आज तौ इनने हमाई आँखें ही चुन्धिया दईं ऐं। रूप बरस रह्यौ है इन पै। लगता नईं कि ए हमारी बेई बेटी धन्या हैं जिन्हें हमने उनके विवाह सौं पहलै देखौ हतौ। क्या रूप चढ़ा है धन्या पर? वाह भई! वाह," भाभी ने प्रशंसात्मक भाव से कहा।

साथ आई महिलाओं ने भी मुस्कुराकर भाभी के कथन का समर्थन किया और एक दूसरी की ओर अर्थपूर्ण दृष्टि से देखने लगीं।

पिछले वर्ष मेरी जिस सहेली का विवाह हुआ था उसने अपना अनुभव बघारा, "शादी के बाद तो सभी के रूप पर निखार आ जाता है। हैं न भाभी? चार साल पहले जब आप ब्याह कर यहाँ आईं थीं, तब की बातें भूल गईं क्या? यह तो अब भी ध्यान होगा? जब आईं थीं तो कली जैसी थीं और ब्याह के बाद तो पूरी तरह खिला हुआ फूल बन गईं थीं। और उसके बाद बन गई गोभी का फूल। है न भाभी?" यह सुनकर भाभी ने सबको तिरछी नज़र से तरेरा, इस पर सभी खिलखिलाकर हँस पड़ीं।

भाभी जी ने उसकी ओर मुड़कर देखा और मुस्कुराई हुई बोलीं, "ओ नन्दरानी! बड़ी तेज़ है गई ओ तुम तौ। अपने बैना दूजेन कूँ बखान रई औ। जे तौ बताओ! तुम पै सरासर लागू होने वाली या बात में हमें कैसे लपेट रई औ? जब हम ब्याह कै आई हतीं, तुमन नै, तभी तौं देखौ हौ हमें। बातें पहलें हम मोटी हीं या पतरी, तुमैं का पतौ। कारी हीं या गोरी हीं, तुम कैसे बता सकौ हौ। हाँ नईं तौ।"

सबकी ओर देखते हुए भाभी पुनः बोलीं, "हाँ, तुम्हारे बारे में हम सब कुछ बता सकतीं ऐं। तौ ल्यो, सुनौ। सुन्दर तौ तुम पैलैई सैईं थीं परन्तु ब्याह सौं पैलै हल्दी-बान के बाद तौ तुमारौ रंग और भी अधिक निखर आयौ हौ। और वाके बाद तौ, जब तुम ससुरार सैं लौट कै आईं हीं तब तौ तुम्हारौ रूप गजब ढाय रह्यौ हतौ, बीबी जी! बा समय तौ तुमें देख कैं एक बार तौ मेरों मन बी बेईमान है गयौ हौ।

कसम सैं, अगर मैं लरिका रही होती तौ तुमैं भजाकै लै जाती।"

इतना सुनते ही सब ठठाकर हँस पड़ीं। और मेरी सहेली... उसके मुँह से तो बोल ही नहीं फूट रहे थे। वह बेचारी लाज के मारे, मुख नीचे करके चुप हो के बैठ गई। मैं भी मुस्कुराए बिना नहीं रह सकी।

तभी बीच में से आवाज़ उभरी, "अरे! तुम यहाँ केवल मसखरियाँ मारने के लिए आई हो या धन्या की कुशल-क्षेम पूछने और ससुराल में प्राप्त अनुभवों की जानकारी लेने के लिए आई हो?"

"हाँ, हाँ सही है भई! फिर घर जाकर, और काम धंधे भी तो देखने हैं हमें। घरवाले भी राह तकते होंगे। थोड़ी देर में बुलावा आना भी शुरू हो जाएगा," पड़ोस की एक लड़की की आवाज़ आई।

"ठीक है। धन्या! तुम ही शुरू हो जाओ अपनी तरफ से। सुना डालो अपनी सारी कहानी आदि से अन्त तक बिना रोक-टोक के। कोई भी बाधा नहीं डालेगा। सब चुपचाप सुनते रहेंगे तुम्हारी कहानी, खत्म होने तक। अगर हमें कुछ पूछना होगा तो तभी पूछेंगी जब तुम अपनी ओर से ही चुप्पी साध लोगी," मेरी एक सहेली बोली।

इतनी देर में नीचे से माँ की आवाज़ आई, "ओमा! ओ ओमा! ले, यह नाश्ता ले जा।"

"आई माँ!" कहकर ओमा उठी और नीचे सीढ़ियाँ उतर गई।

"हाँ तो धन्या," कहकर वे मेरी ओर देखने लगीं।

विवाह के बाद, विदाई होने से दिल्ली तक का सारा यात्रा-वृतान्त मैंने उन्हें संक्षेप में सुना दिया क्योंकि विस्तार में बताने योग्य मेरे अनुभव में कुछ आया ही नहीं था।

इतनी देर में ही ओमा, थाली में मिठाई और नमकीन तथा दूसरे हाथ में ठण्डाई से भरी पीतल की छोटी बाल्टी और मुरादाबादी गिलास लेकर ऊपर आ गई। वहाँ बैठी महिला मण्डली ने नाश्ते के लिए अपने बीच में जगह बना दी। ओमा ने एक-एक गिलास उठाकर उनमें ठण्डाई उंड़ेली और सभी को थमा दी।

"हाँ, हाँ धन्या! तुम अपनी कहानी जारी रखो। फिर क्या हुआ आगे," एक जिज्ञासु ने प्रश्न किया।

मैंने, मेरे वहाँ आरता किए जाने से लेकर गृह प्रवेश, मुँह दिखाई, संटी खेलने, कँगना खुलने-खेलने, चाक-पूजन और चौका चढाने तक की सारी रीतियों के विषय में तो सविस्तार वर्णन किया ही, साथ ही अंगीठी जलाने और चाय बनाने के अपने नए अनुभवों के विषय में भी पूरे ख़ुलासे सहित उन्हें बताया जिसे सुनकर वे सभी

विस्मय से भर गईं। उन्होंने तत्सम्बन्धी अनेक जिज्ञासाएँ प्रकट कीं जिनका मैंने अपनी क्षमता और समझ के अनुसार समाधान कर दिया।

"देखो जीजी! अचम्भा तो हमें अंगीठी और चाय दोनों पर ही हो रहा है। अंगीठी के बारे में व्यावहारिक ज्ञान प्राप्त करना तो कठिन है क्योंकि अंगीठी, कोयला और कैरी का इस छोटे से क़स्बे में मिलना कठिन ही नहीं है बल्कि एकदम असम्भव प्रायः है। हाँ, जहाँ तक चाय का प्रश्न है उसका अनुभव प्राप्त करना कठिन नहीं है। जब भी हममें से किसी के घर से कोई भी तहसील या ज़िले के शहरों में गया तो चाय का डिबा उनसे मँगवा लेंगे। फिर किसी दिन सारी इकट्ठी होकर तुम्हारे पास चली आएँगी और अपने सामने बनवा कर चाय चखेंगी। अगर स्वाद आया तो हम भी अपने घर-परिवार में सभी को उसका स्वाद चखाएँगी। अगर उनको भी वह स्वाद लगी तो आने-जाने वालों और सम्बन्धियों का भी उसी से स्वागत करेंगे," हमारे पड़ोस की लड़की बोली।

अब तक चुप बैठी हमारी एक पड़ोसन बोली, "अरी! चौका-चूल्हा घर में कम है क्या, जो उसका क़िस्सा छेड़ बैठी हो? अरे! कुछ और बात नहीं सूझी तुम्हें अब तक? कुछ मेहमान के बारे में पूछी होती। कुछ उनके व्यवहार के बारे में, बातचीत के बारे में। धन्या के साथ उनका बरताव कैसा रहा? उन्होंने इसे मुँह दिखाई में क्या दिया? पहले दिन खाना बनाने के उपलक्ष्य में क्या दिया? सबसे बड़ी बात कि सुहागरात पर पहली भेंट में क्या उपहार दिया और वह मुख्य बात, जिसके जाने बिना, हमारा यहाँ आना ही बेकार रहेगा और जो जानने की आशाएँ लेकर यहाँ आईं थीं, वे सब व्यर्थ रहेंगी और वह मुख्य बात, जिज्ञासा या प्रश्न है कि धन्या की सुहागरात कैसी मनी? उसका अनुभव कैसा रहा उस दिन? इसके मन में भी 'कुछ-कुछ' हुआ क्या? और 'वह सबकुछ भी' हुआ क्या, जो 'कुछ भी विशेष' उस दिन होना चाहिए था, धन्या और मेहमान के बीच वर-वधु के मिलन की उस प्रथम रात्रि को जिसे सुहागरात कहते हैं।"

यह सुनते ही मेरे हृदय की धड़कनें बढ़ने लगीं। मैं उनका कथन संकेत कुछ-कुछ समझ रही थी, क्योंकि अपनी गली की, ससुराल से लौटीं अनेक नवविवाहिताओं के श्रीमुख से, मैं उनके 'आनन्दरात्रि' अनुभवों को अपने विवाह से पहले भी सुन चुकी थी। उनमें से कुछ एक तो निःसंकोच और चटख़ारे ले-लेकर अपने आनन्दकारी अनुभव सुनाती थीं और कुछ बिचारी लजाती-सकुचाती, बड़ी कठिनता से अपनी आपबीती सुना पाती थीं। तब, मैं भी उनकी इस उहापोह वाली स्थिति को देखकर मन ही मन बड़ी ही प्रसन्न होती थी। बड़े हास-परिहास भी होते थे। हम सभी उन क्षणों का भरपूर आनन्द उठाती थीं।... लेकिन, आज वही दृश्य-विधान जब मेरे साथ घट रहा था तो मुझे नानी-दादी अच्छी तरह याद आ रहीं थीं।

आज के प्रश्नोत्तर सत्र से बाहर निकलने का काई मार्ग ही नहीं सूझ पा रहा था मुझे।

उधर, उन सबकी दृष्टि मुझ पर टिकी हुई थी कि मैं अब बोलूँ और तब बोलूँ। तभी, उनमें से भाभी चिहुँक उठीं," ऐं बीबी जी! कब तक तिहारौ मुँह ताकते रैंगे। अब कछु बोलौ तौ। हमै घर कूँ बी जानौ ऐं। घरवारे बाट जोह रए होंगे।"

मैंने साहस जुटाया। एक गहरा साँस लिया और पहले छोड़ी हुई कड़ी से अपनी बात जोड़कर कहना प्रारम्भ कर दिया, "देखो भाभी! ऐसा 'कुछ भी विशेष' नहीं घटा जिसका उल्लेख किया जा सके। एक नववधू के साथ, ससुराल से सम्बन्धित जुड़ी रीति-परम्पराओं के शेष हो जाने के पश्चात पति से उसे प्रथम भेंट करने का अवसर दिया जाता है जिसे सुहागरात अर्थात् आनन्दरात्रि कहा जाता है। कुछ लोग इसे 'मधु रात्रि' भी कहते हैं। 'सौभाग्यशाली पत्नीत्व' पद प्राप्ति करने की मंगलमय रात्रि होती है यह। दो देह के साथ दो आत्माओं के आनन्दमय मिलन की होती है यह रात्रि। यह रात्रि 'मधुसिक्त बोध' दायिनी भी होती है इसलिए इसे मधुरात्रि भी कहते हैं...।"

तभी बीच में मेरी एक सखी कूद पड़ी, "ओ मास्टरनी! तू क्या हमारी क्लास लगाने बैठ गई। हम तुझसे सुहागरात की परिभाषा और व्याख्या सुनने-समझने नहीं आए हैं।" हम उस परिप्रेक्ष्य में, जिसमें सामान्यतः सुहागरात मनाई जाती है, तुझसे यह जानना चाहते हैं कि तेरी सुहागरात कैसे मनी? तू भी अच्छी तरह यह जानती है कि हम तुझसे क्या जानना चाहते हैं? क्या उगलवाना चाहते हैं? समझी? चल, अब जल्दी से पटरी पर आ। इस बार, इधर-उधर की मत हाँकना।"

"इतनी उतावली क्यों हो रही हो? मैं बताती हूँ तुम्हें। सब कुछ बताती हूँ। धैर्य धारण करो और ध्यान से सुनो। तो मैं कह रही थी कि जिस प्रकार प्रत्येक नई-नवेली द्वारा ससुराल की सभी परम्पराओं और रीतियों का पालन करने के पश्चात आनन्दरात्रि (सुहागरात्रि) मनाने का उसे अवसर प्रदान किया जाता है, वैसे ही वह परम्परागत अवसर मुझे भी प्रदान किया गया। रात्रि में जैसे ही सोने का समय हुआ सभी के बिस्तर लगा दिए गए। सभी अपनी-अपनी चारपाइयों पर जाकर सो गए। उसके बाद मैं भी अपने लिए निर्धारित कमरे में चली गई," कहकर मैंने गिलास के पानी से अपने सूखे गले को तर किया। और फिर, उनको वह सब सविस्तार कह सुनाया जो प्रथमरात्रि को मेरी पति देव के साथ मधुर रात्रि पर हुई भेंट के अवसर पर मेरे अनुभव में आया था। बस, उसमें से मैंने बिस्तर गीला होने वाली घटना को अवश्य छिपा लिया था क्योंकि वह मेरे निजी व्यक्तित्व से जुड़ी गरिमा का प्रसंग था।

गत वर्ष की ब्याहता सखी बोली, "देखा? धन्या ने कितनी चालाकी से वे सब अंश बताने से स्वयं को बचा लिया जो मधुरात्रि पर विशेष महत्व रखते हैं वो जो

विशेष महत्व की घटना है उस पर भी तो प्रकाश डालो मेरी लाडो रानी।"

सभी समवेत स्वर में बोलीं, "हाँ, हाँ धन्या! हम कितनी देर से कान लगाए बैठे हैं तेरी 'हर्ष कथा' सुनने के लिए। एक तू है कि इधर-उधर की 'व्यर्थ कथा' हाँकने में लगी है, तब से।"

मैं समझ तो सब रही थी उनका अभिप्राय। परन्तु अनजान होने का अभिनय करती हुई बोली, "हर्ष कथा?' कौन सी 'हर्ष कथा'?"

उनमें से एक बोली, "भाभी! ये ऐसे तो समझेगी नहीं। भले ही सुबह से शाम हो जाए। तुम एक काम करो। इसके कान में मंत्र फूँककर इसको हिंदी में समझा दो कि हम सब इससे क्या जानना चाहतीं हैं?"

भाभी सुनकर मुस्कुरा उठीं। उन्होंने सबकी ओर देखा। उन सभी ने सहमति में सिर हिलाकर हाँ कर दी। भाभी उठीं और मेरे पास बैठकर उन्होंने मेरे कान पर मुँह लगा दिया और धीरे से मेरे कान में जो कुछ भी कहा उसे सुनकर मैं लाज से ज़मीन में गढ़ गई। मैंने दोनों हाथों से अपना मुँह ढाँप लिया।

थोड़ी देर लगी मुझे स्वयं को संयत करने में। मैंने कुछ लम्बे-लम्बे और गहरे-गहरे साँस लिए। दो घूँट पानी पीया और फिर बोली, "सुनो! तुम सब कान खोल के सुन लो कि ऐसा-वैसा कुछ भी नहीं हुआ था जैसा भाभी ने पूछा है या तुम सारी की सारी सोच रही हो। बस उतना ही हुआ जो कुछ मैं तुम सबको पहले ही बता चुकी हूँ। उससे अधिक कुछ भी नहीं।"

"क्यों?"

"क्यों क्या? बस, नहीं हुआ।"

सबकी आँखें फटी की फटी रह गईं। एक दो ने तो आपस में खुसर-पुसर करनी भी शुरू कर दी। किसी को विश्वास ही नहीं हो पा रहा था। सबकी सब, एक दूसरे को प्रश्नात्मक दृष्टि से देख रहीं थीं।

"कारण? कारण क्या रहा? क्या जीजा ने हाथ नहीं बढ़ाया आगे?" एक ने बड़ी गम्भीरता से प्रश्न किया।

"नहीं, ऐसा नहीं है। उनका तो मन था। पर मैंने ही मना कर दिया," मैंने कहा।

एक और प्रश्न आया, "तो जीजा जी ने बलपूर्वक अपनी इच्छा पूरी करने का प्रयास भी नहीं किया क्या?"

"नहीं, उन्होंने मेरी इच्छा का सम्मान करते हुए ऐसा कोई प्रयास किया ही नहीं," मेरा उत्तर था।

"हमें तो विश्वास ही नहीं होता कि ऐसा कुछ भी नहीं हुआ तेरे साथ। कहीं ऐसा तो नहीं है कि 'सब कुछ' ठीक-ठाक ढंग से निपट गया हो और हमारी आँखों में

धूल झोंकने के लिए जीजी हमें बहका रही हों," वहाँ उपस्थित महिलाओं में से एक ने मेरे प्रति अविश्वास व्यक्त किया।

***

अब, सबकी दृष्टि मुझ पर टिकी हुई थी। तभी एक फुसफसाहट मेरे कान में पड़ी कि कहीं ऐसा तो नहीं कि जीजा जी बिल्कुल अशक्त और असमर्थ ही हों। उनके बस में ही कुछ न हो। यह सुनते ही मेरे कान खड़े हो गए। कनपटियाँ सुलग उठीं। मैंने सिर उठाकर बोलने वाले को खोजना चाहा परन्तु मैं सफल नहीं हो पाई बोलने वाले को ढूँढ़ने में। क्योंकि, तब तक सभी मौन धारण कर चुकीं थीं। लेकिन, इस वार्ता में मेरे पतिदेव पर उछले इस आरोप ने मुझे कहीं अन्दर तक भेद कर रख दिया। मुझे, मेरे अपने अन्दर एक अपराध बोध-सा जगने लगा। मुझे लगा कि 'उस दिन' अपने पतिदेव को रोक कर मैंने कहीं कोई भूल तो नहीं कर दी थी जिसके कारण मेरे निर्दोष पति को आज यह लांछन झेलना पड़ रहा है। मेरे मन में खटास उत्पन्न होने लगा।

परिस्थितिजन्य रोष के साथ मैं बिफर उठी, "चलिए! अब मैं उस वस्तुस्थिति से आपको अवगत करा ही दूँ जो मैं सामाजिक शालीनता और शिष्टाचार के कारण आप सबके समक्ष सार्वजनिक नहीं करना चाहती थी।... हाँ, मधुरात्रि को दैहिक संसर्ग हम दोनों के बीच, मेरी अपनी ही असहमति के कारण ही सम्भव न हो सका। इस असहमति के पीछे जो आधार था, वह था उस समय मेरा रजोधर्मावस्था में होना जो कि मुझे दैहिक संसर्ग हेतु सर्वथा असमर्थ बना रहा था। अनुमति नहीं देता था।"

अपने रोष को संयत करते हुए मैंने अपने स्वर में सायास मिठास भरते हुए सभी से पूछा, "अब तो आप सभी की संतुष्टि हो गई होगी। आपको अब तो लगने लगा होगा कि मैं कोई बहानेबाज़ी नहीं कर रही हूँ। लेकिन एक बात का मुझे बहुत ही दुख है कि आप सब मेरी अपनी ही हो। फिर भी एक तो आपने मेरे कथनों पर विश्वास नहीं किया और दूसरे अपने जीजा जी पर अभद्र और अशालीन टिप्पणी की।"

स्थिति को अप्रिय होने से बचाने के लिए भाभी जी बीच में ही कूद पड़ीं और बोलीं, "नाँय बीबी जी! हमारौ जि मतलब नाँय हतौ। हम तो आपसें ऐसैईं ठट्ठा कर रईं हतीं। मेहमान पै आक्षेप लगाने कौ या उनकौ अपमान करने की हमारी कोई मंसा नाँय हती। लेकिन हँसी-मज़ाक़ करते समय बात-बात में कछु ऐसी-वैसी बात मौंह सौं निकस गई होय तौ हम बाके ताईं दुखी हैं और माफ़ी माँगती हैं। बीबी जी! अब अपनी नाराज़गी छोड़ैं और हँसते-मुस्कुराते भए हमें बिदा करैं। फेर कबी आऐंगी मिलने के ताईं। घनी देर है गई ऐ तिहारे झौरें बैठे-बैठे। घरवारे बी

हम सबकी बाट जोह रए होंगे। चलौ भई! ठाड़ी ह्वै जाओ," कहती हुईं भाभी जी खड़ी हो गईं।

उनके साथ एक-एक करके सभी जनीं खड़ी हो गईं। वे सभी सीढ़ियाँ उतर कर नीचे चली गईं और माँ से राम-राम करतीं हुईं वे सभी दहलीज़ पारकर अपने-अपने घर को चली गईं।

उनके जाने के तुरन्त बाद ही ओमा मेरे पास आ गईं। आते ही वह मेरे गले में हाथ डालकर बैठ गई और मुझसे बोली, "जिज्जी! इनकी बातों का बुरा मत मानना। इनकी बातों को हल्के में ही लेना। मुझे लगता है कि ये सभी तेरी ससुराल और सुहागरात पर बात करने आईं थीं। हँसी-ठिठोली का वातावरण बना हुआ था लेकिन, किसी नासमझ की एक छिछोरी टिप्पणी ने सारा वातावरण ही विषाक्त कर दिया। चल! नीचे चलते हैं। कपड़े बदल कर भोजन करते हैं।"

***

"बड़ी देर लगा दी ओमा!" माँ ने उलाहना भरे स्वर में कहा।

ओमा ने दालान में घुसते हुए कहा, "वो, माँ! कई औरतें थीं न, बातचीत करने वाली। सबकी सब जिज्जी से उसकी ससुराल, ससुरालवालों और वहाँ की रीति-रिवाजों के बारे में बातें करती रहीं, प्रश्न पूछती रहीं। इसीलिए इतनी देर लग गई।"

"क्या बात है लल्ली? तेरा चेहरा कुछ उतरा हुआ क्यों है? क्या बात है," माँ ने चिन्ता भरे स्वर में पूछा।

इससे पहले कि मैं कुछ बोलती, ओमा ने कहा, "माँ डेढ़-दो घंटे हो गए हैं जीजी को एक ही आसन पर बैठे हुए। थक गई है बेचारी। ब्याह के चार-छः दिन पहले से ही जिज्जी चकरघन्नी की तरह घूमती रही है अब तक। चैन से साँस लेने का समय भी तो नहीं मिला है बेचारी को।"

"चलो-चलो! भोजन कर लो। तुम्हारे पिता जी और भइया भोजन करके बाहर गए हैं कुछ दुकानदारों के बकाया का भुगतान करने के लिए। अभी-अभी निकले हैं दोनों। उन्हें आने में कुछ देर लग जाएगी," माँ बोली।

तब हम तीनों ने मिलकर साथ-साथ भोजन किया। मेरा मन अभी तक भी उस महिला द्वारा मेरे पति के विरुद्ध की गई अपमानजनक और अशालीन टिप्पणी के कारण आहत था। मैं खाना खा तो रही थी परन्तु टुकड़े मेरे गले से नीचे नहीं उतर रहे थे। माँ और ओमा बड़े ध्यान से मेरी प्रत्येक गतिविधि को भाँप रही थीं। ओमा तो सारी कहानी जानती थी परन्तु माँ को किंचित भी पता नहीं था। लेकिन चिंतित, दोनों ही समान रूप से थीं इसलिए चार दृष्टियाँ मुझ पर ही केन्द्रित थीं। इधर मैं भरसक चेष्टा कर रही थी सामान्य होने की, परन्तु मैं अपने प्रयास में सफल ही नहीं हो पा रही थी।

अंततः माँ से रहा ही नहीं गया। मेरी ओर बड़े ही चिन्तित भाव से देखते हुए कहने लगी, "लल्ली!" क्या बात है? कोई समस्या है क्या? तू बताती क्यों नहीं? जब तक बताएगी नहीं तो उस समस्या का हल कैसे निकलेगा? कुछ तो बता मेरी लाडो।

मैंने चिंतित माँ को सहज और शान्त करने के लिए कहा, "माँ! बात मान। ओमा जो कह रही है, ठीक ही कह रही है। इतने दिन से ठीक ढंग से आराम करने को नहीं मिला न, इसलिए तुझे ऐसा लग रहा है। दो-चार दिनों में तुझे भी सब कुछ ठीक-ठाक लगने लगेगा।"

***

द्वितीय खण्ड

बारह

अब पीहर में मेरी दिनचर्या, चार छः दिन तक मिलने के लिए आने वालों का ताँता रुक जाने के बाद, सामान्य सी हो गई थी। सब कुछ वैसे ही चल निकला जैसे कि मेरा विवाह संपन्न होने से पहले था। आपसी कुशल-क्षेम की जानकारी का आदान-प्रदान करने के लिए हम पति-पत्नी दोनों ने ही पत्राचार का सहारा लिया और किसी के संज्ञान में यह पत्राचार आ न जाए इसलिए 'उन्होंने' पत्र प्राप्ति के लिए अपने कार्यालय का पता दे दिया और मैंने अपनी स्कूली-सखी के घर के पते का सहारा लिया। इस प्रकार से हम दोनों के बीच पत्र-व्यवहार चल निकला। इन पत्रों में कुशल-क्षेम के साथ-साथ हमारी कोमल-कांत भावनाओं की अभिव्यक्ति और प्रेमालाप भी होता था। इस प्रकार हमारी प्रेम कहानी मंथर गति से पत्रदूत के माध्यम से यात्रा करने लगी। इस प्रेम कहानी का दूसरा चरित्र बन गई थी प्रेम-पत्रों की एक विकल प्रतीक्षा, जो कभी साप्ताहिक होती थी तो कभी-कभी पाक्षिक भी हो जाती थी।

***

कुछ मास के बाद मेरे द्विरागमन (गौने) की चर्चा चल निकली। पिछली बार दिल्ली से वापिसी के बाद के पहले दस-पन्द्रह दिन तक मेरी मनःस्थिति ठीक नहीं रही। कारण? कारण वही रहा कि महिलाओं के साथ मेरी प्रथम भेंट के समय महिला मण्डली में से किसी ने मेरे पतिदेव की यौनक्षमता के विरुद्ध अनपेक्षित रूप से अप्रत्याशित और विपरीत टिप्पणी जो कर दी थी। ओमा ने कई दिनों के अपने भरपूर प्रयासों से मेरी मनोदशा को सामान्य करने में सफलता पाई। उसके बाद 'उनके' साथ चल निकले पत्र-संवाद ने भी उस घटना को मेरे मानसपटल से कुछ-कुछ विस्मृत सा कर दिया था। इस अवधि में मेरी 'तीन लोक से मथुरा न्यारी' जैसी कल्पना नगरी बस चुकी थी जिसमें 'हम दो' का ही वास था; कोई और तीसरा वहाँ नहीं था।

जैसे ही इस चर्चा के स्वर फूटे, सबसे पहले ओमा ने आकर मुझे बताया, "जिज्जी! अब दिल्ली दूर नहीं। जीजा जी से तेरा जल्दी ही मिलना होगा। चिट्ठियों की आवश्यकता नहीं होगी दो मनों की बात कहने-सुनने के लिए। अब तो आमने-सामने बातें हो सकेंगी ख़ूब आराम से। पर, एक बात गाँठ बाँध लेना। इस बार जीजा जी से मिलन के समय, पिछली वाली 'अधूरे मिलन' की भूल मत दोहरा

देना। नहीं तो एक काम कर, तू मुझे ले चल अपने साथ। मैं तेरी सारी समस्या सुलझा दूँगी। जीजा जी के कान पकड़कर उनसे पूछूँगी कि उन्होंने इतनी बड़ी चूक क्यों कर दी सुहागरात को? क्या यह उनके लिए उचित था? तर्क संगत था? इस अवसर की परिपाटी और गरिमा के अनुकूल था क्या यह सब? मैं तो उनसे ये सारी बातें कह ही सकती हूँ क्योंकि उनकी साली हूँ न, और एक कहावत के अनुसार 'साली भी तो आधी घरवाली' ही होती है। है न जिज्जी," कहकर वह खिलखिला कर हँस पड़ी। मैं भी अपनी मुस्कान नहीं रोक पाई।

शास्त्री जी से द्विरागमन का मुहुर्त निकलवाया गया। शास्त्री जी ने अपनी ज्योतिष गणना के आधार पर शुभ मुहुर्त सुझा दिया। शास्त्री जी से जब यह प्रश्न किया गया कि इस बार लल्ली को उसकी ससुराल ले जाने के लिए उसके साथ उसका भाई ही जाएगा या जमाई को आना होगा?

इसके उत्तर में शास्त्री जी बोले, "देखो भई! इस सम्बन्ध में ऐसा कोई पक्का नियम तो है नहीं। शोभायमान तो यही रहेगा कि जमाई राजा आएँ और स्वयं ही लड़की को विधिवत ढंग से विदा कराकर ले जाएँ। लेकिन यदि ऐसा सम्भव न हो सके कि किन्हीं अपरिहार्य कारणों से वे न आ सकें तो समुचित यही रहेगा कि यहीं पीहर से ही, कोई उसे उसकी ससुराल पहुँचा देने के लिए साथ चला जाए। इसमें भी किसी प्रकार की कोई शास्त्रीय सम्मति या समस्या अथवा अड़चन नहीं है।" यह बताकर शास्त्रीजी अपने मंदिर स्थित आवास पर चले गए।

शास्त्री के जाने के पश्चात् हम सभी सिर जोड़कर बैठ गए। हम सभी ने इस विषय पर गहन गम्भीर चर्चा की। सभी पहलुओं पर विस्तृत विचार विमर्श करने के बाद हम इस निष्कर्ष पर पहुँचे कि पहले एक पत्र दिल्ली वालों के नाम लिखा जाए कि आपकी इच्छानुसार द्विरागमन के सम्बन्ध में शास्त्री जी से 'तिथि निर्धारण' और समय आदि सुझाने के लिए कहा गया था। अपनी गणना के अनुसार उन्होंने जो सुझाया है वह पत्र के द्वारा आपकी जानकारी के लिए सूचित किया जा रहा है। इससे सम्बन्धित आपकी सहमति अथवा कोई संशोधन यदि आपकी ओर से हमें प्राप्त होता है तो सिर आँखों पर चढ़ाकर हम तदनुसार कार्यक्रम निश्चित कर लेंगे। जिससे कि द्विरागमन को लेकर इस ओर की सभी कार्यवाहियाँ पर्याप्त समय रहते हुए पूरी कर ली जाएँ।

सभी की ओर देखते हुए पिता जी ने कहा कि किसी और को तो इस सम्बन्ध में कुछ और कहना-पूछना नहीं है? कुछ क्षण मौन रहकर अंततः पिता जी बोले, "लगता है किसी और का इस सम्बन्ध में कोई भी प्रस्ताव नहीं है। तो ठीक है, कल चिट्ठी लिखकर जल्दी ही दिल्ली भेज देते हैं जिससे कि लौटती डाक से उनका भी कोई पत्र आ जाए और हमारी भी तैयारी चल निकले।"

"सुनते हो!" माँ ने कहा, "सारी बातों पर तो चर्चा हो गई पर एक प्रश्न अभी भी अनुत्तरित रह गया कि यहाँ से लल्ली को लिवा ले जाने के लिए कौन-कौन जाएगा? एक काम करो। चिट्ठी में लिख दो कि मेहमान को ही भेज दो। वे ही लल्ली को लिवा ले जाएँगे। आगे उनकी इच्छा है कि वे जैसा उचित समझें, वैसा ही करें।"

* * *

पिता जी द्वारा लिखे पत्र का दिल्ली से दस दिन में ही उत्तर आ गया। घरवालों का तो पता नहीं कि पत्र पाकर उन्होंने क्या सोचा होगा? लेकिन, मेरी तो बात ही कुछ और थी। मेरा मन बल्लियों उछल रहा था। यह प्रसन्नता मात्र दिल्ली जाने की नहीं थी बल्कि इससे भी बड़ा एक और कारण था। और वह कारण था कि मुझे दिल्ली ले जाने के लिए कोई और नहीं बल्कि स्वयं मेरे पतिदेव ही आ रहे हैं। पत्रों के माध्यम से प्रेमाभिव्यक्ति तो नित्य प्रति बढ़ती ही जा रही थी। लेकिन, उनसे प्रत्यक्ष साक्षात्कार का अवसर जो मुझे मिलने जा रहा था वह मेरे लिए बहुत ही बड़ी उपलब्धि थी।

कहते हैं कि बस छेता धरने (मुहुर्त निकालने) की देर है निर्धारित अवसर तो अपने आप दौड़ा चला आता है। मेरे सम्बन्ध में भी ऐसा ही कुछ हुआ। मैंने अपने घर में लटके भगवान शिव के कलैण्डर पर उस तिथि को चिह्नित कर दिया जिस दिन उनको आना था। उस दिन की गणना प्रारम्भ हो गई उसी क्षण से, जब मैंने उसे चिह्नित किया था। हाँ, यह गणना थी उलटी। जैसे-जैसे निश्चित घड़ी निकट आती जा रही थीं। मेरे हृदय की गति भी विकट होती जा रही थी।

कुछ माह पूर्व जैसे दिल्ली से मेरे लौटने का समाचार पंख लगाकर अड़ोस-पड़ोस में, गली-मुहल्ले में पहुँच गया था। वैसे ही दिल्ली से आई मेरे द्विरागमन की चिट्ठी का यह समाचार भी आनन-फानन में, आस-पास अर्थात मेरे स्थानीय चिर-परिचितों में फैल गया।

अगले दिन से ही मिलने आने वालियों का ताँता लग गया। लेकिन, इस बार थोड़ा अन्तर था आगन्तुकों के आने के ढंग में। पिछली बार तो महिलाएँ और लड़कियाँ दो-दो, चार-चार के समूहों में प्रतिदिन कई दिनों तक आती रही थीं लेकिन इस बार उनके आने-जाने का ढंग ही बदल गया था। जिसको जब भी अवसर और समय मिलता, वे सभी तुरन्त ही अकेली-दुकेली भी चली आतीं। इस बार उनके स्वर और मन दोनों ही मेरे ससुराल जाने के कारण भारी-भारी से थे। बड़े ही भीगे-भीगे स्वरों में और कई बार रुंधे गले से भी उन्होंने मुझसे बातें कीं। परामर्श दिए। और, बिना किसी चिन्ता और किसी तनाव के, इस द्विरागमन समय को पूरी तरह भोगने की सलाह दी।

* * *

एक दिन दोपहर को दहलीज़ की साँकल खड़की। माँ ने पुकारा, "ओमा! ओमा!" देख कौन साँकल खड़का रहा है दहलीज़ की? हो सकता है कोई लल्ली से ही मिलने आई हो? अब, जब तक लल्ली गौने के लिए दिल्ली नहीं चली जाती तब तक कोई न कोई आती ही रहेगी।"

"ठीक है माँ!" खोल रही हूँ," कहकर ओमा साँकल खोलने चली गई।

साँकल खुलने की आवाज़ आई। "माँ! ओ माँ! देख कौन आया है?" ओमा की ज़ोर से आवाज़ आने के साथ-साथ साँकल बन्द होने की भी आवाज़ आई और उछलती-कूदती ओमा चौक में आ गई। बोली, "माँ! जीजा जी आए हैं।"

इतना सुनते ही हक्की-बक्की हम दोनों उठकर खड़ी हो गईं। माँ अपनी अस्त-व्यस्त धोती सम्भालने और पल्ला सिर पर लेने में लग गई तथा मैं तुरन्त ही सीढ़ियों की ओर लपक गई। मैंने अभी-अभी दूसरी सीढ़ी पर पैर रखा ही था कि मेरे कानों में, "अम्माँ जी! राम-राम," शब्द पड़े।

राम-राम सुनते ही दूसरी सीढ़ी से अपना पैर वापस खींच कर मैंने पहली सीढ़ी पर रखा और वापस मुड़कर आँगन की ओर देखा तो पाया कि ओमा के जीजा जी दहलीज़ से आँगन में पैर रख रहे थे। मैं आँख भर उन्हें अभी देख भी नहीं पाई थी कि उनके पीछे से, "मौसी जी! राम-राम," बोलते हुए मेरे देवर भी आँगन में उतरते हुए दिखाई दिए। ओमा ने उनके हाथ से सामान लेकर दालान में रख दिया। उसके बाद ओमा ने तुरन्त ही चारपाइयाँ बिछा दीं और दरी, चादर बिछाकर तकिए लगा दिए। इतनी देर में माँ ने शरबत तैयार कर लिया। संकेत से ओमा को बुलाकर उन दोनों को शरबत देने के लिए कहा और स्वयं भी पीढ़ा डालकर उनके पास बैठ गई तथा बीजना (हाथ-पंखा) झलने लगी। मैं ऊपर अपने कमरे में चली गई।

इतनी देर में दहलीज़ की साँकल एक बार फिर से खड़की। बिना किसी के कुछ कहे ओमा स्वयं ही दहलीज की साँकल खोलने चली गई। वापिसी में आगे-आगे वह थी और उसके पीछे पिता जी और पद्मकान्त आ रहे थे। जैसे ही 'उन्होंने' पिता जी और पद्मकान्त को देखा दोनों भाई चारपाइयों से उठ गए। साथ ही माँ ने भी पीढ़ा छोड़ दिया। मेरे देवर और उनके भाई ने पिता जी को हाथ जोड़कर राम-राम की। पिता जी ने मुस्कुराकर दोनों का अभिवादन स्वीकार किया ओर उन्हें बैठने का संकेत किया। मेरे देवर लल्लू पाण्डेय अपनी चारपाई छोड़कर अपने बड़े भाई की चारपाई पर उनके पैताने बैठ गए। पिता जी और पद्मकान्त भी हाथ-पाँव धो-पौंछकर ख़ाली हुई चारपाई पर बैठ गए। पिता जी ने उनसे घर-परिवार का हाल-चाल पूछा और फिर अन्य विषयों पर बातचीत चल निकली।

लल्लू पाण्डेय ने आँखों ही आँखों में पद्मकान्त को उठकर एक कोने में पहुँचने का संकेत किया। दोनों ही कोने में पहुँच गए। लल्लू पाण्डेय ने अपने मन की बात

रखी कि चाय आदि का प्रबन्ध नहीं है क्या? फिर, अपनी चारपाई पर जा बैठे लल्लू जी।

पद्मकान्त तुरन्त ओमा को साथ लेकर ऊपर के कमरे में चला गया और जिज्जी से लल्लू द्वारा चाय की इच्छा प्रकट करने के बारे में बताया। बात को बीच में ही लपकते हुए ओमा बोली, "पद्मकान्त! बस इतनी सी बात? यह बात तू मुझे नीचे ही बता देता तो आधा काम तो अब तक कभी का निबट भी गया होता?"

"ओमा! तुझे बताने का क्या लाभ? तुझे चाय बनानी कहाँ आती है," पद्मकान्त ने उसकी ओर देखते हुए कहा।

ओमा उसे कुछ चिढ़ाते हुए बोली, "तुझे क्या पता बुद्धू! दिल्ली से लौटने के बाद जिज्जी ने हमें बताया था और सिखाया भी था। बस। इतनी सी बात? चल तू बैठ नीचे जाकर जीजा जी के पास। तू भी पीएगा क्या? पिता जी से पूछ कर बता देना, वे भी पीएँगे क्या? माँ से मैं अपने-आप पूछ लूँगी? फिर मेरी ओर देखते हुए बोली, "जिज्जी! तूने भी पीनी है क्या?" मैंने सिर हिलाकर अपनी सहमति जता दी और मेरी सहमति लेकर वह चली गई नीचे चाय बनाने के लिए।

मैंने पद्मकान्त के कान में फुसफुसाते हुए कहा, "सुन भइया!" माँ से कह देना कि एक तश्तरी में अच्छे वाले बिस्कुट, नमक पारे, बर्फ़ी, दालमोठ, पेठा और लड्डू रख देना और ओमा से कहना कि चाय में अदरक थोड़ी अधिक डाल देना। मीठा न हल्का हो और न ज़्यादा। चाय का रंग काला न रह जाए इसलिए उसमें दूध थोड़ा ज़्यादा डाल देना," यह सुनकर पद्मकान्त हाँ में सिर हिलाता हुआ नीचे ओमा और माँ के पास चला गया।

***

शाम को घर में वे ही पकवान बने जो कि सामान्यतः अतिथियों के आने पर हर घर में प्रायः बना करते हैं। भोजनादि से निपटकर सभी अपनी-अपनी चारपाइयों पर चले गए। पद्मकान्त और लल्लू पाण्डेय एक ही चारपाई पर लेटे थे। दोनों अपनी-अपनी रुचि के अनुसार बातें कर रहे थे। बातें करते-करते थोड़ी देर में दोनों ही सो गए।

उधर माँ, पिता जी, अपने जमाई के साथ बातें करने में लगे हुए थे। इधर-उधर की बातें करते-करते 'वे' बोल उठे, "कल दिल्ली वापस जाना है, इसलिए जल्दी सोना चाहिए क्योंकि उठना भी तो जल्दी ही पड़ेगा। यह सुनकर माँ और पिता जी एक-दूसरे की ओर देखने लगे। एकदम से शान्ति छा गई।

उस शान्ति को भंग करते हुए माँ बोली, "देखो लाला! विवाह के बाद पहली बार आए हो। ऐसे अवसर पर तो मेहमान अपनी ससुराल में दो-चार दिन रुकते ही

हैं। कल तो इसकी सखी-सहेलियाँ भी आएँगी तुमसे मिलने के लिए। वे सभी कह रही थीं, "जब जीजा जी आएँगे तो उन्हें हमसे मिले बिना जाने नहीं देना," इसलिए अभी तो जाने की भूल जाओ। फिर, बाद की बाद में देखी जाएगी।

कुछ देर इधर-उधर की बातें करने के बाद पिता जी बोले, "चलो भई! चलो! सोने की सोचो। ओमा! देख ये दोनों बच्चे सो गए। दूध ले आ। उठाके पिला दे दोनों को। नींद पक जाएगी तो दोनों के लिए कठिनाई हो जाएगी। अपने जीजा जी को भी पिला दे।"

ओमा ने सभी को दूध पिलाया। ऊपर मेरे पास भी दूध लेकर आई। मैंने और ओमा ने साथ-साथ दूध पीया। बैठकर वह बतियाने लगी। उसे सम्भवतः यह लग रहा था कि जिज्जी छत पर अकेली बैठी-बैठी ऊब गई होगी चलो थोड़ा उसका मन ही बहला दिया जाए। कुछ देर बाद माँ ने आवाज़ देकर ओमा को नीचे बुला लिया।

***

रात को सोने की व्यवस्था माँ ने ऐसी कर दी थी कि नीचे माँ, पिता जी और मेरे देवर व भाई की चारपाइयाँ थीं। ऊपर छत पर मेरी, ओमा की और ओमा के जीजा जी के लिए सोने का प्रबन्ध था। पिता जी लेटे और लेटते ही सो गए।

माँ उनसे बोली, "लाला! नीचे गर्मी है। तुम्हें गर्मी में सोने का अभ्यास नहीं है। इसलिए तुम्हारी चारपाई ऊपर छत पर बिछवा दी है। जाओ, हवा में आराम करो। ओमा! छोटी बाल्टी में पीने का पानी ले जा और गिलास ले जा। ज़ीने की अन्दर से कुन्डी लगा लेना।"

आज की रात एक विशेष रात थी। छत पर चारों ओर चाँदनी छितराई हुई थी। यह सम्भवतः त्रयोदशी या चतुर्दशी की रात रही होगी। गाँवों और क़स्बों की रातें बहुत ही जल्दी युवावस्था को प्राप्त हो जाती हैं। सड़कों और गलियों में सन्नाटा छा चुका था। इस सन्नाटे को कभी-कभी समीप या दूर से किसी कुत्ते के भौंकने की आवाज़ भंग कर जाती थी। लगभग सारा क़स्बा नींद के अंक में समा चुका था। छत पर केवल तीन प्राणी ही ऐसे थे जो जगे हुए थे और ज्योत्सना से प्लावित हो रहे थे। आश्चर्यजनक रूप से हवा में भी आज हल्की सी ठण्ड व्याप्त थी। एक मनोरम वातावरण बना हुआ था। परन्तु, हम तीनों ने अभी तक भी मौन ओढ़ा हुआ था।

"जिज्जी! अब चुप क्यों है? जिस दिन से गौने का पत्र आया है दिल्ली से, उसी दिन से मन में सपने बुन रही थी कि जब वे आएँगे तो उनसे यह कहूँगी। यह पूछूँगी। इस बारे में बातें करूँगी और आज जब अवसर आया है तो मुँह में दही जमाकर बैठी है। होंठ सीं रखे हैं क्या? कुछ बोलती क्यों नहीं? पता नहीं है कि रात भी आधी हो चली है? कुछ तो बोल," ओमवती की आवाज़ में कुछ खीज सी थी।

यह सुनकर 'वे' मुस्कुरा उठे। मन का भेद खुलते देख मैं लाज के मारे पानी-पानी हो रही थी। ओमवती बोली, "जिज्जी! मेरी चारपाई से उठ और वहाँ जीजा जी वाली चारपाई पर उनके साथ बैठ जा।" परन्तु साहस मेरा साथ नहीं दे रहा था अतः मैं वहीं ओमा के साथ उसकी चारपाई पर ही बैठी रही। वे तब भी धीरे-धीरे मुस्कुरा रहे थे।

मुझे वहाँ से टस से मस न होते देख ओमा झुँझला गई और चारपाई छोड़ अपने जीजा जी की चारपाई के पास जाकर झल्लाते हुए बोली, "जीजा जी! जिज्जी तो मानेगी नहीं, न आएगी। आप ही चले जाओ जिज्जी के पास। कुछ बतियाओ जिज्जी से। कुछ अपनी कहो। कुछ उसकी सुनो। इतने महीने हो गए बिछुड़े हुए। बहुत कुछ होगा कहने-सुनने को इसके पास और आपके पास भी। चलो उठो! खड़े हो जाओ," कहकर उसने उनके हाथ पकड़कर उठाया और मेरी चारपाई पर बिठा दिया। यह कुछ चुटकियों में ही घटित हो गया। यह देख कर मेरे हृदय की धड़कन और भी अधिक बढ़ गई।

सकुचा कर मैं और भी सिकुड़ गई। तभी ओमा की आवाज़ आई, "जिज्जी! मुझे बड़े ज़ोर की नींद आ रही है। मैं तो सो रही हूँ। तुम चाँदनी रात का आनन्द भोगो," कहकर वह हमारी ओर पीठ करके सो गई।

***

यह भाँप कर कि वह सो गई है उन्होंने पहले मेरा हाथ पकड़ा। मैंने अनिच्छा से हाथ छुड़ाने का हल्का सा प्रयास किया। परन्तु, उनकी पकड़ बड़ी ही सशक्त थी इसलिए मैं अपनी उँगुलियाँ छुड़ा नहीं पाई। कुछ देर बाद हमें आभास हो गया कि ओमा वास्तव में ही सो गई है तो उन्होंने मुझे आलिंगन में समेट लिया। धीरे-धीरे उनकी उँगुलियों के पोर मेरे शरीर के विभिन्न अंगों से खेलने लगे। प्रतिक्रिया स्वरूप मेरे शरीर में भी शनैः शनैः ऊर्जा का संचार होने लगा। मन में सिहरन सी होने लगी।

थोड़ी सी देर में हम पर काम-आवेग प्रभाव दिखाने लगा। हम दोनों चारपाई पर ही लेट गए। कुछ ही देर में आलिंगन, चुंबन और विभिन्न अंग स्पर्श और मर्दन करते-करते कब निद्रा मग्न हो गए, पता ही नहीं चला।

***

सवेरे के समय हवा में कुछ अधिक ठण्डक का मुझे आभास सा हुआ। मैंने नेत्र खोले और सिर पर बहु विस्तारित आसमान देखा तो लगा कि चन्द्रआभा कुछ मध्यम सी हो चली थी। तारों का टिमटिमाना भी कम हो गया था। आकाश ने रंग बदलना प्रारम्भ कर दिया था। मैंने अपनी बगल में देखा तो वहाँ ओमा नहीं कोई और आदमी सोया हुआ था। यह देख, मैं घबरा गई। मेरे मुख पर भय और

चिन्ता की रेखाएँ उभर आई थीं। मेरी चीख निकलने वाली ही थी। तभी उन्होंने करवट बदली। उनके चेहरे पर दृष्टि पड़ते ही मेरी श्वासगति, मन और मस्तिष्क सब सामान्य और शान्त हो चले थे। लेकिन, तभी मेरे मन में अचानक विचार कौंधा कि पौ फटने वाली है। आस-पास के घरों की छतों पर लोग आने प्रारम्भ हो जाएँगे। मुझे किसी ने इस अवस्था में यदि, देख लिया तो मैं हास-परिहास की पात्र बन जाऊँगी। अतः मैं तुरन्त उठी और जाकर ओमा की चारपाई पर उसकी बगल में लेट गई।

आसमान रंग बदल रहा था। कोई-कोई पक्षी चहचहाता हुआ इधर से उधर निकल जाता। सितारे भी लुप्त प्रायः हो रहे थे परन्तु धुँधला सा कोई एक-आध तारा अभी भी दूर, बहुत दूर टिमटिमा रहा था। लगता था कि वह अपने अस्तित्व के प्रति आशावान था और अंतिम क्षण तक अपनी रक्षा के लिए संघर्षरत था। लेकिन, उसका यह संघर्ष भी अधिक देर तक टिका न रह सका। और अन्त में वह भी लुप्त हो गया। उधर आकाश का रंग भी सुनहरा हो चला था। अब आकाश में छोटे-मोटे पंछी भी पंक्तियों में उड़ रहे थे, चहचहा रहे थे। मेरी आँखों की नींद उड़ चुकी थी। मैं उठकर खड़ी हो गई। सभी स्थानों से जीवन के गतिशील हो जाने के लक्षण उभरने लगे थे। बड़ा ही मनोरम दृश्य बन गया था। हवा में भी थोड़ी शीतलता बढ़ गई थी। कुल मिलाकर यह दिन बड़ा ही रमणीय और अविस्मरणीय बनकर रह गया था।

***

दोपहर तक सारा काम निपटाकर और भोजन आदि से निपटकर मैं, ये और ओमा छत पर बने कमरे में जा बैठे। थोड़ी ही देर में गली-मुहल्ले की महिलाएँ भी आ गईं और उन्होंने बैठक जमा ली।

ओमा नीचे जाकर, ऊपर बैठे सभी व्यक्तियों के लिए पानी और जलपान की सामग्री ले आई। बातचीत केवल प्रारम्भ ही नहीं हुई बल्कि हँसी-ठट्ठे के साथ-साथ आगे भी बढ़ चली। कुछ इनके साथ ठिठोलियाँ करने लगीं। वातावरण बड़ा ही आमोद-प्रमोद वाला बन चुका था। सभी किसी न किसी बहाने इनको घेरने और निरुत्तर करने में लगी हुई थीं।

तभी मेरी एक सहेली बोल उठी, "जीजा जी! भगवान आप दोनों को कुदृष्टि से बचाए। क्या हंस-हंसनी की जोड़ी बनाई है उसने आप दोनों की?"

"जीजा जी! मैंने यदि आपको पहले देखा होता तो सच मानिए मैं आपको भगा ले जाती," एक और सहेली ने वाक्बाण छोड़ा।

नहले पर दहला मारते हुए ये बोले, "अरे साली साहिबा! आप बिना बात के मन क्यों छोटा करती हैं। भागने की आवश्यकता ही क्या है? आप अपनी जिज्जी को सहमत कर लीजिए। आप भी बराबर अपनी सहेली के साथ उनके घर में

रहिए। उनके सभी अधिकारों में आप भी भागीदार बन जाइए। आपकी मनचाही हो जाएगी और आपकी जिज्जी को भी एक संगी-साथिन मिल जाएगी।

इस पर वह बेचारी लजा गई और अपना मुँह नीचे कर लिया। इनके उत्तर को सुनकर शेष मण्डली भी हँस पड़ी। मैं भी अधरों-अधरों में मुस्कुराए बिना न रह सकी।

तभी एक अधेड़ महिला बोल उठी, "मेहमान मुझे ले चलो अपने संग। मेरे दो बच्चे हैं उन्हें भी साथ ले लेंगे तो तुम्हें बच्चे पैदा करने के लिए कोई भी प्रयास या परिश्रम करने की कोई आवश्यकता नहीं पड़ेगी। यदि, फिर भी एक-दो बच्चा पैदा करने की इच्छा तुम्हारी बन आवै तो मुझे कोई आपत्ति नहीं होएगी।" इस पर सब ठठाकर हँस पड़ीं।

वे बोले, "भाभी जी! तो फिर एक काम करते हैं। मैं आपके ही घर में रह जाता हूँ। आपकी भी मनचाही हो जाएगी और उधर आपकी ननद भी अपने माता-पिता के साथ बनी रहेगी। उनके गृहस्थ-धर्म का भी पालन हो पाएगा," सुनकर सभी हँस पड़ीं।

"जीजा जी! आप मुझे एक बात बताइए कि आप मुझे मौसी कब बना रहे हैं," अचानक ही मेरी एक अन्य सहेली चिहुँक उठी।

"साली साहिबा! आपका विवाह हो गया क्या?"

"नहीं! बस, अगले महीने होने वाला है," उसने उत्तर दिया।

ये बोले, "ठीक है साली साहिबा! मैं तुम्हें वचन देता हूँ कि तुम्हारे माँ बनने से पहले ही मैं तुम्हें मौसी बना दूँगा।"

यह सुनकर जहाँ मेरी सखी चुप्पी साध गई वहीं अन्य उपस्थित महिलाएँ भी शान्त होकर रह गईं। उनके चेहरे पढ़ने के बाद लग रहा था कि दिल्ली से मेरे लौटने के बाद अगले दिन उस महिला मण्डली के द्वारा मेरे पति पर अप्रत्यक्ष रूप से 'यौन अक्षम' होने का जो आरोप लगाया गया था उसका उत्तर भी उन्हें मेरे पतिदेव द्वारा उक्त सखी को दिए गए वचन से मिल गया था। हाँ, इससे मुझे बड़ी प्रसन्नता और संतुष्टि हुई और इन पर जो यह मिथ्यारोप लगने से मुझे धक्का लगा था उससे भी मुझे बहुत बड़ी राहत मिली।

उसके बाद बहुत देर तक इधर-उधर की बातें होती रहीं। कुछ ने उनसे घर-परिवार के विषय में जानकारी जुटाने का प्रयास किया। कुछ ने उनकी शिक्षा के विषय में, उनकी नौकरी के बारे में, उनकी रुचि और शौक़ के बारे में अनेकानेक प्रश्न किए। प्रतिक्रिया स्वरूप इन्होंने भी सभी महिलाओं से बड़े ही रुचिकर ढंग व शालीनता के साथ बातचीत की। आज की इस भेंट का जो सर्वसम्मत परिणाम

निकला उसके अनुसार वे सभी संतुष्ट थीं, प्रसन्न थीं और इनके व्यवहार, व्यक्तित्व और वार्ताकौशल से वे बहुत अधिक प्रभावित भी थीं।

चलते समय उन महिलाओं का यह कथन था, "धन्या! यथा नाम तथा गुण। जैसा तुम्हारा नाम है वैसा ही तुम्हारा भाग्य भी धन्य है। तुम्हें पतिदेव बड़े ही अच्छे, शालीन, सुदर्शन और प्रभावशाली मिले हैं। हमें दोबारा से यह कहने में संकोच नहीं है कि तुम्हारी जोड़ी साक्षात सीता-राम जैसी है। तुम बहुत ही भाग्यशाली हो जो तुम्हें ऐसे पति मिले हैं। पहली बात तो यह है कि भगवान तुम दोनों को बुरी नज़र से बचाए और दूसरी बात कि तू इनको अपने समूचे प्यार और देख-भाल से दूसरों के आकर्षण जाल से बचा कर रखना। कहीं ऐसा न हो कि तुम्हारी थोड़ी सी भी उपेक्षा और अतिविश्वास इन्हें तुम्हारे हाथों से छीन लें।"

***

सायं के समय उन्होंने माँ से कहा, "अम्माँ जी! कल तो हम दिल्ली के लिए निकल ही जाएँगे तो क्यों न अभी पद्मकान्त को लेकर आपका कस्बा ही घूम आएँ। सुनने में आया है कि यहाँ महाभारत कालीन विश्वप्रसिद्ध गुरु द्रोणाचार्य जी के भव्य मंदिर के भग्नावशेष भी हैं। उन्हें भी देख आएँगे।"

"ठीक है, लेकिन थोड़ा जल्दी आ जाना क्योंकि लल्ली कह रही थी कि आज के जलपान के लिए वह तरह-तरह के पकोड़े बनाएगी। साथ में चाय भी बनेगी। यहाँ आकर उसने सबको चाय का केवल स्वाद ही नहीं चखाया बल्कि समय-समय पर चाय पीने का चस्का भी अपनी सखी-सहेलियों को लगा दिया है। अब तो, उनके घर पर कोई भी सम्बन्धीं या आगंतुक आ जाता है तो उन्हें भी वे चाय के साथ ही जलपान कराती हैं। आने वालों को भी चाय स्वादिष्ट लगती है तो वे इसके विषय में जानने के लिए गहन जिज्ञासा भी प्रकट करते हैं। अब तो अगर कोई शहर जाता है तो वह सभी के लिए चाय की पुड़ियाएँ ले आता है। इस प्रकार, पहले से ही दूध-छाछ पर निर्भर रहने वाले हमारे गली मोहल्लों में भी, चाय अब प्रचलन में आने लगी है।... अरे! मैं भी क्या बखान करने बैठ गई। जाओ! जाओ!... फिर लौटना भी जल्दी है," माँ ने पद्मकान्त की ओर देखते हुए कहा। यह सुनकर वे दोनों चले गए।

उन्हें गए हुए भी घंटा-डेढ़ घंटा हो गया था। माँ ने कई बार चिन्ता व्यक्त की कि इतनी देर हो गई वे अभी तक लौट के ही नहीं आए। हमने चाय पकौड़े तैयार भी कर लिए थे। पर, उनका पता ही नहीं था। ओमा उठी ओर दहलीज़ का दरवाज़ा खोल कर बाहर देखने लगी तभी वे दोनों सामने से आते हुए दिखाई दिए। ओमा साँकल और दरवाज़ा खुला छोड़ आई और बोली, "लो आ गए।"

"पद्मकान्त! कितनी देर लगा दी भइया। मैंने चलने से पहले ही कह दिया

था जल्दी आने के लिए। तुम भूल गए थे या बीच में कोई और मिल गया था?" माँ ने पूछा।

पदम्कान्त बोला, "वो माँ! जीजा जी को मंदिर में अधिक समय लग गया था। वहाँ के पंडित जी के साथ एक साधु जी महाराज और बैठे हुए थे। वे हमारी सारी की सारी जिज्ञासाएँ शाँत करने में लग गए थे। वे मंदिर की प्राचीनता और महत्त्व पर प्रकाश डाल रहे थे जो अत्यधिक रुचिकर और ज्ञानवर्धक रहा।"

"अच्छा ठीक है। चलो, चाय और पकोड़े ठण्डे हो रहे हैं। ओमा! अपने पिता जी को भी बुला ले। ऊपर गए हैं लल्ली का सामान ठीक करने और लगाने के लिए।"

***

तेरह

अगले दिन अपने नियत कार्यक्रम के अनुसार हम दिल्ली के लिए निकल पड़े। जहाँ बस अपने निर्धारित समय से निकली, वहीं रेल भी अपने निश्चित समय पर आ गई थी। दिन छिपने से पहले-पहले ही हम अपने घर पहुँच गए। परम्परानुसार मैंने घर में प्रवेश किया। सभी का यथायोग्य अभिवादन किया। तत्पश्चात भोजनादि से निवृत होकर हम सोने के लिए चले गए।

अब, ससुराल में मेरा जीवन एक 'सामान्य गृहिणी' की भाँति ही बीतने लगा था। परन्तु, मेरे पहनावे और साज-श्रृंगार के प्रति मेरी सासू माँ अभी भी विशेष सजग और सावधान रहती थीं। उनका मानना था कि उनके घर की नववधू को देखकर हर कोई यह समझ जाए कि वह इस घर की गौनावली है। इसलिए मैं सदा ही, सजी-सँवरी गुड़िया की भाँति ही रहती थी। हाँ, घर के सभी काम-काज में हर सम्भव सहायता मैं करती ही रहती थी क्योंकि अब घर में केवल छोटी ननद और सासू माँ ही रह गई थीं घर का काम काज करने के लिए। बड़ी ननद तो अपनी ससुराल चली गईं थीं।

* * *

एक दिन ससुर साहब ने अपने बड़े बेटे अर्थात मेरे पतिदेव के हाथ में सिनेमा की दो टिकिटें लाकर रख दीं और बोले, "लो भई! कल दोपहर को रीगल सिनेमा हॉल में लगे 'शो' की ये दो टिकिटें हैं। वापसी में रीगल के पास ही मद्रास होटल में साँभर-डोसा का स्वाद भी बहू को चखा देना। समझे? ये लो बीस रुपए। रख लो, काम आएँगे। और सुनो, इसे वहीं कनॉट-प्लेस में थोड़ा बहुत घुमा-फिरा भी देना।

अगले दिन निश्चित कार्यक्रम के अनुसार रीगल सिनेमा के लिए हम दोनों घर से निकले और बाहर से ताँगा ले लिया। हम वहाँ ढाई बजे के लगभग जा पहुँचे। दस आने वाले, सवा रुपए और ढाई रुपए वाले टिकिटधारी दर्शकों की अलग-अलग लाइनें लगी हुई थीं। हम दोनों बॉक्स ऑफ़िस के गेट के पास जा खड़े हुए। फ़िल्म समाप्त होने की 'संकेत-घंटी' घनघनाई। थोड़ी ही देर में निकास द्वार खुल गए। दर्शकों की अनियंत्रित भीड़ एक दूसरे को धकियाते हुए कुछ ही देर में सिनेमा घर से बाहर निकल गई।

कुछ देर बाद, टिकिटधारियों की लाइनें हॉल के भीतर प्रवेश कर अपने-अपने स्थानों पर बैठ गईं। हॉल के गेट के बाहर खड़े टॉर्चमैन ने हमसे टिकिटें लेकर उस पर बैटरी से रौशनी डाली और फिर हमारी सीटों पर हमें बैठा दिया। जिस केबिन में

सोफ़े पर हमें बिठाया गया, वह स्थान केवल दो लोगों के लिए ही था। सामने पर्दे पर फ़िल्म चालू हो गई। मेरे जीवन का यह पहला और अनूठा अनुभव ही था क्योंकि आज तक मैंने फ़िल्म देखी ही नहीं थी। हम दोनों यहाँ पर बिल्कुल ही अकेले थे। हॉल में अँधेरा था। केवल पर्दे पर चल रही फ़िल्म के मंद्र प्रकाश में हॉल में बैठे लोगों के सिर ही सिर दिखाई दे रहे थे। एकान्त और अँधेरे का लाभ उठाते हुए इनके भीतर का पुरुष (पति) जग गया और इन्होंने वही पति प्रकरण दोहराना प्रारम्भ कर दिया जो मेरे पीहर में मकान की छत पर चाँद की चाँदनी में ओमा के सोने के बाद इन्होंने किया था। प्रारम्भ में थोड़ा संकोच और झिझक तो मुझे हुए लेकिन कुछ क्षणों के बाद मेरे हृदय की तंत्री भी झंकृत होने लगी और मैं भी इनके रंग में रंगने लगी। इससे उत्साहित होकर इन्होंने मुझे अंक में बिठा लिया और उसके बाद तो इन्होंने वह सब कुछ किया जो कुछ उस समय वहाँ पर सम्भव हो सकता था।

इतनी देर में मध्यान्तर हो गया। हॉल प्रकाशमान हो गया। कुछ दर्शक अपनी जगह छोड़कर हॉल से बाहर जाने लगे। उसके पहले ही मैं इनके अंक से छिटक कर पुनः अपनी जगह पर जा बैठी और मैंने अपने अस्त-व्यस्त वस्त्रों को ठीक किया। तभी ये उठे और हॉल से बाहर चले गए। मैंने देखा कि पर्दे से लेकर बॉक्स तक लोगों की भीड़ ही भीड़ थी।

मुझे यह बात समझ नहीं आ रही थी कि इन्होंने इतने अधिक पैसे दिए हैं तो भी ये सबसे पीछे क्यों बैठे हैं, जबकि सबसे कम पैसे देने वाले सबसे आगे बैठे हैं। ऐसा क्यों भला? स्वांग या रामलीला में तो हमने यही देखा था कि धनाढ्य या अधिक पैसा उछालने वाले लोग ही आगे बैठते थे, जबकि निर्धन और अन्य असहाय लोग पीछे बैठते थे या भीड़ के तीनों ओर हाथ बाँधकर खड़े होके तमाशा देखते थे बेचारे। कुछ ही देर में पेय पदार्थ और खाद्य सामग्री के साथ लौटकर 'ये' अपने स्थान पर बैठ गए।

उसी समय मध्यान्तर समाप्त होने पर हॉल में पुनः अँधकार छा गया और फ़िल्म दोबारा प्रारम्भ हो गई। कहने की आवश्यकता नहीं बल्कि समझने की बात है कि तब भी क्या कुछ हुआ होगा, फ़िल्म के समाप्त होने तक।

* * *

सिनेमा हॉल से निकलकर हम मद्रास होटल जा पहुँचे। वहाँ एक ख़ाली मेज़ के साथ बिछी बैंच पर हम दोनों बैठ गए। इन्होंने मेज़ पर रखे दो छोटे-छोटे गिलासों में वहीं रखे एक जग से पानी उंड़ेला। पानी पिया। इतनी देर में कांधे पर गमछा रखे एक लुंगी धारी व्यक्ति आया और पूछा कि क्या चाहिए?

उसे उत्तर देते हुए इन्होंने कहा, "दो डोसे।"

"मसाला या प्लेन", उसने पूछा।

उन्होंने कहा, "मसाला डोसा।"

थोड़ी ही देर में मसाला डोसा, साँभर और नारियल चटनी लेकर वही लुंगी वाला आ गया। उसने सामान मेज़ पर रख दिया। ख़ाली गिलासों में उसने जग से पानी भरा और ख़ाली जग लेकर वहाँ से चला गया।

मैं डोसे की बनावट, साँभर के स्वाद और नारियल चटनी के रंग-रूप व स्वाद आदि से चमत्कृत थी। मैंने डोसे- साँभर के विषय में जब अपनी प्रशंसात्मक टिप्पणी की तो उन्होंने मुस्कुराते हुए कहा, "अभी तो आपके वैवाहिक जीवन का प्रारम्भ ही हुआ है देवी जी! इस जीवन के प्रारम्भिक चरण के ये नए-नए अनुभव हैं। यहाँ के अभी तो कई ऐसे खाद्य पदार्थ अभी और भी हैं जिनके आपने भविष्य में स्वाद लेने हैं। चलिए! अब घर चलते हैं। अम्माँ, बाबू जी चिंतित होंगे। बड़ी ही उत्सुकता से प्रतीक्षा कर रहे होंगे। इसलिए, अब हमें शीघ्र से शीघ्र ही घर पहुँचना होगा। बाबू जी ने जो कॅनाट-प्लेस घुमाने-फिराने के लिए कहा था, वह कार्यक्रम फिर कभी अगली बार बना लेंगे," उन्होंने कहा।

मैंने भी सहमति दे दी।

मद्रास होटल से निकलकर हम मद्रास होटल बस स्टैण्ड पहुँचे और वहाँ से घर जाने के लिए बस में सवार हो गए। बस चलने के पन्द्रह-बीस मिनिट के अन्दर ही हम घर के पास वाले बस स्टैण्ड पर उतर गए। यहाँ से घर की पैदल दूरी मात्र 10-15 मिनिट की ही थी।

घर पहुँचकर ये अपने वस्त्र बदलकर घर से बाहर बैठे बाबू जी के पास जा बैठे और मैं कपड़े बदलकर अपनी सासू माँ और ननद के साथ घर के काम-काज में लग गई। बाबू जी, सासू माँ और ननद रानी ने सायं का भोजन कर लिया था। हम दोनों पति-पत्नी तो बाहर से खाकर आए ही थे। इसलिए कुछ देर बातें करने के बाद और सिनेमा से सम्बन्धित कुछ मनोरन्जक चर्चा के बाद सासू माँ सोने के लिए चली गईं।

मैं और ननद बैठी रहीं बातचीत करती रहीं। उन्होंने सिनेमा हॉल में फ़िल्म देखे जाने के बीच हो सकने वाली आन्तरिक सम्भावनाओं पर खुलकर चर्चा करनी चाही। परन्तु, लज्जावश मैं उनसे इस वार्ता में सहयोग नहीं कर पाई। अन्त में, हम दोनों भी उठ खड़ी हुईं और अपने-अपने सोने के प्रबन्धन में लग गईं।

* * *

एक शनिवार के दिन शाम को चाय के समय बाबू जी बोले, "लल्लू पाण्डेय! अपनी अम्माँ को बुलाना।"

फिर, लल्लू पाण्डेय को देखते हुए बाबू जी बोले, "चलो! ठीक है। बैठो। तुम भी चाय पी लो पहले। चाय पीकर अपनी अम्माँ से कहना कि वे चाय पी कर बाहर आ जाएँगी। उनसे बात करनी है कल के बारे में।"

"ठीक है," कहकर मेरे देवर वहीं बैठकर बाबू जी के साथ चाय पीने लगे।

थोड़ी ही देर में अम्माँ जी बाबू जी के पास जा पहुँची, "हाँ, बोलो। क्या कह रहे हो?"

"मैं यह कह रहा था कि अगले सप्ताह बहू अपने पीहर जा रही है, तो क्यों न हम कल बिरला मंदिर चलें?" तुम्हें भी तो वहाँ गए हुए डेढ़-दो साल हो गए हैं। पिछली बार तुम्हारे भाई-भाभी जब दिल्ली आए थे तभी तो उनके साथ गए थे हम बिरला मंदिर देखने के लिए। तो कल सुबह-सुबह जल्दी निकल लेंगे घर से जिससे कि भीड़ बढ़ने से पहले ही हम मंदिर के अधिकतर भागों को देख लें और दोपहर के बाद की चाय के समय, हम अपने घर पर ही चाय-पकौड़े के नाश्ते का आनन्द भी ले सकें," बाबू जी ने कहा।

अम्माँ जी बोलीं, "मैं तो सोच रही थी कि कल तुम दोनों को सामान लिखवा दूँ बहू के पीहर जाने की तैयारी करने के लिए। पर तुमने तो सारा खेल ही चौपट कर दिया। कल की छुट्टी बीत जाने के बाद, उठी पैंठ फिर आठवें दिन ही लगेगी। इस तरह तो, बहू की विदाई का कार्यक्रम भी एक सप्ताह और आगे सरक जाएगा।"

"अरे! नहीं, भई नहीं। घबराती क्यों हो? चाय हमने पी ही ली है। तुम सामान लिखवा दो। हम अभी जाकर सामान ले आते हैं। अभी तो बहुत समय पड़ा है। दुकानें आठ बजे तक खुलती हैं। चिन्ता की क्या बात है? वापिसी में ताँगा या रिक्शा ले लेंगे। बस तुम जल्दी से सामान लिखवा दो।

"लल्लू पाण्डेय! तुम जल्दी से सामान लिखो। इतनी देर में हम कपड़े बदल लेते हैं," कहकर पिता जी और वे दोनों घर के अन्दर आ गए कपड़े बदलने के लिए।

इधर सामान की सूची तैयार हुई उधर ये दोनों पिता-पुत्र झोले लटकाकर निकल गए।

अम्माँ जी की आवाज़ आई, "चलो भई! खाने-वाने की तैयारी कर लो। मुझे लगता है कि अंगीठी ठण्डी पड़ गई है। अगर ठण्डी पड़ गई है तो उसमें कोयले डालकर तेज़ कर लो और अगर बिल्कुल ही बुझ गई है तो नए सिरे से सुलगा लो।"

मैं अंगीठी सुलगाने जा ही रही थी कि ननद ने कहा, "भाभी! अंगीठी मैं सुलगा लेती हूँ। तुम अम्माँ से पूछकर तरकारी काट लो और उसके बाद हो सके तो आटा भी माँड लेना।"

थोड़ी ही देर में आटा माँड़ने और तरकारी काटने का काम भी निपट गया।

इधर अंगीठी भी खाना बनाने के लिए तैयार हो गई थी। अम्माँ जी ने पराँठे सेंकने के लिए कहा। उन्होंने कहा, "रेली (वनस्पति) घी निपट गया है। देसी घी से ही बना ले।"

खाना बनाकर हम तीनों बैठकर बतियाने लगीं। सासू माँ कभी इस विषय पर बात करतीं तो कभी उस विषय पर। उनकी बातों का न तो कोई आदि होता था और न कोई अंत। बातों के सिरों की इस कुशलता के साथ वे रफ़ूगिरी करती चली जातीं थीं कि पता ही नहीं लग पाता कि विषय कब और किस वार्ता बिन्दु पर जाकर करवट बदल गया।

तभी मेरे देवर की आवाज़ आई "अम्माँ! बाबू जी और भइया आ गए हैं सामान लेकर।"

आवाज़ सुनकर मेरी ननद बाहर की ओर लपकीं और अपने पिता जी तथा भइया के हाथों से झोले लेकर अन्दर रख दिए।

"इन झोलों को एक ओर टिकाकर रख दे। अपने पिता जी और भइया को पहले पानी दे पीने के लिए और फिर उनके लिए भोजन परोस दे," सासू माँ बोलीं।

चौके में तीनों के लिए थालियाँ लगा दी गईं। मैं और ननद भीतर वाले कमरे में जा बैठीं। सासू माँ ने सभी को भोजन कराया। उनके भोजन से निवृत होने के बाद माँ ने उनके हाथ धुलाए। वे तीनों बाहर निकल गए। उसके बाद माँ ने आवाज़ लगाई, "चलो भई! बाहर आ जाओ। तुम्हारे पिता जी और भाइयों ने भोजन कर लिया है। आ जाओ! तुम भी भोजन कर लो। फिर कल सुबह की भी तो तैयारी करनी है। तुम्हारे पिता जी से पूछना पड़ेगा कि बिरला मंदिर पहुँचने के बाद खाने के लिए आलू के पराँठे और अचार से काम चलेगा या पूरियाँ और तले आलू बनाने पड़ेंगे। अगर आलू के पराँठे बनने हों तो अंगीठी पर आलू रखने दें उबालने के लिए और यदि पूरी-आलू बने हैं तो फिर सारा काम सवेरे ही निपट जाएगा।"

ननद बाहर गई और अपने पिता जी व भाइयों से पूछने लग गई, "हाँ तो तीनों सोचकर निर्णय दो कि पूरी-आलू बनेंगे या आलू के पराँठे बनेंगे कल सवेरे बिरला मंदिर ले जाने के लिए?"

"आलू के पराँठे," देवर ने कहा। बाक़ी सबने उसका मुखर समर्थन कर दिया।

सासू माँ ने यह सब सुना और तदनुसार प्रबन्ध कर हमारे साथ भोजन ग्रहण किया। हमने रसोई समेटी। अंगीठी सवेरे के लिए तैयार की। सब को दूध दिया और सोने चले गए। कहने की बात नहीं है कि वे मेरे ही कमरे में सोए।

***

सभी सवेरे जल्दी उठे। निवृत होकर स्नानादि से निपटे। चाय नाश्ता किया।

झोले में एक चादर, भोजन सामग्री और कुछ पूजन आदि से सम्बन्धित सामान लेकर, घोड़े-ताँगों से हम बिरला मंदिर जा पहुँचे। जहाँ, सबसे पहले हमने भगवान श्री लक्ष्मी नारायण जी की पूजा-अर्चना की। पुजारी जी ने हम नव दंपत्ति से विशेष पूजा कराई। भगवान के चरणों से हमें पुष्पहार व प्रसाद भी दिया। बिरला मंदिर पहुँचकर मुझे लग रहा था कि वह जगह कुछ जानी-पहचानी सी है। वहाँ पहले मैं कभी आई हुई हूँ। लेकिन, कब आई? इसका ध्यान ही नहीं आ रहा था। फिर भी मैं, उधर बनी हुई एक-एक जगह, मन्दिर, मूर्ति, आराधना-स्थल को बड़े ही ध्यान से देख रही थी।

यहाँ के निर्माण बड़े ही भव्य और चित्ताकर्षक थे। मंदिर के पीछे की पहाड़ियाँ इसकी शोभा को कई गुना बढ़ा रही थीं। बच्चे और बड़े, मानव निर्मित पशुओं की अनुकृतियों के साथ खड़े होकर या उन पर सवार होकर फ़ोटो खिंचवा रहे थे। वहाँ से चलकर हम सीढ़ियाँ उतर कर एक चौड़े मैदान में जा पहुँचे। इसके एक कोने में बड़ा साधारण सा, जलपान गृह बना हुआ था। यहाँ बैठने के लिए लकड़ी के बैंच बने हुए थे। पहले तो यही विचार बना कि यहीं बैठकर खाना खा लिया जाए। पर, एक तो जनता बहुत थी। दूसरे, जगह कच्ची होने के कारण धूल उड़ रही थी। भोजन करने का वातावरण भी वहाँ नहीं था।

बाबू जी बोले "एक काम करते हैं। मुख्य द्वार के पास सीढ़ियों के साथ ही एक छोटा सा बग़ीचा बना हुआ है। वहाँ चलते हैं। उसी में चादर बिछाकर भोजन कर लिया जाएगा।"

हम सभी उस बग़ीचे में जा बैठे। वहीं बैठकर हमने भोजन आदि किया। मंदिर से जब वापस घर चलने को हुए तो बाबू जी को अचानक ही कुछ सूझा और वे सासू माँ से कहने लगे, "अरे! सुनती हो? आज हमारा सारा परिवार यहाँ इकट्ठा है। जगह भी अच्छी है। फ़ोटोग्राफ़र भी है। चलो पूरे, परिवार के फ़ोटो खिंचवा लेते हैं। फिर, ऐसा अवसर बार-बार कहाँ मिलेगा एक साथ घर से निकलने का? क्या कहती हो?"

यह सुनकर सासू माँ ने कहा, "ठीक है। जैसा उचित लगे।"

वापस उसी मैदान में दोबारा से हम वहीं जा पहुँचे जहाँ जलपान गृह बना हुआ था। उसी के साथ तिपाही के ऊपर काले कपड़े से ढँका एक कैमरा रखा हुआ था। हमें अपनी ओर आते देख फ़ोटोग्राफ़र अपनी जगह से खड़ा होकर बाबू जी की ओर बढ़ते हुए बोला, "आइए! बाबू जी। किस-किस की फ़ोटो खिंचवाइएगा?"

"सभी की," बाबू जी ने उत्तर दिया।

"तो, यह बताइए कि किस-किस आकार की बनवाएँगे? यानी छोटी, मध्यम आकार की या बड़े आकार की। जिनको पासपोर्ट आकार, पोस्टकार्ड आकार तथा

कैबिनेट आकार भी कहा जाता है। पासपोर्ट आकार का फ़ोटो सबसे छोटा होता है जो केवल अकेले व्यक्ति का ही होता है। यह आवेदन या सरकारी रिकॉर्ड के लिए होता है। पोस्टकार्ड आकार इससे बड़ा होता है जिसमें दो-तीन व्यक्ति होते हैं। इससे बड़ा कैबिनेट आकार का होता है जिसमें एक छोटा समूह होता है जिसमें पन्द्रह-बीस व्यक्ति होते हैं। इससे बड़े आकार का जो फ़ोटो होता है उसमें पचास या उससे भी अधिक व्यक्ति उपस्थित हो सकते हैं," फ़ोटोग्राफ़र हमें अपना ज्ञान बघार रहा था...।

तभी लल्लू पाण्डेय चिढ़कर बोले, "ओ भाई साहब! आपने तो हम सबको ज्ञानामृत पिलाना प्रारम्भ कर दिया। भले आदमी! जो दो-चार फ़ोटो खींचने है, खींच-खाँच कर पार करो यार।"

"भइया जी! मैं यह सब बताकर केवल यही जानना चाहता था कि आपको किस-किस आकार के कितने-कितने फ़ोटो खिंचवाने हैं। अपनी आवश्यकता और जेब देखकर निर्णय ले लीजिए। हम तो यहाँ फ़ोटो खींचने के लिए ही बैठे हैं। हमारा तो काम ही ग्राहकों की संतुष्टि करना है।"

बाबू जी बोले, "भइया! एक काम करो। पहले तो हमारे बहू-बेटे की कैबिनेट आकार में, बैठी हुए और खड़ी मुद्रा में फ़ोटो निकाल दो। उसके बाद दोनों के पासपोर्ट आकार के दो-दो फ़ोटो निकाल देना। फिर हमारी बिटिया और बेटे के अलग-अलग पोस्टकार्ड आकार के फ़ोटो बना देना। उसके बाद, हम दोनों पति-पत्नी के फ़ोटो तैयार कर देना और सबके अंत में पूरे परिवार का एक फ़ोटो तैयार कर देना।"

"जी बाबू जी!" कहकर उसने अपना बॉक्स कैमरा सैट किया। बारी-बारी से सबको बिठाता रहा और फ़ोटो खींचता रहा। लगभग पन्द्रह मिनिट लगे उसे इस सारे कार्यक्रम को निपटाने में। अंत में उसने रसीद काटी जिसके अनुसार हमने पचास प्रतिशत राशि का अग्रिम राशि के रूप में उसका भुगतान कर दिया था। शेष बची राशि हमने रसीद के ऊपर लिखवा ली। उसने चार दिन बाद का समय दिया फ़ोटो ले जाने के लिए।

वहाँ से निपटकर हम मंदिर से बाहर निकले। टोकन देकर जूताघर से जूते-चप्पलें लीं। पैसे दिए और सड़क पर आ गए। वहाँ थोड़ी प्रतीक्षा करनी पड़ी ताँगे की। एक भी ताँगा बिल्कुल ख़ाली नहीं आ रहा था। एक ताँगा ख़ाली आ रहा था। वह अपने आप रुक गया और बाबू जी से बोला, "बाबू जी राम-राम। चलो बैठो। घर ही जाना है न? मैं भी विलिंग्डन में एक रोगी को लेकर आया था। वापस घर जा रहा था। आप दिखे तो अच्छा लगा," कहकर ताँगा चला दिया।

***

दोपहर ढल चुकी थी। हम घर पहुँच चुके थे। चाय का समय हो गया था। ननद ने अंगीठी सिलगाने के लिए अभी बाहर रखी ही थी कि तभी पड़ोस की लड़की एक पतीली में चाय ले आई बाबू जी से बोली, "ताऊ जी! हमने देखा कि आज जल्दी ही घर से निकल गए थे आप लोग। लग ही रहा था कि आते-आते चाय का समय तो हो ही जाएगा। अभी-अभी हमने अपने लिए चाय चढ़ाई ही थी कि आप लोगों के आने की आवाज़ कानों में पड़ गई तो हमने चाय की पतीली में पानी और बढ़ा दिया। लो! हो गई चाय आपके लिए भी तैयार। और हाँ, आपकी एक चिट्ठी भी आई है भइया की ससुराल से।..." कहकर वह अपने घर से एक लिफ़ाफ़ा ले आई और लिफ़ाफ़ा देकर अपने घर वापस चली गई।

लिफ़ाफ़े के अन्दर की चिट्ठी लिखी गई थी मेरे गौने के बाद की पीहर के लिए विदाई के सम्बन्ध में। चिट्ठी में विदाई का दिन भी लिखा हुआ था। तदनुसार हम भी मानसिक रूप से तैयार हो गए थे। अपेक्षित सामान बाबू जी ले ही आए थे।

निश्चित तिथि वाले दिन, मेरा छोटा भाई और हमारे पड़ोसी पटवारी जी का लड़का चमन, दोनों मुझे विदा कराने के लिए पहुँच गए। उनके लिए अतिथि-उचित-सत्कार की व्यवस्था की गई। वे विदाई की तिथि से दो दिन पहले ही आ गए थे। यहाँ पद्मकान्त, चमन और लल्लू पाण्डेय लगभग समवय होने के कारण आपस में शीघ्र ही घुलमिल गए। तीनों की तिकड़ी, बहुत धीरे-धीरे अपने आप में ही सिमट गई। लगता था जैसे कि उनके मिलने का उद्देश्य, मात्र गपियाना, बतियाना ही था। पता नहीं कौन-कौन से विषय थे उनके पास जिन पर उनकी चर्चा चलती रहती थी।

भोजन के बाद लल्लू पाण्डेय सासू-माँ के पास पहुँचे और बोले, "अम्माँ! यदि तुम कह दो, तो हम सभी थोड़ा सा बाहर घूम आएँ। पद्मकान्त और चमन को यहाँ के प्रसिद्ध बाज़ार दिखा लाते हैं। कल तो ये लोग भाभी को विदा कराकर चले ही जाएँगे।"

सासू माँ बोलीं, "ठीक है। लेकिन जल्दी आना। और हाँ, इन्हें कुछ चाट पकौड़ी तो खिला ही देना। साथ ही तुम्हारी भाभी की कल विदाई के समय उनके साथ भेजने के लिए खोए की दो सेर मिठाई भी लेते आना। पैसे अपने बाबू जी से लेते जाना।"

"जी अम्माँ जी!" कहकर वे तीनों घूमने निकल गए।

दो-एक घंटे बाद घूमकर वे तीनों वापस घर लौट आए। थोड़ी देर बतियाने के बाद और दूध पीने के बाद सभी सो गए। उधर मेरे पतिदेव भी जल्दी ही सोने के लिए आ गए। हम बहुत देर बातें करते रहे। विदाई-रात्रि में हमने पूर्ण संतुष्टि वाला आनन्द भी भोगा और गहरी नींद सो गए।

***

चौदह

अगले दिन भोजनादि से निपटकर हम लोग अपने मायके की दिशा में अग्रसर हो गए। दो-तीन घंटे के बाद हम अपने गन्तव्य पहुँच गए। चमन अपने घर चला गया। अपने घर की सुगंध ही कुछ और होती है जिससे एक अनोखे आनन्द की अनुभूति हुई। सारे घर के हर्ष का पारावार ही नहीं था। जलपान आदि के बाद हम बहुत देर तक बतियाते रहे। संध्या हो चली थी। आँगन से धूप विदा हो रही थी।

"चलो लड़कियो! खाना बनाने की तैयारी करो। आज जल्दी निपट जाएँगे खा पी कर। उसके बाद बैठकर जी भर कर बात कर लेना। समय ही समय रहेगा अपने पास बातें करने के लिए। लल्ली, तुम्हारा ससुराल जैसा नियंत्रण या रोक-टोक यहाँ नहीं होगा," माँ बोली।

मैं बोली, "नहीं माँ! यद्यपि, मैं अभी दूसरी बार ही गई हूँ दिल्ली, परन्तु ऐसा कुछ भी नहीं है वहाँ पर, जिससे मुझे लगे कि वहाँ का परिवार या पारिवारिक वातावरण मेरे अनुकूल नहीं है या असुविधाजनक है। तुम्हारी समधिन तो साक्षात तुम्हारी प्रतिमूर्ति हैं। मुझे तो तुम्हारे और उनके व्यवहार में मातृत्व की भरपूर सुगंध रची-पची दिखाई देती है। वहाँ न तो अधिनायकवाद है और न ही श्रेष्ठतावाद। सभी आपसी सहयोग और सहकारिता के अनुकरणीय उदाहरण हैं अतः नियंत्रण या रोक-टोक का तो कोई प्रश्न ही नहीं उठता।"

माँ को मेरे ये विचार बहुत ही अच्छे लगे। प्रसन्नता और संतोष के भाव उनके चेहरे पर स्पष्ट झलक रहे थे।

सायंकालीन भोजन की तैयारी चल निकली। हम तीनों ने मिलजुल कर सब्ज़ी काटी। आटा गूँधा। चूल्हा जलाया। सब्ज़ी पकाई। रोटियाँ सेकीं। भोजन परोसा। एक साथ बैठकर भोजन ग्रहण किया। रसोई समेटी। बर्तन आदि साफ़ किए। उसके बाद पहले की ही भाँति हमारी पारिवारिक पंचायत, प्रारम्भ होने के कगार पर थी।

पिता जी ने प्रश्न किया, "हाँ तो लल्ली! कैसा रहा तुम्हारा दिल्ली प्रवास? और, मन तो लग गया न तुम्हारा दिल्ली में? सास और ननद का कैसा बरताव रहा तुम्हारे प्रति? कैसा व्यवहार रहा तुम्हारे प्रति दिल्ली में ससुराल के अन्य दूसरे लोगों का? किसी के प्रति तुम्हें कोई शिकायत या व्यवहारगत समस्या तो नहीं है न? वहाँ सब ठीक-ठाक है न लल्ली। और सभी लोग सकुशल तो हैं न?"

"हाँ, पिता जी। सभी सकुशल हैं वहाँ। मैं पूर्णरूप से संतुष्ट और प्रसन्न हूँ। मेरी किसी के भी प्रति असंतुष्टि या अप्रसन्नता नहीं है। आपके लिए आपके समधी जी

ने राम-राम भेजी है। कह रहे थे कि उनसे कह देना, कभी-कभी अपनी कुशलता की चिट्ठी-पत्री भेजते रहें," मैंने अति उत्साहित पिता जी को शान्त करने की दृष्टि से कहा। दिल्ली से मेरे लौटने के समय से ही वे अत्यधिक उत्तेजित थे। उनकी उत्तेजना का मुख्य कारण सम्भवतः एक पुत्री के विवाहोपरान्त लम्बी अवधि के लिए अपने पिता जी से असहनीय विछोह भी रहा होगा।

उसके पश्चात बहुत देर तक परिवार, आपसी चर्चा में ही व्यस्त रहा। चर्चा का केन्द्र बिन्दु मेरी ससुराल और ससुराली परिवार ही रहा। मैंने यहाँ, सभी की आशंकाओं और संदेहों, भ्रमों और अन्य प्रश्नों का बड़े ही तार्किक ढंग से संतोषप्रद समाधान कर दिया।

अंत में, माँ बोली, "ओमा! दिल्ली से यहाँ तक की लम्बी यात्रा ने तेरी जिज्जी और भइया को थका दिया होगा। उन्हें गर्म-गर्म दूध पिला दे और उनके विश्राम के लिए समुचित प्रबन्ध कर दे।"

"ठीक है माँ।" ओमा ने उत्तर दिया।

दूध पीकर पद्मकान्त, पिता जी के बराबर बिछी चारपाई पर जाकर सो गया। माँ घर का बचा-खुचा काम समेटने में लग गई। मैं और ओमा सोने के लिए ऊपर वाले कमरे में चले गए।

* * *

माँ और पिता जी का तो पता नहीं परन्तु मैं और ओमा बहुत देर तक आपस में बातें करते रहे। वह प्रश्न करती जाती, मैं उत्तर देती रहती। वह जिज्ञासा करती, मैं शान्त करती। वह शंका करती, मैं समाधान प्रस्तुत करती। यह ताँता तब तक लगा रहा जब तक कि ओमा नींद के अंक में समा नहीं गई। मेरी आँखों में नींद को, ढूँढ़ने पर भी बसने का स्थान नहीं मिल पा रहा था क्योंकि उनमें तो मेरे 'वो' समाए हुए थे। एक म्यान में दो खड़ग एक साथ कैसे समा सकती हैं भला?

इस समय बस, दो ही जगे हुए थे। आसमान में अर्धचन्द्र और धरा स्थित अपने घर की छत पर मैं। अर्धचन्द्र पूर्णिमा के वियोग में इतना दुर्बल हो गया था कि दिन प्रतिदिन और भी अधिक क्षीण होता जा रहा था और उधर मैं भी उनकी विरहाग्नि में सुलगने लगी थी। स्मृतियों की हलचल लिए मैं चन्द्रमा की ओर एकटक देखती रही, निहारती रही। इसी अवस्था में रहते हुए निद्रापाश में कब बँध गई, मुझे पता ही नहीं लगा।

पित्रालय (पीहर/मैके) की बात तो कुछ और ही होती है। यहाँ का वातावरण, मनोविज्ञान, मानसिकता और व्यवहार-विज्ञान आदि सब कुछ अनूठा ही होता है और यही कारण है कि नवविवाहिता हो या प्रौढ़ा अथवा वृद्धावस्था को प्राप्त महिला; पित्रालय को लेकर सभी की सोच और भावनाएँ लगभग एक समान ही

होती हैं। एक विशिष्ट प्रकार की स्वतंत्रता की गंध चारों ओर फैली रहती है। मैं भी इस स्वातंत्र्य गंध के आनन्द की अनुभूति में आकंठ डूब गई।

***

आठ-दस दिन बाद, बाहरी दरवाज़े की साँकल खड़की। मैं उठी और दरवाज़े की साँकल खोली तो सामने एक डाकिए को खड़े पाया। डाक से एक लिफ़ाफ़ा पिता जी के नाम से आया था।

"चाचा! राम-राम," मैंने उनका अभिवादन किया।

"लल्ली! कैसी हो? कब लौटीं दिल्ली से? तुम्हारी ससुराल में सब कुछ कुशल-मंगल तो है न? सब ठीक चल रहा है?" पत्रवाहक ने स्नेहसिक्त स्वर में मुझसे पूछा।

उत्तर देते हुए मैं बोली, "ठीक हूँ चाचा। अभी पिछले सप्ताह ही आई हूँ। दिल्ली में सब ठीक चल रहा है। वहाँ सभी कुशल-मंगल हैं। और, बताओ! आज कैसे आना हुआ? क्या लेकर आए हैं?"

"तुम्हारे पिता जी के नाम से पार्सल आया है दिल्ली से," डाकिए ने कहा।

मैं बोली, "तो ठीक है। कुछ देर रुको। मैं अभी पिता जी को बुलाती हूँ।"

"अरे! पिता जी को बुलाने की कोई आवश्यकता नहीं है। पार्सल तो तुम भी ले सकती हो। नीचे अपने पिता जी का नाम लिखकर उसके आगे कृते लिख देना। उसके ऊपर अपने हस्ताक्षर कर देना।"

पार्सल देकर वे चले गए। मैं साँकल बन्दकर घर के अन्दर आ गई। मैंने चाहते हुए भी पार्सल नहीं खोला और आँगन में बैठे हुए पिता जी के हाथ में थमा दिया। पिता जी ने पार्सल खोलकर बताया, "अरे! इसमें तो एक कुशल-क्षेम पत्र है और वे पारिवारिक चित्र हैं जिनमें तुम और तुम्हारी ससुराल वाले हैं।"

कुशलक्षेम पत्र अपने पास रखकर, पिता जी ने चित्रों वाला लिफ़ाफ़ा माँ को थमा दिया। पिता जी पत्र पढ़ने में लग गए और माँ, ओमा, पद्मकान्त तथा मैं उन चित्रों को देखने में लीन हो गए। इसमें एकल चित्र भी थे। दो जनों के चित्र भी थे तथा समूह में समूचे परिवार के भी कई चित्र थे। प्रत्येक चित्र को बारंबार और निरन्तर कई बार परिवार के सभी सदस्यों ने देखा। आपसी विमर्श के पश्चात यह निर्णय किया गया कि कौन-कौन से चित्रों को मंढवाना है। कौन से चित्रों को कहाँ-कहाँ टाँगा जाएगा। पद्मकान्त को पिता जी ने भली भाँति समझाते हुए बताया कि कौन-कौन से चित्र मंढवाए जाएँगे। खड़ी स्थिति में कौन सा चित्र मंढवाया जाएगा और पड़ी स्थिति में कौन सा मंढ़वाया जाएगा। यह कार्य शीघ्रातिशीघ्र किया जाना है।

"जी, पिता जी! मैं अभी जाता हूँ," कहकर वे सभी चयनित चित्र जो मँगवाए जाने थे, एक झोले में डालकर बाज़ार जाने के लिए घर से बाहर निकल गया पद्मकान्त।

थोड़ी ही देर में पद्मकान्त लौट आया और उसने बताया कि सभी मढ़े हुए चित्र कल-परसों तक मिल जाएँगे।

* * *

एक दिन मेरी स्कूल वाली सखी आ गई। हम दोनों ही एक दूसरे को देखकर कुमुदनी की भाँति खिल गईं। तपाक से एक दूसरे के गले मिलीं। बहुत देर तक एक दूसरे को निहारती रहीं। एक दूसरे की आँखों में डूबी रहीं। एक-एक पल, एक-एक क्षण कैसे दौड़ते चले जा रहे थे हमें पता ही नहीं लग रहा था। हम एक दूसरे में खोई हुई थीं।

"अरे लल्ली! इसको कब तक खड़े रहने का दण्ड देगी? इसको लेकर बैठ जा और जी भर कर बातें करती रह," माँ ने टोका।

"ठीक है माँ।" कहकर मैं उसे छत पर अपने कमरे में ले गई। वहाँ बैठकर हमने बातें करनी प्रारम्भ कर दीं। थोड़ी देर तक बातें करने के बाद वह बोली, "अरे! एक बात तो मेरे मस्तिष्क से निकल ही गई। जिस प्रयोजन से मैं यहाँ आई थी तुम्हारे पास," यह कहकर उसने अपना हाथ अपने जम्पर (ब्लाउज़) के गले में डाला और एक लिफ़ाफ़ा निकालकर मेरे हाथों में थमा दिया।

मैंने लिफ़ाफ़ा हाथ में लेकर देखा। लिफ़ाफ़े की लिखाई देखते ही मेरा मन बल्लियों उछलने लगा। मन मयूर ऐसा नाच उठा कि मैं अपने भावों को छुपाने में सफल नहीं हो पाई।

इतनी देर में ओमा नाश्ता-पानी लेकर हमारे पास आ गई। उसने तीनों के लिए नाश्ता परोसा। अपना चाय का गिलास उठाने के लिए मैंने हाथ में पकड़ा लिफ़ाफ़ा, दरी पर रख दिया। मेरी सखी ने भी चाय का गिलास उठा लिया।

ओमा ने अवसर का लाभ उठाते हुए दरी पर मेरे द्वारा रखा हुआ लिफ़ाफ़ा उठा लिया। उसे देखकर वह चिहुँक उठी, "वाह! जिज्जी के लिए जीजा जी का 'प्रेम-पत्र'? क्या बात भई? क्यों जिज्जी? जीजा जी से तेरा बिछोह इतने दिन भी सहन नहीं हो सका? क्या लिखा है इस पत्र में, बता न जिज्जी!... धत तेरे की।... मैं भी कितनी मूढ़मति हूँ कि बन्द लिफ़ाफ़े के अन्दर की विषय वस्तु जानना चाहती हूँ। ऐं जिज्जी! तू अगर कहे तो मैं तेरी चिट्ठी खोल लूँ?"

मैंने कुछ कहने के लिए अभी मुँह खोला भी नहीं था कि ओमा ने अन्ततः चिट्ठी वाला लिफ़ाफ़ा खोल ही लिया। उसके चेहरे पर एक चमक थी। चिट्ठी हाथ

में लहराते हुए वह मेरी ओर देखकर मुस्करा रही थी। फिर, अचानक ही चिट्ठी मेरे हाथ में थमाते हुए बोली, "ले जिज्जी! पकड़ अपनी चिट्ठी। समझदार लोगों का कहना है कि किसी का भी पत्र बिना उसकी इच्छा के, बिना उसे बताए या बिना उसकी अनुमति लिए नहीं पढ़ा जाना चाहिए। इस लिए तू ही पढ़ अपनी चिट्ठी। पढ़ने के बाद हमें भी बता देना कि क्या लिखा है जीजा जी ने अपने प्रेम-पत्र में अपनी प्रिय पत्नी के लिए," यह कहकर वह हँस पड़ी और मैं बिल्कुल निरुत्तर हो चुकी थी।

हम दोनों बहुत देर तक बतियाती रहीं। वह मेरे वैवाहिक जीवन को प्रश्न दर प्रश्न कुरेदती रही और मैं उसकी प्रत्येक उचित जिज्ञासा का समुचित समाधान करती रही। अचानक ऐसा लगा कि जैसे वह गहरी नींद से जगी हो। मेरे दोनों हाथ, अपने हाथों में लेती हुई कहने लगी, "अरी धन्या! देख कितना समय बीत गया तेरे साथ बातें करते-करते। घर पर माँ मेरी बाट जोह रही होगी। सोचती होगी कि पता नहीं कहाँ चली गई? इतनी देर कर दी लौटने में?"

"क्यों? क्या तू बता के नहीं आई थी घर पर? क्या उन्हें पता नहीं कि तू अपनी बाल्यकाल की उस सहेली के पास मिलने गई है जिसका अभी-अभी विवाह हुआ है? जिसके पति के पत्र तेरे घर के पते पर आते हैं। विवाह के बाद मैं भी तो होकर आई हूँ तेरे पास, तेरे घर, तेरी माँ, जिसे मैं मौसी कहती हूँ, से मिलने के लिए।"

"नहीं, नहीं! बता के तो आई थी। परन्तु, इतना समय लग जाएगा, यह अनुमान नहीं था। ठीक है। मैं चलती हूँ। फिर मिलती हूँ तुझसे," यह कहकर वह चली गई।

***

दिन पर दिन बीतते चले गए। दिन सप्ताहों में बदलते चले गए और सप्ताह महीनों में बदलते गए। समय जितना बीतता जा रहा था, प्रीति उतनी ही अधिक गहराती चली जा रही थी। पत्रों के माध्यम से हम दोनों के बीच प्रणय-संवाद चलता ही रहता था। पत्र प्राप्ति-प्रेषण की रीति वही पहले वाली थी। उनका पत्र-प्राप्ति का स्थान वही उनका कार्यालय था और मेरा पत्र-प्राप्ति का माध्यम भी वही मेरी बचपन की सखी थी।

एक दिन पद्मकान्त शाम को घर आया और बोला, "जिज्जी! आज मुझे तुम्हारी बचपन वाली सहेली मिली थी बाज़ार में। मैं अपने सहपाठी के घर से लौट रहा था कि उसने मुझे देख लिया और बोली- पद्मकान्त! कल मैं तुम्हारे घर आने वाली थी। पर अच्छा हुआ कि तुम मुझे यहाँ ही मिल गए। मेरा भी चक्कर बच गया। मैंने धन्या को कुछ देना था। अब तुम ही पकड़ा देना उसे। मेरे साथ घर चलो। मैं तुम्हें वह चीज़ दिए देती हूँ। मैं उससे, फिर कभी मिल लूँगी। मैं उसके साथ चला गया। उसने यह लिफ़ाफ़ा मुझे दिया था और कहा था कि यह लिफ़ाफ़ा केवल धन्या

को ही देना। यह पकड़ो अपना लिफ़ाफ़ा," कह कर पद्मकान्त ने वह लिफ़ाफ़ा मुझे पकड़ा दिया।

मैंने लिफ़ाफ़े को देखा उस पर केवल मेरा नाम ही लिखा था। मेरा नाम जो लिखा था, वह भी सहेली द्वारा ही लिखा गया था। एकान्त में वह लिफ़ाफ़ा जो मैंने खोला तो उसमें से एक लिफ़ाफ़ा और निकला जो वास्तव में ही दिल्ली से आया था और जिस पर मेरा नाम उन्हीं की लिखाई में लिखा हुआ था।

दिल्ली वाला लिफ़ाफ़ा खोलकर देखा तो उसमें से मेरे उनका पत्र निकला। पत्र में पहले की ही भाँति उनके द्वारा मुझे लिखे जाने वाला सम्बोधन था। उसके बाद प्रणय-अभिवादन था। आगे प्रेमाभिव्यक्ति, कुछ विगत स्मृतियाँ तथा इनके अतिरिक्त बहुत सी सामान्य बातें और उसके साथ-साथ एक जानकारी यह भी चाही गई थी कि क्या बिरला मंदिर वाले फ़ोटो मिल गए? यदि हाँ, तो वे कैसे लगे? सभी घर वालों को अच्छे लगे क्या? यदि हाँ, तो वे सभी, क्या कह रहे थे उनके विषय में? तुम्हें कैसे लगे वे फ़ोटो? तुमने क्या किया उन चित्रों का? सारे चित्र नीचे ही लगा कर रखे हैं या दो चार ऊपर अपने कमरे में भी लगा रखे हैं?... और हाँ, एक बात तुम्हें और बतानी है? तुम्हें यह जानकर प्रसन्नता होगी कि अब हमारे बीच की दूरियाँ शीघ्र ही समाप्त होने वाली हैं।

एक दिन बाबू जी और अम्माँ तुम्हारे 'रौने' की बात कर रहे थे। कह रहे थे, "बेटे का विवाह हो गया। गौना हो गया है। अब रौने की परम्परा भी निपटा ली जाए तो बहू के आने-जाने को सीमित करने के प्रतिबंध भी समाप्त हो जाएँगे और फिर बहू सामान्य तथा स्थाई रूप से दिल्ली में ही रहने लगेगी। जैसे और लड़कियाँ केवल तीज-त्यौहार, रक्षाबंधन और भाई-दूज तथा विवाह-जन्म आदि पर अपने पितृगृह जाती हैं वैसे ही हमारी बहूरानी भी आया-जाया करेगी। इस पर माँ ने भी अपनी सहमति दे दी है। अब देखो! मुहुर्त कब का निकलता है। जैसे ही मुझे पता लगता है, तुम्हें तुरन्त ही सूचित कर दूँगा। अब कुछ दिन और विरह सहन कर लो मेरी रानी! उसके बाद तो मिलन हो ही जाएगा हमारा तुम्हारा। पत्र का उत्तर शीघ्र देना।

-तुम्हारा अपना ही

पत्र पाकर तो मैं हवा में ही उड़ने लगी। हृदय तरंगित होने लगा। मन में नई-नई उमंगे जगने लगी थीं। मुझे उस दिन की बड़ी ही उत्सुकता से प्रतीक्षा थी जब हम पुनः एक संग होंगे। मैं एक-एक दिन गिन रही थी उस घड़ी-पल-क्षण।

* * *

तभी, एक दिन दिल्ली से पिता जी के नाम पत्र आया। विचित्र संयोग था कि पिता जी बाज़ार से आ रहे थे और सामने से डाकिया चाचा आ गए। पिता जी जैसे

ही दहलीज़ में घुसने वाले थे कि डाकिया चाचा ने दूर से ही पुकारा, "पंडित जी! ओ पंडित जी!"

पिता जी केवल रुके ही नहीं बल्कि दहलीज़ में रखा पैर भी वापस लौटा लिया और डाकिए की ओर देखते हुए खड़े रह गए। डाकिया चाचा बोले, "राम राम पंडित जी! अच्छा हुआ कि मैंने आपको बाहर ही देख लिया नहीं तो आप घर के भीतर चले गए होते और मैं साँकल खटखटाता रहता तो आपको फिर से बाहर आना पड़ जाता चिट्ठी लने के लिए। लीजिए आपकी चिट्ठी आई है दिल्ली से।"

पिता जी ने चिट्ठी ली और दहलीज़ की साँकल चढ़ाकर घर के अन्दर आ गए। मुँह-हाथ धोकर और पानी पीकर चिट्ठी खोली। चिट्ठी पढ़कर उन्होंने आवाज़ लगाई, "अजी! सुनती हो। कहाँ हो?"

"हाँ जी! मैं यहाँ हूँ।" माँ सामने आकर खड़ी हो गई।

"वो ऐसा है कि दिल्ली से चिट्ठी आई है। उन्होंने लल्ली के रौने का मुहूर्त भी निकलवा लिया है। वे अगले सप्ताह आ रहे हैं दिल्ली से लल्ली को विदा कराने के लिए। अब जल्दी-जल्दी तैयारी करनी पड़ेंगी हमें, लल्ली को दिल्ली भेजने के लिए" पिता जी कहने लगे।

चिट्ठी के मिलते ही घर में तूफ़ान सा आ गया। पिता जी ने एक आपात बैठक बुलाई। भोजनादि से निवृत्त होकर हम सब एक साथ बैठ गए। माँ ने पिता जी के सुझावानुसार पटवारिन चाची को भी बुलवा लिया था। हम सभी बैठे हुए उनकी प्रतीक्षा कर रहे थे क्योंकि उनके आने में विलम्ब हो गया था।

लगभग दस मिनिट बीत जाने के बाद पिता जी बोले, "सुनो! अभी तक तुम्हारी वो पटवारिन नहीं आईं हैं। उन्हें तुमने कहा भी था या नहीं? कहीं ऐसा तो नहीं कि तुम उन्हें बुलाना ही भूल गई हो?"

"नहीं तो। ऐसी बात नहीं है। मैंने कल शाम ही तो कहा था उनसे। हो सकता है कि वे किसी काम में ही फँस गई हों या फिर उनके ध्यान से ही उतर गया हो। कोई बात नहीं, पद्मकान्त को भेजती हूँ। वह बुला लाएगा," माँ ने उत्तर दिया।

पद्मकान्त तुरन्त उठ खड़ा हुआ, "माँ जा रहा हूँ उन्हें लिवाने। बस यूँ गया और यूँ आया," कहकर दहलीज़ की ओर लपका। उसने द्वार की साँकल खोली और द्वार खोला तो सामने पटवारिन को द्वार की साँकल पकड़े पाया। सम्भवतः, वे साँकल खटखटाने ही जा रही थीं कि तभी संयोगवश पद्मकान्त ने दहलीज़ का द्वार खोल दिया था। पटवारिन भीतर चली आईं और पद्मकान्त ने द्वार भेड़कर भीतर से साँकल लगा ली।

"लो माँ! आ गईं चाची भी", कहते हुए पद्मकान्त चौक में आ गया। पीछे-पीछे पटवारिन भी आ गईं।

"अरे! आ गईं तुम? इतनी देर कर दी? हम तो सोच रहे थे कि कहीं भूल तो नहीं गई," माँ ने ताना मारा।

पटवारिन बोलीं, "नहीं भूली तो नहीं थी। पर, घर से निकलने के तुरन्त पहले ही कोई आ गया था। बस उनके घर से विदा होने के बाद ही निकलना हो पाया है घर से।"

"चलो, कोई बात नहीं," पिता जी बोले, "हाँ तो लल्ली की माँ! बताओ इन्हें कि हम किस बात पर चर्चा करने बैठे हैं।"

माँ ने कहना प्रारम्भ किया, "कल मैंने बताया था न तुमको लल्ली की ससुराल से आई चिट्ठी के बारे में। अगले सप्ताह उसका 'रौना' है। हमें उसकी तैयारी करनी है। तुमने तो अपनी तीन-तीन लड़कियों के विवाह, 'गौने' और 'रौने' किए हैं। तुम्हें तो इसका अच्छा खासा अनुभव है कि क्या किया जाता है और कैसे किया जाता है? क्या-क्या रीति नीतियाँ होती हैं? अब हमें भी बताओ न कि लल्ली के 'रौने' के लिए क्या करें?"

चाची ने कहना प्रारम्भ किया, "जीजी! तुम तो बिना किसी कारण के चिन्ता कर रही हो? अरे! इसमें घबराने की कोई बात नहीं है। तुमने धन्या का गौना भी किया ही है न? उसके बारे में कहीं से कुछ भी शिकायतें या ताने सुनने को मिले तुम्हें अब तक? नहीं न, तो फिर अब चिन्ता किस बात की है? निर्भय होकर एक बार फिर से वही लेना-देना और रीति परम्पराओं का निर्वाह कर दो। बस, बात समाप्त।"

अपनी बात समाप्त करके वे मौन हो गईं। हम सबके चेहरे देखते हुए वे अपने कथन की प्रतिक्रिया भाँपने की चेष्टा कर रही थीं। उनके उपरोक्त कथन से हम सब सहमत थे और अब एक निश्चिन्तता का वातावरण भी वहाँ पर स्पष्ट रूप से दिखाई देने लगा था।

बातचीत के बीच सबसे पहले तो उन अपेक्षित-वांछित वस्तुओं और सामग्रियों की सूची बनाई गई जिस पर सभी की सहमति बन चुकी थी। उसके बाद उस सामान की सूची तैयार की गई जो उस समय घर में उपलब्ध था। इसके बाद वह सूची तैयार की गई जिसके अनुसार बाज़ार से सामान का क्रय किया जाना था। जिस समय यह संवाद मेलन समाप्त हुआ उस समय सभी संतुष्ट दिखाई पड़ रहे थे।

अगले दो दिनों में सारी तैयारियाँ पूर्ण कर ली गईं। इससे सभी ने राहत की साँस ली और सभी अपने-आपको भार और तनावमुक्त अनुभव करने लगे।

* * *

निर्धारित दिन दिल्ली से जमाई राजा सुबह ही सुबह अपनी ससुराल में पधार गए। यहाँ उनका भव्य स्वागत हुआ, आवभगत हुई। वे चाहते थे कि उनकी वापिसी

भी उसी दिन हो जाए। परन्तु मेरी माँ और पिता जी के घोर विरोध के कारण यह सम्भव नहीं हो पाया कि वे उसी दिन दिल्ली लौट पाते। इसलिए यह सुनिश्चित हो गया कि अगले दिन तो धन्या को अपनी ससुराल के लिए पीहर से विदा होना ही है। वह सारा दिन बातचीत में ही बीत गया। धन्या की अर्थात मेरी सखी-सहेलियाँ प्रत्यक्षतः तो मुझसे ही मिलने आई थीं परन्तु परोक्ष रूप से उनकी रुचि अपने जीजा जी अर्थात मेरे पति से मिलने में अधिक थी। सायंकाल को भोजनादि से निवृत होकर हम सभी बतियाते रहे और रात्रि में शीघ्र ही सो गए जिससे कि अगले दिन शीघ्र ही उठा जा सके।

अगले दिन की भोर में, पक्षियों के कलरव ने छत के ऊपर सो रहे हम युगल की निद्रा भंग कर दी। उषा भिन्न-भिन्न रंगों से आकाश रूपी चित्र-तल पर अंकित अपनी चित्रकला से भी अवलोकनकर्त्ताओं के मन को लुभा रही थी। क्षण-प्रतिक्षण रंग बदलती आसमानी आभा भी अपना जादू बखेर रही थी।

मैंने कुछ क्षण तो प्राकृतिक सौन्दर्य का रसपान करते हुए अपने उनको पूरी तल्लीनता के साथ देखा। परन्तु, तुरन्त ही मुझे ध्यान आया कि आज तो सवेरे-सवेरे पहली बस से ही, दिल्ली के लिए यात्रा का प्रारम्भ करना होगा। मैंने तुरन्त ही शैया त्याग दी। मुझे उठे देखकर वे भी उठकर अपनी चारपाई पर बैठ गए। अपना बिस्तर समेट और चारपाई यथा स्थान खड़ी कर मैंने सदैव की भाँति अपने पतिदेव के चरण स्पर्श किए और सीढ़ियाँ उतर कर निवृत होने और स्नानादि के लिए चली गई।

जब मैं स्नानादि से निवृत्त होकर स्नानागार से बाहर आई तो ये चौक में बैठ-बैठे चाय पी रहे थे। मुझे देखते ही ये भी प्रातःकालीन कार्यों से निवृत होने के लिए उठ खड़े हुए। उन्होंने निपटने में अधिक समय नहीं लगाया। सभी ने जलपान किया। माँ ने यात्रा के लिए तैयार किया भोजन हमारे झोले में रख दिया। वहाँ से बस पकड़कर हम रेलवे स्टेशन पहुँच गए। पता लगा कि रेलगाड़ी दो घंटे देर से आ रही थी। हमें वहाँ अकेले में बातें करने का पर्याप्त अवसर मिल गया।

बातों-बातों में समय कब निकल गया, पता ही नहीं लगा। हमारा ध्यान तो तब भंग हुआ जब रेल के आने की सूचना देने के लिए खलासी ने लोहे की रेल को लोहे के डंडे से घनघनाया। थोड़ी ही देर में रेलगाड़ी आ गई और हम दोनों उसमें बैठ गए। उस दिन हमारी गाड़ी को और भी अधिक विलम्ब हो गया क्योंकि अनेक एक्सप्रेस गाड़ियों को पहले निकालने के चक्कर में हमारी गाड़ी को अनेक स्थानों पर बहुत-बहुत देर तक प्रतीक्षा कराई गई। दिल्ली पहुँचते-पहुँचते दिन ढल गया और साँझ हो गई। स्टेशन से ताँगे के द्वारा अंततः हम घर पर पहुँच ही गए।

***

दिल्ली आने पर इस बार कुछ नया नहीं घटा। वही साधारण और सामान्य दिनचर्या मेरे जीवन की नित्यधर्म बन गई थी। हाँ, मेरे एक महीने के दिल्ली प्रवास में एक दो घटनाएँ अवश्य घटित हुईं। सपरिवार हम लोग एक दिन लालकिला और चिड़ियाघर भ्रमण करने गए। मैं तो इन दोनों स्थलों को देखकर एकदम भौंचक्की रह गई थी। जो कुछ भी पुस्तकों में पढ़ा था और लोगों से सुना था वह तो इनके प्रत्यक्ष अवलोकन की तुलना में अंशमात्र भी नहीं था। घर गृहस्थी के सम्बन्ध में भी बहुत से नए अनुभव प्राप्त किए। बहुत कुछ नए सम्बन्धियों से भी परिचय हुआ। धीरे-धीरे 'रौने' की यह अवधि भी समाप्त हो गई। और, एक शुभ मुहूर्त में, एक दिन विदा होकर मैं पुनः अपने पित्रालय में वापस आ गई।

***

पन्द्रह

अब तक तो मैं वैवाहिक रीति-परम्पराओं की औपचारिकता की बेड़ियों में जकड़ी हुई एक नव विवाहिता थी; नववधू थी। लेकिन धीरे-धीरे अब मैं एक स्वतंत्र, सामान्य सद्गृहिणी बन चुकी थी और एक आदर्श परिवार की इकाई भी बन चुकी थी। मेरा अस्तित्व अब एक अमीबा (एक स्वविभाजक जीवाणु) की भाँति दो परिवारों में बँट गया था। दोनों ओर के कर्त्तव्य और दायित्व एक-एक करके स्पष्टतः मेरे सामने आने लगे थे। मैं उन सबका गहराई से अध्ययन करने लगी, तद्अनुसार ही चिंतन-मनन और पालन भी करने लगी।

पीहर और ससुराल के बीच के आवागमन की बारम्बारता भी शनैः शनैः कम होती जा रही थी। पहले मेरा अधिकांश समय पीहर में बीतता था। ससुराल में कम समय बीतता था। अब इसके ठीक विपरीत होने लगा। वर्ष प्रति वर्ष की समयावधि, ज्योमिती के एक सौ अस्सी अंश की ओर अग्रसर हो रही थी। प्रथम दो-तीन वर्ष तो पूरा श्रावणमास मिल जाता था पीहर में जाने, रहने और तीज-त्यौहार मनाने व सखियों संग झूला झूलने के लिए। बाद के वर्षों में तो यह सुविधा केवल तीज पर ही उपलब्ध हो पाती थी। परन्तु, एक समय ऐसा भी आया कि तीज से जुड़ी सुनिश्चितता भी चुक गई। कोथली और सिंदारे की निरन्तरता भी धीरे-धीरे चुकने लगी थी। घी-बूरा खाने के लिए जमाई को दिए जाने वाले आमंत्रण भी खो से गए थे।

अब रक्षा बंधन और भाई-दूज (तिलक) पर ही मेरा जाना होता था अपने पीहर में। फिर इसकी प्रकृति में भी बदलाव आ गया। कभी मैं चली जाती थी राखी बाँधने के लिए, तो कभी पद्मकान्त राखी बँधवाने दिल्ली आ जाता था। यही स्थिति भाई-दूज के अवसर पर भी होती थी। और फिर, एक ऐसा भी समय आ गया कि इन दोनों अवसरों पर पद्मकान्त ही दिल्ली आने लगा।

लेकिन, इसका यह अर्थ कदापि नहीं लगाया जाना चाहिए कि मेरी ससुराल और पीहर के बीच किसी भी प्रकार का कोई मतभेद उत्पन्न हो गया था। दोनों पक्षों के बीच सम्बन्ध बड़े ही सौहार्द्रपूर्ण और समधुर थे और बने रहे। छोटी से छोटी किसी भी आपदा या संकट की घड़ी का समाचार पाते ही दोनों पक्ष एक दूसरे के साथ काँधे से काँधा सटाकर खड़े मिलते।

***

एक बार ग्रीष्मावकाश में पद्मकान्त का पत्र आया, "जिज्जी ! गर्मियों की छुट्टी

के कारण मैं यहाँ अकेला हूँ। दो एक मित्र जो मेरे साथ घुले-मिले थे, वे अपनी-अपनी नानी के घर चले गए हैं। मेरा भी मन यहाँ बड़ा उचाट सा हो रहा है। लल्लू पाण्डेय की भी गर्मी की छुट्टियाँ हो गई होंगी। लल्लू पाण्डेय को यदि दिल्ली से बाहर न जाना हो और मौसी जी तथा मौसा जी को कोई आपत्ति न हो तो क्या दस-पन्द्रह दिनों के लिए मैं दिल्ली आ जाऊँ? पूछ कर, पलटती डाक से उत्तर देना। मैं तुम्हारे पत्र की प्रतीक्षा करूँगा।"

पत्र पाते ही सासू माँ ने मेरे देवर को बुलाया और बोलीं, "लल्लू पाण्डेय! अपने पिता जी से पोस्टकार्ड लेकर पद्मकान्त को दिल्ली आने के लिए लिख दे। लिख देना कि जल्दी से जल्दी दिल्ली आ जाए।"

"ठीक है अम्माँ! अभी लिखता हूँ," कहकर लल्लू पाण्डेय उठे और बाबू जी से पोस्टकार्ड लेकर न केवल अम्माँ जी को दिया बल्कि लिख भी दिया। एक बार पत्र अम्माँ जी के सामने पढ़ भी दिया और तपाक से जाकर पत्र-पेटिका में डाल दिया।

अगले सप्ताह पद्मकान्त दिल्ली आ गया। पद्मकान्त और लल्लू पाण्डेय एक दूसरे से मिलकर बड़े प्रसन्न हुए। दोनों कुछ ही दिनों में घी-शक्कर की भाँति घुल मिल गए थे। चौबीसों घंटे एक दूसरे के साथ रहने लगे। साथ ही साथ उठना-बैठना, सोना-जागना और खाना-पीना भी होने लगा। इसी क्रम में मेरे देवर, नित्य प्रति मेरे भाई को दिल्ली के प्रमुख पर्यटन-स्थलों पर भ्रमण कराने के लिए भी ले जाने लगे।

पद्मकान्त नए-नए स्थलों के भ्रमण से बड़ा प्रसन्न, संतुष्ट और उत्साहित था। वह अपने आप में इतना खो गया था कि दिल्ली में रहने की उसकी समय-सीमा कब समाप्त हो गई, उसे पता ही नहीं लगा। उसे तो पता तब लगा जब दिल्ली से वापस लौट आने का पिता जी का आदेश पत्र उसे मिला। पिता जी के इस पत्र को पाते ही पद्मकान्त ने दिल्ली छोड़ने की तैयारी कर ली और अगले दिन अपना झोला-डंडा उठाकर अपने घर के लिए निकल गया।

***

वैसे तो मेरा जीवन बड़े ही सहज और स्वाभाविक ढंग से चल रहा था लेकिन कुछ दिनों से मैं अपनी सासू माँ के स्वभाव में बहुत बड़े बदलाव का अनुभव कर रही थी। एक-दो बार मैंने निजी प्रयासों से इस परिवर्तन की जड़ में जाने का प्रयत्न भी किया लेकिन मुझे सफलता नहीं मिली। मैंने इस सम्बन्ध में अपने आचार-व्यवहार का भी अपने स्तर पर गहन मूल्यांकन करने का प्रयास किया कि मेरी ओर से तो कोई कमी नहीं है। परन्तु, यहाँ भी मुझे कुछ हाथ नहीं लगा। एक दो बार मैंने इस समस्या के विषय में अपने पतिदेव से भी चर्चा की परन्तु उनसे भी मुझे कोई समाधान नहीं मिल पाया।

इस बात ने मेरी चिन्ता को और भी अधिक बढ़ा दिया। अब मेरा मन भी अशान्त रहने लगा था और मेरे मुख की कांति भी म्लान रहने लगी। मेरा स्वाभाविक बोलना-चालना भी कम हो गया।

एक दिन मेरी ननद ने मुझे टोका, "भाभी! क्या बात है? आजकल मैं देख रही हूँ कि तुम कुछ परेशान सी लग रही हो।"

"नहीं, ऐसा कुछ नहीं है," मैंने उत्तर दिया।

"है क्यों नहीं? कुछ दिनों से मैं देख जो रही हूँ," ननद ने प्रतिवाद किया।

इसका मैं इस बार विरोध नहीं कर पाई। मैं शान्त हो गई। निःशब्द रह गई।

"भाभी! कुछ बोलो ना," ननद ने साग्रह कहा।

कुछ देर के बाद मैंने अपना मुँह खोला, "बीबी जी! मैं बिल्कुल ठीक हूँ। मुझे कोई समस्या नहीं है। हाँ, थोड़ी सी चिन्ता अवश्य है।"

"क्या?" ननद ने मेरी चिन्ता वाली बात बीच में ही लपक ली।

मैं बोली, "मेरी चिन्ता का केन्द्र अम्माँ जी हैं।"

"वो कैसे?"

"आजकल मैं देख रही हूँ कि वे किसी अज्ञात चिन्ता में उलझी हुई हैं," मैंने कहा।

"हाँ, वो तो है। मैं भी तुम्हारी बात से सहमत हूँ भाभी! कुछ-कुछ मुझे भी ऐसा ही लग रहा है पिछले कुछ दिनों से। पर, मुझे यह समझ नहीं आया कि वह समस्या है क्या? जिसको लेकर वे इतनी चिंतित हैं," ननद ने अपनी चिन्ता व्यक्त की।

"बीबी जी! इस समस्या की कुँजी तो अब आपके हाथों में है। इसकी जड़ें भी आप ही ढूँढ़ोगी, ऐसा मेरा दृढ़ विश्वास है" मैंने कहा।

ननद बोली "ठीक है भाभी! देखती हूँ मैं। अम्माँ से बात करती हूँ। पता लगाते हैं कि समस्या क्या है? समस्या के मूल में क्या भूल है जिसने तुम दोनों की ही नीदें उड़ा रखी है?"

"ठीक है बीबी जी! मैं बोली।"

ननद ने शंका प्रकट की, "तो इसका अर्थ तो यह हुआ कि तुम्हारी और अम्माँ की, दोनों की समस्या एक दूसरे से जुड़ी हुई है।"

"हाँ, कुछ कुछ ऐसा ही समझ लो," मैंने चेहरे पर हल्की सी मुस्कान के साथ कहा।

ननद ने कहा, "चलो ठीक है, निकालते हैं इस समस्या का भी समाधान।"

फिर हम दोनों अपने-अपने कामों में जुट गईं।

कुछ दिन तक स्थिति यथावत रही। यद्यपि सभी कुछ सामान्य सा चलता दिखाई दे रहा था। परन्तु, अन्दर ही अन्दर कहीं कुछ खदबदा भी रहा था। मैं और सासू-माँ दोनों ही असहज अवस्था से गुज़र रही थीं।

***

अचानक, एक दिन ननद ने कहा, "भाभी। आज पड़ोस में सत्यनारायण भगवान की कथा में अम्माँ दोपहर को जा रही हैं। भइया और बाबू जी भी काम पर गए हैं। घर पर बस दो ही जने होंगे, मैं और तुम। तभी बैठकर, आज घर में चल रही इस विकट तनावपूर्ण स्थिति पर हम चर्चा करेंगी।"

घर के सारे काम-काज निपटाकर, हम दोनों दोपहर को बैठ गईं। ननद बोलीं, "भाभी! कई दिन मैंने माँ के मन को टटोलने का प्रयास किया। बड़ी कठिनाई से मैं इस निष्कर्ष पर पहुँच सकी हूँ कि अम्माँ के मन में कहीं कोई टीस पल रही है जिससे वे आहत हैं, दुखी हैं। आपके और भइया के विवाह को कई वर्ष बीत गए हैं लेकिन अम्माँ के घर का आँगन किसी बच्चे की किलकारी के अभाव में सूना पड़ा हुआ है। उन्हें दुख इसलिए भी है कि भइया के विवाह के समय अथवा उसके बाद भी हुए विवाहों से सम्बन्धित दम्पत्तियों की तो बहुत पहले ही गोदें भर गई हैं, लेकिन वे दादी बनने के उस आह्लादकारी सुख से अभी तक भी वंचित हैं। वे इस समस्या के मूल में भी जाना चाहती हैं कि यह दुख केवल उन्हें ही क्यों भोगना पड़ रहा है? यद्यपि, वे खुलकर नहीं कह सकतीं या पूछना नहीं चाहतीं परन्तु उनके मन में कहीं न कहीं यही प्रश्न पल अवश्य रहा है कि कहीं उनके पुत्र या पुत्रवधू में तो कोई प्रजनन अक्षमता या अयोग्यता तो नहीं है। आप भी, हो सकता है कि, इस अभाव को झेल रही हों परन्तु सामाजिक शिष्टता अथवा मर्यादा के कारण अपना मुँह न खोल पा रही हों।"

ननद से इतना सब कुछ सुनने के बाद तो मेरा विचलित हो जाना स्वाभाविक था। यह सब कुछ सुनना मेरे लिए अप्रत्याशित और अकल्पनीय था। मैं यह सब सुनकर जहाँ चौंक गई थी वहीं मैं किंकर्त्तव्य विमूढ़ावस्था में भी आ गई और अवाक् रह गई थी। मेरा मस्तिष्क चेतनाशून्य हो गया। मैं ठगी सी रह गई और इसीलिए मैं किसी के भी सामने तत्काल प्रतिक्रिया व्यक्त न कर पाई। इस स्थिति ने मुझे भाव-सागर की गहरी भँवरों में फँसा दिया था।

***

अभी तक तो मैं अपने वैवाहिक जीवन से संतुष्ट और सुखी थी। शारीरिक संसर्ग में भी मुझे कभी असंतुष्टि अथवा अक्षमता का अनुभव नहीं हुआ। पारिवारिक सम्बन्धों में भी किसी की ओर से मुझे विपरीत अथवा अनपेक्षित सुनने को नहीं

मिला था लेकिन इस अप्रत्याशित अनहोनी ने मुझे भीतर तक हिलाकर रख दिया। इस चर्चा ने भी मेरे मन में अभी तक सुप्त सन्तान लालसा को जागृत कर दिया।

यकायक ही मुझे स्मरण हो आया अतीत का वह पल जब इन्होंने गौने के समय मेरे पीहर में मेरी एक सहेली को निरुत्तर कर दिया था। उसी बीच मेरी एक अविवाहित सहेली ने इनसे एक बड़ा ही तीखा सा प्रश्न कर दिया था, "जीजा जी! आप मुझे एक बात बताइए कि आप मुझे मौसी कब बना रहे हैं?"

इन्होंने प्रतिप्रश्न किया, "साली साहिबा! आपका विवाह हो गया क्या?"

"नहीं। बस, अगले महीने होने वाला है," उसने उत्तर दिया।

तत्क्षण ही ये बोले थे, "ठीक है साली साहिबा! मैं तुम्हें वचन देता हूँ कि तुम्हारे माँ बनने से पहले ही मैं तुम्हें मौसी बना दूँगा।"

यह सुनकर जहाँ मेरी सखी चुप हो गई थी। वहीं इनके यौन अक्षम होने के प्रति शंकालु माहिलाओं के मुँह भी तत्क्षण ही बन्द हो गए थे। यह अलग बात है कि इनसे वार्तालाप करने वाली मेरी वह सखी कालांतर में मुझसे पहले ही मातृत्व का सुख भोगने भी लगी थी और मैं सन्तान के सम्बन्ध में जस की तस ही बनी रही। परन्तु, न कभी इस अभाव ने मुझे छुआ था और न कभी इनको ही। मैं और ये गृहस्थी जीवन का भरपूर आनन्द भोग रहे थे बिना किसी सन्तान-इच्छा या लालसा के। इस बारे में तो स्वप्न में भी कभी हमने सोचा ही नहीं था।

लेकिन, अब मेरी अपनी भी मनःस्थिति ऐसी हो गई थी जैसे किसी ने शान्त झील के जल में कंकरी फेंककर उसके ठहरे हुए जल को अशान्त कर लहरें उत्पन्न कर दी हों।

अंततः मैंने ननद से पूछ ही लिया, "तो अब तुम्हीं बताओ बीबी जी! क्या किया जाए? इस समस्या का समाधान क्या है?"

वे किंचित मुस्कान के साथ बोलीं, "अरे! समाधान क्या होगा भाभी? समाधान सीधा और सच्चा तो यही है कि अम्माँ की गोद में मेरा भतीजा अर्थात अम्माँ का पोता डाल दो। वे भी पूर्ण संतुष्ट और हम भी आनन्दित।"

उनके द्वारा सुझाए गए इस समाधान ने मेरे अधरों पर मौन का पहरा बैठा दिया। मैं निरुत्तर अवस्था में वहाँ से उठी और अनमने ढंग से मैंने स्वयं को घर-गृहस्थी के काम में उलझा लिया।

***

कई दिनों तक मैं उहापोह में ही रही। चाहकर भी मैं इस विषय पर उनसे कोई भी बात नहीं कर पाई। हाँ, मेरे चेहरे पर एक अनबूझा तनाव अवश्य झलकने लगा था।

एक दिन अनायास उन्होंने मुझे टोक ही दिया, "क्यों भई? क्या बात है? कुछ उखड़ी-उखड़ी सी दिखाई देती हो आजकल?"

"नहीं! ऐसा तो कुछ भी नहीं है," मन में उठते हुए ज्वार को छिपाते हुए मैंने कहा।

"क्यों दाई से पेट छिपा रही हो," किन्चित व्यंग्य के साथ वे बोले।

यद्यपि 'दाई से पेट छिपाने' के मुहावरे के अन्यार्थ ने, मेरे अंतस्तल को कहीं गहरे तक झकझोर दिया था फिर भी मैं इस टीस को पी ही गई। मैंने बनावटी मुस्कान के साथ उनसे कहा, "नहीं, नहीं कुछ भी तो नहीं है।"

उन्होंने मेरा हाथ पकड़ा और अपने सिर पर रखते हुए बोले, "खाओ मेरी क़सम!"

यह सुनते ही मेरे भीतर का बाँध टूटकर नेत्रों के मार्ग से बह निकला। उन्होंने मुझे अपने वक्ष से लगा लिया। उँगुली के पोरवों से मेरे बहते हुए अश्रुबिन्दुओं को पोंछते हुए उन्होंने मुझे धैर्य बंधाने की हर सम्भव चेष्टा की। अन्ततः कुछ क्षणों के उपरान्त मैंने स्वयं को सहेज ही लिया। उन्होंने मुझे एक गिलास पानी पिलाया। तब जाकर मेरे कलेजे को ठण्डक मिली।

अब हम दोनों आमने-सामने थे। कुछ देर की चुप्पी के बाद मैंने आँखें उठाकर उनकी ओर देखा तो उन्हें, मुझे तकते हुए ही पाया। स्वयं को संयत करते हुए मैंने सासू माँ के अनमनेपन से लेकर ननद और अपने बीच हुए प्रत्येक संवाद तक को पूर्णतः सविस्तार शब्दशः उनके समक्ष जस का तस रख दिया।

सुनकर वे भी गम्भीर हो गए और गहन सोच में पड़ गए। उस दिन, बिना किसी ठोस परिणाम पर पहुँचे प्रकरण वहीं पर, विराम को पहुँच गया।

* * *

एक दिन रात्रि को सोने के समय उन्होंने एक काग़ज़ मेरे हाथ में थमा दिया। मैंने उसे उलट-पुलट कर देखा। वह अंग्रेज़ी में छपा हुआ था और अंग्रेज़ी में ही भरा हुआ था। मेरी समझ में कुछ भी नहीं आया। मैंने प्रश्नात्मक दृष्टि से उनकी ओर देखते हुए काग़ज़ वापस उन्हीं के हाथों में धर दिया और पूछना चाहा कि वह काग़ज़ क्या है और किस बारे में है?

"स्वयं ही पढ़ लो," उन्होंने मुस्कुराते हुए कहा।

मैंने कहा, "तुम्हीं बता दो। मुझे अंग्रेज़ी पढ़नी नहीं आती। एक-एक अक्षर जोड़ कर जो मुझे समझ आया था तो उससे पता लगा कि यह इरविन अस्पताल का पर्चा है जिस पर तुम्हारा नाम लिखा है।"

"अरे! यह क्या? नौवीं कक्षा उत्तीर्ण छात्रा को इतनी भी अंग्रेज़ी नहीं आती

कि अंग्रेज़ी में छपे और लिखे काग़ज़ को भी पढ़ पाए," उन्होंने बड़े ही आश्चर्य और गम्भीरता से मेरी ओर देखते हुए प्रश्न किया।

उनसे दुगने आश्चर्य से मैंने प्रतिप्रश्न किया, "नौवीं पास?" नौवीं पास कौन?

"तुम!"

"मैं? मैं, नौवीं पास? किसने कहा कि मैं नवमी पास हूँ," मैंने पूछा।

इस बार आश्चर्य चकित होने की उनकी बारी थी, "क्या? तुम नवमी पास नहीं हो? विवाह से पहले तो मुझे यही बताया गया था कि उस वर्ष तुमने नवमी की परीक्षा दी थी। तुम पढ़ाई में तीव्र बुद्धि थीं और तुम अपनी कक्षा की मॉनिटर भी थीं।"

उन्हें बीच में ही टोकते हुए मैं बोली, "जी हाँ! जो तुमने सुना था वह आंशिक ही सही था। मैं पढ़ाई में तेज़ थी और अपनी कक्षा की मॉनीटर भी थी। बस, ये दो बातें तो सही थीं। लेकिन मैंने नवमी कक्षा उत्तीर्ण कर रखी है- यह सूचना जिस किसी ने भी आपको दी है, पूर्णरूप से भ्रामक दी है, असत्य दी है।"

यह सुनते ही उनके चेहरे का रंग उड़ गया। उदासीपूर्ण विस्मय ने, उन्हें अपने अंक में समेट लिया। उनके भीतर एक उथल-पुथल सी मचने लगी थी। वे बड़े ही असहज हो गए और बोले, "यह मेरे साथ धोखा हुआ है। मुझे ठग लिया गया है। मेरे साथ विश्वासघात हुआ है," उनका स्वर भी अब कुछ उखड़ा-उखड़ा सा लगने लगा था। वे बड़े ही अनमने से हो गए थे। काग़ज़ हाथ में थामे-थामे वे खड़े हो गए।

तुरन्त ही मैंने उनका हाथ पकड़कर बैठा लिया और कहा, "आपका अपना क्रोध देखा जाए तो अपनी जगह सही है; उचित है। पर यह तो बता दो कि अस्पताल के इस काग़ज़ में लिखा क्या है?"

"अभी मन ठीक नहीं है। इस काग़ज़ के सम्बन्ध में चर्चा थोड़ी विचार-सम्मत की जानी है और उस चर्चा में लम्बा समय लगना है इसलिए फिर कभी बात कर लेंगे। चलो अब सोते हैं चलकर," यह कहकर मुझे वहीं अकेली बैठी छोड़कर, वे अकेले ही सोने के लिए बाहर चले गए।

उनका तो मुझे पता नहीं लेकिन मेरी सारी रात आँखों में ही कटी! उस काग़ज़ को मैंने कई बार उलट-पुलट कर देखा भी लेकिन कुछ पल्ले ही नहीं पड़ा। अब देखो न, छठी कक्षा में अंग्रेज़ी की वर्णमाला अर्थात ए.बी.सी.डी (छोटी-बड़ी; पढ़ने वाली और लिखने वाली) सीखने वाली से यह आशा कैसे की जा सकती है कि वह अंग्रेज़ी लिपि में छपे हुए और भरे गए किसी फ़ॉर्म को ठीक से पढ़ और समझ भी सकेगी।

***

अचानक, मुझे अपने दूर के मामा के लड़के का ध्यान आया। मेरे विवाह के बाद से प्रति सप्ताह या पखवाड़े में यदा-कदा उसका आना लगा ही रहता था। मैंने निश्चय किया कि दो-एक सप्ताह में आने वाले, अपने ममेरे भाई भूदेव से पता करूँगी कि इस काग़ज़ में लिखा क्या है?

कुछ दिन, मेरे और इनके बीच की तना-तनी में ही निकल गए। एक दिन अचानक ही भाई भूदेव आ गए। चाय-पानी के बाद मैंने अपना वह काग़ज़ उन्हें दिखाया और यह जानना चाहा कि उसमें क्या लिखा था?

काग़ज़ देखने के बाद जैसे ही उन्होंने एक लम्बी-गहरी साँस ली तो किसी अनिष्ट की आशंका से मेरी तो अपनी साँसें ही थम गईं। मैं कभी भाई भूदेव का चेहरा देखती तो कभी उनके हाथ में पकड़े हुए काग़ज़ को। लेकिन, तभी भाई भूदेव के चेहरे पर एक हल्की सी मुस्कान तैर गई। इससे मेरे भीतर पनप रहे तनाव से मुझे भी कुछ मुक्ति मिली।

भूदेव बोले, "धन्या! इसमें घबराने या डरने जैसी कोई बात नहीं है। यह जीजा जी की जनन-क्षमता रिपोर्ट है। इसके अनुसार, उनमें पिता बनने की पूर्ण सम्भावना है; क्षमता है। उनमें किसी भी प्रकार की कोई भी कमी या दोष नहीं है।"

***

यह सुनकर मेरा मन बहुत ही हल्का हो गया। मुझे बड़ा अच्छा लगा रिपोर्ट के बारे में जानकर। लेकिन, तत्क्षण ही मेरे मन में कुछ अनपेक्षित सा अंकुरित हो गया जिसने एक नई आशंका को जन्म दे दिया। और, इसी आशंका ने मेरे अन्दर एक अपराध बोध भी जगा दिया। मुझे लगने लगा कि निःसन्तानता के दोष से ये तो मुक्त हो गए। अब इसके लिए तो केवल मुझे ही दोषी ठहराया जाएगा। कहीं मेरे, नाम के साथ बाँझपन का विशेषण तो नहीं जुड़ जाएगा। यदि ऐसा हुआ तो मुझे सभी ओर से ताने सुनने को मिलेंगे। मैं, पीहर-ससुराल में सबको क्या मुँह दिखाऊँगी? मेरा तो जीना ही दूभर हो जाएगा। सासू माँ को इनकी रिपोर्ट के बारे में भी यदि पता लग गया तो फिर उनके मन में केवल मेरे लिए ही कोई विपरीत धारणा तो घर नहीं कर जाएगी? अभी तो उन्हें गोद हरी होने में विलम्ब होने का दुख ही साल रहा है। कहीं ऐसा न हो कि इस रिपोर्ट की जानकारी मिलते ही दादी बनने की उनकी लालसा पर तुषारापात ही हो जाए? घर के अन्य सदस्यों के भी मेरे प्रति व्यवहार में परिवर्तन आ सकता है। बाबू जी इस दंश को कैसे झेल पाएँगे? मेरी दोनों ननदों और मेरे देवर के मन में बसी किलकारी सुनने की इच्छापूर्ण न होने पर, उन सब पर क्या बीतेगी? वे सब मेरे बारे में क्या-क्या धारणाएँ बना बैठेंगे यह सोच मैं कुंठा से भर गई।

इन्हीं सभी उथल-पुथल से जूझते हुए मैंने भूदेव भाई को विदा किया और

एक भावनात्मक झँझावात से लड़ते हुए मैं यंत्रवत ही अपने गृहस्थ-कर्मों का निर्वाह करने लगी।

इस समय घर में सब कुछ असामान्य और असहज सा चल रहा था। सासू माँ किसी नूतन किलकारी की लालसा में परेशान थीं। 'ये' मेरी शिक्षा के विषय में मिली भ्रामक/मिथ्या जानकारी को लेकर आहत थे। ननद, मेरे प्रति सासू माँ की रुखाई को लेकर खिन्न थीं। देवर और बाबू जी के मुझसे सीधे असम्बन्धित होने के कारण उनके मनोभावों से मैं पूर्णतः अपरिचित थी।

परन्तु, मेरी अपनी मनःस्थिति भी बहुत बुरी तरह से गड़बड़ाई हुई थी। यह सब कुछ असह्य सा हो चला था। दिन जैसे-तैसे करके बीत रहे थे। लेकिन, इस संकटापन्न स्थिति से उबरने की आशा और सम्भावना यदि मुझे कहीं और किसी में दिखाई दे रही थीं तो वह थी मेरी माँ। परन्तु, अब मेरे और मेरी माँ के बीच की दैहिक दूरी ही मेरी विवशता भी बन रही थी।

***

सोलह

लेकिन, अचानक ही बिल्ली के भाग्य से छींका टूट गया। मेरे पीहर से पिता जी का पत्र आया था जिसमें मुझे मेरे पीहर बुलाया गया था। उसी दिन सायं की डाक से एक और पत्र भी आया जो एक वैवाहिक निमंत्रण था और वह निमंत्रण पत्र मेरी सासू माँ के पीहर से आया था। जिसके अनुसार, अगले सप्ताह सासू माँ को सपरिवार उनके भतीजे के विवाह में सम्मिलित होने के लिए गाँव में आमंत्रित किया गया था।

पारिवारिक स्तर पर बहुत सोचने-समझने और गहरे मंथन के पश्चात यह अंतिम निर्णय लिया गया कि अस्वस्थता के कारण सासू माँ तो विवाह में जा नहीं पाएँगी अतः मैं और मेरे पतिदेव ही इस विवाह में सम्मिलित होंगे और इसके साथ ही 'एक पंथ दो काज' कहावत को चरितार्थ करते हुए मैं अपनी माँ से मिलने के लिए अपने पीहर भी जा सकूँगी। सासू माँ ने अपने पीहर में मेरे द्वारा 'किए जाने' और 'न किए जाने' वाले आचार-विचार से सम्बन्धित संहिता की भी एक लम्बी सूची रटा दी थी मुझे।

निश्चित कार्यक्रम के अनुसार हम विवाह में सम्मिलित हुए जिसमें मैं एक शहरी भाँजा-बहू होने के कारण गाँव वालों के लिए विशेष आकर्षण और आतिथेय की केन्द्र बनी हुई थी। तीन-चार दिन विवाह में व्यतीत करने के पश्चात समस्त औपचारिकताओं का निर्वाह करते हुए हम विवाह स्थल से विदा हुए। वहाँ से पैदल चलकर हम बस ठहराव-स्थल पर पहुँच गए। आधे घंटे की प्रतीक्षा के बाद हमें वहाँ से बस मिली, जिसके द्वारा कुछ ही देर में, मैं क़स्बे में स्थित अपने पीहर पहुँच गई।

* * *

हमारे घर पहुँचते ही वहाँ एक प्रसन्नता और उल्लास का वातावरण बन गया। माँ ने मुझे अपने गले लगाया और तुरन्त ही वे भावुक हो गईं, उनकी आँखें भी छलछला आईं। कुछ देर बाद, अश्रुपूर्ण नेत्रों और रुँधे गले से, ओमा ने हम दोनों को अलग किया और फिर मैं ओमा के गले लग गई। बहुत देर तक गले लगी हुई हम दोनों बहनों को जब माँ ने हटाया तब भी एक दूसरे को छोड़ने को हम तैयार नहीं थीं।

इस आनन्दित करने वाले वातावरण के थम जाने के बाद हमने जलपान आदि लिया। 'ये' चौक (आँगन) में चारपाइयों पर बैठे हुए पिता जी और पद्मकान्त से बातचीत करने में व्यस्त हो गए। उधर मैं, ओमा और माँ छत पर बने हुए कमरे में

जा पहुँचीं तथा कुशलता के आदान-प्रदान के पश्चात बातचीत में लग गईं। यद्यपि, चर्चा विभिन्न पड़ाव पार करती हुई आगे बढ़ रही थी परन्तु, मेरे मन में तो केवल एक ही ज्वलंत मुद्दा था जो बड़ी ही आतुरता के साथ माँ के साथ बातचीत करने के लिए कुलबुला रहा था।

अन्त में वह क्षण भी आ ही पहुँचा जिसकी मुझे बहुत देर से प्रतीक्षा थी। "और सब कुछ ठीक तो है लल्ली," माँ ने बड़े ही स्नेहिल स्वर में मुझसे प्रश्न किया।

बड़ी ही सहजता से मैंने यह अवसर लपक लिया और 'उनके' द्वारा अस्पताल से अपनी जननक्षम-सम्बन्धी परीक्षा कराने के बारे में और उसके बाद पनप सकने वाली संभावित परिस्थितिजन्य आशंकाओं पर विस्तार से चर्चा की।

इस सारे प्रकरण को सुनने के पश्चात माँ तो एकदम सन्न रह गई। ओमा भी निःशब्द हो गई थी और शून्य में ताक रही थी। समय भी जैसे थम सा गया था। उधर, मैं भी बारी-बारी से उन दोनों के चेहरों पर आए भावों को पढ़ने का असफल प्रयत्न कर रही थी।

थोड़ी ही देर के चिन्तन-मनन के पश्चात माँ ने मेरी ओर देखा और मुस्कुरा कर मेरा हाथ थाम लिया, फिर बोलना प्रारम्भ कर दिया, "देख लल्ली! ठीक है कि मेहमान ने अपनी जननक्षम जाँच करा ली है। यह भी, प्रसन्नता और संतोष की बात है कि वे इस जननक्षम परीक्षा में खरे उतरे हैं। लेकिन, यदि तूने अपनी जननक्षम जाँच कराने की ठान ली और भगवान न करे कि यदि उसमें सफल न हो पाई तो तेरी ससुराल और इधर-उधर समाज में तेरी क्या गति बनेगी? तू कल्पना भी नहीं कर सकती। चारों ओर तेरी दुर्गति हो जाएगी, लांछन सहने होंगे। थू-थू हो जाएगी सो अलग से।"

यह सुनकर तो मैं सन्न ही रह गई। इसके बारे में सोचते ही तो मेरे पैरों के नीचे से ज़मीन ही निकल गई। मेरे मुँह से शब्द ही नहीं निकल पा रहे थे। मेरी इस स्थिति को माँ ने भी भाँप लिया। बड़ी ही तत्परता के साथ उन्होंने मेरे सिर पर हाथ फेरा। मुझे सांत्वना देने के लिए मुझे अपने कंधे से लगा लिया और बोली, "तू चिन्ता मत कर। यह समस्या गम्भीर अवश्य है परन्तु इतनी भी विकट नहीं कि इसका कोई समाधान ही न निकल पाए। तू वैसा ही कर जैसा कि मैं कहती हूँ। सुन! यहाँ मेरे और ओमा के अतिरिक्त कोई भी ऐसा नहीं है जिस पर तेरा यह भेद खुल जाए कि मैंने तुझे क्या बताया है," कहकर उसने इतनी धीमी फुसफुसाहट में एक युक्ति अपनाने के लिए मुझसे कान में 'कुछ' कहा जिसे सुनकर मेरे मन को ढाँढस बँधा और लगा कि मेरे मन से जैसे कोई बहुत भारी बोझ उतर गया हो। अब मैं पूर्णतः सहज और संतुष्ट होने के साथ-साथ अपने भविष्य के प्रति निश्चिन्त और आश्वस्त भी हो चली थी।

ओमा बोली, "जिज्जी! एक बात तुझे और बताऊँ? हो सकता है कि तेरी उधेड़-बुन में माँ को वह तुझे बतानी ध्यान ही न रही हो या आगे भी न रहे।"

"ऐसी क्या बात है माँ! जो तू मुझे नहीं बताना चाहती," मैंने जिज्ञासा की।

माँ कुछ असमंजस से में थी। ओमा की ओर देखते हुए बोली, "कौन सी बात ओमा?"

अब ओमा भी सकपका गई और उँगुलियों के पोरों से अपना माथा सहलाने लगी, "मुझे भी कुछ ध्यान नहीं आ रहा माँ!" वह बोली।

"चल कोई बात नहीं। अब ध्यान में नहीं आ रहा तो तुझे चिन्ता करने जैसी कोई बात नहीं है। सुबह तक ध्यान में आ जाएगी तो बता देना। और, नहीं भी ध्यान में आई तो जब भी ध्यान में आजाएगी तो चिट्ठी डालकर तुझे बता देंगे," माँ ने हम दोनों को उठने का संकेत किया।

हम तीनों फिर से नीचे आ गईं और अपने-अपने कामों में लग गईं।

***

"बड़ी देर कर दी ओमा! अब तो रोटी-टूक का भी समय हो चला है। कब तक बनेंगी रोटी भई? मेहमान को भी तो भूख लग आई होगी अब तक?" गाँव से चलते ही तो खाई होंगी न रोटियाँ," पिता जी बोले।

हम तीनों ने मिलजुल कर तुरन्त ही भोजन की व्यवस्था कर ली। पिता जी, ये और पद्मकान्त भोजन करने बैठ गए। इनके भोजनोपरान्त हमने भी भोजन पाया और तत्पश्चात रसोई समेटने में जुट गईं। उधर पिता जी, ये और पद्मकान्त बाज़ार की ओर निकल गए।

दहलीज़ की साँकल चढ़ाकर हम तीनों बरामदे में बैठकर फिर से बतियाने लगीं। माँ बोली, "लल्ली! हमें लगता है कि अब यहाँ से हमारा भी दाना-पानी उठ गया है।"

मैं चौंक पड़ी, "मतलब?"

"मतलब क्या? हमें भी यहाँ से अपना बोरिया-बिस्तर समेटना पड़ेगा और रोज़ी-रोटी के लिए कहीं और जाकर बसना होगा," माँ के शब्दों से चिन्ता टपक रही थी।

यह सुनकर मैंने पूछा, "कहाँ? यहीं कोई दूसरा घर ढूँढ़ लिया है क्या?"

माँ बोली, "नहीं, यहाँ नहीं? हमें घर के साथ-साथ यह शहर भी छोड़ना होगा।"

"क्यों"?

"क्योंकि तुम्हारे ताऊ जी को यह घर बेचना है। उन्होंने इस घर की साई भी पकड़ ली है। दो-तीन महीने में हमें यहाँ से जाना ही पड़ेगा," माँ ने कहा।

"लेकिन, घर क्यों बेच रहे हैं ताऊ जी?" हक्की-बक्की अवस्था में मैंने पूछा।

ओमा बोली, "जिज्जी! ताऊ जी अपनी बड़ी बेटी का विवाह करना चाहते हैं इन सर्दियों में।"

"तो, मकान बेचने का विवाह से क्या लेना-देना?" मैंने पूछा।

"है बिटिया। है। लेना-देना क्यों नहीं? विवाह आदि बिन रुपए-पैसे के होते हैं क्या कहीं? अब तू ही बता। घर बिकेगा नहीं तो पैसे कहाँ से आएँगे? और फिर ब्याह कैसे हो पाएगा बिन पैसे के लल्ली! बता तो सही," माँ के मन की पीड़ा बोल उठी।

मैंने जिज्ञासावश जानना चाहा, "तो माँ किस ठौर जाकर बसना है तुझे? किसी गाँव, क़स्बे या शहर के लिए मन बनाया है अभी या नहीं? या, तभी सोचेगी जब नया मकान मालिक दो-तीन महीने बाद सामान सड़क पर फेंक देगा।"

माँ बोली, "नहीं मकान तो हमने किराए पर देख लिया है। और, देखा है वहीं, तेरी दिल्ली में ही।"

यह सुनकर जहाँ मैं अचम्मित रह गई, वहीं माँ से बनने वाली भावी निकटता की सम्भावना ने भी मेरी बाँछे खिला दीं। मैं प्रसन्नता के कारण अपनी जगह से दो अँगुल हवा में उछल गई।

मैंने पूछा, "माँ दिल्ली में तो बड़ी विकट समस्या है मकान की। फिर तुझे कहाँ और कैसे मिल गया इतनी जल्दी मकान?"

"लल्ली! तुझे तो पता है ही कि तेरे पिता जी का छोटा-मोटा काम है जो आसपास के गाँवों के भरोसे ही चलता है। वह काम तेरी दिल्ली में तो है ही नहीं। इसीलिए तेरे ताऊ जी ने इनके लिए चाँदनी चौक क्षेत्र के एक व्यापारी के पास मुनीम की नौकरी का प्रबन्ध कर दिया है और उन्हीं के किसी परिचित के अल्पविकसित क्षेत्र स्थित आवास में, हमें रहने की जगह भी किराए पर दिलवा दी है। अगले महीने के शुक्ल पक्ष की किसी भी शुभ तिथि और मुहुर्त में सत्यनारायण की कथा कराकर गृह-प्रवेश कर लिया जाएगा। तेरे पिता जी पिछले महीने दिल्ली जाकर सब कुछ निश्चित कर आए हैं और गृह प्रवेश की सारी तैयारी भी पूरी करके ही लौटे हैं।"

रूठने के भाव में मैंने कहा, "पिता जी दिल्ली आए थे तो उन्हें अपनी लल्ली का ध्यान नहीं आया? वे मिलने भी नहीं आए। अगर उनके पास समय नहीं था तो अपने समधी और जमाई को ही बुला लिया होता नया घर दिखाने के बहाने। वे दोनों वहाँ जाते तो सभी मामलों में कुछ न कुछ सहायता-सहयोग तो करते ही?"

माँ ने बीच में ही टोकते हुए मुझसे कहा, "न लल्ली! ऐसी कोई बात नहीं है। असल में उनका यह मानना है कि समधी और दामाद दोनों ही बड़े महत्त्वपूर्ण सम्बन्ध हैं जिन्हें हल्के में नहीं लिया जा सकता। हम उनका पूरा मान-सम्मान करते हैं इस लिए हम उनको पूरे आदर के साथ ही गृह-प्रवेश में निमन्त्रित करना चाहते हैं। हमने उनकी अपनी व्यस्तता के कारण ही उन्हें इस समय कष्ट देना उचित नहीं समझा।"

***

तृतीय खण्ड
सत्रह

एक दिन दोपहर के समय पिता जी, ताऊ जी के साथ घर आए। दोनों पक्षों ने बड़े ही सौहार्द्रपूर्ण वातावरण में बातचीत की। बाबू जी विशेष रूप से उल्लसित और उत्साहित थे क्योंकि मेरे विवाह के बाद ताऊ जी हमारे घर पहली बार ही आए थे। बाबू जी ने ताऊ जी और पिता जी के लिए चाय की बात चलाई तो ताऊ जी ने बाबू जी के सामने हाथ जोड़ते हुए बड़े ही विनम्र शब्दों में मना कर दिया।

बाबू जी मुस्कुराते हुए बोले, "क्या हुआ पंडित जी? चाय के लिए मना क्यों कर रहे हैं?"

"पंडित जी! आप तो जानते ही हैं कि हमारे यहाँ बेटियों के घर खाने-पीने की परम्परा नहीं है," ताऊ जी बोले।

पूर्ववत मुस्कुराते हुए बाबू जी बोले, "जी हाँ! मैं जानता हूँ और मानता भी हूँ कि आप लड़कियों की ससुराल में कुछ भी नहीं खाते-पीते। इसीलिए मैंने आपके ही घर में चाय बनवाई है।

ताऊ जी ने चौंककर पूछा, "चाय हमारे ही घर में बनाई गई है। वैसे मैं जान सकता हूँ कि हमारे ही घर में चाय बनने का यह चमत्कार कैसे सम्भव हुआ? चाय मेरे दिल्ली स्थित घर में बनी है या दिल्ली से बाहर बने मेरे छोटे भाई के आवास पर बनी है। यह चाय बनने का जादू हमें भी समझाइए।"

बाबू जी ने, पिता जी की ओर देखते हुए ताऊ जी से कहा, "यदि मेरी बात पर आपको विश्वास नहीं है तो अपने छोटे भाई से ही पूछ लीजिए कि यह चमत्कार कैसे सम्भव हो पाया?"

पिता जी ने ताऊ जी के सामने विस्तार के साथ वह सारी कहानी जस की तस सुना दी जो पिछली बार उनके अपने अनुभव में आई थी। उन्होंने हमारे पड़ोसी गाँव के रामकिशन की भी प्रसंगवश चर्चा कर दी।

थोड़ी ही देर में चाय-नाश्ता लेकर रामकिशन स्वयं ही आ गए। सबने चाय पी, नाश्ता किया। ताऊ जी ने बाबू जी को और रामकिशन को गृह प्रवेश के अवसर पर सपरिवार आमंत्रित किया और भेंट-भिटावन करके विदा ली।

गृह प्रवेश के एक सप्ताह के बाद गृहस्थी का सारा सामान समेटकर पिता जी भी दिल्ली वासी हो गए। समय-समय पर अथवा अवसर विशेष पर हम लोग

माँ और पिता जी से मिलने चले जाते तो कई बार पद्मकान्त और ओमा हमारे घर मिलने अथवा दो-चार दिन रहने के लिए भी आ जाते थे। अब, जीवन में सब कुछ सहज और सामान्य हो गया था। वहीं, सब कुछ अब पुराने ढर्रे पर लौट आया था।

* * *

सब कुछ ठीक-ठाक चल रहा था कि अचानक हमारे गली-मुहल्ले में एक फुसफुसाहट खदबदाने लगी। धीरे-धीर यह फुसफुसाहट तेज़ होने लगी। इसमें स्पष्टता दिखाई देने लगी थी। पता लगा कि बहुत दिनों से अपनी माँगों को लेकर विभिन्न यूनियन नेताओं की, सम्बन्धित औद्योगिक संस्थान के प्रबन्धन मण्डल और निदेशक मण्डल से निरन्तर वार्ता बैठकें चलती रही हैं परन्तु सफलता नहीं मिल पा रही है। जहाँ श्रमिक नेता, एक नई यूनियन को मान्यता देने के साथ-साथ श्रमिकों के वेतन में दस प्रतिशत की वृद्धि और तीन माह के वेतन के बराबर बोनस की माँग कर रहे थे वहीं वे सरकारी चिकित्सा अवकाशों की संख्या के बराबर चिकित्सा अवकाश, तकनीकी कर्मियों के लिए डाँगरी और अन्य सुरक्षा उपकरणों की उपलब्धता की सुनिश्चितता भी चाहते थे।

निदेशक मण्डल की ओर से कोई सकारात्मक प्रतिक्रिया न मिलने की स्थिति में एटक, इंटक और भारतीय मज़दूर संघ ने एक संघर्ष समिति का गठन किया। उसके तत्वाधान में गेट मीटिंग का आयोजन किया गया।

इसका भी जब कोई परिणाम नहीं निकला तो पहले तो सार्वजनिक प्रदर्शन किया गया और बाद में प्रतिष्ठान-स्वामी के घर तक हज़ारों कर्मियों ने जुलूस निकाला। माँगों का ज्ञापन सौंपा। इस ज्ञापन में स्पष्ट किया गया था कि यदि पन्द्रह दिनों में माँगें नहीं मानी गईं तो अनिश्चित कालीन हड़ताल कर दी जाएगी।

लेकिन, परिणाम? वही ढाक के तीन पात रहे और विवश श्रमिकों को अनिश्चित कालीन हड़ताल का सहारा लेना ही पड़ा। हड़ताल प्रारम्भ होने के एक सप्ताह बाद प्रतिष्ठान गेट पर चेतावनी सभा चल रही थी। समय-समय पर नारेबाज़ी हो रही थी। नेताओं के भाषण श्रमिकों में उत्साह भर रहे थे तभी अचानक प्रतिष्ठान गेट के साथ खड़ी भीड़ का रेला वहाँ तैनात पुलिस बल को धकियाता हुआ अन्दर प्रवेश कर गया। इस अनियंत्रित भीड़ ने भीतर उत्पात मचाया। तोड़-फोड़ की और लूटपाट मचाई। पुलिस के हस्तक्षेप और बल प्रयोग द्वारा कुछ लोगों को बंदी बनाने के पश्चात ही हंगामा शान्त हुआ।

हड़ताली सभा के तीसरे-चौथे दिन दो पुलिस वाले घर आए और उन्होंने बाबू जी के विषय में पूछताछ की। क्योंकि बाबू जी घर पर नहीं थे इसलिए उनको पुलिस चौकी भेज देने के लिए कहकर वे वापस चले गए।

बाबू जी दोपहर को घर लौटे। उन्होंने भोजन किया। भोजनोपरान्त विश्राम करने के लिए जब वे घर से बाहर नीम के तले बिछी हुई चारपाई पर बैठे ही थे कि तभी सासू माँ बाबू जी के पास पहुँचीं और पुलिस के साथ हुई अपनी वार्ता से अवगत कराया। पूरी बात सुनकर बाबू जी तत्काल ही पुलिस चौकी की ओर चले गए।

***

सायंकालीन भोजन पक चुका था। सभी बाबू जी की प्रतीक्षा में थे। लेकिन न तो वे लौटे और न ही उनका कोई समाचार आया। सासू माँ की चिन्ता पल प्रति पल बढ़ती ही जा रही थी। वे घर के अन्दर-बाहर आ-जा रही थीं। जब उनसे सहन नहीं हुआ तो उन्होंने पड़ोसियों से बात की। मेरे 'वे' और मेरे देवर पुलिस चौकी गए। जहाँ से पता लगा कि उन्हें थाने भेज दिया गया है। वे सभी थाने पहुँचे। वहाँ पहुँचने पर उन्हें बताया गया कि प्रतिष्ठान में हुई हड़ताल के संदर्भ में उन्हें कारागार में रखा गया है। सोमवार को न्यायालय में उनको न्यायाधीश के सम्मुख प्रस्तुत किया जाएगा। यह जानकर केवल घर में ही नहीं बल्कि पूरे मुहल्ले में ही हलचल और उदासी का वातावरण बन गया। अड़ोस-पड़ोस से महिलाओं-पुरुषों का आना-जाना प्रारम्भ हो गया था। कुछ सयाने लोग मेरे पति से मिलने भी आए। उनके साथ उन्होंने बाबू जी को कारावास से छुड़ाने की रणनीति पर विस्तार से न केवल चर्चा की बल्कि, रणनीति को व्यवहारिक रूप देने के लिए सारे दिन भाग-दौड़ भी की।

अगले दिन रविवार को पड़ोसी, सासू माँ और ये बंदियों से मिलने के निर्धारित समय पर कारागार जा पहुँचे। थोड़ी-थोड़ी देर एक-एक करके सभी मिल लिए। घर से ले जाया गया खाना दिया। न्यायालय में अपनाई जाने वाली रणनीति से बाबू जी को सार रूप से अवगत कराया। और फिर, सभी घरों को वापस लौट आए।

***

सोमवार को मुहल्ले से कुछ व्यक्ति, मेरा छोटा देवर और ये न्यायालय परिसर में जा पहुँचे। वहाँ पर यूनियन के कुछ कार्यकर्ता और पदाधिकारी भी पहले से ही उपस्थित थे। थोड़ी ही देर में बंदियों को लेकर कारागार की लॉरी आ गई। एक-एक करके सभी बंदियों को एक कक्ष में ले जाया गया जिसके द्वार पर सशस्त्र पुलिसकर्मी खड़े थे।

कुछ समय के पश्चात बाबू जी सहित सभी बंदियों को क्रमानुसार एक-एक करके न्यायाधीश के समक्ष प्रस्तुत किया गया।

बाबू जी का नाम पुकारा गया। बाबू जी उपस्थित हुए। न्यायाधीश ने नाम पूछा। घर का पता, कार्यालय का पता और पद आदि के सम्बन्ध में कुछ प्रश्न पूछे

जिनका बाबू जी ने सहजता और विनम्रता से उत्तर दे दिया।

अगली बार बाबू जी से प्रश्न किया, "आपको पता है कि आपको यहाँ किस लिए लाया गया है?"

"जी", बाबू जी ने संक्षिप्त सा उत्तर दिया।

"आपको इस सम्बन्ध में कुछ कहना है," न्यायाधीश ने चश्मे के पीछे से झाँकते हुए प्रश्न किया।

"जी महोदय! मैं निर्दोष हूँ। मेरे ऊपर थोपे गए सारे आरोप मिथ्या और निराधार हैं," बाबू जी ने कहा।

मामले की फ़ाइल के पृष्ठ पलटते-पलटते रुक कर उन्होंने बाबू जी को देखा और कहा, "लेकिन आपने तो अपने बयान के इस काग़ज़ में सहमति देते हुए हस्ताक्षर किए हैं।"

"नहीं महोदय! इस काग़ज़ पर न तो मेरा बयान है और न ही मेरे इस पर हस्ताक्षर हैं," बाबू जी ने दृढ़ता के साथ उत्तर दिया।

न्यायाधीश ने फ़ाइल में से एक काग़ज़ निकालकर बाबू जी की ओर बढ़ाते हुए पूछा "तो फिर यह क्या है?"

बाबू जी ने काग़ज़ हाथ में लेकर देखा। उसे उल्टा-पुल्टा किया और न्यायाधीश को वापस करते हुए बोले, "माननीय! इसमें न तो मेरा हस्तलिखित बयान है और न ही मेरे इस पर कहीं भी हस्ताक्षर हैं।"

इस बार न्याधीश ने अभियोजन पक्ष की ओर घूर कर पूछा, "यह क्या तमाशा है? बताइए आरोपी ने अपने बयान में उर्दू भाषा का उपयोग किया है क्या? इसमें सारी भाषा तकनीकी रूप से पुलिसिया है। ऐसा तो नहीं कि जानबूझकर आप एक सीधे-सादे व्यक्ति को किसी के कहने पर फँसा रहे हो?"

"नहीं माननीय! आरोपी की संलिप्तता असंदिग्ध है। आरोपी प्रतिष्ठान से जुड़ी एक यूनियन का सक्रिय सदस्य भी हैं," अभियोजन ने तर्क दिया।

बाबू जी को सम्बोधित करते हुए न्यायाधीश ने प्रश्न किया, "क्या यह सत्य है? कौन सी यूनियन से जुड़े हो?"

"जी हाँ, यह सत्य है कि मैं यूनियन से जुड़ा हूँ। इंटक यूनियन का सक्रिय सदस्य हूँ। परन्तु, सिद्धान्ततः इसका यह अर्थ भी कदापि सही नहीं है कि जो भी व्यक्ति यूनियन से जुड़ा होगा वह विध्वंसक गतिविधि में भी अनिवार्यतः संलिप्त होगा ही," बाबू जी ने अपना पक्ष स्पष्ट किया।

यह सुनकर एक क्षण के लिए सभी मौन हो गए। तभी अभियोजन पक्ष ने एक और तर्क उछाला, "परन्तु, आप उस घटनास्थल पर तो उपस्थित थे। इसके साक्षी

प्रतिष्ठान में कार्यरत वे अधिकारी भी हैं जिन्होंने आपके विरूद्ध रिपोर्ट लिखाई है कि आप उस प्रदर्शन और हुड़दंग, तोड़फोड़ के समय उग्र भीड़ को उकसा रहे थे और तोड़-फोड़ व लूटपाट के लिए उन्हें भड़का रहे थे।"

न्यायाधीश ने प्रश्नात्मक दृष्टि से बाबू जी की ओर देखा तो बाबू जी ने स्थिति स्पष्ट करते हुए कहा, "माननीय! किसी प्रदर्शन का अंग होने का यह मन्तव्य तो बिल्कुल नहीं हो सकता कि वहाँ उपस्थित प्रत्येक व्यक्ति तोड़-फोड़ और लूट-पाट में सम्मिलित होगा ही। जहाँ तक नाम के साथ रिपोर्ट करने का प्रश्न है, उसके विषय में तो यही कहा जा सकता है कि सामान्यतः किसी ऐसी घटना में ऐसे व्यक्तियों के नाम भी जोड़ दिए जाते हैं जो दैहिक रूप से वहाँ उपस्थित नहीं होते परन्तु प्रबन्धमण्डल के कहने पर अधिकारिकगण वैमनस्य, ईर्ष्या या द्वेष के कारण बदला लेने के लिए उन्हें झूठा ही फँसा देते हैं, एक पक्ष बना देते हैं।"

अभियोजन निरुत्तर हो गया।

फिर भी न्यायाधीश ने बाबू जी से स्पष्टीकरण माँगते हुए कहा, "आप स्वयं के बचाव में कुछ कहना चाहेंगे?"

"जी माननीय!" बाबू जी बोले, "मुझे केवल इतना ही कहना है कि मैं घटना वाले दिन प्रतिष्ठान तो छोड़िए दैहिक रूप से मैं उसके परिसर में भी नहीं था। उचित कारणों से मैं उस दिन पूर्व स्वीकृत अवकाश पर था। महोदय! मेरे अवकाश पर रहने का कारण था, मेरे किसी सुपरिचित के संपत्ति स्वमित्व से जुड़ा विवाद। इस विवाद-मामले में, मैं एक साक्षी के रूप में इसी न्यायालय के अन्य न्यायायल कक्ष में, घटना वाले दिन प्रातः दस बजे अपनी उपस्थिति लगवाकर सायं चार बजे अपने साक्ष्य के समय तक, उपस्थित रहा। जबकि, प्रतिष्ठान में यह घटना डेढ़-दो बजे के लगभग घटित बताई गई है पुलिस फ़ाइल के अनुसार। माननीय! अपने वक्तव्य को विराम देते हुए, मुझसे सम्बन्धित इस वाद को समापन-चरण में ले जाने के लिए प्रमाण स्वरूप मैं आपकी सेवा में दो वैध दस्तावेज प्रस्तुत करने की अनुमति चाहता हूँ।"

"अनुमति दी जाती है," न्यायाधीश महोदय ने कहा।

"जी श्रीमान! ये दो काग़ज़ात हैं, एक मेरे कार्यालय द्वारा जारी पूर्व अनुमत, अवकाश स्वीकृति पत्र और दूसरा है, घटनावाले दिन इस न्यायालय में उपस्थित रहने सम्बन्धी, सम्बन्धित न्यायालय-कार्यालय द्वारा जारी प्रमाण पत्र," यह कहकर बाबू जी ने न्यायालय में उपस्थित 'इनसे' दोनों काग़ज़ लेकर अधिकृत व्यक्ति को थमा दिए। ये काग़ज़ात उन्होंने न्यायाधीश महोदय को सौंप दिए।

न्यायाधीश महोदय ने दोनों पत्रों को ध्यान से देखा। तत्पश्चात उन्होंने बाबू जी को निर्दोष उल्लेखित करते हुए आरोप-मुक्ति के आदेश लिखवा दिए और बाबू जी

की ओर उन्मुख होते हुए वे बोले, "आप निर्दोष हैं। आरोपमुक्त हैं जा सकते हैं।"

बाबू जी ने न्यायाधीश महोदय को हाथ जोड़कर नमन किया। न्यायालय कक्ष से बाहर आए और बाहर प्रतीक्षारत बँधु-बाँधवों के साथ घर को चल पड़े।

***

इस अप्रत्याशित घटनाक्रम ने बाबू जी को भीतर तक तोड़कर रख दिया। बहुत दिनों तक वे सभी से कटे-कटे से रहे। बड़े ही अनमने और असहज रहे। सहानुभूति जताने वालों और कुशलता का समाचार लेने आए व्यक्तियों से उनकी मात्र 'राम-राम, श्याम-श्याम' और औपचारिक वार्ता ही होती थी। उससे अधिक कुछ नहीं।

उधर प्रतिष्ठान के प्रबन्धमण्डल के प्रयासों से यूनियन नेताओं और निदेशक मण्डल के बीच एक समझौता हुआ जिसमें बोनस, चिकित्सा राशि और कुछ अन्य मुद्दों पर ख़ुलासों और शंका समाधान के उपरान्त अंतिम सहमति बन ही गई। प्रतिष्ठान खुलने की तिथि भी निश्चित कर दी गई। इसके बाद दोनों पक्षों ने सहमति पत्र पर हस्ताक्षर कर दिए।

पिता-पुत्र दोनों ने ही अपने-अपने कार्यालय जाना प्रारम्भ कर दिया। धीरे-धीरे जीवन पटरी पर लौटने लगा। वातावरण में व्याप्त तनाव भी शिथिल हो चला और सहजता पनपने लगी। दिनचर्या भी पुनः ढर्रे पर लौट आई।

***

एक दिन सासू माँ ने हमें बताया कि हवा बदलने और मन हल्का करने के लिए वे गंगास्नान हेतु हरिद्वार जाने का मन बना रहे हैं। तीन-चार दिनों में वहाँ से वापस लौट आएँगे। इसके लिए उन्होंने अपेक्षित तैयारी करनी प्रारम्भ कर दी। बाबू जी ने इस कार्यक्रम पर आने वाली अनुमानित राशि अपने कार्यालय से 'अग्रिम निधि' से प्राप्त कर ली थी। इन्होंने यात्रा को सुविधाजनक बनाने के लिए रेल-टिकिट की अग्रिम बुकिंग भी करा दी।

निश्चित दिन 'ये', घर के सभी सदस्यों को ताँगे में बैठाकर रेलवे स्टेशन छोड़ने चले गए और गाड़ी आ जाने पर सबको डिब्बों में यथास्थान बैठा दिया। रेल चल निकली। ये सभी को हाथ हिलाकर विदा देने के बाद वापस घर चले आए। अब घर पर केवल दो ही सदस्य रह गए थे। एक ये और एक मैं। इस प्रकार अकेले रहने का हम दोनों का यह पहला ही अवसर था, एक लम्बे समय के बाद।

***

मेरे लिए यह बहुप्रतीक्षित स्वर्णिम अवसर था जिसे मैं हाथ से जाने देना नहीं चाहती थी।

अगले दिन इनका अवकाश था। इसलिए उस दिन एकान्तवास भोगने के कारण हम देर से सोए और देर से ही उठे। हो सकता है कि मैं तब भी सोई रहती। परन्तु, भला हो पड़ोस में रहने वाली 'मुँहबोली ननद' का कि जिसने चायपत्ती माँगने के लिए हमारे घर की कुन्डी खड़का दी।

मैंने किवाड़ खोले और अन्दर बुला लिया। बिना झिझक वे भीतर चली आईं।

वे बोलीं, "अरे! लगता है कि मैंने तुम्हें सोते से उठा दिया। च्...च्...च्... बहुत बुरा हुआ। मैंने तो सोचा था कि भाभी तुम जग रही होगी। भइया को उनके कार्यालय भेजने की तैयारी कर रही होगी। चाय के लिए पत्ती समाप्त होने के कारण ही मुझे तुम्हारी नींद भंग करनी पड़ी। मुझे यदि थोड़ा सा भी आभास होता कि ताई जी और ताऊ जी के न होने का लाभ उठाकर, 'अनुपस्थिति-रात्रि' मनाने की थकान उतारने के लिए तुम अभी तक आराम कर रही होगी तो चाय पत्ती मैं कहीं और से माँग लेती परन्तु तुम्हारे विश्राम में बाधा नहीं डालती।" उनके चेहरे पर शरारत भरी मुस्कान नाच रही थी। उन्होंने मेरी ठुड्डी को अपने दाएँ हाथ की उँगुलियों के अग्रभाग से ऊपर को उठाया और दृष्टियाँ टकराते ही उन्होंने अपनी बाईं आँख दबा दी।

लजाकर मैंने नेत्र नीचे कर लिए और उनका मन्तव्य समझकर मेरे चेहरे पर भी हल्की सी मुस्कान खेल गई। अगले ही पल चाय पत्ती का डिब्बा लाकर मैंने उन्हें थमा दिया। उसमें से चाय पत्ती लेती हुए वे बोलीं, "भाभी! दिन बहुत चढ़ गया है। अब क्या अंगीठी सिलगाओगी? भइया को भी उठा लो। दोनों निबट लो। तैयार हो जाओ। इधर मैं भी चाय पराँठे तैयार कर लेती हूँ। पेट भर नाश्ता कर लेना। आज खाना बनाने की छुट्टी," कहकर उन्होंने डिब्बा मुझे पकड़ाया और चली गईं। उधर, मैंने उन्हें भी उठाया। पीने को पानी दिया। लगभग आधे घंटे में हम दोनों तैयार हो गए और पूजाघर में धूप-बत्ती से भी निवृत्त हो गए।

तभी बाहर से आवाज़ आई, "भाभी!"

पड़ोस वाली ननद की आवाज़ सुनकर ये बोल पड़े, "आ जाओ! दरवाज़ा खुला है।"

सुनते ही वे घर के भीतर चली आईं। पराँठे वाला बोइया और चाय वाला लोटा रसोई में रखकर वे बोलीं, "भाभी! कुछ कमी पड़ती दीखै तो आवाज़ लगा लेना," यह कहकर वे चली गईं।

***

खाने-पीने से निवृत्त होकर हमने घूमने-फिरने का कार्यक्रम बनाया। थोड़ा पैदल चलकर हमने ट्राम पकड़ ली। चाँदनी चौक में गौरी-शंकर मंदिर के पास साइकिल मार्किट के मोड़ पर उतर गए। वहाँ से हम दर्शन करने के लिए गौरी शंकर

के मंदिर गए। मंदिर में पूजा-पाठ और प्रदक्षिणा-दक्षिणा के पश्चात वहीं बने एक बड़े से भवन में हम गए जहाँ भजन और सत्संग का बड़ा ही मनभावन कार्यक्रम चल रहा था। दोपहर को कार्यक्रम समाप्त हो चला था। हम वहाँ से उठे। प्रसाद ग्रहण किया और मंदिर से बाहर निकल आए।

बस पकड़ कर हम गोलचा सिनेमा हॉल पहुँचे। वहाँ बड़ी ही कठिनाई से ढ़ाई-ढाई रुपए की टिकट हमें ब्लैक में पाँच-पाँच रुपए में मिलीं। टिकिटों के चक्कर में सिनेमा हॉल में हम दस-पन्द्रह मिनिट देर से पहुँचे। लेकिन, धन्यवाद भगवान का कि मुख्य चलचित्र का अभी तक श्री गणेश भी नहीं हुआ था। तभी मुख्य चलचित्र भी प्रारम्भ हो गया। सामाजिक सरोकार से जुड़े कथानक और शास्त्रीय संगीत पर आधारित गानों ने अंतःकरण को प्रसन्नता से भर दिया। हर्ष-शोक में डूबे वहाँ के वातावरण ने सभी दर्शकों को तीन घंटे के लिए अपने पाश में बाँध लिया। सुखद अन्त के साथ चलचित्र समाप्त हुआ।

वहाँ से निकले ही थे कि मैंने उनसे अपने पीहर ले चलने का अनुरोध कर दिया जिसे उन्होंने तुरन्त ही सहर्ष स्वीकार कर लिया। वहाँ से फटफट सेवा पर सवार होकर पुराने यमुना पुल से निकलते हुए हम झील कुरंजा जा पहुँचे। वहाँ से गली-मोहल्लों से निकलते हुए हम अपने घर पहुँच गए।

* * *

हमें अचानक आया देख वहाँ सभी बड़े प्रसन्न हुए। बड़ी आवभगत हुई। माँ और ओमा की प्रसन्नता का तो कोई पारावार ही नहीं था। रात्रि को भोजन कर हमने वहाँ से विदा ले ली।

अगले दिन मैं सवेरे, सदा की भाँति जल्दी ही उठ गई और उन्हें खाना खिलाकर, टिफिन लगा कर काम पर भेज दिया। घर का चौका-बर्तन, साफ़-सफ़ाई करने और कपड़े धोने के बाद मैं विश्राम करने के लिए लेटना चाहती ही थी कि इतनी देर में पड़ोस वाली ननद आ गईं। हम दोनों बिना किसी उद्देश्य के बड़ी देर तक बतियाती रहीं।

अचानक ही वे बोलीं, "भाभी! लड्डू कब खिला रही हो?"

लड्डू खिलाने की किसी महिला से अपेक्षा करने के मन्तव्य से कौन परिचित नहीं होगा भला? बिन मौसम की बरसात जैसे इस अनायास प्रश्न ने मुझे भीतर तक झकझोर दिया। मैं भीतर तक हिलकर रह गई। लेकिन, अचानक ही मुझे मेरी माँ की सीख स्मरण हो आई। मैंने अपने आपको संयत किया और स्वयं को सहेजते हुए ओढ़ी हुई सहज सी मुस्कान के साथ कहा, "लड्डू? अरे लड्डू तुमसे कहीं अच्छे हो सकते हैं क्या? लड्डू, जब चाहो तब खालो।"

"नहीं भाभी! ऐसे नहीं।"

"फिर कैसे?" मैंने पूछा।

वे बोलीं, "मुझे बुआ कब बना रही हो?"

मेरी आशंका सत्य सिद्ध हुई। मुझे लगा जैसे कोई मेरी जामा तलाशी ले रहा हो। साहस बटोर कर मैंने कहा, "अच्छा तो इस बात के लड्डू माँग रहीं थीं तुम?"

"हाँ! हाँ! और किस बात के लड्डू माँगूगी मैं तुमसे भाभी," बनावटी रोष के साथ वे बोलीं।

मुखमण्डल पर आए भावों को छिपाते हुए मैंने हल्की सी हँसी के साथ कहा, "बीबी जी! लड्डुअन की भली कही तुमने। अब, जब तुमने पूछ ही लिया है तो बताती हूँ सुनो! बहुत जल्द ही मुँह मीठा होगा तुम्हारा। परन्तु थोड़ा धैर्य धारण करो। पर किसी से इस बात की चर्चा नहीं करना अभी।"

***

तभी पड़ोस से उनकी माँ ने उन्हें पुकारा। वे तुरन्त ही उठ खड़ी हुईं और मेरा हाथ दबाते हुए फिर मिलने की कहकर चली गईं।

उनके जाने के बाद मैंने छुटकारे की साँस ली और किवाड़ बन्द कर लेट गई। परन्तु, अभी हुई बातचीत ने मेरा नींद ही उड़ा दी। मेरे भीतर एक तूफ़ान ने हलचल मचा दी थी। कई बार इधर-उधर करवटें बदलीं पर नींद आँखों से कोसों दूर थी। जब मन शान्त नहीं हुआ तो उठकर बैठ गई और पानी पिया। परन्तु, मन में उमड़ते-घुमड़ते विचारों ने मेरा पीछा ही नहीं छोड़ा।

अन्ततः, मैंने रामकिशन की पत्नी को बुला लिया। उनके आने पर मैंने उनसे कहा, "भाभी! मेरी तबीयत ठीक नहीं है। मुझे अर्विन अस्पताल ले चलो।"

"मैं अभी आई," कहकर वे उल्टे पैर अपने घर चली गईं और पाँच मिनिट में ही धोती बदलकर वे अपना रुमाल लेकर आ गईं। हम दोनों घर से बाहर निकल आयीं। उन्होंने अपने और मेरे घर की चाबियाँ मेरे पड़ोस में दे दीं।

उन्होंने कहा, "वैसे तो हम जल्दी आ जाएँगी। यहीं अर्विन अस्पताल तक जा रही हैं। इसकी तबीयत अचानक ही बिगड़ गई है। फिर भी, अगर देर हो जाए तो ये चाबियाँ अपने दोनों भाइयों को दे देना। घबराने जैसी कोई बात नहीं है। यह कहकर हम दोनों घर से चल पड़ीं। उस समय, पड़ौस वाली ननद की आँखों में कई प्रश्न तैर रहे थे।

बाहर आकर हम ताँगे से अर्विन पहुँच गईं। वहाँ जाकर ओ.पी.डी से कार्ड बनवाकर हम डॉक्टर के कमरे के बाहर पड़ी बैंच पर बैठ गईं। डॉक्टर वार्ड में गई हुई थी। रामकिशन की पत्नी जिन्हें मैं भाभी कहती थी मुझसे पूछने लगीं, "धन्या!

क्या हुआ अचानक? तबीयत कैसे ख़राब हो गई?"

"भाभी! मेरे पेडू में अचानक दर्द हुआ। मैं पाख़ाना गई। वहाँ मूत्र के स्थान से कुछ रक्त निकला और उसके साथ चिड़िया के बच्चे जैसा भी कुछ निकला।"

इतनी देर में लेडी डॉक्टर भी आ गई। अपनी बारी आने पर हम डॉक्टर के पास गए और डॉक्टर ने सब सुनकर मेरी बाहरी जाँच की। बोली, "ऐसी चिन्ता की तो कोई बात नहीं है फिर भी गहन जाँच के लिए दाख़िल किए लेते हैं।"

मुझे वार्ड में भरती कराकर भाभी मुझसे चिन्ता न करने और अगले दिन मेरे पति को भेजने की कहकर घर वापस चली गईं।

* * *

अगले दिन सवेरे दस बजे के लगभग एक महिला डॉक्टर आई। उसने मुझसे अनेक प्रश्न किए। शैया पर रखे काग़ज़ देखे। अपनी संतुष्टि के अनुसार शारीरिक जाँच की और फिर बोली, "देखो! जैसा तुम बता रही हो ऐसा तो कुछ है नहीं फिर भी मैंने विटामिन और पुष्टिवर्धक कुछ औषधियाँ लिख दी हैं। सब ठीक हो जाएगा? चिन्ता की कोई बात नहीं है।" उसने अपने सहायक डॉक्टरों से मुझे छुट्टी देने को कह दिया।

लगभग बारह बजे मुझे अस्पताल से छुट्टी मिल गई। मैं अस्पताल से बाहर आई। यह सोचकर कि मेरे पति तो काम पर गए हुए हैं। वे घर शाम तक ही आएँगे। तो अच्छा है कि मैं अपनी माँ के पास ही चली जाऊँ। मैं वहाँ से फटफटिया में बैठकर अपने माता-पिता के घर चली गई। मैंने अपने 'उनके' बारे में एक बार पुनः सोचा कि वे शाम को पहले तो अस्पताल जाएँगे। मुझ वहाँ न पाकर निश्चित रूप से वे मुझे लिवाने के लिए सीधे यहीं आएँगे।

हुआ भी ऐसा ही। पहले वे अस्पताल गए और मुझे वहाँ न पाकर मेरे पीहर जा पहुँचे। उन्होंने मेरे स्वास्थ्य के विषय में विस्तृत पूछताछ की। भोजन किया। फिर उन्होंने घर चलने को कहा तो मेरी माँ बोलीं, "मेहमान! तुम एक काम करो कि तुम भी चार-छः दिन यहीं रुक जाओ। जब लल्ली ठीक हो जाएगी तो लेते जाना।"

ये बोले, "नहीं माता जी! घर अकेला है। फिर मुझे, कल काम पर भी जाना है। अच्छी हो जाने पर आप ही इसे घर पर भिजवा देना।" यह कहकर वे वापस घर चले गए।

पिता जी और पद्मकान्त थके-हारे होने के कारण शीघ्र ही सो गए। अम्माँ, मैं और ओमा भी सोने के लिए अपनी-अपनी खाट पर चले गए। वहाँ हमारी चौपाल जम गई। कुशल-क्षेम से प्रारम्भ हुई बातचीत, अनेक पड़ाव पार करती-करती एक नया मोड़ ले गई। ओमा प्रत्येक बात और प्रकरण को बड़े ही ध्यान से सुन रही थी।

सुनती-समझती क्यों नहीं? आख़िर में तो, वह भी तन-मन से बड़ी हो चली थी। अच्छे-बुरे और ऊँच-नीच को भी गहराइयों से परखने लगी थी।

माँ बोली, "आज तू बिना मेहमान के अकेली ही कैसे चली आई लल्ली? तूने यह तो बता दिया था कि तू घर से नहीं बल्कि अस्पताल से सीधा यहीं चली आई थी। पर, यह नहीं बताया कि ऐसा क्या हुआ था जिसके कारण तुझे अस्पताल में भर्ती होना पड़ा।"

माँ की बात सुनकर मैं मुस्कुरा उठी। मुझे वह घड़ी स्मरण हो आई जब अपने पुराने पीहर में मैंने अपनी ससुराल की एक समस्या अपनी माँ से साझा की थी। माँ पहले तो चिन्तित हो उठी थीं परन्तु, बाद में उन्होंने मेरी चिन्ता का हरण कर लिया था। उन्होंने मेरे कान में चिन्ता हरण मंत्र फूँका था और उस दिन मैं वास्तव में ही चिन्तामुक्त हो गई थी।

"कहाँ खो गई लल्ली," माँ की आवाज़ ने मेरा ध्यान भंग कर दिया। अतीत की घुमावदार गलियों से निकलकर मैं वर्तमान के सपाट धरातल पर आ गई।

"माँ! तुझे ध्यान होगा कि पुराने मकान में जब मैं और ये इनकी ननिहाल में हुए विवाह से लौटते समय, रात को रुके थे और मैंने इनकी जनन-क्षमता रिपोर्ट की बात की थी। फिर अपने विषय में संभावित आशंकाओं और आक्षेपों के सम्बन्ध में भी चर्चा की थी तो उसके बाद गहन मन्थन के पश्चात तूने मेरी समस्या का समाधान सुझाते हुए मेरे कान में कुछ कहा था," कहते हुए मैंने माँ की ओर देखा।

सिर हिलाते हुए माँ बोली, "हाँ, मुझे ध्यान है। अच्छी तरह ध्यान है। तो फिर उस बात का प्रसंग अब कैसे उठ गया?"

"वही प्रसंग तो मैं आज तुम्हारे सामने रखने आई हूँ। घर में, अम्माँ-बाबू जी सहित सभी सदस्य एक सप्ताह के लिए हरिद्वार गए हुए हैं। तभी मेरे मन में विचार कौंधा। इस एकान्त अवसर को भुनाने का इससे उपयुक्त समय और कब मिल सकता था। मुझे लगा कि भगवान मेरी सहायता कर रहे हैं। इसीलिए उन्होंने मेरे पक्ष में इस प्रकार की परिस्थितियों का निर्माण किया है। अवकाश वाले दिन का हमने भरपूर आनन्द उठाने के लिए उपयोग किया। उससे अगले दिन, कार्य दिवस पर मुझे तुम्हारे द्वारा बताई गई अपनी योजना को सिरे भी तो चढ़ाना था। सवेरे मैंने अपनी पड़ोसन ननद को आश्वस्त कर दिया था कि मुझे दिन चढे हुए हैं। दोपहर को रामकिशन की घरवाली को भी मैंने विश्वास में ले लिया और भ्रूणस्राव की बात कहकर उन्हें अपने साथ अस्पताल ले गई। वहाँ से वे घर वापस चली गईं। मैं रातभर अस्पताल में रही। यह समूचा नाटकीय घटनाक्रम यह प्रमाणित करने के लिए ही पर्याप्त है कि मैं बाँझ नहीं हूँ। प्रजननक्षम हूँ। गर्भधारण कर सकती हूँ। माँ बन सकती हूँ। संतानोत्पत्ति कर सकती हूँ। भ्रूणस्राव होना मेरे मातृत्व का अन्त नहीं

है बल्कि भावी मातृत्व के प्रति आश्वस्ति है। अतः घबराने अथवा निराश होने का कोई कारण नहीं है। निःसन्तान होने के उपरान्त भी मैं अपने परिवार, सम्बन्धियों और समाज में पूरे मान-सम्मान के साथ सिर ऊँचा कर जी सकती हूँ; बात कर सकती हूँ और व्यवहार कर सकती हूँ।"

यह सब जानकर माँ प्रसन्न हुई या नहीं, मुझे नहीं पता। हाँ, उनके चेहरे पर एक संतुष्टि भाव अवश्य था कि अब उनकी बिटिया मान-सम्मान के साथ उस घर में बस सकती है। उसे किसी भी प्रकार के ताने-उलाहने सुनने को नहीं मिलेंगे और पूर्ण सम्मान व अपनत्व पाते हुए वह आनन्दपूर्व अपना गृहस्थ जीवन जी पाएगी।

इस सारे प्रकरण में ओमा की मात्र, मौन उपस्थिति थी। उसने पूरे चर्चा काल में न कोई टोका-टोकी की और न ही एक भी शब्द बोला। उसकी केवल इतनी ही भूमिका थी कि जब माँ बोल रही होती थी तो वह माँ को देखती रहती और जब मैं बोलती थी तो उत्सुकता से वह मुझे तकती रहती थी। मैंने इस मनःस्थिति में उसे आज तक कभी नहीं देखा था। बीच-बीच में उसके चेहरे पर कभी-कभी असंतुष्टि और असहमति के भावों को भी मैंने अनुभव किया था।

***

दो दिन बाद मैंने माँ से कहा, "माँ! आज मुझे घर जाना है; साफ़-सफ़ाई करके घर का रख-रखाव करना है क्योंकि कल-परसों अम्माँ-बाबू जी भी घर लौटने वाले हैं। या तो पद्मकान्त के साथ मुझे भेज दो या फिर मैं अकेली ही घर चली जाती हूँ। मुझे किसी सवारी में बिठवा दे।"

माँ ने पिता जी को बताया, "लल्ली के सास-ससुर और अन्य सदस्य घर लौटने वाले हैं कल। इसे अपना घर, ठीक-ठाक करना है। ऐसा करो कुछ फल-मीठा साथ रखकर पद्मकान्त के साथ इसको भेज दो। मेहमान के काम से लौटने तक यह भी वहाँ पहुँच जाएगी। पद्मकान्त उलटे पैर वापस आ जाएगा।"

पिता जी ने पद्मकान्त को फल-मिठाई और किराए के पैसे देते हुए कहा, "भइया! जाते समय मिठाई-फल ले लेना और लल्ली को घर पहुँचाकर तुरन्त ही वापस लौट आना क्योंकि समय से बाज़ार में कल, कारख़ाने में तैयार सामान पहुँचाने की तैयारी भी करनी है।"

हम दोनों भाई-बहन और ये लगभग एक ही समय घर पहुँचे। मैंने तीनों के लिए शरबत तैयार किया। शरबत पीते ही पद्मकान्त घर के लिए वापस लौट गया।

अब हम दोनों ही घर में रह गए थे। पहले मैंने चाय बनाई। जितनी देर में मैंने खाना बनाया, इन्होंने घर को साज-सँवार दिया। हम दोनों ने खाना खाया और फिर बैठ गए बतियाने के लिए।

अपने हाथों में मेरे हाथ लेते हुए बोले, "और, कैसी हो?"

"ठीक हूँ अब तो," मैंने कहा।

"ठीक हूँ अब तो। मतलब, तबीयत ज़्यादा ख़राब हो गई थी क्या," उन्होंने चिंतित स्वर में पूछा।

उनकी ओर देखते हुए मैंने पूछा, "क्यों? तुम्हें कुछ पता नहीं क्या? रामकिशन ने या उनकी घरवाली ने कुछ नहीं बताया तुम्हें?"

"नहीं, ऐसा कुछ विशेष नहीं। बस इतना ही बताया था कि अचानक तुम्हारी तबीयत ख़राब हो गई। तुमने उन्हें बुलाया और समस्या बताई। जिसे सुनकर वे तुम्हें अर्विन अस्पताल ले गईं। वहाँ लेडी डॉक्टर ने तुम्हें देखा और दाख़िल कर लिया। यह सुनकर अगले दिन जब मैं अस्पताल गया तो पता लगा कि तुम्हें छुट्टी मिल गई है तो यह जानकर मैं तुम्हारे पीहर गया। क्योंकि डॉक्टर ने तुम्हें विश्राम करने के लिए कहा होगा। वहाँ सबके सामने मेरी-तुम्हारी बात ही नहीं हो पाई तो मुझे कैसे पता लगता कि तुम्हें क्या समस्या थी," उन्होंने कहा।

मैं बोली, "हाँ, यह तो ठीक है। जब तक तुम्हें कोई बताएगा नहीं तो तुम्हें पता कैसे लगेगा कि मुझे क्या हुआ था? असल में, काम-काज से निपटकर और खा-पीकर मैं विश्राम करने के लिए लेट गई। अचानक ही मेरे पेट और पेड़ू में भयंकर पीड़ा उठी। मैं शौचालय गई। वहाँ मूत्रमार्ग से रक्तस्राव के साथ ही चिड़िया के नवजात जैसा भी कुछ निकला। इसी कारण मैंने रामकिशन की घरवाली को बुलाकर सब कुछ बताया। सुनते ही वे चिन्तित हो गईं और तुरन्त ही मुझे इरविन अस्पताल ले गईं। वहाँ डॉक्टरनी ने मुझे दाख़िल कर लिया, आगे की जाँच और इलाज के लिए। अगले दिन बड़ी डॉक्टरनी ने जाँचने के बाद मुझे पूर्ण विश्राम करने की कहते हुए औषधि दे दी और छुट्टी करने को लिख दिया।"

यह सुनकर 'उनका' चेहरा उतर गया। उन्होंने एक गहरी साँस छोड़ते हुए मुझे अपने अंक में भर लिया और मेरे चेहरे से अलकें हटाते हुए मेरे सिर पर हाथ फेरा और बोले, "चिन्ता की कोई बात नहीं। भगवान फिर से सुनेगा। घबराना नहीं हम सब तुम्हारे साथ हैं। पूरा आराम करो और अपना ध्यान रखो। दवाएँ हैं या समाप्त हो गईं। मुझे पर्चा दे देना मैं और दवाएँ ला दूँगा।"

"ठीक है," मैंने उत्तर दिया।

* * *

अठारह

हम दोनों अपनी-अपनी शैया पर चले गए। कुछ देर में, ये तो सो गए पर मेरी आँखों से नींद कोसों दूर थी। यद्यपि, मैं प्रसन्न थी और संतुष्ट भी थी कि मैंने जो कुछ भी उन्हें बताया था उस पर उन्होंने तुरन्त ही बड़े सहजभाव से विश्वास कर लिया। कोई भी सन्देह या शंका उन्होंने प्रकट नहीं की। कोई प्रश्न या प्रतिप्रश्न भी नहीं किया।

लेकिन, दूसरी ओर मेरे मन में एक विचित्र सा द्वन्द्व सिर उठाने लगा। एक अपराध बोध सा मेरे मन पर कुंडली कसने लगा। मैं सोचने लगी कि इतने वर्षों से मुझसे निश्छल प्रेम करने वाले से यह कैसा छल कर रही हूँ मैं? उनके किस अबूझ कृत्य का दण्ड दे रही हूँ मैं उन्हें? क्या मेरा प्रेम स्वार्थी नहीं है। अपना मान-सम्मान और साख बनाए-बचाए रखने के लिए मैं उन्हीं के साथ तो धोखा नहीं कर रही हूँ, जिन्होंने अपने शब्दों या व्यवहार से आज तक मुझे कभी भी निःसन्तान होने का भूले से भी आभास तक नहीं होने दिया? क्यों मैंने इनके जननक्षम होने की चर्चा अपनी माँ से की? बाँझ होने की लांछना से सम्भावित आशंका होने की बात मैंने माँ से क्यों की? अपनी माँ की इस अनैतिक और अनुचित योजना को मैंने कैसे सहज और सहर्ष स्वीकार कर लिया था उस दिन? अपने जीवनसाथी के संग किए जाने वाले इस धूर्ततापूर्ण षडयंत्र का मैंने क्यों नहीं विरोध किया? क्यों नहीं अपनी असहमति दी? यदि विरोध नहीं किया, असहमति नहीं दी भी, तो भी मैं कार्यरूप में इसको परिणत करने की अपनी इस विषाक्त इच्छा का दमन तो कर ही सकती थी। इस विनाशकारी योजना को सिरे ही नहीं चढ़ने देती।

लेकिन...? लेकिन, अब क्या? अब तो तीर कमान से छूट गया है। कमान से निकला तीर वापस आने से तो रहा। अब सब कुछ भगवान के भरोसे छोड़ दे। "हुइयै वही जो रामरचि राखा...।" यह सोचते-सोचते मन आत्मगलानि से भर गया था। मेरी रूलाई फूट पड़ी। कंठ रुँध गया। गर्म-गर्म आँसू गालों पर ढलकने लगे। खुलकर रो भी तो नहीं सकती थी क्योंकि इससे उनकी नींद टूट जाने की सम्भावना थी। मन के अन्तर्द्वन्द्वों के साथ संघर्ष के बीच कब नींद आ गई, पता ही नहीं लगा।

***

अभी घर परिवार के लोगों को लौटे कुछ ही दिन बीते थे कि एक दिन सासू माँ ने मुझे टोका, "बहू! जब हम हरिद्वार गए हुए थे तो क्या तुम्हारी तबीयत ख़राब हो गई थी?"

सासू माँ से यह प्रश्न सुनकर मैं भौंचक्की रह गई। ऐसा नहीं कि यह स्थिति मेरे लिए अनपेक्षित थी बल्कि यह स्थिति मेरे सामने इतनी शीघ्र आ जाएगी इसका मुझे अंशमात्र भी आभास नहीं था।

"बहू! मैंने कुछ पूछा था तुमसे। क्या सुनाई नहीं दिया तुम्हें? दोबारा पूछूँ क्या?" सासू माँ ने अनपेक्षित रूप से कुछ ऊँचे स्वर में कहा।

विवाह के बाद आज पहली बार सासू माँ के इस स्वरूप को देखकर मैं अन्दर तक हिल गई। भौंचक्की रह गई। मन के कोने-कोने से अज्ञात आशंकाएँ सिर उठाने लगीं। भय की लहरें मेरी दशा को और भी बिगाड़ रही थीं। अन्ततः साहस बटोर कर मैंने उत्तर दिया, "जी"।

"क्या हुआ था?" तीन शब्दों का भयाक्रान्त कर देने वाला प्रश्न था।

विवश होकर उनके सामने भी मुझे वही झूठ परोसना पड़ा जो अब तक मैं दूसरों को ही परोसती आ रही थी। साथ ही एक अनुत्तरित प्रश्न मेरे मन में कुलबुलाने लगा कि इस प्रकरण का अन्ततः अन्त क्या होगा? मैं अपने ही बुने मकड़जाल में फँसती ही जा रही थी। निकलने का कोई मार्ग भी तो नहीं सूझ रहा था मुझे। कोई और समस्या होती तो 'इनसे' समाधान सुझवा लेती। पर क्या करूँ मेरी ही मति मारी गई थी यह खेल प्रारम्भ करके। इनसे समाधान प्राप्ति का द्वार तो मैं पहले ही, इन्हें यही मनगढ़ंत कहानी सुनाकर मूर्खतावश बन्द कर चुकी थी। इस क्षण मैं बुरी तरह पछता रही थी, अपने ही षडयन्त्र पर। यह सब सुनकर सासू माँ बिना कुछ कहे ही वहाँ से चली गईं परन्तु उनके चेहरे पर दिखने वाली चिर स्थाई मुस्कान आज उनके चेहरे पर नहीं थी। एक विशेष प्रकार की कठोरता और तनाव उनके चेहरे पर साफ़ झलक रहे थे। यह देखकर मैं अन्दर तक सिहर गई। उनका यह रूप देखकर अन्दर ही अन्दर किसी अनहोनी की आशंका मुझे सताने लगी। मैं भी मन मार कर अपने दैनिक कार्य निपटाने में लग गई।

बिना चूक के मैं यंत्रवत अपना कार्य तो कर रही थी लेकिन मेरे मन और मस्तिष्क भविष्य में हो सकने वाली भवितव्यता को जानने के लिए इधर-उधर भटक रहे थे। आदि से लेकर अंत तक के सारे घरेलू कार्य स्वतः ही क्रमानुसार कब समाप्त हो गए, मन और मस्तिष्क से हारी-थकी मैं जाकर चारपाई पर लेट गई; कब मेरी आँख लग गई, मुझे पता ही नहीं लगा।

***

तीन-चार दिन बाद काम से लौटने के बाद वे बोले, "अरे! सुनती हो। वो अपना दवाइयों वाली पर्चा देना। मैं करोलबाग़ से दवाई ले आता हूँ।"

मैंने अपने बटुए में से अर्विन अस्पताल की लेडी डॉक्टर द्वारा लिखा गया

पर्चा उन्हें थमा दिया। उन्होंने पर्चा जेब में डाला। बाबू जी की साइकिल उठाई और दवाई लेने चले गए।

आधे घंटे बाद ये लौट आए। साइकिल खड़ी कर इन्होंने उसे ताला लगाया। घर में आकर मुँह-हाथ धोए और बाहर चबूतरे पर बिछी चारपाई पर बैठे बाबू जी के साथ खाना खाया। ननद वहाँ से जूठे बर्तन उठा लाई। उसके बाद ये बाप-बेटे आपस में बात करते रहे। इस बीच हम तीनों महिलाओं और देवर ने भी भोजन किया। हमने बाद का सारा काम निपटा दिया। एक-एक गिलास दूध पीकर सब सोने चले गए और ये भी विश्राम करने के लिए अन्दर के कमरे में चले आए।

बाबू जी ने अगले दिन इनको घर गृहस्थी के कुछ आवश्यक कार्य करने और एक दिन की छुट्टी लेने के लिए कहा था। इसीलिए उन्होंने अगले दिन अवकाश प्रार्थना पत्र अपनी कार्यालय में देने के लिए बाबू जी को थमा दिया। सुबह बाज़ार खुलते ही इन्होंने झोले उठाए और बाहर निकल गए। घर के सारे काम निपटाकर दोपहर को इन्होंने भोजन किया। तत्पश्चात ये अम्माँ जी से बोले, "अम्माँ! मैं किसी अकस्मात कार्य से कहीं जा रहा हूँ। बाबू जी के आने से पहले ही, मैं भी घर वापस पहुँच जाऊँगा।"

दोपहर को ये घर से निकले थे। इन्होंने अपने वचन का अक्षरशः पालन किया और ये पिता जी द्वारा दिए गए सारे कार्य निपटाकर पिता जी के आने से पहले ही घर पहुँच भी गए। थोड़ी देर बाद पिता जी भी घर आ गए। थोड़ा सा सुस्ताने के बाद हाथ-मुँह धोकर सब ने एक साथ बैठकर चाय पी।

नित्य की भाँति घर के सारे काम-काज से निवृत होकर वे गली-मुहल्ले वालों के साथ बातचीत में लग गए। बाद में खा-पीकर सब सोने चले गए और फिर सदा की भाँति ये भी सोने के लिए अपने भीतर वाले कमरे में चले आए।

"और, अब तुम्हारी तबीयत कैसी है?" इन्होंने आते ही मुझसे पूछा।

"ठीक हूँ" मैंने संक्षिप्त सा उत्तर दिया।

"ठीक हो या बिल्कुल ठीक हो," पुनः प्रश्न किया इन्होंने।

मैं बोली, "नहीं, बिल्कुल तो नहीं, हाँ, अब बहुत लाभ है।"

इन्होंने पूछा, "वैसे हुआ क्या था?"

"मेरा भ्रूण स्राव हो गया था," मैंने उत्तर दिया।

इन्होंने प्रश्न किया, "तुम्हें कैसे पता लगा?"

"अर्विन अस्पताल की लेडी डॉक्टर ने बताया था।"

"लेकिन, तुम्हारी अस्पताल की रिपोर्ट में तो ऐसा कुछ भी नहीं लिखा है।"

अब, मेरे कान खड़े हुए। मैंने उनकी ओर देखा। पाया कि वे मुझे ही देख रहे थे। मुझे लगने लगा कि अब तो पोल खुलने की ओर बढ़ने लगी है। ऐसे में क्या करना चाहिए मुझे? मैं सोचने लगी कि झूठ की डगर पर अब मैं बहुत दूर निकल आई हूँ। वापस लौटती हूँ तो चारों ओर थू-थू होगी। सभी को मेरी झूठी कहानी पर सहज विश्वास जम चुका है। अब यदि मैंने सच बखाना तो विवाह के बाद के अर्जित मान-सम्मान और लोकप्रियता सब पर पानी फिर जाएगा। नारी सुलभ अपनी बात पर अड़े रहने की मिथ्या हठ के कारण, मैंने भी अपनी बात से न फिरने की ठान ही ली।

"कहाँ खो गईं," इन्होंने टोका।

मैं बोली, "कहीं नहीं।"

"तो फिर, बताती क्यों नहीं," ये थोड़ा ऊँचे स्वर में बोले।

"क्या," मैंने अनजान बनते हुए पूछा।

उन्होंने मेरी ठुड्डी ऊपर उठाते हुए, अपने स्वर को और ऊँचा करते हुए मेरी आँखों में आवेश से झाँका। अपने एक-एक शब्द को चबाते हुए बोले, "यह भ्रूणस्राव क्या है? इसके पीछे क्या कहानी है?"

मैं बोली, "जो सत्य था वह मैंने आपको बता दिया।"

"झूठ, फिर झूठ। आख़िर कब तक झूठ पर झूठ बोलोगी," ये झल्लाकर बोले।

अब मैंने भी अपने शब्दों में सपाटता लाते हुए पूछा, "झूठ बोल रही हूँ मैं?" तुम्हें मुझ पर, अपनी पत्नी पर भरोसा नहीं है? क्यों? ऐसा क्यों लगता है तुम्हें कि मैं झूठ बोल रही हूँ? नहीं विश्वास तो, पड़ोसन से पूछ लो। इस पर भी विश्वास नहीं करते तो रामकिशन की बहू से पूछ लो। सबसे पहले उन्हीं को तो पता लगा था। वे ही मुझे इरविन अस्पताल ले गईं थीं। उन्हीं के सामने मुझे डॉक्टर ने देखा था। मुझे भर्ती किया था। मेरे वार्ड में जाने के बाद ही तो वे घर वापस आईं थीं।"

***

"सुनो! यह तो हुई, गढ़ी हुई तुम्हारी अपनी कहानी। अब असली कहानी मैं बताता हूँ तुम्हें। यह बताओ कि घर-बाहर की हर छोटी-बड़ी बात तुम आज तक साझा करती रही हो मेरे साथ या नहीं?"

मैंने हाँ में सिर हिलाया।

अपनी बात आगे बढ़ाते हुए वे बोले, "जब, अब तक तुमने सारी बातें साझा की हैं तो गर्भधारण जैसी आवश्यक और महत्त्वपूर्ण बात तुम ने कैसे छिपा ली मुझसे? फिर यह समाचार सुनने को तो, पूरा घर और विशेषकर अम्माँ वर्षों से

कितनी आस लगाए बैठे थे। संकेतों में कई बार अपनी इस अभिलाषा को वे जता भी चुकी हैं। उनको भनक भी लग जाती तो वे सारे मुहल्ले में बताशे बँटवा देतीं। अपनी छोटी ननद को तुम ननद नहीं बल्कि अपनी छोटी बहन मानती हो, यह तुम कई बार कह चुकी हो। दिन चढ़ने की बात तुमने कभी अपनी बहन जैसी ननद को बताई क्या? नहीं। नहीं न। छोड़ो इन सब बातों को। मैं, मैं तो तुम्हारा पति हूँ। हूँ न? क्या तुमने मेरे कान में डाली यह बात? नहीं न? क्यों? क्योंकि ऐसा कुछ था ही नहीं। अभी, कुछ दिन पहले ही तुम्हें नियमित रूप से होने वाला मासिक धर्म भी हुआ था। तुम यह कैसे भूल गईं? यह कहानी गढ़ने से पहले तुम यह तो सोच लेतीं कि रजस्वला होने के तुरन्त बाद ही भ्रूण अस्तित्व में कैसे आ सकता है? तुम्हें यह भी ध्यान नहीं आया कि इस बीच मेरे तुम्हारे बीच शारीरिक संसर्ग भी तो नहीं हुआ।"

वे बिना रुके बोलते चले जा रहे थे और मैं विचारों के घने जंगल में स्वयं को खोती हुई अनुभव कर रही थी। जितना निकलने की चेष्टा कर रही थी, उतना ही फँसती जा रही थी। इस घने जंगल से निकलने का कोई भी मार्ग मुझे सूझ ही नहीं रहा था।

अपने निरन्तर प्रयासों को निष्फल होते देख, अन्ततः मैं टूट ही गई और मेरी रुलाई फूट निकली। उनकी तार्किक बातों की न मेरे पास कोई काट थी और न कोई तर्कसंगत उत्तर ही था। मैं विवश हो गई इस निर्णय पर पहुँचने के लिए कि उनके हाथों पराजय स्वीकारने के स्थान पर आत्म समर्पण कर दिया जाए और उनसे क्षमा याचना करते हुए इस भेद को हम दोनों पति-पत्नी के बीच ही गोपनीय रखने की उनसे याचना की जाए। यह सोचकर मैंने मुँह ऊपर उठाकर सजल नेत्रों से उनकी ओर देखा। मैंने पाया कि एकटक वे मुझे ही देख रहे थे। यह देख मैंने उनके दोनों हाथ पकड़कर ऊपर उठाए और अपना चेहरा उनकी दोनों हथेलियों के बीच समो दिया।

वैसे तो असीम नारी चरित्र से कोई-कोई विरला ही पार पा सकता है। हर एक के वश का यह होता भी नहीं है। परन्तु, मेरे वे तो 'विरलों' में ही आते हैं। मैंने अपनी दृष्टि ऊपर की ओर की। वे अभी भी एकटक मुझे ही निहार रहे थे। हम दोनों के नयन एक दूसरे से एकाकार हो रहे थे। वे आपस में एक दूसरे को पढ़ने लगे। एक दूसरे से बातें करने लगे; एक दूसरे को समझने-समझाने लगे। थोड़ी ही देर में यह स्थिति विश्राम को प्राप्त हो गई। उनके रोष-आवेश भी शान्त हो गए। उन्होंने मुझे अपने बाहुपाश में बाँध लिया जो इस बात का द्योतक था कि हम किसी शान्ति-समझौते पर पहुँच गए हैं और संधिबद्ध हो गए हैं। उन्होंने मुझे क्षमा कर दिया है।

"पगली! यदि तुम्हारे मन-मस्तिष्क में कहीं कुछ पक रहा था तो यह रायता

फैलाने से पहले मुझसे, उसके विषय में चर्चा तो कर लेतीं। यदि, तुमने अपनी सोच मेरे साथ साझा की होती तो आज तुम्हारी स्थिति सुविख्यात त्रिशंकू जैसी नहीं होती। भगवान का धन्यवाद करो कि उन्होंने 'सुअवसर' के रूप में तुम्हारे सामने आकर तुम्हें बचा लिया और इस हेतु सपरिवार बाबू जी को दिल्ली से बाहर भेजकर तुम्हें एकान्तवास का वरदान दे दिया।..."

मैंने उनकी बात बीच में ही लपक ली और बोली, "इसी एकान्तवास के सुअवसर को तो मैंने भगवान के प्रसाद के रूप में लेकर यह सारा घटनाक्रम ही रच डाला था जिससे कि मेरे ऊपर बाँझ होने का अप्रत्यक्षतः लगा आरोप हट सके।"

"इसीलिए तो मैंने तुम्हें 'पगली' कहा था। तुम भाग्यशाली रहीं कि परिवार का अचानक ही हरिद्वार जाने का कार्यक्रम बन गया जो तुम्हें 'यह खेल' खेलने का अवसर मिल गया। यदि, तुम्हारी सासू और ननद यहाँ होतीं तो 'रजस्वला' वाला तुम्हारा यह नाटक सिरे ही नहीं चढ़ सकता था। माहवारी की वास्तविकता से केवल मैं और तुम दोनों ही परिचित हैं इसीलिए तुम्हारी मनगढ़ंत कहानी का रहस्य अभी भी रहस्य है और भविष्य में भी रहस्य ही रह सकता है।"

"कैसे भला?" मैंने जिज्ञासा प्रकट की।

वे बोले, "तुम्हें वचन देना होगा।"

"क्या," मैंने पूछा।

"आगे से तुम मुझसे कुछ भी नहीं छिपाओगी और किसी भी मामले में तुम मुझे अँधकार में नहीं रखोगी," उन्होंने आश्वासन चाहा।

मैंने कहा, "ठीक है।"

"ठीक है, कहने भर से काम नहीं चलने वाला देवी जी। तुम्हें वचन देना होगा क्योंकि एक बार पहले भी तुम्हारी पढ़ाई-लिखाई के बारे में ग़लत जानकारी मुझे दी गई थी। मुझे धोखा दिया गया। और दूसरी बार, अभी-अभी जो कुछ भी हुआ है, वह भी तुम्हारे सामने ही है। अब और अधिक कुछ भी कहने की आवश्यकता नहीं है। इसलिए और इसीलिए, तुम्हें अब वचन देना ही होगा। समझीं?" वे एक एक शब्द को चबाते हुए बोले।

"ठीक है। मैं वचन देती हूँ," मैंने बात को सुलटाने की दृष्टि से कह ही दिया और...और... इस प्रकार उस प्रकरण का अन्ततः सहज अन्त हो ही गया।

अब, घर के वातावरण में पहले की भाँति सहजता नहीं रह गई थी। सासू-माँ गम्भीर हो गई थीं। उनके मुखमण्डल की हँसी और कंठ की वाणी, दोनों ही कहीं खो से गए थे। बाहर से भी कोई मिलने अथवा बात करने आता था तो अम्माँ जी उन्हें औपचारिक मान सम्मान देतीं और फिर उनके विदा होते ही पूर्ववत हो जातीं।

***

एक दिन मैंने ननद से पूछ ही लिया, बीबी जी! अम्माँ जी आजकल कुछ खिंची-खिंची सी रहती है। उन्हें कुछ मुझसे कहना या पूछना होता है तो सीधे मुझसे बात न कर तुम्हारे या देवर जी के माध्यम से ही बातें करती हैं। क्या बात है? किसी बात से नाराज़ हैं क्या वे मुझसे। असावधानी वश यदि कोई भूल-चूक या त्रुटि हो गई है तो पूर्ववत ही वे पूर्ण अधिकार के साथ मुझे डाँट-फटकार भी तो सकती हैं; समझा-बुझा सकती हैं। मुझे अच्छा लगेगा। सच पूछो तो आज का यह तनावपूर्ण वातावरण मुझे काटने को दौड़ता है।"

ननद बोली, "नहीं भाभी। ऐसा कुछ नहीं है अम्माँ के बारे में। तुम तो जानती ही हो कि वर्षों से वे तुम्हारी गोद हरी होने की आस लगाए बैठी थीं। पर तुम्हारा यह जो गर्भ गिर गया है उससे वे बड़ी ही निराश और खिन्न हैं। यही निराशा और खिन्नता उनकी उदासी और अनमनेपन का कारण है। उन्हें अब जीवन में एक अपूर्णीय ख़ालीपन सा पसरा दीखता है।"

सासू माँ की विरक्ति का कारण पता लगते ही जहाँ मेरी एक बहुत बड़ी चिन्ता दूर हो गई थी, वहीं संतोष मिश्रित एक प्रसन्नता का अनुभव भी हुआ था कि मेरी अयथार्थ-मिथ्या कहानी का खोटा सिक्का बिना किसी संशय, शंका के आसानी से चल गया। इस सुखद अनुभूति ने मेरे मन को पूरी तरह से हल्का कर दिया। मैं सभी प्रकार के तनावों से स्वयं को अब पूर्णतः मुक्त पा रही थी।

उस दिन के बाद से मैंने अपने समूचे व्यवहार और क्रिया कलाप केवल अपनी सासू माँ के चारों ओर ही केन्द्रित कर दिए। अपने अब तक के अध्ययन और अनुभवों के आधार पर मैंने उनकी सेवा सुश्रुषा करनी प्रारम्भ कर दी। उनके कहने और चाहने से पूर्व ही उनके सभी इच्छित कार्य पूर्ण करने लगी। कुछ ही दिनों में उनका व्यवहार परिवर्तित होकर पूर्ववत हो चला था। इस प्रकार अपनी लगन और परिश्रम से मैंने उन्हें पूरी तरह से शीशे में उतार लिया और इस प्रकार मैं उनका विश्वास और ममत्व भी एक बार पुनः जीतने में सफल हो गई। घर का वातावरण भी सहज और सौहार्द्रपूर्ण हो चला था।

* * *

एक रविवार की दोपहर के समय, मेरे पिता जी मेरी ससुराल आए। उन्होंने बाबू जी के हाथों में मिठाई का डिब्बा और ओमा के विवाह का निमन्त्रण पत्र रख दिया। वे बोले, "पंडित जी! अगले रविवार को ओमा की सगाई है। जमाई राजा और धन्या को भेज देना।"

बाबू जी ने बातों बातों ही में ओमा के होने वाले वर और घर के बारे में आवश्यक जानकारी ली। पिता जी ने भी सबकुछ विस्तार से बता दिया। साथ ही यह भी जता दिया कि लड़का सरकारी नौकर है। अच्छे वेतन के साथ-साथ ऊपर

की भी अच्छी कमाई है। गाँव में खेती-बाड़ी और घर-बार है। लड़का अकेला ही है। बहनें अपने-अपने घर-बार की हैं। अब जो कुछ भी है सब लड़के का ही है। पिता जी के इस वर्णन में कहीं कहीं दंभ झलक जाता था। साथ ही मेरी ससुराल के साथ कहीं अप्रत्यक्ष की गई तुलना का पुट भी दिखाई पड़ जाता था।

इस सबसे असहज होकर बाबू जी बोले, "पंडित जी! जब बेटी के लिए लड़का देखने जाते हैं तो अपने साथ दामाद को साथ ले जाने की परम्परा आप लोगों में नहीं है क्या?"

कुछ पल के लिए तो पिता जी झेंप से गए। निरुत्तर हो गए। फिर सँभलकर बोले, "नहीं, ऐसा कुछ भी नहीं है। असल में, हुआ कुछ ऐसा कि हमारे किसी दूर के सम्बन्धी ने ही यह लड़का सुझाया था। मैं और भाई साहब लड़का देखने गए थे। वहाँ जाने के बाद लड़का समझ आ गया तो भाई-साहब ने वहीं लड़के की हथेली पर चाँदी का रुपया रखकर लड़का पक्का कर दिया। सब कुछ इतना चटपट हो गया कि इन सब बातों का ध्यान ही नहीं रहा कि दामाद जी को भी साथ ले लिया जाए। चलो! कोई बात नहीं। अब जब सगाई होगी तो दामाद साहब उसमें सम्मिलित हो जाएँगे। पिछली सारी कोर-कसर तभी पूरी हो जाएगी।" कहकर पिता जी चलने के लिए उठ खड़े हुए और बोले, "अच्छा पंडित जी! अब मुझे आज्ञा दीजिए। इसके बाद फिर मिलते हैं," कहते हुए वे उठ खड़े हुए और अपने गंतव्य की ओर चले गए।

पिता जी और बाबू जी के वार्तालाप का एक-एक शब्द मेरे कानों में पड़ा था। पिता जी की बातों में अनपेक्षित परिवर्तन देखकर मुझे आश्चर्य हो रहा था। लगता था कि उनकी बातचीत से पहले वाला लगाव-अपनत्व कहीं विलीन हो गया है और उनकी वार्ता शैली में व्यापारिकता और कृत्रिमता का पुट गहरा गया था। उन्होंने व्यापारिक और घरेलू वार्ता भेद को मिटा दिया था। उनकी वार्ता में एक सपाटपन भी आ गया था जिसने मुझे गहरी चिन्ता में डाल दिया।

***

कुछ समय पश्चात पद्मकान्त आया। उसने सासू-माँ के चरण स्पर्श किए। दोनों ओर की कुशलता के आदान-प्रदान के बाद चाय पीते समय वह सासू-माँ से बोला, "मौसी जी! परसों हम ओमा की सगाई लेकर जा रहे हैं। माँ ने जीजी को लिवाने के लिए मुझे भेजा है। साथ ही उन्होंने यह भी कहा है कि उनसे कह देना कि परसों जीजा जी को भी सगाई लिवा ले जाने के लिए भेज देंगे।"

अम्माँ जी बोलीं, "बहू तैयार हो जा पीहर जाने के लिए। तेरे लिवउआ बाहर बैठे हैं।"

कुछ ही देर में तैयार होकर और सासू माँ के चरण छूकर मैं पीहर के लिए निकल पड़ी। पूरे रास्ते भर अपनी ससुराल वालों के प्रति अपने पीहर वालों के इस बदले हुए रूखे व्यवहार के विषय में ही सोचती रही। घर कब जा पहुँचे इसका पता भी नहीं चला।

अगला सारा दिन सगाई का सामान इकट्ठा करने और साजने-सँवारने में ही निकल गया। जो कुछ भी कमी दिखाई दी उसे खड़े पैरों ही बाज़ार से मँगवा लिया गया। मैं अपने उनकी बाट जोहती रही परन्तु वे फिर भी नहीं आए। मेरा मन उचाट हो चला।

सगाई वाले दिन ये आए तो सही, पर दोपहर के बाद। इन्होंने खाना-पीना, तो क्या एक कप चाय तक भी नहीं पी। सगाई ले जाने वालों के साथ निर्धारित समय और स्थल पर ये भी जा पहुँचे। जैसे ही सगाई का कार्यक्रम सम्पन्न हुआ तुरन्त ही ये वहीं से उल्टे पैरों अपने घर वापस चले गए।

उधर मैं इनकी प्रतीक्षा करती रह गई; शाम तक क्या रात्रि तक भी। जब ये मेरे पीहर में नहीं लौटे तो मुझे ये सुनिश्चित हो गया कि वे किसी न किसी बात से अवश्य ही आहत हुए हैं जिससे कि सम्बन्धों की मात्र औपचारिकता का निर्वाह करने के लिए ही वे सगाई-कार्यक्रम में सम्मिलित हुए थे। अन्यथा उनका मन बिल्कुल भी नहीं रहा होगा, यहाँ पर आने के लिए और वह भी अपनी सर्वाधिक उस साली की सगाई में जिसे वे अत्यधिक स्नेह और दुलार करते थे।

ऐसे ही, घटनाचक्र की पुनरावृत्ति हुई ओमा के विवाह के समय पर भी। बल्कि, उस अवसर पर तो मेरी ससुराल में तनाव और भी अधिक गहरा गया था।

* * *

इस बार मुझे लिवाने के लिए स्वयं पिता जी ही आए थे। वे बाबू जी से बोले, "पंडित जी! पिछली बार ओमा की सगाई में आपके यहाँ से कोई भी नहीं आया था। जमाई राजा आए थे तो वह भी केवल औपचारिकता का निर्वाह करने के लिए। आए, दीवार को हाथ लगाया और वापस चले आए। यह भी कोई आने में आना होता है भला, केवल नाम करने के लिए।"

बाबू जी बोले, "पंडित जी! यह जो कुछ भी हुआ या हो रहा है सामाजिकता की दृष्टि से अच्छा नहीं हुआ और ऐसा होना भी नहीं चाहिए था। फिर ऐसा क्यों हुआ, यह जहाँ चिन्ता का विषय है वहीं गहन चिंतन और आत्ममन्थन का भी विषय है। कहीं कुछ ऐसा अवांछित तो घटित नहीं होने लगा है कि जिसके फलस्वरूप इतने निकटतम सम्बन्धों में भी दूरियों और दरारों ने अपना स्थान बना लिया हो।" यह कहकर बाबू जी ने बड़ी ही अर्थपूर्ण दृष्टि से पिता जी की ओर मुस्कुराते हुए देखा।

"मुझे तो ऐसा कुछ भी नहीं लगता," पिता जी ने एकदम सपाट सा उत्तर दिया।

"अभी आप वैवाहिक कार्यक्रम में व्यस्त हैं इसलिए अपना समूचा ध्यान उस पर ही केन्द्रित कीजिए। विवाह से निपटने के पश्चात फिर फ़ुर्सत की घड़ियों में, आराम से, ठण्डे मन-मस्तिष्क से, सोच-विचार कर लीजिएगा। तब भी, यदि समझ में न आए और यदि आप उचित समझें तो हम और आप एक साथ सिर जोड़कर बैठ जाएँगे और इस विषय पर विस्तृत चर्चा कर लेंगें," यह कहकर और बिना पिता जी के उत्तर की प्रतीक्षा किए बाबू जी ने वहीं से चिल्लाकर कहा, "अरे! सुनती हो? पंडित जी कितनी देर से प्रतीक्षा कर रहे हैं अपनी बिटिया को लिवा ले जाने के लिए। जल्दी करो। शाम हो जाएगी। ब्याह-शादी का घर है। छत्तीसों काम होते हैं। इन्हें घर जाकर और काम भी तो निपटाने होंगे।"

थोड़ी ही देर में तैयार होकर और आवश्यक सामान लेकर मैं औपचारिक रूप से विदा लेकर घर के बाहर आ गई। परस्पर अभिवादन के समय पिता जी ने बाबू जी से कहा, "पंडित जी! दामाद जी को विवाह से एक-दो दिन पहले तो भेज ही देना। उन्हें ही सब कुछ देखना-भालना है।"

बाबू जी ने मुस्कुराते हुए 'हाँ' मैं सिर हिला दिया और हम बाप-बेटी अपनी राह चल दिए।

***

इस विवाह-आयोजन में भी वही सब कुछ घटा, जिसकी मुझे पूर्व आशंका थी। बहुत ही ऐसे महत्त्वपूर्ण अवसरों, जहाँ पर परम्परा निर्वाह मेरे 'उनके' बिना सम्भव नहीं था को छोड़कर मेरे उनको किसी ने भाव ही नहीं दिया। बस, केवल मात्र मेरे ताऊ जी ही थे जो उन्हें अपने निजी दामाद की भाँति मान-सम्मान दे रहे थे। उनके भोजनादि की अपने ही स्तर पर व्यवस्था कर रहे थे। और तो और विशेष स्नेह और लगाववश ताऊ जी ने रात को उन्हें अपनी ही चारपाई और बिस्तर पर सुलाया। इतना ही नहीं, जब तक ताऊ जी वहाँ रहे, वे उनसे बहुत ही प्रभावित लगे और मेरे पति का गुणगान करते रहे।

उधर 'उनके' आक्रोश को हवा देते हुए मेरे पिता जी एक भूल और कर बैठे। ओमा की विवाहोपरान्त विदाई के समय पिता जी ने दहेज में साइकिल दी थी। इनको अपने पास बुलाकर पिता जी बोले, "दामाद जी! तुम्हारे विवाह के समय मैं तुम्हें हाथ तंगी के कारण बाइसिकल नहीं दे पाया था। साथ ही मैंने यह भी सोचा था कि दो-चार वर्षों में ओमा के विवाह-आयोजन के समय ओमा के वर को दहेज में जब बाइसिकल दी जाएगी तो लगे हाथों एक बाइसिकल तुम्हें भी दिला दी जाएगी। आज तुम्हारे लिए भी साइकिल ला दी है अब तो प्रसन्न हो न?

ऐसा लगा कि जैसे किसी ने मेरे पति की भावनाओं को आहत कर दिया हो। उनके स्वाभिमान को ललकार दिया हो, ठेस पहुँचाई हो। वे बोले " नहीं पिता जी, अब मुझे साइकिल की कोई आवश्यकता नहीं है। मेरे विवाह के ठीक एक महीने बाद ही साइकिल ख़रीद कर देते हुए बाबू जी ने कहा था- "लल्ला! मन छोटा नहीं करते। दूसरों के फेंके टुकड़ों पर केवल कुत्ते ही पलते हैं। हमारे यहाँ कहावत है 'अपना हाथ, जगन्नाथ!' स्वाभिमानी और स्वावलम्बी व्यक्ति कभी भी 'परजीवी' नहीं हो सकता। आपने, विवाह के इतने वर्षों बाद भी अपने मन के किसी कोने में मेरा हित संजोकर रखा उसके लिए आपका आभार। बड़ी ही विनम्रता के साथ मैं आपकी इस भेंट को अस्वीकार करता हूँ।"

पिता जी बोले, "लाला! मैं तुम्हारी भावनाओं का सम्मान करता हूँ। तुम्हारे क्रोध के मूल को भी मैं जानता हूँ; समझता हूँ। जो कुछ भी हुआ वह परिस्थितिजन्य था। पुरानी सभी बातों पर पानी डालकर; भुलाकर साइकिल को स्वीकार करने का मेरा आग्रह मान लीजिए।"

बहुत कुछ विचारने के उपरान्त इस बार अन्ततः उन्होंने स्पष्टतः मना कर ही दिया और बोले, "आप एक काम कीजिए। मेरी ओर से यह भेंट पद्मकान्त को दे दीजिए।"

यह सुनकर पिता जी निरुत्तर हो गए। उनके चेहरे पर निराशा झलकने लगी थी। पिता जी की इस अवस्था को देखकर मेरा मन उदास हो गया। पर, मैं कर भी क्या सकती थी? मैं अन्तर्द्वन्द्व में फँसी थी। इस अवसर पर मुझे, दक्ष द्वारा शिवजी के अपमान करने की घटना स्मरण हो आई। एक ओर पिता थे तो दूसरी ओर पति थे। एक ओर कुआँ था तो दूसरी ओर खाई थी। इसलिए मैं दोनों में से किसी एक का पक्ष लेने में भी असमर्थ थी। सती जैसा निर्णय ले पाने का आदर्शपूर्ण साहस मुझमें नहीं था। इसलिए, इस अवसर पर मेरा मौन धारण किए रहना ही उचित और श्रेयस्कर लग रहा था मुझे।

ताऊ जी मूक दर्शक बने यह सारा प्रकरण चुपचाप देख तो रहे थे। लेकिन, साथ के साथ वे प्रकरण की गहराई में जाने के लिए भी प्रयत्नशील थे। जब उन्हें यह लगने लगा कि मामला हाथ से निकला जा रहा है तो तुरन्त ही उन्होंने हस्तक्षेप करने का मन बना लिया।

"देखो बेटा! तुम लोगों की क्या समस्या है? तुम्हारे बीच में क्या पक रहा है? यह तो मैं नहीं जानता परन्तु इस तीन-चार दिन के मेल-मिलाप में तुम्हारे व्यवहार, वार्तालाप और व्यक्तित्व से कितना प्रभावित हुआ हूँ यह केवल मैं ही जानता हूँ। मैं सहजता से अनुमान लगा सकता हूँ कि कौन सही है और कौन ग़लत है? मुझे तुम पर गहरा विश्वास है कि तुम कभी ग़लत हो ही नहीं सकते। क्यों? मैं ठीक हूँ न?"

ताऊ जी ने स्नेहसिक्त दृष्टि से उनकी ओर देखते हुए कहा।

इस बार मौन धारण करने की बारी उनकी थी। वे बड़े ही आश्चर्य भाव से ताऊ जी को देखे जा रहे थे। वे भी ताऊ जी से पूरी तरह प्रभावित थे। अतः वे अब पूर्णतः शान्त थे।

"बेटा! एक बात कहूँ? जो कुछ भी भूल-चूक तुम्हारी ससुराल की ओर से हुई हैं, मैं न तो उनका पक्ष ले रहा हूँ और न ही उनका समर्थन कर रहा हूँ। लेकिन, फिर भी इतना अवश्य कहना चाहूँगा कि इस समय सारी बातें भूलकर अपने श्वसुर जी द्वारा दी जा रही भेंट स्वरूप इस साइकिल को स्वीकार कर लो। इसको किसी और के लिए नहीं तो कम से कम मेरे लिए ही स्वीकार कर लो," ताऊ जी ने बड़े ही अनुनय भाव से कहा।

थोड़ा सा विचार करते हुए इन्होंने अन्ततः ताऊ जी के आगे समर्पण कर ही दिया। भेंट स्वरूप दी गई साइकिल स्वीकार कर ही ली।

***

उन्नीस

घर-परिवार में कोई आयोजन-उत्सव हो तो परिवार के सभी सदस्यों के हर्षोल्लास की कोई सीमा नहीं रहती और यदि सगे भाई-बहन के विवाह की बात हो तो बात ही कुछ और होती है। लेकिन मेरे साथ तो स्थिति बिल्कुल ही उलट थी क्योंकि दिल्ली में बसने के बाद से मेरे माता-पिता की प्रकृति और व्यवहार में जो अप्रत्याशित परिवर्तन आया था मेरी ससुराल वालों के प्रति, वह मेरे लिए बड़ा ही क्षोभ जनक था, चिन्तनीय था। मुझे, अपने पीहर और ससुराल के सम्बन्धों में एक अदृश्य और अनचाही दरार सी पड़ती दिखाई दे रही थी। ये तो ओमा की विदाई के तुरन्त बाद ही घर लौट गए थे और मैं भी दो-तीन दिनों के बाद औपचारिक रूप से विदा होकर एक अनचाहा भारी बोझ अपने मन-मस्तिष्क पर लाद कर, अपने पीहर से वापस लौट आई थी।

***

इस विवाह के बाद हमारे घर में तनाव एक बार पुनः व्याप्त हो गया था। अब सभी अपने आप में आत्मकेन्द्रित रहने लगे थे। आपसी बातचीत भी केवल आवश्यकताओं तक ही सीमित होकर रह गईं थीं। सासू माँ भी अब कुछ खिंची-खिंची सी रहने लगीं थीं। बात-बात में चिड़चिड़ापन झलकने लगा था।

जब-जब मेरा ममेरा भाई भूदेव घर आता तो उनकी भौंहें तन जातीं। असल में, अकेली सासू माँ का भी इसमें कोई दोष नहीं था। वह जब कभी आता तो बैठकर नहीं बतियाता था बल्कि बरामदे में बनी रसोई के कोने वाली मोरी की दीवार के साथ मुझे खड़ा रखकर देर-देर तक बतियाता रहता था जो मेरी सासू माँ को फूटी आँख भी नहीं सुहाता था। अन्दर से बाहर और बाहर से अन्दर आते-जाते सासू माँ उसे कई बार टोक भी देती थीं, "भइया भूदेव!" खड़ा क्यों है वहाँ कोने में? बाहर-अन्दर चारपाई पर बैठकर बात कर ले। ऐसे खड़ा कोई देखेगा तो क्या कहेगा? क्या समझेगा?" पर भूदेव सुनी-अनुसनी कर देता। कानों पर टाल देता था। हो सकता है कि भूदेव के इस अव्यवहारिक रंग-ढंग ने भी सासू माँ के मन में शंका-संदेहों के कुछ बीज अंकुरित कर दिए हों। वैसे, मुझे भी भूदेव भाई के ये लक्षण अच्छे नहीं लगते थे। मुझे भी लगता था कि उनके मन में मेरे लिए कहीं कुछ अनुचित भाव रमे हुए थे।

***

अपने मन को तनावमुक्त करने के लिए और ख़ाली समय बिताने के लिए मैंने 'इनसे' बात-बात में कोई उपचार जानना चाहा। उसकी प्रतिक्रिया स्वरूप इन्होंने मुझे सरकारी पत्राचार विद्यालय दिल्ली के अंतर्गत नौंवी कक्षा में शपथपत्र के आधार पर प्रवेश दिलवा दिया। मैंने इतने बड़े अंतराल के बाद पढ़ना प्रारम्भ किया था। मुझे कुछ पल्ले ही नहीं पड़ता था। इस स्थिति से मैंने इनको भी अवगत कराया तो इन्होंने मुझे इस समस्या का भी समाधान निकालने का आश्वासन दे दिया।

इसी बीच मेरे जीवन में दो महत्वपूर्ण मोड़ और आए। पहला तो यह कि जिस प्रतिष्ठान में ये कार्यरत थे वहाँ के अधिकारियों से इनकी अनबन रहने लगी। इस अनबन के पीछे जो मुख्य कारण था, वह था इनका सिद्धान्तवादी होना जबकि अधिकारीगण परम्परावादी थे। वे उस प्रतिष्ठान में स्थापित परिपाटी के अनुसार कार्य निष्पादन कराना चाहते थे जबकि मेरे पति कार्य निष्पादन में अपेक्षित उच्च आदर्शों के पालन में ही विश्वास करते थे, और यही कारण था इनके अपने उच्चाधिकारियों के साथ टकराव का। इस टकराव के असहनीय हो जाने पर इन्होंने अन्ततः नौकरी ही छोड़ दी।

बिल्ली के भाग्यों से छींका टूटा। इसी अंतराल में बेसिक शिक्षण-प्रशिक्षण का विज्ञापन निकला। इन्होंने प्रतियोगिता परीक्षा व साक्षात्कार में भाग लिया और सौभाग्य से इनका चयन भी हो गया। ये अथक परिश्रमी, साहसी और उद्यमशील रहे हैं। इन्होंने अपनी गहरी लगन और सर्वप्रियता के सहारे द्विवर्षीय प्रशिक्षण अच्छी श्रेणी से पूरा कर ही लिया। जिसके परिणाम स्वरूप एक सरकारी शिक्षक के रूप में इनकी नियुक्ति भी हो गई। नई नौकरी पाकर ये तो प्रसन्न थे ही समूचा परिवार भी आनन्दित था। धीरे-धीरे पारिवारिक वातावरण पर से तनाव के बादल एक बार पुनः छँटने लगे।

***

एक अवकाश वाले दिन बाबू जी के गाँव से उनके चचेरे भाई आए। बातों-बातों में वे बोले, "भइया! जा साल फ़सल ढंग की ना भई। एक तौ टैमतै बारिस न भई। दूसरे पोत भराई में भी खर्चा ज़्यादा है गयौ। सो भइया! खेत बटाई में तुम्हें जा पोत में तो कछु मिलैगौ नायँ। बल्कि एक पाँच सौ रूपइया और दै द्यो। लगान भरनौ है। खाद-बीज ख़रीदने हैं। ट्यूबैल की भराई भी देनी होएगी।"

बाबू जी बोले, लल्ला! हमने तुमैं बीस बीघा जमीन बटाई पर दे राखी है। पिछले चार-पाँच साल तै। जे बताओ तुमने आधबटाई में जमीन लई ऐ। अब तक कौ हिसाब लगाकै बताओ क तुमन्ने इन पिछले कई सालन में हमै का दियौ है बल्कि हर बार काई न काई बहानै, सौ-दो-सौ हमतै लैई गए औ। हमें का मिलौ या अधबटाई की खेती में। हाँ साल छः महीने में जब आत हौ तौ पाँच-सात सेर

मक्का-बाजरे कौ आटौ, दालें या हरौ गीलौ जरूर लै आत हौ। या तै अच्छौ होयगौ कि, या जमीन ऐ तुमीं ख़रीद ल्यो। तुम्हारी-हमारी दोनों की परेसानियाँ खतम।"

लगता है कि बाबू जी के चचेरे भाई उधार खाए बैठे थे। इतना सुनते ही वे बाबू जी से बोले, "ठीक ऐ। हम तैयार ऐं। बोलो! लगाओ दाम।"

बाबू जी बोले, "नहीं, तुम बोलो।"

"दस हज़ार," चचेरे भाई एकदम झटके से बोले।

अब चौंकने की बारी बाबू जी की थी, "का बोले लल्ला, दस हजार?"

"हाँ भैया दस हज़ार। अभी हाँ करो। साँझ तक नोट लायकै धद्दऊँगा तिहारे हाथ में। बड़ेन कौ सारौ रहत्वऐ महरौली में। ऊ बड़ौ आढ़ती है म्हाँ पै। काफ़ी पैसा वारौ ऐ ऊ। साऊकारी कौ बी काम करै ऐ," उन्होंने बड़े ही गर्वीले भाव से कहा।

इस पर बाबू जी ज़ोर से हँसे और हँसते हुए बोले, "का कही, दस हज़ार? बीस बीघा ज़मीन के दस हज़ार? भाँग कौ अंटा लगा राखौ ऐ का? लल्ला होस में तो हो?"

उत्तर में चाचा जी बोले, "तौ भइया तुम का समझौ हो कि कोई तुमैं तीस-चालीस हज़ार दे देगौ बीस बीघा के?"

"चलो, चालीस हज़ार नाँय तौ तीस-पैंतीस हज़ार तो देई दैगौ," बाबू जी ने सहज विश्वास के साथ कहा।

चाचा जी हत्थे से उखड़ गए। ज़ोर से बोले, "देखो भइया! जमीन घर-कुनबे ते बार ना जाने दैंगे काई कीमत पै बी। देखें, कौन माई कौ लाल आबैगौ अपनी हिम्मत दिखायबे के तांईं।"

ज़मीन से सम्बन्धित बातचीत पर विराम लग गया इसी संवाद के साथ। और अगले दिन मुँह-अँधेरे ही चाचा जी गाँव को प्रस्थान कर गए।

***

अब बाबू जी के मन में खलबली मच गई। उन्होंने इस चुनौती को गम्भीरता से लिया। उन्होंने ज़मीन बेचने की अपनी इच्छा जताते हुए अपने कुछ हितैषियों को लिफ़ाफ़े और अंतर्देशीय पत्र लिखे।

उनका परिश्रम रंग लाया। कुछ ही सप्ताह में पत्रों के माध्यम से मामला सुलट गया। सौदा सुनिश्चित हो गया। एक दो बार बाबू जी गाँव के लिए तो गए, परन्तु गाँव नहीं गए। ज़मीन लेने वाले से वे तहसील में ही मिल लिए। तमाम खाते-खतौनी देखकर और पटवारी से मिलकर पक्के काग़ज़ात तैयार कर लिए और लेन-देन तथा लिखा-पढ़ी का, दिन सुनिश्चित कर दिल्ली लौट आए।

बातों-बातों में इस बात की चर्चा उन्होंने अपनी ही तहसील में रहने वाले एक निकट सम्बन्धी से की। सुनकर वे बोले, "चाचा जी! अपनी चिन्ता मुझे दे दो। साक्षी के रूप में हस्ताक्षर करने को मैं आपके साथ चलूँगा। किसी एक-दो साक्षी की आवश्यकता और पड़ी तो वो मैं वहीं से जुगाड़ लूँगा। आप मुझे दिन बता दो मैं अवकाश के लए प्रार्थना पत्र दे दूँगा।"

निश्चित कार्यक्रम के अनुसार बाबू जी और उनके भतीजे तहसील गए। लिखा-पढ़ी की। पैसों का लेन-देन किया। आवश्यक काग़ज़ी कार्यवाही निपटाकर वे दोनों ही दोपहर की रेलगाड़ी से दिल्ली वापस आ गए।

***

सायंकाल को भोजन करते हुए बाबू जी अपने भतीजे से बोले, "हीरा! इतने सारे पैसे कहाँ रखूँ भइया? घर में रखना सुरक्षित नहीं है। बैंक में मेरा खाता ही खुलवा दे। वहाँ सुरक्षित भी रहेंगे और मोटा ब्याज भी मिलेगा। सुनते हैं कि बैंक में जमा राशि पाँच वर्षों में दोगुनी भी हो जाती है।"

"हाँ, यह भी सही है। पर चाचा जी! मेरे पास एक योजना है। यदि आप कहें तो मैं बताऊँ। बैंक में तो आपकी राशि पाँच वर्षों में दोगुनी ही होगी। परन्तु मैं जो योजना आपको बता रहा हूँ उसमें तो एक साल में ही राशि देखते देखते दोगुनी से अधिक हो जाएगी," हीरा लाल जी ने बाबू जी से कहा।

आश्चर्य भरे स्वर में बाबू जी बोले, "हैं भइया! ऐसा है क्या? ऐसी कौन सी योजना है भइया! जिसमें रातों रात छप्पर फाड़कर धन की वर्षा होती है?"

हीरालाल जी ने किंचित मुस्कुराते हुए कहा, "चाचा जी! यह कोई चमत्कार या जादू नहीं है। किसी अविकसित बस्ती में भूखण्ड ख़रीदकर उस पर मकान बना लो। अपनी निजी संपत्ति तैयार। उसमें स्वयं रहो और किराए पर उठाकर हर महीने एक सुनिश्चित कमाई करने लगो। जब इच्छा करे बेचने की, डेढ़ गुने दो गुने दामों में बेच दो। जितनी रक़म आपके हाथ में है उससे कोई तीन सौ चार सौ गज़ की ज़मीन आज ख़रीद लो। आधे में मकान बना लो। चार-छः साल बाद अपनी शेष आधी ज़मीन और उस पर बने मकान की कुल लागत से अधिक पर बेच दो।

हीरालाल जी के इस प्रस्ताव ने बाबू जी को चमत्कृत कर दिया। वे उत्साह भरे शब्दों में पूछने लगे, "ऐं भइया! तेरी जानकारी में है क्या कोई ऐसा सौदा?"

"चाचा जी! अभी तो नहीं है।"

"तो फिर कहीं ढूँढ़-ढाँढ कर बता न। नगर निगम में काम करते हुए तू पता तो लगा ही सकै है। स्वास्थ्य विभाग के मलेरिया विभाग में होने के कारण इधर-उधर, यहाँ-वहाँ जाना पड़ता है न तुझे। दिन में छत्तीसियों लोगों से मिलना-जुलना भी तो

होता ही होगा तेरा, तो पता कर किसी से, बाबू जी ने हीरालाल जी से कहा।

"ठीक है चाचा जी। फिर मिलता हूँ आपसे किसी बहुत ही अच्छे समाचार के साथ बहुत शीघ्र ही। अब आप मुझे चलने की अनुमति दीजिए," कहकर हाथ जोड़ते हुए वे निकल गए।

***

उस दिन रविवार की प्रातः पूरा परिवार एक साथ बैठा चाय पी रहा था कि तभी बाहर से आवाज़ आई, "चाचा जी! ओ चाचा जी! घर पर ही हो या कहीं अंत चले गए हो?"

बाबू जी उठे। उन्होंने किवाड़ खोले और बोले, "आ हीरा! आ! आजा! अन्दर आजा।"

हीरा लाल जी आए। उन्होंने सैंडिल बाहर उतारे। बोले, "सभी को राम-राम"

"राम-राम! बाक़ी बातें बाद में करेंगे, पहले चाय-पानी से निपट लो," कहकर अम्माँ जी ने चाय-पानी परोस दिया। पहले से ही नाश्ता कर रहे शेष सदस्य अपना-अपना नाश्ता समाप्त करने में पुनः जुट गए।

चाय पीते-पीते हीरालाल जी ने पूछा, "चाचा जी! क्या बात है? उदास क्यों हो?"

"अरे! उदास-बुदास कुछ नहीं। एक तो घर में पड़ी भारी-भरकम रक़म की चिन्ता और दूसरे मकान बनाने के लिए जगह का अभी तक न मिल पाना। बस, ये ही दो ज्वलंत समस्याएँ हैं जिन्होंने मेरी रातों की नींदें उड़ा रखी हैं," सिर झुकाए हुए बाबू जी बोले।

"हीरालाल जी ने मुस्कुराते हुए बाबू जी के घुटने पर हाथ रखते हुए कहा," बस, चाचा जी! इतनी सी बात! अब यह मानकर चलिए कि आपकी दोनों ही समस्याओं का हल मिल गया।"

"क्या?" बाबू जी चौंक गए।

"हाँ, चाचा जी! बहुत ढूँढने-भालने के बाद, जगह बेचने वाले आख़िर मिल ही गए। मैंने, अपने दफ़्तर में कई लोगों से बात कर रखी थी। बात उड़ते-उड़ते मेरे साहब के कानों में भी जा पहुँची। कल उन्होंने मुझे अपने कमरे में बुलाया। मेरे उनके बीच में बहुत ही विस्तार से बात हुई। जमुना पार शकरपुर के पास पौने चार सौ गज़ का भूखण्ड है उनका। मंडावली गाँव के लाल डोरे में आता है यह भूखण्ड," हीरालाल जी ने बताया।

बाबू जी के चेहरे पर सहजता के भाव उदय होने लगे। उदासी छँटने लगी।

अधीरता और उत्सुकता के साथ उन्होंने प्रश्न किया, "क्यों भइया? कितने में सौदा पट जाएगा?"

"चाचा जी! वे तो साढ़े दस हज़ार की बात कर रहे थे," हीरालाल जी का उत्तर था।

"क्यों? कुछ कम नहीं हो सकता क्या," बाबू जी ने जिज्ञासा प्रकट की।

हीरालाल जी बोले, "चाचा जी! प्रयास करके देखेंगे। पैसे लेकर जब आमने-सामने बैठेंगे तो कुछ न कुछ सौदेबाज़ी तो होगी ही। निश्चित ही वे कुछ न कुछ तो कम करेंगे ही। कुछ हम भी प्रयत्न करेंगे अपनी बात मनवाने के लिए। सम्भावना है कि हमारे पास जो उपलब्ध राशि है उसी में काम चल जाएगा इसी राशि में ज़मीन की लिखा-पढ़ी भी हो जाएगी। मैं भी उनसे पूछ लूँगा कि मिल-बैठने का कार्यक्रम कब का बनाएँगे? उसी दिन बयाना भी हो जाएगा।"

निश्चित दिन और समय पर बैठक हुई। लम्बी बातचीत के बाद मामला नौ हज़ार में निपट गया। बाबू जी ने तभी ढ़ाई हज़ार बयाने के रूप में दे दिए। हीरालाल जी के अधिकारी ने तुरन्त ही बयाने की रसीद बनाकर दे दी। बाबू जी ने मिठाई मँगवाकर सभी का मुँह भी मीठा करा दिया।

इसी क्रम में शेष रकम का मुगतान भी कर दिया गया। रजिस्ट्रार कार्यालय ने बाबू जी के पक्ष में ज़मीन की रजिस्ट्री कर दी।... लग लिपटकर बाबू जी, हीरालाल जी और इन्होंने मकान बना लिया। चार दीवारी खड़ी की गई, तीन कमरों के साथ-साथ भोजनालय का निर्माण करवाया गया। अस्थाई स्नानघर- शौचालय का प्रबन्ध भी किया गया। शेष भूमि पर फल-फूल और सब्ज़ियों के लिए क्यारियाँ तैयार की गईं। जलापूर्ति के लिए बर्मा लगा दिया गया।

मकान में कोई अनधिकृत रूप से घुसकर न बैठ जाए। इसलिए नवरात्रि में गृह प्रवेश करके वहाँ निवास करने के लिए हम दोनों पति-पत्नी को वहाँ भेज दिया गया।

* * *

नए स्थान के नए वातावरण में, अनजाने पड़ोसियों, आस-पास की बस्तियों और बाज़ारों के साथ तालमेल बनाना आसान नहीं था। यह तो भला हो इनका कि भागदौड़ करके अपना स्थानान्तरण इन्होंने अपने घर के निकट वाले विद्यालय में ही करा लिया। सास-ससुर के यहाँ न होने के कारण मुझे इससे यह सुविधा भी हो गई कि इनके विद्यालय में पढ़ने वाले छात्रों के अभिभावक कारण-अकारण घर आने लगे और कभी-कभी इनके साथी शिक्षक और मुख्याध्यापक भी घर आने लगे।

इससे, खलने वाले एकान्त की समस्या भी दूर हो गई और पड़ोस में आने-जाने के सम्बन्ध बन जाने से व्यस्तता भी बढ़ गई।

वैसे भी, जब कभी मन ऊब जाता था तो मैं भी निकटस्थ अपने पीहर चली जाती थी। कब गई, कितने समय के लिए गई- इस सम्बन्ध में मुझे रोकने-टोकने या कहने-सुनने वाला भी अब कोई नहीं था। बस, यहाँ एक छत्र अपना ही राज्य था।

इसी बीच इन्होंने आगे पढ़ाई करने के लिए ग़ाज़ियाबाद कॉलेज में प्रवेश ले लिया। इस प्रकार हम दोनों ही अपनी-अपनी व्यस्तताओं में जीने लगे। ये प्रातः पाँच बजे उठते। आनन-फानन में निवृत हो, स्नानादि से निपटकर साइकिल से छः बजे रेल पकड़ते और ठीक सात बजे प्रारम्भ होने वाली ग़ाज़ियाबाद स्थित कॉलेज की कक्षा में उपस्थित हो जाते।

वहाँ से नौ बजे कक्षा समाप्त कर ये वापस दिल्ली वाली रेल पकड़ लेते थे। घर आकर खाना खाते और फिर एक बजे लगने वाले विद्यालय के लिए निकल पड़ते। सायं को विद्यालय से छुट्टी होने के पश्चात घर वापिसी और फिर अपनी एम.ए की पढ़ाई करना, फिर खाना खाना और फिर सो जाना। यह इनका नित्यकर्म बन गया था जिसमें मेरे साथ दो घड़ी बोलने-बतियाने के लिए भी इनके पास न तो समय बचता और न ही कोई अवसर मिलता। इससे कभी कभी मुझे कुछ उपेक्षा और कुंठा की अनुभूति सी होने लगती थी।

मैं सम्भवतः पहले ही इनके आकर्षक व्यक्तित्व के विषय में चर्चा कर चुकी हूँ। यदि हाँ, तो स्मृति ताज़ा करने के ध्येय से उसे एक बार पुनः दोहराना चाहूँगी। पुरुषोचित कद-काठी और स्वास्थ्य। शरबती गेहूँ जैसा वर्ण। कसरती बदन। किसी सैनिक अधिकारी की सी रौबदार मूँछें। मदमस्त हाथीकी चाल। चेहरे पर खेलती स्थाई हल्की सी मुस्कान। वाणी में ऐसे ओज, गम्भीरता और माधुर्य कि अनजान व्यक्ति को भी सहज ही मोह लें। वार्तालाप में मृदुलता, वाक्पटुता, शालीनता और तार्किकता इनके विशेष गुण थे। इसीलिए केवल इन्हीं की कक्षा के छात्रों की माताएँ-बहिनें किसी समस्या अथवा शिकायत-निवारण के लिए सीधी केवल इन्हीं के पास आ जाती थीं जबकि नियमानुसार उन्हें विद्यालय प्रमुख के साथ भेंट करनी चाहिए थी। कई बार तो वे घर भी आ धमकती थीं। मुझे इनकी इस महिला-प्रियता से डर लगने लगता था। अनेक बार तो मुझे अपना भविष्य भी असुरक्षित लगने लगता। यहाँ तक विवाहित जीवन का अस्तित्व भी किसी अज्ञात आशंका से घिरा-घिरा सा दिखाई पड़ता था।

***

दिसम्बर का...हाँ, हाँ...दिसम्बर का ही महीना था। अचानक ही एक अप्रत्याशित झंझावात ने हमारा घोंसला ही उजाड़ दिया। बड़े दिनों के अवकाश के

कारण शिक्षण संस्थान भी बन्द थे। ये घर की चारदीवारी के साथ मूँढे पर बैठे हुए कुनकुनी धूप का आनन्द ले रहे थे और सामाचार पत्र भी पढ़ रहे थे। मैं भोजनालय में बैठी स्टोव पर चाय तैयार कर रही थी कि तभी यमुना पुश्ते की ओर से बड़ा ज़ोर का कोलाहल सुनने में आया। अड़ोस-पड़ोस के लोग घरों से निकलकर इनके पास आकर इकट्ठे हो गए। सबकी दृष्टि पुश्ते की ओर व्याप्त घनी धूल पर केन्द्रित हो गई थी। इन्होंने मकान की छत पर चढ़कर वहाँ घटित हो रही घटना को समझने का असफल प्रयास किया। कुछ भी समझ न आने पर ये छत से उतर कर नीचे खड़े साथियों के साथ घटना-स्थल पर पहुँच गए। वहाँ पहुँचने पर पता लगा कि वहाँ सड़क निकालने की किसी पुरानी योजना को सिरे चढ़ाने के लिए दिल्ली विकास प्राधिकरण का मकान ढहाऊ दल अपने अधिकारियों और भारी पुलिस बल के साथ सवेरे-सवेरे आठ बजे से ही अपने काम में जुट गया था। वहाँ जुटी भीड़ में अधिकांशतः मात्र दर्शक ही थे जबकि इस मकान गिराऊ कार्यक्रम से पीड़ित हम जैसे कुछ ही लोग थे। ऐसे में कोई कर भी क्या सकता था भला? क्योंकि न्यायालयों और कार्यालयों का खुलने का समय भी दस बजे का था। जिसके अनुसार उनके पास निर्विघ्न दो-ढाई घंटे का समय था जिसमें कई आवास ढहाए जा सकते थे। ऊपर से शनिवार होने के कारण न्यायालय बन्द थे। अगला दिन रविवार का था। उससे अगला दिन सोमवार का तो था, परन्तु पच्चीस दिसम्बर को क्रिसमिस का सरकारी अवकाश होने के कारण उस दिन भी कुछ नहीं किया जा सकता था। सभी लोग असहाय और निस्सहाय थे अतः सभी मन मसोस कर बैठ गए।

इस कथानक को आगे बढ़ाने से पहले आइए! आपको इस प्रकरण की जड़ में 'जनसामान्य विरोधी' और 'धनाढ्य पक्षधर' कांग्रेसी नीति के अन्तर्गत रचे गए षडयंत्र से परिचित करा दूँ।

***

हीरालाल भाई साहब ने यह भूखण्ड जब बाबू जी को दिखाया था तो बग़लवाली और पीछे की ओर की सड़कें, क्रमशः नौ फ़ुट और ग्यारह फ़ुट चौड़ी थीं। सामने वाली सड़क तेरह फ़ुट थी। पीछे की सड़क पर दि.वि.प्राधिकरण ने सड़क-सीमा के पत्थर लगा रखे थे जो इस तथ्य के सूचक थे कि सड़क का निर्माण हमारे घर के पीछे लगे पत्थरों से प्रारम्भ होकर और भी पीछे की ओर तक होना था। इस तथ्य से अनजान लोगों ने हमारे घर के पीछे बहुत कम दरों पर लिए भूखण्डों पर बड़े-बड़े और सुसज्जित मकान बना लिए थे। लेकिन जैसे-जैसे यह तथ्य उनके सामने आने लगा था उनके हृदय की धड़कनें बढ़ने लगीं। इनमें से अधिकांश व्यापारी, व्यवसायी तथा उच्च सरकारी अधिकारी थे। उन्होंने बड़े ही गोपनीय ढंग से तिकड़में भिड़ानी प्रारम्भ कर दीं। क्षेत्रीय निगम पार्षद से लेकर,

विधायक, सांसद और विभाग के अधिकारियों के बीच उच्चस्तरीय मिलीभगत हुई। परिणाम स्वरूप अच्छा-खासा लेने-देन हुआ और रातों-रात सड़क-सर्वे की तलवार सम्पन्न व्यक्तियों के सिर से हटाकर हम जैसे 'जन सामान्य' के सिर पर लटका दी गई। यह काम बड़े ही गोपनीय ढंग से किया गया। इस सम्बन्ध में मकान ढहाने के दिन तक एक गोपनीय और सुनियोजित मौन धारण रखा गया जिसके फलस्वरूप यह अनैतिक षड़यंत्र सफल हो गया और समाज का यह विपन्न वर्ग बिना किसी अपराध अथवा उचित कारण के ही 'जन सवेकों' के द्वारा बलि का बकरा बना दिया गया। एक-एक करके सभी पीड़ित निवासियों को वैकल्पिक उन माचिस की डिब्बियों जैसे छोटे-छोटे मकानों में बसा दिया गया जिनका मूल्य भी उनके द्वारा क़िस्तों में चुकाया जाना था। अब लाभान्वितो के मकान-भूखण्ड, व्यावसायिक श्रेणी हेतु उपयुक्त हो चुके थे।

***

अब जब हीरालाल जी की बात चली है तो मैं उनके द्वारा बाबू जी के साथ किए गए निकृष्ट और अस्वीकार्य अनैतिक कृत्य और छल-प्रपंच पर भी प्रकाश डाल ही दूँ। हीरा लाल भाई साहब को जैसे ही आभास हुआ कि बाबू जी गाँव की बेची हुई ज़मीन के बदले कोई आवासीय भूखण्ड क्रय करने के इच्छुक हैं तो उन्होंने मन ही मन में एक ही तीर से दो शिकार करने की योजना बनाई।

पहले तो बाबू जी का हितैषी बनने का नाटक रचते हुए उन्होंने बड़े ही भोलेपन से बाबू जी को शीशे में उतारा। विवादित भूखण्ड की जानकारी होते हुए भी वे भूखण्ड ढूँढने का नाटकीय प्रदर्शन करते रहे। पूर्व निधारित योजनानुसार एक दिन वे अचानक ही घर पर भी आ धमके। सम्बन्धित भूखण्ड की जानकारी मिलने का स्वांग रचा। बाबू जी को भूखण्ड दिखाने के लिए ले गए। सौदेबाज़ी करवाई और अंत में भूखण्ड बाबू जी को बिकवाया क्या, चेप दिया। उसका पंजीकरण बाबू जी के नाम कराया। मकान बनवाने में बाबू जी की सहायता करी, ये सभी उनकी पूर्व नियोजित उस योजना के सोचे समझे अंश थे जिसमें बाबू जी के प्रति प्रदत्त सहयोग व समर्पण की भावना प्रदर्शन प्रमुख थे। इस प्रकार पहला शिकार तो उन्होंने बाबू जी को बनाया।

अपना हित साधने के लिए उन्होंने अपने विभागीय अधिकारी का सहारा लिया, इसीलिए उनके विवादास्पद भूखण्ड रूपी मरे साँप को 'अपने ही चाचा जी' के गले में बड़े ही कौशल के साथ उन्होंने डाल दिया।

हुआ कुछ यूँ था कि कुछ विभागीय कारणों से हीरा भाई साहब की प्रोन्नति फ़ाइल उनसे सम्बन्धित उन्हीं के अधिकारी के पास अटकी पड़ी थी जिनके भूखण्ड की बिक्री होनी थी। भाई साहब ने बातों ही बातें में अधिकारी महोदय की दुखती

रग पर हाथ रख दिया। इस सम्बन्ध में सहयोग और सहायता करने का वचन देकर उनके विश्वास और सहानुभूति जीत लिए। भाई साहब और अधिकारी दोनों ही ने इस हाथ ले और उस हाथ दे की नीति पर चलते हुए अपनी-अपनी भूमिका का बड़ी ही कुशलता से निर्वाह किया। अधिकारी ने भाई साहब की फ़ाइल पर संस्तुति लिखते हुए अनापत्ति प्रमाण-पत्र जारी कर दिए। परिणामस्वरूप भाई साहब को पदोन्नति पत्र मिल गया और उधर भाई साहब ने भी अपने अधिकारी के डूबे हुए भूखण्ड को ठिकाने लगवाकर उनको चिन्तामुक्त करा दिया। वैसे बता दूँ कि भाई साहब को इस भूखण्ड के सड़क में आने की पहले से ही पूरी जानकारी थी। फिर भी अपनी स्वार्थपूर्ति के लिए उन्होंने अपने ही चाचा को चूना लगा दिया।

***

चलिए! लौटकर दि.वि. प्राधिकरण द्वारा किए जा रहे विध्वंस स्थल पर पहुँच जाएँ? लगभग चार-साढ़े चार बजे हमारे मकान की भी बारी आ गई। इसको तोड़ने में श्रमिकों को सरदियों में भी पसीना आ गया क्योंकि मकान बनाते समय उसमें सिमेंट का मात्र उपयोग ही नहीं किया गया था बल्कि सिमेंट ठोका गया था। मेरे उन्होंने, हारे-थके मज़दूरों के लिए चाय बनाने के लिए कहा। मज़दूरों और पुलिस बल के जवानों ने चाय पीते समय बड़े ही कृतज्ञता भाव से हमें देखा। केवल इतना ही नहीं, जब हमारा घरेलू सामान नए आवास तक ढोने के लिए विभागीय ट्रक आए तो श्रमिकों और पुलिसबल ने सामान ट्रक में हमें नहीं चढ़ाने दिया बल्कि स्वयं अपने ही हाथों से चढ़ाया। उनमें से एक सहायक उप निरीक्षक ने उनसे पूछा, "साहब! आप व्यापार करते हैं या नौकरी?"

"नौकरी," इन्होंने उत्तर दिया।

"प्राइवेट या सरकारी?"

ये बोले, "सरकारी। मैं अध्यापक हूँ।"

"अहा! तो आप तो 'गुरुजी' हैं। मैं भी तो कहूँ कि पिछले मकान तोड़ते समय तो हमें अपने लिए लोगों की आँखों में जलती चिंगारियाँ देखने को मिली थीं। ताने सुनने को मिले थे और गालियाँ भी खाने को मिलीं थीं, वो अलग से। उनकी दृष्टि में हम तो खलनायक बन चले थे। चाय-बिस्कुटों की बात तो छोड़िए, किसी ने दो बूँद पानी को भी नहीं पूछा। एक सज्जन से हमने एक बाल्टी पानी पीने के लिए माँगा तो उनकी घरवाली कुढ़ कर बोली, "पानी? पानी तो क्या? अगर मेरे हाथ में ज़हर होता न? तो वो भी तुम्हें नहीं देती सत्यानाशियों! एक तो मेरा घर तोड़ दिया और ऊपर से पानी माँगते हो? शर्म तो नहीं आती न तुम्हें?"

"दूसरी ओर आप हैं कि आँखों के सामने अपना घर उजड़ते देख कर भी कितने

शान्तचित्त है? कितने धीर गम्भीर हैं? क्रोध नाम की एक रेखा भी नहीं है आपके चेहरे पर। इतनी सब कुछ हानि होते हुए भी आप हमें चाय-पानी पिला रहे हैं वह भी बिना माँगे ही। धन्य हैं आप। ऐसा तो वास्तव में बस, एक शिक्षक ही कर सकता है जो आपने किया है। ऐसे आचरण की अपेक्षा आपसे ही की जा सकती है। यह आपको ही शोभा देता है।"

"अरे भाई! ऐसा कुछ नहीं है। यह तो मेरा कर्त्तव्य था। तुमने भी तो ट्रक में सामान रखा ही है न," ये बोले।

* * *

बीस

नए स्थान पर ट्रक जाकर रुके। हमने वहाँ उपस्थित अधिकारी को वे पर्चियाँ सौंपीं जो हमें ट्रक के चलते समय दि.वि.प्रा. के अधिकारी ने दीं थीं।

अधिकारी ने दोनों पर्चियाँ लेकर रजिस्टर में आवंटित फ़्लैट संख्या के सामने चढाई व रजिस्टर पर हस्ताक्षर कराए और दोनों नई पर्चियों के साथ-साथ उन दोनों फ़्लैटों की चाबियाँ भी सौंप दीं। ताले खोल हमने अधिकारी को वापस लौटाए। पहले से ही वहाँ रह रहे पड़ोसियों से उस समय की आवश्यकता का सामान लिया। फ़्लैट की सफ़ाई-धुलाई की। चाय परांठे बनाए और खा-पीकर सो गए।

***

अगले दिन गायों-भैंसों के रम्भाने के स्वर ने मेरी प्रातःकालीन नींद भंग कर दी। दौड़कर मैं घर के मुख्य द्वार तक पहुँची। द्वार पट खोलकर देखा तो दाईं ओर से दस पन्द्रह गायों और भैंसों का एक झुण्ड हमारे घर के सामने से निकल कर बस्ती से बाहर जा रहा था तथा हाथ में बाल्टी थामे उस झुण्ड का स्वामी एक दूधिया उस झुण्ड को हाँक रहा था। मैंने दूधिए को रोककर अपने घर के लिए मासिक आधार पर दूध बाँधने के लिए कहा तो वह बोला, "बहन जी! हमारा तो काम ही यही है। यदि, घर पर ही दूध चाहिए तो दूध वितरण के बाद वापस लौटते समय, मैं दूध तुम्हारे घर पर ही दे दूँगा और यदि दूध जल्दी चाहिए तो फिर दूध लेने वहीं आना पड़ेगा जहाँ हम दूध निकालते हैं। जहाँ तक पैसों की बात है तो जान लीजिए कि वह मासिक आधार पर भी हो जाएगा। या तुम चाहो तो नित्य प्रति नगद देनदारी से भी काम चलाया जा सकता है। यह तुम्हारी इच्छा पर निर्भर करता है कि भुगतान-विधि क्या हो, यह कहकर दूधिया तेज़ी से आगे बढ़ा, बहुत आगे निकल गए गाय-भैंसों के झुण्डो को नियन्त्रित करने हेतु उन तक पहुँच जाने के लिए।

***

जीवन यात्रा में, भाग्य ने हमें एक बार फिर से एक नए मोड़ पर ला खड़ा किया। इस बदलाव पर मैं जितनी चिन्तित और उद्विग्न थी; ये उतने ही निश्चिन्त और शान्त थे। इनको देखकर तो ऐसा लगता था कि जैसे कुछ हुआ ही नहीं। जैसे ये कल थे वैसे ही आज भी लग रहे थे शान्त, सौम्य और उत्साह से भरपूर। चाय-पानी से निपटने के बाद हमने अपना समूचा ध्यान घरेलू सामान को सुव्यवस्थित ढंग से रखने में लगा दिया। मध्याह्न तक हम अपने काम को निपटा चुके थे। अभी हम बात-चीत करना प्रारम्भ करने वाले ही थे कि बाहरी दरवाज़े को किसी

ने खटखटाया। मैंने जाकर दरवाज़ा खोला तो अपने सामने एक नवयौवना को खड़े पाया।

मुझे देखकर वह मुस्कुरा दी और बोली "भाभी जी! नमस्ते"

उत्तर में मैंने भी मुस्कुराते हुए कहा "नमस्ते।"

"क्या बात है, यहीं खड़े रखेंगी? भीतर आने के लिए नहीं कहेंगी क्या," अभी भी वह पहले की भाँति ही मुस्कुरा रही थी।

"मुझे अपनी भूल का आभास हुआ। दरवाज़े की दोनों चौखटों को पकड़े हाथ हटाते हुए मैंने उसे अन्दर आने का हाथ से संकेत किया। रास्ता बनाते हुए उसे मैंने अन्दर आने दिया और किवाड़ बन्द करके मैं भी उसके पीछे-पीछे कमरे में वहाँ आ गई जहाँ ये पलंग पर बैठे हुए कुछ लिख रहे थे। उनकी ओर देखते हुए वह बोली, "नमस्ते।"

एक अपरिचित नारी स्वर में नमस्ते सुन उन्होंने ऊपर देखा। वहाँ एक लड़की को खड़ा पाकर ये अपने स्थान से तुरन्त ही खड़े हो गए और दोनों हाथ जोड़ते हुए अभिवादन का उत्तर दिया, "नमस्ते!"

हमारे पास कोई स्टूल-कुर्सी तो थी नहीं इसलिए पलंग पर बैठने का संकेत करते हुए ये बोले, "पधारिए।"

वह भी बिना संकोच के तुरन्त ही बैठ गई और कमरे को निहारते हुए बोली, अरे वाह! इतनी सफ़ाई! हर वस्तु बड़े ही अच्छे ढंग से सजाकर रखी हुई है। मुझे बड़ा अच्छा लगा यह सब देखकर।"

जितनी देर में परिचयात्मक बातचीत के साथ-साथ औपचारिक वार्ता चली मैंने चाय तैयार करके, पलंग पर एक पटरे के ऊपर चाय के कप और नमकीन-मिठाई-बिस्कुटों की प्लेटें रख दीं और बोली, "लीजिए चाय लीजिए।"

"धन्यवाद," कहकर सभी ने नमकीन-मिठाई-बिस्कुट के साथ चाय पी। कुछ देर और बातचीत के बाद वह लड़की अपने स्थान से खड़ी होकर बोली, "भाभी जी! आप चाय बहुत स्वादिष्ट बनाती हैं। बधाई। मैं अब चलती हूँ। घर में सब मेरी प्रतीक्षा कर रहे होंगे। मेरा नाम उषा है कोने वाले मकान में रहती हूँ। जब भी किसी चीज़ की आवश्यकता पड़े तो निस्संकोच कह दीजिएगा। उसे भी अपना ही घर समझिए। अपनी सुविधानुसार कभी भी हमारे साथ बैठकर चाय पीने का समय निकाल लीजिए, हमें अच्छा लगेगा। इसी बहाने हमारे और आपके दोनों के परिवारों का आपसी परिचय मिलन भी हो जाएगा," यह कहकर वह चली गई।

सोमवार को भी सरकारी अवकाश था। आज क्रिसमिस दिवस जो था सामान मिलने का पता वहाँ के पुराने निवासियों से पूछकर ये, घर के लिए खाद्य सामग्री

लेने के लिए साइकिल लेकर निकटस्थ कॉलोनी झिलमिल चले गए। मैं पुनः घर का रख-रखाव ठीक करने लगी।

***

अभी खाना बनाने की तैयारी करने के लिए मैंने आटे के कनस्तर से परात में दो मुट्ठी आटा निकाला ही था कि बाहरी दरवाज़े पर किसी ने थपकी दी। मैं इस आहट को नहीं पहचानती थी। मुझे पता लग गया कि दरवाज़ा इन्होंने नहीं खटखटाया है। साड़ी ठीक करके मैं दौड़ कर गई और दरवाज़ा खोल दिया। दरवाज़ा खोलते ही मैं अवाक रह गई। सामने सासू माँ खड़ी थीं। मुझे अपनी आँखों पर विश्वास ही नहीं हो रहा था कि अनजाने ही, वे अचानक ही इस प्रकार आ धमकेंगी। मैं अब तक इस उधेड़बुन में फँसी थी कि बिना उनको लेने गए और सूचना के नए घर पर ये पहुँच कैसे गईं?

"अरे! अम्माँ को रास्ते में ही खड़े रखोगी या घर में अन्दर भी ले जाओगी" इनकी आवाज़ सुनकर मुझे झटका लगा। स्वप्नों की दुनियाँ से बाहर आई और अम्माँ जी के चरण स्पर्श किए। उन्होंने मुझे सदा सुहागन रहने और 'दूधो नहाने व पूतों फलने' का चिरपरिचित आशीर्वाद देते हुए मेरी कमर थपथापई। मैं जब सीधे खड़ी हो गई तो उन्होंने मुझे अपने गले से लगा लिया।

बहुत दिनों बाद के अनायास मिलन से मेरी आँखे डबडबा आईं। गली की महिलाएँ और लड़कियाँ इस दृश्य को अभिभूत होकर देख रही थीं। मैं सासू माँ का हाथ पकड़ कर घर के अन्दर ले गई। इन्होंने साइकिल से, घर के सामान का थैला उतारा और फिर घर से थोड़ी दूरी खड़े रिक्शे से सासू माँ का झोला भी लाकर अन्दर रख दिया। बाहर का दरवाज़ा भीतर से बन्द करके बोले, "देखा अम्माँ का साहस? अकेले ही एक अनजान पते पर कैसे पहुँच गईं अम्माँ? यह बड़े ही अचरज की बात है। है न," कहते हुए उन्होंने मेरी ओर अपनी बात का समर्थन चाहने के लिए देखा।

"हाँ, यह तो ठीक कह रहे हो", मैंने बात को सिरे चढाया और अम्माँ जी को पानी का गिलास पकड़ा दिया। मैंने अम्माँ जी से कहा, "आपके घर की परम्परानुसार वैसे तो यह खाना बनाने का समय था। लेकिन आप पता नहीं कब की चली हैं घर से। भोजन भी आपने तभी, चलने से पहले ही किया होगा? इसलिए आपको भूख लग आई होगी? फिर, मैं यह भी सोचती हूँ कि हार-थक के चूर हो गई होंगी आप? तो पहले चाय बना देती हूँ। जितनी देर में आप चाय पिएँगी, उतनी देर में खाना बना देती हूँ। आप खा लीजिएगा। तीसरा विकल्प यह भी हो सकता है कि अधिक दूध की चाय बना देती हूँ, वह भी थोड़ी ज़्यादा। सुबह की उबली हुई मेंथी रखी है। मेथी के गर्मागर्म करारे पराँठे तेज़ मीठे की चाय के साथ खाइए जी भरकर और पेट भर कर। अब बताइए क्या पसन्द करेंगी खाने में? और, यदि

पहले केवल चाय लेंगी और बाद में तरकारी-रोटी, तो यह भी बता दीजिए कि साग-सब्ज़ी क्या बनेगी?"

सासू माँ ठोड़ी पर हाथ टिकाए एकटक मुझे ही देख रही थीं। बोलीं, "अब तू ऐसे-ऐसे लम्बे-चौड़े भाषण ही पिलाती रहेगी या कुछ बनाकर खिलाएगी भी? जा, जो कुछ बनाना है, जल्दी बना। क्या बनाना है, क्या नहीं? तू जाने तेरा काम जाने। अपनी सुविधा और विवेक का ध्यान रख और जुबान कम, हाथ ज़्यादा चला," मुस्कुराते हुए सासू माँ ने मुझे मीठी सी झिड़की दी।

हाँ में सिर हिलाते हुए मैंने अपना कार्य तेज़ी से करना प्रारम्भ कर दिया और ये दोनों माँ-बेटे आपस में बतियाने लगे। काम करते-करते उनकी बातचीत के जो अंश मेरे कानों में पड़ रहे थे उनसे यह स्पष्ट हो रहा था कि डी.डी.ए द्वारा मकान ढहाए जाने की कार्रवाई से ही जुड़ी हुई थी वह सारी चर्चा। मकान ढहाए जाने में डी.डी.ए द्वारा बरते गए भ्रष्ट आचरण, वहाँ हमारे मकान के पीछे रहने वालों द्वारा डी.डी.ए द्वारा मकानों को ढहाने से बचाने के लिए डी.डी.ए को चढ़ावा चढ़ाने; राजनेताओं द्वारा अपने मतदाताओं का श्राद्ध जीमने और 'कहने के लिए विशेष अपने ही सम्बन्धी' द्वारा अपने अधिकारी को, सड़क के बीच में आ जाने के उनके भूखण्ड से संभावित हानि से बचाकर, उनसे किए गए अपनी पदोन्नत्ति के सौदे के विश्वास घात से उपजा आक्रोश असंतुष्टि ही इस चर्चा का केन्द्र-बिन्दु थे। यह चर्चा अनवरत रूप से तब तक चलती रही जब तक कि भोजन बनकर तैयार नहीं हो गया।

फिर भी उनकी चर्चा पर विराम नहीं लगा। सासू माँ का कहना था कि सिमेंट, रेत बजरी तथा मज़दूरों की दिहाड़ी पर ही तो ख़र्च करना पड़ेगा। बाक़ी ईंटें, कड़ियाँ, सिल्लयाँ और शहतीरें आदि विध्वंस स्थल पर पहले से ही पड़ी हुई हैं।... अच्छा होगा कि बस्ती के भीतरी भाग में ही कोई छोटा-मोटा भूखण्ड ख़रीद कर वहीं पर एक छोटा सा मकान पुनः बना लिया जाए। परन्तु, अपना मकान गिराए जाने से ये बहुत बुरी तरह से डरे हुए थे। एक अज्ञात् मनोवैज्ञानिक भय और आशंका ने इन्हें आतंकित किया हुआ था क्योंकि डी.डी.ए की इस विध्वंसक कार्यवाही से उस कॉलोनी और आस-पास की कॉलोनियों में एक भय और आशंका व्याप्त हो गई थी कि डी.डी.ए ने यह कार्यवाही कच्ची कॉलोनियों के नीतिगत विध्वंस का श्रीगणेश करने के लिए की है। लक्ष्मीनगर, शकरपुर और अन्य ऐसी ही कच्ची कॉलोनी के निवासियों का तो दिन का चैन और रात की नींद, दोनों ही उड़े हुए थे। ख़ून-पसीने की कमाई से नीड़ बनाने वालों के सिर पर आशंका की तलवार लटकी हुई थी। इन सभी के अनुभवों से 'ये' नित्यप्रति दो-चार होते रहते थे इसीलिए किसी अज्ञात् आशंका से डरे हुए थे। अम्माँ जी के प्रस्ताव से सहमत हो जाने का जोख़िम

उठाने का साहस ही नहीं जुटा पा रहे थे। अतः इन्होंने अम्माँ जी के सामने दोनों हाथ जोड़कर क्षमा माँग ली। और, इस प्रकार, अन्ततः यह प्रकरण वहीं समाप्त हो गया।

मैंने सासू माँ के सामने भोजन की थाली ला रखी। वे बोलीं, "अरी बहू! लल्ला के लिए थाली नहीं लगाई?"

"नहीं अम्माँ! मैं अभी नहीं खा रहा। पहले तुम खा लो। हम बाद में खा लेंगे", उन्होंने कहा।

तब तक दूसरी थाली सजाकर मैंने इनके सामने ला रखी और कहा, "नहीं, नहीं, तुम भी खालो अम्माँ जी के साथ। बहुत दिन हो गए माँ-बेटे को एक साथ बैठकर भोजन किए हुए।"

माँ-बेटे ने भोजन किया। इतनी देर में मैंने अपना भी भोजन अलग निकालकर रसोई समेट दी। उसके बाद मैंने भी भोजन पाया। अम्माँ जी से पूछा, "चाय लेंगी?"

"ना बहू! अब नहीं! अब तो वैसे भी पेट भरा हुआ है। वैसे, बेटा! वैद्यों और हकीमों का भी मानना और कहना है कि भोजन के बाद चाय या तरल पदार्थ बिल्कुल भी नहीं लेने चाहिए। भोजन के पचने की प्रक्रिया, जिसे सामान्यतः पूर्ण होने में तीन से चार घंटे लग जाते हैं, बाधित होती है। इस चार-घंटे की अवधि में पहुँचा हुआ कोई भी तरल पदार्थ, पहले से ही उपस्थित पाचनाधीन पदार्थ को पचाने में रुकावट उत्पन्न करेगा जिससे पाचनतंत्र ठीक से कार्य नहीं करेगा और उदर सम्बन्धी अनेक रोग जन्म ले लेंगे। तो फिर क्यों अँधे न्यौतें और दो बुलाएँ," अम्माँ जी बोलीं।

* * *

खा पीकर कुछ देर बातें करते रहे। अन्ततः बिजली का लट्टू (बल्ब) बन्द करके हम सो गए। पलंग पर ये माँ-बेटे थे। तो, एक खटोले पर मैं थी। एक कमरा, बाहर छोटा सा बरामदा, उसके आगे कच्चा चौक और इस चौक के एक कोने में बनी हौदी की दीवार पर टंगी नल की एक टूंटी। इस दीवार के पीछे मुख्य प्रवेश दरवाज़े तक बना शौचालय। बस इतने-इतने माप के फ़्लैट आवंटित किए गए थे दि.वि. प्राधिकरण की ओर से उत्पीड़ितों को उनके डेढ़, दो, तीन, साढे तीन और चार सौ गज़ भूखण्ड के बदले में वह भी निःशुल्क अथवा सहायता राशि के साथ नहीं बल्कि 180 मासिक किश्तों में। यदि किसी ने एक मुश्त मूल रक़म जमा करने का प्रस्ताव रखा भी तो डी.डी.ए ने वह प्रस्ताव सिरे से ही ठुकरा दिया क्योंकि क़िस्तों के माध्यम से उसे डेढ़ गुणा लाभ जो हो रहा था। आख़िरकार डी.डी.ए वणिक एजेंसी जो ठहरी।

डी.डी.ए की धूर्ततापूर्ण नीति यहीं नहीं रुकी बल्कि अधिग्रहण से जुड़ी मुआवज़ा राशि के भुगतान का वाद जब न्यायालय में गया तो वहाँ भी राशि केवल अठारह आना ₹(01.18) प्रति वर्ग गज़ की दर पर तय की गई जबकि उसी क्षेत्र में भूमि की बाज़ार दर ₹ 30/= या ₹ 35/= प्र.व. गज़ चल रही थी।

जब दि.वि.प्राधि. को कहा गया कि मुआवज़ा बाज़ार दर पर दिया जाए तो इस प्रस्ताव को उसने सिरे से नकार दिया गया। जब यह तर्क दिया गया कि जिस दर पर सरकार मुआवज़ा देना चाहती है तो उसी दर पर डी.डी.ए स्वयं द्वारा अधिग्रहित किसी भी क्षेत्र की भूमि में से 'प्लॉट टू प्लाट' भूखण्ड आवंटित कर दिया जाय। लेकिन, वणिक् वृति वाली डी.डी.ए के कानों पर जूँ भी नहीं रेंगी। बदनीयत डी.डी.ए द्वारा जनोपयोगी निर्णय इस मामले में इसलिए भी नहीं लिया गया क्योंकि दिल्ली में अपनी प्रकार का यह पहला मामला था और इसी मामले का निर्णय, भावी 'भू-अधिग्रण एवं मुआवज़ा राशि निर्धारण' सम्बन्धी नीति का मूल आधार बनना था। असल में जनता के विषय में वे सरकारें ही सोचती हैं जो 'जनकल्याणकारी सरकारें' होती हैं। 'वणिक बुद्धि सरकारें' तो अपने या अपनों के कल्याण तक ही सीमित रहती हैं। इससे अधिक क्रूर और घिनौना मज़ाक़ जनता के साथ भला और क्या हो सकता है कि जनता को, प्रचलित बाज़ार दरों और स्वनिर्धारित सरकारी दरों के 25 से 40 गुणा कम दरों पर मुआवज़ा दिया जाए।

***

सासू माँ कल रात को प्रगाढ़ निद्रा में थीं। लगता है कि घर से यहाँ तक आने में वे बहुत थक गईं थीं। इसीलिए, आज वे अपने निर्धारित समय पर नहीं उठीं। परन्तु, मैं तो उठी थी क्योंकि मुझे तो प्रतिदिन की भाँति अपना दिन प्रारम्भ करना ही था। शौचादि से निवृत होकर स्नान किया। जब मैंने चाय बनाने के लिए स्टोव खिसकाया तो उसकी आवाज़ ने सासू माँ की नींद भंग कर दी। "क्या बजा है?" उनकी आवाज़ आई। खिड़की में रखी इनकी हाथघड़ी उठाकर देखी। मैंने कहा, "पौने छः बजे है अम्माँ जी!" मैंने फिर से घर में झाड़ू-बुहारी लगानी प्रारम्भ कर दी।

"अरे रे! आज तो पौना घंटा देर हो गई उठने में", कहने लगीं अम्माँ जी। वे उठकर बैठ गईं। थोड़ी देर में उन्होंने शैया त्यागी और निवृत होने के लिए चलीं गईं। जब तक वे लौटकर आईं मैंने उनके लिए चाय नाश्ते का प्रबन्ध कर दिया। उन्होंने धूपबत्ती की। धूप की सुंगध इनके नथनों में घुसी और उसने इन्हें भी जगा दिया। ये बिस्तर छोड़ खड़े हो गए।

"अम्माँ राम! राम!" इन्होंने अम्माँ को अभिवादन किया और शौचालय चले गए।

अम्माँ जब पलंग पर बैठ गईं तो थाली में बिस्कुट और गिलास में चाय लाकर

मैंने पलंग पर रख दिए। मैंने भी सासू माँ के चरण स्पर्श किए। उन्होंने मेरे सिर पर हाथ फेर कर मुझे आशीर्वाद दिया, "सदा सुहागन रहो। दूधों नहाओ, पूतों फलो।"

इतनी देर में ये भी आ गए। मैंने पूछा, "निपटोगे या पहले चाय पीयोगे।"

"चाय ले आओ! निपटना-निपटाना तो होता ही रहेगा। आज तो अम्माँ के साथ बैठकर चाय पीने का अवसर बड़े भाग्यों से मिला है। इसे हाथ से क्यों जाने दूँ? और, इसीलिए आज मैंने कॉलेज की भी छुट्टी की है। स्कूल पहले ही बन्द हैं, तो सब आनन्द ही आनन्द है," ये बाल सुलभ सहजता से बोले।

अम्माँ बोलीं, "यहाँ आ जा रज़ाई में। जाड़ा तो काटने को आ रहा है।" ये भी अम्माँ के साथ ही रज़ाई लपेटकर बैठ गए। दोनों ने चाय-बिस्कुट लेने प्रारम्भ कर दिए। मेरा आसन ज़मीन पर लगा हुआ था। चाय-बिस्कुट मेरे सामने रखी चौकी पर मेरी प्रतीक्षा कर रहे थे।

"बहू! चाय का घूँट ले लो। चाय ठण्डी हो गई है।" यह सुनते ही मैंने भी उन दोनों की ओर से पीठ करके चाय पीनी शुरू कर दी। तीनों की चाय समाप्त होते ही मैंने चाय के बर्तन साफ़ कर दिए।

***

अब हम तीनों बैठे-बैठे बातें करने लगे। इन्होंने मकान ढहाए जाने का सविस्तार वर्णन कर दिया। अम्माँ बोलीं, "मुझे तो स्कूल के तेरे साथी, मास्टर ने घर जाकर यह घटना बताई। पहले मैं ढहे मकान पर गई। वहाँ से बस नहीं मिली तो पैदल ही कड़कड़ी होती हुई यहाँ झिलमिल पहुँच गई थी जहाँ अचानक तुम साइकिल पर मिल गए और फिर रिक्शे से हम यहाँ घर तक आ गए।"

मुझे बड़ा आश्चर्य हो रहा था अम्माँ जी की सामर्थ्य और शक्ति देखकर कि लक्ष्मी नगर से यहाँ तक कई घंटे की निरन्तर यात्रा करके वे कैसे पहुँच पाई हैं? मैंने उनकी इस जीवट को मन ही मन नमन किया।

दोपहर के बाद हम तीनों बाबू जी के नाम से आवंटित फ़्लैट में गए। इसके फ़र्श पर धूल की मोटी परत जमी हुई थी। दीवारों और कोनों पर छोटे-बड़े मकड़जालों ने अधिकार जमा रखा था। बरामदे और मुख्य द्वार के बीच कच्चे आँगन की पपड़ियाँ उतर गई थीं। नल के नीचे की हौदी और उसके पीछे का शौचालय भी बहुत गन्दा हो रहा था। अकेले कमरे की छत पर ध्यान जाते ही एक टाँड दिखाई दिया। मैं भौचक्का रह गया इसे देखकर। बराबर वाले फ़्लैट में तीन रातें मैं बिता चुका था परन्तु इस टाँड पर मेरी दृष्टि गई ही नहीं। आश्चर्य! घोर आश्चर्य!

कॉलोनी के बाहर मिट्टी के गड्ढों से मिट्टी और भैंस वाले से गोबर लाकर और लीपकर दोनों फ़्लैटों के आँगनों की काया पलट ही कर दी। जाले आदि हटाकर

और झाड़-पौंछ कर उस फ़्लैट को रहने योग्य बना दिया तथा उसमें पुनः ताला लगाकर चाभी सासू माँ को ही सौंप दी। वे बोलीं, "कार्यालयी कार्य के चक्कर में तुम्हारे बाबू जी को कभी-कभी डासना, ग़ाज़ियाबाद जाना पड़ता है तो देर-सवेर यहीं रात काट लिया करेंगे और अगले दिन यहीं से खा-पी कर डासना चले जाया करेंगे।" अम्माँ जी की यह योजना सभी को बहुत अच्छी लगी।

इस फ़्लैट से दूसरे फ़्लैट में आते ही अम्माँ जी इनसे बोलीं, "लल्ला! यहाँ से अब तू मुझे स्टेशन की बस में बैठा दे। वहाँ से दूसरी बस लेकर मैं किशनगंज या तिबिया कॉलेज के बस स्टैण्ड उतर कर घर पहुँच जाऊँगी। घर में तेरे बाबू जी, भइया और बहन सभी चिन्तित होंगे यहाँ के बारे में और तुम्हारे बारे में भी। फिर, सारे घर की ज़िम्मेदारी भी अकेली लल्ली पर ही पड़ गई है। वह भी परेशान हो रही होगी। और सबसे बड़ी बात यह है कि उन सबकी स्थिति से अनजान मैं भी यहाँ चिन्ता में ही पड़ी रहूँगी। चलो, फिर कभी पूरा परिवार ही आता है यहाँ जल्दी से।"

अम्माँ जी की बातों में दम था तो असहमति का तो कुछ कारण ही नहीं बनता था। ये मुझसे कहने लगे, "मैं अम्माँ को घर छोड़ आता हूँ। एक तो उनके सुरक्षित घर पहुँचने का संतोष रहेगा। दूसरे परिवार के अन्य सभी सदस्यों से भी मिलना-जुलना हो जाएगा और साथ ही आने-जाने के लिए सुगम यात्रा के साधनों और सुविधाओं का भी पता लग जाएगा। मेरे लौटने में देर-सवेर हो सकती है। चिन्ता और प्रतीक्षा मत करना।"

शीघ्रता के उद्देश्य से मैंने अजवाइन के पराँठे और तेज़ मीठे की चाय बनाकर इस अवसर को निपटा दिया। मैं ताला लगाकर इनके साथ बस स्टॉप जाने के लिए जैसे ही गली के नुक्कड़ पर पहुँची कि अम्माँ जी ने बलात ही मुझे घर वापस जाने का निर्देश दिया। मैंने उनके चरण स्पर्श किए। उन्होंने मुझे गले लगाया और मेरा माथा चूम कर आशीर्वाद दिया।... वे आगे बढ़ गए और मैं उन दोनों की पीठ पर टकटकी लगाए तब तक ताकती रही जब तक कि वे आँखों से ओझल नहीं हो गए।

घर वापस जाने के लिए अभी मैं मुड़ी ही थी कि कोने वाले घर के मुख्यद्वार पर खड़ी उषा पर मेरी दृष्टि पड़ी। वह मुझे ही निहार रही थी। एक दूसरे को देखते ही हम दोनों के चेहरों पर एक झीनी सी मुस्कान तैर गई। मैं ठिठकी। उसने मेरा हाथ पकड़कर अपने घर में खींच लिया। अन्दर कमरे में ले जाकर उसने मुझे सज्जित मूँढ़े पर बैठा दिया। सूखे मेवों की ट्रे पर से ढक्कन हटा दिया। एक बोतल में से शीतल पेय एक काँच के गिलास में उंड़ेल कर मेरे हाथ में थमा दिया और फिर अपने समूचे परिवार का मुझसे परिचय कराया तथा मेरे विषय में जो उनको पता था वह बताया। साथ ही उन्होंने यह भी बताया कि उनके सम्बन्धी भी वहीं से आए हैं। हो सकता है कि मैं भी सम्भवतः उनको जानती होऊँ। उनका अनुमान कुछ दिनों बाद सही

प्रमाणित हुआ। उनके सम्बन्धी हमारे निकटस्थ पड़ोसी थे लक्ष्मीनगर में जिनके साथ हमारे अच्छे और स्वस्थ सम्बन्ध थे। उषा के घर बैठे-बैठे इतना अपनत्व और आत्मीयता मिल गई कि वह परिवार चिर परिचित सा लगने लगा। देखते-देखते कब गली की बत्तियाँ जल गईं, पता ही नहीं लगा। अन्ततः, उन सबके सौहार्द्रपूर्ण व्यवहार के लिए मैंने उनका आभार व्यक्त किया और धन्यवाद किया। किसी भी दिन चाय पर आने के लिए उन्हें आमन्त्रित किया कि वे सभी हमारे घर पर पधारें। मैं वहाँ से उठी। सभी को हाथ जोड़कर नमस्ते किया। उषा और उसकी बहनें मुझे विदा करने के लिए अपने घर के बाहर तक आए।

***

घर आकर मैंने ताला खोला। घर में प्रवेश कर, मुख्य द्वार के कपाट भीतर से बन्द कर लिए। ताला, शीशे वाली खिड़की में रखा और धम् करके पलंग पर गिर पड़ी। इधर-उधर तक ही, कुछ विचारों की श्रृंखला भटकी होगी कि न जाने कब निद्रा ने अपनी गोद में मुझे समेट लिया। मुझे पता ही नहीं लगा।

अचानक ही ऐसा लगा जैसे कि किसी ने किवाड़ खटखटाए हों। दरवाज़ा खोलकर बाहर झाँका। परन्तु, आस-पास, दूर-दूर तक कोई भी तो नहीं था। दरवाज़ा बन्द कर मैं पुनः अपने कमरे में लौटी परन्तु इस बार लेटी नहीं और बिखरे घर को समेटने-सँवारने में लग गई। कुछ देर बाद घर पुनः पूर्ववत सुव्यवस्थित हो गया। शरीर अकड़ने सा लगा। अकड़न समाप्त करने के लिए मैंने अभी अंगड़ाई ली ही थी कि दरवाज़े पर पुनः थपकी सुनाई दी। इस विशेष प्रकार की थपकी से मैं भलीभाँति परिचित थी। मैंने दरवाज़ा खोल दिया। सामने ये खड़े हुए थे। दरवाज़े से मैं भीतर आ गई। पीछे से द्वार बन्द कर ये भी अन्दर आ गए।

"खाना खाएँगे?" मैंने पूछा।

"नहीं," मनाकर दिया उन्होंने।

"क्यों? खाकर आए हैं क्या?"

"हाँ।"

कुछ चुप्पी के बाद उन्होंने मुझसे पूछा "तुमने खाया क्या?"

"नहीं," मैंने उत्तर दिया।

"क्यों नहीं खाया? भूख नहीं थी या बनाने का आलस्य किया," उन्होंने थोड़ा सा रूखे स्वर में पूछा।

बात को टालने के लिए मैंने कहा, "बस यूँ ही।"

वे थोड़े से क्रोधित होकर बोले, "क्या आवश्यकता थी यह पागलपन करने की?"

इस बार मैंने मौन धारण कर लिया। इन्होंने भी कुछ देर के लिए चुप्पी साध ली।

लेकिन, कुछ ही क्षणों के बाद एक पोटली मेरे हाथ में रखते हुए बोले, "लो सम्भालो अपनी सौग़ात। तुम्हारी ननद ने बड़े प्रेम से भेजी है अपनी भाभी के लिए।"

मैंने पोटली खोलकर देखी। उसमें मेथी मिले मक्की के आटे के पराँठे थे। आलू मेथी के साथ गुड़ भी रखा था। बड़ी कठिनाई से अपने साथ इन्हें बैठाया। पूरा खाना समाप्त किया हम दोनों ने। बर्तन साफ़ किए। हाथ मुँह साफ़ किए और पलंग पर ही सो गए।

* * *

दोपहर के लगभग ढाई-तीन बजे का समय होगा कि घर के दरवाज़े के बाहर से साइकिल की घंटी की निरन्तर टनटनाहट सुनाई देने लगी। थोड़ी देर तो यह सोचकर कि सम्भवतः कोई किसी बच्चे को खिला रहा होगा या बहला रहा होगा या फिर यह भी हो सकता है कि कोई किसी को बुलाने के लिए ही घंटी घनघना रहा होगा। जब बहुत देर हो गई घंटी बजते-बजते तो मुझसे रहा नहीं गया और क्रोध में भरी मैं घर के कपाट खोलकर बाहर आ गई उसे डाँट पिलाने का मन बनाती हुई। जैसे ही भुनभुनाते हुए डाँटने के लिए मुँह खोला तो मेरा मुँह खुला का खुला ही रह गया था क्योंकि साइकिल की घंटी घनघनाने वाला कोई और नहीं बल्कि मेरा छोटा भाई पद्मकान्त ही था।

कृत्रिम ग़ुस्से का प्रदर्शन करते हुए मैंने उसका कान पकड़ा। उसकी ओर देखते हुए मुस्कुराकर मैं बोली, "यह क्या पागलपन मचा रहा है पद्मकान्त? भले लोगों के मोहल्लों में आने का कौन सा ढंग है, यह भला?"

साइकिल से उतर कर पद्मकान्त ने साइकिल बरामदे में खड़ी कर दी और घर का मुख्य द्वार बन्द करके पलंग पर जाकर बैठ गया। मैंने उससे पूछा, "चाय पिएगा या शिकन्जी?"

वह बोला, "जिज्जी" चाय, शिकन्जी का समय नहीं है। पिता जी और माँ ने कहा था कि लल्ली से कहना, जल्दी आ जाएगी बहुत ही जरूरी काम है।

"ऐसा क्या काम आ पड़ा," मैंने जानना चाहा।

कंधे उचकाकर बोला "पता नहीं।"

"तेरे जीजा जी भी तो घर में नहीं हैं। बिना उनसे पूछे-कहे मैं कैसे जा सकती हूँ," मैंने अपनी विवशता व्यक्त की।

पद्मकान्त बोला, "जिज्जी! इस समस्या का हल मैंने पहले ही निकाल लिया था। घर से यहाँ तक आने से पहले मैं जीजा जी से उनके विद्यालय में पहले ही मिल

आया हूँ। उनको मैंने सब बता दिया था। उन्होंने कहा है कि उन्हें किसी भी प्रकार की आपत्ति नहीं है।"

"लेकिन, तेरे जीजा जी के रात्रि-भोजन का क्या होगा?" मैंने चिन्ता व्यक्त की।

"उसकी चिन्ता मत कर। उसका प्रबन्ध भी हो जाएगा। शाम को छुट्टी के बाद जीजा जी भी घर पर ही आने वाले हैं। तो हो गई न तुम्हारी सारी समस्याएँ हल। अब चलो, जल्दी करो। थोड़ी ही देर में छोटे जीजा जी भी घर आने वाले हैं। गाँव में, उनके घर में विवाह है। वे उसके लिए आमंत्रित करने के लिए आएँगे।" पद्मकान्त ने स्थिति स्पष्ट की।

दस मिनिट के बाद मैं, पद्मकान्त की साइकिल पर पीछे लगे कैरियर पर बैठकर अपने पीहर के लिए निकल गई। मार्ग में शाहदरे से हमने हीरालाल के सुप्रसिद्ध मिष्टान्न भंडार से बालूशाहियाँ लीं। घर में ओमा और उसके पति पहले से ही उपस्थित थे। घर में पहुँचने के बाद मैंने वहाँ हर्षोल्लास का वातावरण पाया जो एक लम्बे समय के बाद मेरे अनुभव में जुड़ रहा था। कुछ इधर की और कुछ उधर की जानने-बतियाने में ही समय निकल गया, पता ही नहीं लगा।

इतनी देर में पद्मकान्त की घोषणा सुनाई दी, "जिज्जी-ओमा, जीजा जी भी आ गए हैं। सुनकर सबके चेहरों पर प्रसन्नता जगमगा उठी लेकिन, उपस्थितों में वहाँ एक चेहरा ऐसा भी था जो अचानक ही अकारण बुझ सा गया। यह चेहरा था 'ओमा पति' अर्थात मेरे पीहर के छोटे जमाता साहब का। उनकी इस प्रतिक्रिया से सभी न केवल आश्चर्यचकित थे बल्कि हतप्रभ भी थे।

रात के खाना खाने के बाद उन्होंने माँ और पिता जी से गाँव में अपने छोटे भाई के विवाह में सम्मिलित होने के लिए कहा। पद्मकान्त को विशेष रूप से कहा, "एक-दो दिन पहले आ जाइयो। बहुत सा काम सिमटवाना और निपटाना पड़ेगा।"

मुझसे बोले, "धन्या जी! आप भी आना। ज़रूर आना। पद्मकान्त तो आएगा ही। उसी के साथ, चली आना।"

"क्यों?" मैं पद्मकान्त के साथ ही क्यों आऊँ? इनके साथ क्यों नहीं", मैंने थोड़ा सा आक्रोश से कहा।

"कुछ भी कारण समझ लीजिए परन्तु भाई साहब नहीं आएँगे। अगर इनके साथ ही विवाह में आने की हठ है तो फिर धन्या जी, पद्मकान्त और किसी को भी विवाह में आने की आवश्यकता नहीं है," यह कहकर वे वहाँ से उठकर बिना किसी से राम-राम, श्याम-श्याम किए अपने घर के लिए निकल लिए।

***

इक्कीस

सहसा घटित इस अप्रत्याशित घटना से कुछ पलों के लिए तो वहाँ सन्नाटा पसर गया। हम सबकी भी स्थिति ऐसी हो गई जैसे कि सबको साँप सूंघ गया हो। धीरे-धीरे असहज हुए वातावरण की चेतना लौटी। फिर भी, हममें से कोई भी, इतना चैतन्य न हो पाया कि इस घटना-विस्फ़ोट पर कोई सक्षम टिप्पणी कर सके। हाँ, मुझे तो बुरा लगा ही परन्तु ये साढ़ू के हाथों हुए इस अपमान के दंश को न तो सहन कर पाए और न उसे भूल ही पाए। इस घटना की टीस कई मास तक इनको सालती रही और इसीलिए 'ये' मेरे पीहर के प्रति असहज और उदासीन ही बने रहे। ससुराल की चौखट पर तात्कालिक अकारणावस्था में हुए अपने अपमान से ये तिलमिला उठे; सहज ही इसे स्वीकार न सके। तुरन्त ही साइकिल उठाई और मुझे साथ ले इन्होंने घर की ओर कूच कर दिया।

सारे रास्ते भर साइकिल पर बैठे-बैठे मैं कारण की जड़ में जाने का जितना भी प्रयत्न करती, उतनी ही उलझती जाती थी। इनके मन-मस्तिष्क में क्या चल रहा था यह मैं इसलिए भी नहीं जान पाई क्योंकि साइकिल के कैरियर पर बैठे होने के कारण एक-दूसरे के मुख को देख पाना दोनों में से किसी के लिए भी सम्भव नहीं था। हाँ, इतना आभास इनके विषय में मुझे हो पाना कि इनके मन में गहरी उथल-पुथल मची हुई है, इसलिए सम्भव नहीं हो पा रहा था क्योंकि समूचे मार्ग भर एक भी शब्द इनके मुँह से नहीं निकला था।

घर पहुँचकर हमने अपने-अपने परिधान बदले। मैंने दूध गर्म किया और दोनों ने पीना प्रारम्भ कर दिया। दूध पीते समय भी ये कहीं खोए-खोए से थे और मैं यदा-कदा कनखियों से इनकी ओर देख लेती थी।

"तुम्हारी, ओमा से या उसके पतिदेव से कभी भी कोई कहन-सुनन या गर्मी-नर्मी तो नहीं हुई," इनकी ओर से अचानक ही मेरी ओर प्रश्न उछला।

"नहीं तो," मैंने संक्षिप्त सा उत्तर दिया।

"तो आज यह कुछ उखड़ा-उखड़ा सा क्यों था," इनका प्रश्न था।

"आज तो कुछ नहीं हुआ। हाँ, जब हम ओमा के नन्देऊ के घर रात को ओमा के कमरे पर रुके थे तो ओमा ने अपने प्रति नन्देऊ की कुदृष्टि के विषय में आपको बताया था न? और उसके प्रति आक्रोश तथा असंतोष व्यक्त करते हुए आपने भी ओमा के घर वाले से अपना विरोध प्रकट किया था जिसको लेकर उन जीजा-साले और सलहज के बीच जमकर वाक्युद्ध हुआ था। उसके परिणामस्वरूप ओमा के पतिदेव ओमा को अपने माता-पिता के पास गाँव में छोड़ आए थे। आज उनके

मन की वही खुंदक सम्भवतः ज्वालामुखी का लावा बनकर फूट पड़ी है यह अवसर पाकर; ऐसा मुझे लगता है।"

"तो ओमा के पति के कान खींचकर मैंने क्या अनुचित किया था भई? कितना निर्लज्ज व्यक्ति है वह, कि सौ-दो सौ रुपए कमरे का किराया बचाने के लिऐ उसने अपनी पत्नी का पतिव्रात्य तक उसकी इच्छा जाने बिना अपने जीजा के हाथों सौंपने का निकृष्ट निर्णय ले लिया। उसने तो उन मुसलमानों को भी पीछे छोड़ दिया जो अपनी जीवन संगिनी को अपने अन्य सम्बन्धियों के साथ हलाला (सहवास) करने के लिए सहर्ष अनुमति दे देते हैं। मेरा विरोध इसलिए भी था कि ओमा को मैंने अपने विवाह के समय उसकी छोटी सी वय से देखा है। मुझसे अचानक ही यह सब सहन नहीं हो पाया," उन्होंने अपने मन की व्यथा की परतें खोल दीं।

मैं चाहकर भी उनकी इस प्रतिक्रिया के पक्ष-विपक्ष में कुछ नहीं बोल पाई।

वे आगे बोले, "मुझे तो दुख इस बात का और भी अधिक है कि तुम्हारी माँ और पिता जी ने इतनी बड़ी बात को छिपाकर रखा ही कैसे? और, आज जो कुछ भी तुम्हारे जीजा जी ने कहा-किया, उसका न तो उन्होंने विरोध किया और न कोई आपत्ति ही की। लग रहा था कि दोनों दामादों के टकराव को टालने या रोकने की उनकी कोई इच्छा ही नहीं थी। वे छोटे जमाई के हाथों बड़े जमाई को अपमानित होते देख निःस्पृह बने रहे; मौन धारण किए रहे। उसे रोका-टोका तक भी नहीं। कहीं ऐसा तो नहीं कि ऊपर की कमाई वाले छोटे जमाई की तुलना में नपी-तुली कमाई वाले इस शिक्षक दामाद का मूल्य और महत्त्व अब उनकी दृष्टि में घट गया हो?"

यह सुनकर मुझे दुख तो बहुत हुआ लेकिन इस समय पक्ष-विपक्ष में कोई भी टिप्पणी करना उनकी क्रोधाग्नि में घी डालने के समान था। इसीलिए मैंने मौन साधे रखना ही श्रेयस्कर समझा और मैंने मौन ही धारण किए रखा।

लेकिन, मेरे मौन का तो उलटा ही प्रभाव हुआ। वे फटे पड़े, "ग़लत का तुम भी क्यों विरोध करने लगी भला"? वे तुम्हारे सगे माता-पिता जो ठहरे। उधर, तुम्हारा छोटा बहनोई तुम्हारी लाड़ली बहन का पति जो है। इस पूरे घटनाक्रम में, बस मैं ही तो अकेला हूँ बाहर का। 'बेगानी शादी में अब्दुल्ला दीवाना।' ठीक है! तुम जानो। तुम्हारे पीहर वाले जानें। जैसा ठीक लगे वैसा करो। आगे से, मुझसे कुछ भी पूछने या बताने की कोई आवश्यकता नहीं है अपने पीहर के या पीहर वालों के बारे में। मुझे अब नहीं जाना वहाँ। जब तुम्हारी इच्छा हो, जितने दिन के लिए भी हो, अपने पीहर में जाओ या रह जाओ। यहाँ से कोई रोकने-टोकने वाला नहीं है तुम्हें। बत्ती बन्द करो और चुपचाप सो जाओ," कहकर वे दीवार की ओर मुँह करके सो गए।

इतना रौद्र रूप तो मैंने, इनका उस दिन से पहले कभी भी नहीं देखा था। उनका यह अवतार मुझे अन्दर तक हिला गया; कँपा गया। मैंने इस समय कुछ भी न बोलना ही अधिक उचित समझा। मुझे भी लग रहा था कि जहाँ ओमा और ओमापति ने इस समय अशोभनीय और अक्षम्य व्यवहार किया था वहीं मेरे माता-पिता ने भी अपनी समुचित निर्णायक भूमिका का निर्वाह करने में परिपक्वता और सामाजिक कौशल का उपयोग नहीं किया था जिससे यह ध्वनित हो रहा था कि उनकी भी प्राथमिकताएँ बदल गई हैं और उनका झुकाव, लगाव व रुझान अपने छोटे दामाद के प्रति अधिक हो गया है क्योंकि उसने दो नम्बर की कमाई से गाँव में कई बीघे खेती की ज़मीन ख़रीद ली है। कच्चा मकान, पक्का करवा लिया। बैलों की जगह अब ट्रेक्टर से खेती करनी प्रारम्भ कर दी थी और साइकिल से ड्यूटी जाने वाले व्यक्ति ने आजकल राजदूत मोटरसाइकिल की सवारी करनी प्रारम्भ कर दी थी।

इस सारी चकाचौंध ने ओमा की भी सोच और मानसिकता को बदल दिया था। अब वह एक कस्बाई भावुक और सम्वेदनशील बहन के स्थान पर तथाकथित व्यावहारिक और सांसारिक महिला बन चुकी थी। अब सांसारिक सम्बन्धों को हानि-लाभ की तुला पर अच्छी तरह तोलना उसे भी आ गया था। भगवान ने उसकी गोद भी भर दी थी। दो सुन्दर चंचल शिशु उसके आँगन की शोभा बढ़ा रहे थे। इससे भी उसके अहंकार का पारा दिन दूना, रात चौगुना बढ़ता ही जा रहा था। इस समय, मेरे 'इनके' द्वारा समय-समय पर दोहराई जाने वाली एक उपयुक्त और सटीक उक्ति मेरे मस्तिष्क में घूम रही थी, "प्रभुता पाए काहे मद नाहीं।"

मेरी आँखें डबडबा आईं। गला रुंध गया। रुलाई फूट निकली। लेकिन, मैंने अपने मुँह में धोती का पल्ला ठूँस लिया जिससे कि आवाज़ कंठ में ही दबी रह जाए और इनकी नींद न टूट जाए, बशर्ते कि ये सो रहे हों। हालाँकि, ऐसी तनावपूर्ण और विषम परिस्थितियों में किसी को भी नींद का आ जाना स्वाभाविक कैसे हो सकता है? इसी असमंजस की स्थिति में पलंग को हिलाए बिना ही मैंने बत्ती बन्द कर दी और दूसरी ओर करवट लेकर लेट तो गई परन्तु, नींद? नींद तो लगता है कि आँखों से सम्भवतः रूठ ही गई थी। वह कोसों दूर थी मेरी आँखों से।

विवाहोत्तर जीवन की एक-एक घटना, चलचित्र पट्टी की भाँति मेरे मन की आँखों के आगे तैरने लगी। विवाह की विदाई के समय से लेकर अब तक की प्रत्येक घटना स्पष्ट दिखाई पड़ रही थी। स्मृति के ढक्कन खुलते रहे और घटनाएँ फुदक-फुदक कर बाहर आती रहीं। उनमें से एक 'प्रमुख घटना' ऐसी भी रही जो मुझे आज भी कचोटती है कि मैंने उसका ख़ुलासा उसी दिन क्यों न कर दिया, जिससे कि अपराध बोझ को आज तक भी ढोना तो न पड़ता।

***

वह ‘प्रमुख घटना’ कुछ इस प्रकार थी कि विवाह के कुछ दिन बाद पता लगा था कि बाबू जी की अंगूठी नहीं मिल रही है। कहीं घर में ही खो गई थी। ख़ूब ढूँढा-भाली की। जहाँ आशा या सम्भावना नहीं थी वहाँ भी खोजबीन की। यह अभियान पूरा सप्ताह भर चलता रहा परन्तु सफलता हाथ नहीं लगी। धीरे-धीरे मामला शान्त हो गया और बात भी आई गई हो गई। सभी इस घटना को भूल गए।

सर्दियों का मौसम था। सवेरे के समय, चौक में झाड़ू लगाने के लिए निकली तो मुझे कुछ ठण्ड सी लगी। मैं वापस कमरे में आई। सन्दूक़ खोला। उसमें से एक जर्सी निकालकर पहनी और बाहर आँगन में चली आई झाड़ू लगाने। मैंने अभी दो-चार बार ही झाड़ू लगाई थी कि ‘टक’ से कुछ गिरने की आवाज़ आई। भोर के अँधेरे में मैंने चारों ओर दृष्टि घुमाई, परन्तु कुछ भी न दिखा। तभी, पड़ोस वाली ननद अपने घर के किवाड़ खोलकर बाहर निकल आई। हाथ में झाड़ू लिए और चारों ओर कुछ खोजते हुए मुझे देखकर बोलीं, “राम राम भाभी! कुछ खो गया क्या?”

“जय राम जी की! नहीं, कुछ नहीं खोया। मुझे कुछ गिरने की आवाज़ सी आई थी तो मैं वही देख रही थी। परन्तु कुछ मिला ही नहीं,” कहकर मैंने झाड़ू फिर से लगानी प्रारम्भ कर दी और फिर झाड़ू लगाकर मैं घर के अन्दर चली गई। मैंने अन्दर से साँकल लगा ली। झाड़ू रखकर मैंने हाथ धोए और जर्सी उतार कर तह की।

इतनी ही देर में साँकल खड़की। जरसी वहीं छोड़ मैं साँकल खोलने लपकी कि इतनी देर में सासू-माँ ने साँकल खोल दी। देखा तो वही पड़ोसन ननद खड़ी हुई मुस्कुरा रही थी। “ताई जी राम राम! सुबह-सुबह ही तुम्हारे लिए शुभ समाचार है कि आज से कई महीने पहले ताऊ जी की जो अंगूठी खो गई थी न, वह मिल गई है,” कहकर उन्होंने वह अंगूठी सासू माँ के हाथों में थमा दी। यह देख-सुनकर तो मेरी साँसें मेरे हलक़ में ही अटक गईं।

“हैं!” सासू माँ का मुँह खुला का खुला रह गया। उन्हें विश्वास ही नहीं हो रहा था। वे बार-बार अंगूठी को निहार रही थीं या कभी-कभी पड़ोसन को देख लेती थीं। प्रसन्नता के कारण उनका गला रुंध गया और आँखों की कोर सजल हो आईं।

उधर मेरा गला सूख रहा था। मैं भगवान से विनती कर रही थी कि इस समय इन दोनों में लम्बी बातें न हों जिससे कि यह ख़ुलासा हो जाए कि अंगूठी कहाँ, कब और कैसे मिली। भगवान ने मेरी सुन ली। पड़ोसन की माँ ने आवाज़ देकर उसे अन्दर बुला लिया और उनके घर की कुन्डी बन्द हो गई। प्रसन्नता के कारण सासू माँ का चेहरा दमक रहा था। मैंने बनावटी मुस्कान तो बिखेर दी परन्तु, अपराधबोध के कारण सासू माँ से तो क्या किसी से भी आँखें नहीं मिला पा रही थी। ऐसे में मुझे

इनके द्वारा कई बार कहा गया उर्दू का एक शेर स्मरण हो आया:

"बड़ी मुश्किल से सामने होती है गुनाहगार की आँख।
वे आँखें मिलाएँ भी आख़िर तो मिलाए क्यों कर॥"

और अंततः, भगवान की कृपा से उस दिन यह मामला, बिना किसी बखेड़े के समाप्त हो गया, और बात आई-गई हो गई।

***

एक दिन, हम दोनों दोपहर को बैठे चाय पी रहे थे कि तभी हमारे घर का दरवाज़ा खटका। कप नीचे रखकर मैंने दरवाज़ा खोला। सामने उषा खड़ी थी, चेहरे पर मुस्कान और हाथ में मिठाई की तश्तरी लिए हुए। दरवाज़ा बन्द कर हम दोनों अन्दर आ गए।

"अरे! उषा जी! आप! क्या सुखद आश्चर्य है! चलिए। अच्छे समय पर पधारी हैं। आपके साथ चाय पीने का अच्छा अवसर मिला है आज।" इन्होंने कहा। इनकी बातें चल ही रही थीं, इतनी देर में मैंने चाय उषा के लिए भी कप में परोस दी। हम तीनों नीचे गद्दे पर बैठे चाय पी रहे थे। हम सबने चाय की एक-एक चुस्की ली थी कि उषा ने तीनों के बीच गद्दी पर रखी मिष्ठान और नमकीन की तश्तरी उठाकर हमारे सामने कर दी।

इन्होंने उषा के हाथ से तश्तरी लेकर पहले उषा की ओर बढ़ाई, "लीजिए उषा जी! आप पहल कीजिए। साथ ही, यह भी बताइएगा कि किस प्रसन्नता में है यह मिठाई? कहीं, आपके विवाह की बात तो पक्की नहीं हो गई है? यदि, ऐसा है तो शुभकामनाएँ।" बर्फ़ी उठाकर उन्होंने उषा को दी।

सकुचाते और लजाते हुए उषा ने बर्फ़ी का टुकड़ा हाथ में ले लिया और मुस्कुराते हुए बोली, "नहीं ऐसा कुछ नहीं है। दीदी की पंजाब स्थित ससुराल में एक आयोजन था। दीदी ही मिठाई लेकर आईं थी वहाँ से। मैंने सोचा कि आपका मुँह तो मीठा करा ही दिया जाए साथ ही आपसे इस बहाने भेंट भी कर ली जाए क्योंकि आपके आने के दिन से लेकर आज तक की यह हमारी पहली भेंट है। भाभी जी से तो पहले दिन ही भेंट हो गई थी। उसके बाद भी कई बार हमारा मिलना-जुलना हो चुका है। रही, जहाँ तक मेरे विवाह के पक्के होने की बात; तो जो कुछ भी होगा आपकी और भाभी जी की जानकारी के भीतर ही होगा," कहकर वे आँखों ही आँखों में मुस्कुरा पड़ीं।

ये बोले, "उषा जी! कुछ अपना परिचय भी तो दीजिए। शिक्षा कहाँ से, कब तक और कितनी प्राप्त की है? अब क्या कर रही हैं और भविष्य में क्या करने की इच्छा है?"

"मैंने दिल्ली विश्वविद्यालय से बी.ए किया है। उससे पहले हिंदी का टाइप और शॉर्ट हैण्ड सीखा था। स्कूली शिक्षा यहीं दिल्ली से प्राप्त की है। टाईप-शॉर्ट हैण्ड की सरकारी परीक्षा इसी वर्ष उत्तीर्ण की थी। भविष्य में विचार नौकरी करने का है। सरकारी मिल जाए तो सर्वोत्तम अन्यथा निजी मिल जाएगी तो वह भी चलेगी।" उषा ने उत्तर दिया। फिर बोली, "आपके विषय में तो पूछताछ करना ही व्यर्थ है क्योंकि आप ठहरे सरकारी शिक्षक। आप तो वैसे भी शिक्षित-प्रशिक्षित होंगे ही। हाँ, भाभी जी के बारे में बताइएगा।"

उषा की बात सुनकर हम दोनों ने एक-दूसरे की ओर इस आशय से देखा कि उषा को उत्तर कौन देगा। बिल्ली के गले में घंटी कौन बाँधेगा? अन्ततः उन्होंने गेंद मेरे पाले में ही डाल दी जिससे कि मुझे ही उत्तर देने को विवश होना पड़ा। मैं बोली, "मैंने जो भी शिक्षा प्राप्त की अपने विवाह से पहले ही अपने पीहर से प्राप्त की..."

उन्होंने मेरी बात बीच में ही लपक ली, "उषा जी! हर काम संपन्न होने का कोई समय निर्धारित होता है। साथ ही यह भी निर्धारित होता है कि उस कार्य को संपन्न कौन कराएगा? यह बताइए कि अपनी भाभी जी के लिए क्या आप कुछ समय निकाल सकेंगी? मैंने इनको पत्राचार विद्यालय से हायर सैकेन्डरी पाठ्यक्रम के लिए प्रवेश दिला रखा है। सभी विषयों की अध्ययन सामग्री इनके पास उपलब्ध है। आपने तो इनकी बस परीक्षा की तैयारी करानी है। स्पष्ट कहूँ तो आप, इनको कल से ही ट्यूशन पढ़ाना चालू कर दीजिए। फ़ीस की आप चिन्ता मत कीजिए। निस्संकोच बता दीजिएगा। कहिए स्वीकार है न?"

उषा जी ने कुछ देर सोचा और फ़िर अपनी सहमति दे दी। यह तय पाया कि प्रातःकालीन गृहकार्य निपटाने के बाद दोपहर के सत्र में पढ़ने-पढ़ाने का कार्य संपन्न हो जाया करेगा।

***

एक दिन इनके बहुत पुरारे मित्र शाम को घर आए। ये, वहाँ तो प्रायः आते ही रहते थे जहाँ मैं विवाहिता के रूप में पहली बार आई थी। हाँ, लक्ष्मी नगर में दूरी के कारण इनका आना-जाना कम हो गया था। यहाँ के बारे में जब अम्माँ और बाबू जी से इनको पता लगा तो ये हमसे मिलने के लिए यहाँ भी चले आए। मकानों की अवस्थिति, मानचित्र और भूदृश्य आदि इनको बहुत ही अच्छे लगे। सबसे अच्छा जो उनको यहाँ लगा, वह था यहाँ का शान्त वातावरण और ध्वनि तथा धुआँ प्रदूषण की अनुपस्थिति। भोजनादि से निवृत होकर ये मित्र विवेक विहार रेलवे स्टेशन से दिल्ली-किशनगंज स्थित अपने घर के लिए रवाना हो गए।

रह रहकर मुझे यदा-कदा अपने पीहर का स्मरण हो आता था। माँ और पिता जी से मिलने का बड़ा मन करता था। परन्तु ओमा वाले उस दिन के प्रकरण

के पश्चात् से मैं मन नहीं बना पा रही थी और न ही साहस जुटा पा रही थी इनसे अनुमति लेने की कि मैं अपने पीहर हो आऊँ। अतः जब ये स्कूल चले जाते या पूरे दिन के लिए किसी सम्बन्धी के घर, किसी आयोजन में चले जाते तो मैं रिक्शा पकड़कर समय और सुविधा के अनुसार दो चार घंटे के लिए अपने पीहर चली जाती और इनके घर वापस लौटने से पहले-पहले ही अपने घर झिलमिल वापस लौट आती थी। यह क्रम चल तो रहा था लेकिन मेरे लिए समस्या मूलक भी उतना ही था। मेरे चोर-मन में सदैव यह भय बना ही रहता था कि जिस दिन यह भेद खुल गया तो उस दिन क्या हंगामा बरपेगा?

***

हमारे पड़ोस में रहने वाले एक विद्युतकर्मी (डेसू कर्मचारी) ने शाम को आठ बजे हमारा दरवाज़ा खटखटाया। इन्होंने दरवाज़ा खोला और मुस्कुराते हुए बोले "आइए! आइए! बाबूलाल जी! आज कैसे रास्ता भूल गए हमारे घर का? कैसे याद आ गई इतने दिनों बाद? शकरपुर में तो आप पड़ोसी थे ही, यहाँ भी तो पड़ोसी ही हैं। आपको ध्यान रहे वहाँ आपका घर तीसरी गली में था तो प्रायः प्रतिदिन मिलना-जुलना हो जाया करता था परन्तु यहाँ तो हमारे घरों के बीच एक छोटी सी डेढ़ ईंट की दीवार ही है। आपसे इतना भी न हुआ कि किसी दिन एक पुराने पड़ोसी के नाते ही सही, कम से कम मिलने ही आ जाते। यदि, आप मिलने नहीं आ सकते थे तो कम से कम चाय पर हमें ही बुला लेते।"

अभी इनकी बात पूरी नहीं हुई थी कि दरवाज़ा एक बार पुनः खटका। इन्होंने दोबारा से दरवाज़ा खोला तो सामने एक श्यामवर्णा को खड़े पाया। उनको भी इन्होंने भीतर आने का आमंत्रण दिया। दरवाज़ा बन्द कर ये भी उनके पीछे-पीछे आ गए।

श्यामवर्णा की दृष्टि पहले से ही उपस्थित सज्जन पर पड़ी, "अरे! तुम यहाँ बैठे हो? तुम्हारी आवाज़ सुनकर तो मैं घर से बाहर निकली, पर तुम तो गली में थे ही नहीं। फिर, मैंने कान लगाकर सुना तो यहीं से आवाज़ आ रही थी। इसलिए, फिर मैं भी यहाँ ही चली आई।"

"आओ! आज भाई साहब आए हैं तो पीछे-पीछे तुम भी चली आई हो। नहीं तो, इन फ़्लैटों में आने के बाद से आज तक कभी तुम्हारा आना ही नहीं हुआ। कभी कुशल-मंगल भी नहीं पूछा," मैंने उलाहना दिया।

"मास्टर जी! मैं तो आपको आपकी बदली की बधाई देने आया था। आपकी इस बदली का मुझे तो शकरपुर के एक मास्टर जी से पता लगा था। अब आपको इतना दूर नहीं जाना पड़ेगा साइकिल से अपने स्कूल," डेसूकर्मी ने मुस्काते हुए कहा।

उन्होंने चाय बनाने का संकेत किया। थोड़ी ही देर में चाय-नमकीन और बिस्कुट हम सबके बीच में थे। हमारी बातचीत के बीच संयोगवश ओमा के पतिदेव की चर्चा निकल चली।

हमारे पड़ोसी ने व्यंग्य करते हुए कहा, "अरे! उसकी बात कर रहे हो वह तो सबसे अधिक बदनाम लाइनमैंनों में से एक है। थोड़े ही समय में बेईमानी की कमाई से बहुत सारे प्लॉट और गाँव में कई एकड़ ज़मीन भी ख़रीद ली है। विभागीय अनुशासनात्मक कार्यवाइयाँ भी इसके विरुद्ध चल रही हैं। लेकिन वहाँ भी ले-देकर मामले रफ़ा-दफ़ा करवा लेता है। बड़ी चालू चीज़ है। पर, आप कैसे जानते हैं उसे," बाबू लाल जी ने पूछा।

इससे पहले कि मैं उन्हें बताती कि वे मेरी छोटी बहन के पति हैं उन्होंने ही बात सम्भालते हुए कहा, "कुछ भी तो नहीं। असल में हमारे विद्यालय में कुछ व्यक्ति उसके बारे में बातें कर रहे थे। मैंने सुना तो सोचा कि आप भी तो इसी विभाग के कर्मचारी हैं इसीलिए इनकी 'जन्मचरित्री' को खंगलवाने के लिए ही आपसे बात छेड़ी थी। चलिए। और कोई नई बात?"

"नई बात क्या? जिसके लिए आया था वह बात तो अधूरी ही रह गई।... बधाई। आपको आपके स्थानांतरण की। मिठाई कब खिला रहे हैं?" बाबूलाल जीने कहा।

"अरे! मिठाई की क्या बात है? जब कहेंगे और जो कहेंगे वही खाने को मिल जाएगी", अभी इनकी बात पूरी हुई भी नहीं थी कि मैं उठकर टाँड के ऊपर रखा उषा का लाया मिठाई का डिब्बा ले आई और इनके हाथों में थमा दिया। इन्होंने वह डिब्बा बाबूलाल और उनकी पत्नी के सामने करते हुए उनसे मिठाई लेने का आग्रह किया," लो, मिठाई भी लो।"

"आपने कोई जिन्न पाल रखा है या अलादीन का जादुई चिराग़ है आपके पास कि मुँह से इच्छा बाहर निकली कि, जो हुकुम मेरे आका! की घोषणा करते हुए मन की मुराद पूरी," बाबूलाल की पत्नी बोलीं।

उत्तर में सभी का समवेत ठहाका गूँज उठा।

धीरे-धीरे इनकी सामाजिकता बढ़ने लगी। लोगों का आना-जाना, इनका सभी से मिलना-जुलना, वाद-विवाद में मध्यस्थता करना, सामाजिक लड़ाई-झगड़े और पारिवारिक कलह-क्लेश सुलझाने में सहायता करना, आए दिन का काम हो गया था इनका। कॉलोनी से सम्बन्धित सभी नागर समस्याओं की शिकायतें लेकर भी लोग इनके पास आने लगे। परिणामस्वरूप इन्होंने सभी के सहयोग-सहायता से एक 'आवासीय कल्याण परिषद' की स्थापना कर दी। तीन सौ आवासीय इकाइयों

ने इन्हें प्रधान नहीं चुना क्योंकि उनकी दृष्टि में यह आलंकारिक पद था जबकि सारी कार्यकारी शक्तियाँ केवल महासचिव के पास ही होती हैं। अतः सर्वसम्मति से इन्हें 'महासचिव' निर्वाचित घोषित कर दिया गया तो इनकी व्यस्तता और भी अधिक बढ़ गई। प्रातः पाँच बजे उठना, नहा-धोकर पढ़ने के लिए ग़ाज़ियाबाद जाना। वापस लौटते समय घर-गृहस्थी का सामान जुगाड़ना। वहाँ से लौटकर विद्यालय जाना। घर लौटते ही घर पर आए छात्रों और उनके अभिभावकों की शिकायतों-समस्याओं का निराकरण करना। देखते-देखते इनकी दिनचर्या व्यस्त से व्यस्ततम श्रेणी में आ पहुँची थी। इनकी बढ़ती लोकप्रियता देखकर अच्छा तो लगता था। मन गर्व-भाव से भी भर जाता था। परन्तु, सबको समय देने वाले के पास मेरे लिए समयाभाव था। मुझे अज्ञात भय, दंश करने लगा था। मुझसे इनके छिन जाने की कल्पनाप्रसूत आशंका, मुझे भीतर तक हिला देती थी। लगता था कि मेरे भीतर कहीं न कहीं असुरक्षा-भाव कुलबुलाने लगा है। इनके प्रति महिला अभिभावकों में बढ़ती लोकप्रियता भी मेरे भीतर सौतिया डाह जगाने लगी थी।

हमारी कॉलोनी से लगती एक सम्पन्न परिवारों की बस्ती थी जिसमें दो सौ ग़ज़ से लेकर बड़े परिमाप के आवास थे। नई-नई विकासशील बस्ती होने के कारण दूर-दूर तक कोई भी निजी विद्यालय अभी यहाँ अस्तित्व में नहीं आ पाया था। इसीलिए, यहाँ के सम्भ्रान्त परिवारों के बच्चे-बच्चियाँ भी यहाँ स्थित स्थानीय निकाय के और राजकीय विद्यालयों में ही शिक्षा प्राप्त कर रहे थे। इसी विकासशील बस्ती में एक अग्निहोत्री परिवार भी था, जिसमें पिता एक उच्च पदासीन अभियंता थे और माँ उच्चशिक्षित गृहिणी थीं। इनका इकलौता बच्चा भी अपने माता-पिता के व्यक्तित्व की साक्षात प्रतिकृति था। एक आकस्मिक संयोग यह भी था कि वह अग्निहोत्री बच्चा इनकी ही कक्षा का छात्र था।

एक दिन सायं के समय हम दोनों घर में बैठे हुए थे। ये अपनी आने वाली परीक्षा की तैयारी के लिए पुस्तक अध्ययन कर रहे थे और मैं चाय बनाने की तैयारी कर रही थी। तभी दरवाज़ा खटकने की आवाज़ आई। स्टोव के सामने से उठते हुए मैंने साड़ी का पल्लू अपने सिर पर लिया और दूसरा पल्ला कमर में खोंसा तथा चली गई किवाड़ खोलने के लिए।

किवाड़ खोले तो सामने मिठाई का डिब्बा हाथ में थामे एक सुकुमार को खड़े पाया। साथ ही एक लावण्यमयी सुडौल रूपसी भी खड़ी हुईं थीं। उनके पहनावे और व्यक्तित्व से वे महिला अपनी कॉलोनी से बाहर की ही वासिनी लग रहीं थीं। उन्हें देख मैं कुछ पल के लिए तो ठगी सी रह गई। परन्तु तुरन्त ही मैं चेतनावस्था में लौट आई।

"जी कहिए," मैंने कहा।

महिला ने बड़े ही मधुर स्वर में धीमे से पूछा, “शर्मा जी यहीं रहते हैं?”

“कौन शर्मा जी?” जिज्ञासावश मैंने पूछा।

“वे ही, जो कॉलोनी के छोटे बच्चों वाले स्कूल में पढ़ाते हैं,” वे बोली।

अभी मेरे मुख से “जी!” निकला ही था कि पीछे से इनकी आवाज़ आई “अरे! मैडम अग्निहोत्री! आइए, आइए! स्वागत है आपका।”

इतना सुनते ही दरवाज़ा छोड़, मैं भीतर आ गई। मेरे पीछ-पीछे वे दोनों माँ-बेटे और कुन्डी लगाकर उनके पीछे ये चले आए। आते ही, इन्होंने पलंग पर फैली अपनी पुस्तकें सहेज कर सिरहाने रख दीं और कुछ ही दिन पहले ख़रीदी गईं फ़ोल्डिंग मेज़-कुर्सियाँ बिछा दीं। कहने की आवश्यकता नहीं कि यह अनौपचारिक आगमन, मात्र शिष्टाचार भेंट थी। मुझसे उनका और उनसे मेरा पारस्परिक परिचय हुआ। चाय-पान हुआ और सामान्य बातें हुईं। अन्त में चलते समय वे इनसे बोलीं, “आपसे स्कूल में मैंने कई बार अनुरोध किया है कि आप अपनी धर्मपत्नी के साथ कभी हमारे घर चाय पर अथवा भोजन पर पधारें। पर, आप समय ही नहीं निकाल पाए तो मैंने सोचा कि क्यों न आपके घर आकर आपकी श्रीमती जी के सम्मुख ही आपको आमंत्रित, किया जाए और उनके माध्यम से ही आपके द्वारा निमंत्रण स्वीकृति हेतु सिफ़ारिश की जाए,” यह सुनकर सभी हँस पड़े और, “अवश्य आएँगे”, कहकर मैं उन्हें दरवाज़े तक छोड़ने गई। ये उन्हें कॉलोनी के बाहर तक छोड़ने चले गए क्योंकि अँधेरा हो गया था और बीच में कुत्ते भी समस्या खड़ी कर देते थे। यद्यपि इन दोनों के एक-दूसरे के प्रति व्यवहार में मुझे कुछ भी आशंकित करने वाला दिखाई नहीं दिया परन्तु न जाने क्यों, मैं स्वयं को सहजावस्था में नहीं पा रही थी।

***

एक दिन, किशनगंज वाले इनके मित्र इनके पास स्कूल में आ धमके। उनकी नवविवाहिता विदा होने के बाद रहने के लिए जहाँ गई थीं वहाँ के गृहस्वामी की अपने प्रति दुरासक्ति और मानस को भाँपकर वे किसी सुरक्षित स्थान पर जाना चाहती थीं। इनके मित्र ने स्थानाभाव की समस्या बताकर मेरी सासू माँ का न केवल विश्वास ही जीत लिया बल्कि हमारे बराबर वाले बाबू जी के आवास की चाभी भी प्राप्त कर ली। किसी अपने का साथ मिलने का सुन मुझे भी बहुत अच्छा लगा।

उससे एक सप्ताह बाद, शनिवार को वे घर की साफ़-सफ़ाई-धुलाई आदि कर गए। उसके अगले दिन रविवार को हम अभी आलस्य में ही थे कि वे अपनी गृहस्थी का सामान लेकर सवेरे-सवेरे आ धमके। हम चारों ने मिलकर घर का सामान यथोचित स्थान पर सजा दिया। बीच में चाय-बिस्कुट का नाश्ता चला।

सभी कार्यों से निवृत होकर उन पति-पत्नी ने स्नानादि व पूजा-पाठ आदि का नैत्यक निर्वाह किया। उसके पश्चात दोनों परिवारों ने मेरा पकाया सामूहिक भोजन किया। भोजनोपरान्त हम सभी बतियाते रहे। साँझ को हमारा चाय-पानी का कार्यक्रम चल ही रहा था कि अचानक कोने पर रहने वाली उषा भी आ गई और उसने भी नवागन्तुक परिवार से परिचय प्राप्त कर निकटता बढ़ाने का मार्ग आसान कर लिया।

धीरे-धीरे नवागंतुक मित्र-परिवार और हम, घी-खिचड़ी हो गए। गली-मुहल्ले में एक मत स्थापित हो गया था कि मास्टर जी और नवागन्तुक तो आपस में केवल मित्र हैं जबकि दोनों की पत्नियाँ, सगी बहनें हैं। इसीलिए, ये दोनों प्रायः साथ-साथ ही रहती हैं। सवेरे-शाम दूध लेने, बाज़ार से शाक-सब्ज़ी तथा अन्य सामान लेने भी ये साथ-साथ ही जाती हैं। मास्टर जी और इनके मित्र भी प्रगाढ़ सम्बन्धी हैं। हो सकता है कि ये एक-दूसरे के साढ़ू ही हों तभी तो एक साथ आना-जाना, उठना-बैठना और खाना-पीना होता रहता है।

नवागंतुक मित्र को ये त्रिवेदी जी कहते थे और मैं उनको भाई साहब कहती थी क्योंकि ये, त्रिवेदी जी से आयु में छोटे थे। त्रिवेदी जी की पत्नी आयु में भले ही मुझसे छोटी थीं परन्तु ज्येष्ठ-पत्नी होने के नाते वे मेरा नाम लेकर संबोधन करती थीं और मैं उन्हें दीदी कहकर बुलाती थी। हम दोनों परिवारों का एक दूसरे के घर किसी भी समय बे रोक-टोक आना जाना होने लगा। औपचारिकता और संकोच की कड़ियाँ धीरे-धीरे करके टूटने लगी थीं।

त्रिवेदी जी तो अधिकांशतः इनकी उपस्थिति में ही हमारे घर आते थे। लेकिन, हमारे ये तो इतने सहज हो गए थे कि त्रिवेदी जी की उपस्थिति-अनुपस्थिति की चिन्ता किए बिना ही कभी भी मुंह उठाकर उनके घर चले जाते थे। एक दिन यदि ये नहीं भी जाते थे तो दीवार पार से बुलावा आ जाता था, "भाई साहब! कहाँ रह गए? नाराज़ हो गए क्या? चाय पी लीजिए आकर, अम्माँ भी याद कर रही हैं..." उनकी बात काटते हुए अम्माँ की आवाज़ आती है, "हो लल्ला हो! कहाँ रह गए? अम्माँ की याद नहीं आउत है का? आ जाओ, चाय ठण्डाय रई ऐ।"

और ये तुरन्त ही खूँटा तुड़ाकर दौड़ जाते त्रिवेदी जी के घर पर और, मैं निरीह, बस इन्हें देखती भर रह जाती। अच्छा! गाँव से आई अम्माँ के बुलावे पर इस तरह चले जाना तो चलो उचित लगता है; स्वाभाविक लगता है परन्तु त्रिवेदी जी की श्रीमती के बुलावे पर भी रस्सी तुड़ाकर भाग पड़ना, मेरे मन में शंका उत्पन्न कर देता था कि इनके मन में कहीं उनके लिए अव्यक्त कोई आकर्षण/ लगाव तो नहीं पनप रहा है? साथ ही ऐसी भी आशंका होती थी कि कहीं 'आग तो नहीं है दोनों ओर, बराबर लगी हुई।' मेरी इस सोच के पीछे एक ठोस और मनोवैज्ञानिक कारण

यह था भी कि इन पत्नी-पति दोनों के बीच लगभग पन्द्रह वर्ष की छोट-बड़ाई का अन्तर था। उस दृष्टि से श्रीमती त्रिवेदी का भावनात्मक झुकाव इनके प्रति हो सकना बहुत ही स्वाभाविक और प्राकृतिक था परन्तु वह मेरे लिए बहुत ही अधिक हानिकारक और विनाशकारी भी हो सकता था यदि सचमुच में कहीं ऐसा हो गया होता तो।

उधर, समान आशंकाएँ अपनी पत्नी और मेरे इनको लेकर संभवतः त्रिवेदी जी के मन में भी कहीं न कहीं कुलबुलाती रहती थीं। इस बात को लेकर कुछ छोटी-मोटी चूकों को आधार बनाकर वे अपनी पत्नी से उलझ बैठते; झगड़ पड़ते। इतना ही नहीं, अपने क्रोध को नियंत्रित न कर पाने की स्थिति में कई बार वे अपनी पत्नी पर हाथ भी छोड़ बैठते थे। जिसके परिणामस्वरूप त्रिवेदी जी के चीखने-चिल्लाने और उनकी पत्नी के रोने और सुबकने की आवाज़ें अड़ोस-पड़ोस के घरों और पूरे मुहल्ले में स्पष्ट रूप से सुनाई पड़ जातीं थीं। उनके मन में घर कर चुकी हीन भावना ने भी इन घटनाओं में वृद्धि ला दी; निरन्तरता ला दी। भीतर ही भीतर वे इनसे कटने भी लगे और अव्यक्त दूरियाँ भी बनाने लगे थे।

अपने प्रगाढ़ मैत्री प्रेम की गहरी अनुभूति के कारण, त्रिवेदी जी में धीरे-धीरे आ रही अलगाव प्रवृत्ति को ये न तो पढ़ ही पाए और न समझ ही पाए जबकि मेरा मन, इस बदलाव का साक्षी बन रहा था। हाँ, चूँकि इनकी भी पैनी दृष्टि त्रिवेदी जी की इन अवांछित अमर्षपूर्ण घटनाओं पर टिकी हुई थी अतः इनकी स्वाभाविक सम्वेदना और सहानुभूतियाँ श्रीमती त्रिवेदी के पक्ष में बढ़ती ही जा रहीं थीं। हो सकता है कि इसी भावपक्ष को लेकर मैं, संभवत: श्रीमती त्रिवेदी के प्रति उनके रुझान, लगाव और एक पक्षीय प्रेम के रूप में ले रही होऊँ। और, हो सकता है कि ऐसी ही त्रिवेदी जी की भी सोच इनके प्रति बन रही हो।

***

अपने विवाह के तुरन्त बाद अपने पीहर की लड़कियों, नव विवाहिताओं और भाभियों के साथ इनके खुले हास-परिहास को पहले तो मैं, स्वाभाविक और परिस्थिति जन्य मानकर बड़े ही हल्के में ले लेती थी क्योंकि उस समय मैं अल्हड़ थी। हास-परिहास में छिपे उन गूढ़ार्थों-भावार्थों और मंतव्यार्थों से सर्वथा अनभिज्ञ थी, जो आज मेरी जानकारी में मणिभ-पारदर्शी हो चुके हैं।

कॉलोनी की अधिकांश महिलाओं व नवयौवनाओं के, जगदिखावे के लिए इनके प्रति सम्बोधन भले ही कुछ भी क्यों न होते हों लेकिन अधर-हास और चेहरे के भाव कुछ और ही चुगली करने लगते थे। इसलिए भी मैं शंकालु हो चली थी। मैं इन्हें अपनी आँखों से ओझल नहीं होने देती थी। ये जहाँ-जहाँ जाते थे पुछल्ले की भाँति मैं भी वहाँ पहुँच जाती थी।

इनको, यह व्यवहार बिल्कुल भी अच्छा नहीं लगता था। इन्होंने ऐसा न करने के लिए मुझे बहुत बार समझाया भी मना भी किया। पहले-पहल तो मैं मान भी जाती थी, परन्तु कुछ देर बाद फिर वही ढाक के तीन पात। कुत्ते की पूँछ की भाँति मैं फिर से टेढ़ी की टेढ़ी ही बन जाती थी।

धीरे-धीरे मेरा स्वभाव शंकालु होता चला जा रहा था। मेरे इस व्यवहार से वे स्वयं को बड़ा ही अपमानित, अविश्वसनीय और अपराध बोध से ग्रस्त समझने लगे थे। अब जरा-जरा सी बात पर तुनक जाना, आपे से बाहर हो जाना, झल्ला पड़ना और कठोर शब्दों का मेरे प्रति प्रयोग करना। इनके लिए सहज और सरल हो चला था।

कुछ दिनों तक तो मैं इस सबको हँसकर टालती रही। उसके बाद, मौन रहकर मामले को शान्त करते रहने का प्रयत्न भी मैंने किया। जब इससे भी पार नहीं मिला तो सुबकती रहती थी; रोती रहती थी। दो-चार दिन के लिए अपने पीहर चली जाती थी। जब मन वहाँ भी नहीं लगता था तो फिर वापस घर आ जाती थी।

* * *

अड़ौस-पड़ौस के फ़्लैटों के डंडों (दीवार) पर रखी लकड़ी की एक शहतीर पर मैंने फूल की थाली में गर्म मसाला घूप में सुखाने के लिए रख दिया। मैं उषा के साथ बैठी हुई ट्यूशन पढ़ रही थी कि अचानक ही किसी पक्षी या गिलहरी ने वह थाली गिरा दी। मसाला तो बिखरा ही, भंगुर प्रकृति की धातु से निर्मित होने के कारण फूल की थाली टूट भी गई। मैंने और उषा ने बिखरा हुआ मसाला समेटा। थाली उठाई। हमने एक-दूसरे की ओर देखा तो उषा बोली, "भाभी! घबराओ मत। हम दोनों रिक्शे से अभी शाहदरा चलते हैं और झलाई से इसे झलवाकर अभी वापस आ जाते हैं। किसी को कानों-कान पता ही नहीं लगेगा और मास्टर जी भी क्रोध नहीं करेंगे।"

हमने वैसा ही किया। उनके स्कूल आने से पहले लौटकर हमने थाली में मसाला भरकर जस का तस वहीं शहतीर पर रख दिया। जिससे कि इनको इस घटना की जानकारी न हो और ये क्रोध भी न करें।

शाम के छः बजे प्रतिदिन की भाँति मैं मुहल्ले के नुक्कड़ पर खड़ी होकर उनके घर आने की बाट जोह रही थी। मैं यहाँ इसलिए भी खड़ी हो जाती थी कि ये किसी से बातों में न उलझ जाएँ और सीधे घर में ही प्रवेश करें। घर के चौक में साइकिल खड़ी करके जैसे ही ये घर के अन्दर प्रवेश करने लगे तो थाली पर दृष्टि पड़ते ही इन्होंने जिज्ञासा की, "फूल की थाली कैसे टूट गई?"

डाँट से बचने के लिए और घर में शान्ति बनाए रखने के लिए मैंने झूँठ का सहारा लिया, "नहीं तो। कहाँ टूटी है थाली?"

इन्होंने थाली ऊपर से उतार कर, थाली का झला हुआ भाग मुझे दिखाते हुए पूछा, "तो यह क्या है?"

"यह तो पहले से ही झली हुई थी", मैं भी त्रियाहठ जनित झूठ पर उतर आई।

ये बोले, "सुबह तक तो यह बिल्कुल ठीक थी। ध्यान है कि जब मैंने सुबह कहा था कि यह हमारी अम्माँ की निशानी है। उनको दहेज में मिली थी और अभी तक बिल्कुल ठीक है," कहकर ये मेरी ओर देखने लगे थे।

अब मैं भी मौन थी क्योंकि मेरा झूठ न केवल पकड़ा ही गया था बल्कि मेरे पास अपने झूठ के बचाव में तर्क करने के लिए कुछ भी शेष नहीं बचा था। मैंने देखा कि इनका चेहरा क्रोध से तमतमा रहा था और आँखें क्रोध के कारण लाल हो रही थीं। यह देखकर मैं डर गई और मेरे मुँह से एक भी शब्द नहीं फूटा। आख़िर मुझे ही मौन धारण करना पड़ा।

उस दिन क्रोध के कारण इन्होंने न चाय पी और न खाना ही खाया। मैंने बहुत समझाया। मनाया। क्षमा भी माँगी परन्तु ये नहीं पसीजे। सोते समय सदा ही मेरी ओर मुँह रखने वाले इन्होंने, आज अपनी पीठ मेरी ओर कर रखी थी। मैंने हाथ से कंधा पकड़कर उनका मुँह अपनी ओर करने की कई बार चेष्टा भी की परन्तु वे नहीं माने। न वे सोए और न मैं सोई। सारी रात मैं रोती ही रही। वे एक करवट होने के कारण केवल हिलते-डुलते और कसमसाते रहे।

सवेरे ये नित्य की भाँति उठे। निवृत्त हुए। नहा धोकर, बिन कुछ कहे सुने ये मौनी जी महाराज अपने कॉलेज निकल गए। मेरा भी मन ठीक नहीं था। मैं लेटी रही। उनके लिए आज मैंने, सवेरे की न चाय बनाई और न नाश्ता ही बनाया। ये भूखे प्यासे ही कॉलेज चले गए थे।

मैं उठी। निवृत होकर घर की चाभी मैंने उषा को दे दी और मैं अपने मायके चली गई। ऐसा, इस बार पहली बार ही नहीं हुआ था बल्कि यहाँ आने के बाद तो पहले भी कई बार ऐसा हो चुका था। यह तो पुनरावृत्ति मात्र थी।

***

हमारे घर के पिछवाड़े रेलवे लाइन थी। उस पर एक पुल निर्माण कार्य चल रहा था इसलिए हर एक रेल यहाँ रुक कर जाती थी। कई बार पंजाब से मालगाड़ी में गाय भैसें दूसरे राज्यों को जाती थीं तो वे माल गाड़ियाँ भी निर्माण कार्य जारी रहने के कारण वहाँ एक-एक, दो-दो दिन रुक कर जाती थीं। इसलिए गाड़ियों में सवार गाय भैंस वाले, बाज़ार-भाव से भी आधे दामों पर ही दूध बेचते थे। हमारे इनको, खोए और बर्फ़ी का बड़ा शौक़ था। पाँच-पाँच, छः-छः सेर दूध ले लेते थे। इच्छानुसार दही जमा लेते थे। रायता-कढ़ी बन जाती थी। छाछ पेट भर पी लेते

थे और शेष बचे दूध का खोया बना लेते थे। उसमें खाँड-बूरा मिलाकर बर्फ़ी बना लेते थे।

बाबू जी की, कंपनी के डासना कार्यालय में, ड्यूटी लग जाती थी। बाबू जी भी शनिवार वाले दिन शाम को यहीं आ जाते थे और सोमवार की सुबह ड्यूटी पर यहीं से चले जाते थे। वे भी बड़े चाव से घर की बनी बर्फ़ी खाते थे और इच्छानुसार दूध-दही भी ले ही लेते थे।

एक बार ये रेल से दूध ले आए। खोआ बनाकर टाँड पर रख दिया। किसी बात पर हम दोनों में झगड़ा हो गया। आपस में बोलचाल बन्द हो गई। पूर्ववत इस शनिवार को भी बाबू जी आए। दोनों दिन खाना तो मैंने बना दिया लेकिन बाबू जी के कहने के उपरान्त भी मैंने न बर्फ़ी बनाई न उन्हें खिलाई। वे बैरंग लौट गए।

अम्माँ जी से जाकर बाबू जी ने इसकी शिकायत कर दी, "अब तो इस घर में हमारा कोई भी मूल्य, महत्त्व ही नहीं रह गया है। घर में रखे खोए की पिंडी देखकर मैंने तुम्हारी लाडली बहू से बर्फ़ी बनाकर खिलाने के लिए कहा तो बर्फ़ी बनाना तो दूर उसने मेरी हथेली पर थूका तक भी नहीं। अरे! अधिक थकान होने की सम्भावना थी तो एक कटोरे में खोया और करारा (खांड) ही मिलाकर पकड़ा देती। इस बार उसकी आवभगत और व्यवहार दोनों में ही मुझे रूखापन देखने को मिला। हो सकता है कि किसी बात पर पति-पत्नी दोनों आपस में लड़ पड़े हों। आपसी बोलचाल भी बन्द लग रही थी मुझे तो दोनों की। वो तो भगवान भला करे उन दोनों का कि मुझे सुबह-शाम चाय-रोटी तो मिल गई। नहीं तो मुझे वहाँ से दौड़कर तुम्हारे हाथ की ही रोटियाँ खानी पड़तीं। ऐसे में तो अब आगे, जाने से रहा मैं वहाँ। किसी दिन तुम्हारा लाड़ला आएगा तो पूछ लेना उससे कि मामला क्या था? सब ठीक-ठाक तो चल रहा है न वहाँ पर? कहीं कोई ऐसी गम्भीर समस्या तो नहीं पनप रही है दोनों के बीच? जिसे बाद में सुलझाना ही कठिन हो जाए; और लेने के देने पड़ जाएँ।"

दो दिन बाद, पुराने स्कूल के इनके एक साथी मास्टर जी ने अम्माँ जी का हस्तलिखित चार पंक्तियों का एक संदेश इनके स्कूल में आकर इनको दे दिया? जिसका सार था कि अगले रविवार हमें अम्माँ-बाबू जी से हर स्थिति में और अनिवार्यतः मिलना होगा।

***

बाईस

निश्चित कार्यक्रम के अनुसार रविवार की प्रातः हम दोनों, सासू माँ और बाबू जी के समक्ष अपराधी की भाँति साँसें साधे खड़े हुए थे। सासू माँ ने बाबू जी की बातों के संज्ञान के आलोक में हम दोनों की जमकर खिंचाई की। एक बार तो उनका पारा इतना चढ़ गया कि वे कहने लगीं, "तुम दोनों एक काम करो। पन्द्रह दिन में अपने रहने का प्रबन्ध करो और जहाँ तुम्हारे सींग समाएँ वहीं चले जाओ। क्या इसीदिन के लिए जन्मा था, पाला-पोसा था तुम्हें कि तुम हमारी चाँद पर जूतियाँ मारो। पन्द्रहवें दिन के रविवार को घर आकर चाभी मेरी हथेली पर रख देना।"

यह अप्रत्याशित आदेश सुनकर हमारे पैरों के नीचे से तो ज़मीन ही खिसक गई। लगा, जैसे किसी ने ऊँचे पहाड़ से धक्का देकर गहरी खाई में ही गिरा दिया हो। मुझे कुछ समझ ही नहीं आ रहा था कि क्या घट रहा था? जो घट रहा था वही सही है क्या? सब कुछ समझकर, मुझे भी चक्कर आने लगे और भविष्य अँधकारमय दिखाई देने लगा। मैंने इनकी ओर देखा तो इनके नेत्र भी सजल पाए। अब, मैं अपनी मूढ़ता पर पछता रही थी। मुझे अपना व्यवहार बहुत अधिक स्तरहीन लगने लगा। यह पछतावे की रौ, मुझे दुख सागर में बहा ले गई। कातर भाव जनित अश्रुविह्लता ने मेरे दोनों हाथों से संयुक्त रूप से दोनों के चरण पकड़वा दिए। हम दोनों ने सच्चे मन से क्षमा माँगी और भविष्य में ऐसी पुनरावृति न होने देने का आश्वासन भी दिया।

उन्होंने भी अपनी मातृ-पितृ सुलभ उदारता का परिचय देते हुए हम दोनों को क्षमा कर दिया। मीठी डाँट पिलाते हुए हमें 'वयस्क मानसिकता' अपनाने की सलाह दी। हमने उन्हें शीघ्र ही पुनः झिलमिल आने का निमंत्रण दिया। 'लौट के बुद्धू घर को वापस' जाने के लिए अन्ततः हम वहाँ से निकल ही आए।

एक तो मैं, इस घटना को सहज ही भूल नहीं पा रही थी दूसरे, कुछ पारिस्थितिक बदलाव प्राप्ति के लिए मैंने उनसे, मुझे गाँधी नगर छोड़ने को कहा। ये सहज ही तैयार हो गए। वहाँ दरवाज़े पर ओमा ने हमें देखा और चिल्लाकर बोली, "जीजा जी! राम-राम।"

अभिवादन का उत्तर देने के पश्चात् इन्होंने अपने सास-ससुर को अभिवादन किया। इनके अभिवादन की ध्वनि सुनकर ओमापति खाट से उठे और बोले, "अच्छा, पिता जी! मैं चलता हूँ। मेरी ड्यूटी का समय हो गया है। मेरे अधीनस्थ मेरी बाट जोह रहे होंगे। बहुत ही आपातकालीन कार्य है," कहते हुए मेरी और

इनकी अनदेखी कर वह श्रीमान, अपनी राजदूत मोटरसाइकिल पर अकेले ही बैठकर यह जा और वह जा। न राम-राम की न नमस्ते की और किसी अपरिचित की भाँति, बिना बोले ही निकल गया अहंकारी कहीं का।

मैंने देखा कि इस अपमान जनित क्रोध के कारण इनका चेहरा तमतमा गया था। साँसें भी तेज़ चलने लगी थीं। पिता जी ने मेज़ पर रखे जूठे कप-प्लेट ओमा से हटवा दिए और बर्फ़ी व सूखे मेवों की तश्तरी स्वयं उठा लीं। माँ से पिता जी बोले, "मेहमान के लिए अच्छी सी अदरक की चाय बना दे और जो बिस्कुट और नमकीन कल लाया था। वो ले आ। बड़े ही कुरकुरे और चटपटे हैं।"

ओमा चाय बनाने लगी थी कि इन्होंने ससुर द्वारा दोनों दामादों की, उन तात्कालिक क्षणों में ही आवभगत में किए गए भेदभाव से रुष्ट होकर ओमा से कहा, "ओमा! चाय रहने दे।" मुझे स्कूल के लिए विलम्ब हो रहा है। देर हो गई तो मुख्याध्यापक रैड मार्क लगा देंगे या आधी छुट्टी भर देंगे।

"फिर, ठण्डे की बोतल ला दूँ," ओमा ने साग्रह पूछा।

ये बोले, "नहीं! पानी की गोल से एक गिलास ठण्डा पानी दे दे।"

"पर गोल का पानी तो ठण्डा होता है जिज्जाजी जी! सर्दी-ज़ुकाम हो जाएगा," उसने चेतावनी दी।

शब्दों में थोड़ी कटुता घोलते हुए ये बोले, "जब हिया सुगलता हो तो ठण्डा पानी ही औषधि का कार्य करता है ओमा! समझी?" यह कहकर इन्होंने जब पिता जी की ओर देखा तो उनके अधरों पर कुटिल मुस्कान और नेत्रों में छोटे दामाद की श्रेष्ठतर आर्थिक स्थिति पर गर्व होने की चमक विद्यमान दिखी। नए खिलौने मिल जाने पर, बच्चा पुराने खिलौनों को व्यर्थ समझकर फेंक देता है। यही मानसिकता अब पिता जी की भी बन चुकी थी।

सब कुछ छोड़छाड़ कर, क्रोधावेग में ये अपने विद्यालय चले गए।

***

एक दिन पता लगा कि ओमा छः माह के गर्भ से है। पहले भी उसके पास दो बैटे ही थे। यह सुनकर मुझे बहुत ही अच्छा लगा। मैंने ओमा को अंतर्देशीय पत्र के माध्यम से बधाई संदेश भेज दिया।

उसके एक सप्ताह के बाद ओमा का हस्तलिखित पत्र मिला जिसमें लिखा था, "जिज्जी! तूने बधाई दी धन्यवाद। पर मेरे पति का कहना है कि विधवाओं और बाँझों के द्वारा दी गई बधाई और आशीर्वाद से जच्चा और बच्चा दोनों को ही प्राण संकटों का सामना करना पड़ सकता है। अब मुझे तो इन्हीं के साथ गृहस्थी निभानी है। इसलिए बुरा मत मानना और जब तक मेरी जच्चगी न निपट जाए मुऐ भविष्य में कोई भी पत्र मत लिखना।"

उस अन्तर्देशीय को मैंने कई बार उलट-पुलट कर देखा। पत्र में अविश्वास के साथ मैं ओमा का नाम खोजती और उसका नाम मिल जाने पर मुझे विश्वास ही नहीं हो पाता था कि इस पत्र में ओमा नाम वाली 'ओमा', वही मेरी 'ओमा' है जिसने मेरे वैवाहिक वार्तालाप और तैयारी के बीच स्वयं को मेरी बहन होने के साथ-साथ बहुत अच्छी सखी भी माना था। दो शरीर परन्तु एक आत्मा बताया था। जिनके बीच न कुछ गोपनीय था और न तेरे-मेरे का विभाजनकारी कोई भाव या अहंकार ही था। दोनों के बीच एक ऐसा सुदृढ़ और आत्मीय बंधन था जिसमें सभी कुछ अविभाज्य था।

आज, वही मेरी 'ओमा', मुझसे कहीं विलगा गई थी। वही मेरी ओमा, जो मुझसे इस बात का आश्वासन माँगती रहती थी कि उसके बाँटे का प्रेम कहीं उसके जीजा के पास ही तो बंधक नहीं रख दिया जाएगा? उसे सम्भवतः विस्मरण हो गया है कि मैंने उससे कहा था कि वह केवल मेरी बहन या सहेली ही नहीं बल्कि, मेरी आत्मजा जैसी भी है। मैं उसे केवल प्रेम ही नहीं बल्कि अपने बच्चे की भाँति स्नेह भी करती हूँ।

वह मुझे भूल जाए, यह सम्भव हो सकता है क्योंकि उसके लिए मैं केवल एक बड़ी बहन और मात्र पक्की सहेली ही हूँ। जबकि, ओमा मेरे लिए छोटी बहन, पक्की सहेली और 'मेरी अपनी ही आत्मजा' जैसी भी थी।

आज वही ओमा अपने पति के कंधे पर बंदूक रखकर इतने निकट, आत्मीय, गहन और चिर पोषित सम्बन्धों को यह कहकर बलि चढ़ा देना चाहती है कि मैं 'बंध्या (बाँझ)' होने के कारण उसके और उसकी सन्तान के लिए अब, अनिष्टकारी और विनाशकारिणी बन गई हूँ। यही सब सोचकर आत्मग्लानि से भरी मैं, घंटों रोती रही। अपना 'बाँझ आँचल' भिगोती रही।

पिता जी और माँ के मन में हमारे प्रति आए निकृष्ट कोटि के विचारों और ओमा व ओमा पति के प्रति हमारी तुलना में उपजीं और परवान चढती बेल रूपी प्राथमिकताओं व आदर-सत्कार की भावनाओं ने भी मुझे भीतर तक आहत कर दिया। झंझोड़ कर रख दिया। मेरा मन असंख्य-असह्य टीसों से छलनी हो गया था। आज नैतिकता से सम्बन्धों की निकटता और घनिष्ठता की; भ्रष्टाचार से अर्जित संपदा के बाज़ार में खुलेआम नीलामी की जा रही थी। वह भी अपने, सगे माँ-पिता जी और पुत्रीवत अनुजा के हाथों से।

सोचने लगी किस पर विश्वास किया जाए और किस पर नहीं? 'जब अपने हो जाएँ बेवफ़ा, तो दिल टूटे।' एक फ़िल्मी गीत की पंक्तियाँ मानस में उभरने लगीं- इस भरी दुनिया में कोई भी हमारा न हुआ। ग़ैर तो ग़ैर रहे, अपनों का सहारा न हुआ। इस भरी दुनिया में...।

मैं रोती रही। रोती रही, क्योंकि कोई ढाँढ़स बँधाने वाला और आँसू पौंछने वाला तो दूर-दूर तक भी कहीं नहीं था। रोते-रोते, निद्रादेवी ने कब अपने आँचल में मुझे समेट लिया... पता ही नहीं लगा।

***

किसी के दरवाज़ा खटखटाने से निद्रा भंग हुई। दरवाज़ा खोलते ही मेरी ट्यूटर उषा धड़धड़ाती हुई भीतर चली आई, "भाभी जी! सो रहीं थीं क्या? तबीयत तो ठीक है?"

"हाँ!" कहकर मैं नल पर मुँह धोने चली गई और उषा नए लाए मूँढे पर बैठ गई।

"निकालो भाभी! कॉपी-किताब निकालो," उषा बोली।

मैंने कॉपी-किताब निकालकर फ़ोल्डिंग मेज़ पर रख दी और बोली, "तुम इतनी देर मेरा पिछला काम जाँच लो, उतनी देर में मैं चाय बना लेती हूँ। बड़ी ज़ोर से मेरा सिर दुख रहा है।

थोड़ी देर में चाय बनाकर मैंने मेज़ पर रख दी और कॉपी पर जाँचा हुआ काम देखने लगी। चाय का घूँट लेते हुए उषा बोली, "भाभी! यह महीना समाप्त हो चला है। पिछले महीने की भी फ़ीस बाक़ी है अभी। अगर आज पैसे मिल जाते तो मैं शाहदरे जाकर कुछ ख़रीदारी कर लाती।"

मैं उठी और बटुए से चालीस रुपए दे दिए।

नोटों को देखते हुए उषा बोली, "भाभी! पिछले महीने आपने पाँच रुपए बढ़ाकर देने की बात कही थी। इनमें दस रुपए कम हैं।"

"अभी रख लो। तुम्हारे भइया से पूछकर दे दूँगी। अभी तो चाय पीयो, नहीं तो ठण्डी हो जाएगी," कहकर मैंने चाय का प्याला उठाकर मुँह से लगा लिया। उषा ने पैसे अपने कुरते के गले में हाथ डालकर भीतरी भाग में रख लिए। वह भी चाय पीने लगी।

तभी, ये भी आ गए। मैंने इनके लिए भी चाय कप में डाल दी। नमकीन थोड़ा ही बचा था। अतः बिस्कुट लेने मैं सामने की दुकान पर चली गई। मेरे पीछे से उषा ने इनसे फ़ीस बढ़ाने की बात कर ली।

इन्होंने पूछा, "अब कितना चाहिए आपको?"

"पच्चीस रुपए।" अभी मिल रहे हैं मुझे मात्र बीस रुपए महीना। केवल पाँच रुपए बढ़ाने की ही तो बात कर रही हूँ।" घर में लौटते समय, उषा द्वारा की गई पाँच रुपए की बढ़ोतरी की माँग मेरे भी कानों में पड़ी। मैं सहम गई- हे राम! उषा ने न जाने क्या-क्या कहा होगा इनको?

"इस महीने बढ़ी फ़ीस मिली आपको? यदि नहीं, तो कितनी शेष है?" इनका प्रश्न था।

उषा बोली "नहीं, बढ़ी फीस नहीं मिली मुझे, जो दस रुपए बनती है।"

इन्होंने देखते-देखते ही दस का नोट उसके हाथ पर रख दिया। उसने धन्यवाद कहते हुए वह नोट भी पहले वाले ठिकाने पर रख लिया। यह देखकर मुझे थोड़ी सी लज्जा का आभास हुआ कि कैसे कोई महिला, परपुरुष की उपस्थिति में अपने अंतर्वस्त्र में हाथ डालकर पैसे रख-निकाल सकती है? मेरे लिए तो यह एक नया अनुभव था।

हम तीनों ने चाय पी। उषा ने मुझे ट्यूशन पढ़ाया और डेढ़ घंटे बाद वह चली भी गई। उसके जाते ही इन्होंने प्रश्न किया, "मैं तुम्हें ट्यूशन के लिए कितने रुपए देता हूँ?"

"पच्चीस रुपए।"

"और तुम उषा को प्रतिमाह कितना भुगतान करती हो," इन्होंने सपाट स्वर में मुझसे प्रश्न किया।

मैं मौन रही क्योंकि मेरे पास इसका कोई समुचित उत्तर ही नहीं था।

"क्या सुना नहीं तुमने? मेरे प्रश्न का उत्तर दो," इन्होंने तीखे स्वर में कहा।

सिर झुकाते हुए मैं बोली, "बीस रुपए"।

"क्यों?" स्वर थोड़ा और भी ऊँचा हो गया था इनका।

अब मैं बिल्कुल ही अनुत्तरित हो चुकी थी। स्वयं को निस्सहाय पाकर, मेरे गालों पर अश्रुबिन्दु ढलकने लगे। सुबकाई चालू हो गई परन्तु इस बार ये मेरी इस स्थिति को देखते हुए भी निस्पृह बने रहे।... पहले तो ऐसी परिस्थितियाँ बन जाने पर ये मुझे तुरन्त ही शान्त कराते थे। सान्त्वना देते थे। मनाते थे। परन्तु, इस बार ऐसा कुछ भी नहीं हुआ। मैं प्रतीक्षा करती रही कि कुछ पूर्ववत ही घट जाए लेकिन इस बार, इनकी ओर से इस प्रकार की कोई भी प्रतिक्रिया दिखाई नहीं दे रही थी।

अन्ततः, मन मारकर मुझे ही झुकना पड़ा। अपनी भूल स्वीकार करते हुए मैंने खेद प्रकट किया और क्षमा याचना की।

क्षमा याचना करने के फलस्वरूप शान्त हो जाने वाला व्यक्ति आज और भी अधिक भड़क गया।

"...क्षमा याचना? किस बात की क्षमा याचना?" किन-किन बातों की क्षमा याचना करोगी? अरे, कोई एक बात हो; एक अवसर हो या तुम्हारे परिवार का कोई एक सदस्य हो जिसके बारे में क्षमा याचना के बारे में सोचा जा सकता हो, तो तुम मुझे बताओ। तुमने तो ऐसे कृत्यों की एक पूरी श्रृंखला ही बना रखी है। कोई अच्छा

कहानीकार, पटकथा लेखक, संवाद लेखक हो तो एक अच्छा-खासा धारावाहिक तैयार हो सकता है इस 'क्षमा पुराण' पर। विवाह के बाद से लेकर आज तक, मेरे साथ जो कुछ भी अवमाननायुक्त, अवांछित या अप्रत्याशित तुम्हारी या तुम्हारे परिवार की ओर से घटित हुआ क्या मैं उसके योग्य था? उसके लिए उपयुक्त पात्र था? मैंने कितना सामंजस्य नहीं बैठाया था अपनी और तुम्हारी त्रुटियों, भूलों और चूकों के बीच? उन पर मैंने कितना पर्दा नहीं डाला? अपने परिवार तथा समाज से उन्हें कितना नहीं छिपाया? किसलिए? इसलिए कि घर-परिवार और समाज में तुम्हारी मान-मर्यादा और प्रतिष्ठा अभीष्ट स्तर की बनी रहे। मैं चाहता था कि तुम्हारा जीवन स्तर सुधरे। ऊँचा उठे। इसीलिए मैंने तुम्हें आगे पढ़ाने का निर्णय लिया। पत्राचार विद्यालय में प्रवेश दिलवाया, ट्यूशन लगाया। मैंने योजना बनाई थी कि हायर सैकेन्डरी कराकर तुम्हें जे.बी.टी करा दूँगा। जिससे कि तुम शिक्षिका बन सको और जीवन का आनन्द भोग सको। केवल आनन्द ही नहीं, कक्षा के बच्चों के बीच रहकर 'आभासी सन्तान-सुख' भी प्राप्त कर सको। शिक्षिका होने के नाते संपूर्ण सेवा-अवधि में बच्चों से ही घिरी रहो। तुम्हें सन्तानाभाव की अनुभूति ही न होने पाए। इतने पर भी यदि, तुम्हें निजी सन्तान की बलवती अभिलाषा बनी रहे तो पद्मकान्त, लल्लू पाण्डेय या ओमा की पहली सन्तान को ही विधिक रूप से गोद लेकर सन्तान की कमी का भी निराकरण कर सको।"

"मुझे पता है कि निःसन्तान दम्पत्ति और विशेष रूप से महिलाओं को समाज के हाथों जो सन्ताप झेलना पड़ता है वह बहुत ही असह्य और दुर्दमनीय होता है। इस अभाव के लिए सामान्य जन की तो क्या कहें, अपने ही पारिवारिक सदस्य भी ताने दिए बिना नहीं छोड़ते। उदाहरण के लिए तुम अपने ही साथ घटी आसन्नभूत घटना को भूल सकती हो क्या? नहीं न?, बिल्कुल नहीं, कभी भी नहीं।"

"कौन सी घटना," बीच में टोकते हुए मैंने प्रश्न किया।

वे बोले, "तुम्हें क्या लगता है कि मुझे कुछ पता नहीं लगता। सब कुछ मेरी जानकारी में रहता है। अभी, तुम्हारे हृदय का टुकड़ा; तुम्हारी अपनी बहन ने ही तुम्हारे अपनत्व के सभी स्वप्नों को धराशाई कर दिया था न? जो-जो अपने पति के बहाने उसने 'अपने भाव' अपने अंतर्देशीय में तुम्हें लिख भेजे हैं उनसे तो तुम्हारे मन की कली-कली खिल गई होगी, है न?"

इस अंतर्देशीय की इनको भी पता है यह जानकर तो मेरी सिट्टि-पिट्टी ही गुम हो गई।

"तुम्हारे माता-पिता ने तो अपने 'धनाढ्य छोटे दामाद' से प्रभावित होकर इस 'सुदामा दामाद' का परित्याग कर ही नहीं दिया बल्कि अवसर-कुअवसर अपमानित करने में कोई भी कोर-कसर शेष नहीं छोड़ी। सभी का अहम्, रावणाकार होता जा रहा है तुम्हारे मैके में।"

यह सब सुनकर मुझे अच्छा तो नहीं लग रहा था परन्तु मैं कर भी क्या सकती थी क्योंकि, उनके एक-एक शब्द में कटु सत्य और तीखे अनुभव सम्मिलित थे जिन्हें झुठलाया और भुलाया भी तो नहीं जा सकता था। अतः मैं चुप ही रही।

***

इस सबके विषय में अपने पड़ोस और मुहल्ले की महिलाओं से जब कभी भी मैं जमकर चर्चा करती थी तो अधिकांशतः महिलाएँ मुझे भड़काते हुए यही कहती थी, "अब नवयुग आ गया है मास्टरनी जी। महिलाएँ अब कमज़ोर नही हैं। वे पुरुषों के साथ डटकर मुक़ाबला कर सकती हैं। तो, तुम्हें फिर मास्टर जी से डरने की आवश्यकता ही क्या है? हम पतियों की जीवन संगिनी हैं उनकी कोई क्रीतदासी नहीं हैं। इसलिए किसी से भी डरो मत; चाहे फिर पिता हो या पति हो। पता है न, कि हम आधुनिकाएँ हैं? हम पुरुष प्रधान समाज से जमकर लोहा ले सकती हैं।"

"हिम्मत मत हारो मास्टरनी जी। यदि, तुम्हारे साथ कुछ भी उलटा सीधा होता तो हम तुम्हारे साथ हैं। मेरा बेटा हरित भी मास्टर जी के पास ही तो पढ़ता है और हरीश के पिता जी तीस हज़ारी न्यायालय में कार्यरत हैं। कोई समस्या हुई तो वे बैठे तो हैं उसे सुलटाने के लिए।" एक पड़ोसन जो पर्वतीय क्षेत्र से थी, मुझे दिलासा देती हुई बोली।

सामने वाले मकानों में रहने वाली एक सरदारनी जी बोलीं, "लै पुत्तर! तुझे किस बात दी चिन्ता है। तेरा नन्दोईया वी तो पुलिस में है। कोई गल होएगी तो अपने आप निबेड़ लेगा। और हम भी तो सारे दे सारे तेरे नाल हैंगे।"

तभी एक ओर से, किसी ने एक और सीख उछाली, "बहन जी! ऐ मर्दों की ज़ात ई ऐसी होती है। ये प्यार-मनुहार से तो मानती ई नहीं है। जब तक धौंस-धमकी न दो तो ए कुछ समझते ई नहीं हैंगे। इसलिए, जब ये न सुनें तो मैके जाने की धमकी दे दो- मैं मैके चली जाऊँगी, तू देखता रहियो।"

सुनकर सभी हँस पड़ीं। गम्भीर वातावरण में हलकेपन का छौंक लग चुका था। सभी के चेहरे तनावमुक्त हो चुके थे। परन्तु मेरे मन में अभी भी उधेड़-बुन चल रही थी। मैं असमंजस के सागर में गोते लगा रही थी। कुछ देर बाद यह महिला चौपाल भंग हो गई और तितर-बितर होकर सभी पंचायतनें अपने-अपने दड़बों की ओर प्रस्थान कर गईं।

सिर झुकाए, अपने विचारों में खोई-खोई मैं कब अपने घर के दरवाज़े पर जा खड़ी हुई, मुझे पता ही नहीं लगा। ताला खोलने के लिए मैंने चाभी कुंडे के पास लाकर ताले में डालनी चाही। लेकिन, मेरा मुँह खुला का खुला रह गया क्योंकि वहाँ केवल ताला तो था ही नहीं, बल्कि बाहरी कुंडा भी बाहर से खुला हुआ था और

भीतरी कुंडा अन्दर से बन्द था। मैं घबरा गई। सोचने लगी मैं तो ताला लगाकर गई थी। तो फिर यह खुल कैसे गया? अन्दर से बन्द क्यों है। कहीं कोई, ताला खोलकर अन्दर तो नहीं घुस गया। यदि, ऐसा हुआ है तो अन्दर से कुन्डी बन्द क्यों है? हो सकता है कि उसने अपनी सुरक्षा की दृष्टि से कुन्डी ही अन्दर से लगा ली हो। यह सोचकर कि देखें सच्चाई क्या है मैंने कुन्डी खटखटाई।

अगले ही क्षण मैं भौचक्की रह गई यह देखकर कि भीतर से कुन्डी खोलने वाले मेरे अपने वो ही थे। कुन्डी खोलकर वे भीतर चले गए। पीछे से कुन्डी बन्दकर मैं भी कमरे के अन्दर चली गई।

मन तो मेरा वैसे भी ठीक नहीं था परन्तु औपचारिकतावश मैंने धीरे से पूछ ही लिया, "आज इतनी जल्दी? तबीयत तो ठीक है न?"

मेरा उक्त प्रश्न करते ही मानो विस्फोट हो गया। क्रोध से फटते हुए वे बोले, "क्या हुआ मेरी तबीयत को? मर तो नहीं गया था मैं? तुम तो यही चाहती हो न कि मैं मर जाऊँ और तुम चैन की बंसी बजाओ अपने मैके वालों और बहन-बहनोई के साथ रल-मिल कर।"

यह सुनकर मेरी आँखें फटी की फटी रह गईं। मैं देख रही थी कि ये आज असामान्य रूप से बहुत अधिक गर्म थे। मैंने ऐसा रौद्र रूप इनका पहले कभी भी नहीं देखा था। मैं सोचने लगी- इनको आज हो क्या गया है अचानक ही? कहीं कुछ अनपेक्षित तो नहीं घट गया इनके साथ? उनके इस आकस्मिक उग्र स्वभाव से जहाँ मैं विस्मित थी वहीं मेरा भी पारा चढ़ने लगा था। परन्तु, जैसे-तैसे स्वयं को संयत करके मैंने पूछ ही लिया, "क्या हुआ? मनःस्थिति ठीक नहीं है क्या आपकी?"

इसका इन्होंने कोई उत्तर नहीं दिया और अपने कॉलेज की किताबों से चिपक गए। मैं भी चुपचाप अपने दैनिक कार्य निपटाने में लग गई। आज मुझे सुस्पष्ट दिखाई देने लगा था कि बहुत दिनों से इन- उन कारणों से मेरे और इनके बीच मन-मुटाव बड़ी तेज़ी से पैर पसारता जा रहा था। वह मन मुटाव अब न केवल जड़ पकड़ चुका था बल्कि गहराता भी जा रहा था। इस कारण अब मैं भी न समय पर सो पाती थी और न सवेरे समय से उठती ही थी। घंटों आलसन की भाँति पलंग पर ही पड़ी रहती थी।

अब ये भी बिना चाय-पानी लिए कॉलेज के निकल भी जाते थे। लेकिन, मुझे अब इससे कोई भी अन्तर नहीं पड़ता था। एक ही शय्या पर सोने के उपरान्त भी कई-कई मास तक हम दोनों अस्पृश्य ही बने रहते थे। यदि दोनों में से किसी की भी, रति-इच्छा जागृत हो जाती तो हम दोनों में से कोई भी, एक-दूसरे की इच्छा को सम्मान नहीं दे पाता था।

सच तो यह कि किन्हीं भी कारणों से, किन्हीं भी अवसरों पर उपजे मतभेदों ने हमारे बीच मनभेदों के अम्बार लगा दिए थे। लगने लगा था कि हम मानसिक अलगाव की लम्बी यात्रा पूरी कर इतनी दूर निकल आए थे कि जहाँ से लौट पाना कठिन ही नहीं बल्कि असम्भव सा भी हो चला था।

***

भले हों, बुरे हों, माँ-बाप तो आख़िर माँ-बाप ही होते हैं। माँ से पिटने के बाद, लाख छिटकने पर भी बच्चा रोता हुआ माँ की टाँगों से ही चिपटता है। यद्यपि माँ-पिता जी की ओर से हमारे प्रति, उनके व्यावहारिक और आचरणशील पक्ष को लेकर अनेकानेक उलाहने और उपालंभ मेरे भी मन-मस्तिष्क में भरे पड़े थे लेकिन परिस्थितिजन्य एकाकीपन की टूटन ने मुझे अपने पीहर जाने को विवश कर ही दिया।

घर जाकर माँ के गले लगकर मैं ख़ूब रोई। पिता जी भी पास में ही खड़े थे। माँ की आँखों में आँसुओं की झड़ी लगी हुई थी। पिता जी की आँखें भी नम हो चलीं थीं। दोनों ही बार-बार मुझसे मेरी व्यथाओं, समस्याओं और मनस्ताप के विषय में पूछते रहे परन्तु मेरे आँसू और हिचकियाँ उत्तर देने का अवसर ही नहीं दे पा रहे थे। वे बार-बार प्रयत्न करते रहे सब कुछ जानने समझने की, परन्तु मैं स्वयं को सम्भाल ही नहीं पा रही थी। ओमा एक गिलास में पानी ले आई। मुझे पिलाया। शान्त कराया।

दोपहर को हम सब एक साथ बैठे। इससे पहले इस प्रकार हम, अंतिम बार मेरे विवाह से पहले ही बैठे थे। सब उत्सुकता के साथ मेरे चेहरे की ओर ही देख रहे थे।

***

अपनी व्यथा-कथा सुनाना प्रारम्भ करने से पहले मैंने दो घूँट पानी पीकर गला तर किया और फिर अपनी कहानी बखान करनी प्रारम्भ कर दी। मैंने इस कहानी का प्रारम्भ विवाह के तुरन्त बाद के कटु अनुभव से किया। जैसे-जैसे कहानी आगे बढ़ती गई। वैसे-वैसे ही माँ और पिता जी के चेहरे पर बारी-बारी से व्यथा, परिताप, सन्ताप, विषाद, रोष, आक्रोश, चिन्ता आदि के भाव तैरते-उतरते रहे। कहानी समय-समय पर नए-नए मोड़ लेती रही और ओमा सहित माँ और पिता जी के चेहरों के भाव भी उन्हीं मोड़ों के अनुसार अपने आप को बदलते रहे। स्वयं को नियंत्रित करने के समूचे प्रकरण में मुझे कई गिलास पानी गटकना पड़ा।

मेरी व्यथा-कथा सुनने के बाद सभी के चेहरों पर चिन्ता की रेखाएँ नृत्य करने लगीं। थोड़ी देर सभी मौनावस्था में सिर झुकाए सोचते रहे। कुछ देर बाद पिता जी बोले, "ठीक है। लल्ली की माँ! देखो, मेरा मानना है कि लल्ली के सम्बन्ध भी जमाई से बहुत अच्छे नहीं हैं। दोनों के बीच के मतभेद अब मनभेद में बदल चुके

हैं। जब तक संदेहों और शंकाओं का समाधान एक छत के नीचे बैठकर नहीं हो जाता तब तक लल्ली ससुराल नहीं जाएगी। यहीं रहेगी, हमारे पास ही।"

ओमा बोली, "पिता जी! अच्छा तो यह होता कि जीजा जी को एक दिन बुला लेते और उनके परिवार को भी वार्ता में सम्मिलित कर लिया जाता।"

"कोई आवश्यकता नहीं है उनको साथ में बिठाने की। क्यों उन्हें सिर पर चढाया जाए बिना बात के? क्या उनको अपने लाड़ले की करतूतों का पता नहीं होगा? जानबूझकर उन्होंने ही ढील दे रखी है दामाद जी को," अम्माँ ने मेरा पक्ष लेते हुए कहा।

पिता जी बोले, "हम ही क्यों झुकें उनके आगे। हम लड़की वाले हैं तो क्या हुआ? हम ही पहल क्यों करें उनके आगे? वे क्यों नहीं बात करने और सुलह-सफ़ाई करने आएँ हमारे पास? यदि, वे लड़के वाले हैं तो लाट साहब हो गए हैं क्या?"

"पिता जी! एक बार जीजा जी को भी बुला लेते और उनका पक्ष भी सुन लेते तो और अधिक अच्छा होता," ओमा ने पुनः परामर्श दिया।

अम्माँ क्रोध से बोली, "चुपकर ! क्या जीजा जी, जीजा जी की रट लगा रखी है तूने? बड़ी आई जीजा जी की सगी। चहेती। ख़बरदार। इस घर में जो किसी ने नाम भी लिया उस आवारा मास्टर का। अब उसके बारे में कोई भी बात नहीं करेगा। यदि आवश्यकता समझेगा तो वह स्वयं ही आएगा सिर के बल चलकर। नाक रगड़ेगा। जितनी ज़रूरत लल्ली को है उसकी। उसको भी तो उतनी ही ज़रूरत है हमारी लल्ली की। यहाँ आए। नाक रगड़े और लल्ली को ले जाए।

ठीक है। दामाद है तो दामाद का सा मान सम्मान भी तो करते हैं हम उसका। बिना रोटी खिलाए, चाय पिलाए घर से जाने दिया है क्या कभी? फिर भी इतने नखरे? नखरे किस बात के हैं भई? अरे! एक छोटा सा तीन सौ रुपल्ली का प्राइमरी स्कूल मास्टर ही तो है न? ऐसा कौन सा गवर्नर हो गया है?... दूसरी ओर, डेसू में लगा हमारा छोटा दामाद, कितना अच्छा और तेज़ लाइनमैन है। तनख़्वाह के अलावा दसियों हज़ार रुपए महीने ऊपर से कमाता है। लाखों रुपए साल के कमा लेता है। थोड़े से साल की नौकरी में ही शहर में मकान बना लेना और गाँव में बीघों ज़मीन ख़रीद लेना आसान काम तो नहीं है न।"

ठीक है, मैं उनसे नाराज़ भले ही थी परन्तु उनके लिए इतनी कड़वी बातें मुझसे सहन नहीं हो पा रही थीं। और कोई अन्य समय होता तो मैं सबको लताड़ देती। डाँटकर चुप करा देती। लेकिन, ये बीज तो मेरे अपने ही बोए हुए थे न। इसलिए मुझे ही ये फल काटने थे और इसी कारण, संकटापन्न घड़ी में चाहकर भी, मैं किसी का भी विरोध नहीं कर पा रही थी।

***

तेईस

दिन बीते। सप्ताह बीते। न इधर से कोई गया। न उधर से कोई आया। देखते-देखते एक महीना भी बीत गया। आज आएँगे की आस संजोए वह दिन भी बीत जाता। कल का दिन भी इसी आस से प्रारम्भ होकर इसी आस में समाप्त हो जाता। न उनको आना था, न वो आए और इस प्रकार दूसरा मास भी समाप्त हो गया।

वे घर आएँ या न आएँ परन्तु मेरे घर के आस-पास वे मंडराते अवश्य होंगे यह सोचकर, कि मेरे परिवार का कोई भी सदस्य उन्हें राह चलते मिल जाए और झूठे को भी उनसे घर चलने के लिए कह दे तो अपने वे अहम् को संजोए हुए, मान-सम्मान के साथ अपनी ससुराल पहुँच जाएँगे यह कहते हुए कि अमुक ने घर आने का निमंत्रण दिया था। इसलिए चला आया हूँ। स्वेच्छा से नहीं आया- ऐसा मेरा विश्वास था। परन्तु मेरा विश्वास फलीभूत नहीं हुआ और मैं उस दिन विशेष की प्रतीक्षा करते-करते थक गई।

***

एक दिन दोपहर के समय पिता जी घर आए और हाथ-पैर धोकर खाना खाने बैठ गए। खाना खाते-खाते अचानक वे माँ से बोले, "अरी सुनती हो लल्ली की माँ! आज मुझे रास्ते में तुम्हारा दामाद मिला था। उसने राम-राम भी की। मैंने पलटकर राम राम का उत्तर भी दिया। फिर उसने घर के सभी सदस्यों की कुशल क्षेम पूछी तो मैंने कहा कि सब ठीक हैं। इस पर वह मुस्कुराते हुए आगे बढ़ गया।" मैं सोचता ही रहा कि इस आदमी को पहले भी कभी कहीं देखा है मैंने। कहाँ देखा है? यह मुझे ध्यान ही नहीं आया। वह तो घर की देहरी पर चढ़ते समय मुझे ध्यान आया अरे! वो तो लल्ली वाला मेहमान था जिसे उस समय मैं पहचान ही नहीं पाया कि वो तो अपना ही 'नाराज़ दामाद' है।

यह सुनकर मुझे पिता जी की 'ढोंगी-दम्भी सोच' पर बड़ा क्रोध आया और दुख भी हुआ कि एक ऐसा व्यक्ति जिसने अपने ही हाथों अपनी पुत्री का वाग्दान किया हो। भावी दामाद को तिलक लगा कर सगाई रस्म पूरी की हो। भाँवरों के समय दामाद के पैर पूजे हों। कन्यादान किया हो। अपने घर से लड़की देकर विदा किया हो, वह भी आठ-नौ वर्ष पूर्व। कैसे अपने दामाद को भूल सकता है वह? कैसे सामने देखकर भी दामाद को नहीं पहचान सका? उनके इस कृत्य से मेरे सामने मेरे अपने पिता जी का पाखंड भी उजागर हो गया। मुझे अपने पति की उस बात

का पक्का विश्वास हो चला कि क़स्बे के एक सरल व्यक्ति को दिल्ली की हवा लग गई और वह अब मात्र मदांध और धन लोलुप हो कर ही रह गया है। उसे नाते-सम्बन्धों से खेलने में 'शकुनीय-आनन्द' आता है। वह पाखंड का पर्याय बनकर ही रह गया है।

***

एक दिन सवेरे से ही मन बड़ा उदास और उचाट हो रहा था। सब अपने अपने कामों में व्यस्त थे। मैंने मन बनाया कि पड़ोस में रहने वाली दूर के सम्बन्ध की मौसी के पास जाया जाए। अभी दो-तीन दिन पहले जब वे घर पर आईं थीं तब भी कह रही थीं, "लल्ली! क्या बात है? मैं ही आती रहती हूँ तुम्हारे घर। तुम तो कभी आती ही नहीं हो। मैं जितनी बार भी आई हूँ उतनी ही बार आने के लिए कह कर गई हूँ तुमसे। परन्तु, तुम्हारे कान पर जूँ ही नहीं रेंगती। अब, जब तुम आओगी मैं भी तभी आऊँगी। तो चलो, आज मौसी के पास चलते हैं। मौसी का उल्हाना भी उतर जाएगा और अशान्त मन भी बहल जाएगा। यह सोचकर मैं घर से बाहर निकल आई।

सड़क पार करने के लिए मैं दाँई-बाँई ओर देख ही रही थी तभी मेरे सामने एक रिक्शा आकर रुका और उसमें से उतरी मेरी बड़ी ननद। उन्हें देखकर मैं ठगी की ठगी रह गई। उन्हें अपने सामने देखकर मुझे अपनी आँखों पर विश्वास ही नहीं हो रहा था। लगा, जैसे मैं कोई स्वप्न देख रही हूँ। मैं इस अनपेक्षित घटना में इतनी डूब कर रह गई कि उनकी उपस्थिति भी भूल गई। अपने कंधे पर उनके हाथ के स्पर्श से ही मेरी चेतना वापस लौट आई।

मैंने उनके चरण-स्पर्श किए। लेकिन, तभी उन्होंने मुझे ऊपर उठाकर मेरा माथा चूमा, सिर सूँघा और अपने गले लगा लिया। भावनाओं में बही हम दोनों ही भूल गईं कि हम सार्वजनिक सड़क पर खड़ी थीं। जहाँ यातायात तो था ही, आने-जाने वालों की दृष्टि का केन्द्र भी हम दोनों ही बन रही थीं। इसका आभास होते ही मैं बड़ी ननद का हाथ पकड़कर घर में ले गई।"

घर में घुसते ही मेरी माँ ने मुझे वापस आते देखा तो उनके मुँह से निकल पड़ा, "क्या हुआ? गई नहीं अपनी मौसी के घर?" आगे वह बोलना चाहती थीं, परन्तु शब्द उनके मुँह में ही अटक कर रह गए क्योंकि उनकी दृष्टि मेरी ननद पर पड़ चुकी थी। वे भी आश्चर्य चकित रह गई थीं उन्हें देखकर। कुछ पलों में उन्होंने स्वयं को सम्भाल लिया और ननद को गले से लगा लिया। दोनों ही भावुक हो चुकी थीं। दोनों के नेत्र सजल हो गए। इस भावुकता और नेत्र सजलता के पीछे दोनों के अपने-अपने कारण थे। थोड़ी ही देर में, दोनों ही आलिंगन मुक्त हो कर सामान्यता की ओर लौट गईं और उन्होंने खाटों पर अपने-अपने स्थान ग्रहण कर लिए।"

परम्परानुसार ननदरानी की आवभगत के पश्चात मैंने पूछा, "दीदी! गाँव से कब लौटीं? घर में अम्माँ, बाबू जी और बाक़ी सदस्य कैसे हैं?"

"मैं अम्माँ के पास अभी घर भी नहीं जा पाई। तुम्हें देखने के लिए मैं विवेक विहार स्टेशन पर उतर गई थी परन्तु तुम घर पर नहीं मिलीं। भइया भी ड्यूटी पर अपने स्कूल गया हुआ था। तुम्हारे पड़ोसी त्रिवेदी जी के घर गई, तुम दोनों का पता करने के लिए। वहाँ चाय पीते समय, तुम दोनों पति-पत्नी के बीच पनपे मनमुटाव, मतभेदों, अलगाव और दूरियों के विषय में हल्की सी चर्चा सुनने को मिली। मुझे चिन्ता हो गई तो मैं सीधी ही यहाँ चली आई।" ननद ने बताया।

माँ उनके पास जाकर बैठ गई और मैं जलपान का प्रबन्ध करने लगी। चाय गैस पर चढ़ाकर समोसे और मिठाई लाने के लिए मैंने जाने का अभी मन बनाया ही था कि पद्मकान्त बाहर से आ गया। उसने ननद के चरण स्पर्श किए। माँ ने जलपान का सामान लाने के लिए उसे निकटस्थ हलवाई की दुकान पर भेज दिया। तभी पिता जी भी आ गए। उन्हें देख, ननद ने अभिवादन किया। पिता जी ने बनावटी और फीकी सी मुस्कान के साथ अभिवादन स्वीकार किया और उसी स्वर में कुशलता का आदान-प्रदान ही किया।

इतनी देर में चाय बनकर तैयार हो गई और पद्मकान्त भी हलवाई की दुकान से खाने का सामान लेकर आ गया। नाश्ता लग गया। सभी ने नाश्ता करना प्रारम्भ कर दिया। साथ ही वार्तालाप भी प्रारम्भ हो गया।

पिता जी और माँ ने बातचीत के क्रम में 'मेरे उनसे' सम्बन्धित वे सारी बातें मेरी ननद को विस्तार से बताईं जो उनकी जानकारी में थी। कुछ बातें बताते-बताते उन्होंने अवास्तविक और अयथार्थ बातों का नमक मिर्च लगाकर भी उल्लेख कर दिया। बोलते-बोलते वे कभी अप्रत्याशित रूप से उग्र भी हो जाते थे और आवेश में आकर कभी-कभी उन स्तरहीन शब्दों का प्रयोग भी कर जाते थे जो कोई भी संस्कारवान व्यक्ति उन शब्दों का सामान्यतः उपयोग नहीं कर सकता है। विशेषतः अपने जमाता के लिए तो बिल्कुल भी नहीं, क्योंकि हमारे समाज में जमाई; भले ही वह उस घर का फूफा हो या बहनोई हो अथवा जमाई हो, का बड़ा ही मान-सम्मान किया जाता है। उसको अपनी ससुराल में विशेषाधिकार प्राप्त होता है। वहाँ की सभी छोटी-बड़ी बातों में उसकी सम्मति/सहमति ली जाती है। उसका हस्तक्षेप स्वीकार्य और माननीय होता है। सामान्य से लेकर विशेष बातों तक में उसका, निर्णय अंतिम और ग़ैर-अपीलीय होता है अर्थात ससुराल में वह सर्वेसर्वा होता है। मेरी ननद भी अपने भाई के प्रति मेरे माता-पिता के इस ओछे और मर्यादाहीन व्यवहार से अचंभित तो थीं ही, साथ ही साथ क्षुब्ध और आक्रोशित भी हो गईं थीं। इतने के उपरान्त भी, वे अपने शब्दों और व्यवहार को अत्यधिक संयमित रखकर ही बातचीत कर रहीं थीं।

समझौते स्वरूप ननद ने कहा, "देखो मौसा जी! दोष किसी एक पक्ष का तो हो ही नहीं सकता। नासमझियाँ और भूलें भी केवल एक ओर से तो हुई नहीं होंगी। दोषी होंगे तो दोनों ही तो होंगे। हाँ, अन्तर केवल प्रतिशत का ही हो सकता है, किसी की ओर से कम हुईं तो किसी की ओर से अधिक हुईं। दोनों पक्ष एक दूसरे की पिछली भूल-चूकों पर मिट्टी डालकर नए सिरे से अपना जीवन व्यतीत करें। आपसी प्रेम और सौहार्द्र से रहें। एक-दूसरे पर शंका न कर आपसी विश्वास जीतने का प्रयत्न करें। बाहर वालों की बातों में सीखों में, न आएँ।"

तभी बीच में माँ बोल पड़ी, "देखो बहन जी! हमने अपनी लड़की का विवाह पूरे मान-सम्मान के साथ किया है। हम उसे कष्ट भोगते नहीं देख सकते। भगवान की कृपा से अभी हमारे पास इतना है कि हम अपनी बेटी को दो-दो रोटी दोनों समय खिला सकते हैं। नहीं चाहिए हमें ऐसा नकचढ़ा दामाद।"

"मौसी जी! बड़ी बहन, माँ के जैसी होती है। अब मामला निपटाने के लिए मैंने तो सारे उपाय-विकल्प आपके सामने रख दिए हैं। अपने भाई की कमी-दोषों को नहीं जानते हुए भी मैंने उस पर खेद व्यक्त करते हुए आपसे समझौते की बात की है। लेकिन, दूसरी ओर आप लोग हैं कि अभी भी मामले को तूल दिए जा रहे हैं, बात का बतंगड़ बनाए जा रहे हैं और अपनी बेटी के जीवन को नरक बनाने पर तुले हुए हैं। आप पता नहीं क्यों, इस मामले को अपनी नाक का प्रश्न बनाए बैठे हैं", ननद रोब से बोलीं।

पिता जी बिफर गए, "लाली! तुम हमें धमकी देने आई हो। ऐसे वातावरण में हम नहीं भेजते अपनी लड़की को। तुम्हारे भाई ने दिया ही क्या है हमारी लड़की को। इसके लिए एक छल्ला तो उँगुली के लिए बनाकर दिया नहीं जा सका तुम्हारे भाई से।

उधर हमारी छोटी लड़की की ससुराल वालों ने, ओमा को सिर से लेकर पैरों तक सोने से लाद दिया है। छोटे दामाद जब भी कभी आते हैं तो टैक्सी में ही आते हैं। जेबें नोटों की गड्डियों से भरी रहती हैं। उनके भी सामाजिक और दूसरे सम्बन्ध ऊँचे लोगों और पैसे वालों से हैं।

एक तुम्हारे भाई हैं, प्राइमरी मास्टर ही न। गिनती की रोज की नहीं, बल्कि महीने में एक बार तीन सौ रुपल्ली की कमाई। देखो न! केवल दस-बारह रुपए रोज़ की कमाई वाला मास्टर। इससे अच्छा तो एक दहाड़ी पर काम करने वाला मज़दूर होता है। कम से कम तीस-चालीस रुपए रोज़ के तो कमा ही लेता है।"

ठीक है, मेरे और उनके बीच में मन मुटाव था। अनबन थी। लेकिन पिता जी के ये बोल मुझे भीतर तक छीलते जा रहे थे। सही है कि इनका आर्थिक पक्ष, ओमा वालों की तुलना में कहीं अधिक कमज़ोर था परन्तु मानवीय और सामाजिक पक्ष

इनका अधिक प्रबल था। या तो पिता जी को पता नहीं था। या फिर, वे जानबूझकर इस तथ्य से अनजान बन रहे थे कि डेसू के लाइनमैन का मासिक वेतन, मास्टर से कहीं बहुत कम होता है। वह जो अधिक कमाई, अर्थात ऊपर की होती है, वह फ़ैक्टरी-कारखाने वालों के साथ मीटर और सप्लाई में हेराफेरी करके दो नम्बर की होती है। फिर, एक बात और समझने में नहीं आ पा रही थी कि ओमा के लिए पिता जी जिस दिन ओमा वालों को पसन्द करके आए थे उसी दिन से 'ये', पिता जी और उनके होने वाले दामाद की आँखों में क्यों खटकने लगे थे? कहीं इसके पीछे इनकी तुलना में कम पढ़े-लिखे होने ओर निम्न स्तर की नौकरी पर होने के पीछे उपजी 'हीन भावना' तो काम नहीं कर रही थी।... पर, अब मैं, चाहकर भी (माँ पिता जी पर आश्रित होने के कारण) उनका विरोध कैसे कर सकती थी?

माँ बोली, "देखो बहन जी! हमारा यह जो कपड़े छपाई का कारखाना है उससे इतनी तो कमाई हो ही जाती है कि लल्ली का गुज़ारा चल जाए अगर, इसको हम पर बोझ बनना नहीं पसन्द, तो हम लल्ली को एक सिलाई-मशीन दिला देंगे। इसका अपना पेट तो भर ही जाएगा।

अब, इन बातों पर मिट्टी डालो। राजी-ख़ुशी से भोजन करो और किशनगंज जाकर अपनी माँ के साथ उठो-बैठो। खाओ-पीयो और गप्पबाज़ी करो अपनी अम्माँ के साथ। उनसे कह देना कि मौसा जी कह रहे थे कि अब हम आपकी बहू को कभी आपके यहाँ नहीं भेजेंगे।... आगे, आप लोग जैसा ठीक समझें, वैसा ही करें।"

***

तीस हज़ारी कचहरी में जो हमारी कॉलोनी वाले काम करते थे, उनका हमारे यहाँ आना-जाना प्रायः होता ही रहता था क्योंकि उनकी ससुराल हमारे घर के पास ही थी। वे पति-पत्नी जब भी कभी गाँधी नगर आते थे तो वे मिलने अवश्य ही आते थे। उन्हीं से कॉलोनी के और इनके भी समाचार मुझे मिलते ही रहते थे।

उनसे पता चला कि इनका त्रिवेदी जी और उषा के घर तथा उन दोनों घरों का हमारे घर आना-जाना बढ़ गया था। साथ ही इनका खाना या तो उक्त दोनों घरों में से ही कहीं से भी हो जाता था या कभी पड़ोसी बाबूलाल की पत्नी या नवयुवा बिटिया बना जाती थी। अर्थात खाने की समस्या इनको होती ही नहीं थी। छुट्टी वाले दिन ये किशनगंज स्थित अपने घर चले जाते थे। उस दिन का खाना-पीना इनका वहीं हो जाता था। मुझे जो कहीं यह लगता था कि भोजन की समस्या से 'टूटकर' ये सम्भवतः मुझे लेने आ जाएँगे, तो वह आशा भी अब लगभग समाप्त हो चली थी। इस प्रकार उनकी मुझ पर खाने-पीने की यह निर्भरता भी समाप्त हो गई थी।

***

एक बार उपरोक्त स्रोत से मेरे कान में भनक पड़ी कि इनके पुनर्विवाह की चर्चा कॉलोनी में चल निकली है। अपनी कॉलेज की पढ़ाई समाप्त कर इन्होंने कनॉट प्लेस के एक संस्थान में पत्रकारिता में प्रवेश ले लिया था। वहीं इन्होंने उषा को भी कार्यालय में नौकरी दिलवा दी थी। इन्हें और उषा को कॉफ़ी हाउस और मद्रास होटल में भी कॉलोनी के कुछ लोगों ने साथ-साथ देखा था और बस में साथ-साथ आते जाते तो प्रायः देखे ही जाते थे। मुझे लगा कि मेरी अनुपस्थिति में निकटता बढ़ने के कारण कहीं उषा तो इनके जीवन में आने वाली नहीं है। इससे मुझे स्वाभाविक बेचैनी होने लगी। यह आशंका दबी ज़बान से मैंने अपनी माँ के सामने भी रखी लेकिन उन्हों अति आत्मविश्वास के चलते इस विचार को सिरे से ही नकार दिया।

इसी से मिलता-जुलता एक नया समाचार मुझे और भी मिला त्रिवेदी जी से। वे कुछ वस्त्र छपवाने के लिए मेरे पिता जी के कारखाने आए थे। उन्होंने बताया कि कोई शिक्षिका ग़ाज़ियाबाद कॉलेज में प्रवेश पाने के लिए इनकी सहायता लेने प्रायः प्रति सप्ताह, पखवाड़े में आती रहती है और ये उसे साथ लेकर कई बार अपने ग़ाज़ियाबाद वाले कॉलेज में भी गए हैं।

इस नए प्रकरण ने मेरे कान और भी खड़े कर दिए। अपनी शंका निवारण के लिए एक दिन मैंने पद्मकान्त को इनके स्कूल भेजा। वहाँ से इनका स्थानांतरण सीलमपुर हो गया था। जब तक पद्मकान्त सीलमपुर स्कूल पहुँचा तब तक वहाँ छुट्टी हो गई थी। लेकिन, उसी स्कूल के एक शिक्षक से पता चला कि उनके पास के बराबर वाले बालिका विद्यालय से एक शिक्षिका उनसे मिलने आती रहती है और प्रायः वे दोनों फटफट सेवा में एक साथ ही बैठकर फ़व्वारे तक जाते रहते हैं।

उषा की निकटता को लेकर मेरे मन में संशय अवश्य था। परन्तु उस संशय पर विराम लगाने का एक कारण यह भी था कि उषा अविवाहित है, परन्तु ये विवाहित हैं। इस कारण को लेकर भी उषा-परिवार सहमत नहीं होगा। दूसरा और जो कारण था वह यह था कि ये सरकारी नौकरी में रहते हुए बिना पत्नी की लिखित सहमति के अथवा पहली पत्नी को परित्यक्त किए बिना पुनर्विवाह नहीं कर सकते थे। इसका मुझे विश्वास तो था पर न जाने मन में कहीं एक अज्ञात भय, मुझसे मेरा सुहाग छिन जाने की चेतावनी भी देता सा लगता था।

हाँ, शिक्षिका के इस नए प्रकरण ने मुझे भीतर तक अवश्य हिलाकर रख दिया था। मैंने इस प्रकरण पर भी माँ से चर्चा की। पहली बार तो, उन्होंने इसे गम्भीरता से नहीं लिया लेकिन जब मेरे चेहरे पर आशंका के बादल मंडराते देखे तो मेरे भविष्य की असुरक्षा की आशंका ने उन्हें पिता जी से इस विषय पर चर्चा के लिए विवश कर दिया। दो-तीन दिन के गम्भीर चिंतन-मनन और मंथन से यह

परिणाम निकलकर आया कि मुझे झिलमिल में स्वयं ही चले जाना चाहिए जिससे कि परिस्थिति हाथ से न निकल जाए और बाद में पछताने से बचा जा सके।

***

एक दिन कार्य दिवस की संध्या को मैं अकेली ही झिलमिल स्थित अपने निवास जा पहुँची। घर पहुँचने पर दरवाज़े पर लटके ताले ने मेरा स्वागत किया। मैंने पड़ोस में बसे त्रिवेदी जी का दरवाज़ा खटखटाया। श्रीमती त्रिवेदी (भाभी) जी ने दरवाज़ा खोला और मुझे देखकर वे आश्चर्यचकित रह गईं। फिर बड़े ही ज़ोर से मुझे पकड़ कर अन्दर ले गईं। भीतर आँगन में पहुँचकर उन्होंने मुझे गले से लगा लिया और बहुत देर तक इसी स्थिति में बनी रहीं। कुछ देर बाद जब उन्हें कुछ सन्तोष सा मिला तो उन्होंने स्वतः ही मुझे छोड़ दिया। हम दोनों वहीं खाट पर बैठ गईं और बहुत देर तक बतियाईं। फिर, वे उठीं। उन्होंने चाय बनाई। स्टूल पर चाय और जलपान सजा दिया। फिर, लम्बी सी चर्चा चल निकली। उसमें मेरी अनुपस्थिति काल के समस्त घटनाक्रम पर विस्तृत चर्चा हुई और फिर उस पर गहन मन्थन भी हुआ। कुछ देर बाद मुझे अपने घर के किवाड़ों के खुलने की आवाज़ आई। मैं जाने के लिए उद्धत हुई और खड़ी होने लगी थी कि उन्होंने मेरा हाथ पकड़ कर बैठा दिया और स्वयं उठते हुए बोलीं, "तुम बैठो। मैं देखती हूँ कि तुम्हारे घर का ही दरवाज़ा खुला है या किसी और के घर का," कहकर वे बाहर निकल गईं और किवाड़ भेड़ दिए।

कुछ ही क्षणों में भाभी जी द्वारा भेड़े गए किवाड़ों के खुलने की आवाज़ आई। मैंने देखा कि साइकिल का पहिया दरवाज़े को, भीतर धकेलता हुआ अन्दर आ रहा था। मैं अपने स्थान से उठ खड़ी हुई। कमरे से बाहर निकलकर देखा तो त्रिवेदी जी को दीवार के साथ साइकिल खड़ी करते हुए पाया। वहीं से वे अपने कान पर जनेऊ चढ़ाते हुए शौचालय में घुस गए। तभी भाभी जी भी अन्दर आ गईं और उन्होंने किवाड़ बन्द कर लिए। अभी वे भीतर आने को ही थीं कि शौचालय से भाई साहब अर्थात त्रिवेदी जी बाहर आ गए और नल पर मुँह-हाथ धो, कुल्लाकर कान से जनेऊ उतारते हुए कमरे की ओर बढ़े। सिर उठाकर जैसे ही उन्होंने मुझे देखा तो पहले तो, दो क्षण ठिठके और फिर तुरन्त ही हँसते हुए बोले, "अरे धन्या! तुम? कब आईं? कैसी हो? तुम्हें इतने दिन बाद ध्यान आया इस घर में आने का? तुम्हारे पीहर में तो सब कुशल मंगल हैं न? अपने मास्टर जी को कहाँ छोड़ आईं? उन्हीं के साथ आई हो या फिर अकेले ही आई हो?" भाई साहब बिना रुके प्रश्न पर प्रश्न दागते जा रहे थे जैसे- उन्होंने अपने प्रश्नों का पिटारा ही खोल दिया था।

उनको टाकेते हुए भाभी जी ने कहा, "एक साथ इतने सारे प्रश्न कर दिए। थोड़ा इनको भी अवसर दो उत्तर देने का। इनको आए हो गया एक घंटा और इनके

पति भी अभी-अभी आए हैं तुम्हारे आगे-आगे। वे आते ही सीधे अपने घर में घुस गए। उन्हें पता ही नहीं है धन्या के यहाँ होने का।"

अगले ही पल वे बोलीं, "चलो! आश्चर्य चकित करते हैं उन्हें। मैं चाय बनाती हूँ। तुम उन्हें यहीं बुला लो चाय के लिए।"

"ठीक है तुम चाय चढ़ाओ। मैं बुलाता हूँ उन्हें," कहकर उन्होंने दोनों घरों के बीच की दीवार थपथपाई। दूसरी ओर से भी उत्तर में दीवार थपथपाने की आवाज़ सुनाई दी। असल में, दीवार थपथपाकर एक दूसरे का ध्यानाकर्षण करने की संकेत भाषा का प्रारम्भ त्रिवेदी जी के इस घर में आने के दिन से ही हो गया था।

"हाँ भई! अभी चाय तो नहीं बनाई न?" यदि नहीं बनाई, तो आजाओ। यहाँ चाय बन रही है। साथ बैठकर पीते हैं," त्रिवेदी जी ने कहा।

उधर से आवाज़ आई, "ठीक है। आता हूँ अभी पाँच मिनिट में।"

यह सुनते ही घबराहट ने मुझे घेर लिया। मैं स्वयं को बड़ा ही अशान्त सा पा रही थी। इतनी व्याकुलता का अनुभव तो मैंने प्रथम मिलन की रात्रि में भी नहीं किया था। इस विचित्र स्थिति के कारण मैं पसीने-पसीने हुई जा रही थी। तभी बाहर से दरवाज़े पर खट-खट करने की आवाज़ आई। भाई साहब ने जाकर दरवाज़ा खोला और बोले, "आओ! मेरे दूज के चाँद! दिखाई ही नहीं देते आजकल। कहाँ रहते हो मेरे भाई," त्रिवेदी जी ने व्यंग्यात्मक स्वर में पूछा।"

"बंधु जी! यहीं तो रहते हैं आपकी ही नगरी में। हमने कहाँ जाना है दिल्ली की गलियाँ छोड़कर। और, आज तो आप भी जल्दी आ गए अपने दफ्तर से। साहब ने आज देर शाम तक नहीं बाँधा आपको काम-काज के खूँटे से," इन्होंने भी नहले पर दहला मारते हुए उत्तर दिया।

"चलो! पहले लेते हैं चाय-पानी, फिर सुनें-सुनाएँगे अपनी-अपनी राम कहानी, कहते हुए उन्होंने कमरे में प्रवेश किया। सामने मुझे देखा तो एकदम भौंचक्के रह गए। एकदम स्तब्ध रह गए, वहीं ठगे से खड़े रहे गए। जो पैर जहाँ था वहीं रह गया, जैसे आदेश पाते ही सेना की परेड में किसी सिपाही का हाल होता है।

भाभी जी बोलीं, "अरे! क्या हुआ कैसे देहरी पर ही जम गए दही की भाँति? भीतर नहीं आना क्या? आ जाओ। आ जाओ। 'चाह' ठण्डी हो रही है।" चाय के स्थान पर उन्होंने द्वि-अर्थी शब्द 'चाह' का प्रयोग करके एक परिस्थितिजन्य व्यंग्य भी कसा था। एक तीर से दो निशाने साधने थे उन्होंने।

* * *

"अरे! तुम कब आईं? घर में सब कुशलक्षेम तो है न? अचानक आना कैसे हो गया? न कोई सूचना, न कोई समाचार। वाह! क्या सुखद आश्चर्य है यह सब?

एक दम यह सब स्वप्न जैसा कैसे घटित हो गया। अकस्मात ही...," इनकी बात बीच में ही काटते हुए त्रिवेदी जी बोले, "ओ भाई! पहले चाय ले लो। क्यों यार, चाय का सत्यनाश करने पर तुले हो दोनों जने? फिर बाद में कितना भी बतिया लेना, घर जाकर। सारी रात पड़ी है।"

यह सुन, सभी मौन साध, बैठकर चाय-नाश्ता करने लगे। मैं बारी बारी से सभी को कनखियों से देख रही थी। सभी, नाश्ता-पानी तो कर रहे थे लेकिन सभी के चेहरों पर तरह-तरह के भाव भी बड़े ही वेग से आ-जा रहे थे। सभी अपनी-अपनी सोच में निमग्न थे।

त्रिवेदी भाई साहब प्रश्न पर प्रश्न करते रहे और मैं अपनी सुविधानुसार उनका उत्तर देती रही। बीच-बीच में भाभी जी के प्रश्न भी मुझे झेलने पड़े। जैसे-तैसे उनको भी संतुष्ट करने का हर सम्भव प्रयास करती रही। बातों-बातों में दो-ढ़ाई घंटा कब बीत गया, कुछ पता ही नहीं लगा।

इसी बीच भाभी जी ने आलू-मटर-चावल की तहरी बना दी। बड़ी स्वादिष्ट बनी थी। सभी ने उँगलियाँ चाट-चाट कर खाई। मैंने उनके द्वारा बनाए इस व्यंजन की जी खोलकर प्रशंसा की। इन्होंने और त्रिवेदी जी ने भी इसके स्वाद की भूरि-भूरि प्रशंसा की।

प्रशंसा की प्रतिक्रिया स्वरूप भाभी जी ने कहा, "स्वादिष्ट तहरी का वास्तविक श्रेय, मुझे नहीं बल्कि तुम्हारे पति को जाता है धन्या! मुझे तो यह बनानी ही नहीं आती थी। यह तो, इनसे मिलने जो मास्टरनी आती है, एक दिन इन्होंने उसके लिए बनाई थी। मुझे भी चखाई थी। तब मैंने इनसे इसमें प्रयुक्त सामग्री और पाक विधि पूछी तो इन्होंने मुझे बताया ही नहीं बल्कि मेरा साथ देकर व्यावहारिक रूप से मेरे साथ मिलकर बनाई और स्वाद भी चखाया। यह सब तुम्हारे पतिदेव के ही परिश्रम का फल है।"

त्रिवेदी जी ने प्रशंसा भाव से उनकी ओर देखा तो उनकी प्रशंसा-दृष्टि भांपते हुए उन्होंने इसका श्रेय स्वयं न लेते हुए अपनी माताजी की पाक कुशलता को दे दिया। अकारण ही श्रेय लेने की आतुरता-व्याकुलता के इस युग में उनकी इस विनम्रता को मैंने मन ही मन प्रणाम किया।

रात्रि भोजन! उसके बाद चाय और फिर त्रिवेदी दंपति से अनुमति लेकर हम अपने घर आ गए।

* * *

घर में प्रवेश करने के बाद मैंने इनके चरण-स्पर्श किए। प्रतिक्रिया स्वरूप इन्होंने मुझे कंधे पकड़कर ऊपर उठाया और अपने गले से लगा लिया। गले लगे-

लगे ही मुझे एक शेर याद आ गया जो कि इनके द्वारा सामान्यतः गुनगुनाई जाने वाली बहादुरशाह ज़फ़र की ग़ज़ल से था-

"आशिक़-ओ-माशूक़ का गिला भी क्या, शिकवा भी क्या?

जब गले से लग गए, सारा गिला जाता रहा॥"

उन भाव प्रवण छणों में, इसका भाव समझ में आते ही, मेरे अपने ही भावों का बाँध टूटकर आँसुओं में बहने लगा। बड़े ही प्रयत्नों से इन्होंने मुझे शान्त कराया। बहुत देर तक हम बातें करते रहे। हमने वस्त्र बदले और फिर सोने के लिए पलंग पर चले गए।

धीरे-धीरे मन मुटाव की हिम परतें पिघलने लगीं और मुरझाई प्रेम वल्लरी में सहज लगाव व प्रेम की कोपलें, पुनः प्रस्फुटित होकर पल्लवित-पुष्पित होने लगीं। जीवन सरिता का उफनता प्रवाह धीरे-धीरे शान्त और सहज हो चला था जिसकी मैं धीरे-धीरे अभ्यस्त हो चली। हाँ, सामाजिक वातावरण में आया एक बदलाव अवश्य अनुभव किया जा सकता था जो मेरे और इनके प्रति अलग-अलग पक्षधरता के रूप में उभर आया था। हम दोनों के विगत अलगाव के लिए जहाँ कुछ इनको दोषी ठहराते थे तो वहीं कुछ मेरी भी ओर उँगुली उठाते थे।

***

सायं ढल चुकी थी। गली के खम्भों पर लगे बिजली के लट्टू प्रकाशित हुए अभी दो-ढाई घंटे भी नहीं बीते थे कि बिजली चली गई। उस समय ये, पड़ोसी बाबूलाल की पत्नी, एक-दो और, तथा मैं गली में खड़े बतिया रहे थे। बातें करते-करते हम दोनों ही बाबूलाल जी के घर चले गए। शेष लोग भी अपने-अपने घर की ओर प्रस्थान कर गए। घर को प्रकाशित कर रही लालटेन का तेल चुक रहा था इसलिए प्रकाश मन्द पड़ने लगा। बाबूलाल की पत्नी जल्दी से मिट्टी के तेल की ख़ाली बोतल उठाते हुए बोलीं, "आप लोग रुको। मैं सामने की दुकान से तेल लेकर अभी आती हूँ।"

दो मिनिट में ही वे वापस भी आ गईं। मिट्टी का तेल तो उन्हें मिला नहीं। अतः वे मोमबत्ती ही ले आई थीं। आते ही उन्होंने मोमबत्ती जला दी। स्टोव पर चाय चढ़ा थी। हम अभी बातें कर ही रहे थे कि बिजली आ गई। उन्होंने मोमबत्ती बुझाकर हम सबको स्टील के 'चोर कपों' में चाय दे दी।

थोड़ी ही देर में चाय समाप्त कर मैं इनसे बोली, "तुम आराम से चाय पीयो मैं घर जाकर खाना तैयार करती हूँ, "कहकर मैं घर से बाहर निकल कर अपने दरवाज़े पहुँची तो, वहाँ ताला लटका पाया। मैं, उल्टे पैरों वापस लौटी और इनसे बोली, "कमाल करते हो। मैं घर जा रही हूँ तो कम से कम यह तो कह देते कि चाभी लेती जाओ।"

"चाभी ले जाने की तो मैं तुमसे तब कहता न जब चाभी मेरे पास होती या ताला मैंने लगाया होता। मुझे तो यह भी पता नहीं कि घर का ताला लगा हुआ भी है या नहीं," ये बोले।

"अरे! तुमने ताला नहीं लगाया। मैंने भी नहीं लगाया तो, फिर किसने लगाया होगा?" खीझकर मैंने कहा। फिर मैं बोली, "हम दरवाज़े की केवल कुन्डी लगाकर ही बाहर गली में खड़े हुए थे। हो सकता है त्रिवेदी भाई साहब या भाभी जी ने सुरक्षा की दृष्टि से अपना ताला लगा दिया हो। चलो, मैं उनसे पूछती हूँ," कहकर मैं जाने लगी तभी हँसती हुई बाबूलाल जी की पत्नी बोलीं, "कोई आवश्यकता नहीं है कहीं जाने की। चाबी मेरे पास है," कहते हुए उन्होंने अपनी अंटी में खोंसा चाबी का गुच्छा अपनी धोती का पल्ला खिसका कर हमें दिखा तो दिया परन्तु हमें दिया नहीं।

मैंने कहा, "चाभी दे दो बहन जी।" खाना बनाने को देर हो जाएगी। पहले ही रात गहरा चुकी है।"

तभी त्रिवेदी भाभी जी भी आ गईं, "खाना बनाने को देर हो जाएगी या फिर हो गई है। हम तो बहुत देर पहले ही खाना खा चुके। अभी चाय चढ़ाई है। ये बोले कि अपने देवर और देवरानी को भी बुला लो। साथ बैठकर चाय पी लेंगे। बहुत दिनों से अवसर ही नहीं मिला साथ बैठकर चाय पीने का। आपके घर पर ताला लटका देखा तो ठिठक गई। इतनी देर में इनके बोलने की आवाज़ सुनकर मैं यहाँ आ गई। आ जाओ जल्दी से। इतने में चाय तैयार करती हूँ", वे बोलीं।

"आएँगे कैसे? चाभी तो मेरे पास है," कहकर बाबूलाल जी की पत्नी ने चाभियों का गुच्छा अंटी में से निकालकर अपने ब्लाउज में रख लिया। मैं और त्रिवेदी भाभी जी, उनके इस कृत्य से हतप्रभ होकर एक-दूजे को देखती रह गईं।

'इन्होंने' घर की चाभियाँ निकालने के लिए संकेत से मुझे उकसाया। पर, मैंने भी आँखों-आँखों में मना कर दिया। हाँ, बाबूलाल जी की पत्नी से अवश्य ही मैंने चाभी देने का अनुरोध किया किन्तु उन्होंने मेरा अनुरोध तो ठुकरा ही दिया बल्कि उलटे चुनौती देती हुई बोलीं, "जिसकी माँ ने दूध पिलाया हो, वह ले ले।"

ये बोले, "कोई बात नहीं। किसी को भी उसकी माँ ने इतना दूध नहीं पिलाया कि वह चाभी आप से ले सके। आप स्वयं ही चाबी दे दो। हमें देर हो रही है। अभी भाभी जी के यहाँ भी चाय पीने जाना है। उसके बाद, खाना भी बनेगा।" पर उनके कान पर जूँ भी नहीं रेंगी।

अचानक जो कुछ भी हुआ वह सभी के लिए बड़ा ही अप्रत्याशित और चौंकाने वाला था। सम्भवतः स्वयं बाबू लाल जी की पत्नी के लिए भी यह अनपेक्षित रहा होगा। बड़ी ही तेज़ी के साथ ये उठे। वहाँ पड़ा एक कम्बल उठाया और बाबूलाल

जी की पत्नी को ढाँप दिया और चाभी निकाल कर घर से बाहर निकल गए। बाबूलाल जी की पत्नी पराजित हँसी के साथ कम्बल समेटने लगीं। भौंचक्की सी मैं और त्रिवेदी भाभी जी भी, उनके घर से निकलकर त्रिवेदी जी के घर चले गए।

त्रिवेदी जी के घर से चाय पीकर हम अपने घर आ गए। भोजन बनाया और खाया। रसोई का काम निपटाकर सोने के लिए हम अपने पलंग पर चले गए। उस दिन की यह घटना मुझे पच नहीं पा रही थी। सब कुछ चुटकियों में ऐसे घटित हो गया जिसकी कि स्वप्न में भी कल्पना नहीं की जा सकती थी। जब मुझसे रहा ही नहीं गया तो पीड़ित स्वर में मैंने आख़िर उनसे पूछ ही लिया, "आपको क्या सूझी थी ऐसा करने की? आपको जरा भी संकोच नहीं हुआ क्या यह सब करते हुए?"

उत्तर में उन्होंने कहा, "मैंने भी स्वप्न में नहीं सोचा था, ऐसा करने के लिए। सीधे ढंग से उनसे कहा भी, अनुनय भी की। आप दोनों ने भी उन्हें समझाया पर उनकी समझ में ही नहीं आया। तभी परिस्थितिजन्य कारणों से उपजी प्रत्युत्पन्नमति ने ही अप्रत्याशित रूप से यह प्रकरण मुझसे स्वतः ही निष्पादित करा दिया। किसी भी पूर्ववर्ती सोच विचार की इसमें मेरी कोई भी भूमिका नहीं थी। यह जो कुछ भी हुआ, निश्चिय ही स्वस्फूर्त था। योजनाबद्ध नहीं था।"

उन्होंने जो कुछ भी कहा उससे मैं पूर्ण रूप से सहमत थी क्योंकि यह कोई कपोल कल्पित या सुनी-सुनाई घटना तो थी नहीं, बल्कि स्वयं मैं प्रत्यक्षदर्शी थी उस सबकी जो कि साक्षात मेरी उपस्थिति में, मेरी आँखों के सामने ही घटित हुआ था। अतः अविश्वास करने का तो प्रत्यक्षतः या परोक्षरूप से कोई कारण बनता ही नहीं था। फिर भी न जाने क्यों मन इस सबको मानने या न मानने और स्वीकार करने का कोई निर्णय नहीं ले पा रहा था। औचित्य-अनौचित्य तथा नैतिकता-अनैतिकता के मानदण्ड, आदर्श आचार-विचारों की गुहार लगा रहे थे। इन्हीं वैचारिक काननों में भटकते हुए निद्रा देवी ने कब मुझे अपने संरक्षण में ले लिया, पता ही नहीं लगा।

* * *

चौबीस

अपने अध्ययन से सम्बन्धित कुछ पुस्तकें और कॉपियाँ लेने हम एक दिन नई सड़क गए। अपना सामान लेने के बाद प्रसिद्ध पराँठे वाली गली में हमने पराँठे खाए। उनके जादुई स्वाद ने मुझे मुग्ध कर दिया। मेरे लिए यह अभूतपूर्व व अनूठा अनुभव था। वहाँ से निकल कर बस लेने के लिए हम कोड़िया पुल की ओर चले। फ़व्वारे के सामने अचानक ही एक लड़की ने इनको नमस्ते की। हम तीनों रुक गए और अपने-अपने स्थान पर खड़े हो गए। इनकी परस्पर बातचीत, प्रारम्भ हो गई जो कि विभिन्न आयामों से गुजरती हुई स्कूलों और उच्च शिक्षा से जुड़ी बातों पर जाकर समाप्त हो गई। एक बार पुनः दोनों में नमस्ते का आदान-प्रदान हुआ और फिर सबने अपनी-अपनी राह पकड़ ली।

पूरी राह मैं सोचती रही कि आख़िर यह लड़की कौन हो सकती है? इन्होंने परिचय भी तो नहीं कराया था। कहीं यह वही मास्टरनी तो नहीं है जो इनसे मिलने मेरी अनुपस्थिति में आती रही है। यह सोचकर मैं असहज हो गई। सोचने लगी कि सामान्य रंग-रूप की पतली सी यह युवती वैसे तो साधारण ही लग रही थी परन्तु बातचीत से उच्च शिक्षिता और व्यवहार कुशल दिखाई दे रही थी।

जितनी देर में हम कोड़ियापुल बस में चढ़ने के लिए पहुँचे मेरे मन में वैचारिक द्वन्द्व निरन्तर चलता ही रहा। उसके विषय में सोचते-सोचते मैं थक गई तो मुझसे रहा नहीं गया। मेरी सहनशक्ति चुक गई थी और अन्ततः मैं पूछ ही बैठी, "कौन थी यह? कहीं यह वही मास्टरनी तो नहीं जो तुमसे मिलने मेरे पीछे से घर और तुम्हारे स्कूल आती रही है?"

"तुम्हें कैसे पता," इस बार इनकी चौंकने की बारी थी।

मैं व्यंग्यात्मक स्वर में बोली, "तो तुम्हें क्या लगता है कि मैं घर पर नहीं होऊँगी तो मुझे कुछ पता ही नहीं लगेगा कि कॉलोनी में क्या-क्या घटित हो रहा है;"

"इसका अर्थ यह हुआ कि तुमने मेरे पीछे अपने गुप्तचर लगा रखे हैं जो तुम्हें मुझसे सम्बन्धित पल-पल की सभी कार्यवाहियों-कार्यक्रमों के बारे में सूचित करते रहते हैं, उन्होंने चिढ़ने का अभिनय करते हुए कहा।"

"मुझे तो यह भी पता लगा कि तुम्हारे दूसरे विवाह की बातें भी हवा में तैर रही हैं," कहकर मैंने उनके चेहरे को पढ़ने की चेष्टा की।

इस बार उनके चेहरे पर आते-जाते भाव बड़ी जल्दी-जल्दी रंग बदल रहे थे

और यही कुछ उनकी बदलती भंगिमाओं में भी परिलक्षित हो रहा था। यह देखकर मुझे थोड़ी चिन्ता सी होने लगी कि कहीं भूले-बिसरे मुझसे कोई त्रुटि या भूल तो नहीं हो गई या अति आत्मविश्वास में, कहीं मैं वह तो नहीं कह बैठी जो मुझे नहीं कहना चाहिए था। कहीं ऐसा तो नहीं कि आज की वार्ता के परिणाम स्वरूप मेरे इनके बीच होती सामान्य स्थिति की गाड़ी फिर से, पटरी से ही उतर जाए। लेकिन, अब हो भी क्या सकता था। तीर कमान से निकल चुका था। अब तो, वही होगा, जो होना है। अच्छा-बुरा किसी के भी वश में नहीं होता। हाँ, मुझे यदि बुरा लग रहा था, क्रोध आ रहा था तो अपनी मूर्खता पर कि मैंने अपने बड़बोलेपन की लगाम कसी क्यों नहीं?

* * *

अब, यद्यपि हम दोनों साथ-साथ रह रहे थे तो भी, वो पहले वाली बात देखने को नहीं मिल पा रही थी। अब, हमारे सम्बन्धों की ऊष्मता भी चुकती सी जा रही थी। उनमें एक विशेष प्रकार की ठण्ड व्याप्त होती जा रही थी। लगता था कि सम्बन्धों की जान निकलती ही जा रही थी। वे निष्प्राण हो चुके थे। और कोढ़ में खाज बढ़ती ही जा रही थी। इधर मैं, अब तक के अर्जित अपने नारीजन्य अहम के कारण तथा उधर, वे मेरे और मेरे मैके के परिवार से मिले अपमानजनक आघातों के कारण मृतप्रायः इस सम्बन्ध में अब प्राण फूँकने की चेष्टा भी नहीं कर रहे थे। हम दोनों अरुचिकर सम्बन्धों के निष्प्राण शव को समाज की आँख बचाकर बस ढोने के लिए ही ढोते जा रहे थे।

कुछ दिनों के बाद, गर्मी की भरी दोपहरी में किसी ने दरवाज़ा खटखटाया। ये घर पर नहीं थे। मैंने दरवाज़ा खोला। सामने गले में झोला लटकाए एक साइकिल सवार खड़ा था। वह बोला, "बहन जी! आपकी चिट्ठी है। इस काग़ज़ पर हस्ताक्षर कर दीजिए और अपनी चिट्ठी सम्भालिए।"

मैंने हस्ताक्षर कर चिट्ठी ले ली। साइकिल सवार चला गया और मैं दरवाज़ा बन्द कर कमरे में घुसी ही थी कि दरवाज़ा दोबारा से खटका। चिट्ठी हाथ में थामे-थामे दरवाज़ा खोला तो देखा वही साइकिल वाला खड़ा था। बोला, "बहन जी! क्षमा करना। गर्मी में सिर चकरा गया था इसलिए मकान नम्बर ग़लत पढ़ा गया और किसी दूसरे की चिट्ठी आपको दे दी," कहकर चिट्ठी वापस लेने को उसने हाथ आगे बढ़ाया। मैंने भी हाथ में पकड़ी चिट्ठी सहज भाव से उसे वापस थमा दी। उसने चिट्ठी ली और चला गया। मैंने दरवाज़ा बन्द किया और कमरे में जाकर पलंग पर लेट गई।

थोड़ी देर बाद फिर दरवाज़ा खटखटाने की आवाज़ आई। दरवाज़ा खोला तो उन पड़ोसन को खड़े पाया जिनके पति तीस हज़ारी अदालत में नौकरी करते थे। हम दोनों अन्दर जाकर बैठ गईं। मैंने उनको पानी का गिलास दिया। पानी पीकर

वे बोलीं, "मास्टरनी जी! मास्टर जी का कोई मामला चल रहा है क्या तीस हज़ारी कोर्ट में?"

"नहीं तो। पर, क्यों," मैंने पूछा।

वे बोलीं, मास्टरजी के छात्र हरित के पिता जी कह रहे थे कि आजकल मास्टरजी को कई बार तीस हज़ारी अदालत में देखा है।"

मैं बोली, "नहीं। इनका तो कोई मामला है ही नहीं। और मेरी जानकारी के अनुसार कोई जमानत का मामला भी नहीं है। हाँ, जब शकरपुर पढ़ाते थे तो छात्रों के प्रवेश के लिए शपथपत्र (एफ़िडेविट) बनवाने ये वहाँ अवश्य जाते रहते थे। हो सकता है कि यहाँ से भी ऐसे ही किसी चक्कर में जाते हों। शकरपुर के पास जो हमारे मकान गिराए गए थे। उनका मामला तो तभी एक-दो सालों में ही निपट गया था। तो वो चक्कर भी अब नहीं हो सकता। बस- होगा तो, छात्रों के प्रवेश का मामला ही होगा। और कुछ होने की सम्भावना भी तो नहीं हो सकती... कहीं ये मुझे तो नहीं छोड़ रहे हैं, यदि ऐसा है तो हरित के पिता जी तो हैं न," मैंने मज़ाक़ में कहा। तभी एक-दो पड़ोसनें और भी आ गईं। बातें दर बातें निकलती गईं। बदलती चली गईं। बातों का क्या? वे तो उस प्याज़ की भाँति होती हैं जिनके छिलके, परत दर परत उतरते जाते हैं लेकिन समाप्त होने पर ही नहीं आती। बातों-बातों में कब शाम हो गई, पता ही नहीं लगा।

***

रविवार का दिन था। वे समाचार-पत्र पढ़ रहे थे कि घर के दरवाज़े के बाहर से साइकिल की घंटी की आवाज़ और, "जीजा जी" की पुकार सुनाई दी। मैं दौड़ी। दरवाज़ा खोला तो विशेष हर्षित मुद्रा में पद्मकान्त को खड़े पाया। उसने साइकिल, स्टैण्ड पर लगाई और हैण्डल में लटकाया हुआ थैला मुझे पकड़ा दिया। घर में उनको देखकर पद्मकान्त ने अभिवादन स्वरूप राम-राम बोला और उनके चरण-स्पर्श किए। इन्होंने उसके सिर पर हाथ रखकर आशीर्वचन कहे।

उससे ये बोले, "और साले साहब। घर में सब ठीक-ठाक तो है न? आज सुबह-सुबह कैसे आना हो गया?"

"जीजा जी! सब सकुशल हैं घर में। बहुत दिनों से दर्शन नहीं किए थे आपके। इसलिए दर्शन करने चला आया," पद्मकान्त ने उत्तर दिया।

वे मेरी ओर देखकर बोले, "लाओ भई! साले साहब के आने की प्रसन्नता में एक-एक चाय और हो जाए बढ़िया सी।"

थोड़ी देर में चाय निपटाकर पद्मकान्त बोला, "जीजा जी! आप एक बार फिर से मौसा बन गए है। ओमा के लड़का हुआ है। आपको बधाई। जिज्जी! जीजा जी का मुँह मीठा करा। डिब्बा खोल मिठाई का।"

मैंने मिठाई का डिब्बा खोलकर इनकी ओर बढ़ाया। इन्होंने डिब्बा हाथ में लेते हुए पूछा, "यह डिब्बा तू लाया है या ओमा की ससुराल से आया है?"

"जीजा जी! ओमा घर पर आई हुई है। उसने कहा था- जिज्जी को ले आ। छुटके को देख जाएगी उसकी मौसी। और उसी ने ये डिब्बा भी दिया था मुँह मीठा करने को," पद्मकान्त ने उत्तर दिया।

पद्मकान्त का उत्तर सुनते ही ये बिफर उठे, "पद्मकान्त! तुझे मैं अपना मानता हूँ और प्रेम भी करता हूँ। अपनी सगाई के समय से ही हमारे ससुराली सम्बन्धों में उतार-चढ़ाव आए हैं। खटास भी आई है लेकिन मैंने और तूने एक दूसरे का मान-सम्मान ही किया है और आपसी प्रेम-लगाव की रक्षा भी की है। जैसा तू मेरे लिए सगाई के दिन था वैसा ही आज भी है और आगे भी रहेगा। यह घर तेरा अपना है। सुबह आ या आधी रात को आ। खुली छूट है और यह छूट ज़िन्दगी भर रहेगी। लेकिन, आज तेरी बहन, ओमा से मिलने नहीं जाएगी। यह मिठाई का डिब्बा ओमा को ही दे देना। कह देना, "बंध्या का अधिकार जब न तो गर्भवती और न उसके उपरान्त जच्चा-बच्चा को देखने का और आशीर्वाद देने का बनता है तो फिर मुँह मीठा करने का अधिकार उस बाँझ को किसने और कैसे दे दिया?"

मैं कुछ कहना चाहती थी उससे मिलने के लिए जाने के बारे में। लेकिन, उनके तार्किक कथन का मैं विरोध भी तो नहीं कर सकती थी। क्योंकि इस प्रकार के कथनों के माध्यम से वे मेरे मान-सम्मान की रक्षा ही नहीं कर रहे थे बल्कि मेरी गरिमा को भी संरक्षण प्रदान कर रहे थे। बंध्यापन के तथाकथित दोष और अपराध से वे मुझे मुक्त कराने के लिए प्रयत्नशील थे।

"लेकिन, यह सब क्या गोरखधंधा है जिज्जी," पद्मकान्त ने विस्मय के साथ प्रश्न किया।

मेरी गति 'साँप छछुँदर' जैसी हो रही थी। एक ओर तो मेरे पितृपक्ष की ओर से इनकी अवमानना और अपमान के कई मामले जुड़े हुए थे तो दूसरी ओर, साथ-साथ ओमा के विष बुझे वाक्य बाण भी थे जिन्होंने हम पति-पत्नी को मर्मांतक पीड़ा पहुँचाई थी। मेरे नेत्रों से अविरल अश्रुधारा बहाई थी। तो एक अन्य ओर, उसके प्रति मेरा वात्सल्य-प्रेम भी उसे क्षमा प्रदान कर उसे पुनः अपनाने का उदार विमर्श प्रदान करते हुए पुरानी उक्ति दोहरा रहा था-

क्षमा बड़न को चाहिए, छोटन कूँ उत्पात।
का रहीम हरि कौ घट्यौ, जो भृगु मारी लात॥

मैं एक विचित्र अन्तर्द्वन्द्व में फंसी हुई थी। एक ओर मेरा जीवन संगी था, जिससे मुझे अथाह प्रेम, मान-सम्मान, अपनत्व और मेरे अवगुणों-दोषों को ढाँपने

का विशिष्ट सुख मिला था। परन्तु, समय-कुसमय पर, मन मुटाव, आक्रोश, विरह और अलगाव भाव भी झेलने पड़े थे, जिससे दैहिक और मानसिक आसक्ति, विरक्ति में परिवर्तित होती चली गई थी।

दूसरी ओर, मेरे जन्मदाता और मेरे द्वारा अजन्मी सन्तति समान मेरे वे छोटे भाई-बहन थे जिनके साथ जन्म से लेकर विवाहोपरान्त तक भी आत्मीय सम्बन्ध, अटूट स्नेह-प्रेम, साहचर्य और अक्षुण्ण लगाव बना रहे थे। लेकिन, दिल्ली में स्थापित हो जाने के कारण उनमें प्रकृति, प्रवृति और मानसिकता से जुड़े, आए बदलावों ने उन्हें वाणिज्यिक, असम्वेदनशील और अहंवादी भी बना दिया था।

मैंने दोनों ही पक्षों के साथ, अपने जीवन के स्वर्णिम अंश बिताए थे। लेकिन, मैंने कारण-अकारण विषम परिस्थितियों का विषपान भी किया था। यदि, कुछ पहलुओं में दोनों ही पक्ष सदोष थे, तो कुछ परिस्थितियों में समान रूप से दोनों ही पक्ष निर्दोष भी थे। एक नकारात्मक पहलू जो दोनों पक्षों, जिसमें मैं भी सम्मिलित हूँ में उभयनिष्ठ रहा, वह था अहंवादी होना। दूसरे के मत को समुचित सत्कार न देकर अपनी सोच व अपने मत को हठवाद की परिणति तक ले जाकर दूसरों पर थोपना भी अन्ततः झगड़े की जड़ के रूप में ही प्रमाणित होता है।

लेकिन कहावतें हैं न, कि 'ख़ून-पानी से गाढ़ा होता है,' 'लहू पुकारेगा आस्तीं का' "घुटने पेट को ही नवते हैं'। ये सभी कहावतें तभी सार्थक हो उठती हैं जबकि किसी भी मनुष्य को अन्तर्द्वन्द्व की स्थिति में, किसी एक पक्ष का चयन करना होता है। इस समय का चयन, यदि वास्तविकता आधारित और व्यवहारिक हो तो 'तारक' बन जाता है और यदि कोरी भावनाओं और भावुकत्व की पीनक में लिया जाता है तो वह 'मारक' भी बन जाता है।

कहा यह भी जाता है कि व्यक्ति के द्वारा लिए गए निर्णय प्रायः 'नियतिगत' होते हैं। "हुइ है वही जो राम रचि राखा...।" "विनाश काले विपरीत बुद्धि।" 'जाकूँ प्रभु दारुण दुख देहहिं, ताकी मति पहलै हर लेहहिं।" इन्हीं कारणों के चलते मैंने भी अपने जीवन की सबसे बड़ी चूक कर दी थी कि इनके लाख मना करने पर भी मैं 'त्रियाहट' पर अड़ी रही और अंततः मैंने ओमा से मिलने का अंतिम निर्णय ले ही लिया।

दुर्वासा सम क्रोधोन्मत होकर इन्होंने भी अपना अंतिम निर्णय दे ही दिया, "जाती हो तो जाओ, लेकिन अब लौटकर वापस मत आना।"

मैं भी मूढ़मति निकली। अपने ही हाथों से अपने पैरों पर कुल्हाड़ी मार ली और उनकी चेतावनी की उपेक्षा करते हुए आख़िर मैं पद्मकान्त के साथ अपने पीहर चली ही गई।

***

पच्चीस

ओमा का यह तीसरा बेटा था। रंग में पिता पर गया था तो मुखाकृति माँ पर गई थी। देखने में बड़ा ही सुन्दर था। अधिकतर अपनी माँ की गोद में ही रहता था। जब कभी भी वह रोने लगता था तो उसकी नानी, ओमा को डाँटती, "अरी ओमा! क्या हुआ? क्यों रुला रही है इसे? कहीं भूखा तो नहीं है?"

"नहीं माँ। अभी तो दूध पिलाया है इसे। पता नहीं यह क्यों रो रहा है माँ?" ओमा ने उत्तर दिया।

माँ ने शंका प्रकट करते हुए कहा, "तेरे उल्टे-सीधे खाए-पीए से इसके पेट में कहीं अफारा तो नहीं हो गया।"

"पता नहीं। ऐसा तो मैंने कुछ खाया-पिया भी नहीं कल," ओमा बोली।

माँ बोली, "चल कोई बात नहीं। इसे अपनी जिज्जी को पकड़ा दे और तू थोड़ी सी हींग घोलकर रुई में लपेट इसकी नाभि में रख दे।"

ओमा ने अपना बेटा मेरी गोद में लिटा दिया और हींग का फाया बनाकर उसकी नाभि में रख दिया। थोड़ी ही देर में उसका रोना रुक गया और वह सो गया। मैं उसके भोले-भोले चेहरे को एक टक निहार रही थी। सोते-साते तो वह और भी अधिक सुन्दर लग रहा था। अचानक उसके होठों पर मुस्कान नाचने लगी। यह देखकर मैं भी मुस्कुराए बिना न रह सकी। लेकिन अगले पल उसने होंठ बिसूरने प्रारम्भ कर दिए, जैसे कि अभी रो देगा। मुझे उसकी बार-बार मुस्कुराने और होंठ बिसूरने की भंगिमा निरखने में अनोखा ही आनन्द आने लगा।

उसकी सुप्तावस्था में ही अपने एक दो गृहस्थी के काम निपटाकर ओमा मेरे पास आकर बोली, "अरी जिज्जी! सो गया यह? अभी तक तो रो रोकर सारा घर सिर पर उठा रखा था इसने और अब देख कैसा सो रहा है, जैसे अपनी ही माँ की गोद में सो रहा हो। तेरी गोदी में यह शोभित भी तो कितना हो रहा है?"

अनजाने में ही, कही गई इस बात से ओमा ने, मेरी दुखती रग पर हाथ रख दिया था। लगा कि उसने मुझे, कुछ दिन पहले लिखे अपने पत्र में मेरे बाँझपन को पुनः मुझे स्मरण करा दिया था। मुझ पर व्यंग्य कसा है। इससे, मैं बुरी तरह हिल गई। आत्मग्लानि से भर गई। मेरा हृदय बिलखने लगा। बड़ी कठिनाई से मैं अपने आँसुओं को रोक पा रही थी।

मैंने ओमा का लड़का उसकी गोद में पकड़ाया और तुरन्त ही भीतर वाली

कोठरी में जाकर सुबुक-सुबुक कर रोने लगी। ऐसे में उस समय, मेरे बाँझपन को गाली देते हुए ओमा द्वारा लिखे गए पत्र पर, मेरे पति द्वारा व्यक्त, प्रतिक्रिया की, उग्र धरातलीय वास्तविकता का मुझे आज गहन गम्भीरता के साथ आभास हो रहा था।

मुझे लगने लगा कि ससुराल में रहूँ या पीहर में, बाँझपन का विशेषण तो मेरे व्यक्तित्व के साथ बुरी तरह से चिपक कर ही रह गया है। अब यही मेरी सामाजिक पहचान बन चुकी थी। यही मेरी नियति बन चुकी है अब, जिसको ढोते हुए मुझे जीवन के अंतिम साँस तक जीना ही होगा। मुझे मेरे उनकी वह चाह भी ध्यान आ गई जिसमें वे मुझे शिक्षिका बनाकर मेरे इस संतति अभाव की पूर्ति करना चाहते थे या स्थाई समाधान के रूप में मेरे मैके या ससुराल से एक बच्चा गोद लेकर सन्तानसुख दिलाने के पक्षधर थे।

तभी माँ की आवाज़ आई। मैंने अपनी धोती ठीक की। मुँह को गीले तौलिए से पोंछा। बालों में कंघी की और माँ के पास चली गई। वहाँ देखा तो सभी चाय पर मेरी प्रतीक्षा कर रहे थे। माँ ने पूछा, "कहाँ चली गई थी?"

मैंने कहा, "कहीं नहीं। थोड़ा सिर दर्द था बस, इसलिए कोठरी में जाकर लेट गई थी।"

"कोई बात नहीं। तू आकर तुलसी अदरक वाली गर्म-गर्म चाय पी ले। सिर दर्द भाग जाएगा।" मैं भी उनके साथ बैठकर चाय तो पीने लगी पर मेरा मन अभी भी, कुछ क्षण पूर्व ओमा के साथ हुए नवीनतम क्रूर वार्तालाप के चक्रव्यूह में फँसा हुआ था।

मेरा सारा दिन अब घर के और ओमा के बच्चे के काम-काज में हाथ बँटाने में ही निकलने लगा था।

***

एक दिन ओमा- पति, अपनी पत्नी और अपने नवजात शिशु से मिलने आए। उन्होंने पिता जी और माँ से तो पूर्ववत बड़े ही उचित ढंग से बातचीत की परन्तु मेरे साथ केवल, औपचारिक ढंग से अभिवादन करने के उपरान्त केवल मेरा हाल-चाल ही पूछा। कब आई थीं? कितने दिन अभी और हो यहाँ पर? और भी ऐसे ही एक-आध और प्रश्न पूछ कर, वार्तालाप को विश्राम दे दिया। परन्तु, 'मेरे उनके' विषय में एक भी प्रश्न तो क्या, उनका कुशलक्षेम भी पूछना उन्होंने उचित नहीं समझा।

मुझे ओमा पति का मनोविज्ञान और मानसिकता उनके विवाह के पहले दिन से ही समझ में नहीं आ पाए थे। बिना मिले-जुले, बिना किसी से बातचीत किए अथवा बिना व्यवहार में लाए या जाँचे-परखे कोई भी व्यक्ति किसी का भी ध्रुव विरोधी

कैसे हो सकता है? परन्तु, इस मामले में ये सारे मानदण्ड धरे के धरे रह गए थे। जब, वास्तविकता सामने आई तो पता लगा कि 'इनकी' उच्च शिक्षा, सम्मानजनक नौकरी, अच्छे वेतन, सम्भ्रान्त परिवार, शिक्षित व सुसंस्कृत समाज के साथ सम्बन्धों और सरोकारों को लेकर ओमा पति में अकारण ही इनके प्रति पूर्वाग्रह और ईर्ष्या-द्वेष पहले दिन से ही कूट-कूट कर घर कर गए थे। इसी से उनमें हीनभावना उत्पन्न हो गई थी जिसने उन्हें मेरे पति का ध्रुव विरोधी बना दिया था।

साथ ही एक साधारण से लाइनमैन होकर फ़ैक्टरी, कारखानों और दुकानदारों से ग़ैर-क़ानूनी बिजली सप्लाई से प्राप्त दो नम्बर की अवैध कमाई से जो अनाधिकृत संपत्ति बनाई थी। मकान, ज़मीन और गाड़ियाँ ख़रीद कर किराए पर चलवा रखी थीं। उससे उत्पन्न घमंड ने भी उसका सिर सातवें आसमान पर चढ़ा दिया था। कहा भी गया है कि 'प्रभुता पाए काहे मद नाहीं' इसीलिए वह, आदमी को आदमी ही नहीं समझता था। इसी हीन भावना और घमंड के कारण उसने इनके साथ पहले दिन से ही छत्तीस का आँकड़ा बना लिया था और अकारण ही उग्र विरोध की नीति अपना ली थी। अब यह मतभेद केवल मेरे और उनके बीच का न रहकर 'मास्टर जी' बनाम उनकी 'समूची ससुराल (जिसमें मैं भी सम्मिलित थी)' का होकर रह गया था।

***

एक दिन मेरी परिचिता ने आकर मुझे बताया कि किसी बात को लेकर मेरे उनमें और त्रिवेदी जी में भयंकर वाद-विवाद हो गया था जिसके फलस्वरूप पिछले शनिवार को वे अपना सामान समेट, घर छोड़ कर चले गए और उस फ़्लैट की चाबी मेरी सासू माँ को जाकर वापस सौंप दी है। आजकल मेरे 'वे' कॉलोनी में अधिकतर, कुछ ही लोगों से मिलते हैं अन्यथा अपने ही घर में अकेले पढ़ते-लिखते रहते हैं। दोपहर को वे अपने विद्यालय चले जाते हैं। वहीं से शाम को अपनी पत्रकारिता की कक्षा के लिए कनॉट-प्लेस चले जाते हैं। रात की आख़िरी बस से लौटकर वे खाना बना-खाकर सो जाते हैं। अगले दिन फिर उसी कार्यक्रम का दोहराव। उनकी यही दिनचर्या बन कर रह गई थी अब प्रतिदिन के लिए।

पहले की भाँति ही इस बार भी मुझे पीहर में रहते हुए कई महीने बीत गए। अब मुझे उनसे दूर रहते हुए भी उनके अभाव की वह तीव्र अनुभूति नहीं होती थी जो सबसे पहले लम्बी विरह के समय, मैंने अनुभव की थी। अब तो ऐसा लगने लगा था जैसे कि यह जीवन की अनिवार्य और अपरिहार्य अंग बन चुकी है जिसे जीवन में स्वीकार करना होगा; अंगीकार करना ही होगा? जीवन कब कैसा मोड़ ले ले, कुछ कहा नहीं जा सकता।

***

सोमवार का दिन था गाँधीनगर बाज़ार बन्द था। पिता जी और माँ नई सड़क कुछ कपड़े ख़रीदने के लिए गए हुए थे। पद्मकान्त भी अपने किसी मित्र के घर गया हुआ था। ओमा अपने बेटे को लेकर सो रही थी। मैं अलगनी पर सूख रहे कपड़ों को उलट-पलट रही थी। जो सूखे मिलते, उन्हें उतारकर तह बना देती और चारपाई पर रख देती।

इतने देर में बाहर से पिता जी का नाम पुकारने की आवाज़ आई। मैंने घर से बाहर आकर देखा तो सामने डाकिए को खड़े पाया। मुझे देख उन्होंने कहा, "आपके पिता जी के नाम की रजिस्टर्ड चिट्ठी है। उन्हें बुला दो उन्हें चिट्ठी देनी है।"

"वे और माँ तो घर पर नहीं हैं। मैं उनकी बड़ी बेटी हूँ। चिट्ठी आप मुझे दे दीजिए। मैं पिता जी को दे दूँगी," मैंने उनसे कहा।

वे बोले, "नहीं, तुम्हें नहीं दे सकता क्योंकि रजिस्टर्ड चिट्ठी है और उन्हीं के नाम से है तो उनके हस्ताक्षर भी चाहिए होंगे। यदि नहीं है वे घर में, तो उनसे कहना कि मैं दोबारा से कल इसी समय आऊँगा और रजिस्ट्री उनको दे दूँगा। मैं चलता हूँ। यदि रजिस्ट्री उन्हें जल्दी चाहिए होगी तो कल सुबह डाकखाने से दस बजे आकर ले लेंगे।"

मैंने अपने स्वर में अनुरोध का पुट घोलते हुए कहा, "चाचा जी! दे दो न। मैं उनकी बड़ी बेटी होने के नाते अपने हस्ताक्षर कर दूँगी। साथ ही पिता जी का नाम भी बड़े और स्पष्ट शब्दों में लिख दूँगी। आज कारखाने की छुट्टी है न, तो वे बाहर किसी आवश्यक काम से दिल्ली गए हैं। आते-आते उन्हें छः-सात तो बज ही जाएँगे। कहो तो गवाही के हस्ताक्षर करवाने के लिए उनकी छोटी बेटी और मेरी अपनी छोटी बहन ओमा, जो अपने नवजात को लेकर सो रही है उसको जगा दूँ।"

वे बोले, "अच्छा! तो तुम ओमा की बहन हो? तुम्हें तो मैंने पहले कभी नहीं देखा, पर उसे कई बार देखा है। ठीक है। वह बच्चे को सुला रही है। उसे सोने दो। तुम इस लिफ़ाफ़े के साथ लगे कार्ड पर अपना नाम लिख दो। साथ में यह मेरे हाथ में कागज़ है, इस पर भी हस्ताक्षर कर दो।"

उन्होंने जैसा बताया। मैंने वैसा ही करके कार्ड और काग़ज़ उन्हें लौटा दिए। चिट्ठी मुझे देकर वे चले गए।

***

अगले दिन घर का काम निपटाते, बनाते-खाते दोपहर हो गई। काम के क्षणों से छुटकारा पाते ही हम सब एक साथ बैठकर बातें करने लगे। इसी बीच बातचीत ने अपने कई रूप-स्वरूप बदले। तभी अपने नवजात लाल के साथ ओमा भी आ गई। उसके आते ही बातचीत की दिशा ओमासुत के ऊपर केन्द्रित हो कर रह गई।

उसके रंग-रूप को देखकर माँ बोली, "इसका चेहरा तो अपनी माँ पर गया है परन्तु रंग अपने पिता पर गया है। मैं तो भगवान से प्रार्थना करती हूँ कि इसका भी भाग्य इसके अपने माता-पिता की ही तरह बनाए रखें। ओमा को इतना अच्छा घरवाला और बेटे मिले हैं तथा बेटों को होनहार, सुन्दर एवं पैसे वाला बाप मिला है।"

"हाँ माँ! सही कहा तूने। एक अच्छा पति तो बड़े भाग्यों से मिलता है और सन्तान-सुख भी पिछले जन्मों के अर्जित पुण्यों से ही मिल पाता है जो सभी के भाग्य में नहीं लिखा होता," ओमा ने अपनी माँ के कथन के समर्थन में कही यह बात।

मैं सुनिश्चित रूप से तो नहीं कह सकती कि माँ-बेटी के बीच का उपरोक्त संवाद जाने-अनजाने, चर्चा में स्वतः ही आ गया था या घुमा फिरा कर मुझे ही केन्द्र बनाकर, केवल मुझे सुनाने के लिए ही बोला गया था। भले ही स्थिति कुछ भी रही हो, परन्तु चोर की दाढ़ी में तिनका को चरितार्थ करते हुए यह संवाद भीतर तक मुझे छील गया। क्योंकि, माँ और ओमा के उक्त संवाद के अनुसार तो मुझे, न पति ही अच्छा मिल पाया और न सन्तान सुख ही मिल पाया तो फिर मुझ जैसी हतभाग्यनी इस संसार में और कौन हो सकती थी भला, जिसे न माया मिली, न राम?

इतनी देर में ओमा का बेटा रोने लगा। ओमा जितना उसे चुप कराती वह उतनी ही ज़ोर से रोता। माँ बोली, "भूखा तो नहीं है यह?" माँ ने ओमवती से कहा।

"नहीं, अभी-अभी तो दूध पिला कर लाई थी इसे," ओमा ने उत्तर दिया।

माँ ने प्रश्न किया, "पेट तो नहीं दुख रहा?"

"माँ! अब, सब समय तो इसका पेट दुख नहीं सकता। सुबह नाभि में हींग रखी थी और दो घंटे पहले ही इसे घुट्टी भी पिलाई थी," ओमा बोली।

इतनी ही देर में माँ ने ओमा के बेटे की एक हाथ से दोनों टाँगे उठाते हुए दूसरे हाथ से टटोली और बोली, "ओ सतैंवन। बच्चे का हर समय के रोने का केवल इतना ही अर्थ नहीं है कि उसे भूख लगी है या उसके पेट में विकार है। यह भी तो हो सकता है कि मल-मूत्र त्याग से उसकी लंगोटी ही ख़राब हो गई हो। ऐसी अवस्था में भी बच्चा असुविधा का अनुभव करके रो रहा हो सकता है। चल खड़ी हो और इसकी लंगोटी बदल दे।"

ओमा ने भी हाथ फेरकर लंगोटी को जाँचा। सत्य का आभास होते ही वह मुस्कुराते हुए उठ खड़ी हुई और लग गई लंगोटी बदलने में। लंगोटी बदलकर अपना बेटा माँ की गोदी में दे दिया और गन्दी लंगोटी धोकर सुखाने चली गई।

तभी बाहर से, "पद्मकान्त" के नाम की आवाज़ आई। आवाज़ सुनते ही घर में एक अनूठी सी हलचल मच गई। हड़बड़ी के साथ सभी स्वयं को सम्भालने में

और घर को सँवारने में लग गए। यह खलबली देखकर मैं चकित थी। कच्छाधारी पिता जी ने पायजामा पहन लिया। माँ ने धोती ठीक कर माथे के ऊपर तक सिर ढक लिया। ओमवती अपने बेटे को लेकर बाहर दरवाज़े की ओर लपकी।

दरवाज़ा खोलते ही "पद्मकान्त" पुकारने वाले, पद्मकान्त के छोटे जीजा जी सामने खड़े थे। अपने हाथ का 'ऑफ़िस बैग' ज़मीन पर रखकर अपना बेटा ओमा की गोद से उन्होंने लगभग छीन लिया और अपनी गोद में दुलारते हुए वे भीतर चले गए। उनका ऑफ़िस बैग उठाए हुए ओमा भी उनके पीछे-पीछे भीतर चली गई।

मुझे देखकर वे बोले, "और धन्यमति! अभी भी यहीं जमी हुई हो दही की तरह? कभी तुम्हारा मन नहीं करता अपने उनके पास जाने का या तुम्हारे पति का मन नहीं है तुम्हारे साथ गृहस्थी निबाहने का? कई साल से देख रहा हूँ कि ससुराल में कम और इधर पीहर में तुम अधिक रह रही हो। नहीं निभती, तो न सही। पीछा छुड़ाओ और यहीं अपने पिता जी के काम में हाथ बँटाओ। मान-सम्मान के साथ दो रोटी खाओ और प्रभु के गुण गाओ। और कोई ज़रूरत हो तो मुझे बताओ। मैं सदैव तुम्हारे साथ खड़ा हूँ।"

बिना कोई प्रतिक्रिया दिए, सिर नीचे कर मैं उनके सामने से हटकर घर के दूसरे कामों में लग गई। वे अपनी आवभगत कराने में मस्त हो गए। मेरे पास विधाता के विधान को कोसने के अतिरिक्त और कोई भी चारा शेष नहीं बचा था। स्वयं मुझे ही अपने भाग्य पर तरस आने लगा था।

छोटे दामाद का जैसा राजसी स्वागत-सत्कार प्रायः देखने में आता था वैसा ओमा के विवाह के बाद बड़े दामाद को कभी भी मिल पाना सम्भव ही नहीं हो पाया था। हो सकता है कि छोटे दामाद की सुदृढ़ आर्थिक स्थिति और सम्पन्नता की चकाचौंध ने मेरे माता-पिता की आँखों पर अनैतिक, अव्यवहारिक और अनुचित भेदभाव की पट्टी बाँध दी हो।

इधर-उधर की बातों में साँझ हो गई थी। ओमा के इस पुत्र के जन्म के बाद पैर-फेरा डालने के लिए वह अपने पीहर में पहली बार ही आई थी तो आज की विदा भी तो परम्परागत रूप से पीहर की ओर से ही होनी थी। ओमा, ओमापति, ओमा के बच्चों और ओमा की सुसराल के अन्य सदस्यों के लिए वस्त्रादि एवं अन्य भेंट-उपहारों की माँ-पिता जी ने खुले मन से व्यवस्था की थी, जिससे उपजी दर्प-झलक उनके चेहरे पर उन उपहारों को, विदाई के समय दिए जाने के कारण स्पष्ट रूप से दृष्टिगोचर हो रही थी। अपनी बेटी और दामाद की आन्तरिक प्रसन्नता देखकर वे भी बहुत अधिक संतुष्ट थे, प्रसन्न थे।

साँझ के खाने में ओमा और ओमापति की पसन्द के पकवान बने। बाज़ार से अनेक प्रकार की मिठाइयाँ मँगवाई गईं। परम्परागत रूप में वह सब कुछ भी विदाई

के समय संपन्न हुआ, जो ऐसे समय सामान्यतः होता आया है।

जाने से पहले ओमा ने अपना पुत्र मेरी गोद में डाला और बोली, "ले जिज्जी! सम्भाल अपने बेटे को। दे ढेर से आशीर्वाद इसे कि बड़ा होकर यह अपने जीवन में बहुत बड़ा आदमी बने। सफलताएँ इसके क़दम चूमें। मौसी का आशीर्वाद भी जीवन में ऐसे ही फलता है जैसे कि माँ का आशीर्वाद फलता है।

तू अपने आपको मेरे तीनों बच्चों की माँ समझ। जब भी तुझे चाहिए, बोलने की आवश्यकता नहीं, बस झूठे को ही आँख का एक संकेत मात्र कर देना, बस उसी क्षण, जीवन भर के लिए तेरे अपने पुत्र के रूप में, तेरी गोद में डाल दूँगी। तुझे भी जीवन भर तेरी सेवा करने वाला और तुझे माँ समझने वाला व माँ कहकर पुकारने वाला, सगे से भी बढ़कर एक बेटा मिल जाएगा।"

यह सुनकर उस बच्चे को मैंने अपने वक्ष से लगा लिया। उसका मुँह और माथा चुंबनों से भर दिया। जब उसके जाने की बात मेरे मन में आई तो वह बच्चा मैंने ओमा को पकड़ाया और मैं तब तक उसके सामने नहीं आई जब तक कि वह विदा नहीं हो गई।

लेकिन उस रात, मैं सो ही नहीं पाई। उस दिन की सुबह से लेकर ओमा के विदा हाने तक की एक-एक घटना और सभी संवादों के एक-एक शब्द मेरे स्मृति-पटल पर चलचित्र की भाँति घूम रहे थे। जो बातें मेरे और मेरे पति के विषय में नकारात्मक सोच के साथ कही गई थीं। वे बातें भी मुझे बड़ी देर तक सालती रहीं। ओमापति की बातों में जहाँ मुझे रावणाकार अहंकार की गंध आ रही थी वहीं, अपने पति से सम्बन्ध विच्छेद कर आजीवन अपने पिता के घर पर उनके कारखाने में उनको सहयोग देकर, रहती रहूँ की उनकी सोच भी, किसी मानसिक रोगी की सोच जैसी ही लग रही थी।

हाँ, ओमा द्वारा, मेरे इच्छित उसके किसी भी पुत्र को मुझे जीवन पर्यंत के लिए गोद देने की बात प्रत्यक्षतः जहाँ सहानुभूति पूर्ण, मनोबल बढ़ाने वाली और उत्साहवर्धक लग रही थी, अंततोगत्वा वही बात, अपने पति द्वारा सुझाए गए सम्बन्ध विच्छेद की बात का परोक्ष रूप से समर्थन करती दिखाई पड़ रही थी। इस प्रकरण से यह भली भाँति स्पष्ट हो गया था कि मेरे अनुज पद्मकान्त को छोड़कर, पूरे घर में किसी को भी इस बात से किंचित मात्र अन्तर पड़ने वाला नहीं है कि हम दोनों पति-पत्नी के बीच विधिवत सम्बन्ध विच्छेद हो जाए। उनके लिए तो यह बड़ी सामान्य सी बात रही होगी परन्तु, मेरे लिए तो यह जीवन-मरण का प्रश्न था। जिस व्यक्ति के साथ जीवन के स्वर्णकाल के लगभग दस वर्ष बिताए हों, उन सम्बन्धों को एक ही झटके से तोड़ देना इतना सहज और सरल हो सकता है क्या?

***

अचानक ही, दो दिन पहले डाकिया चाचा द्वारा, पिता जी के नाम से आया पत्र, मुझे सौंपे जाने का ध्यान आया। मैंने वह पत्र, उन्हें यह बताते हुए सौंप दिया कि वह पत्र उसी दिन आया था जिस दिन वे ओमा की विदाई के लिए सामान ख़रीदने नई सड़क गए हुए थे।

पिता जी ने मुझसे कहा, "लल्ली! खोलकर पढ़ इसे और मुझे बता कि कहाँ से आया है रजिस्टर्ड पत्र और इसमें किसने क्या लिखा है?"

मैंने रजिस्ट्री लिफ़ाफ़ा खोलकर देखा। उसमें न्यायालय के आदेश की हस्तलिखित (हिंदी में अनुवादित) प्रति थी जिसके अनुसार लगभग चार मास पहले हम दोनों पति-पत्नी का एक पक्षीय सम्बन्ध विच्छेद हो गया था।

अभी मैं उन्हें यह पत्र पढ़कर सुनाने वाली ही थी कि बाहर से किसी ने पिता जी को आवाज़ लगा ली। वे बाहर गए और फिर लौटकर बोले, "लल्ली। अभी तो मैं जा रहा हूँ। शाम तक लौटूँगा। तब सुनाना चिट्ठी पढ़कर।" यह कहकर वे चले गए।

पत्र पढ़कर मैं तो सन्न रह गई। मेरी समझ ने काम करना बन्द कर दिया। बहुत देर तक तो मैं यह समझ ही नहीं पाई कि मैंने पढ़ा क्या था। और उसका अर्थ क्या है। कुछ क्षणों के लिए तो मैं चेतना शून्य सी हो गई। जब थोड़ी चेतन हुई तो मैंने दोबारा से पत्र पढ़ा। उसमें वही लिखा था जो मैंने पहले भी पढ़ा था और अब स्पष्टतः मेरी समझ में यह आ गया था कि मेरे और उनके बीच पति और पत्नी का सम्बन्ध विधिवत रूप से भी समाप्त हो चुका था। अर्थात कल जो ओमापति सुझाव दे रहे थे सम्बन्ध विच्छेद करने का, वह कई मास पूर्व ही सिरे चढ़ चुका था। सरस्वती उनकी ज़बान से बोल रही थी या उन्हें कहीं से भनक पड़ गई थी। वैसे भनक पड़ने का तो प्रश्न ही नहीं उठता क्योंकि जो बात हमें ही अब पता लग रही है उसे पहले से ही कोई दूसरा कैसे जान सकता है?

कुछ देर मैं यूँ ही बैठी रही। सोचती रही कि क्या करूँ, क्या न करूँ? अन्त में, मैं कुछ कर गुज़रने का निर्णय लेकर उठ खड़ी हुई। मैंने धोती बदली और माँ से बोली, "माँ मैं अभी आती हूँ दो घंटे में। मैं कॉलोनी में अपनी मिलने वालियों से मिलने जा रही हूँ।"

***

रिक्शा लेकर मैं इनके स्कूल पहुँची। जहाँ पता लगा कि अस्वस्थ होने के कारण वे अवकाश लेकर घर पर विश्राम कर रहे हैं। उसी रिक्शे से मैं घर पहुँची और दरवाज़ा खटखटाया। इन्होंने दरवाज़ा खोला। मुझे देखकर आश्चर्यचकित रह गए। हम दोनों भीतर चले गए। दरवाज़ा बन्द कर लिया।

ये बोले, "पानी पियोगी?" मेरे न में सिर हिलाने पर बोले, "कहो कैसे आना हुआ? मेरी रजिस्ट्री मिल गई होगी? कब मिली? पढ़ तो ली होगी?"

"हाँ, मैंने कहा। मेरे नेत्र सजल हो आए।

मैंने आगे पूछा "इतना कठोर दण्ड क्यों दिया आपने मुझे। समझा लेते, डाँट-डपट देते। नहीं समझती तो मार-पीट कर लेते। लेकिन, अपने जीवन में से दूध में पड़ी मक्खी की तरह निकाल कर तो न फेंकते। जो कुछ भी जाने-अनजाने हुआ उसकी मैं हाथ जोड़कर क्षमा चाहती हूँ," कहकर मैंने उनके पैर पकड़ लिए। उन्होंने झटके से पैर पीछे खींच लिए और दूरी बनाकर खड़े हो गए।

रोते-राते मैं बोली, "बाबू! बस इस बार क्षमा कर दो इस गरीबनी को। भविष्य में कुछ भी ऐसा नहीं होगा।"

अपने विस्तृत उत्तर में उन्होंने वे सारी बातें मुझे गिनादीं जो पिता जी और माँ के दिल्ली में बस जाने के बाद से उनके द्वारा की गई उनकी अनदेखी, उपेक्षा, अवमानना और घोर अपमान से जुड़ी हुई थीं। पिता जी द्वारा बीच बाज़ार में इनको न पहचानने और समझौते कराने आई ननद की बात न मानने की अन्तर्व्यथा भी बताई। ओमापति के प्रति उनके द्वारा पक्षपाती व्यवहार करना। तुलना में बड़े दामाद के साथ स्तरहीन व्यवहार करने का भी उल्लेख करने के साथ-साथ मेरी ओर से रची गईं सभी असत्य आधारित अक्षम्य इतनी घटनाएँ भी उन्होंने सविस्तार गिनाईं कि जिन्हें लिखा जाए तो कई पृष्ठ भर जाएँ।

मैंने उन्हें मनाने का हर सम्भव प्रयत्न किया लेकिन वे टस से मस नहीं हुए। मैंने उन्हें यह भी सुझाया कि कचहरी का आदेश तब तक केवल मात्र एक काग़ज़ी आदेश है जब तक कि कटुता भरे अतीत पर मिट्टी डालते हुए हम मन-वचन से एक साथ रहने का सच्चा प्रण कर साथ रहना प्रारम्भ नहीं कर देते। यदि, हम आदर्श रूप से दाम्पत्य जीवन बिताने लगें तो फिर कचहरी आदेश, मात्र काग़ज़ का अर्थहीन और बेकार का टुकड़ा ही हो कर रह जाता है।

वे बोले, "अब ऐसा होना कठिन ही नहीं असम्भव भी है क्योंकि अभी कुछ दिन पहले मैंने आर्य समाज पद्धति से पुनःविवाह कर लिया है।"

यह सुनते ही ऐसा लगा जैसे किसी ने ऊँचे पहाड़ से मुझे गहरी अँधेरी खाई में धकेल दिया हो। मेरी आशाओं पर तुषारापात हो गया। मैं ऐसी हो गई जैसे कि आसमान टूटकर मेरे सिर पर गिर गया हो। मुझे काटो तो ख़ून नहीं। मेरे पैर जड़ हो गए। मैंने चलने के लिये पैर उठाने चाहे परन्तु वे हिल भी नहीं पा रहे थे। मैं सोच रही थी कि भगवान मुझे इसी क्षण उठा ले तो भविष्य में होने वाली दुर्गति से तो मैं बच सकूँगी।

तब ध्यान में आया कि सम्भवतः भगवान राम द्वारा परित्यक्तावस्था में माता सीता की भी ऐसी ही मनःस्थिति बन गई होगी, तभी तो वे पृथ्वी में समा गईं थीं। वे तो समा गईं थीं क्योंकि जगन्माता का अवतार होने के कारण उनमें सतीत्व का एक अजय तेज था। वे दिव्य और अलौकिक शक्तियों की स्वामिनी थीं। हम जैसी असत्यवादिनी, प्रपंचकारिणी, षड्यंत्रकारिणी और दुर्गुणों की खान को ऐसी शक्तियाँ मिल पाना आकाश कुसुम की भाँति है। तो फिर हमारा उद्धार हो पाना सम्भव कैसे हो सकता है भला? अब तो अपनी करनियाँ, स्वयं को ही भरनी पड़ेंगी। अन्ततः, हारे हुए जुआरी की भाँति लौटकर बुद्धू (मैं) अपने घर (गाँधीनगर) को वापस चल दी।

कॉलोनी से बाहर निकलकर मैं रिक्शा पकड़ने के लिए तेज़ी से जा ही रही थी कि सामने से हरित की माँ सब्ज़ी लाती दिखाई दीं। वे मुझे देखकर मुस्कुराईं परन्तु मैं उनकी मुस्कुराहट का उत्तर अपनी चिर परिचित गहरी और फैली मुस्कान के साथ न दे पाई। उन्होंने तुरन्त ही इस बात को भाँप लिया और पूछने लगीं, "क्या हुआ मास्टरनी जी? आज तुम्हारे चेहरे पर हवाइयाँ क्यों उड़ रही हैं। गाँधीनगर में तो सब ठीक है न? कितनी देर हो गई कॉलोनी में आए हुए? अभी इतनी जल्दी क्यों जा रही हो? घर चलो, चाय पीकर चली जाना।"

उनके इतने सारे प्रश्नों को समेटते हुए मैंने संक्षिप्त में कहा, "अभी तो मुझे घर जल्दी ही वापस जाना है। फिर कभी आऊँगी। एक बात बताओ। उषा का विवाह हो गया क्या? यदि हाँ, तो कितने महीने पहले हुआ?"

वे बोलीं, "उषा तो उषा, पिछले छः महीने में कॉलोनी के किसी भी लड़के-लड़की का विवाह नहीं हुआ है? पर उषा के विवाह से आपका क्या लेना-देना?"

"नहीं, ऐसा कुछ नहीं है। मैंने तो बस उड़ती-उड़ती सुनी थी। इसलिए शंका दूर कर रही थी। घर पर सब मेरी राह तक रहे होंगे। अभी मैं चलती हूँ। आने वाली छुट्टी में हरित के पिता जी को लेकर घर आना। उनसे कुछ बातें करनी हैं। बहुत ही ज़रूरी हैं। चाहे दस मिनिट के लिए ही आना। परन्तु, आना भूलना नहीं," कहकर मैं वहाँ से तेज़ी से निकल गई।

***

घर जाते समय मैं रिक्शे में बैठी सोच रही थी कि उषा के साथ इनके विवाह की बात तो झूठ निकली। तो कहीं इन्होंने अपने पुनर्विवाह करने की बात मुझे बहकाने और टालने के लिए, झूँठ-मूँठ तो नहीं उड़ा दी थी। मैं तो भगवान से प्रार्थना करती हूँ कि उषा के विवाह के झूठ की तरह इनके पुनर्विवाह की बात भी झूठ ही निकले। यदि ऐसा हो गया तो सम्बन्ध विच्छेद मामले को तो येन-केन-प्रकारेण निपटाने के लिए प्रयास किए ही जा सकते हैं।

तभी रिक्शे वाले ने कहा, "बहनजी! यहीं उतरना है या कहीं और जाना है?"

"नहीं, नहीं भइया! यहीं उतार दो," कहकर मैंने उसे किराया दे दिया और अपने घर में घुसती चली गई।

घर पहुँचकर पहले में शौचालय गई। वहाँ से निवृत होकर मैंने मुँह हाथ धोए और माँ के पास पहुँची। उससे पूछा, "चाय पियोगी?"

इतनी देर में कि माँ कुछ बोलती, "मैं भी पिऊँगा। मेरे लिए भी चाय चढ़ा लेना," बाहर के दरवाज़े से घर में भीतर आते हुए पिता जी की आवाज़ आई।

"मुझे मत छोड़ देना," पिता जी के पीछे-पीछे आते हुए पद्मकान्त ने भी कहा।

थोड़ी देर में चाय के कप सभी के हाथों में थे। चाय सुड़कते हुए माँ बोली, "ऐं जी! कल इस समय घर में कितनी रौनक़ थी। जब से ओमा का छोरा आया था तो घर में एक अलग सी चहल-पहल थी। घर बोलता ही रहता था और अब देखो। घर कैसा काटने को दौड़ रहा है।"

पिता जी बोले, "हाँ, यह बात तो है। बन्दों से घरों में बड़ी रौनक़ होती है। अब लल्ली के भी एक-दो होते तो ओमा की अनुपस्थिति में उनसे ही घर में चहल-पहल होती रहती और हमारा भी मन लगा रहता। अभी साल-छः महीने में पद्मकान्त की भी भाँवरें डाल के ले आते, तो साल-दो साल में अपने आँगन में भी अपनी ही किलकारियाँ गूँजने लगतीं। लगता है कि लल्ली से तो विधाता भी रूठा हुआ है। इसीलिए इसे तो न पति सुख मिला और न संतति सुख ही मिला है।"

बार-बार के लगाए गए आरोपों की पुनरावृति इस बार मुझसे सहन नहीं हो पाई और तुरन्त ही मैं मुखर हो उठी, "माँ-पिता जी"! अब आपको मेरे बारे में या मेरे पति अथवा संतति की चिन्ता करने की आवश्यकता नहीं पड़ेगी।"

"क्यों?" आश्चर्यजनक रूप से समवेत स्वर में सभी ने एक ही प्रश्न उछाला। एक साथ, एक ही स्वर में, एक ही प्रश्न सभी के मुख से निकलता देख पहले तो सबने एक-दूसरे के मुँह की ओर देखा फिर सभी मेरा मुँह ताकने लगे।

* * *

मैं 'व्यथित आत्मा', झटके से उठी। अन्दर के कमरे से पिता जी के नाम आई रजिस्ट्री निकाल कर ले लाई और उनके हाथों में थमाते हुए बोली, "यह लीजिए आप सभी के एक ही प्रश्न "क्यों" का एक मात्र उत्तर। आपकी काली करतूतों का प्रलयकारी परिणाम।

रजिस्ट्री खोलने का उपक्रम करते हुए पिता जी ने जानना चाहा "क्या है लल्ली यह?"

"अपने आप देखलो; पढ़ लो। न समझ में आए तो अपने सपूत से पढ़वा लेना। उसकी भी न समझ आए तो अपने सबसे लाड़ले, छोटे दामाद से पढ़वा लेना। वह आपकी सारी शंकाओं का समाधान कर देगा। सभी समस्याओं का हल चुटकियों में ही सुझा देगा।" मैं फट पड़ी। आशा के विपरीत मेरे इस मुँहफट उत्तर को सुनकर सभी भौंचक्के थे।

पिता जी ने रजिस्ट्री का लिफ़ाफ़ा पद्मकान्त के हाथों में देते हुए कहा, "ले लल्ला! तू पढ़कर सुना। मेरी ऐनक दूसरी क़मीज़ की जेब में रह गई है।"

पद्मकान्त ने लिफ़ाफ़ा खोला। उसमें से हस्तलिखित पत्र निकालकर पढ़ने लगा। बिना रुके एक ही साँस में पढ़ने के बाद उसने सिर नीचे लटकाते हुए गहरा उच्छ्वास छोड़ा और आँखों में आँसू भरते हुए बोला, "हे भगवान! तूने यह क्या अन्याय किया जिज्जी के साथ? हमारे समूचे परिवार की उद्दंडता, उच्छृंखलता, अहंकार और मूर्खता का दण्ड भोगने के लिए अकेली जिज्जी को ही क्यों चुना? किसी को अपेक्षाकृत कम महत्व देना, उसकी उपेक्षा करना, अवमानना और अपमानित करना; इतना भयंकर परिणामकारी भी हो सकता है यह हमारे लिए स्वप्नातीत था। जिज्जी के प्रति हुए अनर्थकारी इस अन्याय के लिए हम सब ही दोषी हैं। इसके लिए हमारा रावणाकार मिथ्याभिमान दोषी है और भुगतना अकेली बेचारी जिज्जी को ही पड़ा है। यह अपराध बोध हमें जीवनभर सालता रहेगा जिसे न भगवान क्षमा करेंगे और न जिज्जी ही," कहते-कहते वह मेरे पैरों में गिर गया और फूट-फूट कर रोने लगा।

घोर आश्चर्य में डूबे माँ और पिता जी पद्मकान्त को फूट-फूटकर रोते देख अवाक रह गए।

"अरे! क्या पागलों की तरह प्रलाप कर रहा है? कुछ बताएगा भी फूटे मुँह से। ऐसा क्या आसमान टूट पड़ा है, या बिजली गिर गई है तेरी जिज्जी पर? साफ़-साफ़ बक, जो कहना चाहता है। वैसे ही अनाप-शनाप बके जा रहा है। बता! क्या लिखा है इस चिट्ठी में," क्रोधावेग में माँ ने पद्मकान्त को बुरी तरह डाँट दिया।

आज, मैं बड़े ही ध्यान से मिष्टभाषी और मितभाषी पद्मकान्त को सुन रही थी। वह मेरी गोद में खेला था। हमारे साथ ही पला और बड़ा हुआ था। विवाह के बाद भी हमारे निकट सान्निध्य में दस वर्षों तक रहा। मेरे पीहर और ससुराल में कितने भी मतभेद ओर मनभेद क्यों न रहे हों। परन्तु, उसके व्यवहार में किंचितमात्र भी अन्तर नहीं आ पाया था। वह विवाह के पहले दिन की भाँति ही आज भी हमारा उतना ही मान-सम्मान और आदर-प्रेम करता रहा है।

आज उसका यह एक नया रूप, मुझे आश्चर्य में डाल गया कि उसके पास एक गहन गम्भीर विश्लेषक की तीक्ष्ण दृष्टि के साथ-साथ एक निष्पक्ष समीक्षक

की खुली सोच भी है। उसमें सही को सही और ग़लत को ग़लत कहने का अप्रतिम साहस भी है। इससे, समूचे परिवार से हटकर आज उसकी एक नूतन छवि, मेरे मन-मस्तिष्क में उत्कीर्ण हो गई। कंधे पकड़कर मैंने अपने पैरों में पड़े पद्मकान्त को ऊपर उठाया।

पद्मकान्त बोला, "चिट्ठी में जो लिखा है उसे मैं अपनी जिह्वा से उच्चारित नहीं कर सकता। अंग्रेज़ी के साथ-साथ उसका हिन्दी अनुवाद भी किया हुआ है। अच्छा यह होगा कि आप स्वयं ही उसको पढ़ें, समझें और उसके बारे में अपनी मान्यताएँ और धारणाएँ बनाएँ। थोड़ा रुकिए, मैं आपकी ऐनक ही आपको लाकर देता हूँ जिससे प्रलयंकारी चिट्ठी को स्वयं आपही अपने नेत्र और बुद्धि खोलकर पढ़ सकें और इसके एक-एक शब्द और वाक्य के दंश का सामना कर सकें।"

तुरन्त ही वह उठा, गया और आया। बस, इतना ही समय लगा पद्मकान्त को अपने पिता जी की ऐनक लाकर उनको देने में।

* * *

पिता जी ने ऐनक लगाकर-पत्र पढ़ना प्रारम्भ किया। जैसे-जैसे वे पत्र पढ़ते जाते थे उनके चेहरे पर भी तरह-तरह के रंग आते-जाते रहते थे। पत्र समाप्ति पर तो उनके चेहरे का भी रंग उड़ गया। उनके भी नेत्रों से आँसू छलकने लगे। उनके मुख से शब्द ही नहीं निकल पा रहे थे। वे सिर पकड़कर बैठ गए। हम तीनों उनकी भाव-भंगिमा को निहार रहे थे। हम इस प्रतीक्षा में पिता जी को एकटक निहार रहे थे कि सम्भवतः प्रतिक्रिया स्वरूप उनके मुँह से कोई शब्द तो निकले जिससे हम यह अनुमान लगा सकें कि उनके मन-मस्तिष्क में चल क्या रहा है? इस समय उनकी मनःस्थिति क्या है?

कुछ क्षणोपरान्त रुंधे कंठ से बोले, "हे भगवान यह क्या हो गया? मेरी लाडली के तो भाग्य ही फूट गए। हे भगवान! यह तूने क्या कर दिया? यह दिन दिखाने से पहले तूने मुझे उठा ही क्यों नहीं लिया? यह मेरे किस पाप का दण्ड है जो भरी जवानी में मेरी लाडो को उस निकम्मे, हमराखोर व कमीने के हाथों भोगना पड़ा है।"

पिता जी का रुदन जारी था। उधर माँ बड़े ही आश्चर्य भाव से उन्हें देख रही थी कि लल्ली के पिता जी भी आख़िर आज रो क्यों पड़े हैं। पूरे जीवन, जिस व्यक्ति ने चेहरे पर किसी भी प्रकार का नकारात्मक अथवा दुखद भाव लाए बिना भी बड़ी-बड़ी समस्याओं का बड़ी बुद्धिमानी और साहस से सामना किया हो। वही व्यक्ति, आज इतना अधीर होकर छोटे बच्चों की भाँति रो रहा है, सुबक रहा है। आख़िर कारण क्या है?

माँ बोली, "अरे भई! इस पत्र को जो भी पढ़ता है वही दुख के बादलों से घिर

जाता है। आख़िर किसका पत्र है यह? किसने लिखा है? क्या लिखा है इस मुए पत्र में, जिसके कारण हर पढ़ने वाला व्यथित और व्यग्र हो जाता है? रोने लगता है। कोई मुझे भी तो बता दो कि ऐसा कौन सा पहाड़ टूट पड़ा है इस पत्र के भीतर, जिसे लेकर सारा परिवार चिंतित और व्यथित है?

मैं भीतर ही भीतर घुट रही थी इस घटना के भावी परिणामों को सोचकर और भीतर-भीतर कुढ़ रही थी अपने माता-पिता की उस दुमुँही कुटिल नीति को लेकर जिसने अपने निरंकुश अहंकार के कारण मेरे जीवन को साक्षात नरक बनाकर रख दिया था। इन्होंने तो मुझे न घर का छोड़ा और न घाट का। मेरा केवल भविष्य ही चौपट नहीं किया बल्कि पूरा जीवन ही अँधकारमय कर दिया। नारकीय बना दिया।

माँ की जिज्ञासा शान्त करने के लिए पद्मकान्त ने उस पत्र की प्रत्येक पंक्ति के बिल्कुल एक-एक शब्द की अर्थ सहित सविस्तार व्याख्या कर दी जिसे सुनकर अब माँ भी बिल्कुल सन्न हो कर ही रह गई। उसकी आँखों से भी अश्रुधारा, अविरल बह निकली।

वह सोच रही थी कि क्या यही दिन देखने के लिए बेटियों को जन्म दिया जाता है। उनका लालन-पालन किया जाता है। पेट काट कर पढाया-लिखाया जाता है। सिर से पैर तक ऋण में डूबकर उनके अच्छे और सफल भविष्य की कामना में अपना जीवन इसी अभिशप्त घड़ी के लिए होम करते हैं क्या माँ-बाप?

लेकिन इस विकट परिस्थिति के जनक मेरे अहंकारी माँ-पिता जी अभी भी अपना कोई दोष मानने या स्वीकार करने को तैयार नहीं थे। इस सबके लिए केवल 'मेरे उन्हें' ही दोषी ठहराते जा रहे थे।

"एक उस नालायक को देखो। विवाह के पहले दिन से ही उस ढोंगी ने बड़े ही सीधे-सादे, संस्कारवान, धीर-गम्भीर, उदारमना और सुशील व्यक्ति होने का नाटक रचा है। अपने आस-पास के लोगों, अड़ोसी-पड़ोसियों, सगे-सम्बन्धियों और परिचित-अपरिचितों को प्रभावित करने में उसने दक्षता प्राप्त कर रखी है। यही कारण है, उसकी लोकप्रियता का। लेकिन घर-परिवार में उसका व्यवहार बिल्कुल ही उलट है; अपरिपक्व है। इसके मूल में उसमें श्रेष्ठ भावना ग्रंथि और उसका असीमित अहंवादी होना है। दूसरों पर मिथ्या दोषारोपण करने की उसकी पुरानी आदत है। और इसी आदत के चलते इसने हमारी गऊ सरीखी सीधी-सादी, भोली-भाली लड़की को चारों ओर अपयश का भागीदार बनवा दिया। इसने हमारी बेटी को परित्यक्ता बनाकर उसका जीवन ही बर्बाद करके रख दिया। इससे अच्छा तो यह होता कि भगवान हमारी बेटी को विधवा ही बना देता। कम से कम परित्यक्ता का लांछन तो हमारी बेटी को जीवन भर ढोना न पड़ता," माँ का ज्वालामुखी फट पड़ा।

माँ की बातें सुनकर मुझे बड़ा बुरा लग रहा था। उनके भाव और भाषा दोनों ने ही इस संकट की घड़ी में भी स्तरहीनता के सारे मानदंड तोड़ रखे थे। इतना अनुभव कर लेने के बाद भी मैं शान्त ही बनी रही। परन्तु, परम अनुशासित और सदैव शान्त पद्मकान्त की सहनशीलता की सीमाएँ भी अब टूट चुकी थीं। उसने माँ को शान्त कराने की दृष्टि से वे सारे तथ्य, सत्य उजागर कर दिए, जो केवल माँ-पिता जी को ही ज्ञात थे। सारी बातें सुनकर चुप लगा गई माँ। क्योंकि उनको अभी तक यही भ्रांति थी कि उनसे जुड़े तथ्य/सत्य, परम गोपनीय हैं। उनकी यह भ्रांति अब समाप्त हो चुकी थी; टूट चुकी थी। मेरे 'उनकी' आँख के तिनके की भर्त्सना करने वाले माता-पिता को आज उन्हीं की अपनी आँख की शहतीर उन्हीं के पुत्र ने दिखाकर उनके मिथ्या दर्प को धूल चटा दी थी। उन्हें दर्पण दिखा दिया था।

***

छब्बीस

अगले दिन, पिता जी अपनी ही बस्ती के एक प्रभावशाली दुकानदार, मुहल्ले के एक बिना वर्दी हवलदार और पद्मकान्त के साथ कॉलोनी चले गए। वहाँ जाकर उन्होंने तीस हज़ारी कोर्ट में काम करने वाले, हरित के पिता जी से बात की। उन्हें सारी बातें विस्तार से बताईं। रजि. पत्र भी दिखलाया।

रजिस्टर्ड पत्र को पढ़ने के बाद वे बोले, "अब, तो पंडित जी इस तलाक़ के इकतरफ़ा फ़ैसला हो जाने के बाद कुछ भी नहीं हो सकता। स्टे लेने का भी कोई फ़ायदा नहीं हो सकता क्योंकि मास्टर जी ने दूसरी शादी भी कर ली है। अदालत में नब्बे दिन का अपील का पीरियड भी खत्म हो चुका है। समझाने-बुझाने या धमकाने से भी आपके हक़ में अब कुछ भी हासिल होने वाला नहीं है।"

यह सुनने के बाद पिता जी सकते में आ गए और बोले, "क्या कुछ भी नहीं हो सकता? आप तो कोर्ट में है? क़ानून में छत्तीसों छेद होते हैं; रास्ते होते हैं, कोई न कोई रास्ता तो आप ढूँढकर बता ही सकते हैं। किसी अच्छे वकील से बात कर लीजिए। अगर मामले में थोड़ी सी भी जान हो तो मुकद्दमा लड़ने के लिए उस वकील को पक्का कर लीजिए।"

हरित के पिता जी बोले, "देखो पंडित जी। इस मामले में हार-जीत के पचास-पचास फ़ीसदी के मौक़े हैं। अगर तो ये कोर्ट ऑर्डर फर्ज़ी है या ग़लत बयानी और अनुचित ढंग से हासिल किए गए हैं जिसकी उम्मीदें नहीं के बराबर हैं; या मास्टर जी ने आर्य समाज मंदिर में शादी के वक़्त अपने आपको कुँवारा बताया है तो यह बयान ग़लत सिद्ध हो जाने पर, कोर्ट उनकी दूसरी शादी को बातिल और शून्य घोषित कर सकती है और पहली शादी को पुनःस्थापित कर सकती है या तलाक़ का मुकदमा नए सिरे से चलाने के आदेश दे सकती है।"

पिता जी बोले, "जैसा उचित लगे, वैसा करो। चलो! एक बार उस हरामज़ादे का भी हालचाल पता कर लेते हैं। उसके घर जाकर।"

सभी ने मिलकर उनके घर पर धावा बोल दिया। इन्होंने दरवाज़ा खोल दिया। इतने लोगों को एक साथ देखकर ये चकरा गए। सबको नमस्ते बोली और भीतर आने के लिए रास्ता छोड़कर उनके पीछे-पीछे कमरे में चले गए। जिसको जहाँ जगह मिली वह, वहीं बैठ गया।

"पानी लाऊँ? चाय बनाऊँ? अच्छा हुआ कि आप लोग जल्दी आ गए। यदि दो मिनट की और देर हो गई होती तो मैं निकल गया होता दवाई लेने के लिए डॉक्टर के पास।"

"क्या हुआ मास्टर जी," हरित के पिता जी ने पूछा।

"कुछ नहीं, तीन-चार दिन से हरारत सी हो रही थी। आँखों में जलन भी थी। अब, कुछ ठीक लग रहा था। सोचा- एक बार और दिखा लेता हूँ। साथ ही परहेज़ भी पूछ लूँ।"

बीच में पिता जी भड़कर बोले, "अजी कुछ नहीं हुआ। वैसे ही ड्रामेबाजी कर रहा है साला। ऐं रे। यू क्या बदतमीजी करी है तैने हमारी लौंडिया की गैल? तू बहुत बड़ा आदमी बन गया है क्या?"

सभी पिता जी की उजड्ड और गँवारू भाषा सुनकर उनकी ओर भौंचक्के से देखने लगे। तभी हरित के पिता जी ने टोका, "पंडित जी! आप बोल कैसे रहे हो मास्टर जी से? ठीक है कि दो दिन से इनका आपसे रिश्ता टूट गया। पर ये भी तो देखो कि अगला, दस साल तक आपका दामाद भी तो रहा है। कम से कम बोलो तो तमीज़ से।"

हवलदार बोले, "पंडित जी! अपने गुस्से को क़ाबू करो। कैसी सड़क छाप भाषा बोल रहे हैं आप। मैंने तो पिछले सात-आठ साल में आपके मुँह से ऐसी भाषा कभी नहीं सुनी।"

"अरे हवलदार जी! सुनते भी कैसे? कभी ऐसी खोपड़ी ख़राब नहीं हुई है जैसी इस बहन... ने कर दी है...।"

अभी पिता जी की बात पूरी नहीं हुई थी कि ये गुस्से से बोले, "चुप! बहुत बदतमीज़ी कर ली है अब तक। अपने पिता जी की तरह इज़्ज़त देते हुए मैंने अभी तक अपने संस्कार नहीं खोए हैं। इस बार बदज़बानी की तो उठाकर बाहर फेंक दूँगा।"

"तेरी माँ को...। तू मुझे उठाकर बाहर फेंकेगा बहन...। अबे! दो टके के मास्टर तेरी औक़ात क्या है?" पिता जी का पारा चढता ही जा रहा था। दुकानदार ने उनको पकड़ा। चुप कराया।

ये बोले, "देख लिया आप लोगों ने। सम्बन्ध टूटने के पीछे इनकी लड़की का कोई दोष नहीं है। विवाह होने से लेकर दिल्ली आने तक वह ससुराल वालों और सभी सम्बन्धियों, मिलने-जुलने व पड़ोसियों की चहेती रही व सास-ससुर की लाडली बहू व मेरी प्यारी पत्नी रही। लेकिन क़स्बा छोड़, जब एक सीधा-सादा परिवार दिल्ली की चालाकियों, अवसरवादिताओं के रंग में रंगकर धूर्तता और स्वार्थ का चोला ओढ़ बैठा तो उसने ग्रामीण-क़स्बाई संपन्न संस्कृति और संस्कारों को भुलाकर दिल्ली की 'व्यावहारिक' भौंडी और गंवई सोच-समझ को अंगीकार कर लिया और अपनी संतति को पूर्णतः उसी वातावरण में ढाल लिया। दुर्भाग्यवश

इन्हें छोटा दामाद भी इन्हीं की प्रकृति का मिल गया। छोटी साली ओमा को उसके भ्रष्ट पति ने चकाचौंध के अपने ढाँचे में ढाल लिया।

रह गया इनका एक मात्र पुत्र पद्मकान्त। मैं आश्चर्यचकित हूँ यह देखकर कि इस कलयुग में भी रावण के ख़ानदान में यह विभीषण कैसे पैदा हो गया? जबकि हरचन्द कोशिश करने और बहुत चाहने के उपरान्त भी मैं अपनी पूर्व पत्नी को इनके द्वारा प्रदत्त कुसंस्कारों के मार्ग पर जाने से नहीं रोक पाया। इन्होंने उसे भी अपने पक्ष में करने-रखने के लिए उसकी दस वर्षीय सुखद गृहस्थी को अपने रावणाकार अहंकार की बलि चढ़ा दिया। जिसकी परिणति पति-पत्नी के दुखद सम्बन्ध-विच्छेद के रूप में हुई है। इधर, 'उल्टा चोर कोतवाल को डाँटे' की कहावत ये इस मामले में मुझ पर लागू करना चाहते हैं।"

हरित के पिता जी इन्हें एक तरफ़ लेजा कर बोले, "इस बुड्ढे का दिमाग़ ही ख़राब हो गया है। मुझे तो इनसे यह उम्मीद ही नहीं थी कि इनके दिमाग़ में इतना गन्द भरा हुआ हो सकता है और यह इतना बदज़बान भी होगा। अगर मुझे थोड़ा सा भी अन्दाज़ा हो जाता तो मैं अपने घर से इस बदतमीज़ के साथ यहाँ हरगिज़ भी नहीं आता। मुझे आपसे अकेले में बातें करनी हैं। आइए गली के नुक्कड़ पर बातें करते हैं।" उन्होंने पद्मकान्त को भी साथ ले लिया।

वे, पद्मकान्त और हरित के पिता जी नुक्कड़ पर बातें करने लगे। थोड़ी ही देर में दुकानदार, हवलदार और पिता जी हरित के पिता जी के पास आए और बोले, "ठीक है। कल मिलते हैं, तीस हज़ारी कोर्ट में सुबह दस बजे। अब हम चलते हैं। चल भई। पद्मकान्त! इस मूर्ख के साथ माथा फोड़ने का कोई लाभ नहीं। इससे तो बाद में निपटेंगे। ऐसा सबक सिखाएँगे कि यह भी भो... का पूरी उम्र याद रखेगा।" यह कहकर वे आगे बढ़ गए।

पिता जी का क्रोध अभी भी शान्त नहीं हुआ था। पद्मकान्त ने इनके चरण स्पर्श किए और बोला, "जीजा जी! ठीक है कि हमारे औपचारिक सम्बन्ध समाप्त हो गए हैं, फिर भी मेरे मन में आपके लिए पहले वाला वही मान-सम्मान और प्यार है। समय-समय पर अवसर निकाल कर मैं आपसे मिलता रहूँगा। पिता जी की बदज़बानी और बदतमीज़ी के लिए मैं आपसे हाथ जोड़कर क्षमा माँगता हूँ। विश्वास है कि आप मेरी प्रार्थना ठुकराएँगे नहीं और उन्हें क्षमा कर देंगे।"

नमस्ते करने के लिए जुड़े पद्मकान्त के दोनों हाथों को अपने हाथों में पकड़ते हुए वे बोले, "पद्मकान्त! तू पहले केवल मेरा साला था, आज से तू मेरा बेटा भी है। तेरे कहने से, पिता जी को मैं क्षमा तो कर दूँगा लेकिन इस दुर्घटना को जीवनपर्यंत भुला नहीं पाऊँगा। आज की सारी आँखों देखी तू, अपनी माँ और जिज्जी को ज़रूर बता देना कि कैसी गाली-गलौज की भाषा अपने "पहले वाले दामाद" की माँ बहन

के लिए प्रयोग कर रहे थे। ख़ैर! छोड़ इन सब बातों को। और, अब दुल्की लगाकर उनका साथ पकड़ लेना। नहीं तो कहेंगे कि पद्मकान्त तू अभी भी उसी मास्टर के साथ खिचड़ी पकाने से बाज नहीं आया।"

हरित के पिता जी से बातें निपटने के बाद, जब ये दोनों अपने-अपने घर की ओर चले तो हमारा घर हरित के घर से पहले ही आता था। उन्होंने देखा कि हमारे घर पर ताला लगा हुआ था। इन्होंने यह हरित के पिता जी को भी दिखाया।

वे बोले, "मास्टर जी! जब हम गए थे तब तो सब घर में ही थे। जब हम गली के नुक्कड़ पर पद्मकान्त के साथ खड़े बातें कर रहे थे तो तभी पंडित जी अपने साथियों के साथ चले गए थे। तो इसका अर्थ यह हुआ कि दरवाज़े पर ताला जड़कर चाभी भी वो अपने साथ ही ले गए हैं सिर्फ़ आपको परेशान करने के लिए। बड़ा ही नीच क़िस्म का आदमी है यार! उसको पता था कि यह आदमी बीमार है। हमारे आने से पहले वह डॉक्टर के पास जाने वाला था। पता नहीं, खाना अभी बनाया है या नहीं; खाना खाया है या नहीं। उपर से, मकान बन्द करके जा रहे हैं; यह भी नहीं सोचा कि यह बीमार आदमी रात में खाना कहाँ खाएगा? चलो खाना तो कोई समस्या नहीं। समूची कॉलोनी ही मास्टर जी का घर है। मास्टर जी को खाना खिलाकर कोई भी स्वयं को धन्य मानेगा। लेकिन, मुख्य समस्या तो सोने की है।... यदि आप चाहें तो आज की रात हमारे साथ गुज़ार सकते हैं। कल दिन में ताले वाले को बुलाकर ताला खुलवाया जा सकता है, दूसरी चाभी भी बनवाई जा सकती है।" हरित के पिता जी ने सुझाव दिया।

हरित के पिता जी के प्रस्ताव के लिए, उन्होंने हाथ जोड़कर उनका धन्यवाद किया और विनम्र असहमति प्रकट करते हुए उन्होंने उनसे विदा ली। घड़ी में समय देखा। स्टेशन से किशनगंज जाने की अंतिम बस मिलने की सम्भावना नहीं के बराबर थी। अतः किशनगंज जाने का कार्यक्रम उन्होंने स्थगित कर दिया।

* * *

अब भोजन करने और सोने की समस्याएँ उनके सामने मुँह बाए खड़ी थीं। उन्होंने एक क्षण के लिए सोचा और अपने स्कूल की राह पकड़ी। पाँच मिनट के बाद वे स्कूल के सामने जा पहुँचे। स्कूल के दरवाज़े की साँकल खड़खड़ाई।

"कौन?" अन्दर से चौकीदार की आवाज़ आई।

"मैं। प्रितपाल गेट खोलो।"

भीतर से चौकीदार की आवाज़ आई, "अच्छा! मास्टर जी! अभी आया।"

प्रितपाल ने गेट खोला पूछा, "मास्टर जी! इस समय? कहीं से आ रहे हैं या जा रहे हैं? अच्छा है। समय से आए हो। दस मिनिट पहले आप आते तो मैं नहीं

मिलता। बस, अभी आकर कपड़े बदले हैं। अब रोटी बनाने के लिए कनस्तर से आटा निकालने ही वाला था। सारे दिन इतना व्यस्त रहा कि खाना तक भी नहीं खा पाया। आप इस समय यहाँ पर हो, इसका मतलब है कि अभी तक खाना आपने ने भी नहीं खाया। कोई बात नहीं जितने देर में आटा गूँधता हूँ, उतनी देर में आलू प्याज की सब्ज़ी भी तैयार हो जाएगी," कहकर पूरी एकाग्रता के साथ प्रितपाल ने खाना बनाना प्रारम्भ कर दिया। और लीजिए, कुछ ही देर में खाना बन कर तैयार हो गया और वे दोनों बैठ गए खाना खाने के लिए।

बहुत दिनों के बाद उन्हें इतना स्वादिष्ट खाना खाने को मिला था इसलिए वे खाते रहे और बतियाते रहे। इन्होंने खाने के स्वाद की इतनी जमकर प्रशंसा की कि प्रतिपाल की भी बाँछें खिल गईं। उसने अलार्म घड़ी देखी। बोला, "मास्टर जी! साढ़े ग्यारह बज रहे हैं। इस समय सड़क पर आवारा कुत्ते घूम रहे होंगे। स्वाभाविक रूप से दो-चार इकट्ठे हो गए और वहीं चिपट गए तो छुड़ाना भी भारी पड़ जाएगा। वे आपका ऑपरेशन कर देंगे और आपके कपड़े, चीथड़ों में बदल देंगे वो अलग से। इसलिए मेरा तो यही कहना है कि पाँच-छः घंटों की बात है। यहीं कमर सीधी कर लो। लड़कियों के इस स्कूल के सुबह खुलने से पहले ही आप अपने घर पधार चुके होंगे। कहिए। कैसी रही मास्टर जी?"

उन्होंने कहा, "चलो ठीक है। तुम कहते हो तो मान लेते हैं।"

प्रितपाल ने मेज़ें जोड़कर उनके लिए बिस्तर बना दिया। उस पर बच्चों के खेल के गद्दे बिछा दिए और उन पर ये सो गए। सोने से पहले इन्होंने भगवान का धन्यवाद किया कि इस आपात स्थिति में भी कैसे उन्होंने खाने के लिए भोजन की व्यवस्था करा दी और रात में सोने के लिए बिस्तर का प्रबन्ध करा दिया। ऐसे में उनको तुलसीदास जी की चौपाई स्मरण हो आई- 'जा पर कृपा राम की होई। ता पर कृपा करै सब कोई।' और, इसके बाद ये दोनों गहरी निद्रा में डूब गए।

अगले दिन सुबह उठकर, ये शाहदरे से चाभी बनाने वाले को ले आए। ताला खुलवाया। उसे पैसे दिए और दरवाज़े पर आज ही शाहदरे से ख़रीदकर लाया गया नया ताला लगा दिया। दैनिक कार्य से निवृत होकर नहाए-धोए। खाना पकाया-खाया और उसके बाद सही समय पर अपने स्कूल पहुँच गए।

... फिर से उनकी दिनचर्या अपनी नियमित पटरी पर आ गई।

***

अभी दस-पन्द्रह दिन भी नहीं बोते थे कि इनके पास कोर्ट-नोटिस पहुँच गया। उस नोटिस को लेकर अगले दिन कचहरी में ये अपने वकील के पास जा पहुँचे और वह नोटिस अपने वकील को दे दिया।

नोटिस हाथ में आते ही वकील ने कहा, "अच्छा! आख़िर मिल ही गया

नोटिस? बड़ी देर लगा दी तुम्हें नोटिस भेजने में इन्होंने शर्मा जी! लाओ, देखूँ तो क्या लिखा है इन्होंने?"

नोटिस पढकर वकील साहब बोले "शर्मा जी! मैं वकालतनामा तैयार करके रखूँगा, परसों दस्तख़्त करने आ जाना और कुछ हथेली गर्म करने के लिए दान दक्षिणा भी ले आना। चार छः पैशियों में ही मामला निपट जाए, मैं इसके लिए कोशिश करूँगा। ठीक है, चलते हैं फिर मिलेंगे।"

ये वहाँ से चले आए। फिर निश्चित दिन पहुँचकर इन्होंने वकालतनामे पर हस्ताक्षर कर दिए।

अदालती कार्यवाही प्रारम्भ हो गई। हमारी पेशियाँ हुई। बयान हुए। जिरहें हुईं। अदालत ने सुनवाई के दौरान मेरे वकील द्वारा मेरे लिए उठाए गए भरण-पोषण मुद्दे पर इनसे इनकी मासिक आय के बारे में पूछा और अगली पेशी पर अपना आय-प्रमाणपत्र अदालत में इस तर्क के साथ जमा कराने के लिए कहा," क्योंकि वादी की आय का कोई स्रोत नहीं है अतः गुज़ाराभत्ता प्रतिमास वादी के लिए देना ही होगा।"

अदालत से बाहर निकल कर अपने वकील के चैंबर में इन्होंने अपने वकील से पूछा, "इस भरण-पोषण भत्ते के भुगतान से बचने का कोई उपाय है क्या, वकील साहब?"

वकील ने उत्तर दिया, "नहीं। बिल्कुल नहीं। हाँ, केवल एक आधार पर ही छूट मिल सकती है कि यदि यह प्रमाणित कर दिया जाए कि आपकी पूर्व पत्नी की आय का कोई स्रोत है। वो कहीं नौकरी करती हैं।"

वे बोले, "वकील साहब! मुझे ध्यान आया कि उसी कॉलोनी के विश्वसनीय सूत्र से पता लगा है कि पिछले लम्बे अरसे से कॉलोनी की अन्य महिलाओं के साथ वह भी किसी फ़ैक्ट्री में ही काम करती है।"

"देखो शर्मा जी! यह अदालत है। यहाँ बकतम की नहीं चलती, बल्कि लिखतम की चलती है। जो आप कह रहे हैं, उसका लिखित प्रमाण जुटा सकते हैं क्या आप," वकील साहब ने पूछा।

यह सुनकर वे चुप लगा गए। कुछ देर सोचकर बोले, "वकील साहब! कारखाने में लगने वाली उपस्थिति का रजिस्टर, डेली वर्क रिकॉर्ड शीट और सैलरी रजिस्टर ही तो आधिकारिक प्रमाण हैं, किसी की नौकरी को प्रमाणित करने के लिए। यदि नियुक्ति पत्र/ऑफ़र लैटर कोई फ़ैक्ट्री/कम्पनी जारी करती हो तो वह भी, प्रमाण का एक महत्त्वपूर्ण अंग होता है। लेकिन, वकील साहब! निजी स्तर पर ये प्रमाण पत्र मुझे कौन और क्यों उपलब्ध कराने लगा? हाँ, इस काम को आप

निजी स्तर पर या अदालती आदेश से करा सकते हैं।"

"ठीक है, मैं कोशिश करूँगा। परन्तु, कम्पनी के नाम और पते के बिना मेरे लिए यह सब जुटा पाना सम्भव नहीं हो पाएगा," वकील साहब बोले।

उन्होंने कहा, "ठीक है। ये जानकारियाँ मैं आपको शीघ्र ही उपलब्ध करा दूँगा।"

अगली पेशी पर उनका आय प्रमाण पत्र जमा हो गया और साथ ही जमा हो गई। माँगी गई वह सारी जानकारी जो मेरी फ़ैक्ट्री से उनके वकील ने चाही थी। फिर कोर्ट द्वारा अगली तारीख़ निश्चित कर दी गई।

अगली तारीख़ पर गुज़ारा भत्ता तय होना था। हमारे वकील ने कुल वेतन का पचास प्रतिशत तय करने की प्रार्थना की तो उनके वकील ने वृद्ध माता-पिता, विवाह योग्य छोटी बहन और ऊँचे मकान-भाड़े का उल्लेख करते हुए कुल वेतन के बीस प्रतिशत की बात की जिसे अदालत ने स्वीकार कर लिया और मामला अदालत में लाने की तारीख़ से अब तक की सकल राशि अगली तारीख़ को जमा कराने के लिए कहा जिस पर उनके वकील ने अदालत से अनुरोध किया कि उनके मुवक्किल को तय राशि इस मास से प्रत्येक मास की दस तारीख़ को मनीऑर्डर से भेजने की अनुमति दी जाए तथा बकाया राशि, कुल देय राशि के बीस प्रतिशत की क़िस्त के रूप में तब तक भेजे जाने के निर्देश दिए जाएँ जब तक कि कुल बकाया राशि समायोजित न हो जाए। न्यायाधीश ने इस सुझाव पर सहमति देते हुए इस आशय के आदेश पारित कर दिए। फ़ैक्ट्री की नौकरी को दैनिक मज़दूरी मानते हुए, गुज़ारा भत्ते से छूट का आधार मानने के लिए स्वीकार नहीं किया।

इनके पुनर्विवाह की वैधता को मान्यता देने या उसे बातिल और शून्य घोषित कर देने के मामले में माननीय न्यायालय ने कहा कि यह एक पक्षीय तलाक़ स्वीकृति का मामला है। इसमें तो कुछ कहने-सुनने के लिए शेष है ही नहीं।

इस पर हमारे वकील ने कहा, "मि लॉर्ड! यह एक पक्षीय निर्णय ग़लत और निराधार है। मेरी मुवक्किला की जानकारी में यह मामला कभी आया ही नहीं है। यह जो इकतरफ़ा फ़ैसला कोर्ट से लिया गया है वह कपटपूर्ण तरीके अपना लिया गया है।"

मामले की फ़ाइल देखते हुए न्यायाधीश महोदय ने पूछा, "जब कोर्ट की सम्मन प्राप्ति पर मुवक्किला के हस्ताक्षर हैं। इसी फ़ाइल में हिन्दी, उर्दू और अंग्रेज़ी में छपे तीन राष्ट्रीय स्तर के समाचार पत्रों में न्यायालयी अंतिम सूचना छपी हुई है तब भी अदालत में अपना पक्ष रखने के लिए मुवक्किला का पेश न होना, इस एक पक्षीय निर्णय की वैधता का एक सुदृढ़ आधार है। अतः इस पुनर्विवाह को बातिल

और शून्य घोषित करने का कोई भी समुचित आधार या कारण नहीं है। अतः मामला ख़ारिज किया जाता है। इसके उपरान्त भी वकील साहब! आपको इनके पुनर्विवाह के विषय में कोई शंका है तो बताएँ। हम इस मामले को पुनराविलोकन के लिए आदेश कर देते हैं। वैसे, इस सम्बन्ध में भी आर्य समाज द्वारा जारी विवाह पंजीकरण प्रमाण-पत्र भी सही लगता है। इसके काग़ज़ों में भी लड़के की वैवाहिक स्थिति के आगे विवाह विच्छिन्न (तलाकशुदा) लिखा है और लड़की की वैवाहिक स्थिति के आगे कुँवारी (अविवाहिता) लिखा हुआ है। बताइए वकील साहब मामले को आगे बढ़ाना है और जाँच कराने के लिए आर्य-समाज वैवाहिक संस्था का रिकॉर्ड मँगवाना है या यहीं समाप्त करना है।

न्यायालय की अनुमति से वकील ने मुझसे बातचीत की और अंततः न्यायालय को सूचित किया, "दस वर्ष के वैवाहिक जीवन का सम्मान करते हुए और एक आदर्श भारतीय नारी की परम्परानुसार, अपने पूर्व पति का हित, प्रसन्नता व कल्याण चाहते हुए मेरी मुवक्किला इस विवाह विच्छेद को उदारतापूर्वक स्वीकार्यता प्रदान करती हैं।"

मेरे उक्त निर्णय के आलोक में माननीय न्यायालय ने उक्त विवाह विच्छेद को मान्यता देते हुए इसकी स्वीकृति के पक्ष में अपना निर्णय लेखनीबद्ध करा दिया।

***

चुतुर्थ खण्ड
सत्ताईस

इधर, कुछ मासोपरान्त, मेरे अनुज पद्मकान्त के विवाह की चर्चा होने लगी। एक दो स्थान से कुछ सम्बन्ध प्रस्ताव आए भी। अन्त में एक स्थान से बात पक्की हो गई। मुझे चिन्ता सताने लगी कि इस छोटे से मकान में माँ-पिता जी और मेरे रहते हुए इस नवदम्पत्ति को असुविधा होगी। उन्हें निजता नहीं मिल पाएगी। अतः मुझे ही अपने पृथकावास की व्यवस्था कर लेनी चाहिए। यहाँ से किनारा कर लेना चाहिए।

मैंने जब इस सम्बन्ध में अपनी इच्छा से परिवार वालों को अवगत कराया तो वे बहुत अधिक क्रोधित हुए और उन्होंने मुझे डाँटते हुए चुप करा दिया, "ख़बरदार! जो ऐसी मूर्खतापूर्ण बात मुँह से निकाली भी तो हमसे बुरा कोई भी नहीं होगा। समझे?"

पद्मकान्त को जब इस बात का पता लगा तो उसका पारा सातवें आसमान पर चढ़ गया, "जिज्जी! तुम पगला गई हो क्या। कैसी उल्टी-सीधी बातें करती हो? यहाँ क्या समस्या है तुम्हें? जो तुम यहाँ से जाने की बातें कर रही हो।"

मैंने हँसते हुए कहा, "भइया! अब तेरा ब्याह होने वाला है। घर में एक नया सदस्य आएगा। उसे भी तो आराम से सोने-बैठने-रहने की जगह चाहिए।"

"अरी जिज्जी! इतना बड़ा घर है। पहले ओमा भी तो साथ ही रहती थी। तू भी तो आती रहती थी न, तब जगह की कमी महसूस नहीं हुई तुझे? अरे एक आदमी की एक चारपाई ही तो बढ़ेगी तो ऐसी कौन सी आफ़त आ रही है। एक औरत ही आ रही है न, कोई ट्रक थोड़े ही आ रहा है कि कहाँ खड़ा करेंगे", पद्मकान्त ने भी मीठी डाँट पिलाई।

मैं बोली, "न भइया! यूँ कह रही थी कि कहीं अपने पास ही सौ-दो सौ रुपए महीने का छोटा सा मकान ले दे। तेरे और तेरे घर के पास ही तो रहूँगी तब भी।"

"छोड़ जिज्जी! अभी इन बातों को। जब कोई समय आएगा तब की तब देखेंगे। चल! अब तू मुझे रोटी दे दे। बड़ी ज़ोर की भूख लग रही है," वह बोला।

मैंने उसे रोटी खिलाई। खा-पीकर वह घर के बाहर चला गया।

***

कहते हैं कि किसी कार्य के होने का छेता (घड़ी) निश्चित कर दीजिए; फिर वह कब और कैसे संपन्न हो जाता है, पता ही नहीं लगता। ऐसा ही कुछ पद्मकान्त के विवाह के बारे में भी चरितार्थ हुआ।

इस पूर्व निश्चित विवाह समारोह के सभी संभावित कार्यक्रम, अपनी निर्धारित योजनानुसार संपन्न हो रहे थे। सगाई से लेकर, गोद भराई, मौड़बंदी, घुड़चढ़ी, स्वागत बारात, मढे गढ़ने, फेरों, पलकाचार और विदाई तक के सभी रीति रिवाज बड़े ही उल्लास और प्रसन्नता के साथ सम्पन्न हो गए। मुझे सभी नेग केवल ओमा के ही समान नहीं मिले बल्कि उनके अतिरिक्त ओमापति को दिए जाने वाले नेगों जैसे नेगों सहित मिले। यद्यपि, मैं बड़े ही उत्साह के साथ सभी कार्यक्रमों में सम्मिलित हुई परन्तु, इनकी अनुपस्थिति के कारण उपजा ख़ालीपन मुझे बहुत अधिक, भीतर ही भीतर कचोट रहा था, साल रहा था। जिसकी परछाई मैंने अपने चेहरे पर भी नहीं आने दी। कारण? कारण यह था कि ऐसे मांगलिक अवसर की शोभा को मैं बाधित और खंडित नहीं करना चाहती थी। अपने मैके में, हमारे घर आई नवविवाहिता के द्वारा और उसके साथ निर्वाह की जाने वाली सभी परम्पराओं के पालन में, बड़ी ननद होने के नाते तब तक पूर्ण सहयोग दिया जब तक कि विदा होकर वह अपने पीहर वापस नहीं चली गई।

***

पद्मकान्त के विवाह के उपलक्ष्य में पिता जी ने रात्रि जागरण कार्यक्रम रखवाया था। न जाने कैसे उड़ती-उड़ती यह ख़बर इनको भी लग गई और भेंट में चढ़ाने के लिए केले लेकर ये कारखाने पहुँचे यह जानने के लिए कि जागरण-स्थल कहाँ पर था। ये वहाँ जानबूझकर विलम्ब से पहुँचे जिससे कि जागरण-पूर्व का भोज समाप्त हो जाए और ये उसमें सम्मिलित न हो सकें, सीधे केवल जागरण में ही भाग ले सकें। जब इन्होंने कारीगरों से जागरण-स्थल जानने का प्रयत्न किया तो वे बोले, "जी! जागरण स्थल तो यही है। परन्तु, जागरण आज नहीं है, वह तो कल ही सम्पन्न हो चुका। वैसे, आप कौन?

ये बोले, "मैं पद्मकान्त का सम्बन्धी हूँ। प्रसाद के लिए केले लाया था और भेंट के लिए यह लिफ़ाफ़ा है। पद्मकान्त को दे देना और कहना कि मास्टर जी आए थे। मैं चलता हूँ।"

"अब रात में कहाँ जाएँगे? सर्दी हो रही है। बस भी नहीं मिलेगी। अब यहीं सो जाइए। खाना नहीं खाया हो तो बराबर वाले ढ़ाबे से खाना ला दूँ," एक कारीगर बोला।

"नहीं, खाना रहने दो। ठीक है, रात यहीं बिताकर सुबह ही निकल जाऊँगा,"

कहकर ये वहीं सो गए और सुबह होते ही पहली बस से अपने घर किशनगंज चले गए।

***

इधर ओमापति ने अपने रंग दिखाने प्रारम्भ कर दिए थे। प्रत्येक सप्ताह-पन्द्रह दिन में वे आते, कभी किसी बहाने तो कभी किसी बहाने पिता जी से दो सौ, चार सौ, हज़ार पाँच सौ की उगाही करके निकल जाते।

कुछ दिन तो पिता जी ने सहन किया। एक दिन मुँह खोलकर कह ही दिया, "देखो जी! अभी हमने पद्मकान्त का विवाह किया है। बिल्कुल ख़ाली हो चुके हैं। बाज़ार की देनदारी भी खड़ी है सिर पर। वह भी तो निपटानी है। अब, हमसे भविष्य में, किसी भी प्रकार की आशा मत रखना।"

"पिता जी! पद्मकान्त तो आपने ब्याह ही लिया। वहाँ से भी तो अच्छा-खासा दहेज और नगद मिला है न आपको। अब सारी ज़िम्मेदारी भी ख़त्म। मास्टर जी का पत्ता कट ही गया है। आपकी धन्या, दो रोटी ही तो खाती है तो उसे भी तो गुज़ारे भत्ते का हज़ार रुपया मिलता ही है न। अब तो आपका जो कुछ भी है सब पद्मकान्त का और ओमा का ही तो है। कौन सा आपने छाती पर रखकर ले जाना है? एक काम कीजिए। कारखाना ओमा और पद्मकान्त के नाम कर दीजिए। आप दोनों सुबह-शाम दो-दो रोटी खाओ और प्रभु के गुण गाओ," ओमापति बोलते रहे और पिता जी विस्फारित नेत्रों से बड़े ही अविश्वास के साथ उन्हें देखते ही रह गए। उधर रसोई में बैठी माँ भी अपने लाड़ले दामाद के, कलेजे को छीलने वाले, विषाक्त बोल सुनकर ख़ून के आँसू रो रही थी।

ओमापति की उतरती केंचुल, उसकी वास्तविकता की न केवल पोल खोल रही थी बल्कि उसकी भावी लालची सोच को भी उजागर कर रही थी। यदि, माँ-पिता जी में ज़रा सी भी समझदारी होगी तो वे आज भी कुन्दन जैसे पहले दामाद और सोने का मुलमा चढ़े दूसरे दामाद के बीच खरे होने के अन्तर को पहचान पाएँगे। लेकिन, वे चाहकर भी ऐसा नहीं करेंगे क्योंकि उनका अहं, उनके अपने ही चरित्र की वास्तविकता उजागर करने की अनुमति नहीं देता।

***

अट्ठाईस

एक दिन पद्मकान्त बोला, "जिज्जी! तू मेरे विवाह से पहले अलग घर में रहने की बात कर रही थी न। चल! अपना सामान समेट। तैयार हो जा अलग घर में रहने के लिए। अभी चलना है दो घंटे में।"

माँ-पिता जी के बार-बार मना करने के उपरान्त भी उनसे विदा लेकर मैं पद्मकान्त के साथ अपना सामान लेकर अलग घर में रहने के लिए निकल पड़ी। पूरे रास्ते भर मैं सोचती जा रही थी कि पद्मकान्त आख़िर मुझे लेकर कहाँ जा रहा है? मेरे आश्चर्य की सीमा और भी बढ़ गई जब उसने बन्द मकान का ताला खोला और मेरा सामान उस घर में लाकर रख दिया। मुझसे जब रहा नहीं गया तो मैंने उससे पूछ ही लिया, "पद्मकान्त! क्या है सब? यहाँ तू मुझे क्यों और कैसे लाया है?"

पद्मकान्त बोला, "जिज्जी! आज से सदा के लिए यह मकान तेरा ही है। तुझे यहाँ से निकालने वाला कोई नहीं है। जिस दिन तूने मकान की बात छेड़ी थी, उसी दिन मैं जीजा जी से मिला। तेरी इच्छा उन्हें बताई। एक पल की भी देर किए बिना ही उन्होंने रजिस्ट्रार ऑफ़िस जाकर इस फ़्लैट का मुख़्तारनामा तेरे नाम लिखा दिया और इसकी चाबी मुझे दे दी जिससे कि यह मैं तुझे सौंप दूँ। कल उन्हीं के साथ आकर सारी साफ़-सफ़ाई की और खाने-पीने का सारा सामान लाकर रख दिया था।"

यह देखकर मेरा मन भर आया। आँखें सजल हो आईं। मुझे इस अवस्था में देखकर पद्मकान्त भी भावुक हो गया। मैंने चाय बनाई। दोनों बहन-भाई ने मिलकर चाय पी और फिर शाम को पद्मकान्त भी चला गया।

उनका साथ यद्यपि छूट गया था, लेकिन 'अपने उनकी' स्मृति से भरे फ़्लैट में रहने के मेरे दिन फिर से बहुर आए थे। मैं प्रसन्न थी कि उनके साथ भोगे पलों की स्मृति के साथ जीने का एक और पुनः अवसर जो मिल रहा था।

***

एक दिन अचानक ही अपनी नव विवाहिता के साथ वे आ धमके। मैं अचम्भित रह गई। मैंने पहचान लिया था इनकी नवविवाहिता को। ये वहीं थीं जो एक बार चाँदनी चौक में मिली थीं। उन्होंने सिर ढाँप कर मेरे पैर छुए। मैंने उन्हें उठाकर गले से लगा लिया।

चाय पीने के बीच वे बोलीं, "दीदी! मुझे दुख है कि आपके वैवाहिक जीवन

में व्यवधान पड़ा और आपको एकाकी जीवन बिताना पड़ा रहा है लेकिन, इसके लिए दोषी मैं नहीं हूँ बल्कि तत्कालीन परिस्थितियाँ ही दोषी रहीं हैं। मेरे कारण आपका सम्बन्ध-विच्छेद नहीं हुआ बल्कि इसके विपरीत, आप के सम्बन्ध-विच्छेद के कारण ही मेरा इनसे सम्बन्ध-जुड़ाव हुआ है। मैं यह भी भलीभाती जानती हूँ कि आपके वैवाहिक जीवन की परिणति भले ही दुखद और बिछोहात्मक रही है परन्तु आप दोनों के मनों में बसा एक दूजे के लिए प्रेम आज भी अनन्त है; अमर है। क्या ऐसा नहीं हो सकता कि आप मुझे अपनी छोटी बहन की भाँति मानकर एक साथ रहने के लिए तैयार हो जाएँ। माताजी की भी यही इच्छा है। उनके परामर्श पर ही मैं यहाँ आई हूँ आपको अपने साथ लिवा ले जाने के लिए आपकी अपनी पुरानी ससुराल।"

मैंने उसके दोनों हाथ अपने हाथों में लेकर कहा, "मैं आपका नाम तो नहीं जानती कि जिससे मैं आपको सम्बोधित करूँ। अपने प्रति आपकी चिन्ताओं, भावनाओं और सम्वेदनाओं का सम्मान करती हुई मैं आपको धन्यवाद करती हूँ कि आप मेरी इतनी हितचिंतक हैं। परन्तु, आपका यह प्रस्ताव कहने-सुनने में भले ही मनभावन, मानवीय और आदर्श लगता हो लेकिन नारी मनोविज्ञान की दृष्टि से मेरे और आपके भावी दीर्घ जीवन के लिए यह व्यावहारिक और स्वीकार्य नहीं है क्योंकि कहावत भी है कि सौतन तो चून की भी बुरी और असह्य होती है। इसलिए सामाजिक दृष्टि से भी यह प्रस्ताव सर्वग्राह्य और सर्वमान्य नहीं हो सकता।" मैंने बड़ी ही विनम्रता से उन्हें मनाकर दिया और इस प्रकार तीन जीवन बर्बाद होने से बचा लिए।

***

एक दिन ओमा का बड़ा लड़का गाँव से आया। मक्की का आटा, बाजरे की खिचड़ी और गुड़ लेकर आया था। अभिवादन करते हुए बोला, "मौसी! राम राम! माँ ने यह सामान भेजा है और कहा है कि मौसी से कहना गाँव में चक्कर लगाले।"

दो तीन बार मैं ओमा के गाँव में दस-दस बारह-बारह दिन रह कर भी आई। उसके बाद ओमापति मेरे घर आए और बोले, "मेरी बदली यहीं हो गई है कोई मकान मिल जाएगा किराए पर?"

मैंने उन्हें सामने वाले फ़्लैटों में किराए पर एक फ़्लैट दिलवा दिया। अब वे मेरे पड़ोसी भी बन गए थे। उन्होंने लड़के का विवाह कर दिया। उसकी बहू का गाँव में मन नहीं लगा तो वह यही फ़्लैटों में रहने लगी। ओमा के ज़ोर देने पर मैंने ओमा का बड़ा लड़का गोद तो ले लिया पर किसी को भी कानों कान ख़बर नहीं होने दी।

कुछ दिन बाद वे किराए का मकान छोड़ कर मेरे वाले मकान में रहने लगे और अपने पैसों से ऊपर की मंज़िल भी बना ली।

***

एक बार ये अपनी पुस्ताकादि लेने घर आए तभी संयोग से पद्मकान्त भी अपनी बहू के साथ घर आ गया। पद्मकान्त ने अपनी पत्नी से इनका परिचय कराया तो वह बोली, "जीजा जी! पहली बार मिले हैं मुँह दिखाई नहीं देंगे?"

इन्होंने मुँह दिखाई में सौ रुपए दिए तो वह बोली, "जीजा जी! इससे काम नहीं चलेगा। अपनी घड़ी दे दीजिए।" इन्होंने तुरन्त ही घड़ी उतार कर दे दी। उसने कलाई में बाँध ली। बैठकर बातें करते रहे। चाय-नाश्ता किया और ये बोले, "अच्छा, तो मैं चलता हूँ," कहकर निकल आए।

तभी पीछे से दौड़ता-दौड़ता पद्मकान्त इनकी घड़ी लौटाने गया। इन्होंने बहुत मना किया पर वह नहीं माना और बोला, "वह तो केवल मज़ाक़ कर रही थी। उसने कहा है कि जीजा जी से कहना वे घर ज़रूर आएँ।"

***

इधर ओमापति रिश्वत लेते रंगे हाथों गिरफ़्तार हो गया। नौकरी छूट गई अलग से। लड़के ढंग से पढ़-लिख भी नहीं पाए और ग़लत संगत में पड़कर आपराधिक गतिविधियों में लिप्त हो गए।

***

पिता जी गम्भीर बीमारी के कारण अर्विन अस्पताल में भरती हो गए। ये उन्हें देखने के लिए अस्पताल गए। इन्हें देखकर पिता जी रोने लगे। पिता जी कहने लगे, "मेरी मति मारी गई थी कि मैंने हीरे को कंकड़ समझा और बनावटी पत्थर को हीरा समझता रहा। इसी भूल में मैंने तुम्हारे साथ क्या-क्या अन्याय नहीं किए, तुम्हारी उपेक्षा की व अपमान किया और उस लालची राक्षस को सिर पर बैठा लिया जिसकी नज़र केवल मेरे पैसे पर, धंधे पर, फ़ैक्ट्री और मकान पर थी, जो मेरे जीते जी ही सब कुछ अपने नाम करा लेना चाहता था।...

किसी ऐसी ही बात पर पद्मकान्त से वह हाथापाई कर बैठा था जिसके कारण उसी का ही नहीं बल्कि ओमा का भी, राखी और टीके पर भी आना-जाना बन्द हो गया है। मुझे आठ दिन हो गए हैं यहाँ भर्ती हुए। घर नहीं आती ओमा, तो यहाँ तो आ ही सकती थी। मैंने उसके नन्देऊ को भी फ़ोन किया था पर वह आज तक भी नहीं आई, मरते बाप का मुँह देखने के लिए। असल में वह भी अपने पति के रंग में ही रंग गई है। तुम्हारे साथ किए गए ग़लत बर्ताव के लिए मैं तुमसे माफ़ी माँगता हूँ। हो सके तो मुझे माफ़ कर देना बेटा! मैं बहुत शर्मिंदा हूँ," कहते हुए दोनों हाथ जोड़कर पिता जी ने अपने माथे से लगा लिए।

इन्होंने उनके दोनों हाथ पकड़कर अपने माथे से लगाते हुए कहा, "क्षमा माँगकर आप मुझे शर्मिन्दा न करें। मैं तो आपके लिए पद्मकान्त जैसा ही हूँ।" थोड़ी देर बाद ये चले आए।

* * *

पद्मकान्त भाई ने मकान ख़रीदा था। उसके गृह-प्रवेश पर गई थी तो दस-पन्द्रह दिन मुझे वहीं रुकना पड़ा।

जब मैं वापस अपने घर गई तो बिजली का बिल भरने के लिए जो मैंने दस-बारह हज़ार रुपए अपने गुज़ारे भत्ते में से जोड़-जोड़कर, बचाकर रखे थे वे ओमा के बेटे-बहू ने पार कर दिए।

इतना ही नहीं एक दिन धमकी देकर मेरे दत्तक पुत्र (ओमा के बेटे) ने वह मकान भी अपने नाम करवा लिया और मुझे भाई के घर रहने को विवश कर दिया। साथ ही यह भी धमकी दी, अगर मैं उस कॉलोनी में लौट कर आई या उसके विरुद्ध पुलिस में गई तो गोली मार दूँगा।

* * *

पिता जी ने शरीर छोड़ा। छोटे दामाद-बेटी में से कोई भी मरे का मुँह देखने नहीं आया।

ऐसे ही माँ भी चली गई तब भी दोनों में से कोई भी नहीं आया, उनके क्रिया-कर्म में सम्मिलित होने के लिए भी कोई नहीं आया। माँ से भी जब कोई बात होती तो वह कहती, "लल्ली। हमसे आदमी पहचानने में ग़लती हो गई। पेट वाले की आस में हमने गोद वाले को त्यागकर अपने ही पैरों में कुल्हाड़ी मार ली। छोटे वाले के चक्कर में बड़े वालों के साथ बड़ा अन्याय किया। उनकी पग-पग पर बेइज़्ज़ती की। लल्ली! हमारी इसी ग़लती की वजह से ही तेरा घर टूटा। इतना सब कुछ होने पर भी तेरे वालों के मन में हमारे लिए आज तक भी कभी बैर भाव नहीं उभरा। वे अभी भी हमारी हर हारी-बीमारी में, तीज-त्यौहार पर आते ही रहते हैं। पर छोटे वाला स्वार्थी तो बिल्कुल ही भूल गया। असल में मतलबी जो ठहरा। मतलब पूरा नहीं हुआ तो सम्बन्ध ही तोड़ दिए। तू कौन, मैं कौन? ओमा को भी राखी-टीके, ब्याह-शादी, जन्म-मरण में नहीं आने देता।

* * *

आज स्थिति यह है कि जो 'छोटे जीजा' और 'छोटी बहन' क़ानूनी रूप से आज भी सम्बन्धों से इस देहरी के 'जीजा' और 'बहन' हैं; उनके और पद्मकान्त के बीच तो आना-जाना और बोलचाल भी नहीं है। जबकि, 'जिस व्यक्ति' और 'पद्म की बहन के बीच 'क़ानूनी रूपी से विवाह-विच्छेद' हो चुका है, उसके साथ

पद्मकान्त के बड़े ही प्रगाढ़ आत्मिक, पारिवारिक और सामाजिक सम्बन्ध हैं। जन्म-मरण विवाहादि में दोनों पक्षों का एक-दूसरे के घर आने-जाने और लेन-देन के सम्बन्ध भी हैं।

हाँ यदि, सम्बन्ध नहीं हैं तो मेरे और उनके बीच; पति-पत्नी वाले 'केवल दैहिक सम्बन्ध' ही नहीं हैं। लेकिन, आत्मिक जुड़ाव तो आज भी पूर्ववत् ही बना हुआ है।

मैं, आज भी उनके नाम का, सधवाओं वाला सारा-श्रृंगार करती हूँ। वे जब भी कहीं मिलते हैं, मैं उनके चरण स्पर्श कर आशीर्वाद लेती हूँ। मेरी भगवान से प्रार्थना है कि मेरा अन्तिम संस्कार भी उन्हीं के हाथों से हो जिससे कि मुझे सद्गति मिल सके। इस जीवन की स्मृतियों के साथ ही, अगले जन्म में उनकी ही जीवन संगनी बनने का पुनः सौभाग्य मिल सके।

यही है मेरे समस्त जीवन का संक्षिप्त वृतान्त। कैसे मैंने अकेली ने बरसात की मदमाती फुहारों, बिजली की कड़कती चमक और बादलों की घनघोर गरज के बीच जीवनसाथी के अभाव को झेला है? कैसे मैंने भरी सर्दियों में ठिठुरती रात के समय पति-संग के विरही अभाव को झेला है? कैसे मैंने दुख-सुख में ढाँढ़स पाने के लिए जीवन साथी के कंधे और सीने की आवश्यकता को मन की गहराइयों के साथ महसूस किया है? इसे मुझसे अच्छा और कौन समझ सकता है, भला?

जो जीवन, मेरे अल्हड़ मदमाते 'बसंत' से प्रारम्भ हुआ, क्रूर समय के झंझावात के थपेड़ों का सामना करते-करते आज वही जीवन जरावस्था के 'बस-अन्त' के कगार पर, गिने-चुने श्वासों की लहरों में थपेड़े खा रहा है।

***

www.ingramcontent.com/pod-product-compliance
Ingram Content Group UK Ltd.
Pitfield, Milton Keynes, MK11 3LW, UK
UKHW042101021026
15589UKWH00001B/117

9 789388 556842